中国文库
文 学 类

太阳社小说选

李松睿 吴晓东 编选

中国出版集团
人民文学出版社

图书在版编目(CIP)数据

太阳社小说选/李松睿,吴晓东编选. －北京:人民文学出版社,2011
(中国文库)
ISBN 978－7－02－008489－0

Ⅰ.①太… Ⅱ.①李…②吴… Ⅲ.①短篇小说－小说集－中国－现代 Ⅳ.①I246.7

中国版本图书馆CIP数据核字(2011)第030003号

责任编辑:陈建宾
整体设计:翁 涌 李 梅
责任印制:王铁生

太阳社小说选
Taiyangshe Xiaoshuo Xuan
李松睿 吴晓东 编选

人民文学出版社 出版
http://www.rw-cn.com
北京市朝内大街166号 邮编:100705
北京瑞古冠中印刷厂印刷 新华书店经销
2011年10月第1版 2011年10月第1次印刷
开本:880毫米×1230毫米 1/32 印张:18.5
字数:451千字 印数:1－4500
ISBN 978－7－02－008489－0
定价:41.00元

“中国文库”出版前言

“中国文库”主要收选20世纪以来我国出版的哲学社会科学研究、文学艺术创作、科学文化普及等方面的优秀著作。这些著作，对我国百余年来的政治、经济、文化和社会的发展产生过重大积极的影响，至今仍具有重要价值，是中国读者必读、必备的经典性、工具性名著。

大凡名著，均是每一时代震撼智慧的学论、启迪民智的典籍、打动心灵的作品，是时代和民族文化的瑰宝，均应功在当时、利在千秋、传之久远。“中国文库”收集百余年来的名著分类出版，便是以新世纪的历史视野和现实视角，对20世纪出版业绩的宏观回顾，对未来出版事业的积极开拓，为中国先进文化的建设，为实现中华民族伟大复兴做出贡献。

大凡名著，总是生命不老，且历久弥新、常温常新的好书。中国人有“万卷藏书宜子弟”的优良传统，更有当前建设学习型社会的时代要求，中华大地读书热潮空前高涨。“中国文库”选辑名著奉献广大读者，便是以新世纪出版人的社会责任心和历史使命感，帮助更多读者坐拥百城，与睿智的专家学者对话，以此获得丰富学养，实现人的全面发展。

为此，我们坚持以邓小平理论和“三个代表”重要思想为指导，深入贯彻落实科学发展观，坚持贯彻“百花齐放、百家争鸣”的方针，坚持按照“贴近实际、贴近生活、贴近群众”的要求，以登高望远、海纳百川的广阔视野，披沙拣金、露钞雪纂的刻苦精神，精益求精、探赜索隐的严谨态度，投入到这项规模宏大的出版工作中来。

“中国文库”所收书籍分列于6个类别，即：(1)哲学社会科学类

(哲学社会科学各门类学术著作);(2)史学类(通史及专史);(3)文学类(文学作品及文学理论著作);(4)艺术类(艺术作品及艺术理论著作);(5)科技文化类(科技史、科技人物传记、科普读物等);(6)综合·普及类(教育、大众文化、少儿读物和工具书等)。计划出版约1000种,分辑出版。自2004年以来,已先后出版四辑,每辑约100种,分精平装两类。2011年时值辛亥革命100周年,特将"中国文库"第五辑作为"纪念辛亥革命100周年"特辑推出,主要收选民国时期原创性人文社科类名著。

"中国文库"所收书籍,有少量品种因技术原因需要重新排版,版式有所调整,大多数品种则保留了原有版式。一套文库,千种书籍,庄谐雅俗有异,版式整齐划一未必合适。况且,版式设计也是书籍形态的审美对象之一,读者在摄取知识、欣赏作品的同时,还能看到各个出版机构不同时期版式设计的风格特色,也是留给读者们的一点乐趣。

"中国文库"由中国出版集团发起并组织实施。收选书目以中国出版集团所属出版机构出版的书籍为基础,并邀约其他数十家出版机构参与,共襄盛举。书目由"中国文库"编辑委员会审定,中国出版集团与各有关出版机构按照集约化的原则集中出版经营。编辑委员会特别邀请了我国出版界德高望重的老专家、领导同志担任顾问,以确保我们的事业继往开来,高质量地进行下去。

"中国文库",顾名思义,所收书籍应当是能够代表中国出版业水平的精品。我们希望将所有可以代表中国出版业水平的精品尽收其中,但这需要全国出版业同行们的鼎立支持和编辑委员会自身的努力。这是中国出版人的一项共同事业。我们相信,只要我们志存高远且持之以恒,这项事业就一定能持续地进行下去,并将不断地发扬光大。

"中国文库"编辑委员会

中国文库

（第五辑）

【哲学社科类】

孙中山著作选编　陈铮选编 …………………………… 中华书局
黄兴集　湖南省社会科学院编 ……………………… 中华书局
宋教仁集　陈旭麓主编 ……………………………… 中华书局
廖仲恺集　广东省社会科学院历史研究所编 ……… 中华书局
朱执信集　广东省哲学社会科学研究所历史研究室编 … 中华书局
中国政治思想史　陶希圣著 ……………… 中国大百科全书出版社
民国政制史　钱端升等著 …………………… 上海人民出版社
民国政党史　谢彬撰　章伯锋整理 ………………… 中华书局
经学历史　皮锡瑞著　周予同注释 ………………… 中华书局
清代学术概论　梁启超著　朱维铮校订 …………… 中华书局
新唯识论　熊十力著 ……………………………… 上海书店出版社
逻辑　金岳霖著 ……………………………… 中国人民大学出版社
科学与玄学　罗家伦著 ……………………………… 商务印书馆
中国古代经济史稿　李剑农著 ……………… 武汉大学出版社
中国近代经济史　汪敬虞主编 ……………………… 人民出版社
中国交通史　白寿彝著 ……………………………… 团结出版社
中国经济原论　王亚南著 ……………… 中国大百科全书出版社
中国经济思想史　唐庆增著 ………………………… 商务印书馆
财政学　何廉、李锐著 ……………………………… 商务印书馆
货币与银行　杨端六著 …………………………… 武汉大学出版社
刑法学　蔡枢衡著 ……………………………… 中国民主法制出版社
乡土中国　费孝通著 ……………………………………… 人民出版社
文化人类学　林惠祥著 ……………………………… 商务印书馆
优生概论　潘光旦著 …………………………… 北京大学出版社
西洋文化史纲要
　雷海宗撰　王敦书整理导读 ……………………… 上海古籍出版社
西学东渐记　容闳著　徐凤石　恽铁樵等译
　钟叔河导读、标点 ………………… 生活·读书·新知三联书店
中国现代语法　王力著 ……………………………… 商务印书馆
语言学史概要　岑麟祥编著　岑运强评注 …… 世界图书出版公司

蔡元培教育论著选　高平叔编 …………………… 人民教育出版社
陶行知教育论著选　董宝良主编 ………………… 人民教育出版社
中国报学史　戈公振著 ……………… 生活·读书·新知三联书店
陆费逵文选　陆费逵著 …………………………………… 中华书局
张元济论出版　张元济著　张人凤　宋丽荣选编 …… 商务印书馆
韬奋文录新编　邹韬奋著 …………… 生活·读书·新知三联书店

【史学类】

国故论衡　章太炎撰　庞俊　郭诚永疏证 ……………… 中华书局
国史大纲　钱穆著 ……………………………………… 商务印书馆
通史新义　何炳松著 …………………………………… 商务印书馆
台湾通史　连横著 ………………… 生活·读书·新知三联书店
武昌革命史　曹亚伯著 ………………… 中国大百科全书出版社
辛亥革命与袁世凯　黎澍著 …………… 中国大百科全书出版社
北洋军阀史　来新夏等著 ……………………… 东方出版中心
中国国民党史稿　邹鲁编著 …………………… 东方出版中心
中华民国外交史　张忠绂编著 ………………… 华文出版社
西洋史　陈衡哲著 ……………………… 中国大百科全书出版社
欧化东渐史　张星烺著 ………………………… 商务印书馆
清末立宪史　高放著 …………………………… 华文出版社

【文学类】

秋瑾诗文选注　郭延礼　郭蓁编选 ……………… 人民文学出版社
邹容集　张梅编注 ……………………………… 人民文学出版社
陈天华集　刘晴波　彭国兴编　饶怀民补订 …… 湖南人民出版社
于右任诗词选　杨中州选注 …………………… 河南文艺出版社
南社诗选　林东海　宋红选注 ………………… 人民文学出版社
鸳鸯蝴蝶派作品选　范伯群编选 ……………… 人民文学出版社
文学研究会小说选　李葆琰编选 ……………… 人民文学出版社
创造社作品选　刘纳编选 ……………………… 人民文学出版社
太阳社小说选　李松睿　吴晓东编选 ………… 人民文学出版社
湖畔社诗选　刘纳编选 ………………………… 人民文学出版社
浅草－沉钟社作品选　张铁荣编选 …………… 人民文学出版社
《语丝》作品选　张梁编选 …………………… 人民文学出版社
未名社作品选　黄开发编选 …………………… 人民文学出版社
新月派诗选　蓝棣之编选 ……………………… 人民文学出版社

象征派诗选　孙玉石编选 …………………………… 人民文学出版社
新感觉派小说选　严家炎编选 ……………………… 人民文学出版社
现代派诗选　蓝棣之编选 …………………………… 人民文学出版社
论语派作品选　庄钟庆编选 ………………………… 人民文学出版社
京派小说选　吴福辉编选 …………………………… 人民文学出版社
东北作家群小说选　王培元编选 …………………… 人民文学出版社
七月派作品选　吴子敏编选 ………………………… 人民文学出版社
西南联大文学作品选　李光荣编选 ………………… 人民文学出版社
九叶派诗选　蓝棣之编选 …………………………… 人民文学出版社
荷花淀派小说选　冯健男编选 ……………………… 人民文学出版社
山药蛋派作品选　高捷编选 ………………………… 人民文学出版社
红楼梦辨　俞平伯著 ………………………………………… 商务印书馆
中国诗史　陆侃如、冯沅君著 ……………………… 百花文艺出版社
中国文学发展史　刘大杰著 ………………………… 复旦大学出版社

【艺术类】

万木草堂论艺　康有为著 ……………………………… 荣宝斋出版社
中国绘画史　潘天寿著 ………………………………… 团结出版社
中国绘画理论　傅抱石著 …………………………… 江苏教育出版社
中国雕塑艺术史　王子云著 ………………………… 人民美术出版社
中国陶瓷史　吴仁敬　辛安潮著 ……………………… 团结出版社
中国戏剧史　徐慕云著 ……………………………… 东方出版中心
洪深戏剧论文集　洪深著 …………………………… 东方出版中心
焦菊隐戏剧论文集　焦菊隐著 ………………………… 华文出版社
中国古代乐论选辑　吴钊　伊鸿书　赵宽仁　古宗智
　吉联杭编 …………………………………………… 人民音乐出版社
素月楼联语　张伯驹编著 ……………………………… 华文出版社
中国书法理论体系　熊秉明著 ……………………… 人民美术出版社
夏衍电影论文集　夏衍著 …………………………… 东方出版中心
银幕形象创造　赵丹著　赵青整理 ………………… 东方出版中心

【科技文化类】

自然辩证法在中国　龚育之著 ……………………… 北京大学出版社
科学家谈 21 世纪　李四光等著 ………… 中国大百科全书出版社
继承与叛逆——现代科学为何出现于西方
　陈方正著 ……………………………… 生活·读书·新知三联书店

中国医学史　　陈邦贤著 ………………………………… 团结出版社
化学史通考　　丁绪贤著 …………………… 中国大百科全书出版社
科学概论　　王星拱著 ……………………………… 武汉大学出版社
竺可桢科普创作选集　　竺可桢著 ………… 中国大百科全书出版社

【综合普及类】

书林清话　　叶德辉著 ……………………………………… 华文出版社
文坛五十年　　曹聚仁著 ……………… 生活·读书·新知三联书店
张菊生先生七十生日纪念论文集
　　胡适　蔡元培　王云五等编 …………………………… 商务印书馆
佛教常识问答　　赵朴初著 ……………………………… 华文出版社
词心笺评　　邵祖平著 ……………………………… 复旦大学出版社
西潮与新潮　　蒋梦麟著 ………………………………… 东方出版社

目　录

前　言

一　太阳社的形成及其组织方式

1927年冬天，在四个年轻人的操持下，一家名为“春野”的书店在上海北四川路，奥迪安大戏院斜对面悄悄开业了。奇怪的是，这家不起眼的小书店总是大门紧锁，似乎并不着意于经营图书。偶尔有几个人光顾，却也只是上楼商谈事情，并不购买书籍。而且总有一些外国巡捕或中国警察在这家书店外徘徊，似乎里面在从事什么秘密活动。种种迹象都表明书店似乎很难维持下去。然而随着1928年的到来，这家门庭冷落的小书店却因为发行《太阳月刊》以及“太阳社丛书”而声名鹊起，一时间成了上海最有影响力的几个书店之一，以至于连鲁迅也发出感慨：“旧历和新历的今年似乎于上海的文艺家们特别有着刺激力，接连的两个新正一过，期刊便纷纷而出了。”①

事实上，春野书店就是后来大名鼎鼎的太阳社的“大本营”，而那四个年轻人则是太阳社的发起人蒋光慈、钱杏邨、孟超和杨邨人。根据杨邨人的回忆，1927年6月，四人在武汉时就已经在商议成立一个文学社团，进行革命宣传工作，并决定将社团取名为“太阳”；只是因为汪精卫发动“七·一五”反革命政变，才使他们的

① 鲁迅《“醉眼”中的朦胧》，《鲁迅全集》第4卷，人民文学出版社2005年版，第61页。

结社计划中途夭折。[①] 四人因国民党清党离开武汉后，又先后辗转来到上海，被中共地下党分配到闸北第三街道支部下属的一个党小组继续从事革命工作。当时党组织给这个小组分配的任务是"搞沪东、杨树浦一带的工人运动"[②]。但该小组的所有成员都不是上海人：蒋光慈和钱杏邨是安徽人，洪灵菲和戴平万是潮州人，杨邨人是潮安人，而孟超则是山东人。口音问题让他们的工作根本没法展开。有一次，满口山东话的孟超刚开始和一个工人搭讪，对方立刻勃然大怒，"差点儿就要动武"[③]。原来，当时上海工部局的巡捕多为山东人，使得孟超一开口就让对方产生了怀疑。党组织分配的任务没有办法展开，再加上这个党小组的主要成员都是知识分子和文艺爱好者，于是蒋光慈等人决定重提旧事，把创办太阳社的事放到日程上来，转战到文化领域继续开展革命工作。在征得当时党的领导人瞿秋白的同意后，太阳社正式开始运作，并盘下北四川路一家倒闭的西点铺，创办春野书店，取"野火烧不尽，春风吹又生"之意[④]。之所以太阳社要把店址选在偏僻的北四川路，一方面是由于书店林立的四马路(今福州路)租金太高；另一方面则是因为北四川路属于公共租界越界筑路地段，前门属外国巡捕的管辖范围，而后门则划归中国警察管理，这就为地下工作者提供了十足的方便。如果外国巡捕从前门进来搜查，他们可以很方便地从后门逃脱；而要是中国警察从后门进来了，他们又可以大摇大摆地从前门出去。

根据任钧的回忆，太阳社的主要成员"除蒋光慈、钱杏邨外，计有孟超、林伯修(杜国庠)、沈端先(但夏衍本人在晚年回忆录中只承认自己与太阳社成员同属一个党小组，否认自己参加过太阳社的活动——引按)、洪灵菲、戴平万、刘一梦、顾仲起、楼建南(适

①④ 杨邨人《太阳社与蒋光慈》，载《现代》第3卷第4期。

②③ 夏衍《懒寻旧梦录》，三联书店2005年版，第85页，86页。

夷)、杨邨人、殷夫、冯宪章、森堡(任钧)、祝秀侠、迅雷、圣悦(李平心)、王艺钟,等等”[①],先后编辑出版了《太阳月刊》、《时代文艺》、《新流月报》、《海风周报》以及《拓荒者》等报刊以及“太阳社丛书”。太阳社成员洪灵菲、戴平万以及林伯修等人在1928年5月还另行组织了“我们”社,但除出版了《我们月刊》外并无其他活动,而且在《我们月刊》停刊后,仍参与太阳社活动,因此我们社也可以被看作是太阳社的内部组织。到了1929年下半年,在日本养病的蒋光慈还与楼建南、冯宪章等人组织了太阳社东京分社,并吸收伍劲锋、古公尧以及胡春晓等留日学生参加活动。后因1929年底筹办中国左翼作家联盟,太阳社停止活动,社员全部加入左联。

虽然人们通常把太阳社和后期创造社放在一起加以论述[②],但太阳社在组织形态、运作模式等方面仍有自己鲜明的特色,值得特别留意。上文已经提到太阳社成员全部是共产党员,而且社内还有自己的党组织“春野支部”,从这一点我们可以看出,1927年末出现的太阳社与以前的各种文学社团有很大不同,可以说是现代文学史上一种全新的文学团体。以前的文学社团,如文学研究会、创造社以及浅草—沉钟社等,多具有“同人”性质,是志趣相投的朋友们之间松散的联合,虽也有各自的纲领和发表园地,但对参与者来说并没有太大约束力。而太阳社则不同,对上,它受中共上海闸北第三街道支部的直接领导,是党组织的一部分,必须绝对服从党的指挥;对内,它则具有自己严密的组织形态,很多决议,如吸收会员、制定行动策略等,都需“全体社员的通过才行”。[③] 因此,太阳社虽然是一个文学社团,但有些时候却表现得更像是一个战

① 任钧《关于太阳社》,载1979年2月《新文学史料》第2辑。

② 近年已经有不少研究者注意到太阳社与后期创造社之间的区别,并发表了一些高质量的研究成果,如程凯的《“革命文学”历史谱系的构造与争夺》(《中国现代文学研究丛刊》2005年第1期)等。

③ 杨邨人《太阳社与蒋光慈》,载《现代》第3卷第4期。

斗的集体。这也就是为什么在外界看来，太阳社显得极具“侵略性”，一有风吹草动，就立刻群起而攻之的原因。例如李初梨在创造社刊物《文化批判》上发表《怎样地建设革命文学》一文，批评蒋光慈的《现代中国文学与社会生活》后，太阳社并没有在学理上分辨李初梨的观点，而觉得这是创造社“对我们《太阳月刊》加以袭击”，于是“集中战斗力量迎敌，杏邨作批评，蒋光慈作论文”，杨邨人则“看准了成仿吾的错误给他一个攻坚的炮轰说他不通”。① 仅从他们使用的“战斗”、“袭击”、“迎敌”以及“炮轰”这样的语汇我们就可以感受到太阳社身上的“攻击性”。这种“攻击性”与太阳社成员的职业革命家身份有关。蒋光慈、钱杏邨、戴平万以及洪灵菲等都曾在北伐期间从事过实际的革命工作。在国民党清党时，他们又都“冒着追捕，杀害的种种危险”，才“聚集到了上海”。② 如洪灵菲就是靠“躲在尼姑庵的棺材房才幸免于难”③的。所以他们在进行反批评时，难免会把实际革命工作中所感到的愤懑与委屈释放在自己的文字里，把一切问题都上升到敌我斗争的层面，往往会有过火的地方，动辄用“实没有多批驳的必要”④这样专断的语言来表达对论敌的轻蔑。这种“攻击性”可以说是一把双刃剑：一方面，它那睥睨一切、把文坛前辈宣判为“过时”的批评风格，使得太阳社的文学主张产生了轰动效应，起到了很好的宣传鼓动效果；他们所宣传的“革命文学”成为文坛论争的焦点，太阳社也成为彼时最热门的文学社团之一。但另一方面，这种“攻击性”也使得太阳社的批评家们在面对不同意见时，往往不是从学理的角度，而是出于意气对敌手进行攻击，往往给人们留下泼妇骂街的坏印象。以至于今天提起太阳社，人们通常只记得他们与鲁迅、茅盾等人之间的论

① 杨邨人《太阳社与蒋光慈》，载《现代》第3卷第4期。

②③ 孟超《我所知道的灵菲》，《洪灵菲选集》，人民文学出版社1983年版，序言第23页，24页。

④ 蒋光慈《关于革命文学》，载《太阳月刊》1928年2月号。

战，而他们的文学主张本身却反而多少被遗忘了。

二　时间的焦虑：太阳社的文学观念

太阳社成员所秉持的作为整体性的文学理念大体上不出马克思主义文学批评的范围。他们把文学当作上层建筑的一部分，坚持“反映论”式的批评理念，强调社会生活对文学的决定作用；在分析作家时，注重考察作家所属阶级的情况，力图从阶级的角度剖析作家的心理和创作倾向；而在批评作品时，则又强调作品是否反映了生活的强度与广度，以及题材本身是否具有重大意义。这些都是马克思主义文学批评题中应有之义，并没有什么特殊的地方。太阳社成员思想观念和文学意识真正值得分析之处，是对时间的焦虑感。作为代表着历史和革命发展方向的革命文学家，他们唯恐自己会成为时代的落伍者，内心中充满着时间的焦虑。这种焦虑感从内部决定着他们的文学观念以及其文学表达方式。这一点最突出地体现在蒋光慈的这段话中：

> 革命的步骤实在太快了，使得许多人追赶不上，文学虽然是社会生活的表现，但是因为我们的社会生活被革命的浪潮推动得太激烈了，因之起了非常迅速的变化，这弄得我们的文学来不及表现，——我们的文学家虽然将笔运用得如何灵敏，但当他的这一件事情还未描写完时，而别一件事情却早已发生了，文学家要表现社会生活时，有意识地或无意识地，必定要经过相当的思考的过程，但是我们的社会生活之变化，却没有这样从容的顺序的态度，如此，我们的文学就不得不落后了。[1]

仅从这段文字本身来看，蒋光慈对文学的理解仍然是“反映论”

---

① 蒋光慈《现代中国文学与社会生活》，载《太阳月刊》1928年1月号。

式的，强调文学是“社会生活的表现”。但同时我们也可以感受到，这位太阳社的理论家似乎在为文学与社会生活之间的脱节而苦恼。他清楚地意识到社会生活正在发生异常激烈的变动，而文学则是一种需要较长时间进行酝酿和操演的工作，因此无论文学家如何勤勉、快速地以文学的方式描绘社会生活，都无法真正把握生活所发生的变化，也无法使自己的作品成为激变着的社会生活的反映。这种文学与时代的脱节，无疑让蒋光慈为“我们的文学就不得不落后”这一事实而感慨。这种担心自己所从事的工作落后于时代变化的情绪，正是一种“时间的焦虑”。需要指出的是，蒋光慈所感到的这种“时间的焦虑”，其实是一种世界性的心理体验，它与滥觞于意大利的未来主义思潮颇为相似。在未来主义者——如马里内蒂（Malineidi）、波丘尼（Boccioni）等——看来，现代社会因科技的发展，无论在时间上还是空间上都全面改变了人们的生活样态，以致于传统的艺术样式早已不能表现和把握现代生活，因此现代艺术家必须创造出全新的表现方式来进行艺术实践。在以蒋光慈为代表的太阳社作家身上我们会发现，他们也分享着与欧洲未来主义者们相似的思想逻辑和艺术诉求，只不过对于未来主义者来说，他们更寄希望于采用新奇的手段更新艺术表现方式，甚至不惜摒弃文学形式，而用照相术、电影等现代科技手段来描绘现代社会，而太阳社作家则执着于文学，把希望寄托在创造出新的文学——即他们所极力倡导的“革命文学”——之上。因此，“时间的焦虑”在内部深刻地影响着太阳社的文学观念，这既体现在太阳社对革命文学内涵的界定上，也体现在它的理论家如何设计与实践革命文学的方式上。

正如蒋光慈所感叹的，在 20 世纪 20 年代末期，“革命文学成了一个时髦的名词”①。然而究竟什么是“革命文学”，在太阳社之前却没有一个特别明确的定义。而蒋光慈的贡献之一，正是在《关

① 蒋光慈《关于革命文学》，载《太阳月刊》1928 年 2 月号。

于革命文学》一文中为革命文学确立了最初的标准，即：

革命文学是以被压迫的群众做出发点的文学！

革命文学的第一个条件，是具有反抗一切旧势力的精神！

革命文学是反个人主义的文学！①

有研究者已经从影响研究的角度指出："蒋光慈关于革命文学标准的论述，大体是借鉴了'拉普'的理论和创作的。"②这一论述准确地指明了蒋光慈的理论来源。然而在笔者看来，蒋光慈上述对革命文学内涵的界定固然受了苏联"拉普"文学观念的影响，但同时还与他对中国社会的判断密切相关。可以说，蒋光慈所提出的革命文学的每一条定义，都依次对应着他对中国社会状况的认识。首先，革命文学之所以必须是"以被压迫的群众做出发点的文学"，主要是因为"在实际社会的生活中，一切被压迫群众不但是反抗统治阶级的力量，而且是创造新社会的主人"。其次，"我们的时代是社会斗争极剧烈的时代，到处都是新旧势力相互冲突的现象"，这使得革命文学必须是"具有反抗一切旧势力的精神"的。第三，由于"我们的社会生活之中心，渐由个人主义趋向到集体主义"，而"现代革命的倾向，就是要打破以个人主义为中心的社会制度，而创造一个比较光明的、平等的，以集体为中心的社会制度"，因此革命文学也就必须是"反个人主义的文学"③。也就是说，蒋光慈所鼓吹的革命文学的合法性，全部来自于这种新的文学样态与时代变化的相关性。从这里我们会发现，蒋光慈身上有种强烈的冲动，即要创造出新的文学形态，以使文学能够与社会生活保持一致。而任何落后于时代的文学都是被扫荡的对象。在笔者看来，这一冲动无疑是他所感受到的"时间的焦虑"所赋予的，所以蒋光慈才会在定义革命文学的方式

①③ 蒋光慈《关于革命文学》，载《太阳月刊》1928 年 2 月号。

② 易新鼎《太阳社》，《中国现代文学社团流派》上卷，江苏教育出版社 1989 年版，第 492 页。

时始终联系着中国社会的变化。在太阳社作家眼中，由于社会生活正在发生激烈的变化，因此他们“为着要执行文学对于时代的任务，为着要转变文学的方向，所以也就不得不提出革命文学的要求”[①]。显然，让文学与时代相符、不再落后于它所身处的时代，是太阳社作家定义文学的根本出发点。

太阳社作家不仅在理论层面上定义了革命文学，而且还同样关心如何实践它的问题。在太阳社的文学理念中，中国文坛已“发展到”“革命文学”的阶段是无可争辩的事实，重要的是如何让革命文学走向成熟。对此，太阳社的理论家创造了“新的作家”和“旧的作家”这两个批评概念。这里需要指出的是，“新”与“旧”本是两个指称时间的符码，本身并不包含价值判断的意味。然而太阳社的理论家们身上那强烈的“时间的焦虑”，使得他们笔下的“新”与“旧”由此转换为能否抓住时代、社会生活的标准，从而给这两个符码赋予了强烈的价值意味。在他们看来，革命文学只能依靠那些“在革命浪潮里涌现出来的”“新的作家”[②]才可能取得真正的成绩，而“旧的作家”则只能为时代无情地淘汰。蒋光慈在《现代中国文学与社会生活》一文中认为，“旧的作家”“所走的路极端地与革命的倾向相背驰，与时代的要求相冲突”，即使是“有良心的旧的作家，虽然他们也想与革命接近，但是因为与革命的关系，无论形式上，或精神上，实在是太生疏了，所以一时改变不过来，因之，我们也就不能希望他们有什么伟大的振作”。“旧的作家”因此被太阳社的理论家直接从革命阵营中排斥出去，被剥夺了“正确”表现时代的权力。而“新的作家”“虽然现在还未成名”，还没有取得“很好的成绩”，但他们才是真正“认识时代，了解现代的社会生活”的人。[③]也就是说，只有“新的作家”才有可能正确地表现革命，捕捉到他们所身处的时代。显然，这一理论虽然说明了作家与他所身

---

①②③　蒋光慈《关于革命文学》，载《太阳月刊》1928年2月号。

处的时代之间的关系，但在具体论述中却又是粗暴和专断的。在这种逻辑下，似乎只要是“新的”，也就直接变成了“好的”。只要身为“新的作家”，就可以写出好的作品。而“旧的作家”在当下的意义却被一笔勾销了。我们只能说，这些太阳社作家们身上的“时间的焦虑”太强烈了，他们极度担心落后于时代，对“新的作家”过分地褒扬，对那些“旧的作家”却又求全责备，以至于“有良心的旧作家”在他们眼里也只能被时代淘汰。也正是这种观念促使太阳社的批评家钱杏邨写出《死去了的阿Q时代》一文，加入到后期创造社与鲁迅的论争之中，同时也让茅盾等老一辈作家颇为不满。茅盾专门写了《欢迎〈太阳〉》一文，表示对蒋光慈的观点“有异议”，强调“‘旧作家’何尝不能从他们的观察上产生新时代的作品”。[①] 蒋光慈对“新的作家”和“旧的作家”的划分也成了太阳社的理论中最为人诟病的地方。

三　太阳社小说的三种类型

虽然太阳社的文学理念有其鲜明的特点，但与后期创造社不同，太阳社并不以理论批评见长，大部分社员对理论批评都没有什么兴趣，除蒋光慈和钱杏邨二人在太阳社内从事理论和批评工作外，其他成员均把主要精力投入到文学创作活动中。因此太阳社的主要功绩在于革命文学的创造上。在短短两年的时间中，他们创作了大量小说、诗歌以及戏剧作品。其中又以小说影响最大，也最有特点。

文学史通常把太阳社和后期创造社的创作一起称作早期革命文学。由于在人物描写、情节模式等方面存在着“脸谱化”、“公式化”以及“标语口号化”等弊病，这些作品又往往被贴上“革命的浪漫谛克”的

① 方璧（茅盾）《欢迎〈太阳〉》，载1928年1月8日《文学周报》第5卷第23期。

批评标签。瞿秋白在30年代初就认为早期革命文学在艺术层面上“连庸俗的现实主义都没有能够做到”，在政治层面上“不但不能帮助‘改变这个世界’的事业，甚至于也不能够‘解释这个世界’”。[①] 瞿秋白从文学标准和政治标准两方面提出的质疑，使得早期革命文学被指认为“‘不应当这么样写’的标本”[②]，历来受到轻视。

不过对于今天的文学史研究来说，重要的或许并不是延续前人的判断，将太阳社小说指认为不成功的作品，而是去深入思考为何那些才华横溢的作家甘愿冒着“公式化”的风险，纷纷以类似的方式去表现革命？他们的作品究竟具有什么样的特质而被称为“革命的浪漫谛克”？

当人们最初批判早期革命文学的“革命的浪漫谛克”时，对这一倾向的内涵并没有统一的界定。在瞿秋白看来，“革命的浪漫谛克”意味着在创作中表现出“感情主义”、“个人主义”、“团圆主义”以及“脸谱主义”等四种倾向，并认为这四大“主义”是“骗人和骗自己的浪漫谛克”。[③] 也就是说，瞿秋白是从脱离现实的意义上来理解“革命的浪漫谛克”的。茅盾则将“革命的浪漫谛克”解释为“英雄主义的色彩”、“‘身边琐事’的残痕”以及“‘灵感主义’的尚未汰尽”。[④] 从“残痕”、“尚未汰尽”的措辞来看，茅盾更倾向于在没有完全超越五四文学经验的意义上来理解“革命的浪漫谛克”。而在钱杏邨看来，“革命的浪漫谛克”指的是“个人主义的英雄主义的倾向”、“浪漫主义的倾向”、“才子佳人英雄儿女的倾向”以及“幻灭动摇的倾向”。[⑤] 大致说来，所谓“个人主义的英雄主义的倾向”表现

①② 易嘉（瞿秋白）《革命的浪漫谛克——〈地泉〉序》，《中国新文学大系1927—1937》第1集《文学理论集》，上海文艺出版社1987年版，第865页。

③ 史铁儿（瞿秋白）《普洛大众文艺的现实问题》，载1932年4月25日《文学》第1卷第1期。

④ 茅盾《关于“创作”》，《茅盾全集》第19卷，人民文学出版社1991年版，第277页。

⑤ 钱杏邨《〈地泉〉序》，《中国新文学大系1927—1937》第1集，第874—876页。

为“个人英雄决定一切”的情节模式；“浪漫主义的倾向”指的是“没有失败，只有胜利”的情节模式；“才子佳人英雄儿女的倾向”是指“恋爱加上点革命”的题材；“幻灭动摇的倾向”则指的是作品中大部分篇幅写到幻灭与动摇，却“照例的”在结尾处写出“并不同意动摇幻灭”的情节模式。也就是说，钱杏邨更多地是从情节和题材的角度对“革命的浪漫谛克”的倾向进行划分。虽然这些批评家所描述的太阳社小说的缺陷各不相同，但我们仍能发现他们对“革命的浪漫谛克”的看法并无本质差别。概括起来说，“个人主义的英雄主义”、“浪漫主义”以及“才子佳人英雄儿女”构成了太阳社小说的三种基本情节模式。

上述批评家对太阳社小说的情节模式的体认是相当准确的。太阳社的大部分作品都可以归结到这三种情节模式之中。所谓“个人主义的英雄主义”的情节模式，即是将革命表现为个人的斗争与反抗。这一模式的代表作品有蒋光慈的《最后的微笑》(1928)、泣零的《火种》(1929)以及冯宪章的《游移》(1929)等。所谓“浪漫主义”的情节模式，即将革命“传奇化”，有意回避革命过程中的苦难与残酷，把革命表现为“没有失败，只有胜利；没有错误，只有正确”[①]的传奇。这一模式的代表作品有甘荼的《屎坑老鼠》(1928)、迅雷的《火酒》(1928)以及戴平万的《出路》(1928)等。所谓“才子佳人英雄儿女”，也就是“革命加恋爱”的情节模式。笼统地说，这类情节模式或是将革命表现为与恋爱相冲突，即“革命就不能恋爱，恋爱就不能革命”；或是将革命表现为与恋爱“相因相成”[②]，即“革命不忘恋爱，恋爱不忘革命”[③]。代表作有蒋光慈的

① 钱杏邨《〈地泉〉序》，《中国新文学大系 1927—1937》第 1 集，第 874—876 页。

② 茅盾《“革命”与“恋爱”的公式》，《茅盾全集》第 20 卷，人民文学出版社 1990 年版，第 337 页。

③ 冯雪峰《从〈梦珂〉到〈夜〉——〈丁玲文集〉后记》，《冯雪峰论文集》中册，人民文学出版社 1981 年版，第 155 页。

《野祭》(1927)、《菊芬》(1928);洪灵菲的《流亡》三部曲(1928)以及孟超的《冲突》(1928)、《梦醒后》(1928)等。下面将逐一分析这三种情节模式,以期更好地理解太阳社小说的特质。

四 "个人主义的英雄主义"的情节模式

所谓"个人主义的英雄主义"的情节模式,在瞿秋白看来就是"个人主义,英雄主义的个人忽然像'飞将军从天而下',落到苦恼的人间,于是乎演说,于是乎开会,于是乎革命,于是乎成功,——这种个人主义,'个人的英雄决定一切'的公式,根本就是诸葛亮式的革命。这样,甚至于党都可以变做诸葛亮,剑仙,青天大老爷"。[①] 对于这样的批评,太阳社批评家后来也表示同意。钱杏邨在《〈地泉〉序》中就曾原封不动地摘抄了上面这段引文以说明太阳社作品的"个人主义的英雄主义的倾向"。显然,批评家对"个人主义的英雄主义"情节模式的批判,着眼点在于对"革命"的表现方式。因此,太阳社的这类小说到底是如何去表现革命就成了一个值得分析的问题。

在众多表现"个人主义的英雄主义"的太阳社小说中,一个最为常见的结构方式是现实与梦境的双层结构。在小说的"现实"层面,主人公在革命行动中往往遭遇挫折,在生活上也极度困窘;然而"梦境"层面中,主人公却往往一变而为革命英雄,并最终取得革命的胜利。蒋光慈的小说《最后的微笑》就是这类营造了现实与梦境双层结构的典型作品。在小说的现实维度,工人王阿贵在被工头张金魁开除后变得穷困潦倒,赴诉无门,一直想找机会报复,但又觉得自己瘦弱无力敌不过身材魁梧的张金魁。然而在"梦"中,王阿贵却借助一支偷来的手枪,成功报仇雪恨,在现实中无法得到满足的愿望在梦境中终于得到了满足。在此种模式的另一变体

① 史铁儿(瞿秋白)《普洛大众文艺的现实问题》,载《文学》第1卷第1期。

中，小说并不采用梦境与现实并置的结构，而是用回忆与现实交织的方式来畅想革命。例如在楼建南的小说《烟》中，主人公“我”是个向往革命的小资产阶级知识分子，大革命失败后无所事事，陷入苦闷。但小说却通过“我”对革命年代的回忆，把读者重新带回到火热的革命场景中，主人公自己也通过这种方式，重拾革命的信心和勇气。

“个人主义的英雄主义”的小说在结构上将现实与梦境（回忆）并举，在现实的惨淡与梦境的辉煌的两相对照下，革命行动似乎在某种程度上构成了对现实的匮乏的补偿，换句话说，革命实现了革命者在现实生活中无法得到满足的欲望。这种双层结构可以被看作是革命文学自身命运的投影。鲁迅在题为《文艺与政治的歧途》的演讲中认为“做文学的人总得闲定一点，正在革命中，那有功夫做文学”[①]。鲁迅所言虽出于对革命文学倡导者的讥刺，但却道出了一个事实，即革命文学的兴盛实际上是革命处于低谷的表征。太阳社作家大都亲身参与了北伐战争，国共分裂使他们失去了继续从事实际革命工作的可能，于是转而以文学创作的方式继续推动革命发展。在某种程度上，革命文学本身就是这些作家无法参与现实革命时以文学的方式进行的革命畅想。

与小说的情节模式同样值得关注的是太阳社作家们对“革命”的呈现方式。在这类“个人主义的英雄主义”的作品中，“手枪”意象的大量出现是一个值得深入探究的现象。“手枪”或者是作品结构剧情的核心道具，如《最后的微笑》（蒋光慈）、《出路》（赵冷）等；或者是刻画人物形象的必要修辞，似乎身上没有一支手枪就很难称得上是革命者，如《火种》（泣零）等；在更多的情况下，“手枪”则是人物发泄自己内心愤恨的工具，如《车厂内》（刘一梦）、《游移》

① 鲁迅《文艺与政治的歧途》，《鲁迅全集》第7卷，人民文学出版社2005年版，第119页。

(冯宪章)等。可以说,身藏手枪在密室中制造革命宣传品或指导工人进行罢工的革命者几乎成了这一时期太阳社小说中经典的革命者形象。有趣的是,这些大量出现的"手枪"在小说的"现实"层面往往并不具备实体,而是只出现在"梦境"或回忆中。正如我们在《最后的微笑》中看到的,主人公王阿贵在"现实"中无法找到致敌人于死地的武器,但在"梦境"中,他却轻而易举地得到了一支手枪。这里需要追问的是,既然在"梦境"中作家可以交给主人公任何武器而不必考虑其现实依据,那么为什么众多革命文学作家纷纷选择手枪而不是其他更有威力的武器?与大刀、长矛相比,手枪不够血腥、刺激;而与机关枪、手榴弹相比,手枪又显得杀伤力有限。那么是什么让革命文学作家对手枪情有独钟呢?龚冰庐在谈到他的小说《一九二五年的血》时承认,"萨甫里娜的短篇小说""所遗留下来的残余印象……形成了我这篇小东西"。[①] 这一自述透露出一个信息,即在革命者梦境中出现的手枪并非真的凭空从天而降,它们可能源自以俄国早期革命者为题材的小说。那些革命者们有着高贵的血统,穿着华美的服装,使用精致的手枪,以过人的胆识刺杀压迫人民的暴君。这一形象无疑是众多革命文学作家们所憧憬的。当赵冷在《出路》中以热情的笔调歌颂用一支手枪杀死自己的镇守使父亲的黄卓群的时候,他笔下的革命者无疑与俄国早期革命者开始合而为一。想一想在革命行动中拥有一支手枪,是多么浪漫的一件事,也就难怪革命文学作家对手枪如此情有独钟。

或许正是太阳社作家在小说的梦境层面对手枪的描写,构成了这些作品的内在症候点。也就是说,虽然革命文学试图去描写一场由共产党领导的、工人阶级为主体的革命,但其想象革命的方式却带有浓厚的无政府主义气质。如果与巴金同一时期的小说

① 参见龚冰庐《一九二五年的血》的后记,载 1928 年 5 月 1 日《流沙》第 4 期。

《灭亡》进行对比，这一症候就更为明显。由于巴金明确声明自己“是一个无政府主义者，一个巴枯宁主义者，一个克鲁泡特金主义者。不但过去如此，现在如此，将来也永远如此”[①]，因此其《灭亡》一向不被当作革命文学来看待。但如果暂时抛开政治理念的差异，仅从想象革命的方式来看，《灭亡》其实与革命文学具有极为相似的模式。《灭亡》的主人公杜大心也是一个拥有一支手枪在密室中制造革命宣传品的革命家，小说也多次详细描写杜大心的梦境。在最后一场梦中，杜大心梦见自己在与敌人搏斗时被击毙，从梦中惊醒后，他觉得自己“应该用自己底生命来替‘他’（杜大心的同志张为群——引按）复仇”[②]。于是他佯装成记者混入上海戒严司令的宴会，用手枪向戒严司令连开四枪，并用最后一颗子弹开枪自杀。同样是充满了血腥的梦境，同样是以用手枪去刺杀仇人的方式进行革命，我们很难说革命文学作者对革命的想象方式与巴金的有什么不同。

在这里阐述《灭亡》与革命文学中某些作品想象革命方式的相似性，并非为了坐实某些革命文学作者认同无政府主义思想。事实上，前面提到的很多作家都曾在作品中批判无政府主义。例如龚冰庐就在小说《黎明之前》中批判所谓“无政府的混淆”。[③] 问题在于，俄国早期革命者的传记、《工人绥惠略夫》以及“萨甫里娜的短篇小说”等资源可能共同支配了一代中国作家对于革命的想象。因此革命文学作家在描写革命时，使用的方法与表现无政府主义革命的方法并无实质区别。在某种程度上我们可以说，“个人主义的英雄主义”模式的小说中的“手枪”意象，既满溢着太阳社作家身上炽热、高昂的革命激情，同时也暴露出小说中的革命实际上是书

① 巴金《答诬我者书》，《巴金全集》第 18 卷，人民文学出版社 1993 年版，第 180 页。

② 巴金《灭亡》，《巴金全集》第 4 卷，人民文学出版社 1987 年版，第 142 页。

③ 龚冰庐《黎明之前》，载 1928 年 5 月 1 日《创造月刊》第 1 卷第 11 期。

斋中浪漫化想象的产物。这些年轻的革命者们只看到革命浪漫的一面，却忽视了内在于革命之中的残酷、艰苦以及牺牲。这也是太阳社小说在文学史上一直评价不高的一个重要原因。

五　“浪漫主义倾向”的情节模式

在钱杏邨眼里，“浪漫主义倾向”的情节模式存在着两类问题：“一是不老老实实的写现实，把现实神秘化了去写。二是没有失败，只有胜利，没有错误，只有正确，把现实虚伪化了去写。”①不管是“把现实神秘化了去写”，还是“把现实虚伪化了去写”，着眼点都是其对现实的歪曲，即没有“从现实上剥去所有的假面的东西”②。为了说明这类小说的荒谬，钱杏邨甚至这样概括华汉的小说《转换》：“《转换》里的一个女英雄，她被捕了，马上实现了转换的那位英雄就前来搭救，如《火烧红莲寺》；同时，革命的父亲被枪毙的时候，那射击手竟是他的儿子；于是‘刀下留人’，于是宣传，于是四个人大联合，于是第二天早上革命成功万岁。”③通过如此荒诞可笑的概括，钱杏邨意在说明这类“浪漫主义倾向”的小说有意回避革命历程中真实的苦难，而以传奇的方式解决革命者遇到的各种困难，把革命写成了与《火烧红莲寺》类似的传奇故事的弊端。可见批评家在批判“浪漫主义倾向”的作品时，仍将革命是否得到正确的表现作为核心的评价标准。因此对革命的表现方式同样是我们下面要关注的话题。

从钱杏邨对华汉小说《转换》的概括我们可以看出，这位太阳社的批评家之所以把所谓“浪漫主义倾向”的小说称作《火烧红莲寺》式的传奇故事主要有两个原因：一是小说往往依靠非凡的英雄来解决革命过程中遇到的困难，即所谓“马上实现了转换的那位英

---

①②③　钱杏邨《〈地泉〉序》，《中国新文学大系 1927—1937》第 1 集，第 875 页。

雄就前来搭救”；二是小说在情节中设置了过多的巧合，即所谓“革命的父亲被枪毙的时候，那射击手竟是他的儿子”。应该说钱杏邨对这类“浪漫主义倾向”小说的体认是相当准确的，上面两点的确是这类小说在“想象”革命时的主要构成方式。

一个最为常见的情节模式，是小说的主人公遭遇突如其来的苦难或革命行动遇到难以克服的困难。这时候，总会非常凑巧地出现一个“从天而下”①的英雄，帮助主人公脱离苦海并使革命顺利发展。以甘棻的小说《屎坑老鼠》为例，在小说开始时，农民协会所开展的活动并不能顺利地改造农民的思想，参会农民在每次开会时都没有把注意力集中在紧要问题上，而是热衷于谈论风水、吉凶以及面相等与革命无关的话题，革命宣传也因此无法全面展开。然而省农会负责人易同志在一次谈话中借用酒楼老鼠、谷仓老鼠、沟渠老鼠以及屎坑老鼠等意象来比喻人类社会的不同阶级，立刻让农民“以为争论风水相命不及”老鼠问题“有趣而且新鲜”②，并从此明白劳动人民必须团结起来才能实现人人平等的社会理想。显然，在这类“浪漫主义倾向”的小说中，革命成功的希望完全寄托在英雄身上，只要英雄人物一出场，形势就会立刻发生逆转，而革命也随之取得胜利。这类小说还存在着一种变体：柔弱的主人公在瞬间自己转变为一个英雄。在迅雷的《火酒》中，主人公仲豪在武装暴动时负责组织火攻，但生性懦弱的他却在放火的紧要关头临阵脱逃，给革命造成了巨大的损失。然而当他看到革命同志因自己的懦弱而被捕时，却突然间意识到“要从挫折中去找胜利”，“只有走向社会革命才是现今的出路”，于是全身焕发出无穷的力量，立志要为同志们报仇，并发出“失败算什么事？再来一个”的

---

① 史铁儿（瞿秋白）《普洛大众文艺的现实问题》，载《文学》第1卷第1期。

② 甘棻《屎坑老鼠》，载《太阳月刊》1928年6月号。

感叹。[①]

在上述小说中,英雄人物的出现无疑是小说结构上的转捩点。在英雄出现以前,小说主人公或革命都遭遇了严重的挫折,而且根本看不到解决问题的希望。而英雄出场之后,一切困难都在转眼间得到完满的解决。瞿秋白曾批判"浪漫主义倾向"作品对英雄人物的描写是"莫名其妙的",因而"不能够深刻的写到这些人物的真正的转换过程,不能够揭穿这些人物的'假面具'——他们自己意识上的浪漫谛克的意味:'自欺欺人的高尚的理想'"。[②] 瞿秋白所谓的"莫名其妙",指的是小说中英雄人物的行动不能在人物自身的经历中找到线索或依据,当英雄们"从天而下"的时候,小说文本无法为英雄人物的出现提供合理解释,他们往往有一个幻影般的过去,让读者琢磨不透。譬如《屎坑老鼠》中的易同志就没有历史,读者只知道他是省农会的负责人,他到底有什么样的经历?他是如何成为一个坚定的革命者的?这些问题作者都没有给我们做出回答,似乎只是因为农会的讨论无法按照预定的方向发展下去,需要某个人发表一阵演说以教育农民,于是临时把易同志拉入小说情节之中。至于《火酒》中的仲豪,仅仅因为看到革命同志被敌人抓获,就立刻改变自己懦弱的性格,成为一个勇敢无畏的革命者,确实如瞿秋白所说的"一点儿也没有'转换'的过程"[③]。而在钱杏邨看来,"浪漫主义倾向"的作品在表现英雄人物时完全没有描写"'转换'的过程"的做法,是"把现实神秘化了去写",是一种必须被"克服的错误倾向"。[④] 华汉在1932年回忆自己的创作历程时说:"那时有好多人都在这一'复兴'时期中发了狂,说大话,放空炮,成了这一时期的时髦流行病,我那时蹲在上海,大概也多少受了些传

① 迅雷(徐迅雷)《火酒》,载《太阳月刊》1928年4月号。

②③ 易嘉(瞿秋白)《革命的浪漫谛克——〈地泉〉序》,《中国新文学大系1927—1937》第1集,第867页

④ 钱杏邨《〈地泉〉序》,《中国新文学大系1927—1937》第1集,第875页。

染，这在《复兴》中是深深的烙印得有不少的痕迹的。”[①]华汉的回忆透露出这种必须被“克服的错误倾向”在1928到1930年间无疑为众多革命文学作家所分享。对于文学史研究者来说，值得关注的问题恐怕不在于指出早期革命文学描写“突变”的英雄从而将“现实”简单化这一点，而在于探究为何那么多作家会选择以这种方式来“想象”革命。当英雄人物总是以突兀的方式出现，在轻而易举地解决所有问题之后又悄然离去的时候，他们并没有真正融入小说结构当中。因此钱杏邨才把这类“浪漫主义倾向”的作品视作类似《火烧红莲寺》的传奇。

传奇文体的特质正在于它使“世界中隐藏的梦幻得以显现”[②]，因此，当某些作品呈现出传奇性的时候，它们所传达的其实是作者隐藏在内心深处的梦想。从这个角度来看，“浪漫主义倾向”模式的作品中那些显得有些虚幻的英雄人物实际上就是革命文学作者内心隐秘的革命激情的外化。如果说传奇故事“在愿望的想象中重新塑造了世界”[③]，那么革命对于革命者来说也是重塑世界的方式。根据郭沫若的回忆，蒋光慈就认为：“有理想，有热情，不满足现状而企图创造些更好的什么的，这种精神便是浪漫主义。具有这种精神的便是浪漫派。”“凡是革命家也都是浪漫派，不浪漫谁个来革命呢？”[④]在“企图创造些更好的什么”的意义上，传奇与革命显然具有某种共通性。事实上在20世纪大部分时间里，革命对于中国人来说都是一个具有克力斯玛(Charismatic)般魅力的语汇，给中国人以改变现状、创建更美好世界的承诺，让无数中国人为之疯狂。几乎从20世纪初年开始，关于革命的理论、宣

---

① 华汉(阳翰笙)《〈地泉〉重版自序》，《中国新文学大系1927—1937》第1集，第879页。

②③ 吉利恩·比尔《传奇》，肖遥、邹孜彦译，昆仑出版社1993年版，第19页，117页。

④ 郭沫若《创造十年续编》，《学生时代》，人民文学出版社1979年版，第243—244页。

传，特别是各国革命者的传记、故事在各类出版物上大量出现。像法国的C. 科黛、俄国的妃格念尔、中国的秋瑾等革命者的事迹愈传愈广，并逐步演化为传奇。革命者人格魅力的感召，革命者个人经历的离奇，使得革命在那个年代被染上了极为浓厚的传奇色彩。这也是为什么太阳社的小说总有些传奇色彩的原因。

六 “才子佳人英雄儿女的倾向”的情节模式

所谓“才子佳人英雄儿女的倾向”，也就是人们常说的“革命加恋爱”。钱杏邨称这类作品为“照例的把四分之三的地位专写恋爱，最后的四分之一把革命硬插进去，和初期的前八本无声，后二本有声的‘有声电影’一样的东西”[①]。并指出此种倾向的小说没能正确地处理“恋爱”与“革命”的关系，只是把“恋爱”和“革命”生硬地拼凑在一起，既不能在政治上正确地表现革命，也不能在艺术上取得成功。

茅盾认为以“革命加恋爱”为题材的革命文学可分为两种类型，一种可以归纳为“‘革命’+（加）‘恋爱’的公式”，即所谓“革命与恋爱的冲突”；另一种可以归纳为“‘革命’×（乘）‘恋爱’的公式”，即所谓“革命与恋爱相成相因”。按照茅盾的说法，描写“恋爱与革命的冲突”的小说中，“恋爱”是真正的主体，而“革命”只是陪衬；而在描写“革命与恋爱相成相因”的小说中，“‘革命’是主要题材，‘恋爱’不过是穿插”。[②] 茅盾对“才子佳人英雄儿女”倾向的小说所作的划分基本符合事实，但却未必有其实效性，因为不管是表现“革命与恋爱的冲突”的小说还是表现“革命与恋爱相成相因”的

---

① 钱杏邨《〈地泉〉序》，《中国新文学大系1927—1937》第1集，第876页。

② 茅盾《“革命”与“恋爱”的公式》，《茅盾全集》第20卷，第338—339页。

小说，在情节模式上区别并不大，它们其实共同分享着相同的结构情节的模式，即潜在的革命者通过“恋爱”这个跳板转变为真正的“革命者”。以蒋光慈的《野祭》为例，这篇小说以主人公陈季侠和章淑君、郑玉弦两位女士的情感纠葛为主要线索展开。章淑君是一个明事理、有思想的小学教师，她为陈季侠的学识所打动，深深地爱上了陈季侠。可惜陈季侠觉得章淑君“粗而不秀”，不为所动，他爱上的是表面上同情革命，但实际上对革命没有任何兴趣的郑玉弦。虽然章淑君在爱情上遭受了挫折，但她恰恰是在经历了这场爱情风波后才投身革命，并成为一个坚定的革命者的。大革命失败后，章淑君为革命献出了生命。而郑玉弦则为了规避风险不再与陈季侠来往，此时陈季侠才明白郑玉弦对他并没有真挚的感情，只有章淑君才是最爱他的人。在这场三角恋爱中，章淑君经历了真正的爱情，虽然这份感情没能得到回应，但她却由此走上革命道路。而陈季侠和郑玉弦不仅没有经历含有真挚情感的恋爱，也都没有实际参加革命行动并成为革命者。这一情节模式在其他小说中还有更为复杂的表现形态，如孟超的《冲突》。主人公于博出场时是一个刚刚走出校园的青年革命者，空有革命理论却毫无实际工作经验。而他身上的小资产阶级习气，又让他爱上了同属一个支部的缪英，并因此严重影响他的工作。只有在经历了这段刻骨铭心的爱情之后，于博才终于意识到“恋爱和革命是冲突的”[1]，并抛弃了与缪英之间的情感纠葛，克服了残留在自己身上的小资产阶级劣根性，最终成为一个真正的无产阶级战士。由此可以看出，在这些“革命加恋爱”小说中，“恋爱”是走向革命的必经之路，也是每个革命者必须要经受的考验。只有为“恋爱”付出真挚的感情，才能最终成为革命者。因而“恋爱”往往成为小说情节结构的核心，难怪有评论者会觉得这些小说对“革命的描写，完全淹没在

---

① 孟超《冲突》，载《太阳月刊》1928年1月号。

恋爱的大海里"[1]。

在上述情节模式之外,更值得我们关注的依然是"革命加恋爱"小说表现"恋爱"与"革命"的方式。在《野祭》中,不管是陈季侠还是郑玉弦都没有为爱情付出真正的感情。陈季侠只是爱上了郑玉弦表面上"天真的处女美",而郑玉弦则只是被陈季侠作家的声誉所吸引。所以当反革命政变爆发的时候,郑玉弦立刻躲开了革命,而陈季侠则因为一直纠缠在虚假的恋爱中,没有参加实际的革命行动,因而也称不上是一个真正的革命者。只有章淑君这个真挚的恋爱者才真正走上了革命道路。在革命文学作家笔下,似乎只有那些全身心投入爱河的人才是真正的革命者,而那些不能真挚地去"恋爱"的人,也被剥夺了"革命"的可能性。在某些情况下,那些在"恋爱"中失意的人们,一旦接近"革命",也同时获得了享受"恋爱"的机会。在孟超的《冲突》中,缪英和王镜如本是一对革命恋人。这让同样爱着缪英的主人公于博非常苦恼。但王镜如却因为嫉妒缪英和于博假扮夫妻同在一个联络点生活,竟在武装暴动最紧要的关头,放下了手中的指挥任务,跑去喝闷酒。正是在这一刻,主人公于博的爱情发生了转机,缪英突然向于博说明白己的身世,并表达了对于博的爱意。从这个角度来看,革命文学作家实际上是用写"恋爱"的方式来写"革命","恋爱"和"革命"其实是一回事。

这种以描写"恋爱"来表现"革命"的方式,使得"革命加恋爱"小说没有能够得到后来的批评家们的认可。如沈端先就认为"革命加恋爱"小说对"革命的描写,完全淹没在恋爱的大海里",因此担心读者阅读这类革命文学作品的初衷"只是对男女主人公恋爱的关心,而绝对不是主人公对于革命的关系"。[2]显然,批评家对将

①② 沈端先《叶永榛的〈小小十年〉》,载1930年1月10日《拓荒者》第1卷第1期。

"革命"与"恋爱"并列的结构心存疑虑，担心这样的方式不能正确地宣传革命，反而有可能让读者沉浸在"恋爱"故事中忘记了"革命"。与左翼批评家从艺术上和政治上对"革命加恋爱"小说进行简单的指责不同的是，文学史家更应该关注这样一种表达"革命"的方式出现的历史动因。关于这一点，冯雪峰在1948年对丁玲创作转型的阐释可以为我们提供一些线索。在谈到写作《莎菲女士的日记》时期的丁玲如何转而开始创作"革命加恋爱"小说时，冯雪峰认为"恋爱热情的追求是被'五四'所解放的青年们的时代要求，它本身就有革命的意义，而从这要求跨到革命上去是十分自然的，更十分正当的事"[①]。应该说，冯雪峰的阐释是有说服力的，我们也可以将其理解为"革命加恋爱"小说得以产生的历史内驱力。在五四时期，自由恋爱作为个性解放的象征显然是具有"革命的意义"的。这一时期的小说大多以恋爱自由作为题材，无疑表明"恋爱"是当时最具号召力的革命话语。有很多青年人是通过对"恋爱"的追求走出家庭，并进而走上革命道路的。在这个意义上，"革命加恋爱"小说把"恋爱"作为通向"革命"的跳板的情节模式，无疑是时代气氛的真实反映。

七 结 语

1928到1930年间出现的太阳社小说虽然包含了丰富的历史内涵，但在表现形态上却并没有超出上述三种情节模式。正因如此，无论是当时的评论家还是以后的文学史家都认为太阳社小说存在着"公式化"的弊病，依照模式进行大量复制再生产，缺乏对于"革命"的更为原创的表达。在语丝派与太阳社、后期创造社论战时，这

① 冯雪峰《从〈梦珂〉到〈夜〉——〈丁玲文集〉后记》，《冯雪峰论文集》中册，第153页。

种“公式化”的弊病曾被语丝派尖刻地加以讽刺。当人们回顾这场论争时，通常会倾向于接受语丝派的看法，而认为革命文学把文学等同于政治，忽视了所谓“文学的本质”。然而问题未必如此简单，沈从文曾这样评价当时的革命文学和语丝派：“（革命小说）诚实的制作自己所要制作的故事，清明的睥睨一切，坦白的申述一切，为人生所烦恼，便使这烦恼诉之于读者，南方创造派（由于当时太阳社和后期创造社在一般人看来并没有太大区别，所以沈从文在这里所说的创造派不仅包括后期创造社，也包括太阳社——引按）所形成的风气实较北方语丝为优。浮浅幼稚，尚可望因时代而前进，使之消灭。世故聪明，却使每个作者在写作之余，有泰然自得的样子，文学的健康性因此而毁了。”[①]从“可望因时代而前进”这样的表述中我们可以看出，这位对作者写作态度甚为苛严的批评家显然在革命文学的“浮浅幼稚”中看到了丰富复杂的可能性。因此革命文学虽然可能确实存在着“公式化”的弊病，但其价值却不能因此被抹杀。在革命文学看似“公式化”的表达方式中，可能潜藏了一代青年人的激情、困惑与梦想。这一切，都是我们不应该轻易忽略的。

20 世纪 80 年代，“纯文学”观念左右了文学研究界的视野与品位，因此以太阳社小说为代表的左翼文学往往被看作是被政治左右的典型代表，并被给予过低的评价。然而随着 21 世纪的到来，左翼文学作为现代中国以及革命中国的一个重要思想资源被重新重视和发掘，不仅有助于帮助人们重新思考文学的内涵及其社会意义，也有助于在新世纪的历史语境中重新估价和反思革命历史。因此在经过很长一段时间的低迷之后，左翼文学在今天再一次成为现代文学研究中的热点话题，很多专业期刊都在最近几年出过左翼文学的专号或专辑，同时有不少青年研究者选择这一

① 沈从文《论中国创作小说》，《沈从文文集》第 11 卷，花城出版社 1984 年版，第 185 页。

领域作为硕士、博士论文题目。这无疑是以历史的态度看待20世纪中国左翼文学的良好开端。在这样的背景下，人民文学出版社决定编选这部《太阳社小说选》可谓正逢其时。本书所选的很多篇目都是在初次发表80多年后首次结集，相信这本选集的出版，既可以方便读者通过对作品的阅读，感知这一文学流派的整体风貌，也可以为研究者提供一些资料方面的帮助。

最后，关于本书的编选还有几点说明：第一，由于篇幅有限，很多太阳社的重要作品，如蒋光慈的《丽莎的哀怨》、洪灵菲的《流亡》三部曲等，都没有收入本书，不能不深以为憾。第二，全书所选作品按照作者予以归并和编排，而作者的顺序及每位作者所选作品的数量，则既参考其在中国现代文学史上的成就，又照顾作品发表的时间先后。每位作者的作品则依据发表时间排序。第三，选文以作者的最后定稿为准。如果没有作者定稿，则一律采用初次发表的版本。

本书的编选工作得到了人民文学出版社王培元先生的大力支持，在此表示诚挚的谢意。

2011年1月12日于北京大学

蒋光慈

野　祭

书　前

惯于流浪的我，今年又在武汉过了几个月。在这几个月之中，若问起我的成绩来，是一点也没有的。幸而我得遇着了一位朋友陈季侠君，在朝夕过从间，我得了他的益处不少。我们同是青年人，并且同是青年的文人，当然爱谈到许多许多恋爱的故事。陈君为我述了他自身所经历的一段恋爱的故事，我听了颇感兴味，遂劝他将这一段恋爱的故事写将出来，他也就慨然允诺，不数日而写成，我读了之后，觉得他的这本小书虽然不是什么伟大的著作，但在现在流行的恋爱小说中，可以说是别开生面。它所表现的，并不在于什么三角恋爱，四角恋爱，什么好哥哥，甜妹妹……而是在于现今的时代，在这个时代之中有两个不同的女性。也许它所表现的不深刻，但是……呵！我暂且不加以批评罢，读者诸君自然是会批评的。我的责任是在于将它印行以公之于世。我本不喜欢专门写恋爱小说的作家，但是现在恋爱小说这样地流行，又何妨将陈君的这本小书凑凑数呢？

一

“淑君呵！我真对不起你！我应当在你的魂灵前忏悔，请你宽恕我对于你的薄情，请你赦免我的罪过……我现在想恳切地在你的墓前痛哭一番，一则凭吊你的侠魂——你的魂真可称为侠魂呵！一则吐泄我的悲愤。但是你的葬地究在何处呢？你死了已经四个月了，但是一直到现在，你的尸身究竟埋在何处，不但我不知道，就是你的父母也不知道。也许你喂了鱼腹，或受了野兽们饱餍，现在连尸骨都没有了。你的死是极壮烈的，然而又是极悲惨的，我每一想象到你被难时的情形，不禁肝肠痛断，心胆皆裂。但是我的令人敬爱的淑君！我真是罪过，罪过，罪过呵！你生前的时候，我极力避免你施与我的爱，我从没曾起过爱你的念头，也许偶尔起过，但是总没爱过你。现在你死了，到你死后，我才追念你，我才哭你，这岂不是大大的罪过么？唉，罪过！大大的罪过！你恐怕要怨我罢？是的，我对于你是太薄情了，你应当怨我，深深地怨我。我现在只有怀着无涯的悲痛，我只有深切的忏悔……"

想起来，我真是有点辜负淑君了。但是现在她死了，我将如何对她呢？让我永远忆念着她罢！让我永远将我的心房当她的坟墓罢！让我永远将她的芳名——淑君，刻在我的脑膜上罢！如果淑君死而有知，她也许会宽恕我的罪过于万一的。但是我真是太薄情了，我还有求宽恕的资格么？唉！我真是罪过，罪过！……

二

去年夏天，上海的炎热，据说为数十年来所没有过。温度高的时候，达到一百零几度，弄得庞大烦杂的上海，变成了热气蒸人焦烁不堪的火炉。富有的人们有的是避热的工具——电扇，冰，兜风的汽车，深厚而阴凉的洋房……可是穷人呢，这些东西是没有的，并且要从事不息的操作，除非热死才有停止的时候。机器房里因受热而死的工人，如蚂蚁一样，没有人计及有若干数。马路上，那热焰蒸腾的马路上，黄包车夫时常拖着，忽地伏倒在地上，很迅速地断了气。这种因受热而致命的惨象，我们不断地听着见着，虽然也有些上等人因受了所谓暑疫而死的，但这是例外，可以说是凤毛麟角罢。

不是资产阶级，然而又不能算为穷苦阶级的我，这时正住在M里的一间前楼上。这间前楼，比较起来，虽然不算十分好，然而房子是新建筑的，倒也十分干净。可是这间前楼是坐东朝西的，炎热的日光实在把它熏蒸得不可向迩——这时这间房子简直不可住人。我日里总是不落家，到处寻找纳凉的地方，到了深夜才静悄悄地回来。

我本没有搬家的念头。我的二房东夫妻两个每日在黑籍国里过生活，吞云吐雾，不干外事，倒也十分寂静。不料后来我的隔壁——后楼里搬来了两个唱戏的，大约是夫妻两个罢，破坏了我们寂静的生活：他们嬉笑歌唱，吵嘴打骂，闹得不安之至。我因为我住的房子太热了，现在又加之这两个"宝货"的扰乱，就是到深夜的时候，他们也不知遵守肃静的规则，于是不得不做搬家的打算了。半无产阶级的我在上海一年搬几次家，本是很寻常的事，因为我所有的不过是几本破书，搬动起来是很容易的。

在C路与A路转角的T里内，我租定了一间比较招风而没有西晒的统楼面。房金是比较贵些，然而因为地方好，又加之房主人老夫妻两个，看来不像狡诈的人，所以我也就决定了。等我搬进了之后，我才发现我的房东一家共有七口人——老夫妻两人，少夫妻两人及他俩的两个小孩，另外一个就是我所忆念的淑君了，她是这两个老夫妻的女儿。

淑君的父亲是一个很忠实模样的商人，在某洋行做事；她的哥哥是一个打字生(在某一个电车站里罢?)，年约二十几岁，是一个谨慎的而无大企图的少年，在上海这一种少年人是很多的，他们每天除了自己的职务而外，什么都不愿意过问。淑君的嫂嫂，呵，我说一句实话，我对她比较多注意些，因为她虽然是一个普通家庭的妇女，可是她的温柔和顺的态度，及她向人说话时候的自然的微笑，实在表现出她是一个可爱的女性，虽然她的面貌并不十分美丽。

我与淑君初见面的时候，我只感觉得她是一个忠厚朴素的女子。她的一双浓眉，两只大眼，一个圆而大的，虽白净而不秀丽的面庞，以及她的说话的声音和动作，都不能引人起一种特殊的，愉快的感觉。看来，淑君简直是一个很普通而无一点儿特出的女子。呵！现在我不应当说这一种话了：我的这种对于淑君的评判是错误的！"人不可以貌相，海水不可以斗量"，真正的令人敬爱的女子，恐怕都不在于她的外表，而在于她的内心罢！呵，我错了！我对于淑君的评判，最不公道的评判，使我陷入了很深的罪过，而这种罪过成为了我的心灵上永远的创伤。

我搬进了淑君家之后，倒也觉得十分安静：淑君的父亲和哥哥，白天自有他们的职务，清早出门，到晚上才能回来；两个小孩虽不过四五岁，然并不十分哭闹，有时被他俩的祖母，淑君的母亲，引到别处去玩耍，家中见不着他们的影子。淑君的嫂嫂，这一个温柔和顺的妇人，镇日地不声不响做她的家务事。淑君也老不在家里，她是一个小学教员，当然在学校的时候多。在这种不烦噪的环境之中，从事脑力工作的我，觉得十分满意。暑热的炎威渐渐地消退下去了，又加之我的一间房子本来是很风凉的，我也就很少到外边流浪了。

在初搬进的几天，我们都是很陌生的，他们对我尤其客气，出入都向我打招呼——这或者是因为他们以为我是大学教授的缘故罢？在市侩的上海，当大学教授的虽然并不见得有什么尊荣的名誉，然总是所谓"教书先生""文明人"，比普通人总觉得要被尊敬些。淑君对于我并不过于客气，她很少同我说话，有时羞答答地向我说了几句话，就很难为情地避过脸去停止了，在这个当儿完全表现出她的一副朴真的处女的神情。当她向我说话的时候，总是含羞带笑地先喊我一声"陈先生！"这一声"陈先生！"的确是温柔而婉丽。她有一副白净如玉一般的牙齿，我对于她这一副可爱的牙齿，曾有几番的注视，倘若我们在她的身上寻不出别的美点来，那么她的牙齿的确是可以使她生色的了。

我住在楼上，淑君住在楼下，当她星期日或有时不到学校而在家里的时候，她总是弹着她的一架小风琴，有时一边弹一边唱。她的琴声比她的歌声要悠扬动听些。她的音调及她的音调的含蓄的情绪，常令我听到发生悲壮苍凉的感觉；在很少的时候她也发着哀感婉艳刺人心灵的音调。她会的歌曲儿很多，她最爱常弹常唱的，而令我听得都记着了的，是下列几句：

世界上没有人知道我；
世界上没有人怜爱我；
我也不要人知道我；
我也不要人怜爱我；
我愿抛却这个恶浊的世界，
到那人迹不到的地方生活。

这几句歌词是原来就有的呢，抑是她自己做的？关于这件事情，一直到现在我还不知道。当她唱这曲歌的时候，我只感觉得她的音调是激亢而颤动的，就同她的全身，全血管，全心灵都颤动一样，的确是一种最能感人的颤动。她的情绪为悲愤所激荡着了，她的满腔似乎充满了悲愤的浪潮。我也说不清楚我听了她这曲歌的时候，我是对于她表同情的，还是对于她生讨厌心的，因为我听的时候，我一方面为她的悲愤所感动，而一方面我又觉得这种悲愤是不应当的。我虽然是一个穷苦的流浪的文人，对于这个世界，所谓恶浊的世界，十分憎恨，然而我却不想离开它，我对于它有相当的光明的希望。……

我起初是在外面包饭吃的，这种包饭不但价钱大，而且并不清洁，我甚感觉得这一种不方便。后来过了一些时，我在淑君的家里混熟了，先前客气的现象渐渐没有了，我与淑君也多有了接近和谈话的机会。有一天，淑君的母亲向我说道：

“陈先生！我看你在外边包饭吃太不方便了，价钱又高又不好。我久想向你说，就是如果你不嫌弃我们家的饭菜不好，请你就搭在我们一块儿吃，你看好不好呢？”

“呵，这样很好，很好，正合我的意思！从明天起，我就搭在你们一块儿吃罢。多少钱一月随便你们算。”我听了淑君的母亲的提议，就满口带笑地答应了。这时淑君也在旁边，向我微笑着说道：

“恐怕陈先生吃不来我们家里的饭菜呢。”

“说哪里话！你们能够吃，我也就能够吃。我什么饭菜都吃得来。……”

淑君听了我的话，表示一种很满意的神情，在她的这一种满意的神情下，她比普通的时候要妩媚些。我不知道淑君的母亲的这种提议，是不是经过淑君的同谋，不过我敢断定淑君对于这种提议是十分赞成的。也许多情的淑君体谅我在外包饭吃是不方便的事情，也许她要与我更接近些，每天与她共桌子吃饭，而遂怂恿她的母亲向我提议。……到了第二天我就开始与淑君的家人们一块儿共桌吃饭了。每当吃饭的时候，如果她在家，她一定先将我的饭盛好，亲自喊我下楼吃饭。我的衣服破了，或是什么东西需要缝补的时候，她总为我缝补得好好地。她待我如家人一样，这不得不令我深深地感激她，然而我也只限于感激她，并没曾起过一点爱她的心理。唉！这是我的罪过，现在忏悔已经迟了！天呵！如果淑君现在可以复生，我将拚命地爱她，以补偿我过去对于她的薄情。……

我与淑君渐渐成为很亲近的人了。她时常向我借书看，并问我关于国家，政府，社会种种问题。可是她对于我总还有一种隔膜——她不轻易进我的房子，有时她进我的房子，总抱着她的小侄儿一块，略微瞟看一下，就下楼去了。我本想留她多坐一忽，可是她不愿意，也许是因为要避嫌疑罢。我说一句实在话，我对于她，也是时常在谨慎地避嫌疑：一因为我是一个单身的少年。二也因为我怕同她的关系太弄得密切了，恐怕要发生纠缠不可开交——最近淑君的母亲对我似乎很留意，屡屡探问我为什么不娶亲……她莫非要我当她的女婿么？如果我爱淑君，那我当她的女婿也未始不可，可是我不爱淑君，这倒怎么办呢？是的，我应当不与淑君太过于亲近了，我应当淡淡地对待淑君。

一天下午，我从外边回来，适值淑君孤自一个人在楼底下坐着做针线。她见着我，也不立起来，只带着笑向我问道：

“陈先生！从什么地方回来呀？”

“我到四马路买书去了，看看书店里有没有新书。你一个人在家里吗？他们都出去了？”

“是的，陈先生，他们都出去了，只留下我一个人看家。”

“那吗，你是很孤寂的了。”

“还好。陈先生！我问你一个人，”她的脸色有点泛红了，似乎有点不好意思的样子。“你可知道吗？”

“你问的是哪一个人，密斯章？也许我会知道的。”

“我问的是一个著名的文学家，他的名字叫做陈季侠。”她说这话的时候，脸更觉得红起来了。她的两只大眼带着审问的神气，只笔直地望着我。我听到陈季侠三个字，不禁吃了一惊，又加之她望我的这种神情，我也就不自觉地两耳发起烧来了。我搬进淑君家里来的时候，我只对他们说我姓陈，我的名字叫做陈雨春，现在她从哪里晓得我是陈季侠呢？奇怪！奇怪！……我正在惊异未及回答的当儿，她又加大她的笑声向我说道：

“哈哈！陈先生！你真厉害，你真瞒得紧呵！同住了一个多月，我还不知道你就是大名鼎鼎的文学家陈季侠！我今天才知道了你是什么人，你，你难道不承认吗？”

“密斯章，你别要弄错了！我是陈雨春，并不知道陈季侠是什么人，是文学家还是武学家。我很奇怪你今天……”

“这又有什么奇怪！”她说着说着从怀里掏出一封信来给我看。

"我有凭据在此,你还抵赖吗?哈哈!……陈先生!你为什么要瞒着我呢?……其实,我老早就怀疑你的行动……"

我看着抵赖不过,于是我也就承认了。这是我的朋友H君写给我的信,信面上是书着"陈季侠先生收",在淑君面前,我就是抵赖,也是不发生效力的了。淑君见我承认了,脸上不禁涌现出一种表示胜利而愉快的神情。她这时只痴呆地,得意地向我笑,在她的笑口之中,我即时又注意到她的一副白玉般的牙齿了。

"你怎么知道陈季侠是一个文学家呢?"过了半晌,我又向她微笑地问道:"难道你读过我的书吗?"

"自然啰!我读过了你的大作,我不但知道你是一个文学家,并且知道你是一个革——命——党——人!是不是?"

"不,密斯章!我不配做一个革命党人,像我这么样的一个人也配做革命党人吗?不,不,密斯章!……呵!对不起!到现在我还不知道你的芳名呢。今天你能够告诉我吗?"

"什么芳名不芳名!"她的脸又红起来了。"像我这样人的名字,只可称之为贱名罢了。我的贱名是章淑君。"

"呵,好得很!淑君这个名字雅而正得很,实在与你的人相配呢!……"

我还未将我的话说完,淑君的嫂嫂抱着小孩进来了。她看见我俩这时说话的神情,不禁用很猜疑的眼光,带着微笑,向我俩瞟了几眼,这逼得我与淑君都觉得难为情起来。我只得勉力地同她——淑君的嫂嫂——搭讪几句,又同她怀里的小孩逗了一逗之后,就上楼来了。

在这一天晚上,一点儿看书做文的心事都没有,满脑子涌起了胡思乱想的波浪:糟糕!不料这一封信使她知道了我就是陈季侠。……她知道我是革命党人,这会有不有危险呢?不至于罢,她决不会有不利于我的行为。……她对于我似乎很表示好感,为我盛饭,为我补衣服,处处体谅我……她真是对我好,我应当好好地感激她，但是，但是……我不爱她，我不觉得她可爱。……浓眉，大眼，粗而不秀……我不爱她……但是她对我的态度真好！……

一轮皎洁晶莹的明月高悬在天空，烦噪庞大的上海渐渐入于夜的沉静，濛濛地浸浴于明月的光海里。时候已是十一点多钟了，我还是伏在窗口，静悄悄地对着明月痴想。秋风一阵一阵地拂面，使我感到凉意，更引起了我无涯涘的遐思。我思想到我的身世，我思想到我要创造的女性，我思想最多的是关于淑君那一首常唱的歌，及她现在待我的深情。我也莫明其妙，为什么我这时是万感交集的样子。不料淑君这时也同我一样，还未就寝，在楼底下弹起琴来了。在寂静的月夜，她的琴音比较清澈悠扬些，不似白日的高亢了。本来对月遐思，万感交集的我，已经有了一种不可言喻的情绪，现在这种情绪又被淑君的琴弦牵荡着，真是更加难以形容了。

我凝神静听她弹的是什么曲子，不料她今夜所弹的，为我往日所从未听见过的。由音调内所表现的情绪与往日颇不相同。最后我听她一边慢弹一边低回地唱道：

一轮明月好似我的心，
我的心儿赛过月明；
我的心，我的心呵！
我将你送与我的知音。

呵，我真惭愧！淑君的心真是皎洁得如同明月似的，而我竟无幸福来接受它。淑君错把我当成她的知音了！我不是她的知音，我不曾接受她那一颗如同明月似的心，这是她的不幸，这是我的愚蠢！我现在觉悟到我的愚蠢，但是过去的事情是已经不可挽回的了！我只有悲痛，我只有忏悔！……

夜深了，淑君的歌声和琴声也就寂然了。她这一夜入了梦没有？在梦中她所见到的是些什么？她知不知道当她弹唱的时候，我在楼上伏着窗口听着？……关于这些我都不知道。至于我呢，我这一夜几乎没有合眼，总是翻来覆去地睡不着。这并不是完全由于淑君给了我以很深的刺激，而半是由于多感的我，在花晨月夕的时候，总是这样地弄得神思不定。

三

从这天以后，淑君对我的态度更加亲热了，她到我楼上借书和谈话的次数也多起来了。有一次她在我的书架上翻书，我在旁边靠近她的身子，指点她哪一本书可看，哪一本书无大意思等等，在我是很自然的，丝毫没有别的念头，但是我觉得她愈与我靠近些，她的气息愈加紧张起来，她的血流在发热，她的一颗心在跳动，她的说话的声音很明显地渐渐由于不平静而紧促了。我从未看见过她有今天的这般的神情，这弄得我也觉得不自安了——我渐渐离开她，而在我的书桌子旁边坐下，故意地拿起笔来写字，想借此使她恢复平静的状态，缓和她所感到的性的刺激。不料我这么一做，她的脸上的红潮更加紧张起来了。她张着那两只此时充满着热情的大眼，很热挚地注视了我几次，这使得我不敢抬头回望她；她的两唇似乎颤动了几次，然终于未张开说出话来。我看见了她这种样子，不知做何种表示才好，只得低着头写字，忽然我听到她叹了一声长气——这一声长气是埋怨我的表示呢，还是由于别的？这我可不晓得了。

她还是继续地在我的书架上翻书，我佯做只顾写字，毫不注意她的样子。但是我的一颗心只是上下跳个不住，弄得我没有力量把它平静起来。这种心的跳动，不是由于我对于淑君起了性的冲动，而是由于惧怕。我生怕我因为一时的不谨慎，同淑君发生了什么关系，以至于将来弄得无好结果。倘若我是爱淑君的，我或者久已向她作爱情的表示了，但是我从没有丝毫要爱她的感觉。我虽然不爱她，但我很尊重她，我不愿意，而且不忍因一时性欲的冲动，遂犯了玷污淑君处女的纯洁的行为。

“陈先生！我拿两本书下去看了……”她忽然急促地说了这一句话，就转过身子跑下楼去了，连头也不回一下。她下楼去了之后，我的一颗跳动的心渐渐地平静下来了，如同卸了一副重担。但是我又想道：我对她的态度这样冷淡，她恐怕要怨我薄情罢？但是这又有什么办法呢？我怎么能够勉强地爱她？……淑君呵！请你原谅我！

时间虽过得迅速，而我对于淑君始终没有变更我原有的态度。淑君时常故意引起我谈到恋爱问题，而我总是敷衍，说一些我要守独身主义，及一个人过生活比较自由些……一些混话。我想借此隐隐地杜绝她对于我的念头。她又时常同我谈到一些政治的问题上来，她问我国民党为什么要分左右派，女子应否参加革命，……我也不过向她略为混说几句，因为我不愿意露出我的真的政治面孔来。唉！我欺骗她了！我日夜梦想着过满意的恋爱的生活，说什么守独身主义，这岂不是活见鬼吗？我虽然是一个流浪的文人，很少实际地参加过革命的工作，但我究竟自命是一个革命党人呵，我为什么不向淑君宣传我的主义呢？……唉！我欺骗淑君了！

我的窗口的对面，是一座医院的洋房，它的周围有很阔的空场，空场内有许多株高大的树木。当我初搬进我现在住的这间房子时，医院周围的树木的绿叶森森，几将医院的房子都掩蔽住了。可是现在我坐在书桌子旁边，眼睁睁地看见这些树木的枝叶由青郁而变为萎黄，由萎黄而凋零了。时间真是快的很，转眼间我已搬进淑君的家里三四个月了。在这几个月之中，我的孤独的生活很平静地过着，同时，我考察淑君的生活，也没有什么大的变更。我们是很亲热的，然而我们又是很疏远的——每日里除了共桌吃饭，随便谈几句而外，她做她的事，我做我的事。她有时向我说一些悲观的话，说人生没有意思，不如死去干净……我知道她是在为着我而痛苦着，但我没有方法来安慰她。

这是一天晚上的事情。淑君的嫂嫂和母亲到亲戚家里去了，到了六点多钟还未回来，弄得晚饭没有人烧煮。我躺在楼上看书，肚子饿得枯里枯鲁地响，不得已走下楼来想到街上买一点东西充充饥。当我走到厨房时，淑君正在那儿弯着腰吹火烧锅呢。平素的每日三餐，都是由淑君的嫂嫂烧的，今天淑君亲自动手烧饭，她的不熟练的样儿，令我一看就看出来了。

"密斯章，你在烧饭吗？"

"是的，陈先生！嫂嫂不知为什么现在还没有回来。你恐怕要饿煞了罢！"她立起身笑着这样问我。我看她累得可怜，便也就笑着向她说道：

"太劳苦你了！我来帮助你一下好不好？"

"喂！烧一点饭就劳苦了，那吗一天到晚拖黄包车的怎么办呢？那在工厂里每天不息地做十几个钟头工的怎么办呢？陈先生！说一句良心话，我们都太舒服了。……"

"喂！密斯章！听你的口气，你简直是一个很激烈的革命党人了……我们放舒服些还不好吗？……"

"陈先生！我现在以为这种舒服的生活，真是太没有味道了！陈先生！你晓得吗？我要去……去……，"她的脸红起来了。我听了她的话，不禁异常惊异，她简直变了，我不等她说完，便向她问道：

"你要去，去干什么呢？"

"我，我，"她表现出很羞涩的态度。"我要去革命去，……陈先生你赞成吗？……我想这样地平淡地活着，不如轰轰烈烈地死去倒有味道些。陈先生！你看看怎样呢？你赞成吗？"

"喂！密斯章！当小姐不好，要去革命干什么呢？我不敢说我赞成你，倘若你的父母晓得了，他们说你受了我的宣传，那可是不好办了。密斯章！我劝你还是当小姐好呵！"

"什么小姐不小姐！"她有点微怒了。"陈先生！请你别要向我说这些混话了。人家向你规规矩矩地说正经话,你却向人家说混话,打闹……”

“呵!请你别生气!我再不说混话就是了。”我向她道歉地这样说道:“那吗,你真要去革命吗?”

“不是真的,还是假的吗?”她回头望望灶口内的火,用手架一架柴火之后,又转过脸向我说道:“再同你说话,火快要灭了呢。你看晚饭将要吃不成了。”

“去革命也不错。”我低微地这样笑着说了一句。

“陈先生!你能够介绍我入党吗?我要入党……”

“你要入什么党?”

“革命的党……”

“我自己不属于任何党,为什么能介绍你入党呢?”

“你别要骗我了!我知道你是的……你莫不是以为我不能革命吗?”

“密斯章!不是这样说法。我真是一个没有党的人!”

“哎!我晓得!我晓得!你不愿意介绍我算了,自然有人介绍我。我有一个同学的,她是的,她一定可以介绍我!”她说这话时,一面带着生气,一面又表示一种高傲的神气。

“那吗,好极了……”

我刚说了这一句,忽听后门“砰!砰!……”有人敲门,我遂走出厨房来开后门,却是淑君的母亲回来了。她看见是我开的门,连忙问我淑君在不在家,我说淑君在厨房里烧饭。

“呵,她在烧饭吗?好,请你告诉她,叫她赶快将饭烧好,我到隔壁打个转就回来。”淑君的母亲说着说着,又掉转头带着笑走出去了。我看见她这种神情,不禁暗地想道:“也不知这个老太婆现在想着什么心事呢。她或者以为我是与她的女儿说情话罢?她为什么回来又出去了?让机会吗?……”我不觉好笑。

我重新走进厨房,将老太婆的话报告淑君,淑君这时坐在小凳子上，两眼望着灶口内的火，没有则声。我这时想起老太婆的神情，反觉得不好意思起来，随便含混说几句话，就走上楼来了。我上了楼之后，一下倒在床上躺着，两眼望着黑影迷濛中的天花板，脑海里鼓荡着一个疑问："为什么淑君的思想现在变到了这般地步呢？……"

从这一次谈话之后，我对于淑君更加敬佩了，她原来是一个有志气的，有革命思想的女子！我本想照实地告诉她我到底是一个什么人，可是我怕她的父母和兄嫂知道了，将有不便。他们听见革命党人就头痛，时常在我的面前咒骂革命党人是如何如何地不好，我也跟着她们附和，表示我也是一个老成持重的人。淑君有时看着我附和他们，颇露出不满的神情，可是有时她就同很明白我的用意似的，一听着我说些反革命话时，便对我默默地暗笑。

现在淑君是我的同志了，然而我还是不爱她。有时我在淑君看我的眼光中，我觉察出她是深深地在爱我，而同时又在无可如何地怨我。我觉察出来这个，但是我有什么方法来避免呢？我只得佯做不知道，使她无从向我公开地表示。我到底为什么不会起爱淑君的心呢？她有什么不好的地方？我到现在也还说不清楚，也许是因为她不美的缘故罢？也许是的。如果单单是因为这个，唉！那我不爱她简直是罪过呵！

我渐渐留心淑君的行动了。往时逢星期日和每天晚上，她总是在家的，现在却不然了：星期日下午大半不在家；晚上呢，有时到十一二点钟才回来。她向家里说，这是因为在朋友家里玩，被大家攀住了，是不得已的。因为她素来的行为很端正，性情很和顺忠实，她的家里人也就不十分怀疑她。可是我看着淑君的神情——照着她近来所看的关于主义的书报，及她对我所说的一些话，我就知道她近来是在做所谓秘密的革命的工作。我暗暗地对她惭愧，因为我虽然是自命为一个革命党人，但是我浪漫性成，不惯于有秩序的工作，对于革命并不十分努力。唉！说起来，我真是好生惭愧呵！也许淑君看着我这种不努力的行为，要暗暗地鄙视我呢。

一个人的思想和行为之变迁，真是难以预定。当我初见着淑君的时候，她的那种极普通的，朴实而谨慎的性格，令我绝对料不到她会有今日。但是今日，今日她已经成为一个所谓“危险的人物”了。

四

转眼间已是北风瑟瑟，落叶萧萧，寒冬的天气了。近来飘泊海上的我，越发没有事做，因为S大学犯了赤化的嫌疑被封闭了，我的教职也就因之停止了。我是具有孤僻性的一个人，在茫茫的上海，我所交接的，来往的朋友并不多，而在这不多的朋友之中，大半都是所谓危险的分子，他们的工作忙碌，并没有许多闲工夫同我这种闲荡的人周旋。除了极无聊，极烦闷，或是我对于政局有不了解的时候，我去找他们谈谈话，其余的时候，我大半一个人孤独地闲荡，或在屋里过着枯寂的读书做文的生活。淑君是我的一个谈话的朋友，但不是一个很深切的谈话的朋友，这一是因为我不愿意多接近她，免得多引起她对于我的爱念，二也是因为她并不能满足我谈话的欲望。她近来也是一个忙人了，很少有在家的时候，就是在家，也是手里拿着书努力地读，我当然不便多烦扰她。她近来对于琴也少弹了，歌也少唱了；有时，我真感谢她，偶尔听着她那悠扬而不哀婉的琴声和歌声，我竟为之破除了我的枯寂的心境。

淑君近来对我的态度似乎恬静了些。我有时偷眼瞟看她的神情，动作，想探透她的心灵。但是当她的那一双大眼闪灼着向我望时，我即时避开她的眼光，——唉！我真怕看她的闪灼的眼光！她的这种闪灼的眼光一射到我的身上时，我似乎就感觉到：“你说！你说！你这薄情的人！你为什么不爱我呢？……”这简直是对我的一种处罚，令我不得不避免它。但是迄今我回想起来，在她的那看我的闪灼的眼光中，她该给了我多少诚挚的爱呵！领受到女子的这种诚挚的爱的人，应当是觉得很幸福的，但是我当时极力避免它……唉！我，我这蠢材！在今日隐忍苟活的时候，在这一间如监狱似的，鸟笼子似的小房子里，有谁个再用诚挚的爱的眼光来看你呢？唉！我，我这蠢材！……

在汽车驰驱，人迹纷乱的上海的各马路中，A马路要算是很清净的了。路两旁有高耸的，整列的白杨树；所有的建筑物，大半都是稀疏的，各自独立的，专门住家的，高大的洋房，它们在春夏的时候，都为丛丛的绿荫所包围，充满了城市中别墅的风味。在这些洋房内居住的人们，当然可以想象得到，不是我们本国的资本家和官僚，即是在中国享福的洋大人。至于飘零流浪的我，虽然也想象到这些洋房内布置的精致，装璜的富丽，以及内里的人们是如何地快乐适意……但是我就是做梦，也没曾想到能够在里边住一日。我只有在外边观览的幸福。

一日午后，觉得在屋内坐着无聊已极，便走出来沿着A路散步。迎面的刺人的西北风吹得我抬不起头来，幸而我身上着了一件很破的，不值钱的羊皮袍，还可以抵当寒气。我正在俯首思量"洋房与茅棚"，"穿狐皮裘的资本家与衣不蔽体的乞丐"……这一类的问题的当儿，忽然我听得我的后边有人喊我：

"季侠！"

我回头一看，原来是半年不见的俞君同他的一位女友，俞君还是与从前落拓的神情一样，没曾稍改，他这时身穿着蓝布面的黑羊皮袍，头上戴一顶俄国式的绒帽，看来好像是一位商人。他的女友，呵！他的女友实令我惊奇！这是一位异常华丽丰艳的女子：高高的身材，丰腴白净的面庞，硃红似的嘴唇，一双秋水盈盈，秀丽逼人的眼睛，——就是这一双眼睛就可以令人一见消魂！她身穿着一件墨绿色的花缎旗袍，颈项上围着一条玫瑰色的绒巾，种种衬托起来，她好像是一株绿叶丰饶，花容焕发的牡丹。我注视了她一下，不禁暗暗地奇怪俞君，落拓的俞君，居然交接了这么样一个女友……

“这就是我向你说过的陈季侠先生，”俞君把我介绍与她的女友后，又转而向我说道：“这是密斯黄，是我的同乡。”

“呵呵！……”我又注视了她一下，她也向我打量一番。

“季侠！这样冷的天气，你一个人在这儿走着干什么呢？”

“没有什么，闲走着，你几时从C地回上海的？”

“回来一个多礼拜了。我一到上海就想看你，可是不知你到底住在什么地方。你住在什么地方？”

“离此地不远。可以到我的屋里坐一坐吗？”

“不，季侠，天气怪冷的，我想我们不如同去吃一点酒，吃了酒再说，好不好？”俞君向我说了之后，又转过脸笑吟吟地向他的女友问道：“密斯黄！你赞成吗？”

“赞成。”密斯黄带笑地点一点头。

于是我们三人一同坐黄包车来到大世界隔壁的一家天津酒馆。这一家酒馆是我同俞君半年前时常照顾的，虽不大，然而却不烦杂，菜的味道也颇合口。矮而胖的老板见着我们老主顾到了，额外地献殷勤，也许是因为密斯黄的力量值得他这样的罢？

我们随便点了几碗菜，就饮起酒来。肺痨症的俞君还是如从前一样地豪饮，很坦然地毫不顾到自身的健康。丰腴华丽的密斯黄饮起酒来，倒令我吃惊，她居然能同我两个酒鬼比赛。她饮了几杯酒之后，她的两颊泛起桃色的红晕，更显得娇艳动人。我暗暗地为俞君高兴，“好了！好了！你现在居然得到这么样的一个美人……幸福得很！……”但我同时又替他担忧：“呵！你这个落拓的文人，你要小心些！你怎么能享受这么样的带有富贵性的女子呢？……”

但是当我一想到我的自身时，不禁深深地长叹了一口气：流浪的我到现在还没有遇到一个爱我的，如意的女子，说起来，真是令我好生惭愧！像俞君这样落拓的人，也居然得到了这么样的一个美人；而我……唉！我连俞君都不如！……如果淑君是一个美丽的女子，那我将多么荣幸呵！但是她，她引不起我的爱情来……唉！让我孤独这一生罢！……我越想越牢骚，我的脸上的血液不禁更为酒力激刺得发热，而剧烈地泛起红潮来了。

在谈话中，我起初问起C地的情形，俞君表示深切的不满意，他说，什么革命不革命，简直是胡闹，革命这样革将下去，简直一千年也没有革好的希望！他说，什么左右派，统统都是投机，都是假的……我听了俞君的这些话，一方面惊佩他的思想激烈，一方面又想象到那所谓革命的根据地之真实的情形。关于C地的情形，我是老早就知道的，今天听到这位无党派的俞君的话，我更加确信了。我对于革命是抱乐观的人，现在听了俞君的这种失意的，悲观的叙述，我也不禁与他同感了。

我们谈到中国文坛的现状，又互相询问各人近来有没有什么创作。我们越饮兴致越浓，兴致越浓，越谈到许多杂乱无章的事情。我是正苦于过着枯寂生活的人，今天忽遇着这个好机会，不禁饮得忘形了。更加在座的密斯黄的秀色为助饮的好资料，令我暗暗地多饮了几杯，视酒如命的俞君，当然兴致更浓了。

“今天可惜密斯郑不在座，”俞君忽然向密斯黄说道：“不然的话，我们今天倒更有趣些呢！”

“君实，你说的哪一个密斯郑？”我插着问。

“是密斯黄的好朋友，人是非常好的一个人。”俞君说到此地，又转过脸向着密斯黄说道：“密斯黄！我看密斯郑与陈先生很相配，我想把他俩介绍做朋友，你看怎么样？我看的确很相配……”

“难道说陈先生还没有……？”密斯黄用她的秀眼瞟一瞟我，带着笑向俞君这样很含蓄地说道：“若是陈先生愿意，这件事情我倒很愿意帮忙的。”

我觉得我的面色更加红起来了。好凑趣的俞君，听了密斯黄的话，便高兴得鼓起掌来，连声说道：“好极了！好极了！……”在这一种情景之下，我不知向他们说什么话是好。我有点难为情，只是红着脸微笑。但是我心里却暗暗地想道："也许我这一次要遇着一个满意的女子了！也许我的幸运来了，……照着他俩的语气，这位密斯郑大约是不错的。……"我暗暗地为我自己欢喜，为我自己庆祝。在这时我不愿想起淑君来，但是不知为着什么，淑君的影子忽然闪到我的脑海里：她睁着两只大眼，放出闪灼的光，只向我发怒地望着，隐约地似乎在骂我："你这蠢材！你这不分皂白，不知好歹的人，放着我这样纯洁地爱你的人不爱，而去乱爱别人，你真是在制造罪过呵！……"我觉着我的精神上无形地受了一层严厉的处罚。

"那吗，密斯黄！"俞君最后提议道："我们明天晚上在东亚旅馆开一间房间，把密斯郑请到，好使陈先生先与她认识一下。"

密斯黄点点头表示同意，我当然是不反抗的。到这时，我们大家都饮得差不多了，于是会了账，我们彼此就分手——俞君同他的女友去寻人，我还是孤独地一个人回到自己的屋里，静等着践明天晚上的约会。我进门的时候，已经是六点多钟了，淑君同她的家人正在吃晚饭呢。淑君见着我进门，便立起身来问我是否吃过饭，我含混地答应一句吃过了，但是不知怎的，这时我怕抬起头来看她，我的一颗心只是跳动，似乎做了一件很对不起她的事。

"陈先生！你又吃酒了罢?"淑君很唐突地问我这一句。

"没……没有……"

我听了淑君的话，我的内心更加羞愧起来，即刻慌忙地跑上楼来了。平素我吃多了酒的时候，倒在床上即刻就会睡着的，但是今晚却两样了：我虽然觉得醉意甚深，周身疲倦得很，但总是辗转地睡不着。"密斯黄真是漂亮，然而带有富贵性，不是我这流浪人所能享受的。……密斯郑不知到底怎样？……也许是不错的罢？呵！反正明天晚上就可以会见她了。……淑君？唉！可怜的淑君！……"我总是这样地乱想着，一直到十二点多钟还没有合眼。

寒冷的月光放射到我的枕边来，我紧裹着被盖，侧着头向月光凝视着……

五

在上海，近来在旅馆内开房间的风气，算是很盛行的了。未到过上海的人们，总都以为旅馆是专为着招待旅客而设的，也只是旅客才进旅馆住宿。可是上海的旅馆，尤其是几个著名的西式旅馆，却不合乎这个原则了：它们近来大部分的营业是专靠本住在上海的人们的照顾。他们以旅馆为娱乐场，为交际所，为轧姘头的阳台……因为这里有精致的钢丝床，有柔软的沙发，有漂亮的桌椅，有清洁的浴室，及招待周到的仆役。在一个中产家庭所不能设备的，在这里都应有尽有，可以说是无所不备，因之几个朋友开一间房间，而借以为谈心聚会的地方，这种事情是近来很普通的现象了。

不过穷苦的我，却不能而且不愿意多进入这种场所。手中宽裕些而好挥霍的俞君，却时常干这种事情。他为着要介绍密斯郑同我认识，不惜在东亚旅馆开了一间价钱很贵的房间，这使我一方面很乐意，很感谢他的诚心，但我一方面又感觉着在这类奢华的环境中有点不舒服。这也许是因为我还是一个乡下人罢，……我很奇怪，当我每进入到装璜精致，布置华丽的楼房里，我的脑子一定要想到黄包车夫所居住的不蔽风雨的草棚及污秽不堪的贫民窟来。在这时我不但不感觉到畅快，而且因之感觉到一种惩罚。我知道我的这种习惯是要被人讥笑的，但是我没有方法把它免除掉。……

我们的房间是开在三层楼上。当我走进房间时，俞君和两位女友——一个是密斯黄，其她一个是密斯郑无疑。已经先到了。他们正围着一张被白布铺着的圆桌子谈话，见我进来了，便都立起身来。俞君先说话，他责我来迟了，随后他便为我们彼此介绍了一下。介绍了之后，我们就了座，也就在我就座的当儿，我用力地向密斯郑瞟了一眼，不料我俩的目光恰相接触，不禁两下即刻低了头，觉着有点难为情起来。

这是一个很朴素的二十左右的女子。她的服装——黑缎子的旗袍——没有密斯黄的那般鲜艳；她的头发蓬松着，不似密斯黄的那般光润；她的两眼放着很温静的光，不似密斯黄的那般清俐动人；她的面色是带有点微微的紫黑色的，若与密斯黄的那般白净而红润的比较起来，那简直不能引人注目了。她的鼻梁是高高的，嘴唇是厚的，牙齿是不洁白的，若与淑君的那副洁白而整饬的牙齿比较起来，那就要显得很不美丽了。总而言之：这是一个很朴素的女子，初见时，她显现不出她有什么动人的特色来。但是你越看她久时，你就慢慢地觉得她可爱了：她有一种自然的朴素的美；她的面部虽然分开来没有动人的处所，但是整个的却很端整，配置合宜；她的两颊是很丰满的，这表现她不是一个薄情相；她的态度是很自然而温厚的，没有浮躁的表现；她的微笑，以及她说话的神情，都能显露出她的天真的处女美来。

俞君在谈话中极力称誉我，有时我觉着他称誉太过度了，但是我感激他，因为他的称誉，我可以多博得密斯郑的同情。我觉着她不断地在瞟看我，我觉着她对我已经发动了爱的情苗了。这令我感觉得异常的愉快和幸福，因为我在继续的打量之中，已经决定她是一个很可爱的姑娘，并以为她对于我，比密斯黄还可爱些。在我的眼光中，密斯黄虽然是一个很美丽的女子，然太过于丰艳，带有富贵性，不如密斯郑的朴素的美之中，含有很深厚的平民的风味。所以我初见密斯黄的时候，我只惊异她的美丽，但不曾起爱的念头，但今日一见着密斯郑的时候，我即觉得她有一种吸引我的力量。我爱上她了！……

“密斯郑是很革命的，而陈先生又是一个革命的文学家，我想你们两个人一定是很可以做朋友的。”俞君说。

“陈先生！玉弦很佩服你，你知道吗？我把你的作品介绍给她读了之后，她很赞叹你的志气大，有作为……”密斯黄面对着我这样说，我听了她的话，心中想道：“原来她现在才知道我的……”

“我与玉弦是老同学，”密斯黄又继续说道：“多年的朋友，我知道她的为人非常好。我很希望你们两个人，陈先生，做一对很好的朋友，并且你可以指导她。”

“呵呵……，”我不好意思多说话。我想同密斯郑多谈一些话，可是她总是带笑地，或者也可以说是痴愚地缄默着，不十分多开口。我当然不好意思硬逼着同她多谈话，因为第一次见面，大家还是陌生，还是很隔膜的。我只觉得她偷眼瞟看我，而我呢，除开偷眼瞟看她而外，不能多有所亲近。在明亮的灯光底下，我可以说我把她细看得很清楚了。我越看她，越觉得她的朴素的美正合我的心意。我总以为外貌的神情是内蕴的表现，因之我就断定了密斯郑的外貌是如此，她的内心也应当如此。我不知不觉地把她理想化了，我以为她的确是一个值得为我所爱的姑娘，但是，我现在才知道：若仅以外貌判断人的内心，必有不可挽回的错误，尤其是对于女子……

我们轮流地洗了澡之后——俞君最喜欢在旅馆里洗澡，他常说几个朋友合起股来开一个房间洗澡，实比到浴室里方便得多。又是俞君提议叫茶房送几个菜来大家饮酒，我很高兴地附议，两位女友没有什么表示。我暗暗地想道，是的，今天正是我痛饮的时候，我些时痛饮一番，不表示表示我的愉快，还待何时呢？……我想到此处，又不禁两只眼瞟看我的将来的爱人。

密斯郑简直不能饮酒，这有点令我微微地扫兴，密斯黄的酒量是很大，一杯一杯地毫不相让。在饮酒的时候，我借着酒兴，乱谈到一些东西南北的问题，最后我故意提起文学家的命运来。我说，东西文学家，尤其是负有伟大的天才者，大半都是终身过着潦倒的生活，遭逢世俗的毁谤和嫉妒；我说，我们从事文学的，简直不能生做官发财的幻想，因为做官发财是要妨碍创作的，古人说“诗穷而后工”是一句至理名言；我说，伟大的文学家应具有伟大的反抗精神……我所以要说起这些话的，是因为我想探听密斯郑的意见。但她虽然也表示静听我的话的样子，我却觉得她没曾有深切的注意。我每次笑吟吟地征询她的意见，但她总笑而不答，倒不如密斯黄还有点主张。这真有点令我失望，但我转而一想，也许因为她含羞带怯的缘故罢？……初次见面，这是当然的事情。……于是我原谅她，只怪自己对于她的希望太大了，终把我对于她的失望遮掩下去。

等我们饮完酒的时候，已经是十一点多钟了。俞君留在旅馆住夜，他已是半醉了；我送两位女友回到S路女学——密斯郑是S路女学的教员，密斯黄暂住在她的寓所——之后，还是回到自己的家里来。这时夜已深了，马路上的寒风吹到脸上，就同被小刀刺着似的，令人耐受不得，幸而我刚饮过酒，酒的热力能鼓舞着我徒步回来。

我的房东全家都已睡熟了。我用力地敲了几下门，才听得屋里面有一个人问道：“哪一个？”我答应道：“是我。”接着便听到客堂里有替塔替塔的脚步声。门缝里闪出电灯的光了。

“是哪一个呀？”这是淑君的声音。

“是我。”

“是陈先生吗？”

“是的，是的。真对不起得很……”

我未将话说完，门已经呀的一声开了。

“真正地对不起的很，密斯章；这样冷的天气，劳你起来开门，真是活有罪！……”我进门时这样很道歉地向她说，她睡态惺忪地用左手揉眼，右手关门，懒洋洋地向我说道：

“没有什么，陈先生。”

我走进客堂的中间，借着灯光向她仔细一看：（这时她已立在我的面前，）她下身穿着单薄的花裤，上身穿一件红绒的短衫；她的胸前的两个圆圆的乳峰跃跃地突出，这令我在一瞬间起了用手摸摸的念头。说一句老实话，这时我已经动了肉感了。又加之灯光射在她的红绒衫上而反映到她的脸上，弄得她的脸上荡漾着桃色的波纹，加了她平时所没有的美丽。她这时真有妩媚可人的姿态了。我为之神驰了一忽：我想向前拥抱她，我想与她接吻……但是我终于止住我一时的感觉的冲动，没有放荡起来。

“陈先生！你又从什么地方吃酒回来，是不是？”淑君很妩媚动人地微笑着向我问道：“满口都是酒气，怪难闻的，你也不觉得难过吗？”

“是的，我今晚又吃酒了。”我很羞惭地回答她。

“陈先生！你为什么这样爱吃酒呢？你上一次不是对我说过，你不再吃酒了么？现在为什么又……？”她两眼盯着我，带着审问我的神气。我这时真是十分羞愧，不知如何回答她是好。

“我也不知道我为什么这样好吃酒……唉！说起来，真是岂有此理呢！……”

“酒吃多了是很伤人的，陈先生！……”

她说这一句话时，内心也不知包藏着好多层厚的深情！我深深地感激她：除开我的母亲而外，到如今从没曾有这样关注我的人。过惯流浪生活的我，很少能够领受到诚挚的劝告，但是淑君却能够这样关注我，能够给我以深厚的温情，我就是铁石心肠，也是要感激她的。但是我这浑蛋，我这薄情的人，我虽然感激她，但不曾爱她。今日以前我不曾爱她，今日以后我当然更不会爱她的了，因为密斯郑已经把我的一颗心拿去了，我已决定把我的爱交与密斯郑了。

“密斯章，我真感激你！从今后我总要努力听你的劝告了。酒真是害人的东西！”我很坚决地这样说。

"我很希望你能听我的话……"

"呵！时候已经不早了，"我看一看表就惊异地说，"已经十二点多了。天气这样的冷，密斯章，你不要冻凉了才好呢。我们明天会罢！"我说了这几句话，就转过脸来预备走上楼去，走了两步，忽又听得淑君在颤动地叫我：

"陈先生！"

"什么，密斯章？"我反过脸来问她。

淑君低着头沉吟了一下，不作声，后来抬起头来很羞涩地说道："没有什么，有话我们明天再说罢……"

我不晓得淑君想向我说的是一些什么，但我这时感觉得她是很兴奋的，她的一颗心是在跳动。也或者她喊我这一声，想向我说道："陈先生！我……我……我爱你……你晓得吗？……"如果她向我这样表示，面对面公开地表示时，那我将怎么样回答她呢？我的天王爷！我真不知我将如何回答她！我如何回答她呢？爱她？或是说不爱她？或者说一些别的理由不充足的拒绝的话？……还好！幸而她终于停住了她要向我说的话。

"我祝你晚安！"说了这一句话，我就很快地走上楼来了。在我初踏楼梯的时候，我还听到淑君长叹了一口气。

六

窗外的冷雨凄凄，尖削的寒风从窗缝中吹进，浸得人毛骨耸然。举目看看窗外，只见一片烟雾迷濛，整个的上海城沈沦于灰白色的死的空气里，这真是令人易感多愁，好生寂寞的天气。我最怕的是这种天气；一遇到这种天气时，我总是要感到无端的烦闷，什么事都做不得，曾记得在中学读书的时候，那时对这种天气，常喜拿起笔来写几首触景感怀的牢骚诗词，但是现在，现在却没有往昔那般的兴致了。

清早起来，两眼向窗外一望，即感觉得异常的不舒服。昨晚在东亚旅馆会聚的情形尚萦回于脑际，心中想道，今天若不是天阴下雨，我倒可以去看看密斯郑……但是这样天阴，下雨，真是讨厌极了！……我越想越恨天公的不做美，致我今天不能会着昨晚所会着的那个可爱的人儿。

吃过早餐后，我即在楼下客堂与淑君的两个小侄儿斗着玩。淑君的母亲到隔壁人家打麻雀去了，与淑君同留在家中的只有她的嫂嫂。淑君躺在藤椅子上，手里拿着一本《将来之妇女》，在那里很沉静地看；她的嫂嫂低着头为着她的小孩子缝衣服。我不预备扰乱她们，倘若她们不先同我说话，那我将不开口。我感觉得淑君近来越发用功起来了，只要她有一点闲空，她总是把这一点闲空用在读书上。几月前她很喜欢绣花缝衣等等的女工，现在却不大做这些了。她近来的态度很显然地变为很沉默的了，——从前在吃饭的时候，她总喜欢与她的家人做无意识的辩论，说一些琐屑而无味的话，但是现在她却很少有发言的时候。有时偶尔说几句话，可是在这几句话之中，也就可以见得现在的她与以前的不同了。

“陈先生！”淑君直坐起来，先开口向我说道：“你喜欢研究妇女问题吗？有什么好的关于妇女问题的书，请介绍几本给我看看。”

“我对于妇女问题实在没有多大研究。”我微笑着这样地回答她。“我以为你关于这个问题比我要多知道一些呢。密斯章！你现在研究妇女问题吗？”

“说不上什么研究不研究，不过想看看几本书罢了。明天有个会……”她看看她的嫂嫂，又掉转话头说道：“呵，不是，明天有几个朋友，她们要求我做一篇‘女子如何才能解放’的报告，我没有办法……”她的脸微微地红起来了。

“女子到底如何才能解放呢？我很想听听你的意见。”

“我的意见是，如果现在的经济制度不推翻，不根本改造一下，女子永远没有解放的希望……陈先生！你说是吗？我以为妇女问题与劳动问题是分不开的。……”

“密斯章！我听你的话，你的学问近来真是很进步呢！你的意见完全是对的，现在的经济制度不推翻，不但你们女子不能解放，就是我们男子又何尝能得解放呢？”

淑君听了我的话，表现一种很满意的神情，她的嫂嫂听到我们说什么“女子……”“男子……”抬起头来，很犹疑地看看我们，但觉得不大明白似的，又低下头继续她的工作了。今天的谈话，真令我惊异淑君的进步——她的思想很显然地是很清楚的了。

“现在的时局很紧急，”她沉吟半晌，又转变了说话的对象。“听说国民军快要到上海了，你的意思是……？”

“听说是这样的，”我很迟慢地回答她。“不过国民军就是到了，情形会变好与否，还很难说呢。……”

“不过我以为，无论如何，总比现在要好些！现在的时局简直要人的命，活活地要闷死人！……这几天听说又在杀人罢？”

“哼！……”我叹了一口长气。

天井内的雨越下越大了。我走到客堂门前，向天空一望，不禁很苦闷地叹着说道：

“唉！雨又下得大了！这样的天气真是令人难受呵！坐在屋里，实在讨厌！没有办法！”

“陈先生！”淑君的嫂嫂忽然叫我一声。

“什么？……”我转过脸来莫明其妙地望着她。她抬起头来，暂时搁置她的工作，笑嘻嘻地向我说道：

“陈先生！我看你一个人怪不方便的，怪寂寞的，你为什么不讨一个大娘子呢？讨一个大娘子，有人侍候你，也有人谈心了，那时多么好呢！一个人多难熬呵！……”

这时淑君听见她嫂嫂说这些话，又向椅子上躺下，把脸侧向墙壁，重新看起书来。我简直不知如何答复这个问题为好，及见到淑君的神情，我不觉更陷到很困难的境地。我正在为难的当儿，恰好听见有人敲门，我于是冒着雨跳到天井内开门。我将门开开一看时，不禁令我惊喜交集，呵，原来是密斯郑！这真是我所料不到的事情呵！我虽然一边同她们谈话，一边心里想着密斯郑的身上，但总未想到她恰于这大雨淋漓的时候会来看我。她的出现真令我又惊，又喜，又感激；在这一瞬间，我简直把淑君忘却了。唉！可怜的淑君！……

“呵呵！原来是你！这样大的雨……”我惊讶地这样说。我只见得她双手撑着雨伞，裙子被雨打湿了一半，一双脚穿着的皮鞋和袜子，可以说是完全湿透了。她见我开了门，连忙走进客堂，将伞收起，跺一跺脚上的水，上气接不到下气，很急喘地向我说道：

“我，我出门的时候，雨是很小的，谁知刚走到你们这个弄堂的转角，雨忽然大起来了。唉！真是糟糕得很！你看，我浑身简直淋漓得不像个样子！”

“呵呵！让我来介绍一下：”——这时淑君站起来了，两眼只注视来人，面上显然露出犹疑而失望的神情。“这是密斯章，这是密斯章的嫂嫂，这位是密斯郑。”

“呵呵！密斯郑……”淑君勉强带着笑容地这样说。我这时也顾不得淑君和她的嫂嫂是如何地想法，便一把将密斯郑的雨伞接在手里，向她说道：

“我住在楼上，请到我的房里去罢！”

这是密斯郑第一次到我的房里。她进我的房门的时候，向房内上下四周瞟看了一下，我也不知道她是否满意于我房内的布置，我没有问她的意见。我请她坐在我的书桌旁边的一张木椅子上，我自己面对着她，坐在我自己读书写字的椅子上。她今天又穿了一身黑色的服装，姿态同昨天差不多，不过两颊为风吹得红如两朵芍药一样。

“今天我上半天没有功课，”她开始说道，“特为来看看陈先生。出学校门的时候，雨是下得很小的，不料现在下得这样大。”她低头看看自己的脚——浑身湿得不成样子。

“呵,这样大的雨,劳你来看我,真是有罪得很!……密斯黄还在学校里吗?”

“她去找俞先生去了。”

我们于是开始谈起话来了。我先问起她的学校的情形,她同密斯黄的关系等等,她为我述说了之后,又问起我的生活的情形,我告诉她,我是一个穷苦的,流浪的文人,生活是不大安定的。她听了似乎很漠然,无所注意。我很希望她对于我的作品,我的思想,我的生活情形,有所评判,但她对于我所说的一些话,只令我感觉得她的思想很蒙混,而且对于时事也很少知道。论她的常识,那她不如淑君远甚了。她的谈话只表明她是一个很不大有学识的,蒙混的,不关心外事的小学教师,一个普通的姑娘。但是这时我为所谓朴素的美所吸引住了,并不十分注意她的这些内在质量,我还以为我俩初次在一块儿谈话,两下都是很局促的,当然有许多言不尽意的地方。因为我爱上她了,所以我原谅她一切……

“下这样大的雨,她今天倒先来看我,可见得她对我是很有意思了。也好,我就在她的身上,解决我的恋爱问题罢,不解决真是有点讨厌呵!……她似乎也很聪明的样子,我可以好好地教导她。……”我这样暗暗地默想着,她今大这次冒雨的来访,实在增加了我对于她的爱恋。我越看她越可爱,我觉得她是一个很忠实的女子,倘若她爱上我,她将来不致于有什么变动。我所需要的就是忠实,倘若她能忠实地爱我,那我也就很满足了,决不再起别的念头。……如此,我似乎觉得我真正地爱上她了。

我俩谈了两个多钟头的话。楼下的挂钟已敲了十一下,她要回校去了;我邀她去到馆子吃饭,可是她说下午一点钟有课,恐怕耽误了,不能去。我当然不好过于勉强她。当她临行的时候,她说我不方便到她的学校里去看她,因为同事们要说闲话,如果她有空时,她就到我住的地方来看我……我听了她的话,不禁暗暗地有点奇怪："她是当先生的，有什么不方便的地方？同事们说闲话？有什么闲话可说？……呵！也罢，也许是这样的。只要她能常常到我这儿来就好了。……"

我送她下楼，当我们经过淑君的身旁时，淑君还是斜躺在藤椅子上面，面向着墙壁看书，毫不理会我们，似乎完全不觉察到的样子。这时她的嫂嫂在厨房里烧饭，当我将密斯郑送出门外，回转头来走到客堂时，淑君的嫂嫂连忙由厨房跑出来向我问道：

"她是什么人？是你的学生还是你的……？"

"不，不是，她不是我的学生，是我认识的一个朋友。"我很羞怯地这样回答她。我暗暗斜眼瞟看淑君的动静，她似乎没有听到我们说话的样子。她连看我们也不看一下，这时我心中觉着有点难过，似乎有人在暗暗地责罚我。我想向淑君说几句话，但是我说什么话好呢？她这时似乎在沉静地看书，但是她真是在看书吗？……接着淑君的嫂嫂带着审问的口气又问我道：

"你的女朋友很多吗？"

"不，不，我没有几个女朋友……"

"我告诉你，陈先生！女朋友多不是好事情，上海的女拆白党多得很，你要当心些呵！……"说至此，她向淑君看一看，显然露出为淑君抱不平的神情，我不禁也随着她的眼光向淑君溜一下，看着她仍是不作声地看书，连动都不动一动。

"交女朋友，或是娶大娘子，"她又继续地说道："都是要挑有良心的，靠得住的，陈先生，你晓得吗？漂亮的女子大半都是靠不住的呵！……"说完话，她即掉转头走向厨房去了。

她简直是在教训我，不，她简直是在发牢骚，为淑君抱不平。我听了她的话，不禁微微地有点生气，但是没有表示出来。我两眼笔直地看着她走向厨房去了。我这时的情绪简直形容不出，是发怒？是惭愧？是羞赧？是……？我简直一瞬间陷于木偶般的状态，瞪目不知所言。过了半晌，我又掉转头来看看淑君，但是淑君还是继续地在看书，一点儿也不理会我。我偶然间觉着难过极了！我想向她说几句话，但是我找不出话来说，并且我不敢开口，我似乎觉着我是一个犯了罪过的罪犯，现在正领受着淑君的处罚，虽然这种处罚是沉默的，无形的，但是这比打骂还严厉些。我最后无精打采地跑上楼来了。半点钟以前，密斯郑所给予我的愉快，安慰和幻想，到这时完全消沉下去，一缕思想的线只绕在淑君的身上，我也不明白这是因为什么，我自己觉得很奇怪：我对于淑君并没有爱的关系，因之，对于她并不负什么责任，为什么今天淑君的冷淡态度，能令我这样地怅惘呢？……

一上了楼，我即直躺在床上，满脑子乱想，不觉已到了吃中饭的时候。往时到了吃饭的时候，如果淑君在家，大半都由淑君叫我下楼吃饭，但是今天却不然了。“饭好了，下来吃饭呀，陈先生！”这不是淑君的声音了，这是淑君嫂嫂的声音！为什么淑君今天不叫我了奇怪！……我听见不是淑君叫我吃饭的声音，我的一颗心简直跳动起来了。“我今天还是下去吃饭呢，还是不下去？……”我这样地犹豫着，也可以说是我有点害怕了。结果，我的肚子命令我下去吃饭，因为我已经饿得难受了。

我们还是如往时地共桌吃饭。淑君的母亲坐在上横头，今天也似乎有点不高兴的神气，这是因为输了钱，还是因为……？淑君的嫂嫂坐在下横头，默默地喂她的小孩子。淑君坐在我的对面，她的神气，呵，她的神气简直给我以无限的难过。她这时的脸色是灰白的，一双大眼充满了失望的光，露出可怜的而抱怨的神情。我不敢正眼看她；我想说些话来安慰她，但是我能说些什么话呢？我们三人这样地沉默着，若除了碗筷的声音，那么全室的空气将异常地寂静，如同无人在内似的。这种现象在往时是没有的。

这种寂静的空气将我窒压得极了，我不能再忍受，就先勉强地开口说道：

“老太太！今天打牌运气好吗？赢了多少钱哪？”

“没有赢多少钱，”她很冷淡地回答我。“没有事情，打着玩玩。”大家又重复沉默下来了。

“陈先生！”淑君忽然发出很颤动的声音，似乎经了许多周折，踌躇，忍耐，才用力地这样开口说道：“你今天出去吗？”

“不出去，密斯章。”我很猜疑地望着她，这时她的脸略起了一层红晕，两眼又想看我，又不敢看我似的，接着又很颤动地问道：

“今天来看你的这个女朋友，她姓什么呀？”

“她姓郑。”

“她现在做什么事情呀？”

“现在一个女子小学里当教员。”

“呵呵！……”她又不说话了。

“现在的女学生真是不得了，”淑君的母亲这样感慨地说道：“居然自己到处找男朋友，轧姘头：唉！不成个样子！……”

淑君望了她母亲一眼。我听了她的话，一方面觉得她的话没有道理，一方面却觉得没有话好驳斥她。我以为我今天还是以不做声为妙，同这些老太婆们总是说不出道理来。

“妈，你这话也说得太不对了！哪能个个女学生都乱轧姘头呢？当然有好的，也有坏的，不可一概而论。”淑君表示不赞成她的母亲的意见。淑君的嫂嫂插口说道：

“现在男女学生实行自由恋爱，这不是乱轧姘头是什么？去年我们楼上住的李先生，起初本没有老婆，后来也不知从什么地方弄来了一个剪了头发的女子，糊里糊涂地就在一块住起来了。他们向我们说是夫妻，其实没有经过什么手续，不过是轧姘头罢了。后来不知为什么吵了一场架，女子又跑掉了。”

“自由恋爱本来是可以的，”淑君说着这一句话时，将饭碗放下，似乎不再继续吃的样子，呵，她今天只吃了一碗饭！“不过现在有些人胡闹罢了。女子只要面孔生得漂亮，想恋爱是极容易的事情；而男子呢，也只要女子的面孔生得漂亮，其他什么都可以不问。

男子所要求于女子的，是女子生得漂亮，女子所要求于男子的，是男子要有金钱势力……唉！什么自由恋爱?!还不是如旧式婚姻一样地胡闹么？……”

淑君说完这些话，就离开桌子，向藤椅子坐下。她又拿起一本书看。我听了她的话之后，我简直说不出我的感想来：她是在骂我呢？还是在教训我呢？还是就是这样无成见地发发牢骚呢？……

我想在她的面前辩白一下，但我终于止住了口。也好，权把这些话语，当作淑君对于我的教训罢！

七

光阴如白驹似的，不断地前驰；我与密斯郑的感情也日渐地浓厚起来。相识以来，不觉已过了两个多月了，在这两个多月之中，我俩虽然不是每日见面，然至久也不过三四日。我俩有时到公园中散步，有时到影戏院看影戏，有时同俞君和密斯黄一块儿饮酒谈心……总而言之，我的生活由枯燥的变为润泽的，由孤寂的变为愉快的了。虽然密斯郑在我面前总是持着缄默的态度，不肯多说话，——据密斯黄说，这是她生来的性格——从未曾真切地将她的思想，目的，愿望，及对于生活的态度……说给我听过，可是我始终原谅她，以为她是一个很忠实的姑娘，倘若我能好好地引导她，那她一定可以满足我的愿望。我觉着她是很诚挚地爱我的，若我要求与她结婚，那她决不会表示拒绝的。若她不是诚挚地爱我的，那她为什么要同我这样地接近？为什么她在俞君和密斯黄面前，极力地表示对于我有好感？是的，她一定很爱我，而且很了解我……。

同时，我觉得淑君对我的态度日渐疏淡了，不，这说不上是疏淡，其实她还勉强着维持她原来对于我的态度，不过时常露出失望和怨望的神情来罢了。我对于她很表同情，我想尽我所有的力量来安慰她，但是我，我不能爱她，我的一颗心不能交给她，这倒如何是好呢？唉！我对不起她，我辜负她对于我的真情了。我应当受严厉的惩罚呵！

时局日渐紧张起来了。上海的革命民众酝酿着对于当地军阀做武装的暴动。可敬佩的淑君现在为着秘密的反抗的工作而劳瘁，很少有在家的时候。她是在做工会的工作？女工的工作？党的内部的工作？公开的社会的工作？……关于这些我没有问她，我以为我没有问她的必要。有一次我偶然在她的书中，不注意地翻出一张油印的女工运动大纲，我才敢断定她近来做的是什么工作。我想象她努力的情形，不禁暗暗惭愧起来！也许当她在群众中声嘶力竭的时候，就是我陪着密斯郑或散步，或在戏院寻乐的时候……唉！我这空口说革命的人呵，我这连一个女子都不如的人呵，我真应当愧死！

密斯郑，呵，现在让我简称她为玉弦罢，对于革命这回事情，并不表示十分热心，虽然她从没表示反对过，在我的理性上说，我知道俞君所说的"密斯郑是很革命的……"是错了，但是在我的感情上，我总以为玉弦不会不是革命的，因为她了解我，爱我，凡爱我和了解我的女子，绝对不会是不革命的。如此，我以为玉弦的思想同我一样，至少也可以被我引到我所要走的路上来。是的，我真是这样地想着！但是天下的事情真正不可拿感情来做判断！玉弦是不是真爱上了我？是不是因为真正了解了我才爱我？这真是一个问题罢？这个问题一直到现在我还不敢下一坚决的判断。……

光阴真是快得很，转眼间又是仲春的天气了。F公园内充满了浓厚的春意：草木着了青绿的衣裳；各种花有的已经展开了笑靥，有的还在发育着它们的蓓蕾。游人也渐渐多起来了，男男女女穿着花红柳绿的衣裳，来来往往好似飞舞的蝴蝶。他们都好似欣幸地摆脱冬季的严枯，乍领受春色的温柔。是的，这正是恋爱的时候，这正是乾坤调协，万物向荣的时候。

一天下午五点多钟的光景，F公园内的游人已渐渐地稀少了，我与玉弦坐在临近池边的椅子上。我俩面对着温和的，金黄色的夕阳，时而看看夕阳所映射的波影；在谈一些普通的话后，我俩很寂静地沉默着。她慢慢地把她的身子挨近我一点，我也把我的身子挨近她一点，如此，我俩的身子在最后成为互相倚靠着的形势。我的心开始跳动起来。我将她的右手紧紧地握着，她并不表示拒绝；我先不敢看她的面目，后来我举起头来，我俩的四目恰恰相对，这时她的目光显然是很热情而兴奋的，她的嘴唇也微微地颤动起来。我觉着我再不能保持平静的，沉默的态度了，于是我就先开口说道：

“玉弦！你爱我吗？”

“我，我爱你，陈先生！”她很颤动地说。

“不，你莫要再叫我陈先生了。你叫我一声季侠，亲爱的季侠，……这样地叫一声……”

“亲爱的季侠！”

“呵，我的亲爱的玉弦！我的亲爱的妹妹！……”

“……”

“你真正地爱我吗？”

“我真止地爱你。”

“我是一个穷文人，一个穷革命党人，你不怕我连累你吗？”

“不，不怕……”她停顿了一下才这样说。

“呵！我的亲爱的玉弦！”

“我的亲爱的季侠！”

我一把将她抱到我的怀里，和她接了很多的甜蜜的吻。这时我愉快，兴奋，欢喜到了极度，仿佛进入了仙境的乐园似的。……在热烈的接吻和拥抱之后，我的一颗为情爱的火所烧动的心，渐渐地平静下去，因为我已决定了她是我的，她是真正爱我的人了。

夕阳的金影从大地消逝下去，园内树丛中间的几盏稀疏的电灯，渐次地亮将起来——夜幕已完全展开了。我与玉弦走出园来，到一家小饭馆吃了饭之后，我即将她送回学校去。她的学校离我的住处并不甚远，她进了学校门之后，我即徒步归来，这时我的满身心充满了愉快，希望和幻想，我幻想我俩结婚采取何种的形式，将来的小家庭如何过法，我如何教导她做文读书，恋爱的生活如何才能维持得永久不变……总之，我觉着我是一个很幸福的人，我的将来生活有无限的光明。我断定玉弦真是爱我的人，她将给我很多的帮助，将能永远使我生活在幸福的怀抱里。我并且想到我这一夜将做一个很甜蜜的很甜蜜的梦，一个流浪的文人，四处飘泊的我，现在居然确定地得到了一个可以安慰我的女子，我的心境是如何地愉快呢？我从没有这般愉快过！

幸福的幻想不知不觉地把我送到自家的门口来。我刚要举手摇动门上的铜环时，忽然听见里边客堂内有争吵的声音，于是我就停止扣门，静悄悄地立着，侧耳听里面到底发生了什么事情。

"你已经这样大了，替你说婆家，你总是不愿意，你说，你到底想怎么样呢？难道说在家里过一辈子吗？"老太婆的声音。

"难道说一个女子一定要嫁人吗？嫁人不嫁人，这是我自己的事情……"

"哼！哼！……"这似乎是淑君的父亲在叹气。

"现在的时局很不好，你天天不落家，到底干一些什么事？你这一包东西从什么地方拿来的，你说！一个姑娘家怎么能做这些事，你也不想想吗？你难道说真个同他们什么革命党胡闹吗？……哼！……你就是不替自己想想，你也应当替我们想想！如果闹出什么乱子来，你叫我们怎么得了！……唉！想不到你近来变到这个样子！……你嫁人不嫁人，我以为倒没什么要紧，可是你什么革命革命地，那可是不行！……"

我听到此地，不禁暗自想道："糟了！淑君的事情被她的父亲觉察了，这样怎么办呢？……"

“请你们不要大惊小怪的！谁个要去革什么命来？这一包东西是一个同事交给我的，明天我还是要带给她的，有什么大了不得的事情呢？……哼！真是……”

“你这话是骗谁的呵！……我看你将来怎么得……得了……万想不到你会变成这……这……这个样……样子……”老太婆哭起来了。

“好，书也不要教了，我们也不缺少这个钱用。你可以在家里做点事情，不要出去……”

“那可不行！坐在家里不会闷死掉了吗？什么都可以，可是闲坐在家里是不行的；我也不是一个囚犯！……我任着在大马路被外国人打死都可以，被兵警捉去枪毙也可以，可是要我在家里坐着像囚犯一样，那可不行……”

“……”

听到此地，我也没有心思再往下去听了。我暗自佩服淑君的不屈的精神，我想进去为她辩白，解一解她的围困，但是我转而一想：“不妥当！我自身是一个唆使的嫌疑犯。我老早就被他们疑惑到什么革命党人身上去，为着方便起见，我还是暂且不进去罢。……”于是我走出弄口，顺着A路闲踱了一回。后来觉着无趣，便跳上电车去S路找朋友。幸而C君在家里，从他的口里我得知戒严司令部昨天枪毙了几个煽动罢工的学生，今天又逮捕了许多谋乱的工人。C君为我述说了许多关于近来政局的消息。我听了他的话之后，一时惭愧和愤激的情绪鼓荡起来；我的一颗心只悬在淑君的身上；一两点钟以前，我与玉弦在F公园的情景，几乎完全被我忘却了。

八

说起来，真也惭愧！我也曾流浪过许多有名的地方，但从未曾去过西湖一次。在上海住了很多年，而上海又是离西湖很近的地方，不过是一夜的火车路程，而我总没有……唉！说起来，真是惭愧！“到西湖去呵！到西湖去呵！”我也不知道我曾起过多少次的念头，但每当决定往西湖游览的时候，总是临时遇着了什么纠葛的事情发生，绊住我不能如愿。我梦想的西湖是多么美丽，风雅和有趣：湖水的清滢，风月的清幽，英雄美人的遗迹，山邱峰岚的别致……所谓明媚善笑的西子，也不知要怎样地迷恋住游客的心魂！“西湖不可不到！我一定要领受一下西子怀里的温柔！我一定要与美丽的湖山做一亲切的接吻！……”我老是这样地梦想着，但是至今，至今我还未与西子有一握手的姻缘。

在车马轰动，煤灰蔽目的上海，真住得我不耐烦了。我老早就想到一个比较空气新鲜，人踪寂静些的地方，舒一舒疲倦的心怀。自从与玉弦决定了恋爱的关系之后，我就常常想与她一块儿到西湖去旅行。我与她商量了几次，她甚表同意。她本是先在杭州读过书的，屡屡为我述及西湖的令人流连不置，我更为之神魂向往。于是我俩决定利用春假的机会，往西湖去旅行几天。

但是，我已经说过，我是一个穷苦的文人，到什么地方去弄到这一笔旅行费呢？第一次去游西湖，总要多预备一点钱，游一个痛快才好，况且又与玉弦一块儿……？我算来算去，至少需要一百元，可是筹得这一百元却非易事。我是以卖文为生的，没有办法筹款，我当然又只得要拿起笔来绞弄心血了。我于是竭力做文章，预备将一篇小说的代价做游西湖的旅费。我预先已经与一个出版家约好了，他说，若我将这一篇小说完成，我可以预支一百元的版税。做文章本来是很苦的事情，为着急忙卖钱而做文章，则更觉得痛苦异常。不过这一次我的希望把我的痛苦压迫下去了。我想象到有了一百元之后，我可以与玉弦在西湖的怀抱里领受无限的温柔：那时我俩或静坐湖边，默视湖水的巧笑；或荡舟湖中，领受风月的清幽；或凭吊古迹，交谈英雄美人的往事；……呵！那时我将如何愉快呵！我将愉快到不可言状罢！是的，那时我将成为世界上一个最幸福的人……

我的一篇长篇小说终于完成了。当我的小说完成的时候，中国的时局却陡然一变：农工的蜂起驱走了军阀的残孽，到处招展着青天白日满地红的旗帜。革命军快到了，整个的上海好像改变了面目，完全被革命的空气所笼罩着了。我一方面欣幸我的小说终于完成了，我快要与玉弦往西湖做幸福的旅行，一方面又为整个的上海庆祝，因为上海从今后或可以稍得着一点自由了。

“陈先生！从今后你可以不必怕了，上海将要成为革命党人的天下了！哈哈哈！”淑君很高兴地这样对我说。

“密斯章，你现在的工作很忙罢？”我问。

“是的，工作忙得很：开会哪，游行哪，散传单哪，演讲哪……真是忙得很！不过虽是忙也是高兴的！”

是的，我高兴，淑君高兴，我们大家都高兴，庞大的上海要高兴得飞起来了。不过我的高兴有两种：一种高兴是与淑君的高兴相同的，一种高兴却为淑君所没料到了，我要与玉弦一块儿往西湖旅行，我要温一温西子的嘴唇……但这一种高兴，我却不愿向淑君表示出来。

“不料我们也有今日呵！”淑君趾高气扬地这样说，仿佛她就是胜利的主人。我也跟着她说道：

“不料我们也有今日呵！”

淑君这几天的确是很忙，很少有在家的时候，她的父母也无可如何，只得听她。我还是如政局未变以前的闲散，没有什么正式的政治的工作。有时想起，我好生惭愧：淑君居然比我努力得多了！呵！我这不努力的人呵！……

我一心一意只希望春假的到来，玉弦好伴我去游西湖，那美丽的，温柔的，令我久生梦想的西湖。

我一天一天地等着，但是时间这件东西非常奇怪，若你不等它时，那它走得非常之快，若你需要它走快些时，那它就摆起一步三停的架子，迟缓得令人难耐，“你快些过罢，我的时间之神！你将春假快些送到罢，我的时间之神！呵！美丽的西湖！甜蜜的旅行！……”我真焦急得要命！我只觉着时间之神好像与我捣乱似的，同时我又担心我没有长久保持这百元钞票的耐性，因为我没有把钱放在箱内，而不去动它的习惯。

最后，春假是盼望到了，但是，唉！但是不幸又发生了不幸的事变，报纸上刊登了以下的消息：

“H地发生事变……敌军反攻过来……流氓捣毁工会……逮捕暴徒分子……全城秩序紊乱……铁路工人罢工……”

糟糕，西湖又去不成了！唉！西湖之梦又打断了！

我真是异常地失望！我真未料到我这一次不能圆满我游西湖的美梦。钱也预备好了，同伴的又有一个亲爱的玉弦，而且政治环境也不如从前的危险了……有什么可以阻拦我呢？但是现在，唉！现在又发生了这种不幸的事情——天下的事情真有许多难以逆料的，唉！我的美丽的西湖，我的不幸的中国！……

清早起来，洗了脸之后，连点心都没有吃，先拿起报纸来看，不幸竟看到了这种失望的消息。我将这一则消息翻来复去地看了三四遍，我的神经刺激得要麻木了。我的西湖的美梦消逝了；这时我并未想到玉弦的身上。我好似感觉得一场大的悲剧快要到来，这一则消息不过是大的悲剧的开始。因此，我的满身心颤动起来。

“扑通，扑通……”有人走上楼来了。

惨白的，颤动的淑君立在我的面前。她发出急促的声音来：

“陈先生！你看见了H地的事情吗？这真是从何说起呀！”

我痴呆地两眼瞪着她，向她点一点头。

“这是为着何来？这革命革得好呀！”

“哼!”我半晌这样地叹道:“密斯章!你以这件事情为奇怪吗?S地也要快了罢。……不信,你看着……”

淑君两眼这时红起来,闪着愤激的光。她愤激得似乎要哭起来了。我低下头来,不愿再看她的神情。我想说几句话来安慰她一下,但是我自己这时也愤激得难以言状,实在寻不出什么可以安慰她的话。

“哼!……哼!”她叹着气走下楼去了。

淑君走后,我即向床上躺下,连点心都忘却吃。我又想起西湖和玉弦了:西湖的旅行又不成事实了,唉!这真是所谓好事多磨!……玉弦今天看了报没有?她看见了这一则消息,是不是要同我一样地失望?……她今天上午是没有课的,她大概要到我这儿来的罢……亲爱的玉弦……美丽的西湖……悲哀的中国……可怜的淑君……

我真是异常地愤激和失望。我希望玉弦快些来安慰我,在与玉弦拥抱和接吻中,或者可以消灭我暂时的烦忧。我希望她来,我渴望着她的安慰,拥抱和接吻,但是奇怪,她终于没有来,也许她今天是很不爽快的罢?也许她今天在忙着罢?不,她今天一定要来!她今天应当来!时间是一秒一分一点地过去了,快到吃午饭的时候了,奇怪,她终于没有来。

第二天上午玉弦来了。她依然是穿着黑素色的衣服,不过她的面色不似往日来时那般地愉快了,显然是很失望的,忧郁的,或者还可以说,也有几分是惊慌的。我当然还是如从前一样地欢迎她,一见她走进我的屋时,我即连忙上前握她的手,抱她吻她,……但她这一次对我的表示却非常冷淡。我虽然感觉得不快,但我却原谅她:也许她身体不舒服罢?也许因为杭州发生事变,我们不能做西湖之游了,她因之失望,弄得精神不能振作罢?也许她因为别的事故,弄得心境不快罢?……总而言之,我为她设想一切,我原谅她一切。

我俩并排地坐在床沿,我将她的双手握着。我还想继续地吻她，但她似乎故意地将面孔掉过去背着我。

“你昨天上午为什么不来呢？”我问她。

“……”

她没有回答我。我接着又问她道：

“你今天似乎很不高兴的样子，难道有什么心事吗？请你告诉我，玉弦！”

“没有什么心事。”她又沉默下去了。

“那么，你为什么不高兴呢？是不是因为H地发生了事情，我们西湖去不成了？”

“西湖去不去，倒没什么要紧。”

“你到底因为什么不高兴呢？”

玉弦沉吟了半晌，后来很颤动地说道：

“你难道还不晓得吗？近来，这两天……”

“近来什么呀？”

“近来风声紧得很，他们说要屠杀，时局危险得很……”

“这又有什么要紧呢？”

“难道说你……你……不怕吗？……”

“我怕什么！我也没有担任什么工作，难道说还能临到我的头上来吗？请你放心！”

她不做声，我用手想将她背着我的脸搬过来，但搬过来她又转将过去了。我这时真猜不透她是什么意思。若说是她怕我有危险，为我担心，那她就应当很焦心地为我筹划才对，决不会这样就同生气的样子。若说是因为愤激所致，但她却没有一点愤激的表示。……这真教我难猜难量了！沉默了一忽，她先开口说道：

“我要回家去……”

“现在回家去做什么呢？”

“我的母亲要我回家去。”

“你的母亲要你回家去？你回家去了，把我丢下怎么办呢？我现在的生活是这样地烦闷，时局又是这样地不好，你回去了，岂不是更弄得我难受吗？”

“……”

“你能忍心吗？我的玉弦！……”

“我没有法子想，我一定要回去。”

“那么你什么时候才能回上海呢？”

“说不定，也许要两个礼拜。”

我到这时再没有什么话可说了。生活是这样地烦闷，时局是这样地不好，而她又要回家去……唉！我没有话可说了。我没有再说挽留她的话，因为我看她的意思是很坚决的，就是挽留也是不发生效力的呵！爱人！……安慰！……甜蜜的幻想！……这时对于我所遗留的，只是无涯的怅惘，说不出的失望。

“天不早了，我要回去了，下午还有课……”

她立起身，我也随着立起身来，但没说一句话，似乎失落了一件什么要用的东西，而又说不出什么名字来。我送她下楼，送她走出门外，如往时一样，但是往时当她临行时，我一定要吻她一下，问她什么时候再来，今天却把这些忘却了。当我回转头来经过客堂时，淑君含笑地问我道：

“陈先生！密斯郑的学堂还在上课吗？”

“大约还在上罢。”我无精打采地回了一句。

“近来风声很紧，有很多的人都跑到乡下去了。”

“是的，密斯郑说，她也要回家去。”

“她也怕吗？哈哈！这又有什么怕的呢？”

“我不知道她怕不怕，也许是因为怕的缘故罢？”

“陈先生！只有我们才不怕……”

淑君说这句话时，显现出一种矜持的神气。她的面孔荡漾着得意的波纹，不禁令我感觉得她比往日可爱些。

九

过了三天，我接到了玉弦一封简单的信，信上说，她不得已因事回家，上车匆匆，未及辞行，殊深抱歉，请我原谅……呵！就是这样简单的几句话！我真没有料得到。这封信所给我的，也只是无涯的惆怅，与说不出的失望。

玉弦走了的第二天，空前的大屠杀即开始了。……

我是一个流浪的文人，平素从未曾做过实际的革命的运动。照理讲，我没有畏避的必要。我不过是说几句闲话，做几篇小说和诗歌，难道这也犯法吗？但是中国没有法律，大人先生们的意志就是法律，当你被捕或被枪毙时，你还不知道你犯的是哪一条法律，但是你已经是犯法了。做中国人真是困难得很，即如我们这样的文人，本来在各国是受特别待遇的，但在中国，也许因为说一句闲话，就会招致死刑的。唉！无法的中国！残酷的中国人！……但既然是这样，那我就不得不小心一点，不得不防备一下。我是一个主张公道的文人，然而我不能存在无公道的中国。偶一念及我的残酷的祖国来，我不禁为之痛哭。中国人真是爱和平的吗？喂！杀人如割草一般，还说什么仁慈，博爱，王道，和平！如果我不是中国人，如果我不同情于被压迫的中国群众，那我将……唉！我将永远不踏中国的土地。

我不得不隐避一下。我的住址知道的人很多，这对于我的确是一件危险的事情，我不得不做搬家的打算。是的，我要搬家，我要搬到一个安全的，人所不知的地方。但是我将如何对淑君的家人，尤其是对淑君，怎样说法呢？我住在她的家里已经很久了，两下的感情弄得很浓厚，就同在自己的家里一样，今一旦无缘无故地要搬家，这却是从何说来？得罪了我吗？我住着不舒服吗？若不是因为这些，那么为什么要搬家？将我要搬家的原因说与他们听，这又怎么能够呢？我想来想去，于是我就编就了一套谎语，不但骗淑君的家人，而且要骗淑君。呵！倘若淑君得知道了这个，那她不但要骂我为怯懦者，而且要骂我为骗子了。

日里我在S路租定了一间前楼，这个新住所，我以为是比较安全的地方；当晚我即向淑君的家人说，——淑君不在家，我要离开上海到西湖去，在西湖或要住半年之久，因此，不得不将我的书籍及一切东西寄存到友人的家里。等到回上海时，倘若他们的这一间楼面到那时没有人住，我还是仍旧搬来住的，因为我觉得我们房东和房客之间的感情很好，我并且以为除了他们这样的房东而外，没有再好的房东了。

“到西湖去住家？为什么要到西湖去住家？在上海住不好吗？我们已经住得很熟了，不料你忽然要搬家……”

淑君的嫂嫂听了我要搬家的话，很惊异地，而且失望地向我这样说，我的回答是：学校关门了，薪水领不到，现在上海又是百物昂贵，我一个人的生活非百元不可，现在不能维持下去了。所以不得不离开上海。西湖的生活程度比较低些，每月只要三四十元足矣，所以我要到西湖住半年，等到上海平静了，学校开门的时候，我还是要回上海的。

我这一篇话说得他们没有留我的余地。淑君的母亲不做声，表示着很不高兴的样子，淑君的父亲听了我的话之后，竭力称赞我的打算是很对的。淑君这时还没有回来，也许在那里工作罢；如果她听了我要离开她的话，那她将做什么表示呢？我想她一定很不愿意罢？……好，这时她不在家里，对于我是很方便的事情——我不愿意看见她脸上有挽留我的表情。她的家人无论那一个，要说挽留的话，我都易于拒绝，但是淑君有什么挽留我的表示，那我就有点为难了。

第二天清早我即把东西检点好了。淑君平素起身是很晏的，不料今天她却起来得很早。我本想于临行时，避免与她见面，因为我想道，倘若我与她见面，两下将有说不出的难过。但是今天她却有意地起来早些，是因为要送我的行呢？还是因为有别的事情？我欲避免她，但她却不欲避免我，唉！我的多情的淑君，我感激你，永远地感激你！

淑君的父亲和哥哥很早地就到公司里去上工去了。老太婆还没有起来。当我临行时，只有淑君和她的嫂嫂送我。她俩的脸上满露着失望的神情。淑君似乎有多少话要向我说的样子，但是终于缄默住了。只有当我临走出大门的一刻儿，淑君依依不舍地向我问道：

"陈先生！你现在就走了吗？"

"……"

我只点一点头，说不出什么话来。

"到西湖后还常来上海吗？"

"我至少一个月要来上海一次，来上海时一定要来看你们的。"

"那可是不敢当了。不过到上海时，请到我们家里来玩玩。"

"一定的……"

"陈先生！你该不至于忘记我们罢？……"

淑君说这话时，她的声音显然有点哽咽了，她的面色更加灰白起来。我见着她这种情形，不禁觉得无限的难过，恨不得把她的头抱起，诚诚恳恳地吻她一下，安慰她几句。她的嫂嫂立在旁边不做声，似乎怀着无涯的怨望，这种怨望或者是为着淑君而怀着的罢？……我很难过地回答她一句，同时望着她的嫂嫂：

"绝对地不会！密斯章！嫂嫂！好，时间不早了，我要走了，再会罢！……"

我走了。我走到弄堂口回头望时，淑君和她的嫂嫂，还在那里痴立着目送我。我想回头再向她们说几句安慰话，但挑东西的人已经走得很远了，我不得不跟着他。

我对于淑君，本没有恋爱的关系，但是当我现在离开她时，我多走一步，我的心即深一层的难过，我的鼻子也酸了起来，似乎要哭的样子。我也不知道这是因为什么。难道说不自觉地，隐隐地，我的一颗心已经为她所束住了不成？我并没曾起过爱她的念头，但是这时，在要离开她的当儿，我却觉得我与她的关系非常之深，我竟生了舍不得她的情绪。我觉着我离开她以后，我将感受到无限的孤寂，更深的烦恼。呵！也许无形中，在我不自觉地，我的一颗心已经被她拿去了。

我搬到新的住处了。

新的房子新的房东，我都没感觉到有什么不好的地方，但我感觉得如失了一件什么东西似的。我感觉得有点不满足，但是什么东西我不满足呢？具体地我实在说不出来。淑君在精神上实给予了我很多的鼓励和安慰，而现在她不能时常在我的面前了，我离开她了。……

我搬进新的寓所以来，很少有出门的时候，光阴一天一天地过去，我的烦恼也就一天一天地增加。本想在这种寂静的环境中，趁着这少出门的机会，多写一点文章，但是无论如何，提不起拿笔的兴趣。日里的工作：看书，睡觉，闲踱，幻想；晚上的工作也不外这几项，并且孤灯映着孤影，情况更觉得寂寥难耐。“呵！倘若有一个爱人能够安慰我，能够陪伴着我，那我或者也略为可以减少点苦闷罢？……唉！这样简直是在坐牢！……倘若玉弦不回家，倘若她能天天来望望我，谈谈，吻吻，那我也好一点，但是她回家去了……不在此地……”我时常这样地想念着。我一心一意地希望玉弦能够快些来上海，至少她能够多寄几封安慰我的信。光阴一天一天地过去，我的烦恼也就一天一天地增加，我的希望也就一天一天地殷切，但是老是接不着玉弦的来信。玉弦不但不快些来上海，而且连信都不写给我，不但不写信给我，而且使我不能写信给她，因为我虽告诉了她我转信的地方，而她并没有留下通信地址给我。

“难道是她变了心吗？……”我偶尔也想到此，但即时我又转过念头，责备自己的多疑：“不会！不会！绝对不会的！我俩的关系这样深，我又没有对不起她的地方，她哪能就会变了心呢？……大约是因为病了罢？也许是因为邮政不通的缘故。……她是个很忠实的女子，绝对不会这样地薄情！……”当我想到“也许是因为病了罢？……”我不禁把自身的苦闷忘却了，反转为玉弦焦急起来。

已经过了两礼拜了，而我还未得到玉弦的消息。我真忍耐不下去了，于是决意到她的学校去探问，不意刚走进学校的门，即同她打个照面。她一见到我时，有点局促不安的样子，面色顿时红将起来。我这时真是陷于五里雾中，不知她究竟是怎么一回事：难道说没有回家去？回家去了之后，为什么不写信给我？既然回到上海了，为什么不通知我一声？为什么今天见着我不现着欢欣的颜色，反而这样局促不安？奇怪！真正地奇怪！……我心里虽然这样怀疑，但是我外貌还是很镇定地不变。我还是带着笑向她说道：

“呵呵！我特为来探听你的消息，却不料恰好遇着你了。你什么时候回到上海的？”

“我是昨……昨天回到上海的。”她脸红着很迟钝地这样说了一句，便请我到会客室去，我跟着她走进会客室，心中不禁更怀疑起来：大约她是没有回去罢？

“一路上很平安吗？”

“还好。”

“你走后，我从未接到你的一封信，真是想念得很；你没有留给我你的通信处，所以我就想写信给你，也无从写起。”

“呵呵！真是对不起你得很！”

“你没到我的原住处去罢？我搬了家了。”

“呵呵！你已经搬了家了！”

“今天你能跟我一块儿到我的新住处坐一下吗？”

她低下头去，半晌抬起头来说道：

“今天我没有工夫，改一天罢……”

“你什么时候有工夫?”

“后天下午我到你那儿去。”

“好，后天我在家里等你。”

我将我的住处告诉了她之后，见着她似乎是很忙的样子，不愿意耽误她的事情，于是就告辞走回家来。

照理讲，爱人见面，两下应当得着无限的愉快和安慰，但是我今天所带回家来的，是满腹的怀疑，一些不是好征兆的感觉。“无论好坏，她变了心没有，等到她后天来时，便见分晓了。唉！现在且不要乱想罢！……”于是我安心地等着，等着，等着玉弦的到来。

过了一天了。

到了约期了。

在约会的一天，我起来非常早，先将房内整理一下，后来出去买一点果品等类，预备招待我的贵重的客人，可是我两眼瞪着表，一分过去了，……一点过去了……直到了要吃中饭的时候，而玉弦的影子还没有出现。“是的，她上午无空，下午才会来的，好，且看她下午来不来……”我无可奈何地这样设想着。我两眼瞪着表，一分过去了，一点又过去了……天快黑了……天已经黑了……玉弦还是没有来。到这时我已决定玉弦是不会来的了，于是也就决定打断盼望她来的念头。我这时的情绪谁能想象到是什么样子么?我说不出它是什么样子，因为我找不出什么适当的形容词来形容它。

我几乎一夜都没曾睡着。这一夜完全是消磨在无涯的失望和怅惘里。虽然我还不能断定玉弦的不来，是因为她已经变了心的缘故，但是我已经感觉到我与她的关系已经不是和从前一样固结的了。

第二天上午我接到了玉弦的一封信：“季侠：今日因事，不能践约，实深抱歉。他日有暇，请再函约可也。时局如斯，请勿外出，免招祸患……”这一封信将我对于她的希望，完全打消了，我觉得她已经不是我的了。我只有失望，只有悲哀。但我不再希望了。到现在我才觉悟我对于玉弦没有认识清楚，我看错人了。我从前总以为她是一个很忠实的女子，既经爱上了我，绝对不会有什么变更的，但是现在？唉！现在的她不是我理想中的她了！

我不怨她，我只怨我自己看错人了。我不恨她，我反以为她的为人是可怜的。……她的心灵太微小了！她是一个心灵微小的女子……

我看了她的信，沉思了一忽，即写一封信给她，做最后一次的试探。我问她：我们长此做朋友呢，还是将来要发生夫妇的关系？……我不得不如此问她，并要求她给一个坚决的回答，因为我们有约，我已经允许过她，倘若如此含混地下去，在我以为是没有意义的。在写这一封信的时候，我已料到她给我的回答，是我们只能维持朋友的关系，但我要求她给我这样一个正式的回答，因为我借此可以完全决定我对于她的态度。

结果，她的回答与我的预料相符合。她说，我俩的情性不合，所以说不到结成夫妇的关系……呵！是的！我俩的情性的确是不合呵！这不但她现在向我这样说，我自己也是这般承认的。如果两人的情性不合，那么怎么能维持恋爱的关系呢？情性不合，就是朋友的关系都难保存，何况恋爱？是的，我承认玉弦的话是对的。不过我很奇怪：相交了几个月，为什么到现在她才发见我俩的情性不合？为什么我到现在也才感觉到我俩没有结合的可能？我俩不是有过盟约么？不是什么话都谈过么？不是互相拥抱过，接吻过么？……但是现在却发见了“情性不合”！这是谁个的错误呢？

我读了她的回信后，即提起笔来很坚决地写了几句答复她：“你所说的话我完全表示同意。恋爱本要建筑在互相了解和情性相投的基础上面，不应有丝毫的勉强。我俩既情性不投，那么我们当然没有结合的可能。呵！再会！祝你永远地幸福罢！我俩过去的美梦，让我们坚决地忘却它罢！……”

我每读小说的时候，常常见着一个人被她或他的情人所拒绝时，那他或她总是要悲哀，苦闷，有时或陷于自杀，有时或终于疯狂……但我接着玉弦拒绝我的信的时候，我的心非常地平静，平静得比未接着她的信的时候还要平静些。这是我的薄情的表现吗？这是因为我没曾真心地爱过她吗？呵，不是！这是因为她把我所爱的东西从她自己的身上取消了。我对于过去的玉弦，说一句良心话，曾热烈地爱过，因为我把我理想的玉弦与事实的玉弦混合了；现在呢？她将我理想中的玉弦打死了，我看出了事实的玉弦的真面目，所以我不能再向她求爱了，所以当她拒绝我的时候，我的心异常地平静。

F公园初次的蜜吻，春风沉醉的拥抱，美丽的西湖的甜梦，一切，一切，一切的幻想，都很羞辱地，无意味地，就这样地消逝了！……

十

与淑君别后，已有两个礼拜了，她的消息我是完全不知道。有时我想到她的家里看看她，但当我向她辞行时，我不是说过么？我说我到西湖去，一个月或能到上海一次，现在还未到一个月，我如何能去看她呢？如果被她看出破绽来，那我将如何对她说话呢？说也奇怪，当我与她同屋住的时候，我并不时常想到她的身上，但是现在与她分离了，我反而不断地想念她，她的影子时常萦回于我的脑际。自从玉弦与我决裂后，——呵，其实也说不上什么决裂不决裂，我与她的关系不过就是这样很莫明其妙地中断罢了。——我更时常地念及淑君，虽然这种念及并没含有什么恋爱的意味，但我觉得我与她的关系，倒比与她同屋住的时候的关系为深了。我觉得我的一颗心被她拿去了，我就是想忘却她，也忘却不掉，我没有力量能够忘却她。

如果淑君知道我的这种心情，要向我骂道："你这个薄情的人！你这不辨好坏的人！当人家将你抛弃的时候，你才知道念我，唉！谁要你念我？你还配念我吗？……"我也只得恭顺地承受着，因为我以为我应当受她的惩罚。她不惩罚我，我对于她的罪过，将永远消除不掉，我的心灵上的痛苦将永无穷尽。现在我情愿时常立在她的面前，受她的惩罚，但是好生悲痛呵，这已经是不可能的了！我的一颗心将永远地负着巨大的创伤。

报纸上天天登载着逮捕和枪毙暴徒分子的消息，为避免意外的灾祸计，我总以不出门为宜。一天下午我实在闷不过了，无论如何，想到大马路逛一逛，带买一点东西。我刚走到新世界转角的当儿，在我的前面有三个女学生散传单，我连忙上前接一张，这时我并没注意到散者的面目，忽然一个女学生笑着说道：

"原来是陈先生！……"

"呵呵，密斯章，很久不见了。"

"什么时候从西湖来的？"

"昨天，密斯章！"我四外望一望，很惊心地向她们说道："散传单，事情是很危险的，你们要小心些才是！"

"没有什么，"她也四外地望一望，笑着说道："捉去顶多不过是枪毙罢……陈先生，我问你，密斯郑现在好吗？"

"她，她……"我的脸有点发烧了。"我很久不见她了。她现在如何，我不知道。"

"难道说……？"她很惊异地，这样吞吐地问我。

"我已与她没有什么关系了！"

"淑君！淑君！我们快走，巡捕来了。……"淑君的两个女同伴这样惊惶地催促她，她不得不离开我。我似乎有很多的话想向她说，但是已无说的机会了。我痴呆地站着看她们走去，我想赶上她们，与她们一块儿……我想与淑君一块儿被捕，一块儿被枪毙，但我终于没有挪步。呵！我这个无勇的人！我这个怯懦者！我将永远在淑君的灵魂前羞愧！……

不料这次匆促的会面，即成为了永远的诀别！天哪！事情是这样地难测，人们是这样地残酷！一个活泼泼的淑君，一个天使似的女战士，不料在与我会面的后几日，竟被捉去秘密枪毙了！唉！这是从何说起呢？难道说世界上公道是没有的么？难道说真是长此不见正义和人道么？唉！我的心痛。我若早知道这一次的会面即为永别的时候，那我将跟着她，与她并死在一块儿，虽死也是荣耀的。现在的世界还有什么生趣呢？真的，对于有良心的和有胆量的人们，只有奋斗和死的两条路，不自由毋宁死呵！

在与淑君会面的这一天晚上，我的神魂觉得异常地不定；我竭力想将淑君忘却，但结果是枉然。我已发生了就同有什么灾祸要临头的感觉……"现在杀人如麻，到处都是恐怖……每一个有良心的人都有被杀头的危险……淑君？淑君也许不免呵！……唉！简直是虎狼的世界……"我总是这样地凝想着，淑君的影子隐现在我的面前，她就同缠住了我似的，我无论如何摆脱她不掉。

这究竟是怎么一回事呢？连我自己也解释不出来。

在第四天的上午，我决定到淑君的家里去看看。我走进门的时候，淑君的母亲坐在客堂左边的椅子上，她的两眼红肿得如桃子一般，面色异常地灰白。淑君的嫂嫂坐在她的旁边，低着头做女工。她们见着我进门的时候，并不站立起来迎我，只是痴呆地缄默地向我望着。我见着她婆媳俩这般的模样，不知她们家中发生了什么不幸的事情，一时摸不着头绪。我向右边的一张椅子坐下后，两眼望着她们，不知如何开口。

大家这样地沉默了几分钟。

"陈先生，你来了吗？"淑君的嫂嫂先开口问我。

“我来了，来看你们。”

“你是来看淑君的吗？”

淑君的嫂嫂刚说完这一句话，淑君的母亲就放声器了起来。我不知道这是因为什么，但我已感觉到是因为什么了。我一时心里难过得不堪，也似乎想哭的样子。沉吟了半晌，我很颤动地问道：

“老太太为什么这样伤心呢？”

“你，你……你难道还不晓得她？……”淑君的嫂嫂也哭起来了。

“嫂嫂，我不晓得……”

“淑君已经死了，并且死得很……很惨……”

“什么时候死……死的……？”我无论如何也忍不住不哭了。

“听说是前天晚上枪毙的……秘密地枪毙的……可怜尸首我们都看不见……”

淑君的嫂嫂和她的母亲越加痛哭起来了。这时的我，唉！我的心境是怎样的难过！唉！我也同她们一样，我只有哭！说不出的悲痛。

天哪！这是什么世界！我，我简直要发疯了！……

最后，我勉强忍住哭，向她们说了几句话，即告辞走出门来。我走到弄堂口时，见着街上如平素一样地平静，人们还是来来往往，并没有什么异样，我的心茫然了。我向什么地方去呢？回家去？回家去干什么呢？我应当去找淑君，追寻淑君的魂灵！

天哪！这是什么世界！我，我简直要发疯了！……

我买了一瓶红玫瑰酒和一束鲜花，乘车至吴淞口的野外。我寻得一块干净的草地，面对着汪洋的大海，将酒瓶打开，将一束鲜花放好，即开始向空致祭，我放声痛哭，从来没有这样痛哭过，我越哭越伤心，越伤心越痛哭，一直哭到夕阳西坠。

她生前我既辜负了她，她死后我应以哭相报。我哭到不能再哭的时候，心内成了一首哀诗，就把我这首哀诗当我永远的痛哭罢！

到处都是黑暗与横驰的虎狼，
在黑暗里有一只探找光明的小羊；
不幸虎狼的魔力太大了，
小羊竟为着反抗而把命丧。
唉！我的姑娘！
我怀着无涯的怅惘。

回忆起往事我好不羞惭！
我辜负了你的情爱绵绵。
如今我就是悔恨也来不及了，
我就是为你心痛也是枉然。
唉！我的姑娘！
我只有对你永远地纪念。

我想到你的灵前虔诚地奠祭，
但谁知道你的尸身葬在何地？
在荒丘野冢间被禽兽们吞食，
抑饱了鱼腹连骨骼都不留痕迹？
唉！我的姑娘！
且让我将你葬在我的心房里。

归来罢，你的侠魂！
归来罢，你的精灵！
这里是你所爱的人儿在祭你，
请你宽恕我往日对你的薄情。
唉！我的姑娘！

拿去罢，我的这一颗心！

这一瓶酒当作我的血泪；
这一束花当作我的誓语：
你是为探求光明而被牺牲了，
我将永远与黑暗为仇敌。
唉！我的姑娘！
我望你的魂灵儿与我以助力……

（创造社出版部 1927 年 11 月初版；选自《蒋光慈文集》第 1 卷，上海文艺出版社 1982 年版）

最后的微笑

一

小蚂蚁被他的同类所欺侮了，还要拚命地抵抗一下。

这是在六月的一天晚上。

夜幕笼罩得大地异常地乌黑。在天的西北角上，时飞射着金色的闪光，也就从那里远远地闻着雷声。天气异常地闷燥，一缕风丝儿都没有。人们都等待大雨的到来，因为天色已给了大雨的征兆了。

在城南C路的终角，靠近麦田的地方，有两间破败的茅屋。茅屋的周围：前边一百步之遥是S纱厂；后边是麦田；左边不远有几座荒墟的坟墓，据与这些坟墓邻近的居民说，这里时常闻着鬼哭，发现鬼火……看起来是异常凄凉的；右边是一带平房，凡在S纱厂内做工的工人，差不多都住在这里面。工人们寻不出别的纳凉的方法，如果是天不落雨的时候，他们夜里总是露宿的。每一到晚上，除开一部分工人上夜工而外，其余的总是在家里坐在外边乘凉，他们的芭蕉扇与谈笑的声音，遥遥地与纱厂内的吼吼的机器声相应和。今天晚上天气更异常地闷燥，因之他们摇动芭蕉扇的声音更要比往日为响亮了。

"他妈的！今天晚上真热！"

"唉！简直热得活要命！"

"这样热，他们在工厂里做夜工，也不知怎么能受得了呵！"

“不受也要受，你真是说怪话！”

“你看，西北角正在打闪呢，快要下雨了。”

“唔，全才！王阿贵开除了，也不知道是哪个弄的鬼……”

“那还有别人吗？不是张金魁是谁个？”

“他妈的！……”

“唉！天气真热！”

“……”

这时，当他们说南道北大家谈笑的当儿，茅屋内的王阿贵正病卧在床上。这两间破败的茅屋，在冬天，因为四壁招风，是异常地寒冷，而在夏天呢，因为阳光的熏蒸，又异常地燥热。病在床上的王阿贵，因为极高度的体温与屋内极燥热的空气联合起来，已经烧到头昏脑乱神思不清的地步了。今天早晨他还是如平时一样，做上工的预备，并不曾料到要召什么不幸的变动，但当他一进工厂的大门时，工头矮胖的张金魁即将他喊住，对他说道：

“你已经被厂里开除了。你自己做的事情，你自己知道，我也不必向你多说了。你要反对什么厂主，请你到别的厂里去反对去，在我们的厂里，哼哼，对不起……我幸而看着你老子的面上，不愿意叫你多吃苦头，不然的话，哼哼，我报告巡捕房将你捉住，枪毙……你去罢！我们这里你是不能再进来的了！……”

王阿贵听了张金魁的这一番话，始而痴呆地将两眼望着张金魁，似乎不明白他所说的是些什么，继而脸色变为惨白，将头慢慢地低下来了，——这时阿贵明白了，他明白了张金魁所说的话的意义，他明白了他的一切希望都完结了。这真是如晴天的霹雳一般，喀嚓一声，将阿贵震动得不知所措：怎么办呢？怎么办呢？……完了！完了！一切都完了！……阿贵似乎要哭将起来，但没有眼泪出来。他并不觉得有什么过度的伤心，他只是茫然，茫然……到什么地方去呢？工作是没有了，因之工钱也是没有的了。怎么办呢？怎么办呢？他只是茫然，茫然……他应当向张金魁说一些哀求的或是反抗的话，但是他听了张金魁的话后，却不发一点儿声响。有几个工友上前为他哀求，为他辩护，为他抱不平，为他可怜，但是他却沉默着，没有一点儿表示。

他只是茫然，茫然……他很顺服地走出了工厂的大门，连头也不掉转一下。等他走了离工厂几十步的时候，他回转头来看看工厂的屋宇，似乎忘却了与工厂辞别的样子，于是他又回转来绕道工厂前后走几个圈子。他今年十九岁，从十一岁起，他已在这个工厂内做了八九年了，虽然他儿时的光阴，所谓黄金时代的光阴，都为这工厂内的机器所吞食了，虽然这工厂就同牢狱一样，他在里边被囚了八九年，虽然这工厂除了痛苦和压迫而外，没有给过他丝毫的幸福，但是他到底与这工厂有八九年的因缘，今天忽然离开了它，未免总有点舍不得的情绪。他站在工厂外边，看着烟囱突突地冒烟，听着机器吼吼地响动，他不禁觉得有无限的难过。“别了，工厂！别了，牢狱！别了，我的朝夕同事的工友们！……”他终于要同这工厂别离了。但是别离了到什么地方去呢？回家去？有什么面目回家去呢？不，家里回去不得！……他想道：“父亲五十多岁了，害着痨病，虽然有时推小车子也可以混几个钱，但混的总不多；母亲呢，替人洗洗补补衣服，也混不到几个钱。还有一个五六岁不中用的小妹妹！……一家大半都指望我，可是我现在被厂里开除了，这，这倒怎么办呢？……他俩老人家若知道了我被厂里开除了，那他俩将不要大大地生气么？……唉！算了！算了！我今年虽然才十九岁，可是我的日子也过够了，我不如去行个短见罢。是的，我不如去跳黄浦江去，人生总不过一死，我也问不了这么许多……”

阿贵虽然起了自杀的念头，但他还没有即刻就去自杀的决心。他离开了工厂，茫然地向前走着，并没有一定的方向。他就同失了灵魂的人一样，他忘却了他应当做什么，他也不知道他应当向什么地方去。他只知道一件事情：被厂里开除的事情，不能使父母知道。但是为什么他要被开除？他有什么被开除的罪过？谁个弄得他被厂里开除了？开除了后他应当做些什么？……他这时似乎都忘却了。他只是茫然地走着，但脑筋并没深想到什么。他所走的是什么路，两旁有什么东西，路上所迎着的是些什么人……他都没有注意到这些。

他顺着一条路走，走走又回头，回头又走走，这样地他消磨了一个上午的时间。炎热的太阳如火一般地烤人，但他光着头，虽然一套白布小褂裤差不多都汗湿了，他似乎却不感到这一层。最后他走得疲乏了，看见路旁有一块石头，他也不问它烫不烫，就走上前坐下了。他低着头似乎在思想什么，但他这时并没有明白地思想到什么。他看见地上有几个蚂蚁往来：一只黄色的小蚂蚁也不知从什么地方寻得了一块白模样的食物，在用力地衔着前走的当儿，忽然遇到了一只黑色的蚂蚁，这黑色的蚂蚁见着小蚂蚁衔着一块食物，便上前将它抢夺下来。小蚂蚁大为愤怒，便不相让，与黑色的蚂蚁厮杀起来。小蚂蚁虽然是小些，然而却英勇异常，毫不惧怕，倒也敌得过他的敌人。它俩越厮杀得越有劲，阿贵这时不禁看得出神；而且向小蚂蚁表示着充分的同情。他见着小蚂蚁这种英勇的气概，不禁暗暗地称赞不置。他看着看着，忽然他的脑海中起了一层波浪，他即刻立起身来，自己向自己惊异地问道：

"啊哈！我难道连这一个小蚂蚁都不如吗？喂！我还配做一个人吗？小蚂蚁被它的同类所欺侮了，还要拚命地抵抗一下，我是一个人，难道受人欺侮了，就这样地乖乖地算了吗？报仇呵！……报仇！……"

他于是觉着有无限的羞辱了。他的脸有点发烧起来，他的一颗心开始怦怦地跳动了。他不禁后悔道："当张金魁向我宣言的时候，为什么我没有点儿反抗的表示？我为什么顺服地忍受着张金魁的欺侮？为什么不把张金魁拉着痛打一顿？为什么不拾起一块石头向着张金魁的脑壳摔去？为什么……？唉！我连这一个小蚂蚁都不如！我还配做一个人吗？张金魁这东西该造了多少孽，我为什么不把他打死？他害死了李全发，他害死了沈玉芳沈先生，他现在又来害我，他又把我的饭碗打掉了，照他的口气，也许又要害我的性命……唉！我为什么不把他打死呢？我为什么一点儿抵抗都没有呢？唉！我连这一个小蚂蚁都不如！……”阿贵越想越羞愧得汗流浃背，几无地以自容。他又重新坐将下来了。他看看地上两个斗争的蚂蚁，这时它俩仍在相持的状态中。他于是拾起一个小小的草杆，将黑色的蚂蚁隔开来，慢慢地然而很气愤地将它捣死，——这时他觉得他做了一件伟大的事业了，于是乎他觉得非常地痛快。小蚂蚁见着它的敌人已死，遂又衔着白模样的食物离开了。阿贵看着它走开，不禁暗暗地笑道：“小蚂蚁！你真是好汉！我应当拜你为老师呢！我与你同是被欺侮的。我们联合起来罢！好！全世界被欺侮者联合起来！哈，哈，哈！……”阿贵一刹那间觉着自己是胜利者了。他似乎觉着张金魁被他用草杆捣死了。在愉快的一两分钟后，他又觉着有点失望起来：他所捣死的是微小的蚂蚁，而不是那万恶的张金魁，张金魁还是在世间活着呢。

是的，阿贵的责任不是在于捣死一个微小的蚂蚁，而是在于捣死他的敌人——张金魁。阿贵觉悟到这一层了；于是开始想到如何报仇的方法：“呵呵，顶好！顶好把他捉住，也像捣死的蚂蚁一般地把他捣死！唉！他该多么可恶呵！他拚命地对于厂主献好，也不知害死了许多工人！他害死了李全发，他害死了沈先生，他现在又来害我，哼，害我？好！我就要他的小狗命。我应当为李全发和沈先生报仇，我要不报仇，我就不算是个人，我真就不如蚂蚁！一个人不如蚂蚁，还算是一个人吗？呵呵！报仇！报仇！……但怎么样才能将他捉到呢？……”阿贵想到此地，忽然觉得头痛起来了。太阳的光是这般炎热。阿贵没有戴帽子晒了半天，当然头要晒得痛了。也许他的头早已都晒痛了，但到现在才觉得。奇怪，阿贵现在一觉着头痛，就痛得要命，似乎再不可以支持了。他这时不但头痛，似乎周身都发起烧来，脸庞烧得烫手。这时他忽然想起家来了。他忘却了被厂里开除的事情，也忘却了他的父母倘若知道了他被厂里开除了，将要如何地生气，如何地懊恼。他感觉得自己是病了，病了的人一定是要回家的。

当阿贵踉跄地走到家的时候，已是下午一点多钟了。这时阿贵的父亲王兴盛吃了中饭，已经出门推小车子去了。留在家中的是阿贵的母亲与他的一个小妹妹。母亲今年五十岁了，这是一个很疲弱的妇人，她的两个眼眶烂得如红枣子肉一样，眼水是不断地流着；她看东西是很吃力的，然而她不得不做缝补的事情。在她的枯槁的，皱纹层层的面孔上，可以看出她在生活中所受的痛苦的痕迹。这个可怜的老妇人在生活中大约不知道什么享福的事情，因为她从没见过幸福的面孔是什么样子。有时她想象到阿贵将来成人了走好运，每天能够挣得几个钱，为她买一件好衣服穿穿，买几斤肉吃吃，或者她的女儿阿蓉将来能寻得一个有钱的婆家，因之可以靠她女婿养活……这时她觉得是很幸福而愉快的样子，但这也只是很模糊的幸福和愉快，因为这只是对于将来的想象，这只是希望而已。什么时候阿贵能走好运？阿蓉将来能不能寻得一个有钱的婆家？这恐怕只有天晓得罢？谁个也不晓得！话虽然是如此说，但是这个老妇人却不得不有这般的希望。她现在所以还能活着，所以还能觉得要劳动的，完全是因为她还有这一点莫须有的希望，不然的话，她恐怕久已被劳苦葬入黄土了。她相信观世音菩萨，因之她很虔诚地供着观世音菩萨的肖像。她以为观世音菩萨是救苦救难的，是慈航普渡的，她绝对是保佑有善心的人的，只要人们能把良心存得正，哪怕观世音菩萨不知道吗？呵！救苦救难的观世音菩萨！呵！慈航普渡的观世音菩萨！……如此，她真是观世音菩萨的真信徒了。她不相信她会穷苦一辈子，因为她的良心好，从没做过坏事，而良心好的人一定是可以得到观世音菩萨的保佑的。“哪怕现在吃些什么苦呢？观世音菩萨自然有眼睛！观世音菩萨自然要给我好处的！我现在吃苦也许是因为前生造了孽了？呵！不要紧！只要我今生能行善，就是今生得不到好处，到来生一定是也要得到好处的！观世音菩萨自然有眼睛，我怕什么呢？呵！观世音菩萨呵！请你保佑我的阿蓉罢！请你保佑我的阿贵罢！他真是一个好孩子，他对我该多么孝顺呵！是的，他应当得到菩萨的保佑呵！……”这个可怜的老妇人每一想到她的阿贵的身上时，总要跑到观世音菩萨面前磕几个响头，暗暗地为着阿贵祷告。阿贵是她的唯一的希望，她不为他祷告，还为谁祷告呢？至于阿蓉呢？她想道：“阿蓉不过是一个女子，始终是人家的人，比较是次要的了。也许将来能得到一个好女婿，但是好儿子总比好女婿强呵！好女婿无论如何总是从人家骨肉里生出来的。”她当然也为着阿蓉祷告，但是祷告的次数却比为阿贵祷告的次数少些了。为着祷告，为着要表示诚意，她也不知在观世音菩萨面前烧了多少香。这些买香的钱是她为人家洗补所挣来的。她舍不得吃，舍不得穿，但是却舍得去买香烧。……

她今天坐在门口，一边补衣服，一边又想到阿贵的身上了：阿贵今天也不知在厂里好么？天气这样地热！……她忽然听到走向她来的脚步声，将头抬起一看，却不认得来人是谁个。照着来人的衣服看，这是阿贵回来了，但是照着来人的脸色看，这不是阿贵了，这差不多是戏台上的赵匡胤，关夫子。一刹那间她惊异得非常：怎么？难道说关夫子来显圣吗？若真是他显圣，那我该要好好地跪接了。……她用她的烂红眼睛聚精会神地一看，这时来人已至她的面前了，于是才看清楚了，来人不是关夫子，而是她适才所念到的阿贵。阿贵这时的脸色真是红得如关夫子的一样，这使得他的母亲惊骇地叫道：

“我的天王爷！你，你，你你怎么了？病，病了吗？……”

但是阿贵没有回答她。阿贵进屋后即向靠墙的一张竹床上躺下，直挺挺地躺下，如死人一般。他的母亲见着他这般模样，简直骇得魂飞天外，无所措手足了。她走进他的身旁站着，痴呆地望着他的那一副可怕的面孔，自言自语地说道：

"这，这倒怎么办呢？中，中了魔了吗？……这倒怎么办呢？兴盛又不在家里……"

"阿贵！我的儿！"她停一忽又哭着说道："你怎么弄到这个样子？……你，你你是怎么样弄的，我的天王爷！……"

"水，水！……"

阿贵睁开眼睛，向他母亲说了这两个字。她这时心中忽然有点希望了。她想道："还好！他还能说话，还知道要水喝！……知道要水喝，这不是说他的心内还明白么？还好，他还不至于有什么……呵呵！我的天王爷！菩萨保佑！……"她于是有点放心了。她不敢怠慢，即忙从水缸内盛了一碗凉水送给他喝，他没有力气拿碗，于是她端着送到他口边，他就同得着甘露一样，一口气将一碗凉水喝干了，是的，他真是渴了。他晒了半天，身上的水分都化为汗而消散了，这时他身上简直可以说不大有水分了。他的喉咙干燥得很痛，当他将一碗凉水喝将下去之后，他觉得就好像他的身上的火已经被扑灭一大半了。

"我还要喝！……"

当阿贵喝了第二碗凉水之后，他的神气清醒得很多了。他的面色已经不如先时的可怕，他的两眼所放射的光，已经不如先时那般的如中了魔一样，她这时更大为放心了：呵！阿贵好了！阿贵绝对不会有什么危险，阿贵一定是会好的！……她于是又想起观世音菩萨来了。她想道："这一定是有观世音菩萨在暗中保佑，不然的话，也不知要弄得什么样子。"这正是她应当向观世音菩萨面前烧香磕头的时候，于是她将手洗一洗，很虔心地烧起香来，表示她对于观世音菩萨的感谢。

阿贵真是疲倦极了。他看见母亲的这种神情，想开口向她说一些话，但是他没有力气说话了。他应当好好地休息一下，于是他昏沉沉地睡去了。坐在他身旁的母亲，这时见着阿贵这般神情，知道他是睡着了，而不是别的什么现象。她不愿意他多劳神，所以她并不向他多说话。她继续拿起工作来，坐在他的旁边，补几针看他几眼，看他几眼之后又补几针……她这时很放心了，因为她相信观世音菩萨隐隐地在暗中保佑。

到了晚上了。

……阿贵的父亲王兴盛今天推了半天的小车子，只得了四角小洋的代价，若这四角小洋的代价，是平平安安得来的，那么王兴盛今天也够高兴的了，因为四角小洋并不算少呵。往常有时一天不开市，连一个铜元都推不着，而今天半天居然也推到了四角小洋，这或者也是因为观世音菩萨在暗中保佑的原故罢。可是王兴盛因为这四角小洋，肩背上吃了七八下木棍，受了红头阿三的一场毒打。王兴盛已经是五十多岁的人了，虽然还能勉强推小车子，但是他的骨头的确是很老了，他又是一个害痨病的人，如何能多吃红头阿三手中打人不顾死的哭丧棒呢？因之四角小洋对于王兴盛虽然是一个很大的数目，而吃了七八下木棍，这对于王兴盛却是一场很大的灾祸。事情是这样发生的：他推了一小车子木器，当他走到四路中间的当儿，忽然呜地一声飞来了一辆汽车，险一点儿把他的车连人都冲倒了。也许是因为菩萨保佑的原故罢，他没有被汽车压死。红头阿三，一个印度巡捕见着这种情景，怒冲冲地跑将上来，先给他吃了几下哭丧棒，然后才开口骂他为什么不知道让路，为什么这样笨……可怜的王兴盛已经被汽车把魂都骇掉了，哪还有胆量向巡捕讲理！他就这样地白白地吃了一顿毒打！倘若王兴盛愿意请医生看看自己的伤痕，买一二副药吃吃，调养调养，那他今天所得到的四角小洋能够分配吗？……他往时虽然也时常领受过红头阿三手中的哭丧棒，但他今天却觉得往时从没有这样地痛过。唉！他没有反抗的力量，他只有很可怜地痛哭！……

天要黑了，王兴盛约摸着再找不到生意，于是就决定将小车子推回家来。在路上想起适才红头阿三对于他的欺侮，不禁暗自流泪。肩背上的伤痕虽然还没有到出血的地步，然而是很重的，经受汗液的洗濯，越发痛得厉害。他觉得他不应当受这种无道理的欺侮，但他毫不起一点反抗或报仇的念头。他只叹他自己的命运是应该如此的。有什么办法呢？没有办法！反正穷人生来就是要吃苦的。忍受罢！唉！只有忍受，没有办法！……他只是这样地想着，他，脑筋也只会这样地想着，从没发生过别的什么不安分的念头。

"老王！你回来了？"

当他推着小车子走到离家不远的当儿，迎头遇着了一个相识的工人，这个工人先向他打招呼。老王是一个很和气的人，每逢与人说话的时候，总是带着满脸的笑容。今天的肩背上虽然有很重的痛伤，虽然满肚子不快活，但他一见着这个工人向他打招呼，也就即刻笑着答道：

"呵！我回来了，阿四。你已经下工了么？"

"不，不是，我今天没有上工。你知道吗？你的儿子已经被厂里开除了。"

"什么呀？"老王这样惊异地问道，脸上已经变色了。

"你的儿子被厂里开除了。"

好一个消息！好一个消息！……老王听了阿四的话，身体几乎凉了半截。他感觉到天大的灾祸落到他的身上了。他又如中了魔一样，一句话也说不出来，只直挺挺地痴立着如木鸡一般，两眼望着阿四。阿四见着他这种神情，不明白他这时精神上所受的打击是如何地巨大，便不十分注意地离开了他，又走自己的路去了。老王痴立了几分钟之后，重行推起小车子走回家来。当他走到门口的时候，他的小车子向门旁边一竖，不做声不做气地走进屋内，向门后边一个小木凳子上坐下。他就同没有看见屋内的人一样。躺在竹床上的阿贵还没有醒来。阿蓉见着她的爸爸今天回来这种不高兴的样子，也不敢上前去亲近他，只远远地向他望着。这时他的老婆正在烧晚饭吃呢，她见着老王回来了，便离开灶台走到老王的面前，与他打招呼。

“你回来了？今天推了多少钱？”

老王用双手搂着自己的头，两眼向地上望着，如木头一样地坐着不动。她见着他不回答她，摸不着头绪，便又高声地问他一句：

“你，你今天到底是怎么着了？为什么人家问你的话，你连回答都不回答一声呢？”

老王还是依旧地不答。她看见这种神情，知道又有什么不好的事情发生了，便不敢再问他。她重复回到灶台后坐下，几乎也变成痴呆的人了。她这时不知道做什么事好，暗暗地觉得有什么可怕的灾祸快要到临了，或者已经到临了。她真不知道将要怎么办了：你看，一个没了，又是一个！阿贵回来时几乎要骇死了人，红头赤脸的，而他回来又这种样子，令人一点儿头绪都摸不到，这，这这，这倒如何是好呢？……莫不是今天真个是什么黑道的日子，遇着什么鬼了？不然的话，为什么一个个都弄成这个样子呢？唉！穷日子都不能安安稳稳地过下去，偏偏生出许多花头来！唉！这真是要人命，活要人命呵！……她不禁很伤心地哭起来了。

“你还不知道吗？”

老王抬起头来，忽地很苦丧地问了这一句，这可把他的老婆骇了一跳。她停止了哭，两眼看着她的丈夫，半晌才反问一句：

“我还不知道什么呢？”

老王重新又把头低将下来了。这时屋内已经暗黑了，深深地陷入沉寂的空气里。沉寂里只闻着阿贵在竹床上翻身的声音。阿蓉见着她的爸爸和妈妈的这种样子，一颗小心也为之跳动，很模糊地猜到有什么不好的事情发生了，因之也静立在板门的旁边，不敢多说一句话。但是阿蓉终归是一个小孩子，她的肚子饿了，她要吃饭，不能再跟着她的爸爸和妈妈沉默下去了。

“妈！我饿了，我要吃饭。……”

阿蓉的话将沉寂无声的空气打动了。老王随着阿蓉的话音说道：

"你还不知道吗？阿贵被厂里开除了。"

他的老婆听了他的话，沉吟了半晌，似答非答地叽咕了一句：

"呵！阿贵被厂里开除了！"

她又重行沉默下来了。这时她的一颗心似乎被浆糊糊涂住了，想不出说什么话为好。如此，在表面上，她似乎并不曾受了这个消息的打击，但是在内心里，她，唉！她简直表示不出她的悲痛来。她这时实在说不出话来。她有什么话可说的呢？呵！事情是这样地完了，完了，没有希望了！……

"妈！妈！我饿了，我要吃饭呀！"

阿蓉的妈还是不理她，最后她走到她的妈跟前去了。她要求她的妈给她饭吃。这时大约老王也觉着有点饿了罢，便也就说道：

"开饭吃罢！"

老太婆听了他的话，便起身将煤油灯点着，不则声不则气地将饭菜摆到屋中间一张矮木桌子上来。阿蓉拿起饭碗来就吃，两只小眼向着菜碗里望，就同菜碗里盛着满满的有味的好吃的肉一样，她巴不得一下子都吞下去，其实那里并不是肉，并不是什么鸡鱼鸭，而是些油盐不足的白菜。

"阿贵不起来吃饭么？"老王问。

"不，他不久已经吃了一点东西，现在让他睡罢，他病了。"

"他真病了吗？"老王很不安地这样问他的老婆，可是她这时就同要哭的神气，似乎悲哀地在想什么，没有答他。他看着她的这种可怜的样子，便也就不再问下去了。他又不禁暗暗地在可怜她，可怜的老太婆，真是受苦的命呵！……

他们静默地吃了晚饭，就到门外边坐着乘凉。这时大地乌黑得可怕，一点风都没有，闷燥得令人难耐。两夫妻都低着头各想各的，唯有阿蓉坐在她的妈妈的旁边，一点儿也不思想，两只眼睛只有趣地望着西北角上的，那远远的飞射着的金色的闪光。

这时屋内竹床上的阿贵，似乎是已经醒来了，但是浑身烧得如火炉一样，弄得头脑昏乱，神思不清。他似乎是要起来，然而没有起来的力气；似乎要喊人，然而只能口张一张，喊不出声音来。他是在朦胧的混沌的状态中，脑海中并没有什么很清晰的波纹。也或者可以说，他是在半死的状态中。……

老王这时是在深想自己的悲哀的命运：一从生下地来就没有过过一天的好日子！推了一二十年的小车子，劳苦了一辈子，……现在阿贵稍微能够挣点钱养家糊口，穷日子稍微过得舒服些，不幸又来了这么一下……被开除了！……唉！这简直怎么了局！……都是阿贵自己的不是！厂里不开除别人，为什么单开除他呢？这可见得是阿贵自己的不是了。我老早就听到一些风声，说他在厂里干什么工会的事情，反对什么资本家……呵！这样反对资本家才反对的好，把自己的饭碗都反对掉了！唉！胡闹！生来就是当工人的命，生来就是受苦的命，好好地在厂里做工也就罢了，偏偏要干些什么不相干的事情，什么工会，唉！不安分！……

老王的老婆所想的倒偏于乐观的一方面：好歹总有菩萨保佑，没有什么可怕的。也许明天到厂里哀求一下，阿贵还是可以回到厂内做工的？也许这个厂里不要他了，他还可以到别的厂里做工去？真要没有办法的时候，也可以推小车子……反正有菩萨保佑，总不会饿死，只要良心存得正。阿贵这小东西的良心该多么好，难道说他还会饿死不成吗？不会的！不会的！……

她又决定了，今天晚上临睡觉的时候，应当在观世音菩萨面前好好地烧几炷香，多磕几个响头，求她老人家保佑。她相信观世音一定会保佑她，保佑她的丈夫，保佑她的阿蓉，尤其保佑她的亲爱的儿子阿贵。她不十分相信别的菩萨，但她相信观世音菩萨可以说是到了极度了。她每每向人说：观世音菩萨是不可不信的呵！她真灵！我有几次梦见过她，她是一个白发苍苍的，和蔼可亲的老奶奶，有时白天我也见着过她显圣……当她这样说时，就同她真看见过了观世音菩萨一样。但是她真看见过了么，只有天晓得！

轰轰轰……喀嚓……轰，轰……雷声逼近了。这两位可怜的夫妻的沉思，被响亮的雷声所震断了。这时又起了风，很大的风，接着就落下稀疏的很大的雨点。

“呵呵，下大雨了，快进去，外边不能够坐了。”

他们刚一进门，大雨就如倾盆也似地下了起来。他们将门关上，但是因风刮得太大了，两扇板门几乎有抵抗不住的形势。两间茅屋似乎被风雨击动得乱晃的样子，就同快要倒塌了。木桌上的煤油灯被风吹得忽明忽暗。这时屋内的闷热的空气渐渐地消散了，顿时凉爽起来。大家感觉得爽快异常，但同时又惧怕这两间茅屋真莫不要被这般大风雨所根本推翻呢。那时才是真正的糟糕！那时才是真正的灾祸！

“妈！妈！那墙角上漏，漏雨！”阿蓉指着墙角这样说，老王听了这话，向前一看，果然漏雨，并且漏得很多。他想道：唉！真是倒霉！这真是如俗语所说“祸不单行”呀！天老爷故意与我们穷人捣乱！若果这两间茅屋真正地要倒塌了，那时倒怎么办呢？唉！我的天哪！……

“阿蓉的妈，快拿盆来接着，慢一点，这屋内快要成了河呢。唉！天老爷真是故意与穷人为难呀！”

阿蓉的妈听了她丈夫的话，即忙将洗澡的木盆拿上去接漏雨。幸而只有这一处漏雨，若漏雨的处所太多了，纵使不将屋子漏得倒塌，但怕真要把屋内弄成河流了。

这时凉爽的空气将阿贵身内身外的热度减低得多了，他于是有点清醒过来。他的两眼，已将烧得透红的两眼，睁开望一望，他看见屋内的情景甚为诧异，不明白发生了什么事情。他想说话，但觉喉咙很痛，很不容易说出话来。他哼了半晌，才哼出来一句话：

“妈！我渴了！……”

当他喝了一碗凉水之后，他的神志更为清醒了。他虽然没有力气多说话，但他已经很明白地知道他现在是病了，是躺在竹床上。他看见他的父母的愁容，知道他们完全都是因为他，因为他一个被工厂开除了的，而现在病了躺在竹床上的儿子……他于是很清楚地想起日间的事了：他今天早晨是如何地预备进工厂上工，如何地走进工厂的大门，如何地被张金魁喊住，如何地被张金魁欺侮了一顿，如何失望地走出工厂，当时心中是如何地难过……他不禁很深长地叹了一口气。

"阿贵！你到底怎样地就被开除了？"

阿贵不回答他的父亲。老王接着又说道：

"不开除别人，单将你开除了，真是怪事！为什么单将你开除了呢？啊？"

阿贵还是沉默着。

"他现在身体不舒服，请你别要苦苦地追问他罢！等他好了，你再问也不迟呀！"

老王不听老婆的哀求，又继续地说道：

"我晓得，呀，我晓得。大约是因为什么工会的事情……唉！你倒不想想，资本家是怎么能够反对得了的！你不问三七二十一，仗着自己的血气乱闹，真乱闹的好，现在把饭碗都乱闹掉了！……"

老王停了一忽，声音略放低一点，又继续地说道：

"我们穷人生来就是穷命，应当好好地安分守己，有碗饭吃，不会饿死就得了，哪还能做什么非分的想头呢？我们穷人只好吃亏，只好受一点气，没有办法。譬如我今天受了红头阿三的一顿毒打，到现在我的肩背上还在痛，想起来，这都是我自己的不是呀。……"

"怎么？你今天受了红头阿三的一顿毒打？"老王的老婆很惊异地问他，他很平和地，如同不关紧要地，回答道：

"可不是吗！我的肩背上现在还在痛呢！我们生来就是穷人的命，只好忍受点，是的，只好忍受点。"

他沉默下去了。他的老婆痴呆地望着他，也不说一句话。

阿贵起初听见他父亲的话，似乎觉着也有点道理：也许是我自己的不是罢？也许是因为我太不安分了罢？也许我不应当干什么工会的事情，现在连饭碗都干掉了，不但我自己受累，而且连累了一全家……这倒怎么办呢？事情是已经不可挽回的了！……他已经预备在他的父母面前，承认自己的过错，千不是，万不是，总是我王阿贵自己的不是。

忽然日间蚂蚁的事情飞到他的脑海里来了。他想象起那小蚂蚁与黑色的蚂蚁斗争的情形，那小蚂蚁英勇不屈的气概，他不禁打了一个寒战，接着他似乎陷入万丈深的羞辱的海里，羞辱得要死了的样子。他想道：怎么啦？我连一个小蚂蚁都不如吗？不如一个小蚂蚁，还算是一个人吗？啊？我被开除了，难道说这是我的过错吗？张金魁献好于资本家，把我弄得开除了，我就此能同他算了吗？他这般地欺侮我，我真能就好好地忍受下去吗？不，不，绝对地不能！我一定要报仇，我不报仇我就不是人呀！我连小小的蚂蚁都不如！……我没有过错，我一点儿过错都没有！……

他的忿火燃烧起来了。他的心窍似乎迷惑起来了。他隐隐地似乎看见那只小蚂蚁在笑他，在鄙视他，接着他看见了许多许多的小蚂蚁都在笑他，在鄙视他。呀，不好了！无数的小蚂蚁爬到身上了，钻进到他的耳里，鼻里，口里，似乎又钻进他的心里去了。他觉得痛痒得难过极了，他就同着了魔，疯狂地乱叫起来。他承认蚂蚁们是在惩罚他，他于是哀求地叫道：

“哎哟！请你们离开我罢！我一定报仇就是了，我一定去杀死我的仇人，我一定去杀死张金魁！……”

两位老夫妻看着阿贵无缘无故地忽然乱叫，手足乱动起来，就同疯了一样，不禁惊骇得对望着，连话都说不出来。还是阿蓉首先问道：

“妈！妈！阿哥是怎么着了呀？”

阿贵忽然跳下竹床，口中嚷道：

“好！好！我去报仇，我去杀我的仇人！……”

他说了这话，即跑向门前，要开门出去。这时大风雨还未停息，屋外就如万马奔腾的一个样子。两个老夫妻见着阿贵开门要出去，这可是惊骇得要命，连忙上前将阿贵抱住，不让他开门。小阿蓉见着这种情景，骇得哭起来了。

“你，你怎么了？你疯了吗？外边这样大的雨！……”

阿贵的母亲说着说着，同她的丈夫又把阿贵推到竹床上坐下来了。阿贵这时似乎明白了。他定一定神，向他的父母看了一看，又将头低将下去了，不说一句话。过了一忽，他的父母见着他平静下来了，这才将手松开，稍微放了一点心。最后，他的父亲轻轻地向他问道：

“阿贵！你是怎么着了？啊？”

“没有什么，爸爸！我适才做了一个梦！……”

二

唉！这简直是什么世界！

六月里的风雨来的时候固然很突然，可是消散的时候也很迅速。昨夜的暴风雨几乎延长了大半夜方行停止，今天早晨又重新是清朗无云的天气，不过比昨天凉爽得许多了。

照着阿贵的父母所猜想，阿贵幸托菩萨的保佑，在夜里没有发生什么令人可怕的事情，很平安地过去了。今天早晨起来，他俩看见阿贵的神志甚为清白，心中异常地安慰，如卸了千钧重担子也似的。他俩似乎忘却阿贵的罪过了，或者因为怕引起他的心境的不安，关于昨天的事情，连一个字都没有提起。这一对可怜的，穷苦的老夫妻只有这一个儿子，虽然一时地甚为恼恨阿贵不该不守本分，弄得被厂里开除了，可是爱子的心，终归是把这一种恼恨压低下去。他俩只有这么一个儿子，倘若将阿贵责备狠了，逼得阿贵弄到别的差池来，那将如何是好呢？而况且阿贵又在病中，病人是不能受气的。他俩想道，阿贵虽然现在一时被厂里开除了，没有工作了，难道说就此永远没有工作了吗？不会的，绝对不会的！阿贵并不是一个无用的傻孩子，无论如何，是可以找到事情做的。……因此，他俩慢慢地也就将昨天的事情忘却了。他俩是指望阿贵养老的，是的，他俩应当好好地爱惜阿贵，不要使阿贵生出什么不幸的差池来。倘若阿贵有了什么不幸。那他俩这两条老命怕也是活不成了呵！阿贵若死了，那他俩将依靠何人呢？岂不是老来更要受罪吗？而况且阿贵被厂里开除了，这恐怕也不尽是阿贵的过错，也许是张金魁这小鬼故意要害他，你看他那一脸横肉，一双鬼眼睛……是的，恐怕是这小鬼做的怪，阿贵是没有什么过错！……

现在一对老夫妻只希望阿贵的病早些好，早些康健起来。就使阿贵现在没有工作，闲着手坐在家里，但他若能康健地坐在家里，那倒也没有什么，怕的是他有病，怕的是他发生别的不幸的花样来。……不过因为阿贵失了业的原故，这两位老夫妻要更加努力地挣钱了。阿贵在工厂做工的时候，还可以领到工钱养养家，但是现在？现在阿贵在家里坐着，他是要成为被人养活的一个人了。因此，阿贵的父亲不得不将小车子推出去早些寻生意，阿贵的母亲，虽然她那一双烂红的眼睛妨碍她工作，不得不将盛着破补绽的竹筐子早些提将出去，到处去寻问：

"要补衣服么？要补衣服么？"

生活是这样地艰难！钱是这样地难挣！阿贵的一家所消费的数目是非常地微细，但因为要维持这点微细的消费，他，他的母亲，他的父亲，不得不拚命地如牛马一般地工作，不得不尽自己的力量可怜地去探求！……

阿贵与他小妹妹阿蓉留在家里。

阿贵今天早晨起来，虽然他的神志恢复了常态，但他觉着四肢无力，软弱得非常，他从没有这样地软弱过。他深恨自己太不中用了：“为什么小病了一场，就弄得这样地软弱起来？从前虽然也小病过，但不过觉着不舒服而已，一时地就过去了。但是现在？现在弄到这般软弱的地步，两条腿几乎都没有移动的力气，真是万万料不到的事情！也许我瘦了不成人形了罢？……”他于是想起来他还有一块小镜子放在贡桌的抽屉里面，何不拿出来照一照呢，看看到底瘦成了什么样子。当他拿起小镜子一照时，他见着镜子里面是一个不相识的面貌：头发蓬松着如囚犯一样，面色红而黑，一双眼睛深深地凹进，显得是非常大的眼睛，两颊瘦削得可怕……喂！这是谁呀？这简直不是阿贵了。阿贵还能记起从前的面貌：头发梳得很光润，面色虽不十分白，然而也并不黑得讨厌，两颊是很丰圆的，一双清俐而有神的眼睛……但是现在这镜子中的人？这简直是鬼了！但是阿贵素来不十分相信有鬼，而况且纵是有鬼也只能在夜里出现，哪能大清早起就有鬼呢？阿贵一刹那间似乎真看见鬼了，但他即刻就觉悟到了，这不是鬼，也不是别人的面貌，这正是他自己，这正是拿镜子自照的王阿贵。阿贵不禁长叹了一口气，“唉！我现在变成了这个样子！……”

阿贵起了床，踉跄地走出门外换一换空气。这时朝阳初现，草上的露珠在阳光的辉映中闪耀着，空气是异常地新鲜。他振一振肩背，伸一伸手腕，向着朝阳长长地呼吸了几口气。他这时觉得异常清爽，就如同从黑暗的，空气窒闷的，深沉的牢狱里初出来一样。往日他一起身即胡乱地吃了饭，吃了饭之后，即匆促地离家走入工厂的大门，并没曾注意过这可爱的朝阳，这鲜明的露珠，这令人清爽的空气。但是今天他却感觉到这些了。他似乎才开始感觉到自然界的生趣，似乎第一次感觉到早晨的好处。他这时很奇怪，为什么往日天天起早都没有感觉到这些呢？难道说今天的早晨是特别的吗？……他呼吸了几口气之后，觉得清爽极了，因之他很满意，他很满意他今天能够感觉到他往日所感觉不到的东西。

呜！呜！……他听见了工厂的烟囱吼叫了几声之后，慢慢地，很不愿意地将自己的目光挪到那工厂所在的方向去。他看见工厂的房屋了，他看见烟囱突突地冒着乌烟了，他又遥遥地听见工厂内的机器声……他不禁深深地叹了几口气。他一方面似乎很高兴地脱离了这种特别的牢狱，在这个牢狱中他消磨了他的黄金时代——儿时的光阴，一直到现在他才脱离了它，才能感觉到这清晨的美丽，但他一方面又想到……呵，他不愿再往下想去，因为他很怕再往下想去关于他以后的事情了。他将来怎样生活呢？做什么事好呢？还是到别的厂里去找工作？还是如父亲一样推小车子？还是去……呵，他真不愿意再往下想去了，因为这很苦恼他。

阿贵向着工厂叹了一口气，又无精打采地走进屋内来了。这时阿贵的母亲已经把早饭烧好了，叫他吃饭。在吃饭的时候，他暗暗地瞟看他的父母，——他俩老是沉默着不说话，也不向阿贵身上注意，似乎阿贵并没弄出什么事情的样子。但是在他俩的面容上，都有很深的忧郁的表情，虽然他俩勉力地做着如平常一样的态度，不愿对于阿贵加以丝毫的苦恼，但是阿贵在他俩的面容上，却深深地感觉到他俩的心境是如何地苦痛，是如何地不安。阿贵想向他俩述说自己在厂里的经过，想说几句话来安慰他俩，可是不知为着怎的，只是没有说出来。惟有天真的小阿蓉，她不知道忧愁，不知道烦恼，更不知道计算。她只要有饭吃，至于她吃的这饭是从什么地方来的，是不是她的父母用尽血汗换来的……她实在问不着这些。不过她的命运并不算好，她有时一颗小心灵也深深地感觉到苦恼：别人家小孩子时常穿新衣服，时常买糖果吃，时常买好玩的东西，可是阿蓉只能看着他们，只能羡慕他们。她实在不明白这个道理：为什么别人家的小孩子都有好衣服穿，糖果吃，东西玩呢？我的爹爹妈妈为什么不买给我呢？难道说我的爹爹妈妈不疼我吗？……

饭吃完了之后，阿贵看着一对可怜的老父母匆促地出门去了；母亲拿着盛着破补绽的竹篮子，父亲推着小车子。

“阿贵！你留在家里，与小妹妹看门。”

阿贵听了他母亲临行时的话，心中不禁又难过，又害羞。难过的是：母亲那一双红烂的眼睛，那一副可怜的老太婆的相貌……父亲的憔悴的形容，那表现他因为推小车子而练成的驼背……这么大的年纪，身体又这么不康健，而还是天天劳苦个不休，想起来好不令人难过呵！难道说他俩真个生来就是穷苦的命？唉！他俩从没有过过好日子，从小到老一直在穷苦灾难之中这样地生活着，这样可怜地生活着！……害羞的是：喂！我阿贵留在家里？儿子留在家里，让年老的父母出外劳苦去？我还能算是一个儿子吗？我不但不能挣钱养家，而反使他俩老人家吃苦受累，这是从何说起呢？我是他俩的儿子，唉！我枉为他俩的儿子了！……阿贵想到这里，一颗心如被滚油煎熬着也似的，脸上和身上不禁出了一阵冷汗。往时在工厂里做工时，尤其是在炎热的天气，觉得非常地吃苦，虽然是无法可想，但是总想设法休息休息。今天阿贵是在家休息了，照理是不应感觉着什么痛苦了，但是他这时情愿在厂里做工，情愿吃那炎热的痛苦，而不愿留在家里闲坐着。他这时所感觉的痛苦，是更为令人难以忍受的痛苦，是为他往日所未感觉得到的。

阿贵拿起一张小矮短的木凳子，放在门口，背靠着板门坐下。他走入深沉的幻想里，将两眼闭着，似乎睡熟了。他这时并没想起他的小妹妹，因之这时他的小妹妹在做什么，他也没有注意。

“阿哥！阿哥！你看这墙根底下有很多的蚂蚁在打架呢。黑蚂蚁，黄蚂蚁……”

呵！蚂蚁？蚂蚁在打架？……阿贵在深沉的幻想中，被他的小妹妹唤醒了。他不禁全身震动了一下，如听见了什么惊人的消息也似的。他没有回答他的小妹妹了，可是接着他又听到他的小妹妹叫道：

“阿哥！阿哥！快来看，它们打得真好玩呢！”

阿贵很惊颤地回答了一句：

“好，你在那里好好地玩罢！”

阿贵这时想起昨日蚂蚁的事来了：那一只大黑蚂蚁的无礼，那小蚂蚁的英勇的气概，不屈的精神……他的身心渐渐颤动得很厉害了，同时他觉得被羞辱所包裹着了，难过得非常。他想道：“怎么？我连那一只小蚂蚁都不如吗？蚂蚁被它的同类所欺侮了，还要拚命地抵抗，我是一个人，唉！我是一个人呵！我受了人家的欺侮，难道就这样地算了吗？喂！我这个人，我这个人，我这个人连一只小蚂蚁都抵不上呵！……是的，我要报仇，我要不报仇，我就不能算是一个人，我应当投到粪池里淹死掉！我有什么对不起张金魁的地方？他为什么要效力于资本家，这样苦苦地害我，我难道就这样地放他过去吗？我一定要做死他，是的，我应当毫不迟疑地把他弄死！……唉！这小子也不知道害死了多少人，他害死了我亲爱的朋友李全发，害死了那没有一点罪过的沈玉芳先生……”他想到这里，忽然沈玉芳的往事复现在他的眼前了。

这是今年正月底的事情。S路T里内开设了一所平民义务学校，分日夜两班。这所学校是谁个开办的？经费从什么地方筹来的？关于这些事情，谁个也不晓得。不过因为学校是义务的，所以一般工人子弟进校读书的很多。阿贵是一个很聪明的年轻工人，很早就想读点书，认得一点字，他常常感觉到不认字的痛苦，因之他读书的心非常地切。可是他是一个工人，始终没有读书的机会，不过空想想罢了。

阿贵听到T里内开设平民义务学校的消息，不禁高兴得非常。他所想的读书的机会，现在是临到了，于是他报名入了夜班，——日班他是没有工夫读书的，因为日里他为工作所羁绊着了。当他初上第一堂国文课的时候，教师是一个约莫二十二三岁的女子，——这个是女学生的装束，穿着一身很朴素的，然而又很雅致的衣裳；她的面孔是圆圆的，很白净的，两眼笑迷迷地显出很和蔼而可爱的神气。她的身体似乎很瘦弱，然而她的精神却很壮健。在未上课之前，她先说了一些勉励学生的话，她的声音是很温柔，然而同时又是很响亮的。她所说的大意如此：我们因为穷人没有读书的机会，所以才开设了这一所平民义务学校。希望你们进了学校之后，好好地诚心诚意地读书，千万不要儿戏。现在只有有钱的人有读书的机会，而穷人是没有的，因之社会上一切事情只有有钱的人知道，只有有钱的人去问，而我们穷人就如傻子一样，听着他们摆布。可是现在我们既然有一点机会，我们就应当好好地来读，就应当把自己的知识增高起来……

在这一位女教师演说的时候，阿贵的两眼瞪着她在电灯光下一张嘴动，只见着她忽而温和，忽而又严厉起来的神气，——阿贵表面上似乎也注意听她的演说，其实他几乎一点儿都没听见她说些什么。阿贵这时只是沉入于痴想的渊底了："这是一位小姐，也许是那家的少奶奶？也许是在大学堂读书的女学生？这个学校是平民义务学校，我们来念书的又不给钱，可见得她是白教书的了。她为什么要来白白地教书？难道说有什么好处？坐在家里当小姐少奶奶不好，为什么来与我们这些穷人打混？奇怪得很！我简直一点儿不明白，怪事！……她是这样地和蔼，是这样地可爱，但又是这样地庄严，我真是很少见过这种样子的女子。奇怪的很！居然有这样的女子来教我们穷人的书！……"是的，阿贵这时简直不明白他眼中所看见的女子是什么样的人。但是阿贵觉着这位女教师第一次所给他的印象，她将永远地保留在自己的记忆中，无论什么时候都忘却不掉。

从此阿贵就成为平民义务学校的学生了。他越与这位女教师熟识，越与她亲近些，越感觉到她是一个非凡的女子。她的笑容，她的说话，她的动作，以及她的一切，阿贵都觉得是神圣的。阿贵觉着她是一个非常可爱的女子,同时又是一个非常可尊敬的女子。阿贵在自己短小的生命史中,从没有感觉到自己是幸福的时候,若这个幸福的时候是有的,那恐怕就是他与这位女教师说话,或是他看见她的笑容的时候了。女教师无论待那一个学生,都就如同母亲姊妹或是朋友待自己的儿子兄弟或是朋友一样。阿贵的天真,聪明,忠实,格外地引起女教师的注意,因之她常微笑地向阿贵说道:

"阿贵!你很好,好好地读将下去罢,你是很有希望的!"

阿贵听了女教师对于自己夸奖之后,更异常地努力起来,这时恐怕是他一生中最幸福的时候了。有时女教师用很温柔的,很挂念的口气,问起阿贵家中的情形,工厂中的待遇……当阿贵很细心地向她述说了之后,她常常很深沉地叹道:

"唉!这简直是什么世界!这难道说是人的生活吗?呵!这样是不能长此下去的!……"

这话并不是对阿贵说的,但是阿贵听了这话,却深深地感觉到她的心灵是如何地为着他,为着他的父母,为着一些劳苦的穷人在忍受痛苦呢。从没有人曾这样温存地问过阿贵的话,曾这样注意地挂念阿贵家中的生活,因此,阿贵待她不但如先生一样,而且暗暗地感觉到她是一个,呵,是一个什么呢?阿贵很明显地也并没曾当她是一个恰当的什么人,不过他总觉得她是一个为他所最敬爱的一个人,也许在无意识之中,他当她是自己的姐姐,母亲,或是那个为母亲常说起的观世音菩萨罢。自从进了平民义务学校读书之后,因为一些教师们都是无神论者,所说的都是一些无神的话,阿贵慢慢地也就不相信起神来了。他曾如他的母亲一样,深深地相信过观世音菩萨,但是现在他却以为这是愚蠢的事了。他觉悟了:"一切什么菩萨,什么神,都是骗人的,都是不存在的东西。如果菩萨真正是有的,那他们就应当保佑善人,保佑不做坏事的人,但是在现在的世界上,好人,终日劳苦的人反来受苦,而恶人,例如我们的厂主,例如张金魁这小子,例如……他们偏偏有吃有喝有穿的,快活得要命，这到底是怎么一回事情呢？照这样看去，菩萨简直是穷人的死对头了，我们还相信他干吗呢？呵！打倒菩萨！打倒一切什么观世音什么观不音的！……呵呵！也许观世音是真有的？那么她的化身一定就是这位沈玉芳先生，我们的女教师罢？呵！她简直就如母亲所说的观世音菩萨一样！这么样好良心的女子！……”不过沈玉芳终究是个人，并且是一个很反对神的人，时常向阿贵解释观世音是没有的，因之阿贵也就不能断定她是观世音的化身了。如果沈玉芳是观世音化身的话，那她怎么会反对她自己呢？阿贵很会思索这个道理，虽然他相信沈玉芳就如他的母亲相信观世音一样，但他很明白在沈玉芳与观世音中间，到底是没有什么关系的。

同学之中与阿贵最交好的，要算是李全发了。李全发也是S纱厂的工人。他的年纪略比阿贵的大些，这是一个很精明强干的青年，做事异常地认真。在知识方面，他比阿贵发展得多了，也就因此，阿贵对于他暗暗地怀着敬意了。

阿贵渐渐地觉察到沈玉芳与李全发多亲近些了。她有时将李全发喊到楼上，或离开课室较远的地方，秘密地，轻轻地，与他说一些似乎又亲近又很秘密的话。照着他俩的情形，并不像有什么爱情的关系在内，但是他俩是这样地亲近，说话是这样地秘密，这却使阿贵暗暗地感着不快。他想道：“为什么沈先生这样地与李全发亲近呢？李全发差不多同我一样，为什么他俩说话要避开我呢？难道说他俩有什么爱情的关系？不像！不像！绝对地不像！但是他俩为什么要这样的呢？沈先生也许讨厌我罢？也许她看不起我罢？不过我同李全发差不多，为什么单要看不起我呢？也许他俩秘密地有什么事情？这种事情是不能公开的？也许，也许……不过为什么要瞒着我呢？沈先生叫我做什么事情，我难道不去做吗？我一定会去做的！只要李全发可以做的事情，我王阿贵也是可以做的。但是沈先生为什么不叫我做呢？……”阿贵想来想去，不能解决。他有时想公开地问问李全发，到底他与沈先生做些什么事情，可是阿贵不知因为什么，终究胆怯地没有问出来。他这时的心境似乎吃醋又非吃醋，抱怨又非抱怨，羞辱又非羞辱，说不出是一种什么滋味。他有时想道，沈先生所以不相信他，是因为他自己不如李全发，是自己的不好……他不禁又有点悲哀了。

后来还是李全发先向阿贵解释他与沈先生的关系。他说，沈先生并不是一个平常的女教师，而是一个女革命党……他说，厂内有几个工友已经组织了一个秘密团体，倘若阿贵愿意的话，也可以加入……

“你真是浑蛋！为什么不早向我说呢？怪不得你们鬼鬼祟祟的，弄得我莫明其妙呵！你真是浑蛋！到现在才向我说起，你难道说还不相信我吗？”

阿贵听了李全发的话，这样地反责问他。李全发当然表示非常的满意，从此就把阿贵介绍到所谓秘密的团体里边去了。在每次的会议中，阿贵能更亲近地与沈玉芳谈话，能更明了地认识沈玉芳是一个什么人，因之对于沈玉芳更加爱敬起来。在别一方面，说也奇怪得很，阿贵自从进了团体之后，似乎渐渐地觉到自己是一个成人了，而不是一个很平常的，什么世事都不知道的小孩子。关于这一层，不但阿贵自己觉到，就是阿贵的父母也渐渐地觉到了。一对老夫妻时常暗暗地说道：

“奇怪的很！阿贵近来说话，行动，都变了样子。菩萨也不相信了，什么都不相信了。你看，这样地读书读得好！读得连菩萨都不相信了！……”

一对可怜的老夫妻当然不能明了阿贵内心的变迁，只能感觉着奇怪而已。他俩的年纪已经太大了，因之他俩的脑筋被旧的锁链束缚得紧紧地，无论如何，不会想到一个人如何能不相信菩萨而生活着。尤其是对于阿贵的母亲，她若不是相信有菩萨在保佑她，她恐怕久已离开人世了。

……今年四月间,S埠发生了空前的政治的变动,阿贵参加过几次群众示威的运动,亲眼看见许多工人——这其间也有老头子,老太婆,年轻的小姑娘,很小很小的小孩子……大批地被枪杀的枪杀,刺伤的刺伤,逮捕的逮捕,种种无人性的惨象。阿贵幸而逃脱了一条命,然而他的悲愤,呵,他的悲愤非言语所能尽!他曾几次地痛哭过。

"呵呵!这样革命革得好,连我们穷人的命都根本革掉了。喂!造他娘!我们非干不行,终久不过是一死而已!……"

这时沈玉芳还是继续她的秘密的工作。

一天晚上,沈玉芳正在讲堂上课的时候,张金魁带领五六个巡捕将她捉住了。李全发见着神情不对,即刻想设法逃脱,可是张金魁的眼睛非常地敏捷,已经看见李全发坐在什么地方了。他上前一把将李全发的头发抓住,带骂带讥讽地说道:

"哈哈!你还想跑吗?从今后管教你不再做怪了!我看你去再组织什么工会,再反对我们……哈哈!"

阿贵这时自量自己也是跑不脱的了,不如坐着不动,看他们怎么样处治。却不料他们将沈玉芳和李全发捕住了之后,即开步走出去了。阿贵一方面庆幸自己没有被捕,但一方面看着沈玉芳和李全发就如强盗一般被他们拉走了,心中真是难过得要命,他不禁放声哭起来了。这时上课的学生有二十几个,小孩子也有,成人也有,大家见着阿贵哭起来了,便都哭将起来,就如死了父母一样。阿贵料定他俩的性命难保,不禁想道:"我为什么不跟着他们一块儿去呢?他俩死了,我一个好独活着吗?在这种世界活着有什么意思?真的,不如死了还好些呵!唉!这简直是什么世界!简直没有一点道理可讲了!……这,这张金魁这小子,为什么能这样地下毒手呢?真是一点儿良心都没有了!丧尽天良的狗东西!……"

"阿哥!阿哥!快来看,这些黑蚂蚁被黄蚂蚁打败了呢!黄蚂蚁真厉害!"

一桩一桩的往事正在阿贵的脑海中涌现的时候，阿蓉又将蚂蚁打仗的事情扰乱了阿贵的回忆。阿贵又重新想到昨日蚂蚁的情形。

“就是这样地决定罢！我应当学蚂蚁，我真难道连蚂蚁都不如吗？如果沈先生和李全发死了有知，他俩怕要在地下暗暗地笑我呢。他俩要笑我这不中用的怕死的东西。是的，我要为他俩报仇呵。”

阿贵自言自语地说了这几句话，他的小妹妹只当是她的哥哥叫她，所以走到阿贵的面前来了。阿贵见着小妹妹走来，便把她拉到自己的怀里，用手抚摩她的小辫子。阿贵是很爱小妹妹的，当他每次下工的时候，一走进门来，即要同小妹妹亲热一下，或者将她抱一抱，或者与她亲亲嘴。阿蓉的父母是没有给过零钱与她买东西吃的，但是阿贵却有时给她一个铜板或两个铜板买东西吃，因之她也就很欢喜自己的哥哥。阿贵待他的小妹妹是温柔极了，很少时候打骂她，也就可以说，从没曾打骂过她。有时阿蓉被她的父母打骂的时候，她总是跑到哥哥的怀中，以他为自己的保护者。阿贵很关心小妹妹的生活。他没有哥哥姐姐，也没有弟弟，只有这个小妹妹，因之他很不愿意这个小妹妹吃苦。他以为这个小女孩子生来做他的妹妹，不能吃穿好的，已经是很不幸了，如何还能虐待她呢？而且阿蓉一双伶俐的眼睛，一副圆圆的小面庞，看起来是很可爱的一个小女孩子，阿贵那有不爱她之理呢？

阿蓉很天真地向他哥哥述说蚂蚁打仗的事情，她的两只小手并形容出蚂蚁打架时的样子。但是阿贵只是用手抚摩她的小辫子，不曾注意她说些什么。他这时似乎在思维什么，但到底是在思维什么，就是他自己也没有一定的观念。阿蓉起初说得很起劲，后来她看见她的哥哥并不热心听她所说的一些什么，也就慢慢地松懈下来了。最后她扭过脸来，从衣袋里掏出许多小石头子来数着玩，——这些小石头子是她自己拾的，也就是她唯一的玩具了。

这时阿贵似乎感觉到有点对不起小妹妹的样子，但这也只是一瞬间的事。他仍然继续地抚摩着她的小辫子，目不转睛地似乎注视他抚摩着的东西。其实他这时的心境很是茫然，说不出他的确是在想什么。后来他开始回忆过去的事情，然而也就在这时，他又如同做梦一个样子。他似乎一天晚上与李全发一道，也不知因为什么事情，从什么地方来，到什么地方去，——他俩路经四马路，这时街道两旁的电灯非常明亮的很，来往的行人轰轰地拥挤着，就如浪潮一样，很是热闹。他俩走到青莲阁门口，见着上下梯的人们非常之多，似乎楼上有什么特别引诱观众的东西。这时阿贵想道："这是什么地方呢？莫不是一个很好玩的地方吗？顶好上楼去看一看，看一看上面到底是什么玩意儿……"他想到这里，正要向李全发提议的时候，忽听李全发说道：

"阿贵！你来过这里吗？这里是茶馆，让我们上楼去吃一杯茶去，我渴了。"

"那我们就上去罢！"

当他俩上到楼梯口的时候，就有许多穿着鲜艳的衣服的女人上来欢迎，并且还有许多老太婆，似乎是她们的母亲又似乎不是她们的母亲的样子，共同帮助她们来拉他俩。这时阿贵惊吓得非常，一颗心在内里枯里枯通地跳动起来了："我的天王爷！这是什么地方呢？这些女人怎么就这样地硬拉人！这还成个什么样子！不如下去罢！这里一定不是好地方……"阿贵还是一个童男，很怕接近女人，这时见着这些如妖精一般的女人来拉他，不禁惊吓得要喊叫起来了。他忽然觉得他的右手被人拿住了，他的腰被人搂住了，他的衣裳被人扯住了，总而言之，他在紧急的包围之中了。他正要喊叫救命的当儿，恰好这时李全发一把把他的左手拉住，横冲直撞地，把他从人中救出，脱离了重围。李全发拣一张茶桌与阿贵坐将下来。这时阿贵的头已经惊吓得昏眩起来了，一颗心还是继续枯里枯通地跳动着。

“阿贵！你吓煞了罢？哈哈哈！……你从前没有来过吗？今天要不是我，老兄，你可是糟了！哈哈哈！”

“你这个人真浑蛋！谁个叫你把我带到这儿来呢？这个地方，唉，真是来不得的！……”

李全发只笑着不答。这时茶房已将茶泡好了，阿贵一边厢拿着茶杯喝茶，一边厢将两眼环视着周围的景象：人声是这样的噪杂，头颅是这样的众多——男的，女的，老的，少的，光头的，有胡子的，粉面的……浑淘淘地摇动着，这逼得阿贵的头更加昏眩了。忽然他觉着一些油头粉面的女人都对着他笑，起初是很谄媚地笑，后来变为苦楚地笑，似乎两眼含着眼泪，要向他哭起来的样子；最后她们的面孔渐渐地青肿起来了，就如鬼一般地向着阿贵狰狞地笑着，这逼得阿贵打了一个寒噤，不敢再看她们了，慢慢地将头低下。他的一颗心这时是在不可遏抑地，苦痛异常地跳动着，同时又如同遇着了什么大危险的事情，吓得他毛发都竖起来了，周身出了一阵冷汗。他是异常地怀疑，苦痛，惧怕，但是他表示不出来。停了一回，他似乎听见右边隔座的人在说话，一个是四五十岁老头子的声音，一个是十四五岁小姑娘的声音，这种声音是异常地娇嫩而可怜，就如同小鸟的哀鸣也似的。

“你的面孔倒很标致的，可是不知道你的那件小东西好不好……哈哈……”

“不要纠缠了！请你老爷到我屋里白相去罢！快去！快去！好不好呢？”

“几块钱住一夜？”

“随你老爷的便罢！……”

阿贵抬起头来，向隔座一看，见是一个五十几岁的，蓄着八字胡的老头子搂着一个年纪很轻的小姑娘，至多也不过十五岁的光景，正在那里调戏呢。老头子用左手抱着她的孱弱的腰，用右手在她的身上乱摩，最后他戏弄她那还未十分发育，因之还未十分突起的两个小乳头，——她并不拒绝这些行动，似乎以为这是很平常的事情。她只是勉强地做着假意地微笑，两只圆圆的小眼睛向他射着哀求的光，用手理他那很硬直的胡子，故意地向他献媚。这时老头子的一种猥亵的表情，及小姑娘的那种可怜的模样儿，引起了阿贵的怀疑与厌恨：这是一回什么事情？这难道说是真的吗？世界上如何能有这等事！呵，这简直是真正地岂有此理呵！……五十几岁的老头子与一个十四五的小姑娘……而且老头子是这般地肥大，小姑娘是这般地弱小……这真正是岂有此理的事呵！……

阿贵一刹那间似乎不相信自己所见的是真实事情。他又重新将头低下，默想这一种异常惨苦的，不公道的现象。

"阿贵！你还在想什么哟！你能这样不关心地看着人家侮弄你的小妹妹吗？"

阿贵听了这话，抬头一看，见着与自己坐在对面的不是李全发，而是沈玉芳沈先生，这却使得他惊异莫定了。这时沈玉芳还是如平素一样的装束，可是她脸上的表情是异常悲苦而严肃的，两眼饱含着泪珠，嘴唇是异常地颤动。当阿贵莫明其妙，正要开口问沈玉芳的当儿，忽又听着沈玉芳说道：

"阿贵，你晓得吗？在这个社会里，穷人家的女子总是要被富人侮辱的，你看你的小妹妹现在是什么样子……"

沈玉芳说至此时，将手往右边一指，意思是叫阿贵顺着她所指的方向望去。阿贵顺从她的意思，便向原来的隔座望一望，见着老头子与小姑娘还在那里调戏着玩呢。过了一忽，靠在老头子怀里的小姑娘将脸转过来，笔直地将眼光射到阿贵的身上来。阿贵起初还不十分惊异，后来慢慢地觉着她的面孔与阿蓉的相似，一等阿贵一觉到这个时，说也奇怪，他便越看她越像自己的小妹妹，这两只圆圆的小眼睛，这两个圆圆的小笑窝，这一个如樱桃也似的小口，这一切……这简直是阿蓉，这简直是阿贵的小妹妹了。"这难道真是我的小妹妹吗？……"阿贵无论如何不能相信他眼前的景象，以为在电灯光底下，或者容易眼花，或者认错了人，于是便将两眼用手揉一揉，看看是真的还是假的，但是审视的结果，这的确是阿蓉，这的确是阿贵的小妹妹。

这时阿贵的忿火暴发了，便不疑惧地走上前去，一把将小姑娘从老头子的怀里拉到自己的身边，接着向老头子开口骂道：

"你是什么混帐的东西，敢这样欺侮我的小妹妹！你这个狗娘养的……"

"阿哥！阿哥！你……你……"

阿贵被阿蓉的声音唤醒了，睁眼一看，见着小妹妹在自己的前面站着，而老头子，沈玉芳，李全发……一切都没了痕迹。阿贵呆了半晌，才渐渐地觉悟到自己适才是在梦里，一切的景象都是不真确的。但是这梦中所见的一切，印在他的脑际非常之深，沈玉芳所说的话，他也是一字一句地记得非常清楚。"在这个社会里，穷人的女子总是要被富人侮辱的！……"阿贵回味这两句话的意思，不禁有点战栗起来了。这时阿蓉见着她的哥哥的这种情形，只是将两个小小的眼珠转动着，猜不透他遇着了什么。阿贵一边厢望着立在他面前的小妹妹，一边厢又回忆着梦中的情形，最后他将她的小头抱到自己的口边，重重地吻几下，深深地叹了几口气。

"在这个社会里，穷人的女子总是要被富人侮辱的！……"阿贵越想越觉得这两句话是不易的定理，他想道："纱厂的女工有几个是能保持着清白身子的？厂主，帐房先生，管工的，大班，……稍微有点姿色的女工都要忍受他们的侮辱，就是我亲眼也看见了许多。就是张金魁这个浑账王八蛋，他也就奸污了许多年轻的女工呵！唉！穷人的女子卖了力还不算，还要卖身子！……当娼妓的当然都是穷人家的女子，大半都是因为没有饭吃，逼得没有法子……唉！现在的世界！现在的社会！……"

阿贵想到此地，梦中的情形又在他的脑际盘旋了：五十几岁的肥胖的老头子与十四五岁的娇弱的小姑娘，这个小姑娘最后变成了他的小妹妹了……阿贵不禁大大地打了一个寒战，一颗心也就因之大大地跳动起来了。“那么，阿蓉将来呢？”他这样自问自地问了一句。阿蓉这时本来已离开他了，自己蹲在地上玩着小石头子，忽然听见阿贵说她的名字，便抬头向阿贵望了一眼，但阿贵并不理她，还继续地想道：“阿蓉是穷人家的女子，现在虽然还小，虽然还不能做事，但是将来呢？将来她长大了呢？到纱厂做工去？那她不也要将被人侮弄么？……也许我的小妹妹将来也要当娼罢，这谁个能断得定！……喂！我的小妹妹也要当娼，也要到青莲阁去，也要……喂！无论如何，我不愿意这个！……”

这时阿贵全身颤动起来了，一颗心就如同要碎了的样子。他自己觉得就同快要疯狂的样子，接着他真个渐次地隐入疯狂的状态，就是他自己也不知是因为什么。在模糊的判断力不清醒的状态中，他决定了，“也罢，与其将来受人侮弄，不如现在把她弄死罢！反正早迟都是一死，不过要死得干净！……”这个决定真是发生得突然，为阿贵平素所梦想不到的决定。阿贵是很爱他的小妹妹的，平素差不多从没曾打骂过她，但是现在他却忽然决定要把她弄死，弄死这个无辜的，为他平素所钟爱的小妹妹，小阿蓉……

“但是怎么样把她弄死？”阿贵又继续地想道：“用刀杀死？用绳勒死？还是……？呵，有了！前头离此地不远，有一个很深的水池，不如把她丢到水里淹死。”阿贵于是很坚决地，毫不疑惧地，这样地决定了。这时阿蓉正蹲在地上玩耍着小石头子，却不防到被她的哥哥一把将她抱将起来，接着她的哥哥就很迅速地走出门去，这却不得不把她大大地惊骇了一下。阿蓉又看见阿贵脸上表情大与寻常不同，他的两只眼睛红得如同要滴出血来的样子，表现出一种怕人的杀气。阿蓉见着这种情形，于是一颗小心灵便感觉到有什么可怕的祸事了，便惊骇得哭将起来。她挣扎着要她的哥哥把她放下来，但是阿贵一言不发地将她紧紧地抱着，飞也似的向着池边跑去。

"阿贵！阿贵！你将小妹妹抱到什么地方去呀？她为什么这样拚命地哭啊？"

"妈呀！妈呀！快来！快快快来！……"

小阿蓉一见着她的妈提着一个竹篮子迎头走来，便向她拚命地喊叫起来，这时阿贵见了他的母亲，不知为什么便即时惊怔了一下，这一惊怔却把他的神志变清醒了。他于是连忙将阿蓉放下，觉悟到自己适才的心境是在疯狂的状态中，不禁脸上发起烧来，觉着有无限的羞愧。他承认他几乎做了一件极残忍的事，差一点害死了自己的小妹妹。……

"阿贵！你到底是怎么一回事呢？为什么不好好地在家里看门？"

阿蓉扑到母亲的怀里，就同得到了救星也似的，而阿贵羞愧得没有答复他母亲的话，只转过脸来，低着头，慢慢地向着那有街道的地方走去。虽然他的母亲喊他，但他连头也不回一下。

三

你应当想怎么样消灭你的敌人，

而不应当想怎么样消灭你自己。

已经是正午了。一轮火热的太阳，这时正是最严厉地显耀着它的光芒，减少了街上来往的行人。空气是这般地热燥，逼得令人只有拭汗的工夫；倘若没有必要一定要在街上行走的话，那街上将见不着一个行人的踪影。这一天是很热的一天，温度达到一百零五度。在这一天因受热而死的很多——听说有一个站岗的巡捕死在自己的岗位上，而有许多黄包车夫正在拖着车前走的当儿，忽然噗哧一声俯倒在地上，就这样吐了几口血，断了气……

这时在炎酷的阳光下，在有名的繁华的 N 马路上，有一个穿着白粗布的小褂裤，一双破鞋，而头上没有戴帽子的青年工人彳亍着，没有目的地行着。他茫茫然地来，又茫茫然地去，拥挤的行人没有注意到他身上，而他的心目中却也没有这些行人的印象。这些行人自然有自己的事务，没有工夫询问这位青年工人，“你走来走去干什么呢?”就作算有人向他这样地询问，那他也将回答不出来为的是什么。有时立在S公司玻璃窗外，看看玻璃窗内陈列的一些珍贵的，奇异的，华丽的货物，这些货物他叫不出名字来，也并不知道它们有什么用处，怎么用法，他看看它们也只是很漠然地，毫不动一点羡慕的心情，或者他也有点意识到，这些大约都是有钱的人们用以开心的东西，对于穷人，对于像他这样的穿着粗布的工人，是没有什么用处的，而且穷人也并没有许多时间来摆布这些玩意。玻璃窗内站立着一个美丽的西洋女人，樱唇是那样地红，两腮是那样地柔嫩，两眼是那样地妩媚，两个乳峰是那样地突起，简直如活的美人儿一般。他想来想去，“这难道也是卖的么?”但他总不能决定她的用处。最后他为她假设了一种用处：这大约是有钱的人买去做为白相的东西，也许她能陪着男人睡觉……想至此处，在他的被阳光所晒成的红而黑的面孔上，显出一点笑纹来了。

“猪猡！混帐！你没有眼睛吗?”我们的这位青年工人正低着头向前茫然地行走的当儿，不意与一个穿着纺绸长衫的，蓄着八字胡的先生，撞了一个满怀，把他手中的一个包裹也撞落在地上了。这使得这位八字胡先生大怒，泼口骂将起来，倘若不是撞了之后回身就走的话，那我们的青年工人一定要吃他几个耳光。我们的青年工人大约知道自己闯了祸事了，所以便回头就走，任着他骂。可是也就因为这一骂的刺激，他才自觉地想道，“我现在在这街上走来走去干什么呢?”他不能给自己一个回答，便决定走回家去。

“猪猡！你娘个造皮呀！压杀你这个赤佬！”当他走至C路欲过街的当儿，忽然呜的一声一辆汽车从他身旁飞过，险些儿就要被汽车撞倒了。他不禁吓了一跳，同时听着有人在骂他，他转脸一看，见是一个印度巡捕走向前来，就像要举哭丧棒来打他的样子，不禁又吃了一惊，不明白为着何事，但他明白红头阿三的哭丧棒是没有理讲的，便即刻跑过街那边去了。

“但是我能够回家去么?”汽车与印度巡捕对于他的惊吓，在别一方面又鼓起他的思想来了。“我回去妈妈不要骂我么？险些儿阿蓉被我弄死了，我简直是一个罪人！我不能够回家去……”他于是又徘徊起来了。他现在把自己当成了一个逃犯，以为做了一件天大的罪过，将永远没有面目见爸爸和妈妈的面，更没有面目见亲爱的小妹妹的面。

“回去干什么呢?”他又想道，“去看爸爸和妈妈一双可怜的苦脸？去回家里闲坐着吃饭？再将小妹妹丢到池里？回去干什么呢？……”他还是一面走一面想着，但他走的路是茫然的，并不是回家的方向。“但是不回家去又怎么办呢？我现在向什么地方去呢?”他有点着急起来了。最后他打定了一个糊涂的主意：“就是这样地在街上闲走罢！走到晚上再讲，让汽车压死了也好，免得活着受罪。汽车压死了之后，爸爸和妈妈还可以得到五十块钱的抚恤费，至少也可以过两个月很快活的穷日子。也好，就拿这五十块钱做为报答父母养育之恩罢！一条命虽然只换得五十块钱，但是我现在活着是一个钱都得不到呵！……”

他于是打定了这样的糊涂主意。主意虽然是很可笑的，但是他却以为这是最好的一条路了，除此而外，他是没有别的出路的。他一面走一面想着，最后决定要将他心中所想的实现出来，便胡乱地胡走起来，从街这边走到街那边，从街那边又走向街这边，很迫切地希望忽地飞来一辆汽车将他撞倒，顶好即时就断了气。不知者看着他这种状态——在街上乱走的情形，一定断定他是在发神经病，或者是一个已经疯了的疯人。一个神经健全的人，绝对不会这样东倒西歪地乱走。但是在实际上，他这时并不是在发痴，而的确抱着一种目的，虽然这种目的是很糊涂的。幸而他现在所走的一条路是僻静的，并没有什么很多的汽车来往，因之，他终没有达到他的目的。也许他的命运注定他不应该死在汽车的底下，也许观世音菩萨在暗地保佑，因为她受了他母亲在家中的祷告，也许……这只有天晓得！

“你不是王阿贵吗?”他正在低着头继续乱走的当儿，忽然听见有人叫他的名字，便抬起头来，定一定神，张一张朦胧的双眼一看，见着自己的面前立着一个工人模样的三十几岁的中年人，戴着一顶草帽，穿着一套白粗布的然而很干净的小褂裤，不似自己所穿的那般龌龊；这时他的面容虽然是黝黑，然而是很和善很同情的，两眼射着诚实而有力的光芒，令人发生深刻的感觉。阿贵向他审视了一下，面相似乎是很熟的，然而一时想不起他的名字来。

“你难道不认识我了吗？两个月前我们还在一块儿办过事情……”

“呵哈！原来是应生叔，一时倒把我糊涂住了。”阿贵现出无限快乐的神情，笑将起来了。“应生叔，我问你，你现在好吗？还是在工会里做事情吗?”

“也无所谓好不好，反正是活着一天就干一天罢了。”张应生带着笑，很自然地说道，“现在我还是从前那个样子，你现在好吗？你的脸色却比从前黑得多了，是怎么弄的呢?”

“唉！说起来话长!”阿贵将头低将下来了。

“昨天我听见一个人说，你已经被厂里开除了，是不是?”

“是的。被张金魁这个混帐东西把我弄得开除了。”阿贵很凄苦地，同时又是很愤恨地回答他。

“唉！这个婊子造的，专门同我们做对，真是可恨极了！你晓得吗？他差一点也把我害了呢。”

张应生说到此时，将眉头一皱，叹了一口气，沉默下来了。霎时间记起了往事：那是一天晚上，张应生正在和平里内一幢房子的前楼上，与四个同志开秘密会议，讨论目前工作的大纲。当时各人都是很谨慎的，不敢高声说话，张应生与一个名叫王得全的，还将手枪放在身边，防备临时的变故。忽然听见楼下有人很急剧地敲门，大家知道有点不对，便决定两个无枪的同志先翻过天花板逃走，留下张应生与王得全二人观看动静。敲门的声音愈形急剧了，他二人便走下楼来，静悄悄地走至大门向门缝一看，原来是三个武装巡捕，其形势是来捉人的模样。他二人又向后门缝一看，那里也有两个武装巡捕把守。张应生想道："坏了！怎么办呢？抵御好，还是逃走好？……"张应生还未决定方策的时候，巡捕已经将大门打开了，王得全即时就放起枪来，打死了一个首先进来的巡捕。可是王得全自己也受了伤，倒在地上。其他两个巡捕没有看见张应生匿在门旁的墙角边，便走进客堂内搜索，不提防张应生溜至门外，连向他们放了两枪。张应生放了枪之后，便飞也似的跑了，也不知道那两个巡捕到底受了伤没有。事后，有人说，这事情的发生，是由于张金魁到巡捕房的告密……

"应生叔！我现在是无路可走的人了。"

阿贵的话打断了张应生对于过去的回忆。他并没有听清阿贵向他说了一句什么话，便如从梦中醒来也似的，连忙向阿贵问道：

"你现在向什么地方去呢？"

"什么地方也不去，只是想被汽车撞死。"

"笑话，一个人好好地要想被汽车撞死！呵，我问你，你吃过中饭了没有？"

阿贵从早上流浪到现在，从没想起吃饭的问题，肚子内也不觉得饿。现在忽然听见张应生问他吃过饭没有，便很迅速地用手将肚子一摸，即刻就感觉得异常地饥饿，并且是异常地难受。

"我还没有吃饭。"阿贵很没有力气的样子将头摇一摇。

"我忙得也没有吃饭。好，现在到我的家里去吃饭罢。"

……到了张应生的家里。

这是一间狭小的，墙壁污痕斑斑的亭子楼。摆设是很简单的：

一张帆布床，一张四方的木桌，两张圆形的小木椅，及一些零碎的东西。这是一个秘密工作者的通常的格式，倘若是门内汉，一望即知道这种屋内住的是哪一种人。尤其是一个由工人出身的秘密的工作者，他的屋内的摆设将格外地简单。

阿贵大约是因为行走太多，或是由于饥饿，弄得身体太疲弱了，走进了亭子楼之后，便一下躺倒在帆布床上，直挺地如死尸也似的。张应生无暇同阿贵说话，便打起汽油炉煮起饭来，不一刻饭便熟了，他即将抽屉内所贮藏着的两碗菜，一碗是咸菜，一碗是豆皮炒肉，拿出来摆在桌上。这样，他便开始向躺在帆布床上的阿贵叫道：

“起来，我们吃饭呵。”

阿贵真是太疲倦了，这时虽然是肚子内觉着饿，但是不想起来吃饭。经张应生再三的催促，才很吃力地立起身来。

“阿贵，我告诉你，”两人坐下之后，张应生忽然很郑重地说道，“我这个地方是没有人知道的，是很秘密的，你千万别要告诉别个呵！现在是这样的时代，我们做的是这样的事情……”

“应生叔，请你放心，我也不是一个小孩子，决不会随便乱说的。”

两人开始吃饭，沉默下来了。差不多经过一两分钟的光景，张应生忽然将筷子放下，就同发觉了什么也似的，自言自语地笑道：

“好哇！原来我忘记了先吃酒，难怪得我总觉着吃饭没有什么味道也似的。”说至此地，便向阿贵道：“阿贵，你能吃酒么？不吃？唉！我有一个坏脾气，就是每顿吃饭之前，总要吃一点酒，若不是这样，那是吃不下去饭的。阿贵，你说怪不怪？这种脾气实在是要不得的呵！我总想改，但是到现在还没有改掉，讨厌！……”

“应生叔，我饿过火了，现在反而吃不下去饭，你一个人吃罢，我很疲倦，想睡觉。”

阿贵未将一碗饭吃完，便把筷子放下，走向帆布床上躺下了。张应生也不去干涉他，自己一个人开始吃起酒来。阿贵不一刻的工夫，就沉沉地睡去，毫没觉察到张应生什么时候吃完饭，什么时候出门去。张应生是一个忙人，他并不能像阿贵这样地在家内睡觉。下午还有两个会要开，还有两个地方要去。他于是吃完饭将门关好，就匆忙地出门去了。

整个的下半天光阴，在阿贵的浓睡中消去。到了七点钟的辰光，张应生已经将事办完，回转家里，而阿贵还是在睡乡中，没有醒来。张应生静悄悄地将一盏不大明亮的电灯扭着之后，便预备做饭吃，并不去惊动他。等到张应生将饭做好之后，阿贵还是没有醒来，于是他不得不喊叫他了。

阿贵睁开惺忪的睡眼，向室内的情景一看，又见张应生笑着立在床前，顿时又似乎入了梦境，不知自身现在何处，等到张应生向他说了"你这一觉也睡得太长了呵！起来吃晚饭罢！"之后，才渐渐地明白一切的经过。

"起来，起来吃晚饭罢，"张应生又继续催促地说道，"这里有一盆水，你可以先洗洗脸。"

"我难道睡了大半天吗?"阿贵很不相信也似地这样问道。

"我不回来，"张应生笑起来了，"也不知你要睡到什么时候呢。好了，别再发痴罢！快洗脸，洗了脸吃饭。"

在吃饭的时候，两人并没有多谈什么话，只是默默地各人想各人的心事。张应生所想的并不关于阿贵的事，而是今天他工作的经过:组织失业工人指导委员会，审察反抗工贼委员会的工作……阿贵这时也没想到张应生身上，而只是打算"我到底做什么事情呢？进别的工厂做工呢，还是依旧地去让汽车撞死？……唉！我到底怎么办呢？……"

饭吃完了，及一切都收拾洗净了之后，已经是九点钟了，这时起了风，亭子楼内的空气，已不如先前的燥热。张应生决定阿贵今夜睡在帆布床上，而自己将一张竹席子铺开在地板上睡。两人没有什么事做，便都躺下，用扇啪啪地搧着。这时张应生决定问一问阿贵的事情了。阿贵便一五一十地告诉张应生自己被厂里开除的经过。

“阿贵，你现在到底打算怎么办呢？”张应生等阿贵说完了之后，这样地问他。

“怎么办？一点办法都没有！我今天白天不是告诉过你了吗？我预备让汽车撞死，我的家中可以得到五十块钱抚恤费……”

“你这才是发痴呢！一个人死的要值得：或是被我们的敌人捉去枪毙，或是同敌人对垒而死，或是……总而言之一句话，我们死的要值得，怎么能让汽车白白地撞死呢？而况且你也不是没有事情做，也不是什么瞎子瘸子，你是还可以找到工作的。你被S纱厂开除了，难道说你就不能进入别的纱厂做工吗？总而言之一句话，你是还可以找到事情做的。”

“应生叔，你晓得吗？我现在简直不想再做什么工了。不知道因为什么，我现在总觉得做工的人，连畜生牛马都不如！我的父亲，我的母亲，做了一辈子的工，只是吃一辈子的苦，得到了什么好处！我想，与其活着做工，不如死了还好些，你说可不是吗？人生终久是要死的……”

“阿贵，你这一种说法，简直是太糊涂了！不错，现在的工人的确连牛马都不如，但是你要知道，这不是永久都是这样的呵！你不是也听见过许多革命的理论吗？……你现在为什么这样糊涂呢？我们不应当灰心，我们应当干将下去！就是因为我们的生活不好，所以我们才要革命，所以我现在才做这种危险的事情，阿贵，寻死只是没有用处的人的出路呵，我们是不应当这样做的！”

阿贵听了张应生的话，沉默着不答，停了一忽，张应生又继续说道：

“我的年纪比你大，所吃的苦大约也比你多罢。我从前也曾经因为吃苦不过，想投过几次黄浦江，以为活着没有意思，不如死了好些。后来渐渐觉悟到这种思想是不应该的，一个人应当走着生路，而不应当向着死路走去。一个人应当为着自己的生活，去反抗一切压迫他的东西。阿贵，你明白这个道理吗？你现在应当明白，你是一个受压迫的人，你应当想怎么样消灭你的敌人，压迫你的人，而不应当想怎么样消灭你自己……”

阿贵听到此处，不禁全身战动了一下，即时想起昨天蚂蚁争斗的情形。他霎时觉得好生羞愧，一颗心动了几动，两耳火熊熊地烧将起来。用手将脸一摸，摸了一手冷汗。两眼朦胧中，又似觉看见无数的蚂蚁向他狞笑，向他咒骂，这逼得他的身体接连战动了几下。全室内霎时间如同变了景色，躺在地板上的张应生这时也似乎变了相了，好似变成了一个伟大的，尊严的巨人，立在茫茫的荒漠上，巨大的手臂指示阿贵所应走的道路……

“阿贵，你明白吗？”张应生又继续重复地说道，“你应当想怎么样消灭你的敌人，压迫你的人，而不应当想怎么样消灭你自己！”

阿贵很费力地将神定了一定。这时他似乎明白了今天白天他在街上胡乱走路的事情，简直是发痴，简直是莫明其妙！想到这里，他不禁又觉得有点好笑了。就如同犯了罪而承认过错也似的，他轻轻地说道：

“应生叔，你所说的我一切都明白，我并不是一定要去做让汽车撞死的傻事情，不过……”

“不过什么呢？”张应生跟着问他。

“应生叔，我已经下了决心去做一桩事情，不知可能达到目的……”

“做一桩什么事情？”

“我已经下了决心把张金魁……”

阿贵没有把话说完，便停住了。张应生听到张金魁的名字，便坐将起来，很惊异地问道：

“你下了决心把张金魁怎样呢？”

“我想把他……”

阿贵又停住不说了。

“你想把他怎样呢？你说呀！此地又没有旁人。”

“我想把他打死……”

阿贵终于这样很胆怯也似地说了。张应生听了这话，不即刻说出什么，便将头低下，如有所思也似的。停了一忽，他抬起头来向阿贵很镇静地说道：

“本来张金魁这东西是死有余辜，我们老早就想把他除掉。不把他除掉，他总是要作怪的，因为他的告密，也不知害了多少人，破了多少机关。不过你……”

“不过我怎样？”阿贵这时也坐起来了。在不明的灯光下，也可以看出他的神情是很兴奋的。“你以为我办不到吗？你以为我不能把他打死吗？”

“不过他是一个力气有牛大，狡狯又如狐狸的人，你怎么能将他打死呢？这件事情还是让别人去做罢，反正你的气也是可以出的。如果你愿意的话，我可以替你找到一件事情做……”

“不，应生叔！我不把他打死，那我的气就出不来！那我就连一个小蚂蚁都不如！那我就要遭那一个小黄蚂蚁的耻笑！”

“你说什么？”张应生有点奇怪起来了。“小黄蚂蚁？哪一个小黄蚂蚁？你怎么又扯到什么蚂蚁的身上来了呢？”

“就是那个小黄蚂蚁，那个我应当拜它做老师的小黄蚂蚁……”

阿贵未将话说完，忽一阵很凄惨的哭声从窗外飞将进来，听之令人心悸。阿贵将两耳尖起来继续审听这种哭声，便一瞬间将话停将下来了。沉默了一忽，阿贵如有所感也似的，便向张应生问道：

“应生叔，你听！你听见了吗？这哭声似乎是很近的，也许就是在隔壁罢？”

“我为什么没有听见？我几乎天天听见。这是我们楼下在前客堂住着的一个老太婆的哭声。”

“这个老太婆为什么天天哭呢?”

“为什么天天哭?儿子被捉去枪毙了,又怎能不哭呢?”

张应生始而很平静的,这时他的话音有点凄然了。不明的电灯光似乎陡然增加了阴凄而灰黄的颜色,全室的空气也降落了一半的热度。阿贵听了张应生的话之后,一时想不出话来说,只是两眼睁着望着他。室内完全寂静下来了。经过了几分钟的光景,阿贵忽然很急促地问道:

“被捉去枪毙了?被谁个捉去枪毙了呢?”

“你真是糊涂!当然是被兵警捉去枪毙的!”

“呵!应生叔,你听!似乎就在楼下又有一个女人带着哭声说话……”

“这个说话的女人是这个老太婆的媳妇。这个女人真是一个再好没有的女人,她真是好!吃苦,耐劳,又诚实,又勇敢,又明白事理……”

张应生说至此地,将芭蕉扇摇了几摇,随即贴在精赤的胸膊上,沉默着不再说下去了。两眼笔直地向天花板望着,如像在深思着什么。

“我问你,应生叔,这个老太婆的儿子到底因为什么被捉走枪毙了呢?他的名字叫什么?”阿贵这样地问他,打断了他的思维。

“那还能因为别的事情吗?他是一个C书馆的印刷工人,平素对于革命是很热心的。一月前,C书馆的工人因为要求加薪,闹成了罢工的风潮。当局说他是主要人物,是一个反动分子……就这样地捉去枪毙了!现在杀一个工人还算一回什么事情?比较一个小鸡都容易呵!唉!想起来,真是……”

停了一忽,张应生又继续说道:

“他的名字叫周全福。为人是极好的,死的时候只有二十九岁。他的老婆 ,我们叫她做周大嫂,是一个再好没有的女人!自从周全福死后，这个老太婆，周全福的母亲，就是由她赚钱养活。她有一架小洋机，每天替人家织袜子，还勉强可以过日子。老太婆只有一个儿子，而且是一个极孝顺的儿子，这个好儿子死了，哪能不昼夜地哭呢？唉！我天天差不多都听见她的可怜的哭声。有时我去说几句话安慰她，唉！又怎么能安慰她的那一颗痛苦万丈深的心呢？她的媳妇本来是很痛苦的，不过因为老太婆这种样子，她也就不得不硬着心肠，做着很平静的样子。唉！她真是一个好女人！像她这样好的女人，我真是少见过！"

"我想你可以娶她做老婆呵！"阿贵带笑地说了这么一句。张应生听了阿贵的话，似乎有点难为情起来，便有点带气也似地说道：

"别要胡说八道！我现在哪有闲工夫干这种事情。呵，睡觉罢，时候已经不早了，明天我还有许多事情要做。"

张应生立起身来，走到门边，用手很小心地将门关好之后，便又走到木桌子前，将抽屉打开，取出一支很小的手枪来。他凑近灯光，看一看手枪的各部分是否有了毛病。等到详细地研究一番之后，便放在自己的枕边，即刻也就很笔直地躺下。停了一忽，他向阿贵问道：

"我们将电灯闭起来睡好吗？"

阿贵这时见了手枪之后，起了一种心思，并没有用话回答他，只向他点一点头，表示同意。张应生随又立起身来将电灯闭下，等到闭下之后，便又很平静地向地板躺下。临睡觉时，将手枪放在枕边，这是他的习惯，而且是应当的事情。谁个也不能断定夜间不发生什么事情：也许巡捕来捉他，也许有人要来暗算他……总而言之，他应当时时刻刻有正当的防备。而且这一支小小的手枪与他的生命有很深切的历史。一方面，倘若不是因为有了这一支小小的手枪，那他的性命久已没有了。一方面，这一支小手枪并不是用钱买来的，而是用性命换来的：这是今年三月间他从敌人——一个奉军的军官的手中夺取来的。在他的生命史中，无论他能否看得见他所想的伟大的理想之能否实现，但是这一支小手枪却是他所得着的胜利品，却是他的一个可宝贵的纪念物。因此，应生在劳苦的秘密的工作中，没有别的什么东西能够安慰他，能够安慰他的只有这一支与他相依为命的手枪。

奔波了全日，现在应当是张应生睡觉的时候了。但是一个体力和智力都很健全的工人，生活的格式对于他，只是革命，工作，思想，休息。这里所说的休息并不是什么安逸的例外的娱乐，而是一种必要的动作——睡觉。于是张应生不几分钟的光景，便呼呼地入梦了。

阿贵这时在平静地躺着，但是没有睡。他或许想如张应生一样，呼呼地入了梦，可以抛弃一切烦人愁思。但是他无论如何睡不着。他一是因为在白天睡得太足了，二是因为张应生的那一支小手枪引动了他的思维，他知道这一支手枪的来历，也知道张应生是如何地爱护它。

“如果我开口向他借，”阿贵这样自问自地想道，“那他是不是答应我呢？……”接着阿贵便决定了：“恐怕他一定是不答应的。而况且他又不赞成我做这一件事情，……那他一定不答应我的。”阿贵想来想去，结果只有失望。但是在别一方面，阿贵是决定了要实现自己的愿望，以为不把张金魁打死，那他简直没有做人的资格。这种决定在阿贵的心里，已如泰山的稳定了，任有什么力量也不能将它移动。但是有一个问题：用什么方法将张金魁打死呢？诚如张应生所说，张金魁是一个又有力又狡狯的人，如公开地去同他厮打，那阿贵是一定要失败的。因此，阿贵一定要寻到一个妥善的方法，否则断不能成功的。阿贵起初想来想去，想不出适当的方法，等到他见着了张应生的手枪，便一时间乐将起来了，以为自己已经得到了可以致张金魁死命的东西。但是忽而想到这支手枪毕竟是张应生的，而且张应生视如自己的生命一般地宝贵它，决不会将它借给阿贵，阿贵便又失望了。

张应生已经是深深地睡着了，对于阿贵在床上翻来复去的声音，并没有一点儿觉到。冷静的夜月光亮从窗口透将进来，皎洁地照到张应生的头部，——一支小小的手枪很分明地在张应生的枕边躺着。阿贵侧着身子只是目不转睛地注视着躺在张应生枕边的小手枪，而一副脑筋全盘地用到幻想上去：如果他有了这一支手枪，他应当怎么样才能将张金魁打死……

忽然间又听着楼下老太婆的哭声，阿贵的心为之冷战了一下。他不禁将他的思维暂时挪到老太婆的身上了：老太婆的命运是这样地悲惨，她的媳妇是这样地贤明，做官的人是这样地残酷……现在的世界简直是不成一个世界，该有多少悲惨的事情呵！这样的世界简直不如把它消灭掉还好些！……

"但是我的爸爸和我的妈妈呢？"阿贵忽然将念头一转，想到自己的家内。"他俩在家也不知怎么样在想我呵！他俩也真是吃苦的命，唉！他俩简直是活受罪！已经是这么大的年纪了，还是辛辛苦苦的！……"阿贵想到此地，心中不禁有点难过起来，不禁深深地叹了一口长气。

"倘若我被捉去枪毙了，"阿贵又继续想道，"也不知他俩将要怎么办呵。周全福死了，还有他的贤良的老婆养活他的母亲；如果我死了的时候，那我的父母将靠着谁养活呢？……"阿贵暗杀张金魁的决心，至此时不禁动摇了一下。他的爸爸和妈妈的一双可怜的形象，萦回于他的脑际，并觉着他俩已经如同在自己的面前站着，表现着可怜的衰老的面容，射着哀求的眼光。阿贵有点茫然了：怎么办呢？照着自己的决定去做好呢，还是为着这两位可怜的老人的原故，打消自己的念头好呢？……阿贵踌躇了几分钟，最后还是将牙齿一紧，下了最后的决心："我也问不了这许多！世界上的苦人多着呢，反正我也问不了这许多！阿贵！你照着原来的决定做去罢！"

“但是我用什么东西去把张金魁打死呢?”阿贵现在所为难的就是在这一个问题的身上。这时在月光照着下的张应生的面容,似乎在那里轻轻地微笑,阿贵忽然注意到这个,便暗暗怀疑起来:“难道他没有睡着么?难道他已猜透了我的心思,在那里暗暗地笑我么?”阿贵遂将头轻轻地抬起来,仔细地向张应生的面孔审视一番,见着他仍然是睡熟的样儿,这才放了心。枕边的一支小手枪还是在静静地躺着,阿贵又将目光注到它的身上。忽然他的脑海里起了一层波纹,发生了一种新的思想:“我可不可以将它偷到手里呢?……用了之后我还是可以还他的。向他公开地借,那他一定是不肯的,不如我来实行偷的办法。能不能将张金魁打死,那就全靠这一支手枪了。应生叔,请你原谅我罢!我是没有别的法子想呵。”想到此地,阿贵便轻轻地离开了床,走到张应生的身边。不知怎的,他这时的一颗心忽然枯里枯通地跳起来了。他即时觉悟到是在做贼,而做贼是一件很不正当的行为。他弯了几下腰,试几试伸手去拿那一支手枪,但是总没有勇气把它拿到手里。忽然张应生翻了一身,口中又咕噜了一句什么也似的,这可是把阿贵几几乎吓倒了。他的一颗心越发跳得利害,似乎已经做了一桩大的罪过,现在要受刑的样子。始而他以为张应生已经觉察到了,后来见着张应生翻了身之后没有动静,才知道张应生还在梦中,这才略略放了一点心。他又试伸了几下手,已经挨着了手枪的身子,但总是缩将回来,没有把它拿到手里的勇气。

“喂,我连偷一支手枪都不敢偷,还能去把张金魁打死吗?好无用的东西!”他这样地将自己责骂了一番之后,便战兢兢地伸手把手枪拿起来了。他不敢即时就拿起脚步走开张应生的身边,默等了一二分钟之后,决定张应生毫没有一点儿觉察,才轻轻地走至门边,用手很小心地将门开了,生怕弄出了一点儿声音。从前他不知做贼是怎样地做法,现在他却很本能地得到了做贼的方法。他轻轻地移动脚步,慢慢地走下楼梯;走两步之后,他总要停一下听听动静，不敢一下子就走出后门。最后，他是很平安地走出后门了。

一轮明月高悬在天空，全城沐浴在银白色的光海里。居民都在梦里，周遭是异常地寂静。这时伴着阿贵的只有斜长的他自己的影子，一支冰冷的手枪。“怎么办呢？现在至迟不过是半夜罢，我将到什么地方去呢！不过手枪总算是已经到手了。……”在月光底下，阿贵将手枪仔细地审视了一番，又用手举了几举，练习射击的架式。他不禁满意地向着明月微笑了一笑。这时凉爽的晶莹的明月，也似乎了解了阿贵的快乐与得意，便也就回答了阿贵一个圆满的微笑。

四

他们的灵魂永远埋在很臭很臭的粪堆里。

阿贵为明媚的月光所迷恋住了。两眼只是不转睛地向着月轮望着，似乎那里有什么动人而奇异的东西，有什么美妙而不可测的秘密。深夜的凉风，消散了一切烦燥的暑气，一阵一阵地吹到人的身上，就如轻软的拂尘的摆动，觉得异常地清快。阿贵刹那间觉着渺茫地离开了噪杂的人境，而进入了虚幻的仙乡。手枪虽然还是在阿贵的右手持着，然而他这时已忘却了一切，不复想到他所应当做的事情了。

阿贵痴呆地继续向月轮望着。忽然他听见了他的背后的屋内有什么声音，先是咳嗽的声音，接着就似乎有人走着楼梯响……这使得阿贵恢复了原来的意识。差不多已经被他忘却的在他手中的手枪，这时似乎很剧烈地在他手中跳动起来，几乎落在地上。“张应生起来了！他一定是为着手枪，……我还不跑，还在这儿发痴呢！浑蛋！……”想到这里，便提起腿来就跑，不敢稍回头看一下，似乎即刻张应生就要把他追到的样子。跑出弄堂口的当儿，阿贵如老鼠一般，很胆怯地，畏缩地，向四外一看，街上并没有人行走，才沿着街的左边跑去。跑了几分钟之后，阿贵停一停步，转过头来看后边并无人追赶，一颗跳动的心才略为平静一点，可是他已累得满身都是汗了。

他用左手袖拭脸上的汗液，右手还是紧紧地将手枪握着。这时他觉得，对于他什么都可以，但是这一支手枪不可丢去，因为它已经成为他的生命了。倘若没有它，那阿贵将不能报仇，将不能除去张金魁，将不能免去小蚂蚁的耻笑……如此，他将没有做人的资格了。阿贵现在很想做人，做一个很勇敢，很忠实，很有价值的人，但是怎么样做法呢？阿贵想，要做人起码要将张金魁打死，为工友们除一个大害。不然的话，那阿贵就没有做人的资格，就连一个小蚂蚁都不如。一个人连一个小蚂蚁都不如，那还活着干什么呢！不如死去还好些！……不，阿贵现在没有寻死的念头了。他要活着，要做人，所以他很宝贵这一支手枪，就如张应生宝贵它一样。有了它，阿贵才可以达到自己的目的，才可以实现自己的幻想。……

阿贵低着头，一边走，一边想着。这时明媚的月光，清快的凉风，以及街上的夜景，什么都不在他的脑海中了。充满他脑海中的，这时只有"怎么样进行……"的计划。他也想到他不应该将张应生的手枪偷来了，——他很知道这一支手枪与张应生的关系，并且很知道张应生是一个很重要的人，他应当有自卫的武器；而他，阿贵，不过是一个很普通的工人，实不应当对于张应生做出这种事情来。但是阿贵转而一想，又将自己的罪过宽恕了："我现在偷他的手枪，并不是去做坏事情呵！我一者要为自己报仇，二者也为工友们除害，这并不是去做坏事情呵！等到事情成功之后，我再把手枪还给张应生就是了。他一定是可以原谅我的。而且如果我将张金魁打死了，这对于他也是很有益处的。……"

阿贵还是低着头走着，对于他所走的街上的景物毫不注意。

“喂！要坐车罢？”

阿贵抬头一看，见是一个赤膊的黄包车夫懒洋洋地拖着一辆黄包车，立在他的面前问他。在夜影的朦胧中，阿贵见着这个黄包车夫是一脸的苦相，黑瘦得可怕，同时他的神情是很哀求的模样。阿贵觉着他是异常地可怜。在此清凉的深夜，正是人们安息的时候，而他却拖着车如幽魂也似的在街上往来。唉！世间该有多少不平的事情！……阿贵正欲向黄包车夫说话的当儿，忽然黄包车夫觉察出阿贵手中的手枪来，便拉着车子回身就跑，这使得阿贵吓了一跳。阿贵莫明其妙，不禁口中咕噜了两句：

“这倒是一回什么事呢？这真是活见鬼！”

这时在墙角边一个印度巡捕正在倚着墙壁在那里打盹的当儿，忽然听见有人说话及黄包车夫拖着黄包车跑路的声音，便惊醒了，走到阿贵的身边来。阿贵只顾看着黄包车夫在前面跑，却没觉察到他身边走来了一个高大的，如夜神一般的印度巡捕。

“你在此地啥事体呀？娘个造皮，夜里向不困觉……”

阿贵回脸一看，几几乎惊吓得喊叫起来，但即时便镇定住了。他只当这个印度巡捕已经知道他是什么人，特地是来捉他的；一时间想逃跑，但即时想起自己还有一支手枪在手里，不必害怕。印度巡捕还未将话说完，阿贵便举起手枪对准他的胸部，做着一种威逼的姿势。印度巡捕见着阿贵举起手枪来，吓得倒退了几步，两只大眼放着白光；接着他便将两手叉开地举起，表示他不预备反抗，并向阿贵哀求地说道：

“好朋友！阿拉同倷没仇气，是罢？好朋友，交关交关好的好朋友！阿拉同倷没啥仇气，是罢？”

阿贵见着印度巡捕这种情形，觉得非常地可笑，而一秒钟以前的恐怖的心情完全消逝了。“看着是这样大的块头，有点怕人，哪知道其实是一个草包呵！……”阿贵想到此地，几乎要笑出声来了。

“好朋友！交关交关好的好朋友……”

阿贵想道，与印度巡捕对立着持久总不是好事，还是以逃跑为妙，便一面仍旧举着手枪，威逼着印度巡捕不敢移动，一面一步一步地退至转角的地方，转身就跑。这时他也不知道印度巡捕是否在后面追赶，但他却拼命地往前跑，一步也不敢怠慢。他似乎遥远地闻着警笛，似乎这警笛的声音就从那个印度巡捕的地方所发出来的，于是他未免有点慌张，觉着情形有点不利。但是因为已经跑得很远了，印度巡捕绝对不会追赶上来的，于是他觉得又可以放心了。他跑得满身是汗，只是喘气，最后他不得不停住了。已经跑到了什么地方，在夜里，阿贵辨别不出来。这一条街道似乎是很僻静的，阿贵没看出有一个行走的人影。他找一块靠着墙的水门汀砌成的阶沿坐下，觉着非常地疲倦。两眼只是想合起来，虽然用力阻止，但结果是无效。阿贵入于半睡不睡的状态中了。忽然他如梦初醒也似的，惊吓得一颗心只是勃勃地跳；他觉得他是太疏忽了。“如何能拿着一支手枪在街上睡觉呢？如果被人家看出来了，那时将怎么办？若手枪被人偷去或是夺去，那岂不是什么事情都完了吗？……”阿贵想到此地，不禁责备自己做事太荒唐了，几几乎误了正事。他用手又将手枪全身摸了一摸，觉着它还是依然无恙，不禁又很满意。但是两只眼皮只是不听阿贵脑筋的命令，拚命地要合拢起来，这真是讨厌的事情。将手枪放在衣内罢，可是阿贵穿的是一套短衫裤，实没有地方可以把手枪藏起来，而不使人看见。用一张纸把手枪包起来罢，但是在夜里到什么地方去找纸呢？……阿贵想来想去，想不出一个妥善的办法。“把小褂子脱下来罢，将手枪放在小褂子内包好，岂不是很妥当么？”这一种思想最后把阿贵的困难解除了。他将手枪用小褂子包好之后，便放在腹部与大腿的中间，并用裤带系好，使它不致于被人偷去。这样，阿贵可以安然地让着自己的眼皮合拢了。小褂子脱下之后，阿贵的上身完全是赤露着，幸而是在暑天的夜里，不感觉什么寒冷。可是也就因此，阿贵的赤露的身体，不免要大受蚊虫的侵害了。阿贵始而还用两只手驱逐蚊虫，可是因为睡神的催促，也就慢慢地，昏昏地，走入梦乡了。

……阿贵走到一处不知名的所在。周围是起伏的山丘，满山丘都繁殖着美丽的，鲜艳的花木。山丘的脚下，平铺着一望如镜的湖水，湖水上飘浮着许多幽雅的小舟，小舟上坐着快乐的男女。树林深处，显现着高耸的楼阁，似乎那里住着的是隔绝了尘世的仙人。阿贵徘徊在绿湖的岸边，恍惚不知何来，更不知何去。一阵一阵的薰风吹得阿贵神清气爽，仿佛如升上了天。

"这到底是什么地方呢？"阿贵一面瞻眺，一面想道，"我从没有来过这个地方。这恐怕是仙境罢？这恐怕就是所说的天国罢？这个地方真好，就是在此地能住一天也是好的！世界上也有这样好的地方，我真是料不到呢！从前也听说过什么仙乡，什么天国，但总是不相信实有其事，不料现在我却身临其境了。"阿贵不禁微笑着而快乐起来了。目前的奇异的景物，清爽而芳香的空气，从树林中飞扬出来的鸟语，小舟上的幽婉而愉快的歌声……这一切使得阿贵忘却了自己，忘却了人世。

"莫非我也成了仙了么？……"阿贵正这样在沉思的当儿，忽听见有一个很熟的声音在喊他：

"阿贵！阿贵！到这边来呵！"

接着又听见一个女人的声音：

"快过来罢，我们在等你呢。"

阿贵不禁有点奇怪起来了。这里是仙乡，这里是天国，怎么会有人认得阿贵呢？……阿贵满腹地狐疑起来，很有点畏怯也似的，慢慢地将脸转过左边来，搜索喊他的人在所在；他不敢遽行答应。离阿贵站立着的地方，有百步之遥，靠着山坡脚下的一条长的靠椅上，坐着一男一女，这时正向阿贵招手呢。阿贵始而不相信自己的眼睛，以为是看得花了，但是详细地审视一下，觉着第一眼并没有看错。

“这却奇怪了！他俩为什么在这儿呢？他俩不是已经死了吗？……我难道说遇着鬼了不成？……”阿贵一边想，一边将两足慢慢地移动，走向这两个人的地方。等到只有几步距离的时候，阿贵还是不敢开口，生怕认错了人。

“啊哈！阿贵，你也来了吗？”那个年轻的男人先立起身来，这样地欢迎阿贵说，“久违了呀！你还记得我吗？啊？”

阿贵这时也连忙快走几步，走向那人的面前，将他的两手握着，很欢欣地说道：

“原来全发哥你在这里呵！你近来好吗？我真挂念你呢！”

“阿贵！你还认得我吗？”那个女子依旧坐着，这样微笑地问阿贵。阿贵连忙将李全发的手放开，走向女子的面前说道：

“沈先生！我怎么不认得你呢？我是永远忘记不了你的，你晓得吗？唉！沈先生！你知道我是怎样地纪念着你呵！……”

阿贵说到此地，不知怎的，觉得脸上有点发烧了。他将头低下，轻轻地，如同胆怯也似的，继续向沈玉芳问道：

“沈先生是同全发哥一块儿到这里来的吗？来了很久了吗？”

沈玉芳点一点头，笑着说道：

“是的，我是同全发一块儿来的。你晓得吗？我同全发已经结婚了……”

阿贵觉得脸上的火更烧得厉害了。一颗心只是跳动着，似乎又有点发痛；这时阿贵才明白自己是在爱沈玉芳，并且爱情是很深的；现在她说她已经与全发结婚了，这实在给他一个很大的打击。虽然阿贵承认沈先生与李全发是很相配，是很好的一对伴侣，但是阿贵是在爱她呵！……阿贵无论如何不能不起一点醋意。他抬起头来向李全发瞟了几眼，似乎嫉妒他的幸福，但即时又觉得这是不应当的事情。

“阿贵！你应当替我们道喜呵！”李全发很得意地说。

“是的，我应当向你们道喜。”阿贵说这话时，带着一点哭声，现出异常可怜的样子。但他转而一想，以为自己这种态度是不对的，便强做镇定的样子，向他俩笑着说道：

“你俩真是有福气呵！”

“这也是由心血换来的呵！”李全发将阿贵拉到与自己并排坐下，说道，“你知道这里是什么地方吗？”

阿贵摇一摇头，表示不知道。李全发继续说道：

“这里是革命党人的天国。凡是在人世上，为着穷人，为着大多数人争自由，为着反抗统治阶级的压迫，而被牺牲了的一些革命党人，都到这里来，都住在这里。阿贵你明白了吗？你看这里好不好？山是山，水是水，花是花，鸟是鸟，该多么美丽呵！这里是很平等自由的，什么压迫都没有。你看，那些小舟上的唱歌的男男女女，他们生前都是很英勇的革命党人呢。这里只有很英勇的，很忠实的革命党人才能来，其他的人是不能够的。”

李全发环视了一下，停一两分钟后，又继续面对着阿贵说道：

“阿贵，你晓得吗？只有像我们这一类的人，才配入这美丽的天国。我们的灵魂是纯洁的。我们只知道民众的利益，为着正义奋斗，什么牺牲，艰难，危险都不怕。阿贵，你说可不是吗？”

阿贵点一点头。这时坐在阿贵左边的沈玉芳忽然笑道：

“全发！你真不害羞，在这里表功劳呢。你曾做出多少有益于人类的事来？”

阿贵转过脸来，看见沈玉芳向李全发说话的神情，是异常地温柔，亲密，宛然他俩是一对很和爱的夫妇。这又不禁引动了阿贵的嫉妒和羡慕，但阿贵即时又把这种情绪按下去了。他恐怕他们觉察出来他这时的心境，便连忙接着向沈玉芳说道：

“沈先生！全发哥所说的话是真的呢。只有像你们这一类的人才能进入天国，尤其是沈先生你……”

阿贵笑着不说了。沈玉芳似乎没听见阿贵的话，这时她的目光注视着湖水的波纹，大约在想什么。阿贵又转过脸来望一望李全发。李全发带着满脸的笑容，很有趣地望着那对面山丘间的亭阁。三人都沉默下来了。阿贵趁着这沉默的机会，仔细地将他俩瞟视了一番，见着他俩还是原来的模样：沈玉芳穿着女学生的装束，白的上衣，青的裙子，显现得是异常地素雅；她的面孔依旧是很清瘦，然而在清瘦中，显现出有一种很壮健的神气；笑迷迷的两眼依旧是从前那般和蔼而可爱。李全发的装束还是工人的模样，这时穿着一身很洁白的小褂裤，面容依旧是从前那样白皙中带着微微的紫黑；他的两只大眼炯炯有光，显现出他是一个很精明强干的青年。

"他俩难道说成了仙不成吗？"忽然阿贵脑中起了一层波纹，很狐疑地这样想道，"此地真个是天国吗？我为什么也来到此地呢？我难道说也成了仙不成吗？难道说我已经离开人世了？奇怪得很！……"

"阿贵，你在想什么呢？"李全发忽然将阿贵的右肩拍了一下，这样地问阿贵一句；阿贵受了一惊，不禁忘却了适才的疑思。他想问李全发许多话，但一时想不出，只得两眼带着疑问的神气向李全发注视着。李全发笑着继续说道：

"你看，这天国里真个是与人世不同罢。我们虽然为着劳苦的群众而牺牲了性命，但是我们的纯洁的灵魂，却能够享受这天国的幸福……"

阿贵不等李全发的话说完，便插着问道：

"那些作恶的人呢？他们生前作威作福，压迫穷人无所不至，难道说死后都到地狱里去吗？地狱又在哪里呢？"

"作恶的人自然都到地狱里去呵！他们的灵魂永远是不可解放的，永远埋在很臭很臭的粪堆里。你晓得吗？地狱在我们脚底下的一层，我们永远立在他们的上边。"

“算了罢，全发！”沈玉芳态度很严肃地插着说道，“这些话有什么多说头呢。我们的责任是在将人类完全改变好，将人世也造成天国一样，阿贵，你说可不是吗？我们现在在天国里享福，这并不算什么很光荣的事情，因为人世间还同地狱一样呵！阿贵！你回去努力罢！努力罢！这里不是你所应当留的地方。你忘掉你的责任了吗？张金魁还在那里继续害人呢！你的父母在吃苦，你的工友们在受压迫，你难道都忘掉了吗？去罢！去为我们复仇，去为被压迫的人们复仇，去为你自己复仇，赶快去罢！……”

沈玉芳正在立起身来的当儿，阿贵忽然听见一声巨大的吼声，接着就吹来了一阵狂风，不禁惊吓了一跳。转眼间，沈玉芳，李全发都消逝了影子；那起伏的山丘，平静的湖水，美丽的花木……都不知飞到什么地方去了。阿贵定一定神，将两眼用手揉一揉，详细地审视一下，原来自己坐在阶沿上，一辆汽车经过他的面前，去向还不甚远。天色已黎明了，街上已有了稀疏的来往的行人。对过的店家正在那里卸门，走出来了一个头发蓬松，衣服不整的女人。阿贵慢慢地才明白，原来适才从梦中醒来。梦中的景象还是萦回于脑际，回忆起来觉着非常地愉快，阿贵愿意长此地回忆下去。沈玉芳的微笑，花木的香气，山水的清幽，……呵，顶好是长此地回忆下去！忽然阿贵的一颗心战动起来，恐慌得异常，如同遇着了什么可怕的，危险的事情。他几几乎要叫出声音来：“我的，我的手枪呢？”等到用手摸一摸小褂子，这才放了心，如得了救星也似的。

在他面前经过的行人，有的很惊奇地瞟看他，有的很平常地把他当做乞丐，不注意地瞟他一眼，也就无事地走了。最后走来了一个十三四岁模样的赤着上身的小孩子，在做笑着审视了他几眼之后，很轻视地说道：

“瘪三！你还没困好吗？巡捕来了，谨防吃生活。”

阿贵想站起来给这个小孩子几个耳光，教训教训他不该认错了人，但是不知为着何故，仅仅地带着恨看了小孩子几眼，便低下头来不去理他。小孩子见着这种神情，也就不则声地走开了。

“天已经亮了，我到什么地方去呢？”阿贵很不愿望地这样想道，“老坐在此地，终久不是事情，我应当去找张金魁去……”阿贵想着便立起身来了。他很小心地又复将小褂子卷一卷拿在手里，生怕露出什么痕迹来。他开始挪动脚步，但究竟应向哪一个方向走去，连他自己都不晓得。大约走了几十步的光景，已经到了小菜场的跟前，这时卖菜的乡下人已经上市了。小菜场内渐渐地起了噪杂的声音。在阿贵的前面一个乡下人挑着一担黄瓜走向小菜场去，阿贵见着了竹篮内的黄瓜，不禁觉得肚饿而且口渴，想顺手拿一条吃一吃。但阿贵终于不敢尝试。等到用手向腰间摸一摸之后，他更为失望了，身边连一个铜板都没有！黄瓜有巨大的吸引力，阿贵的两眼只向竹篮内钉视着，口中几几乎淌下了涎液。卖黄瓜的人觉着有人在他后边跟着，回头望一望，见着阿贵的一副饿鬼的形象，便停住脚步，向阿贵开口骂道：

“瘪三！你跟着我做啥事体呀？哼！谨防吃生活！”

阿贵也停住了脚步，将两只眼向卖黄瓜的人翻了几翻，但终于没说出什么。卖黄瓜的人骂了之后，又继续着走自己的路；阿贵很痴呆而又愤恨地目送了他几步，想赶上前去将他的担子踢翻，并且痛快地打他一顿，但想了一想，也就把念头打消了。“如果我能得到一条黄瓜吃一吃呵！……”阿贵越在黄瓜身上着想，越觉得肚饿口渴，从口中要淌出来涎液。这时对于阿贵，一条不值钱的黄瓜，简直比什么人参燕窝还宝贵。“唉！……”最后阿贵叹了一口长气，转过身来，向右边的一条街道走去。

街上的声音逐渐鼎沸起来：汽车声，马车声，行人的说话声……混合成了一片轰轰的烦杂的音乐。在街上来往无数的行人中，阿贵是一分子，但别人是因为有事，——也许是上工，也许是买东西，也许是……但是阿贵就如游魂也似的，清早就在街上行走，到底是因为什么呢？阿贵自己没想到这些，更没有心思顾及到别人的闲事。这时所扰乱他的，就是一个问题：肚子饿了和口渴了的问题。阿贵很想不再想关于黄瓜的事情了，但是黄瓜的魔力在引诱他：黄瓜！黄瓜！黄瓜呵！……阿贵低着头，一边走，一边总是想着黄瓜，那又可以充饥，又可以止渴的黄瓜。已经走到什么地方来了，现在在哪一条街上行走，阿贵都不曾注意。忽然一阵什么香气，冲到阿贵的鼻孔来；阿贵停住脚步，向四外望一望，原来他走到一家烧饼店的门口了。一个老头子和一个小孩子正在炉上烤那又香又酥的油饼，这不禁给了阿贵一个很大的刺激。烧饼店的楼上就是茶馆，阿贵隐隐地听见饮茶人的谈话和茶杯的响声。小孩子等油饼烤好了之后，便拿了一盘，送到楼上去了。阿贵知道，这是送给楼上饮茶人做点心吃的。在这里可以解决肚子饿了和口渴了的问题，阿贵不妨也走上楼去。但是阿贵身边连一个铜板都没有，有的只是一支手枪，但手枪在这里当不得钱用，而且不能被别人看见。于是阿贵只得远远地望着那又香又酥的油饼，而仅闻闻它们的扑鼻的香气而已。

忽然有人将阿贵的右肩用手拍了一下，将阿贵吓了一跳。接着一个很熟的，同时又是一个很可讨厌的面孔，在阿贵的面前呈现着了。这是一个形似工人模样的，三十几岁的中年人，身上穿着一套山东绸的小褂裤；大而不正的口中露出几粒金牙齿，两眼射着狡猾而邪鄙的光，一望而知道是一个心术不良的小人。阿贵刹那间不知所措，只将两眼向人愣着。这人还是将右手放在阿贵的左肩上，故意做着很亲密的样子，笑道：

“阿贵，你在这里吗？我正要找你呢。”

阿贵没有回答他，接着他又说道：

“听说你被厂里开除了，我心里真挂念得很呢。我有很重要的话同你讲，不料在这儿遇着你了。好极了！我们上楼吃一杯茶罢。”

阿贵一言不发，形似木偶一般，随着这人上楼；心中却狐疑不定：这人与阿贵从没发生过关系，同时阿贵知道他是一个很危险的坏人，现在忽然莫明其妙地向阿贵表示好感，这到底是一回什么事呢？葫芦里到底卖的是什么药？他有什么话要与阿贵讲？在阿贵身上起了什么念头？……但是阿贵虽然满脑子里起伏着疑惑的波浪，同时却又很高兴：上楼吃茶，这意思就是说阿贵现在可以解决自己所不能解决的问题了。

上了楼之后，捡了一个临街的位置坐下。这人很阔绰地将茶房喊到面前，吩咐吃什么茶，要多少油饼，倘若另外有什么点心也可以拿来。阿贵见着他那种神情，很觉得讨厌，但是因为要解决自己肚子的问题，也只得等着看他的下文。阿贵很知道他的历史：他曾在S纱厂当过工头，后来工头不做了，变成了一个官厅的包探；现在他是一个官立的纱厂工会的委员……在最短的时间，阿贵不能将他的恶迹一一地回忆起来，因为他的恶迹太多了。他虽然与阿贵没发生过直接的关系，但他是阿贵所最恨的人中之一。如果今天不是阿贵饿了，渴了，那阿贵一定是要拒绝与他同一张桌子坐着。

阿贵还是继续沉默着，与他同桌子的人似乎一时也找不出什么话来说。等到茶房将茶和点心都拿来了的时候，这个为阿贵所讨厌的人，才殷勤地向阿贵笑道：

“吃呵，阿贵！别要客气呵！我们都不是外人……”

当阿贵伸手拿油饼的时候，忽然觉着有点羞辱，脸孔不禁红将起来。这对于阿贵的确是意外的事情：他，一个为阿贵所讨厌的人，一个无人不知无人不晓的坏蛋，现在居然向阿贵施恩惠，请阿贵吃东西，而阿贵也就靦颜地不加拒绝！这简直是羞辱，羞辱，羞辱呵！……阿贵一刹那间觉着实在太羞辱了！但因为肚子太饿了，阿贵终于拿起一块油饼向口里送去。

“阿贵！”这个为阿贵所讨厌的人一边吃茶，一边继续向阿贵说道，“我听说你被厂里开除了，我心里真不安呢！不料他们也把你开除了，这真是不应当的事情。昨天我见着了张金魁，还把他骂了一顿，阿贵，你晓得吗？”

“盛才……盛才先生！”阿贵不知怎样称呼他为好，踌躇了一忽，才说出了先生两个字来。“承你的好意，我谢谢你。”

“阿贵！别要说客气话罢！我们都不是外人，说什么谢不谢呢？真的，我听说你被开除了，心里实在有点气。昨天我向张金魁说，阿贵是一个很忠厚的孩子，就是有什么不对的地方，也应当原谅一点才是，怎么就把他开除了呢？他说，只要我李盛才担保，那他张金魁还是可以把你王阿贵收回厂里去的。我说，我自然是可以担保你的。阿贵，你愿再进厂里去吗？”

阿贵没有做声。李盛才不顾及阿贵脸上的表情，还是继续很得意地说道：

“阿贵，你或者不知道我李盛才是什么样子的人。不瞒你说，我的良心是再好没有的了。只要我能帮助人家的时候，我都尽力帮助。我看你是一个很忠厚的人，所以我硬要张金魁把你重新收回厂里去。”

李盛才说到此地停住了，两眼望着阿贵，似乎等待阿贵表示对于他的感激，但是阿贵低着头吃茶，在形式上很冷淡地对于李盛才所说的一切，在内里却暗暗地想道：“我再进厂和不再进厂与他李盛才有什么关系呢？他这样地帮助我，到底怀着一种什么意思？他说他的良心很好，我的乖乖，他的良心真好！他只当作我不知道他是什么人呢！……”李盛才虽然没有得着阿贵表示感激的回答，但他以为阿贵是一定很感激他的。被厂里开除了，这是怎样大的灾祸！李盛才能将阿贵重新转到厂里去，这对于阿贵是何等大的恩惠！阿贵不但要感激他，而且要永远地怀念着他而不忘！……本着这种意思，李盛才并没觉察到阿贵对于他起了什么疑虑和轻视。吃了一个油饼，吞了几口茶之后，他转入了教训的态度，继续向阿贵说道：

“不过阿贵你的年纪很轻，年轻人做事总有些错误。你这一次被厂里开除了，固然是张金魁的糊涂所干出来的，可是你也有些不对的地方。譬如你同他们组织什么工会哪，说一些资本家不好的话……老弟，莫怪我说你，这实在是不对的事情。我知道你很喜欢革命，今年春天你同李全发几几乎天天在一道儿，向工人宣传什么增加工资，减少时间，反对资本家……那时我想劝劝你，可是怕你不相信，所以我也就没做声。好，到后来革命革得好，李全发把头都革掉了，你说这倒何苦来！我老实向你说一句，什么革命不革命，这都是瞎闹，千万别要上他们的当！老弟！我们千万别要做猪头三！革命把头革掉了，那才不上算呢。我们活着不好，要去把头送掉干吗呢？什么革命革命，老实向你说，只有猪头三去做这种傻瓜的事情。你看看，李全发因为革命把头送掉了，这倒何苦来呢？啊？唉！因为什么革命革命的，也不知死了多少猪头三！”

“盛才先生！”阿贵忽然抬起头来，向李盛才问道：“你现在不也是天天在喊革命吗？”

“哈哈！”李盛才笑起来了。他的金牙齿在阿贵的眼中放光，这更增加了阿贵厌恶的心情。“阿贵！你真太老实了！你难道不懂得现在我们口中所喊的革命吗？哈哈！我们的革命是很安全的，越革越有好处，越有钱用，不像李全发的革命把李全发的头都革掉了。革命也有许多种类呢。如果你王阿贵跟着我一道儿革命，那我保管你永远不会被厂里开除，而且弄得好，也可以得到一个小官做做，多弄几个钱用用。老弟！你晓得吗？人一辈子顶要紧的，是快活快活；能够弄钱的时候，就多弄几个钱快活一下，旁的什么都是狗屁！现在是我们弄钱的时候了，只要能弄到钱，管他妈的什么革命不革命。我现在也天天喊着革命，可是我们的革命是官的，不但没有危险，而且可以升官发财，这种革命，阿贵你说，何乐而不为呢？”

阿贵听了这一片话，又见着李盛才那种得意的神情，不觉异常地愤恨，想打李盛才几个耳光，教训他一番，但转而一想，又觉得不值得。李盛才仍然没有觉察出阿贵的意思，还是继续说道：

“阿贵！现在是我们快活的时候了。一个人在世上应当放聪明些，别要太拘板了。李全发何尝不是一个好人呢？可惜他走错了路，结果弄得糟糕之至。阿贵！请你听我的话是不错的。你的年纪很轻，还不知道世道是什么味呢。我劝你把一切什么革命的思想都抛掉，别要走错了路。我李盛才虽然不是什么出色的人物，可是阿贵你看，我现在是很惬意的：现在热天到了，穿的是绸子做的小褂裤；工会的委员做做，身边的大龙洋是不缺少的……你看可不好吗？有的是门路，只要人会找罢了。阿贵！如果你愿意的话，我是一定要帮你忙的，那什么进厂不进厂，还是一件小事。我可以使你有钱用，有好衣服穿，而且可以不受人家的气。阿贵！我说的是老实话，并不同你开玩笑。我看你是一个很忠厚的人，不忍你走错了路。要是外人，我能够对你说这些话吗？……”

“有的是门路，”李盛才越说越表示出一种得意的神情，而不注意到阿贵对于他所说的抱着什么态度。“只要人会找，阿贵，你懂得吗？你现在是很倒霉的，我知道；不过这并不要紧，只要你听我的话，那即时就可以得到很好的事情做，包管你不愁缺钱用。你的家里是很穷的，你不但应当多挣一点钱图自己快活，而且应当多挣一点钱养家。你看你的两位老人家是多么可怜！你应当孝顺父母呵！……不过你应当明白：那什么鼓吹罢工，组织工会，要求增加工资，反对资本家，一些傻瓜的事情，不但不能使你得到好处，而且有性命的危险，那李全发是一个例子，其他被捉去枪毙的也不知有多少。老实告诉你，这简直不是门路。门路是有的，只要你听我的话。我实在看你是一个很忠厚的孩子，所以很想帮助你。阿贵，你愿意我帮助你么？啊？”

“你说了半天，”阿贵硬忍着火气，勉强这样地说道，“我简直不明白是一回什么事。你说你要帮助我。你到底怎么样帮助我呢？”

“怎么样帮助你？我说出来你就明白了。”李盛才将头伸至阿贵的面前，恐怕别人听见也似的，轻轻地说道：“我们工会里现在要找一个人当暗探，专门探听工人开会等等的事情，薪水是很大的，一个月差不多有三十元的样子。弄的好，多破几回案子，还有另外的赏钱。这个差事真是再好没有了。阿贵，你愿意干吗？只要我说一句话，这个差事是不会让别人得去的。我看你是一个很可靠的人，所以我很希望你干，帮你一点忙。阿贵，你说你愿意干吗？机会是不可失的呵！……”

阿贵觉着自己心中的愤火在熊熊地燃烧着，无论如何是要爆裂的了。他已经将拿着茶杯的右手缩到桌子底下，预备使力地给他一拳。但恰巧在这个当儿，茶房走来泡茶，并询问还要添点心么？……阿贵的决心被茶房所阻止了。李盛才料定阿贵一定是不会拒绝的。三十元一月的薪水，而且另外还有赏钱，而且事情并不困难，较之在工厂内做工，也不知要相差多少倍！阿贵没有工作了，阿贵是一个很穷很穷的小子。忽然来了这么一个好差事！阿贵应当感激而泣才是！阿贵应当向李盛才，这个天大的恩人，三叩首！在说了这一片话之后，李盛才也就等待着这个。但是阿贵却具着别一种心理：不但不觉着感激，而且觉着一种莫可言喻的侮辱。这真是为聪明的李盛才所不能料到的了。

“阿贵，”李盛才沉吟了一忽，说道：“你与张应生认识吗？”

“我与他是认识的，你问他干什么？”

“你知道他住在什么地方吗？”

“不知道。”阿贵即时在李盛才的眼光中，明白了他问张应生的意思，不禁替张应生危急。“这小子又在打张应生的念头了！……”阿贵一边想，一边又轻轻地，就同声音有点颤动也似地，重复了一句：

“我不知道他住在什么地方。”

李盛才很审问地看了阿贵几眼，接着便又伸着头向阿贵轻轻地说道：

“阿贵！你要说实在话呵！如果你真知道他住在什么地方，你就应当告诉我呵！如果你告诉我，我即时就可以拿二十块洋钱给你做报酬。好机会是不可以失去的！我一定要尽力地提拔你。阿贵，一个人不能太拘板了！当有钱的时候就要拿钱，不必问到别的事情。况且张应生又不是你的好朋友，何必为着他隐瞒呢？阿贵，你要晓得，你即刻就可以拿到二十块大洋呵！……”

忽然啪啪的两声，阿贵照着李盛才的面孔重重地击了两掌。李盛才只顾说话，未提防到这个，霎时间被阿贵击得昏麻而糊涂了。阿贵掌击了李盛才之后，即时拿起自己的小褂子很迅速地走下楼去，并没曾顾及到茶客们对于他的这种行动是如何地惊异。……

阿贵走了几十步，忽然在拥挤的人众中立住了脚步。他很失望地自对自地说道：

“我为什么不把他打死呢？唉！我忘记了！张应生的手枪在我的手里，他想害张应生，我顶好用张应生的手枪将他打死！唉！我真是糊涂！……他比张金魁还要坏呵！张金魁不过是害了我的身体，并没曾伤及我的良心；而他却想用金钱来把我的良心买去。他不但自己做恶，而且要诱惑别人同他一道做恶，真是罪该万死的东西！”

五

从前不敢杀鸡，现在居然杀了人！

当阿贵越走近张金魁的住所，他的心越是跳得厉害。一方面，他是很欢欣的：他，一个被人侮辱了的年轻的工人，现在居然能有复仇的机会，居然能向人们面前表示，他王阿贵并不是一个卑怯的弱者，不但不是一个弱者，而且将为一切被侮辱了的人们的表率。

倘若他真能将张金魁打死了，那他不但为自己复了仇，而且为沈玉芳和李全发复了仇，而且为一切穷苦的人们除了一个大害，而且这件事情也将要使张应生愉快，张应生将要宽恕他偷手枪的罪过，或者将要对于阿贵的勇敢，发生敬佩的心情。……阿贵简直是一个英雄！阿贵简直是一切人们的表率！一个很普通的阿贵，现在将要做出一桩惊人的，非常的事情！这实在是阿贵足以引以为自豪的了。但是在别一方面，阿贵却又异常地恐惧：倘若不能将张金魁打死，或者自己反被张金魁打死了，或者事情不得成功，而自己反被捉入了巡捕房去，那倒怎么办呢？那岂不是要笑死了吗？那岂不是更给了张金魁一个侮辱的把柄？……阿贵最怕的是这一层！为着要免去这一层的危险，阿贵决定用尽平生的力量，加倍的小心，以期达到自己的目的。

最使阿贵心跳的，那恐怕是阿贵的第三种的心情：阿贵从来没杀过人，这是破题儿第一遭！杀人是何等重大的事情！阿贵从前不但没曾杀过人，而且也从没曾想过他将来要有杀人的行动；也许曾经想过关于杀人的事情，但是这不过是一瞬间的事，阿贵不愿想，而且怕想。阿贵是一个性情很温和的人，他自料不是一个杀人的样子。对于他，杀一只小鸡都是不可能的事情，何况是杀人？但是阿贵现在是走着去杀人了！这不是幻想而是行动，这表明阿贵即刻就要杀人，即刻就要实现那为他从前所没想到而又怕想到的事。阿贵越走近张金魁的住所，那一种神秘的，危险的，可怕的，非常的事情就来临得越快。同时，阿贵的一颗心也就为之越跳得急剧了。杀人？杀人是何种非常的行为！但是阿贵即刻就要杀人了！……阿贵一方面自以为是非常地勇敢，但一方面却又制止不住跳动如擂鼓一般的一颗心，使它略为减少一点跳动的速度。

已经是张金魁的门口了。这是义和里第二弄的第四家，阿贵虽然没有抬头审视门牌的号数，但是阿贵知道很清楚，这是张金魁的住所，不会有什么错误。阿贵走到张金魁门口的当儿，向弄内的景象看了一看，弄口摆着一个卖馄饨的担子，卖馄饨的人正在那里敲着竹板喊着。几个男女小孩在第六家的门口跳着绳索，嘻嘻哈哈地游戏；对过的一家的后门，这时倚着一个年约二十几岁的女人，出神地向他们望着。阿贵的出现，丝毫没有惊动他们，他们如毫未觉察着也似的。

已经到了门口了，怎么办呢？敲开门进去罢？也许张金魁这时坐在客堂里，也许睡着还未起来，也许搂着小老婆说笑……既然来了预备打死敌人，既然到了敌人的门口，不进去还有何说！阿贵知道自己不应当再有什么踌躇，时机到了，还待何时？但是一颗讨厌的跳动的心愈加跳得厉害，似乎要冲出胸膛的样子。阿贵三番五次地想举起手来敲门，但手就同被谁个捆着了也似的，总是举不起来。阿贵觉得有点奇怪了：为什么现在一点儿勇气都没有了呢？已经预备好了的勇气，难道都飞跑了不成吗？怪事！怪事！……

“也许我的手枪放不响呢。”忽然飞来了一种思想，将阿贵吓退了一步。“放不响，岂不是糟了吗？我又没试过，我怎么知道它能不能放响呢？我应当先试试看！……”阿贵如得了救也似的，很欣幸自己现在能够忽然想到这一层，否则，说不定要误事。忽然阿贵听见门内有人说话，他没有来得及辨明这是谁个的声音，便很迅速地走开了。这时卖馄饨的依旧敲着竹板，小孩子们依旧玩着，那个倚着后门的女子依旧望着他们。但是在这几分钟的时间内，阿贵的脑筋起了无数层的变化的波纹。

“我以前为什么没想到这一层呢？险些儿误了事！……”阿贵走出弄堂口的当儿，这样很庆幸地想着。他很记得吴阿兴的事情，吴阿兴就是因为手枪放不响，把自己的命送掉了。吴阿兴是张应生的朋友，一天大家决定他去暗杀奸细刘大胖子，他也就很欣然地领了使命。在路中他遇见了刘大胖子，如猪猡一般在街上慢慢地行走。吴阿兴高兴的了不得，机会到了！机会到了！他尾随刘大胖子至T路转角的当儿，便赶上几步，举起手枪就对刘大胖子背心放去，可是一扣也不响，两扣也不响……巡捕到了，将他很平安地捉去。你看，这岂不是冤枉吗？这真是活活的冤枉！吴阿兴被枪毙的时候，阿贵还为他洒了几点眼泪。阿贵很清楚地记得这件不幸的事情。但是谁个又能断定阿贵不再蹈吴阿兴的覆辙呢？菩萨保佑，阿贵现在想到这一层了，阿贵决不会做可怜的，冤枉的吴阿兴第二！

阿贵决定走向郊外僻静的，无人的地方，去试一试手枪到底能放响不能放响。若能放响，那是再好没有的事了，那简直是沈玉芳和李全发在天之灵！若手枪的机器坏了，那时也只得再想别的方法。难道说就没有方法结果张金魁一条小狗命么？张金魁应当被阿贵打死，因此阿贵也就应当找得出打死张金魁的方法！

阿贵走到了一个旷场。在旷场上聚集了很多的男女，围看北方人的把戏。叮当哐咚的锣鼓声，引诱阿贵也止了步。一种好奇心，也许是一种小孩子式的好奇心，将阿贵引进了人丛，看看玩的到底是什么把戏。阿贵平素最喜欢看把戏，看那种神奇奥妙不可猜测的把戏：明明是一个箱子，把两个小孩子放进去，再翻过来看，便什么东西都没有了。明明坛口子没有小孩子头大，而小孩子能够钻进去。明明是一个空壶，而能忽然倾出水来或酒来……这岂不是怪事么？这岂不是神奇奥妙不可猜测的事么？阿贵曾经为这些怪事困惫了脑筋，总是想不出这里的底蕴来。今天无意中他又遇着玩把戏的了。他知道他有重大的任务，不应当在此把戏场中勾留，但是想总是这般想，而他的两条腿却自然而然地在人丛中停下了，不受他理性的调度。

眼前是很惊人的一幕：场中放一张木桌，木桌上放一个木制的八角圆圈，圆圈上环插着密密地刀尖向内的锋利的小刀，中间形成一个圆圈，约略有一个人身圆径的大小。这时只见一个人赤着胸膊，如燕子一般，飞也似地穿过圆圈，没有受着一点儿微伤。阿贵不觉暗暗地惊奇。他想道，稍微不当心一点，那这个穿刀的人岂不是要死在小刀尖上吗？……真是好本事！

阿贵抬头向周围的现象一看，觉着对面站立着的一个穿着白夏布大衫的，身量很大的人，只将目光射到阿贵的身上，似乎对于阿贵非常地注意。阿贵有点奇怪了："为什么他对我这样目不转睛地望着？难道说他认得我吗？奇怪！……"阿贵重新将那人审视一下，好像面貌又有点认识。经过一两分钟的沉思，阿贵记忆起来了，"原来是他！原来是李盛才的朋友！听说他现在充当秘密稽查……"阿贵觉到有即刻离开把戏场的必要，便从人丛中走将出来。那人见阿贵走开了，便也就尾随而来。阿贵走了十几步之后，回头看看，见着那人尾随着自己来了，便觉悟到事情有点不妙。也许阿贵与李盛才的事情，他已经晓得了，或者他现在正在侦探阿贵的行踪，想对阿贵有什么不利……阿贵始而想跑，但即刻便觉到这是无益的事情。距离非常地近，而且倘若那人将警笛一吹，则阿贵无论如何是难于逃脱。"怎么办呢？事情是完了！呵哈！就是这样办罢！……"忽然情急智生，阿贵找到了出路！阿贵在几秒中大大地聪明起来了！阿贵现在要玩一玩手段了！

阿贵将脚步停住了，以待那人的到来。阿贵将惊慌的神情隐藏起来，很镇定似地表现出从容不迫的和蔼的笑色。那人走到阿贵的跟前了，一双贼眼很逼紧地向阿贵的身子上下闪射着。

"你先生，我似觉有点认得。"阿贵迎将上来，这样带着笑地说。

"是的，我也认得你呢。"这位侦探很冷淡地，同时又是很讽刺地回答阿贵。

"不过我忘记了你先生贵姓。你是李盛才的朋友，可不是吗？"

"你忘记了我姓什么，我却没有忘记了你姓什么，不错，李盛才是我的朋友，一点钟以前我还见着了他呢。阿贵，你真英雄呀！你居然能打李盛才，你的胆量倒不小呀！"

"他已经告诉了你吗？"阿贵很自然地笑道："我恐怕他向你说的是假话呵！我怎么敢打他呢？他现在是工会的委员，谁个敢不尊敬他！我王阿贵是一个什么人，如何敢打他呢？不过他太自大了。你先生知道他说了一些什么话吗？”

“他说了一些什么话？”

“说了恐怕你先生也要发怒呢。他说，他李盛才提拔了很多的人，提拔了这个，又提拔了那个，似乎也说到你先生的身上。他说，他现在是工会中的大好佬，谁个都要听他的命令，他要同谁个的老婆和妹妹姐姐睡觉，那他就睡觉，谁个也不敢说一个不字……你说这不是太吹牛了吗？太抹煞一切了吗？在工会中办事的人多着呢，你先生恐怕也是一个罢，他李盛才哪能这样瞧不起人呢？我素来看不起他，老实对你先生说！我与其佩服他，不如佩服你先生呢！我看他不如你……”

这位侦探有点笑色了。阿贵见着这种情形，知道他已上了自己的钩，便更佯做诚恳的样子，继续说道：

“他答应我找这事做，找那事做，我看都不过是吹牛，没有一句可靠的话。若是你先生答应替我找事，那我一定相信你，但是他李盛才，哼，只有鬼相信他！如果你先生要我做什么事情，那我一定去做，连一个不字都不说。可是李盛才想教我做一点事，那我任饿死都不干！他太不像人了！”

“这样说来，我却错怪你了，你原来是一个好人。”侦探完全改变从前的态度，很满意地向阿贵微笑着说道：“真的，李盛才也太吹牛了。他没有我刘福奎，还有今日吗？他说他提拔这个，提拔那个，其实他是我刘福奎提拔的呵！他不但不感谢我，而且在旁人面前吹牛，这真是岂有此理呢！”

“是的呵！这真是岂有此理呢！我不晓得，他原来是刘先生你提拔的……”

“可不是吗！没有我刘福奎，哪还有他李盛才呢！等我见他面的时候，我一定要骂他一顿！”

“刘先生！这倒不必呢。朋友的感情要紧，可不是吗？现在我们且说一说正经的事情。刘先生，我问你，李盛才同你说起张应生的事情吗？说过？我并不是张应生的什么好朋友，张应生的死活，对于我也没有什么相干。老实说一句，他干那种什么不法的事情，我很是反对的。我所以不告诉李盛才，张应生住在什么地方，那是因为我讨厌李盛才的原故。现在倘若刘先生你要知道的话，那我可引你去……"

"呵！那真是好极了！阿贵！有赏呢！我们费九牛二虎之力，总是找不到他住在什么地方，现在你带我去，那是好极了！你至少可以得到二十块钱的赏钱！"

"赏钱不赏钱，我倒不在乎，"阿贵冷笑一下，很平静地说道："不过请你别要告诉人这是我说的。"

"这个自然！这个自然！请你就带我去罢！"

"不过现在他们在开会。我可以先带你到他们开会的地方去。刘先生，他们这些人真聪明呢！他们现在不在屋内开会了，一大批人在屋子内，总是有危险的。现在他们到旷野无人的地方开会。S园的后边，那里就是他们常常开会的地方。现在你愿意去偷偷地看看吗？我们可以装着走路的人……"

"好极了！我们就走罢！"

他们开始向S园进行，并排地走着谈着。这时阿贵的一颗心是很平静的，而且能很机敏地找出许多话与刘福奎说，说得刘福奎毫不相疑，信以为真。阿贵觉得这对于他自己，简直是很意外的事情：阿贵素来不是一个会说话的人，现在为什么能有这些话说？他这时心中的打算是怎么样想出来的？……阿贵不禁觉得有点奇怪了，就好像他现在已经变了别一个人，不是先前的阿贵了。这是因为什么呢？阿贵忽然变成了一个很聪明的人，真是怪事！

已经走到田禾的中间了，四外绝少人影。野外的旷阔，田中禾色的青葱，南风的温和，这一切使疲倦的阿贵快畅得许多，不禁一时地为野景所引诱住了。阿贵这时有一种特殊的感觉，似乎领略到自然界的秘密，倘若他会做诗，那他将吟出来很美丽的诗句。但他是一个普通的，没受过教育的工人，就是有诗意也表现不出来。他只会说出一个字来：好！好！

阿贵几几乎把他的同路者忘掉了。为什么他要把这个侦探引到旷野来？他将怎么样对付这个侦探？……一瞬间他几几乎都忘掉了。他这时只感觉得自然界的美丽。过惯工厂生活的阿贵，很少与空旷的自然界接触过，现在偶一接触，他便感觉到那说不出来的，令人神往的神秘。

"阿贵！如果我们能破坏他们的机关，能把张应生捉住，那我们一定要得到很多的赏钱呢。你的工也可以不做了。"

阿贵对于自然界的领会，一瞬间被刘福奎的话所妨碍了。他即时便想起来了自身的任务。他原来今天到旷野来，并不是为着来领略自然界的美丽呵！……他听了刘福奎的话，不禁暗暗觉得好笑。破坏机关……把张应生捉住……赏钱……我的乖乖！今天阿贵请你去领赏罢！

"这些事情都要靠刘先生你了。我阿贵不过来帮帮你的忙罢了。"

刘福奎听了阿贵的话，一双贼眼快活得要合拢起来了。

"阿贵！你真是一个好孩子呵！"

阿贵回他一笑。

"刘先生你前走罢，我要小便。"

阿贵小便后，顺手将地上的一块拳大的石头拿起来，——刘福奎只顾前走，毫没觉察到这个。阿贵赶上几步，对准刘福奎的头部拼命地掷去，不巧只中了刘福奎的右耳。刘福奎回过头来，即刻用手向腰间摸索手枪，口中狠狠地骂道：

"你这小王八羔子，你敢算计你老子吗！"

刘福奎已经将手枪拿出来了。阿贵见势不对，不禁有点慌张起来：怎么办呢？跑吗？来不及了！……阿贵情急起来，也只得连忙将卷在小褂子内的手枪拿将出来。这时阿贵并没来得及想到这支手枪能否放得响，便举起来向着刘福奎就放。只听啪的一声，刘福奎已经应声而倒了。阿贵的手枪恰击中了刘福奎的胸部……

阿贵打死人了，但是阿贵不能即刻就相信真正地把刘福奎打死了。难道说他王阿贵，一个未满二十岁的孩子，从前连一只小鸡都没杀过，现在居然能这样容易地打死了一个人？阿贵实在有点不相信自己！转瞬间不过经过了一场幻影也似的，阿贵并没感觉到真的发生了什么危险的事实。但是刘福奎却真的死了！……过了一两分钟之后，阿贵慢慢地，不十分坚决地，走到刘福奎的尸身前，过细地审视了一番，见着刘福奎真是死了：面色变成了惨白，白夏布长衫的胸部呈现着殷红的血迹，四肢连动都不一动。刘福奎真是死了！……

"为什么他的手枪放不响呢？"等到见着躺在地上的刘福奎右手里的手枪，阿贵不禁有点奇怪起来了。于是躬起腰来将手枪拿起一看，原来是一只空手枪，内里没有装着子弹。阿贵不禁长长地吐了一口长气，心中暗自庆幸：这大约是沈玉芳和李全发在天之灵罢。他大约今天应该死在阿贵的手里。

阿贵杀死人了！阿贵这时的一颗心应当很剧烈地跳动。杀人是何等非常恐怖的事情！但是阿贵很平静的，丝毫不感觉到有什么恐怖，宛如做了一件很平常的事情。这是何等地奇怪呵，连阿贵自己也不明白这个道理。阿贵大约还记得：那是今年的清明节，阿贵的爸爸和妈妈费了几番的讨论，决定将家中所养的一只鸡杀了过节。这对于阿贵的一家，简直是一个很大的纪念日！杀鸡过节，这是从前所没有的事，但是今年却开了一个创例！尤其阿贵的小妹妹，因为这件事情，直喜欢得跳将起来。阿贵当然也是很喜欢的。

"阿贵！你把鸡杀了罢。"

阿贵的母亲命令阿贵执行杀鸡的任务，阿贵的一颗心不禁跳动起来，但又不好意思拒绝。阿贵已是快到二十岁的人了，难道连一只鸡都不敢杀么？那末，他有什么用处？他应当活活地羞死呵！……结果，阿贵是做杀鸡的预备了：左手拿着待死的，极力挣扎的鸡，右手拿着菜刀，预备就放在鸡颈子上面去。但是奇怪，菜刀只是不听阿贵的命令，几几乎在阿贵的右手中要摇落下来。阿贵试几试，但终于没有下手。他的一颗心是那样跳得厉害！……

"妈！我不敢杀，请你来杀罢！"

阿贵最后这样很难为情地向他母亲说了。这是过去不久的事情。一个连鸡都不敢杀的人，现在为什么居然能杀人？为什么杀死了人之后，一颗心毫不感觉到一点恐惧呢？奇怪！这个道理连阿贵自己也不明白！

阿贵如木偶一般，立在死尸的旁边，注视那惨白的面孔，殷红的血迹；似乎如有所思，但思想的波纹并不清晰。一支空手枪从他的右手重新落到刘福奎的身边。

"我应当跑呵！我杀死了人……"阿贵忽然明白了他做了的事情的意义。于是他跑了。跑了几十步之后，向周围望了一望，见无来往的行人，便一时地又停住了步。"我应当摸一摸他的身边，看有没有什么东西。"这种思想又引得阿贵回头走到原地。在刘福奎的腰间的荷包里，阿贵摸出了五元的两张钞票，三块现洋，及一些零碎的银角和铜元……

阿贵快活起来了。阿贵现在有钱用了。这对于阿贵是意外的赏金，——这不是由于他报告了张应生的地址，而是由于他，王阿贵，打死了张应生的敌人。这几个钱是小事，而由这几个钱身上表现出来阿贵对于张应生的功绩来，这确是很大的事。阿贵想起张应生来了：他，张应生，也许现在在家里吃中饭，也许在那里开会，也许正坐在椅子上低着头想自己失去的手枪……但他曾料到阿贵用他的手枪，为他打死了他的敌人么？大约是料不到。阿贵想到此地，不禁很得意地，很矜持地微笑了。

田野间的空气是异常地新鲜。炎热的日光为雪所掩盖住了，所以天气觉着更为风凉。阿贵觉着，顶好能在这田野间的草地上睡一长觉，但是阿贵还有别的使命，阿贵还没达到最重要的目的，阿贵不可在此过于勾留。而且他应该远远地离开杀死刘福奎的地方，免得发生什么不幸。而且他现在肚子也很饿了，要回到街上去买东西吃。今天早上始而受了卖黄瓜的人的一场辱骂，后来又很羞辱地吃了李盛才所买的油饼。想起来那真是羞辱！但是阿贵现在有钱了，阿贵现在不但可以买黄瓜吃，不但可以买油饼吃，而且可以进菜馆内吃一点较好的东西。阿贵从没进过大菜馆内吃过东西，今天阿贵是可以试一试的了。

当阿贵走到G街的时候，已经是下午两点钟了。阿贵听着了自己肚子内的响声，急于要寻一家饭馆。最后阿贵寻着了：一家大的菜馆在街的左边，它的招牌是“京苏大菜，汉筵欧席”；与它斜对面的，是一家很蹩脚的小饭馆，它的一副小招牌上写着什么字，已经腐黑得看不清楚了。问题来了，进大菜馆呢，还是进小饭馆呢？……阿贵踌躇了一忽，觉得自己的样子，不像大菜馆的顾客，免得进去被茶房赶将出来。而且他，王阿贵，从来没进过大菜馆，不知道那里是什么规矩；也许那里的菜名字与普通两样，也许那里是另外的吃法，也许……他妈的，鬼晓得！阿贵有打死刘福奎的勇气，现在却没有走进大菜馆的勇气。

“穷人还是吃穷人的饭罢，”阿贵最后走入小饭馆了。阿贵坐下后，要了几碟小菜，并要了一小壶花雕，——这确是一件小新闻！阿贵素来是不吃酒的，今天居然也吃起酒来！这莫非是他要为自己庆祝胜利么？

阿贵一面吃酒，一面想着今天下半天所应当做的事情。手枪既然是可以放响了，那末就可以大胆地对付张金魁了。阿贵现在有了经验，决不会再胆怯了，决不会再不敢敲扣张金魁的大门。吃晚饭的时候，张金魁一定回到家里，就在那时下手罢。哼！张金魁！恶贯满盈的张金魁！今天你要过你最后一天的生活了！……阿贵想至此地，好生得意起来，不禁痛饮了一杯。阿贵的脸孔不禁有点红了，充满了胜利和笑容。

“但是到吃晚饭的辰光，还有几点钟呵，在这几点钟之内，我将干些什么呢？”阿贵忽然想起来了这个问题，不知怎么样消磨这几点钟的光阴为是。最后，他决定走向大世界去。在那里他可以很快地度过这几点钟很讨厌的光阴。而且他很久没有到过大世界了，现在也不知那里又添了些什么新花样。阿贵最喜欢看的，是那京戏场中的《狸猫换太子》，那杂耍台上的令人发笑的双簧。“好！今天趁这个机会去逛一逛罢！”阿贵吃了饭之后，便走向大世界来了。

他先走入京戏场，可惜今天所演的不是《狸猫换太子》，而是什么《红蝴蝶》，阿贵未免有点失望。但是阿贵终于坐下了。阿贵想暂时抛开一切的想念，而专注力台上的演戏，但是阿贵无论如何不能够。一忽儿他觉得他前面坐着的一个人有点像张金魁；一忽儿他觉得隔座的女人的脸上的粉搽得太厚了；一忽儿他觉得他的妈妈在家里为着想他而哭泣……脑海里无论如何清除不了这些讨厌的印象！因此，阿贵虽然两眼向戏台上望着，但他听不着演唱的声音，更不能辨明那戏中的情节。阿贵有点不耐烦再看下去了，便走出了京戏场，无目的地在院内逛来逛去。

阿贵只等天黑，只希望电灯快亮！阿贵觉得时间故意同他为难也似的，他需要它走快些，但它总慢慢地折磨人！总慢慢地如胖子走路也似的，讨厌！

……天黑了。在大世界的院内，已能看出那冲入云霄的英美烟公司的电灯闪灼的广告：红锡包几个字的底下，那露天的大钟计时针已经走到六点了。已经是时候了，阿贵应快快地去办自己的事情。游逛大世界的人都是闲人，而阿贵却负有很重要的使命，却有一件惊人的事情要待他去完成。

阿贵于是走出大世界，而向 W 路走去，那里住着张金魁，那里是阿贵报仇的目的地。

又到了张金魁的门口了。阿贵的一颗心不禁又有点跳动起来。阿贵的两耳尖起来，静听一听屋内的动静：客堂内有碗筷的声音！接着便听出张金魁的说话。他们原来正在吃晚饭，这正是动手的时机。阿贵应当即刻敲门，敲门进去……阿贵来干什么呢？

经过几次的尝试，阿贵终于把门敲了。

“是谁个呀？”一个女人的声音。

阿贵应当怎么回答呢？答应“我是王阿贵”？不妥！不妥！那时阿贵将进不了门去，而且恐怕张金魁听了“王阿贵”三个字，即刻便有了相当的防备。

“是我呵！请开一下门，我有话说。”阿贵这样含混地回答着说。一个女人将门开了，阿贵便走入了客堂。在方桌上横头坐着的，正在拿着碗吃饭的张金魁，见着走进来的是王阿贵，不禁两眼瞪了一瞪，显现出是异常地惊异。他将饭碗放下了。

“阿贵，你到我家里来干什么呢？”

“我来同你谈一谈。”阿贵冷笑着说了一句。

“你有什么事情要说？是不是李盛才叫你来的。”

阿贵点一点头。张金魁的神情有点平静些了。他又继续说道：

“我对于你王阿贵，并没有什么恶感，只要你此后不跟着他们胡闹，我是还可以把你收回厂里来的。阿贵，你是不是再想进厂里来呢？”

“我来并不是为着什么进厂不进厂，我来是为着要结果你的狗命……”

“什么呀！”

“什么，我要结果你的狗命！”

阿贵说着说着将卷在小褂内的手枪拿出来了。这时桌的周围坐着的有两个女人，一个不相识的男人，他们见着阿贵举起手枪来，都吓得跪将下来了。张金魁的胆量总算是大的，虽然有点惊慌，但还能向阿贵低声下气地说道：

"阿贵！这又何必呢？我与你并没有什么很深的仇恨……"

"没有什么很深的仇恨？你这个狗娘养的，你该害死了多少人！沈玉芳和李全发与你有什么很深的仇恨，你为什么一定要害死他们呢？你这个狗东西，哪一个工友不恨你！今天我可要代他们同你算账了！"

啪的一声，张金魁倒在地上了。这时两个女人吓得哭将起来。那个不相识的男人爬到桌底下，连动都不敢动一动。满室中充满了烟雾和弹药的气味……

阿贵见目的已达，便开门就走。这时弄内的景象还是依然地平静，大约居民还未来得及觉察到发生了什么事情。阿贵安然地走出弄口了。走出了弄口一二十步之后，忽然听见警笛声，忽然遥遥地听见弄内喧嚷起来了……阿贵明白事情已经发作了，他应迅速地逃跑为是。这时弄口涌出了许多人众，阿贵只听得他们乱杂地叫道：

"巡捕呵！巡捕呵！"

"杀死了人呵！"

"凶手跑到什么地方去了呀？啊？"

"快追！快追！"

…………

阿贵听到了"快追！快追！……"的叫声，便即刻觉得他们向自己的身后追来，不禁加紧了脚步，慌忙地转了一个路角。因为跑得太用力了，将一个站街的中国巡捕撞倒了；这个巡捕始而不明白发生了什么事情，继而他看见阿贵手持着手枪在前面跑，便即刻吹起警笛，可是他坐在地上，并不起身来追阿贵。阿贵不敢稍微回头一下，似乎听见后面追来了的样子，越加拚命地跑得快起来。也许并没有人来追他，也许他听见了后面的马车声，电车声，或者是人力车夫的喘气声……就疑惑是有很多的人来追他了。在跑的过程中，他曾与几个行人相撞，被撞的行人当然要愤怒地骂他，但他却不顾到这些，只是想保全自己的性命……

最后他跑到一所荒僻的空场，在这里没有电灯的闪耀，只有几个很稀疏的来往的人影。空场上堆积了几堆砖瓦木板，大约是预备在此地建筑房屋的。阿贵找一个黑影比较浓厚的地方坐下，为着使人看不出他的形象。浑身跑得大汗淋漓，手枪的身上几几乎为汗水所湿透了。找不出别的东西拭汗，阿贵将小褂当做手巾。阿贵跑得太疲乏了，阿贵应当好好地休息一下。菩萨保佑！阿贵总算是逃脱了！阿贵总算是没有被一般巡捕猪猡追上！……凉风一阵一阵地吹到疲乏的身上，更觉得异常地舒适。阿贵在庆幸与舒适的感觉里，想好好地躺在木板上尽量地睡一觉。是的，现在是阿贵休息的时候了！阿贵的目的已经达到，阿贵已经不再对那一只小黄蚂蚁抱愧了！阿贵还有什么可想的呢？阿贵应当休息了！……

在两天以前，他，王阿贵，还是一个柔顺的孩子，还是一个被人欺侮的工人，不但别人没有想得到他会有异常的惊人的行为，就是他自己，也没曾梦到会有今日的事情。在一天之内他杀死了两个人，而且这两个人在社会上的地位，比他高得多少倍，这难道说不是可惊的事情吗？以一个不到二十岁的孩子，而居然做了杀人的凶手！这实是非同小可呵！……阿贵自己想来，也未免有点奇怪！从前不敢杀鸡，现在居然杀了人，这其中的秘密，连阿贵自己也想不透。现在的阿贵不是两日前的阿贵了。阿贵自己觉得两日前的阿贵已经死去了，永远地死去了。

阿贵又是何等地满意，何等地高傲！两日前，张金魁在阿贵的面前是那般地威风凛凛，声势赫赫；是那般地把阿贵不放在眼里，是那般地欺侮阿贵，而且打碎了阿贵赖以维持生活的饭碗。两日前，据阿贵所知道的，张金魁是工人中的霸王，张金魁是得意的骄子……但是今天？今天张金魁却死在阿贵的手里！张金魁曾害死了沈玉芳和李全发，或者还害死了很多其他的人，但是阿贵今天却能为这些人们复了仇！阿贵不但不像其他工人一样，忍受张金魁的欺侮，而且打死了他的仇人。这是何等地足以自豪！……阿贵想到这里，不禁很愉快地微笑了。

阿贵还记得：那是上礼拜的事。张金魁在工厂的院内，辱骂一个年约四十几岁的织布间的工人：

“你是活猪猡！做事不当心！……机器弄坏了！……你做的生活很蹩脚！……请你滚蛋，娘个造皮！……”

这个被辱骂的工人，低着头，很柔顺地不敢露出一点反抗的神情。他是那样地可怜，那样地卑怯！他结果是被开除了。后来阿贵也就毫没听出一点他预备报复张金魁的消息。

想到当时的情况，阿贵现在似乎有点不明白了：一个人怎么就同猪一般受人辱骂呢？这怎么能忍受下来呢？难道说他没有灵魂？难道说他生来就是贱骨头？只有猪才能无辜地受人宰割，平白地受人辱骂！而人？人应当有点反抗的精神呵！没有反抗精神的人，那不是人，那是猪呵！……

“如果每一个被欺侮的人，都能像我王阿贵一样，那世界将变成了一个什么样子呢？”阿贵忽然给了自己这么样一个问题。阿贵仰着面孔，看一看天上的繁星，很深沉地思索了一忽。思索的结果，他决定了：那时的世界将变成了一个很平等的世界，因为谁个也不敢欺侮谁了。现在的世界弄得这样地不平等，这完全是因为被欺侮了的人不敢反抗的原故。如果都像我王阿贵一样，那世界上的什么张金魁，什么刘福奎，什么……一切做恶的人那能存在呢？

阿贵又给了自己第二个问题：“杀人到底是不是应当的事情呢？”阿贵觉得这个问题倒有点困难了。若说杀人是不应当的事情，那末阿贵今天一日之内杀了两人，这是很大的罪过了。但阿贵究竟做错了没有？阿贵究竟犯罪了没有？阿贵问一问良心，似乎并不承认自己是做错了事。若说杀人是应当的事情，那末这样杀将下去，似乎又有点不大妥当。你杀我，我杀你，这样将成了一个什么世界呢？而且人又不是畜生，如何能随便地杀呢？……

阿贵有点迟疑不决了。阿贵既然不能承认自己是犯了罪，但同时又不敢直接地决定：杀人是应当的事情。阿贵仰看着天上的繁星，那繁星如晶明的小火球一样地闪灼着。阿贵似乎要在它们的微光里寻出答案，但那天空里只是茫茫地无着，连一点儿声响也没有。

“啊哈！沈玉芳先生不是说过吗？”阿贵忽然想起沈玉芳的话了，这样很欢欣地自对自地说道：“凡是被压迫者反抗压迫者的行动，无论是什么行动都是对的。既然如此，那末一个被压迫者将一个压迫他的人杀死，这事当然也是对的了。压迫人的人都是坏人，被压迫的人都是好人，好人应当把所有的坏人消灭掉。就如我王阿贵是好人，自问没有做过什么坏事，而张金魁是坏人，他是无恶不做的，我应当把他杀死，为人除害。至于张金魁害死了沈玉芳和李全发，那就是不应当的事了。沈玉芳和李全发是最好的好人，最有用处的人，他俩为着穷人做事，想一切劳苦的人都得到好处。他俩有杀张金魁的资格，而张金魁却没有杀他俩的资格。我把张金魁杀死是很对的事呵！……”

阿贵解决了两个问题之后，觉着异常地愉快。一颗心更为平静了。这时天上的繁星齐向他微笑，为他庆祝光荣的胜利。不，阿贵不但是一个胜利者，而且成了一个伟大的哲学家。固然，阿贵不知道哲学作何种解释，他依旧是一个不文明的工人；他就是做梦也没梦到要做一个什么哲学家。但是阿贵解决了困难的问题，这个困难的问题为从来最勇敢的哲学家所不敢解决的。

他想道，如果今天晚上，或是明天，他，偷了张应生的手枪的王阿贵，将手枪仍旧送还张应生，那张应生将如何地欢喜呢？如果他告诉张应生他所做的一切事，那张应生又应当如何地表示惊奇！

难道张应生能不说一句：唉！阿贵！你真是好孩子呵！是的，张应生一定要这样说！可是这种夸赞，对于阿贵是如何地幸福呵！张应生也居然能够佩服王阿贵！……

阿贵还要继续想一些别的事情。忽然听见有什么哧哧的声音，阿贵定神一看，见有一个人影伏在前面砖堆的底下。“难道是来捉我吗？”阿贵连忙站起身来，将手枪对准那黑影，做预备开枪的姿势。

“哎呀！”

那黑影见着阿贵举起手枪对着他，放出了一声怪绝的鬼叫。

“阿拉在此地大便，请别要放……”

“真是活见鬼！”阿贵不禁暗自笑道，“原来是拉屎的，险些儿又杀了一个人。”

将手枪放在小褂内卷好之后，阿贵便离开了空场。

“真是活见鬼！”阿贵走了几步，又笑着这么重复了一句。

六

他的面孔依旧充满着胜利的微笑。

“我的观世音菩萨呵，请你保佑我的儿子罢！他自从昨天早晨出门，也不知到什么地方去了，到现在还没见回来。也不知道他是不是遇着了危险，真把我焦坏了呵！望菩萨你把他送回来罢！可怜我们两个老夫妻，一辈子辛苦到老，只有这一个儿子，若有什么好歹，那我们两个老夫妻怎么能够活下去呢？求菩萨发一点慈悲罢！我自问我一辈子没有做过坏事，阿贵他又是一个很忠厚的孩子，求菩萨保佑我们罢！如果阿贵能够回来，那我将买好香烧，天天磕响头……”

当阿贵悄悄地走到自家门口的时候，即是他的母亲跪在观世音菩萨的神像面前，苦苦地祷告的时候。阿贵见着屋内还有灯光，本待要敲门进去的当儿，忽然想到他自己现在是一个犯罪的人，说不定今天夜里就有人到他家里来捉他。他不应当回到家里来，现在他不应当敲门进去……

也不知是因为什么原故，阿贵的满腔的，胜利的得意的心情，一走到自家的门口，便什么都消逝了。他看见夜幕中的矮小的茅屋，茅屋内透出的微弱的灯光，一颗心即时就同被苦水洗了一道，说不出有无限的酸楚。一者他明白不应当敲门进去，二者他也实在没有勇气敲门……进去了之后，他将如何与他的爸爸和妈妈说话呢？固然，他的父母见着他们的亲爱的儿子回来了，将要乐极而泣，宽恕他以往的罪过。他们的盼望，他们的惟一的快乐，就是阿贵快快地转回家来！但是，试想一想，当阿贵告诉他们两日的经过，当他们知道阿贵是杀人的凶手……那时的情形将是怎样的呢！？这种可怕的消息，也许即时要把两位可怜的老人吓死。他俩已经是很痛苦了，已经是不幸的了，阿贵不应当再与他俩以可怕的刺激。阿贵为自己着想，为他的两位可怜的父母着想，还是暂时不进去为好：免得在深夜中，或是在明早的黎明，或是在明日的白天，阿贵当着战栗的，哭号的，可怜的两位老人之前，被兵警们活活地捉去。

阿贵虽然是这样地想着，但是他总不能即时就掉转头来，坚决地离开家门。他始而在门前徘徊了一下，继而他听着他的母亲祷告的声音。他伸头向门缝一看：这时他的母亲正跪在神像的面前祷告，而他的父亲愁眉不展地坐在靠墙一张竹床上，不发一点儿声响。他的小妹妹，阿蓉，立在母亲的旁边，睁着两只活泼的，此时充满着疑问的眼睛，呆呆地向母亲望着，似乎不了解母亲那种祷告的样子，到底因为的是什么。

“我的菩萨呵！求你把他送回来罢！只要他回来，只要他回来！……”

阿贵再不忍听将下去了。阿贵想一下将门推开，跑将进去，跪在他的可怜的母亲面前，说些安慰的，亲密的话，但是他终于没有决定。接着他听见母亲磕头的通通的响声，这种响声就如巨大的炮声一样，很剧烈地，深深地，震动了他的心灵。

“妈！妈！你的头不痛吗？”

阿蓉很天真地问她的母亲。也许母亲的头不觉痛，而这时的阿贵的心，却痛苦异常。阿蓉的话几乎使得阿贵要哭出来了。

“阿蓉！过来！别要在那里胡说八道！你听见了没有？”

父亲有点发怒的样子，这样很严厉地命令阿蓉。阿蓉很屈顺地离开她的母亲，走到父亲的旁边坐下。母亲还是继续地磕着响头！

这种幕景，阿贵真不忍再看将下去了，便背过身子预备走开。这时，磕头的声音停止了，母亲似乎立起身来，接着阿贵便听出谈话的声音：

“也许阿贵明天要来家的。”阿贵的父亲的声音。“他身边又无钱，又无什么东西，哪能在外长久住呢？唉！这孩子真是浑蛋！就这样无原无故地跑了！又没有谁个得罪他。”

“你明天暂且不做生意，出去找一找他好吗？”母亲问。

“你这才是说瞎话！这样大的地方，请问你向什么地方去找呢？”

“哼！……”

沉默了一忽，阿贵的母亲又继续说道：

“我不相信阿贵就这样地丢掉了。老天既然不保佑我们发财，难道说连我们的一个儿子都要弄得不平安吗？我们辛苦一辈子，又没做过什么缺德的事。阿贵这孩子该多么忠厚，难道说得罪了菩萨不成？哼！……”

“妈！阿哥为什么还不来家呢？”

忽然阿蓉的声音将阿贵的一颗心，鼓动得剧烈地跳将起来。

阿贵觉着他深深地愧对他的天真的，可怜的小妹妹，他在他的小妹妹面前是一个不可赦免的罪人。他觉得他的小妹妹是那样地可爱，又是那样地可怜……他想将她抱到怀里密密地吻她千万遍，好好地抚摩她的小辫子。

“阿哥跑掉了呵！阿蓉！你去把阿哥找回来罢。”

母亲似乎苦笑地这样向阿蓉说。阿贵心中真是难过得异常。他想道：“我的妈妈！我的小妹妹！我的亲爱的小妹妹呵！阿贵并没有跑掉，阿贵现在正在门外站着呢。不过他现在不能够进来了，他已经是一个罪人，是一个杀人的凶手……请你们原谅我罢！原谅我罢！”

忽然昨天的梦境飞到阿贵的脑海里：一个五十几岁的，蓄着八字胡的老头子，搂着一个至多不过十四五岁的小姑娘，在那里猥亵地调戏……那小姑娘的面貌渐渐变成阿蓉了……老头子搂着的不是别的小姑娘，而是阿贵的小妹妹阿蓉……接着阿贵似乎又听见沈玉芳的话：“阿贵，你晓得吗？在这个社会里，穷人家的女子总是要被富人侮辱的，你看你的小妹妹是什么样子……”

阿贵的全身不禁战栗起来了。他又仿佛地觉得：小妹妹与其受人家的侮辱，不如先把她弄死。是的，穷人的女子一定要受侮辱的，阿蓉将来不免要变成为被人侮辱的娼妓……但是阿贵的自尊心不容许这种事情发生，他绝对不愿意自己的亲爱的小妹妹，很羞辱地，无体统地，被搂在一个五十几岁的老头子的怀里！

“爸爸和妈妈，他俩该多么可怜呵！”阿贵的思想又转到他的父母的身上来了，“辛苦了一辈子，到现在还是这样地可怜，真是活受罪！这样有什么活头呢？我看不如死去还快活些。活着有什么意思呢？天天累得如牛马一般，反而吃也吃不到一点儿好的，穿也穿不到一点儿好的，这样活着岂不是活受罪吗？倒不如死去好些！……”

阿贵的脑海里霎时间起了一层剧烈的波浪，思路超出了常轨。

他决定了：跑进屋内将他们——爸爸，妈妈和妹妹，统统都杀死，免得再受人间的痛苦。那时爸爸可以不推小车子了，也可以不吃红头阿三的哭丧棒了；妈妈可以不提着竹篮为人家补衣服了，那一双红眼睛也可以不再折磨她了；小妹妹将来也不致于被搂在一个五十几岁的老头子的怀里……等到将他们都杀死之后，阿贵便举起手枪结果自己的性命，这样，阿贵的一家人便很快活地进入别一个世界去了，永世脱离这种讨厌的，不公道的，痛苦的人世。阿贵想道："他没有力量挣很多的钱来养活他的家庭，但是他现在却有力量把他们杀死，使他们永远地脱离苦海。"这也许是不大妥当的办法，但这对于阿贵，却是唯一的出路。

阿贵是这样地决定了。

"开门！"阿贵将手枪预备好拿在手里，而用左手敲门，这样声音有点颤动地说。

"谁呀？"

屋内回答的声音还未十分清晰地传到阿贵的耳膜，阿贵忽然听见后边不远的地方，有人在小声地低语，接着便听见走向他这儿来的脚步的声音。"难道说是来捉我的吗？"阿贵一面很惊慌地想着，一面便转过脸来看一看到底是不是有人来捉他。他看见了几十步以外，有几个黑影子正向他这儿悄悄地移动。他即时便明白了：应当赶快地逃跑呵！……

阿贵已经听见有人开门的声音，但阿贵顾不得走进门去了。他于是顺着墙转到屋的后边，刻不停留地就逃跑了。在夜幕中他也没有辨明方向，只是茫茫然地跑去：经过稻田，经过土丘，踉跄地跌了许多次斤斗……最后他觉着越跑离城市越远了；在夜的憧憬中，似乎遍地都耸动着可怕的黑影，颤动着鬼的声音。他有点害怕起来了。等到他看见从那黑森森的草丛中跳出来几点磷火，忽明忽暗，忽高忽低，真就同鬼在那里游戏也似的，不禁毛发耸然，更为害怕起来。他很疲倦，本待要找一个地方坐下休息休息，但此时他忘却疲倦了，便回转身向那亮的有灯火的城市跑去。

“我刚才回家似乎要做什么事情，这一跑却把事情跑忘掉了。……”快要进街的当儿，他放慢脚步，把心神定一定，想回忆起适才他回家的事情。他忘却了，一时记不起来。“我似乎是预备进门去把他们杀死罢？”最后他是这样恍惚地记忆起来了，但他却不相信自己真起过了这种可怕的念头。

“我为什么要把他们杀死呢？”阿贵又继续想道：“他们有什么罪过？我恐怕是疯了罢？……儿子杀死父母？哥哥杀死妹妹？这岂不是发疯吗？我杀死张金魁，我杀死刘福奎，那因为他们有可杀死之道，因为他们都是做恶的坏人，但是我为什么要把自己的父母和妹妹杀死呢？他们有什么罪过？得罪我了不成？真的，我恐怕是疯了！……险些儿我做了一件大逆不道的事情！我倒要感谢这些来捉我的人，不然的话，我真不知疯到什么程度！……”

“真的这不是奇怪吗？”接着他又想道：“我为什么忽然起了这种可怕的念头呢？……啊哈！原来是因为这个道理！他们活着简直是活受罪，不如死了还快活些！……也许这种念头是对的？真的，他们活着简直是活受罪！吃没有吃的，穿没有穿的，一天累到晚。小妹妹呢？小妹妹将来难免也要同那些青莲阁的姑娘一样……不如早死了还好些！活着有什么意思呢？但是……”阿贵想到此地，不禁又转而想道：“这么一来，那末，什么事情都不算完了吗？穷人死光，好让那些有钱的人活着快活吗？这不是妥当的办法。我们应当大家都设法快活快活才是道理呵！”

阿贵想起沈玉芳的话来了。沈玉芳曾在讲台上向学生说过，现在的世界固然不好，快活的太快活了，痛苦的太痛苦了，但是总有一天我们是能够将它改变的。只要大家明白这个道理，只要大家齐心，只要大家努力……总有一天穷人们可以过着快活的日子！

希望充满了阿贵的全身心了。总有一天穷人们可以过着快活的日子！这岂不是说一切的穷人们都不要失望？这岂不是说可怜如阿贵的爸爸和妈妈那样的人，也有过好日子的希望？至于小妹妹呢？也许她还未长得成人的时候，世界已经改变好了，那时将没有穷人和富人的分别，那时青莲阁也将没有了，那时她将成为一个很幸福的，不受人侮辱的姑娘。那时的世界是平等的世界，那时将没有恶人立足的余地。

阿贵不禁打了一个寒噤：如果在疯狂的状态下，他将他的父母和小妹妹杀死了，那这是一种怎样大的，永世不能饶恕的罪过！父母和小妹妹本有过好日子的希望，而他却残忍地先把他们杀死了，那将是一种怎样大的不可更改的错误！……

"只要大家努力……"这一种思想救出了阿贵，阿贵现在明白了：他的出路不是自杀或是将全家杀死，而是要努力，如张应生他们一样地努力。张应生他们是在那里工作，奋斗，是在那里图谋推翻现在的世界……阿贵应当仿效他们，加入他们的一伙。

"我现在去找张应生去，一者可以把手枪还给他，二者叫他替我找工作做……"在这一种思想之中，他不觉得已经进了街了。这时约略十点多钟的辰光，街上还沸腾着嘈杂的人声。阿贵忽见前面走着一个女人，她的走路的姿势，装束，一切都与沈玉芳的一样，不过面孔是背着的，看不清楚。阿贵一瞬间快乐起来了，连忙走上前去，想将那女人追上，可是那女人走得非常之快，即刻走入弄堂口内便不见踪影了。阿贵不禁有点失望，同时又有点怀疑起来：明明是沈玉芳的样子，一点儿也不差，但是沈玉芳已经死了……她难道没有死不成？也许这是她的鬼魂？她走得这样快……

阿贵忽然又觉得前面走着的一个男人是李全发的样子，便也就悄悄地追将上去，想看一看到底是不是他。那人始而走得很快，阿贵有点赶不上，继而那人也就走得很慢了；阿贵赶上了他，不敢遽行喊他，只慢慢地凑近他的身旁，偷偷地瞟看他的面孔：不，这不是李全发，这是一个面目很可怕的家伙！

"真是活见鬼！我今天真莫非遇着鬼了么？"阿贵让过了那人，

很丧气地这样自对自地说道:“也许我要快死了罢?唉!管他娘的蛋!横竖我现在死也值得了!”

“不!”阿贵又变为很快活地转而想道:“也许因为我把张金魁打死了,为沈玉芳和李全发报了仇,他俩今天在我面前显灵也说不定呢。他俩死而有知,一定要感激我呵!”

忽然阿贵的赤裸裸的肩背上,觉着从什么地方落下来几点水,接着便落得愈密了。阿贵仰头一看,两颗豆大的雨点正落到他的两只眼睛里。天上的黑云深厚地布着,繁星的微光已经没有了。雨越下得越紧张起来。

阿贵有点着急了:怎么办呢?离张应生的住址还远,而又不能回自己的家去……阿贵正在无路可走的当儿,抬头见着前面隔不几家就是一家旅馆,便很欢喜地向旅馆跑去。

“喂!你有什么事情?”茶房见着阿贵的那种狼狈的样子走将进来,便这样很不客气地开口问他。

“我要住旅馆,干什么!”

阿贵也就这样很硬地回答茶房,茶房将两眼向阿贵上下打量一下,似乎不相信阿贵有住旅馆的资格。

“我们这里的房间很贵,恐怕你住不起!”

“你这说的什么话!?我既然来住旅馆,还怕房间贵吗?你怕我没有钱吗?”

茶房不得已,将阿贵引到楼上,指着一间房间向阿贵问道:

“你看这一间房子好不好?”

阿贵看了一看,房间并不大,可是布置得很讲究:张着帐子的钢丝床,洗脸台,红木桌,桌上摆些茶碗茶壶之类……阿贵从来没住过这种阔气的房子,这时心里未免有点害怕,不知要多少价钱。阿贵还未来得及回答,那茶房又接着很高傲地说道:

“房钱是一块六角大洋,我们这里的规矩要先交账。”

阿贵听见房钱只要一块六角大洋,不禁胆大起来了,便很爽气地向茶房说道：

“就是这一间罢，先交账就先交账。”

阿贵很小心地从小褂子上的口袋内掏出两元现洋交与茶房，茶房又重新上下将他打量一番，好像决未料到阿贵能够掏出两元现洋，不禁表现出一点惊奇的神情。茶房即时将态度改为谦和了：

“请你等一等，我即刻就来打水洗脸。”

茶房说了出去了。阿贵向床上坐下，复向房内望一望，这时说不出来是一种什么情绪。要说是快乐罢，但他又感觉得无限的愁闷，似乎要痛哭一场才觉舒适；要说是完全愁闷罢，那可也不尽然，他又觉得他得着了什么胜利，还有一种希望在等着他。总而言之，他一瞬间的情绪是很茫然，不知将怎样办。也许他是太疲倦了，他应当即刻躺在床上睡下，但明亮的电灯光，又似乎打扰了他要睡觉的兴致。

一忽儿茶房端着洗脸盆进来了。他于是将脸部和上身用热的手巾揩一揩，觉着异常地清快，不似先前就同粘滞一般地难过了，等他揩完了身子以后，一盆水差不多变成了黑色。

阿贵喝了一杯热茶，把房门关好，便向床上躺下了。他想即时就入梦，可是种种类类的思想如波浪一般，只向他的脑海里涌来。一忽儿他想到沈玉芳和李全发的身上，一忽儿想到打死张金魁那时的情景……最后他想到张应生了。他决定明天早晨把手枪送还张应生，并且请求为他找一个相当的工作，他将跟着张应生一块，死心塌地做那种也许是很危险的事情，然而，是极有价值的事情。反正他，王阿贵，是打死人的凶手了，现在只得坚定地走这一条路……

“如果真个在我们的手里将世界改造好了，那是多么令人快活的事情呵！爸爸和妈妈也可以不再吃苦了，小妹妹也可以没有当娼妓的危险了，一切的穷人也都有出头的日子了。那是多么令人高兴呵！……”阿贵想到此地，不禁好生得意起来，把睡觉的事情忘却了。

哒！哒！有人敲阿贵的房门。

“谁个敲门?”

“是我,请你把门开一开!”

阿贵有点奇怪了:这是女人的声音,女人为什么来敲他的门呢?……阿贵很狐疑地立起身来,将门开开一看,走进来一个脂粉满面的女子,年纪约有二十二三岁的光景。只见她笑迷迷地,丝毫不客气一点,就直捷向床沿坐下了。阿贵弄得莫明其妙,只是很奇怪地望着她,说不出什么话来。

“你喊我来做什么呀?”

她很献媚地笑向阿贵这样问道,这弄得阿贵更加莫明其妙,不禁暗自忖道,“这真活见鬼!谁个喊她来呢?”但阿贵不知道这位女人进来究竟是一回什么事,不敢即行莽撞起来,便带着很和气的口气说道:

“你恐怕弄错了罢?我并没有喊你来。”

“哎哟!你喊我来了,你还假装腔呢。一个人睡觉是太寂寞了,让我今夜来陪陪你罢,哎哟!你别要再假装腔了呵!”

阿贵这才明白是一回什么事。阿贵还是一个童男,从未与女子发生过关系,这时忽然听见这个女子要陪他睡觉,一颗心不禁即时卜通地跳动起来。怎么办呢?怎么办呢?……阿贵一时想不出来对这个妓女的方法,只是倚着门痴呆地向她望着。

“哎哟!你别要这样假装腔了哟!我来陪一陪你还不好吗?……你别要这样罢,就同没玩过女人也似的。你怕羞吗?……来哟!来哟!来坐下罢!我同你好好地玩一套刘海戏金蟾……”

阿贵看着这种讨厌的,妖媚的怪相,不禁愤火中来,不能再忍默下去,便气狠狠地走上前来,将她硬拉到门外,回身将门紧紧地关上。等到阿贵躺到床上之后,还听见那女人在门外骂道:

“娘个造皮!……赤佬……”

阿贵不禁又觉得好笑起来：这又真是活见鬼呵！她怎么能有那样厚脸皮！……

阿贵连连打了几下呵欠，真是要睡觉了。他觉着应当早些睡，明早好早一点起身去找张应生。他将两眼闭下了……忽然他又听见什么哧哧的声音，仔细一听，却原来是隔壁抽鸦片烟的声音。阿贵平素最讨厌吃鸦片烟的这种事情，他非常恨吃鸦片烟的烟鬼。他以为吸鸦片烟的人是最下等的人，连娼妓都不如。他曾有过一种幻想：如果他将来得势的话，那他将所有的吸鸦片烟的人，都丢到粪池里活活地熏死！一个好好的人为什么要吸鸦片烟呢？吸鸦片烟的就不是好人。今天无意中他又听见吸鸦片烟的声音了，并隐隐地闻着鸦片烟的气味，他不禁又为之气愤了："这些人都是猪猡，简直不是人！简直是浑蛋透了！"

接着阿贵便听见隔壁谈话的声音。阿贵始而不注意听他们说些什么，后来有个人说话的声音觉着很熟，这不禁引起阿贵的好奇心了。阿贵于是乎立起身来，走到板壁跟前，照着那裂缝望去。那是极希奇的一幕：

两个裸体的男人面对面地并躺在床上，中间摆着一架鸦片烟盘，正各持着烟枪，在那里努力地吞云吐雾。一个裸体的女人，（她只穿着一条短裤，此外什么东西都看得见。）坐在一个靠左首躺着的男人的背后，为他慢慢地打扇。……

"唉！这些猪猡！"阿贵转过脸来，这样讨厌地骂了一句，便又走到床边躺下了。他从来没看过这种怪现象，今天看见了，不禁感觉得异常地厌恶，且有一点不明白为什么这些猪猡能够这样地不要脸孔，能够这样地无耻！两个裸体的男人，一个裸体的女人，不顾一切的羞耻，简直是禽兽！呸！……阿贵想到此地，不禁爬起身来，向地板上使力地吐了一口唾沫。

"老李！瘾过足些，今晚你好同老六多玩一套。真倒霉！我的小宝贝她今晚不能来！老六！我今晚也揩一点油，怎么样？"

“呸！烂舌根的！你说这话不得好死呵！”

“老李！我揩一点老六的油，你愿意吗？啊？”

“你问她，我不晓得……吓吓吓……”

“活见鬼！这好像李盛才的声音，莫非真个是他吗？”阿贵听到最后的一个人的声音，便又重新立起身来，走向那板壁的裂缝看去：“不是他，是谁个！这个猪猡！”阿贵看见躺在左首的男人真是李盛才，不禁这样更加厌恶地骂了两句。同时，为他，李盛才，打扇的女人表现出来的那种妖媚的，骚动的，无耻的神情，加之她那两个肥大的乳房摇动的样儿，使得阿贵不愿再看下去了。“这些东西真都是猪猡！”这样地骂了一句之后，顺便向靠着板壁的一张木椅上坐下，不知怎的，似乎再没有要躺下的心情了。他决定这样坐着，好听他们的谈话。

“吓吓吓……”

“你们男人总喜欢吸鸦片烟，我不知道这到底有什么好处。”

“老六，你晓得什么！吸鸦片烟与女人睏觉，是世界上最快活的两种事情。今晚老李瘾过足了之后，你就知道吸鸦片烟的好处了。哈！哈！”

“你这个烂舌根的，总是要说这些讨厌的话！讨厌！”

“这又有什么讨厌！你不喜欢这种事情吗？”

“呵，我已经吸得太多了。来，我的宝贝！给我亲一个嘴……吓吓……你知道吗，我的心肝？刚才阿金所说的话是很对的：吸鸦片烟与女人睏觉，是人生最快活的事情。”

“对呀！”

“你别要乱摸呵！总是动手动脚的……”

“你这两个奶子这样大！哎哟！我的小乖乖！宝贝！……”

“哎哟！痛！……”

“好，我们现在说正经话罢！近来的事情还顺利吗，阿金？关于他们的机关到底设在什么地方，你调查清楚了没有？唉！近来很糟糕，又有什么要罢工的消息……”

“唉！这些猪头三，他们现在也变聪明了。我很费许多力气，可是终没找着他们的机关设在什么地方。依我想，管他妈的，暂且捉几个人才讲别的话。”

“昨天又枪毙了两个是不是？”

“你们男人的心真狠！现在随便杀人，无论谁个捉住了就杀，喂！我的天王爷！真是怕死人！今年该杀了许多人呵！”

“哈哈！你们女人是不中用的东西！”

“我不明白你们为什么能够这样狠心……”

“心不狠就没有钱用呀！你晓得吗？我的小乖乖！现在的世界还说什么良心不良心，只要能够弄到钱，只要有鸦片烟吸，只要有女人搂着，吓吓，还问他妈的别的事情！”

“对呀！最要紧的是鸦片烟与女人！什么良心！要讲良心，那我们现在只好去讨饭去，只好当猪头三在厂里一天做十几个钟头工！你们女人，只是男人挣钱给你们用，你们晓得什么！老李，你说可不是吗？”

“真的，她们女人只晓得用男人的钱，其他什么事情都不晓得。我李盛才之所以有今日，也有鸦片烟吸，也有女人搂，唉！也实在是不容易的事情。我何尝不晓得人家骂我，说我是害人精，……管他妈的！让他们骂好了！我还是快活我的！现在是这一种世道：谁个聪明些，谁个就站上峰。现在什么总长，什么大人物，口头上都是冠冕堂皇，其实打开窗子说亮话，哪一个不是一肚子坏心思呢？我的小乖乖！我若是一个规矩人，那你也就用不着我的大龙洋了。……”

阿贵听至此地，觉着自己的头发都要竖起来的样子，头脑子也似乎在发胀。他完全陷入一个万丈深的愤恨的，厌恶的，鄙弃的，各种情绪混合的海底。他立起身来在房内来往踱了几趟，似乎要做一点什么事情，但不能决定一点要怎样做。他觉得他不能与这些兽性的人们并存于世界上，尤其是现在，当他，王阿贵，正在这一间房内想着一些光明的，正义的，向上的事情，而在隔壁的房间内居然躺着这一些人类的仇敌，社会的魔鬼，并且他们是很高傲地，平静地言谈着，似乎忽视了阿贵的存在，这对于阿贵简直是不可言喻的羞辱。阿贵能忍将下去吗？不，阿贵已经决定了，他不应当与这些人们并存，尤其是不应当并住在两个房间内。这是怎样大的羞辱呵！……

在现在的前一刻，阿贵虽然是愤恨这些卑鄙的人们，然也只看见到他们的行动，对于他们心灵的深处，阿贵并没有深透的觉察。现在他们在阿贵的面前，赤裸裸地把自己的鬼相完全暴露出来，一丝不挂地表现出自己的心灵的深处。唉！这些人们是何等地卑鄙！是何等地微小！同时又是何等地可恶！阿贵明白了：对于这些人们，在世界上只存在着金钱，鸦片烟和女人！只有那可诅咒的兽欲！如果照他们的想象，那世界上将有什么东西是纯洁的呢？喂！这简直令人战栗呵！

不！阿贵觉着无论如何，他有消灭这些魔鬼的义务！他深深地觉着而且明白这个……

"张应生这小子真有本事！他妈的！"

阿贵忽然又听见张应生这三个字，无意中打了一个寒战。"怎么？他们又想到张应生的头上来了！"阿贵为张应生担起心来了，他要听一听他们将要对张应生做些什么。

"我想，阿金，你应当好好地用点力，一定要设法将张应生捉到。这东西太浑蛋了！把他干掉，那我们要少做许多事情。张金魁恨张应生算恨透了！他一见面就托我……呵，想起来了，他现在为什么还不来呢？来了后我们好打几圈麻雀，消消遣……"

阿贵不禁暗暗地笑道："这小子还在做梦呢！张金魁已经被我送到老家去了，他还等他来打麻雀呢。我的乖乖！恐怕你的麻雀打不成了呵。"

“唉！他妈的，为着张应生的事情，我今天早晨受了一肚子气。他妈的！”

“你受了谁个气呢？”

“唉！真是料不到！今天早晨我遇着王阿贵了，你认识他吗？他妈的！我好意请他吃点心，顺便问一问他张应生住在什么地方，并且我答应了他二十块钱赏钱，他妈的，他却打了我两掌……”

“真的吗？”

“不是真的还是假的吗？我李盛才吃过谁个亏来？今天不料被这个小杂种打了，你说可恨不可恨！反正我碰见了他的时候，我要他的小命，使他知道老子不是好惹的。他妈的！”

“对付这个小东西还不容易吗？加上他一个罪名，就请他吃一颗外国洋枣。”

阿贵不再听将下去了，立起身来，即忙走至床前，伸手将裹在小褂子内的手枪取将出来。取出来了之后，将机关扭开，看一看还有三粒子弹，便将门开开，走至李盛才的门前；门原是未上栓的，阿贵不待扣门，已经进内了。这时床上躺着的男人见阿贵举着手枪进来了，一时间莫明其妙发生什么事情，便都很惊吓地立起身来。女人鬼叫了一声，从床上跌到地上。阿贵不待他们说话，便笑着向两个男人说道：

“我的乖乖！你要请王阿贵吃外国枣吗？来，我先请你吃罢！”

两个男人忽地卜通跪下了，齐向阿贵哀求地说道：

“请你饶我们的命罢！我们与你并没有什么冤仇……”

“好，我来饶你们的狗命！”

阿贵一枪将李盛才打死之后，别一个男人便爬到床底下，想逃得性命。阿贵不问三七二十一，弯起腰来，就向床底下放去，只听“哎呀”一声，床身翻倒在女人的身上。这时阿贵被一种胜利的愉快所笼罩住了，他觉着他做了一桩惊人的事业，因此，他看见目前的景象，只是呆立着微笑。他胜利了！……

旅馆的上下充满了惊扰的声音。但阿贵没有觉察到这个。当几个武装巡捕进到房内的时候，他还似乎没有觉察到，仍然立在那里痴呆地看着他目前的景物而微笑。

最后他觉察到了：他已经在巡捕们的包围中，他要被捕了……这时他记起了他的手枪内还有一粒子弹，于是他将手枪对着自己的胸坎一举，他便随着枪声倒了。

但是在明亮的电光下，在巡捕们的环视中，他的面孔依旧充满着胜利的微笑。……

1927年11月至1928年6月

（现代书局1928年9月初版；选自《蒋光慈文集》第1卷，上海文艺出版社1982年版）

老太婆与阿三

（小小的短篇）

一　老太婆

去年的冬天。

我住在一家靠近N路的公寓里。每晚在就寝之前，我总是要在N路巡阅一番，似乎成了一种莫名其妙的习惯。

我逐渐地注意到了一个在夜深时还徘徊在巷口前面的老太婆。她已经是有五十多岁的样子。身上穿着很破烂的布衣，面相证明了她是很穷苦的老太婆，不过有时她口衔着香烟，很妖媚地四顾，那一种神情的确和她的年龄外表都不相称。

我渐渐地奇怪起来了。她为什么每天晚上在这巷口前面徘徊呢？难道也像我一样好巡阅马路，有了这末一种习惯吗？她的神情又为什么是那样的呢？……

每次我经过她的面前，她的那一副老苦的缀满了皱纹的面相，总要深深地刺动我的思想：她到底在这儿徘徊着干什么呢？……我几次想过要立住脚步问她一声，但我不知为什么没有这样做的胆量。

有一次，夜已经是很深了，街上来往着很少的行人。我从朋友处回来，一下电车，便见到了老太婆如幽魂也似的，独自在巷口前面徘徊着。“她到底在干什么呢？……”一种好奇心这时陡然鼓起了我的勇气，于是我便向她走去。我决定在这一次要探出这个神秘的老太婆的究竟来。但当她见我走至她的面前，半张着没有牙齿的老嘴向我微笑时，我又没有开口的勇气了。我觉着如果我一开口时，便会有一种什么不可思议的，或也许是很可怕的神秘落到我的身上来。

她不先向我说话，老是半张着没牙齿的老嘴，很可怕地向我微笑着。我想跑开，然而好奇心牵住我，我终于含混地嗫嚅出来一句话：

“你……你在此地做啥事体？……”

“阿拉弗做啥事体，白相相。”

她说完了这两句话，向我更笑得可怕了。在她的老苦的面相上，呈现着一种不寻常的，令人感觉得十分可怕的妖媚。

我不知再向她说什么话为好了。“离开呢还是？……”我还未决定我应当怎样做的当儿，忽然我又听见她的老音了：

“和阿拉一块去白相去，好罢？”

我莫名其妙地向她点一点头，接着便跟她走去。一壁走着，一壁想道：“今天我也许要小小地冒险一下呢……好，看她将我带到什么地方去……”

我一言不发地在后面跟她走着。过了两分钟的光景，她将我带入一条巷道了。巷道内是异常地乌黑，真是所谓鬼气森森，不禁令我毛发悚然。但是我的好奇心鼓着我的冒险的勇气，也就跟着她进入巷道去。我想，那里或有出入的门路，她的家或者就在那里……

“你将阿拉带到啥地方去呀？”一种不自主的恐怖心终于逼我向她发问了。

在黑暗中我看不见她的动作和表情。她没有即刻回答我。忽然我觉得一只枯瘦的手握着我的右手了。我不禁打了一个寒噤。

“啥……啥事体？”我惊慌地说。

“此地没人，就在此地罢……”

一瞬间我不明白是什么一回事情。忽然我明白了，我的一颗心忽然卜通卜通地大跳起来。我扭开她的瘦枯的手，一句话也不说，便拚命地跑出巷口来了……

这一夜我没睡着觉。老太婆的一副可怕的面相，总是在我的脑海中涌现着。

从此以后，我不再于夜晚上在N路散步了。我生怕再碰见了老太婆的面。

在我们的世界里，有许多不可思议的，同时又是很悲痛又是很滑稽的事情，可不是吗？

1929，12，2。

二 阿 三

现在，当阿三被一个罗宋巡捕和一个英国稽查长押住，如囚犯一般，走入西牢的时候，他明白了一切……

那还是不久的事情，阿三在A马路上捉住了一个散传单的学生，和一个呼口号的工人。他们，这些工人和学生，也不知因为什么，时常成群结队地在马路上乱闹。阿三初从那遥远的印度来到上海不久，所以不懂得中国话，更不懂得中国字，因之他不能懂得他们所喊的是些什么，在那红红绿绿的传单上又说着些什么。反正不都是一样吗？阿三是巡捕，他的职责是维持马路上的治安，如果有人散什么传单，喊什么口号，这是于治安有妨害的，阿三就有权利将他捉到官里去。

于是在有一次，他捉住了两个犯法的人。那两个犯法的人，也就如今天阿三被别的巡捕捉住了一样，被他押送到巡捕房里去。据说，这是捣乱治安的暴徒，这是什么波尔雪委克，比什么强盗和绑票匪更要可恶些。阿三不懂得波尔雪委克到底是什么意思；因为生了一副笨拙的脑筋，也就不曾发生要解释这个名词的思想。上司是怎样说，他便怎样做，上司说波尔雪委克很可恶，那他也就便以为波尔雪委克不是好人了。

"娘个造屄，猪猡！"阿三押住那一个学生和一个工人，一面暗猜度着他们到底干些什么，一面想问他们一些话，而且有些话想向他们说，但是因为不会说中国话的原故，便向他们随便地骂了这末两句。上海的印度巡捕也许有很多的不会说中国话，但是这两句骂人的话，大概他们都是知道的。笨拙的阿三也没有例外。

"娘个造屄，猪猡……"

阿三这样接续地骂着，仿佛着不是骂人，而是在叽咕着什么也似的，在他的紫黑而沉郁的面孔上，找不出什么仇恨的恶意来。不过他右手将手枪握得很紧，不时地在两个囚徒面前摇闪，想借此威吓他们不致于逃走。

"打倒帝国主义的走狗！"

"亡国奴！……"

那两个囚徒也不时地向阿三这样地骂着，但是阿三不明白他们所骂的是些什么，老是回答之以"娘个造屄，猪猡！"

阿三很得意地将他所以为是波尔雪委克的两个犯人押送到巡捕房里去。

今天，似乎又是一个什么纪念日，一些学生和工人们又在马路上乱闹了。红红绿绿的传单又在马路上乱飞，什么"打倒……打倒……"的口号又在阿三的耳边响动了。唉，真可恶，这些捉不尽的波尔雪委克！……

阿三又忙碌起来了。他又捉住了一个散传单的学生。

"娘个造屄，猪猡！……"

从阿三的口中又流出来这两句骂人的话。但出乎阿三的意料之外，当他将那个学生的衣领抓住了的时候，只见学生现着悲苦的笑容，很诚挚地向阿三用着英语说道：

"朋友，我们都是被压迫的人呵！我们想中国解放，想中国的贫苦群众得到自由……你为什么要反对我们呢？难道你忘记了你的祖国了吗？……我们应当联合起来……"

阿三在一瞬间似乎明白了那个学生所说的话，他所要求的是些什么……最令阿三感动而不得不将抓住了那个学生衣领的一只巨手放开的，是那个学生两眼中所放射出来的一种沉痛的，刺人心灵的光芒。于是阿三轻轻地骂了两句，便回过身去，走开了。

他的迷混而又十分平静的脑海中，不禁起了一点点的波浪：中国解放……印度……英国人……

忽然他的面前现出来稽查长的面目，接着一个罗宋巡捕便将他的肩头抓住了。

"你这狗，你为什么将那个学生放走了？"英国人稽查长问。

"他……他没有罪过。"阿三迟钝半晌才说出来这末一句。

"啊哈！你这狗，你说他没有罪过吗？你也变成了波尔雪委克了吗？"

"我看见你和他说了一些话，随后你把他放走了。"稽查长见着阿三惊怔着不知所云的模样，又接着说道："你和他说了一些什么话呀？你忘记了你的职守了吗？"

"他……他说他们想中国解放，"阿三如失了魂灵也似地说道，"他没有罪过……"

"啊哈，你这狗，你也是波尔雪委克了。"稽查长举一举手，向罗宋巡捕吩咐道：

"把这狗抓着走！……"

从来不明白波尔雪委克是什么，而且也从没曾梦想到自己会得到波尔雪委克的称号的阿三，现在如囚犯一般，被押进了西牢。"把这狗抓着走！"这一句话即时将笨拙的阿三的脑筋震动得聪明了。于是他明白了波尔雪委克是什么……

1929，12，1。

（原载1930年1月《拓荒者》第1卷第1期；选自《蒋光慈文集》第4卷，上海文艺出版社1988年版）

钱杏邨

飞机场

A省在Y江的中部，是一个以出产米粮著名的地方，省城在江的北岸；城的南门临着江，其余三面，出城不到三里，便是农村。这地方在A省的中部，村野的色调和江南并没有多少的差别。这时正是桃花还没有完全萎谢，而大麦已经黄了的四月，麦田里远远的看去成了一片老黄，那早熟的已经倒下了，只是还没有收割。在各处的麦丛里往往的突立着一个伟大的黄色的巨人，戴着破帽，手里握着一面纸旗，在那里惊骇飞鸟，禁止鸟雀们前来窃食。但是鸟雀们的经验也是一天丰富一天，这草制的巨人并不能发生多大效力，假使你从田里走过，仍然看得见许多的雀鸟从足前、从足音所能响到的地方，猛然的飞了起来。所以农民们不得不采取补救的方法，由两个五六岁的孩子，用一根五尺来长的棍子，穿在洋铁簸箕的圈上，两个人抬了在田间各处走动，在后面的一个用短棍击着簸箕，惊骇飞鸟；但是仍旧驱逐不尽，人来了，它们飞开，走过去时，它们却又飞回来了，这真是免不掉的一点损失。

农民们看看行将收获的麦子，也是欢喜无限，无论你走到什么所在，处处是闻得到麦香。也有许多溪流在田野各处流动，为他们奏着恢复疲劳的悠扬的歌调。杨柳还在发育的时期，也可以找到一丛丛红色的、黄色的果树的叶子。在每家门前，都在晒着收割需用的器具，有的人家正在赶制。做忙工的这时也都喜形于色，嘴里吹着悠扬的调子，因为在这一季他们将有更多的收入。有些农妇农女却计划着收割以后的愉快生活。在乡村里，这几个月，真是个一年的黄金时代。

乡村里正在忙着收割，城市里却在忙着欢迎当代英雄，为民众解除痛苦的 T 将军。A 省是早已卷入革命的漩涡里了，T 将军又是领导武装同志从 H 省来的，这自然值得民众们予以热烈的欢迎。在这几天内，政治也停滞了，党务也停滞了，在省城里的人物，无论是政治，党务，以及其他各方面的人物都在干着这欢迎 T 将军的买卖。有时不知从那里传来一个消息，说 T 将军即刻就到，可怜这一群领袖们连饭都来不及吃，跑到江干去恭候，眼巴巴的对上游望了半天半夜，才知道 T 将军并未起行，大家这才各自回去，然而他们并没有半句怨言，因为他们是欢迎 T 将军。

邻城的乡村里的农民虽说是不问世事，因为常常的在城里走动，也就带了许多新闻下乡。T 将军怎样来到省城，老爷们怎样欢迎，革命军怎样帮助农民减百分之三十的租，他们居然也能说得头头是道。T 将军、P 将军，农民们是不管这些闲事的，他们所注意的却是减租这一个问题，因为减租，他们这才对革命有了一点信任，把革命军羡慕得有如天人，国民革命歌也就很自然的流到乡村儿女的口中了。

当 T 将军果然来到 A 省的第三天，省政府里派了一队卫兵，和一些大小官员，浩浩荡荡的出了西门，沿着山坡下去，走到临江的一个大农村，他们有的拿着皮尺，有的闲闲的抽着雪茄，卫兵们个个荷枪实弹。大概一个有八字胡须的是他们的领袖。他到了江边，向四野望了一眼，便招呼同来的一些人量地，皮尺比时就被拉长了，在四面量将起来，一部分卫兵却在守着枪械。

量地的人渐渐的远了去，他们的影子也渐渐的模糊了，但他们之间却有一个人在中间立着。这个人手里握了四面小红旗，在量地的人开始量地的时候，他在起始的地方插了一个，这在东方的角上。不久，西角上也被插了一个，南角上也被插了一个，最后的一个是插在北角，而皮尺当北角的旗插下以后也就收卷起来了。

他们都回到那有胡子的身边。他把胡子一捻，顺手把雪茄从毛茸茸的嘴里取了下来，咽了一下，余烟便流到喉里去了。他向他们叱了一句：

——量好了没有？

——量好了。大家都一致的答。

——和T将军开的尺码合不合？

——一样，一百亩见方。

那胡子领袖向四面的标旗看了一下：

——你们派几个人去把附近村里的人都找来。妈妈的劣绅！真不跟缠！他招呼以后又骂了一句。

——喳！有几个卫兵便分向有茅屋的人家去了。

现在我们应该叙述回来了。一队革命军来到乡村里这是如何值得注意的事呢？若在以前，农民们是要胆寒身颤的，但，革命军，减租的革命军，为农民谋利益的革命军，他们怕什么呢？所以早就围来了很多很多的农民了。他们是把革命军看做天人的，也就不敢开口，看他们量地，看他们插旗，不知道是怎么一回事。他们都在狐疑，有的却很自信的，很干脆的向大家说："有什么看的，量地，减租！"说完了便走开去，表示他的识见高远。有一些附和的也就快活得叫了起来：

——啊！革命军！量地！减租！

有些孩子们听到这句话，看看家里没有人在这里，也就拔起两腿，拼命的跑回家去报信。革命军听着却不说什么，心里都在想着，想着什么呢？谁知道！他们在想着好了……

等到标旗内的农民都来到革命军这里的时候，那胡子领袖早已又换上一枝新的雪茄了。他静静的吐着白烟，看大家围拢，才向那找寻农民们的几个卫兵问了一声：

——都来了吗？

——来了！来了！来了！

卫兵们这样答。农民们也这样答。人丛中还不时露出一些很小的声音如蚕在吃叶一般：

——看，这是新老爷！

——不！革命军！

——好了，今年减租了！

——看那些先生们再欺负我们不了。

——嘻！嘻！嘻！

那胡子领袖静静的向四面看了一下，这时，卫兵们也都很严整的，戒严似的包围在农民们的圈子外面，也有几个站在里面的，他们眼里露出了杀人的火焰。

农民们连细微的声音都没有了，只远远的有鸟雀在叫。

那胡子领袖又静了一回，把残余的烟头，用右手取下向地上一扔，把左右手合在一起拍了三下，又分开放到身后去。

农民们更静默了。

他说了：

——农民同胞们！今天找大家来有一件事要同大家商量。

微微有了一点骚动。

——我是奉T将军的命令来的，T将军，大家都知道是革命军的领袖，是为民众解除痛苦的！是我们民众应该热烈拥护的！

他说到这里，把右手转到前方，握着拳头，在空气中击了一下。

——好！好！好！

农民们并不知道鼓掌，只有用赞成唱社戏的戏子的方法，大声叫起“好”来，有的还吹着唿哨。

——T将军现在来了，我们应该欢迎他！

——好！好！好！

农民们又是一阵叫噪，夹着一些唿哨。

——T将军为我们牺牲性命，我们也应该牺牲一点！

农民们都不懂牺牲怎么讲，有点惶惑的神情。

——啊！T将军来了！T将军的飞机也要来了！

农民们一阵极热烈的叫号起来了，因为他们知道有飞机，没有看见过，听见飞机要来，心里都舒畅一回。

那胡子领袖的态度愈庄严，语句也更响亮了！

——T将军的飞机来了没有相当的地方停，停飞机是要很大的地方的。我们应该牺牲一点，替T将军设点法子！

农民们怔住了，有些快活过分的，感激革命军最热烈的，到这时也就报上一句：

——老爷！要多大地方！

那胡子领袖笑了一下：

——你们看，现在我们已经量好了！在四个标旗里面的地方的这样大。

他把脚踮了起来，转动身躯用右手向四面划了个圈。

农民们如潮水般动将起来，都回过身向着他手所指到的地方看。大家脸上比时变了一点颜色，然而还没有认清是怎么一回事。终究，他们的心开始怀疑了，震动了。

那胡子领袖又把手拍了三下，大家又围拢来：

——同胞们！我们现在看定了这一块地了，便把这块地做T将军飞机的停落的地方！

农民们有人叫了：

——老爷！我们麦子要紧不要紧？

很多的农民也都附和起来。

那胡子领袖把手一挥：

——麦子全都要割去！麦子全都要割去！

农民们慌乱起来了，有的惊慌失色，有的兀自惊讶。“怎么不是减租呢！”他们一面狂叫，一面在脸上露出了伤感。

——我们革命军是为民众谋利益的！我们不是军阀！我们不

是不顾及你们！

他看见农民们慌乱了，他这样说；农民们听到这话，比较安定一些。然后他又继续着：

——现在，T将军有了命令，我们省政府收买你们这块地，每亩田给你们三块钱！三块钱！地主没有！

农村里人也有常在城市里走动的，也有桀骜不驯的，这时便反抗起来：

——老爷！这不行！我们的麦子还没有割！

于是农民们也都叫了起来：

——不行！田就是我们的命！叫我们到那里去？

比较斯文的却说：

——革命军是解除民众的痛苦的呀！

那胡子领袖并不理他们，还是放大着嗓子向下说，可是人太多，叫号的声音太大了，终究把他的声音压了下去。他恼怒了，把双眉一皱，又拍了几下掌：

——静！静！静！

站在他身边的同来的人也这样的喊着。

嘈杂声渐渐的低下去了。

——同胞们！你们听我说。现在，地方就指定这里，没有什么改变的……喂！喂！喂！不要说话！……现在是军事时代，还没有到训政时代，你们这种痛苦是要忍受的！T将军，很多的武装同志……不要说话！怎么！……很多的武装同志，他们连性命都不要，为你们来争自由，你们这一点都不能牺牲吗？

他静了一下：

——同胞们！你们不要乱叫！我们是领导民众，我们是为民众去死的！（这一句特别用力）民众们就不能为我们尽一点力么？民众应该服从，受指挥！你们不能反抗！……喂！喂！你们又在说什么？……唉！现在我也不能多留在这里，听着！静下来听着！……

每亩三块钱！明天我们就要动工，飞机后天就要到！听着不？……

人们渐渐的都怒形于色了，都愤慨的叫着：

——不行！不行！不行！

那胡子领袖露出讽刺的笑：

——不行么？哼，哼！不行也要行。好！我不多说了，听着，明天早上仍然在这里发钱，不愿领的听便！明天就要动工，飞机后天就要来的，你们听着！

那胡子领袖话愈说愈厉害，农民们有的愁眉苦脸，有的磨拳擦掌，尤其是忙工以及所谓乡村的流氓做出几乎要动手的样子。他们怕什么呢？他们有的是枪！那胡子领袖仍是立在那里，卫兵们特别戒备起来。

——你们听着！这是军事时代，反抗军令就是贻误戎机，贻误戎机就是反革命，那个反革命就把那个抓去枪毙！

那胡子领袖怒起来了。

但农民们仍然是反抗：

——那不行！那不行！……

反抗究竟有什么效力呢？是丝毫没有的！任凭农民们怎样的表示反抗，怎样的向他们哀求，怎样的叫喊……他们觉得是不值得注意的，仍然是说在第二天要实行割麦。其间，农民中的一些年龄老大的，看看革命军没有转台的余地，而且果真被抓了去杀头，岂不糟糕？他们便窃窃的商定一个退步的方法，叫一个年纪最大的出面，向那胡子领袖说：

——老爷！这样罢。你们停三天再来罢，麦子也可以勉强割了，让我们在三天之内把它割掉罢！老爷！我们家家都有妻室老小，就靠这一点田，老爷救救我们的命罢。

那胡子却正颜厉色的说：

——没有得说，我们就回去了，明天再来！事情就这么办！你们的乡绅从城里跑了，我现在当面向你们说！你们真可恶！太不革命！

青年农民始终不愿意让步：

——不行！不行！拼命好了！

——那有不讲理的革命军！吁……

——打啊！打啊！打啊！

农民们这时有了各种不同的论调，反抗的居多数，而他们始终是不曾动手打，因为他们似乎还有一层最后的对方让步的希望。可是军令如山，那胡子领袖始终不肯让一点步。双方僵持了许多的时辰，没有结果。最后那胡子领袖竟对他们下了个最后的警告：

——你们注意！我们走了！四面的旗子你们不许动！谁动就枪毙！就枪毙！你们回去，明天我带钱来给你们！明天就要平田，拆屋！听清楚！就是这样了！

那胡子说完，终于带着卫队在农民们的继续反抗的声中走了，农民们却没有散开，在那里互相商议。这时天色已经到了黄昏，东方起了一大片红云，风很大，做标识的旗子在这一百亩地的四角飘动，有的人家的屋上已经有了白色的炊烟。

这一回事件的结果怎样呢？第二天，那胡子领袖果然又来了，卫兵比昨天的多一倍，加了几个人带了些军用票。当他们走到江边，再四面一看的时候，他恼怒起来了，原来插在四角的旗子都被折断了放在地上。不但如此，卫兵们叫嚣了半天，也没有一个人来领钱。他没有办法了！然而他终究有了办法！于是卫兵们开始用带来的铁器铲地了。便在这时，忽然不知从什么地方来了几百个农民，有的掮着锄头，有的拿着木棒，有的拿着钉耙，有的拿着菜刀……都向他们猛扑过来，恶斗便这样的开始了！接着就听见枪声，约摸半点钟的光景，却又静了下去。这回是农民失败了，卫兵们虽然也伤了几个，农民们的尸首却有二三十具倒在麦田里，他们的血把许多的麦子染成赤红。这回是那胡子领袖胜利了！他看着死在地下的农民们狞笑，看着卫兵们做工，直到这一天的黄昏。但是，那些尸首，那些尸首吗，没有什么奇怪，好在江很近，都被他们提着两脚，倒拖到江边，投到江里，水葬了！……

飞机场已经成功了，但是到了第三天，T将军的飞机并没有来。往下就是第四天，第五天……了，飞机还是没有一点消息。T将军呢？在第七天早晨乘着兵舰回到H省坐镇去了。

现在已是几个月了，飞机场还是在静待着，我想飞机总有一天会从天上落到这块地上来的罢？……

（初收上海春野书店1928年1月版《革命的故事》；选自《阿英全集》第3卷，安徽教育出版社2003年版）

贫民窟日记

……

七月十三日　晴

昨天晚上蚊子太多，没有点灯。

今天早晨在我们这里又发生了一件悲惨的事件，就是洽昌碾米厂的工友赵三才子跳到塘里淹死了！

他死的原因我是很明白的，在如火的白日里是不停歇的做着工，夜晚因为蚊子多又不能安眠，不得已时常在露水里过夜，睡在门外的空场上；这样的久了，于是伤寒的病症便发生了。

穷人自然是没有多钱看病，赵三才子也就没有医治的希望；虽说有什么红十字会哟，临时疫院哟，但是诊治纵不要钱，买药钱也是没有出处的。至于工厂，你做一天工给你一天钱，一天不做工便一天不给钱，病与不病，谁还有工夫来管你？三才子眼看着老婆儿子忍着饿，而自己的病又没有好的希望，只是一天沉重一天，心里着实有些难过，心想如果这样的活着，真不如一死干净！所以，他便在今晨天将曙时跳到塘里自杀了。

他的妻子听到他跳到水里去的消息，号啕痛哭，几番的死去活来。大家朋友们也都很伤心，可是又没有法子帮她的忙。几天后，只有让她改嫁去，穷人是说不上什么礼教的，穷妇人不改嫁，她就要和孩子一同饿死，这是很普通的事，虽说也有例外。

我们从积善堂领了一口施棺，把从水里捞起的赵三才子的尸身放在里面，送到附近的义冢上埋了。

下午两点钟，起了一回暴风，茅屋上的草全被刮乱了，小偷的儿子急得没有办法，只好骑在屋脊上。有几家的妇人急得拚命的叫喊。有几家把短绳接了起来加在屋上。有的用人或板覆在上面。半天中沙灰夹着稻草飞动，行人们都掩鼻闭口。经过了一点多钟，风才止住了，遍地都是草。明天各人家有空的又要花费几点钟的工夫来梳理这些乱草，穷人们的日子真不好过！

夜三鼓，又风。

七月十四日　晴

七天前警察四署就来打招呼，这贫民窟的"二地主"绰号窑货的也来声明止租。他说地主李家已经把这块地皮卖给一个姓叶的了，七天之内就要地，各人要赶快的搬。

今天是第七天，到了限期的最后一天了，地主叫警察带了一些火钩来，看看一家都没有搬，他们便愤怒起来，说穷人太混账，官家的话都不听，非用火钩把这些房子钩坏不可。

我们哀求警察说，地主现在并不造房子，何妨借给我们住住呢？我们何尝不想搬家，那里去找相当的地方呢？现在租一间草屋，押租就得给五块钱，每月行租顶少要半块钱，不像这单租地皮的地方可比。穷人每天的伙食都弄不到，那有这么多的余钱呢？做贼！做强盗！那又是犯法杀头的事，叫我们有什么法子搬呢？

啊！在这个世界上，穷人只有死！

也有因着特殊的情形而没有法子搬的，李家的两个孩子就在过痧花，王家的丈夫就出门弄船去了；李大娘就急得向警察老爷们作揖。

然而，没有效果！每屋上都被拉了一个大洞，同时又发下一个警告，说明天再要不搬走，他们就要来实行拉屋！

警察走后，大家都很愤愤，掮米包的张二骂得最是痛快：

——姓叶的钱那里来的，他是我们厂里的管事，赚的都是我们的钱，施威些什么！

黄昏，乌云飞得很快，幸而没有落雨，不然，每屋上一个大洞，我们的贫民窟里就真要糟糕了。

老三还我三百文，是去岁年底借的。

七月十五日　阴

今天，住在东角的铁匠的母亲回来了。

铁匠的父亲和他的母亲，本来都在常州做工，去年他的父亲死了，他的母亲便回到她的儿子这边来。结果，她和铁匠的妻子弄得不睦，时常的起冲突。在十天前，她愤急了，跑到东门的养老院里去。今天是养老院放假的日期，她回来看看她的儿子。

铁匠的妻子何以和她的婆婆不睦呢？因为铁匠专门靠换碎铁为生，收入很是微细，又有一个女儿已经二十多岁，还没有出嫁，他们没有法子度日，结果铁匠没有办法，只有听他妻子去寻找外遇，弄几个钱来津贴津贴自己的家用。那外遇是谁，我不认识，只是常到铁匠家来，铁匠的心里老大不愿意，然而因着经济的关系，又只好忍受着。一开口，就被他妻子用经济两个字抵死了。从她的婆婆来后，那外遇自然有很多的不便的地方，铁匠的妻子便不高兴了，于是两个人便时常的吵闹。

她今天回来了，铁匠对她很是亲热，他的妻子和女儿，待她却是很淡薄。

他们都是湖北省人。

傍晚，天气晴了，塘里洗衣的人很多，捣衣声陆续的不绝，水还是碧色，土地祠屹然不动，谁能想到赵三才子是从这里跳下去的呢？——谁又记起这里淹死过赵三才子呢？

七月十六日　晴

清晨起来，开门就看见一个男孩子和一个女孩子，穿着褴褛的破衣，坐在门前的地上闲话。

我开门时，那个男孩正向女孩说：

——你家伯伯和你妈好，噢……

那女孩把头一偏：

——你家妈呢，也和你家伯伯好，昨天你妈晒衣，你伯伯还替她拿竹杠呢。

男孩子点点头：

——那，你家——

正说到这里，隔壁骂声起了，原来是菜园里小翠子的娘和她承继的儿子在对骂。他们吵闹也不止一天了，她那承继的儿子没有钱用，来向小翠子娘借钱，被拒绝了。小翠子又是招亲，丈夫在家，那承继的儿子惟恐家产被她女婿占去，吵闹着要分家。这是小翠子娘自讨的，没有儿子就没有儿子好了，要承继干吗呢！她的娘自然是不肯，于是他带了他的妻子在她家菜园里窝上一个棚，每天挑她的菜去卖，弄得每天双方都是大吵大闹。

这种纠纷，究竟为的什么呢！……

七月十七日　晴

上午，四署的火钩又来了。真有些神秘！小小的一个铁钩，竟使我们丧胆！这一次的情形很严重，简直的实行来拉了，弄得个个人面面相觑。

大势是没有法子挽回了！

在贫民窟里住着一个孀妇，有一个儿子，一个女儿。儿子做小贩，女儿在大昌洋火厂检洋火，她自己在家聚赌，弄点头子贴补过活。她有许多好朋友，同时也有一些敌人……

这些敌人好久就想报复了，可是没有机会，最近他们又听说繁昌老和姓叶的有约，将来她依然可以不搬。所以，他们今天报复了，领袖说话的是一个山东寡妇，她说：

——要搬都得搬，繁昌老也要搬，她留在这里吗！不成！她先搬！她搬了我们都搬！

——怎么！警察自然是很茫然。

繁昌老有些不耐烦，把原委告诉了警察，接着就和山东寡妇争辩，大家都要繁昌老先搬。

警察也没有办法，只得劝繁昌老先搬。繁昌老弄得无可奈何，承认了这条件，并当众痛骂起来：

——这是那个婊子养的说老子不搬！老子住了六七年了，你们这些婊子儿！老子搬不要紧，看那个龟孙子敢不搬！老子以后要看见有一家不搬，老子非同他拚一下命不可！妈妈的！

没有人敢答话，繁昌老总算胜利了。平心而论，我实在替繁昌老抱屈。这种损人不利己的心真是要不得哟！

七月十八日　阴

几天前，对门顾老奶奶就病痢了。

今天吃过早饭，她拄了拐棍，慢慢的挨到我这边来，告诉我她病得很久了，一天要痢八十几回，是红白冻子。昨天我给她的济众水也吃完了，没有效力！她的小儿子又歇了工，简直的不了！这回病又没有钱医，早晨又吐了一次，难望好了！

这老奶奶很可怜，自己八十几岁了，当然没有生活的能力，全靠他的小儿子掮米包过活。大儿子是弄船的，去年落水死了，他们是山东人，到此地已有十几年。

我听了她的话，觉得很是难受，社会对于穷人的待遇就是这样么？连病了都没有公共的医院给他们医治么？我们要这样的社会有什么用！看看枕头底下还有一千文，便取出递给了她，让她去诊治一次。

她表示了无限的感激，拄着拐杖挨走了。

下午她又来了，告诉我已经看过，一千文给了医生和车钱，药钱是向一个熟人借的。

——唉！穷人连病都害不起啊！

她最后发出这么一句愤慨。

晚饭后，雨。家家屋上有洞，个个人在叫苦连天，但这是警察老爷们弄的，有什么法子可想呢？……

穷人们真是可怜！

七月十九日　晴

西头罗家的女孩，本来是知新袜厂里的一个女工，现在天气暖了，厂里停工，没有活做。她一家靠她生活，那经得起她闲住？没有法，向厂里租了一架机子，向打印子的阎王张三打了五块钱的印子，在家里做工。我们一早就听见她的机声轧轧，一直要响到晚上九十点钟。

今天晚饭以后，她又把机子放在路灯下织袜。不知那一家的妇人在问她：

——姑娘，怎么不歇歇？一天到晚做不累人么？

——有什么法子？一家几口都靠着我。一天能赚几个钱？那里还有积蓄！只有做哟，住了手就歇了口，穷人是生就的苦命啊！……

我也站在旁边看，满腹的牢骚，可又不能说什么。

七月二十日　晴

湖北人诸葛武威的疯病大发，被人锁在一棵大树上，脚上是镣，手上是铐。

这个人真是没有办法——

他的第一个妻子被他骗到湖北卖了，回来又娶第二个。不久第二个又被他带到湖北卖了，回来娶第三个。第三个卖了以后，当然有了第四个，可是这一个却调皮了，在他把她带到湖北以后，她却私自逃了，没有被他卖着。

现在他疯了，是什么原因不知道，可是大家硬要说是报应。他的衣服实在怕人，样子也使人颤栗：两个烂红的眼睛皮翻转得像红的柿子，两只眼睛如一对铜铃，光芒可怖！谁走近他的身子，他就用唾沫吐人。他戴着一顶无边草帽，树旁放着一张长凳，凳腿上靠了一把芭蕉扇，他站在树的旁边，足上穿着一双旧的皮拖鞋。

他骂骂人，唱唱歌，讲讲贩卖妻子的过去的事。从早到晚，无事的人们始终站成一个圈子，使他居在圈子中，或跪或笑，弄得观众们皆大欢喜。

谁叫他卖妻子呢？这真个是报应么？坏人是不是他自己愿做的？——这一切的问题都荡上心头来了。

七月二十一日　晴　华氏表九十度

搬家的人渐渐的多了，一个整齐的贫民窟顿呈着恐慌的现象。在这种混乱之中，我又发现一件悲惨的事。

窑货的亲戚，一个弄船的人的妻，她带着六个孩子住在一间茅屋里。这六个孩子中有三个在过痧花，最大的只有七八岁，还不能做什么事。自己又没有钱，对于搬家问题感受到万分的困难。

今天是夏历六月十二，那小脚妇人还想延迟几天，但是警察又来催了，我听得她向警察老爷们哀求：

——孩子们的爸爸是上月出去的，总在这几天就要回来了，我已经拆过字，说他初八不回，十五准到，今天已是十二了，让我再待两三天罢。

警察说：

——你怎么不早写信去呢？

她苦着脸说：

——他一只划子，你晓得他现在停在那里呢？……老爷们，做点好事罢！（说到这里作了几个揖）我六个孩子，三个在过痧花，太太还供在家里。可怜屋顶上稻草被老爷们拉了，这几晚还是人过的日子吗？老爷们，请做点好事罢！

警察老爷们似乎有些感动，我们也帮她说了许多好话，总算被施了恩，容许暂住三天，十六日一定要搬。

在谈话中，我知道她是无为县人。

七月二十二日　晴　华氏表八十七度

贫民窟里居然来了一个漂亮大姊，而且怒气冲天的在说话。我问顾老奶奶，才知道是路口方家的，在城里帮工，今天才歇了回来。

同日，就有人告诉我，她失败的原因是浪漫恋爱的失败的结果。

她帮在一个靠近老虎灶住的姓汪的人家，汪家的后门径对着这老虎灶。

她自己家里的丈夫，我们可以假定是她的第一个恋人。她到汪家又和一个挑水的恋了起来，这是第二个。后来又看中了汪家的舅爷的包车夫，成了第三个恋人。据说第四个恋人是杂货店里的下灶。此外据说还有，究竟是谁个，我们却不知道。

不幸，这一天她和包车夫正在说情话时，被挑水的遇见了，三个人在口头当时就起了一次小冲突！

又一天，挑水的在老虎灶门前发牢骚，偏偏下灶的也在那里，也知道了。两个人交换了意见，决计要和包车夫决斗一次。

这消息传到了汪家，汪家很害怕，在他们未决斗之先就把她辞了。

这大约是她所以愤愤的原由。

今天小脚的妇人的茅屋缩小了许多，阴天似乎不致于漏雨了。

七月二十三日　晴　华氏表九十一度

……

七月二十四日　晴　华氏表八十九度

……

七月二十五日　晴

今天头痛了一天，什么事都没有做。

七月二十六日　晴　华氏表九十二度

今天天气更热，真想把头浸在凉水里；若不是午后下了一阵暴雨，那么真个是要热死人了。

暴雨才止，警察老爷们又来了，看看只有四五家没有搬，也就没有说什么，只催着快点搬，并表示自己不是和大家作难，说是地主找署长，署长找他们，他们吃的是署长饭，不得不来！

这自然是警察老爷们对于穷人的好意，我们当然很感激他们。不过我总觉得他们不应该仅有嘴里的同情……

黄昏时，卖猪肉的来了，每斤只卖三百文，和市价相差一倍，是腌过的；卖猪肉的把当天卖不掉的肉，总是腌起来在第二天卖给穷人，这是很普通的事。不如此肉便要坏，那时损失就更大了。穷人们既省钱，又能知肉味，应该买的很多了，然而还是卖不掉，他们仍然的买不起。买蔬菜都没有钱，那里有力量吃猪肉？这是一件不可能的事！

七月二十七日　晴

……

七月二十八日　晴　华氏表九十一度

瓦屋的邻居在吃晚饭时给了我一碗吃剩了的青菜，我饱餐了一顿。

今天那个拜佛的熊寡妇又搬了。这个妇人真没有道理，自己穷得没有地方住，七岁的女儿没有衣穿，整天的没有饭吃，家里还要供一个菩萨龛，早烧香，晚换水。这真是所谓“穷到头上不知穷”了！

自从地主要地皮以后，她急得不得了，但还是烧香换水，这种人有什么法子可想呢？理，对她是永讲不通的，只有让她这样的下去了！

繁昌老看她急得没有法，替她想了个解决，叫她和码头口一个算命的瞎子结婚去，但她嫌他瞎，不愿意嫁他。

她爱的是一个码头夫，一个二十几岁的少年，那少年却不爱她，说她已经老了——四十几岁了，牙齿露在外面像个活雷公。然而她对他总不死心，对瞎子总不愿意。将来结果怎样呢？不知道。

今天没有什么别的事可记。小脚妇人的丈夫仍然没有回来，她仍然是没有法子搬家。

七月二十九日　晴　华氏表九十五度

因为木匠今天死了，使我想起昨天的事，让我在这里先补记了罢。我的右邻的儿子已经九岁了，昨天害霍乱病死了，家里没有钱买棺材，大家帮她凑了一千文，买了些洋钉和一个火柴箱，由一个热心的工人钉成一个长方盒，把小孩的尸首放了进去，抬到山后面埋了。

孩子死后，吴木匠在病中还惋惜他，哀怜他，那知道自己在第二天的早晨，就被伤寒症逼死了呢？……

在这个贫民窟里，大出丧这是第一次，从我搬到这里来以后。

他很有些积蓄，所以他的棺材很好，价值大约在三十元左右罢。出殡的时候，有许多人帮忙。最先走的是一个戴白帽子的中年人，提着一篮纸钱散着。接着是他的孩子们，——一男一女——男的是驼子，女的只有七岁，穿着蓝花褂，两个人都戴着麻帽，各人手里拿着一个纸幡。以后是六七个送殡的朋友。再后就是四个掮米包的朋友抬着他的棺材了。材后跟着他的妻子，左手抱着个乳儿，胸口敞着，右手牵着衣襟痛哭，跟在棺材后面，头上扎着白布。

大出丧便这样的完了——啊，忘记一件事，棺材出门时还放了一扎一百头的鞭炮，又打碎了一个碗。

在这一天的下午，她家就搬了，还剩有两三家，小脚妇人当然在内；大约警察不再来，他们是不会走的罢？

晚上人很疲乏，病了。

……

（初收上海亚东图书馆 1928 年 9 月版《义冢》；选自《阿英全集》第 3 卷，安徽教育出版社 2003 年版）

家　书

一

萍水飘流在上海滩上已经有两个星期了。

这一天正是十月十八日，他很早的起了床，将旅馆的账结算了，又将行李等件整理好，恰值他的朋友S君按着昨日约定的时间来了，便雇了两部人力车，把所有的东西放上，向他昨天和S君看定的一间房子进发。

房子在法界贝勒路贝勒里四号的楼上，邻近有名的天祥里，是一个很小的亭子间。他租不起前楼或后楼，要严格的说起来，连租亭子间的经济他都来不及。那里离S君的住处很近，房价又低廉，昨天讲定的是每月租金四元，自来水电灯(用十六支的光泡)在内。二房东据说是他的同乡，也是K省人，住着楼下的堂前一间，前后楼亭子间租出不算，厨房也租给了一家做工的夫妇，月收三元。厨房安置在前门的天井里。在地价极其昂贵的上海，这是很普通的事，并不值得奇怪；就是萍水租得的这间房子，在别的人或许以为太小，然而他却满意极了，因为比住在旅馆里已不知要减轻多少倍的经济负担。

他们将行李等件着车夫搬进了房子，将昨天买的一张帆布床放开，铺上被褥，靠着里面的墙。椅子，昨天已经和二房东商议好了，由他借一张，这时已经放在里面，是一张旧式的宝座椅，是很久很久的老古物。桌子也由S君先期送来了，是一个箱式的风琴，临空的摆了有些活动，这时也说不上什么光线了，将它迎着窗子靠墙放了。没有面盆，K君借了一个给他。此外最需要的是茶壶，茶杯已经买了；由Y君把热水瓶借给他当水壶用。每天应用的扫帚，畚箕，由二房东借用。一切的设备，都可以对付了，他的家庭也可以说是组织成功。把各件放定了以后，室内也再不能加入其他应用的木器家伙，房间便是这样的大，八尺长，六尺宽。

已近晌午的时分了，S君辞了回去。萍水自己去到老虎灶舀了一些开水，取出面包来吃了一点，靠在床上想起这两个星期来的生活的变迁，尤其是因着经济的影响，以致有几次的迁居的事，使他愤慨异常。

他搬到这里已经是第四次的搬了，他到上海的第一天住在平安旅社的实价九角的房间里。已经是十月初了，上海的臭虫真有些奇怪，居然还不曾绝迹，睡不到半夜，已经被咬醒了，捻开灯，捉了二十几员大将，从床上搬到床下，睡在地板上直到天亮。萍水所以到平安旅社的原因，是那里有五毛钱一天的房间。据茶房说，现在已长到六毛而且不空，他当时又不便搬出，只得住一天。第二天，结了账，又去找旅馆；他很想做点事，不愿找太黑的房间，他又怕蚊虫，同时又不想久住；结果搬到大新旅社去。那里房价七毛，但第二天才有空，要先住一天一元的，萍水没有法，只得住下了。那知道一连候了三天，七毛的房间依然没有，他觉得旅馆未免太欺人了，又愤而迁居。适值惠中旅馆有一个朋友已经搬到别的地方去住，房间空了出来，他便迁去，房价是六毛。在惠中旅馆住了六七天，看看K省的政局还是没有希望，反而比前此更沉闷，他也就不再做在短时间内回去的梦了，便和S君去找定贝勒里这房子，第二天便搬了来。

萍水这次离开他的故乡，是受的政治的影响。革命军正在武昌猛烈的攻城的时候，他的故乡也戒严起来。他是一个党人，自然要遭当局的嫉视，他起始是不能活动，后来又被通缉，他不得已，只有抛弃了自己的职业来到上海流浪了……

他想着过去两个星期的迁居，虽是感受了许多的关于经济的困苦，然而他觉得是很有牧歌的趣味的。他很欢欣的走到桌前，提起笔写了一封信，寄给他那留在故乡的妻，报告他的迁居的消息。

写完了，抬起头来，三尺以外是一座高墙，经风吹雨打，白粉早已剥蚀了，上面还有许多的水迹，好像一幅水墨画。“啊！好一幅外景！”他自己这样的嘲笑着自己。他又抬起头来向上看，离开墙头有三根电线，上面两根是一般粗，最下的要大一倍，线上还挂着一两根草，再向上，便是青天，还有几片白云在空中走动。

他看到这里又忍不住的笑将起来，“好一幅外景哟！”自己又愤慨了一句。接着就听见斜桥的电车的走动声和户外的汽车声……一切使他对于这个号称文明的上海不得不咒诅，厌恶。

法租界的唯一的环龙公园对中国人是开放的，在法租界也只有这个地方值得我们去游玩，贝勒里离那里是很近的。萍水有半个月不和园林接近了，搬到这里便想起环龙公园来。他在屋里休息了许多时，S君又去了，一个人觉着很无聊的，便拿着信，锁了门，走将出来，把信投到信筒里去，自己慢慢的向着环龙公园走。

他的怀乡病是又被种种的回忆勾起了。

二

——居处是搬定了，一时又不能回去，总得找点工作做做。

第二天早晨萍水睡在床上这样的默想。他决计在流浪的时期中写一部长篇小说，内容是早已决定了。

那小说里的主人翁是一个贵族的浪漫少年，那少年起始是醉心于自然，想做一个乐天诗人。后来因着本省的战祸，弄得家产荡尽；加以目睹平民生活的困苦，和一般人在战争时代的流离惨状，觉悟到剥夺他的理想和自由的是武人的专横和帝国主义的作恶，愤而决定主张，从事革命！那少年不但醉心自然，也醉心恋爱；他虽热烈的恋爱过几个女性，但后来他觉悟到现代的女性，很多的讲爱情是离不开黄金的，这样，更坚决了他对于革命的信念。在这部小说里，他要尽量的描写乡村生活，及热烈恋爱的青年心理，同时还要对比的描写富人的奢侈，穷人的悲哀。

他这一次想完成这种愿望了，即刻起来磨着墨子便写。一气的写了五六段。自己看看，不甚惬意，又把它一张一张的撕了，跑出去探听军事消息。

又过了两个星期了，萍水的经济已陷于没有办法的地步。长篇小说写了几次，他都不合意，也就死心不再做了。在家里没有事做，只写些零碎的东西消遣。这一天，他接到一封家书，说家里没有法子想，钱用完了的时候可以就近设法。他真焦急了！带来的钱并不多，眼见得只能再支持几天，怎么办呢？稿子一点都没有写，借贷又有些不愿意，只得打开箱子，拿出一部翻译的稿件，到宝山路去托人卖给有名的 C 书局，看可能弄一点钱来敷衍些时日。

幸而那位姓 G 的朋友在家，他便说明了来意，并问 C 书局收稿是不是严格。那朋友回的很妙，他说，C 书局买稿子是不一定要稿子好的，第一要看撰稿的人有没有名气，第二要看介绍人的地位何如，第三要看稿子时髦不时髦，稿子的好坏是不关于卖得掉或卖不掉的。他又说，有一个朋友把一部稿子卖给了 C 书局，同时提出一个条件，只要出版，不一定要钱，那朋友在教育界是很有权威的。C 书局对于他的问题答复的是：我们可以多出些钱，但出版不出版却不能定。他又说，最好是教科书，根据已出版的改头换面做成的，你可以托个朋友拿到 C 书局卖，并告诉他 C 书局不要，有别的出版家收用，那无论你的稿子怎样的拆烂污，他们一定要买下的。接着那朋友承认替他设法，但时间不能限定。G 君也是该馆编辑员之一。

他听得出版界的这种黑幕，忍不住的长叹了几声。他是一个无名的作家，他觉得这部稿子卖出的希望真是渺茫！他想收了回来，收回又怎么办呢？不如让他试试去。

他满腹牢骚，无处发泄，肚里又有些饥饿，便找了一家小面馆买了碗面吃了；这面馆在G君的家的间壁，所以他一出门便找着了。吃过面，想看看手表上的时间，可是表已经坏了。真是愈穷愈出鬼！三天前他的表忽然停了，再也不肯走。他没有多钱，也不预备修理，向朋友E君借了一只。昨天E君把表拿回去了，这一天的时间简直不知道感到了多少的困难。到这时他又觉到没有表的讨厌了，急转了一念，他想钱横竖是要完了，一个人流浪在异地没有表还成么？还是修理去罢……

当他看见一个钟表铺，便将表交给那店伙修理，店里的开价是一元四角，没有还的。萍水那有这么多的钱修表呢？要求把价钱减少。“不行。”店伙说。萍水只有带着走了。第二家开价更大，要一元五角，萍水不再还价，拿着就走，给那家店伙骂了一顿。他苦闷极了，也不回骂，跑到第三家。这一家比较的好，只要一块钱。他想，恐怕这是最低的价了，便在那家修理了。

一个人走在路上，思前想后，甚是无聊；加以今天一天所受的刺激，更使他抑郁，也不管腰里还有多少钱了，当他发现有一家咖啡店时，他便跑了进去。

“明天再说，今天且快活他娘。”萍水愤愤的自己向自己说。他找了一张桌子坐下，桌旁坐的侍女很漂亮，穿着绿缎的上衣，黑绸的裙子，很具一些风韵。萍水苦闷万状，想找她们来诉诉苦，这也真是无可奈何的事。他想到这个女子的可人，他的心也安慰了一点。那知坐下以后，才知道她们是分桌招待，绿衣女子招待的是另一张。这桌的招待，也是个年轻的苏州大姐，但总不如那一个可爱。

“管他娘，横竖是遣遣闷！”萍水又这样的自慰，并告诉那女子，他要一杯咖啡。

那女子微笑的将咖啡送到他的面前，他很愁恼的接了。天气已有些冷,他只穿着一套单学生装,两手抱了玻璃杯发怔。

——先生,你还要别的东西吗?

那女侍者把头凑到他的胸前,用苏州话问了两遍,发油的香气直透入他的鼻子里。

绿衣女子也走来了,说的也是苏州话;她贴着萍水的身子,把脸凑在萍水的唇旁:

——先生,土司好不好?要牛奶饼干也有。

——土司不要,拿一碟牛奶饼干好了。萍水说时,向她微微一笑。

萍水正想找个人发发牢骚,所以绿衣女子把饼干送来的时候,他便把她拉住坐在旁边,这时所有的女子也都先后围了来,那穿绿衣的有点羞涩,叫了起来:

——哎呀,先生,你有什么心事罢,怎么这样的不快活呢?

萍水叫她们都坐定了,好在这里并没有第二个客人,她们也就各自的笑着坐下。他滔滔不绝的向她们讲演起来,先问她们为什么欢迎他,是不是为着钱,又问她们为什么要做自己不愿做的事来换饭吃,为什么吃饭比人格更重要,为什么不做事的富儿反而有钱,做工的穷人反而没有饭吃?为什么……他唠唠叨叨的说了许多,起始她们是大笑,说他是疯狂,后来也就有些伤心了。萍水又把自己的不幸和际遇告诉她们,好像对很知己的朋友诉苦一样,有时愤激,有时伤心,弄得她们愁也不是,笑也不好。

他在那里足足的讲了一个小时,咖啡喝完了,饼干也吃完了,心里的苦闷减少了许多。向她们招呼了一声,付过钱,走了出来,不像来时的抑郁了。

走到街坊上没有五分钟,全市的电灯亮了起来。他的肚子已经饱了,也不想再吃什么了,跨上电车,回到他的鸽楼里去。在车里吟兴大发,高吟着黄仲则的诗,什么“看来清泪总如铅,半生何事不堪怜”啦,什么“十年飘泊剩肝胆,指胸欲语声荷荷”啦,什么“休悲饮罢无归处，身世犹余一叶舟”啦，惹得同车的人都大笑起来。

他并不以为意，还是高声歌吟，当车停在康悌路之前。

三

已是十一月了，天气冷得异常，萍水换上一套夹学生装，仍是抵御不住。棉衣又没有，G君代卖的稿子还没有回话，早就向朋友们借贷过许多钱了。

这一晚，天气又起了变化。萍水冷得有些发抖，实在抵御不住了。他想睡着或者要好些，然而他仅有一床薄被和一床薄絮，睡着也是不济事，没有法，简直不知道这一夜怎么过，不得已提起笔来写了一张便条给S君：

S君：

天气骤冷。冻得要死！穷人那有余钱买被？只有告借一途。你的被如多，万望分给我一床；不然，明朝真个要冻硬了也。

萍水　十一月三夜

写好后，自己冒着寒风送到S君家交给门房，不巧S君先一天到苏州去了；他没有办法，又缩做一团跑了回来。

实在冷得难过，坐也冷，睡也冷，异想天开，又跑出去舀了一壶开水来喝，仍旧是无济于事。他又想起黄仲则“灯下故衫交酒泪，风前羸骨战冰霜”的句子来了，从这句联想，又吟到仲则的《都门秋思》，最后重吟“全家寄在风声里，九月衣裳未剪裁”两句，竟引起兴致，在寒风里写起无聊的随笔来：

一个人流浪异地，本已是寂寞寡欢，何况在衣不御寒的时节？唉！寒风凛冽，大雪尚未纷飞，已令穷汉如我者大动身世之悲，若在严冬，岂不和香山白居士一样，唱着“白雪棉絮”

(《穿新棉袍赋诗》)的高调么？但在拥着破絮独卧时，偶然想到仲则"全家寄在风声里，九月衣裳未剪裁"(《两当轩集》卷十三)的诗句，却又不啻喝了一碗白开水，而周身俱暖；因吾身虽寒，较之仲则尚幸福得多多也。质之独拥几床棉被的朋友们以为何如？

写完了，自己看看，觉得又无聊又好笑。然而冷得没有办法，这么一来多少要救济一点。表是早已修好了，这时看看已到夜两点了，身体已有些支持不住了，头部很重，他恐怕要病，便和衣睡了。朦胧中，他还唱着仲则的词：

几阵风时，数声雨后，心碎如窗纸……病没人知，寒无人问，守得衾成水！销魂尚可，更无魂可销矣！

——《湘月·春夜》

恹恹闷，沉沉病，寓楼深闭谁相讯？冷多时，暖多时，可怜于今冷暖只自知。一身常寄愁难寄，独夜凄凉何限事！住难留，去谁收，问君如此天涯愁么愁！

——《梅花引·客病》

一梦醒来，萍水觉得真有点病了，身体比平时沉重了。他是个睡不住的人，还是撑持着起来，舀水，洗脸，吃面包。

他正预备出门探探消息，来了个故乡的朋友 W 君。他自然是欣慰不尽，谈了些关于故乡的军事和朋友们的私事。那朋友是一个军人，这次不是从故乡来，是从武昌来的，同时又讲了些关于武昌破城的事，两人都是一样的牢骚。萍水这时的痛快是写不出的，比之向咖啡店的侍者门倾吐时，真不知要快活多少倍。

到了午饭时间，萍水在附近小店里买了一瓶白兰地样瓶，切了些面包片子，两人吃了个饱。然后同阵出去游览，第一个目的地是城隍庙。

这几天当地的军事情形非常吃紧，党人起事没有成功，弄得租界当局害怕起来，在交界处布上了密密的电网。每到夜晚，就断绝交通，仿佛是两个毫无关系的国度，隔了大洋而且没有舟楫。

他们俩看见这样的事情，都万分的不高兴，暗暗的各自咒诅着。当他们走进铁丝网时，又都恼怒起来，W 君先叫着说：

——萍水，算了罢，我们另找个去处。

——好！到新世界听小黑的大鼓去。

——好！咱很久不听她了，唱的真好，长的又俊！

两人忘了恼怒似的，转了方向，乘电车到了新世界。

小黑这一天装饰得真漂亮，虽然长得并不好，而且欢喜弄些胭脂在嘴唇上。她的身材很适中，穿着一件有格子花的黄旗袍，脚下登着一双浅口淡青鞋，紫色袜，上面罩着浅灰的大脚洋绉裤。梳一个歪髻，偏偏要留一股不扎，直拖在胸前。

她走出台，微微一笑，身子一扭，观众不约而同的叫了一声"好！"接着便都静静的听她的唱词了。

那琴师先拉起弦子，小黑对台下四周一看，低下头，吐了一口痰，用左手拿起夹板，右手执着鼓棒，两手扶了扶鼓架，先响了几下板鼓，然后开口起唱。

这一天，他们的机会真好，她唱的竟是她拿手的《昭君出塞》。在新世界，小黑与大钟唱得最好，萍水无聊时常常的跑去听。有时他还要比较的听。即如《昭君出塞》这出，小黑唱的非常凄婉，伤心处令人下泪；大钟没有这种能力。像《单刀赴会》这一类的雄壮剧，小黑却不如大钟了。总之，小黑宜唱悲剧，大钟宜唱雄壮的，两个人各有所长，并无轩轾，除去小黑长得漂亮，而且年龄轻一大截。

小黑唱时，似乎并不费力，而字圆句润，婉啭凄凉，听的人谁个不伤心凄恻？唱到中段，一停顿，又转快了，一气唱去，真个如大珠小珠落玉盘，说不出的美妙。

她边唱边做，唱到最后，忽然一收，如悬崖勒马，余音不尽；又唱了几句诗，便惊鸿般留下一笑，跑到台里去了。这里，观众又是一阵狂叫，才纷纷的散去。

他们俩走了出来，心里快活得很，先是萍水开口：

——何如？

——好极啦！

——夜晚再来。

——好！咱们先吃饭去。

——吃啥饭，到天津馆，肝肠肚肉各来一碟，带上一碗片儿汤，吃些火烧；不够，加上两碗大罗面，吃啥饭！

萍水快活得极，居然也说起侉话来了。

两人带跑带跳的上了电车。

四

W 君昨天走了，临行时两个人在小馆子里喝的烂醉。他知道萍水没有钱，自己又窘，留了五块钱给他。萍水在归途中，想到自己流落异乡已经快两个月了，什么事也不曾做，稿子能不能卖出又不可知，再过几时真不知怎么得了。难不成这一次竟要饿死在异乡么？难不成这一次竟不能和自己的妻儿再见么？难不成本省的政治竟没有希望么？唉！现代的世界，有什么话可说？要做人的只有死罢。除去“革命”而外，有什么办法可以救济呢！

身上又冷，心里又难过，这时已有十一点多钟了，行人很少，行道树被寒风所吹，奏的全是些凄凉音调。他的眼泪几次要落下来，都是忍了回去。这一夜没有月亮，连影子都没有；他踉踉跄跄的回到家里，盖着被痛哭了一场。

第二天早上，他起得很迟，眼泡也有些肿，他想起他和他的妻被经济逼得分散了许多次，现在又被权威逼散了。一生只做了经济和权威的奴隶，爱自由的人是永得不着自由，这个世界真不知要到那一天才能毁灭！……

到了吃午饭的时间了。萍水在房里翻读《两当轩诗集》，翻到得意的地方又用笔圈圈。像“相逢素友皆愁绝，日暮天寒不奈何”一类的句子，差不多整天在他嘴里滚；这在他，是成为习惯了，倒没有什么值得奇怪的。这一天，当他又念到这两句的时候，二房东在楼下叫了起来：

——张先生！

——什么事？

——你有快信，带图章来。

——好，来了，请他等一等。

萍水取了快信和一封平信回到楼上。平信是G君寄来的，说稿子已经催过几次，编辑人还没有工夫看，再得等些时。他看完了，把头摇了几摇。

快信是他的妻寄来的，写的很长，问问他在外面的生活，问问他的寒暖，叙述了许多关于她自己和孩子们的生活状况。她信上说，家里的经济已到了没有办法的地步了，再下去也不能维持了。两个月来，凡可以借钱的地方都借过钱了，以后是再没有地方可以借贷了。房子已经到了期，没有钱再付房租，下个月只得搬回娘家去住了。孩子们的衣服也没有钱做，人家的孩子都已穿了棉衣，我们的孩子穿的还是夹的，每天的早晚，他们总是冻得乱喊乱叫，最小的一个竟致冻病了。同时米也没有了，柴也没有了，什么都没有了，以后的日子真不知怎样过了下去……她的信凄恻极了，萍水读完时，心里一急，两手把来书撕得粉碎，眼泪如泉水一般流将出来，他脸色如死灰一般伏在床上。

默默的，呜咽的，约莫经过了半点钟，他忽然站了起来，用右手把短发向后一抹，走到桌前，伸开纸，很快的写了起来：

……

现在，我的心是变成石头一般的硬了，我的心也变成石头一般的冷了，好罢，社会赐予我们以死亡，我们也不必拒绝它，在社会上看来，我们走到这个地步是我们的活该！活该，我们便活该到底罢！孩子冻吗？听他去！我们饿吗？听他饿好了！这是社会对于一切做工的人们的敬礼，所有的革命者的敬礼，我们只有一面让它来压迫，一面去找出路，出路是产生在压迫下的。

你以我的话为疯狂了罢，我没有疯，我一点都没有疯！事实是如此，我们不忍饿忍冻到死，到找得出路时，又有什么办法呢？唉！我们冻饿，还忍看孩子们冻饿，这不是我们的残忍，我们没有这样铁打的心肠！不过，社会是早已替我们安排定了，安排我们全家去死，安排所有的做工的去死，我们在未找着出路之先，我们不任凭冻饿又有什么办法呢？

乞怜吗？不做人吗？我们没有这样的下流！

唉！冻饿是我们应该享受的，我们就享受下去罢，冻饿是我们的命运，我们要向这不平的命运去抗斗！这个世界没有永久持续下去的道理，经济的制度总有打翻的一日！我们不要灰心，还是继续的抗斗下去罢！

……

他神经紧张极了，他不知道自己写些什么东西，也不复看，折了起来，比时就扔到信封里去。站起身来，比时就预备去送。忽然一转念，又呆住了，原来他想到这封信是发不出的了。因为他家乡的邮件，被军阀们的走狗检查得特殊厉害，这样措词的信不仅要被扣留，对于收信人还有很大的危险。

没奈何，他只得回到桌前，重行坐下，重写了一封。原来写的，只好收在行箧里，预备候相当的机会再发了。

（初收上海亚东图书馆 1928 年 9 月版《义冢》；选自《阿英全集》第 3 卷，安徽教育出版社 2003 年版）

一个朋友

——A Sketch

虽说事情已经过了十年，只要我一想起那个曾经被我践踏的人，我总是忍不住的要为他流泪……

我是深切的记得，我和他的相识是在担任了农业学校教席的第二学期的开始。我们的学校是设在一个旧式的庭院里，我的房间是在最后最偏僻的地方。照例的要由学校指派一个校役给我。

是开学的第三天罢，原先照应我的校役被遴选到离城五里的乡村本校去了。代替他的位置的是一个新来的校役。在原来的校役未离开之前，他把那个新来的人引到我的房里来了。

他是一个从乡村里出来的人，因为在乡村里没有饭吃，才跑到城里就事的。他的身体很瘦长，约莫二十的年纪。穿着一套蓝老布的衣裳，破布底的鞋。走进来之后，他并脚垂手的站在那里，挺直了身躯，一动也不动。最惹起我注意的，是他的一对凶狠的好像在仇视着一切的不屈服的眼光，那时很正确的在注视着我的脸。

老实说，他走来就给了我这样的一个不好的印象，使我对他感到了一种厌恶，因为那时候的我虽然已是一个破产的小有产者，我仍旧是在相信着良善的校役是应该绝对听调遣的人，他……并不如此。我想，他或者是一个白痴吧……

原先的校役照例的把他介绍给我：

——张老师，庶务处派他来伺候你老。

我听了以后，比即这样的反问他：

——他曾经在什么地方做过没有？

他说：

——没有。他是才从乡里进城的。他的父亲因为欠租被关在县里了，他没有法子只好到城里来。他是我的一个本家弟弟，人很老实。有不到的地方，请张老师格外原谅。

我转过了头，向着那个新来的校役：

——你姓什么？

他没有回答我，只把头部略略的动了一下，就呆住了，哑子一般的。他依旧的垂着两手紧贴着身体的两边站着，衣袖长过了他的手指。

还是原来的校役替他答复了这个问题：

——他姓陶，名字叫陶正鑫，张老师以后喊他老陶好了。

农业学校的所在地，是一个交通不便，而又很闭塞的县城。因为最近设立了这个学校，风气才稍稍的有了转变。大部分的人民却依然是具有上古的风范。至于从山里走出来的农民，不仅是比县城里的人来得更为俭朴，就是性格也特殊的强悍……

第二天早晨，起身铃响了以后，老陶被我喊了进来。

那个人真的有些呆笨，当他听到我的喊声的时候，我看他如同有怎样的紧急的事情一般，立刻的转过身来，如飞的跑到我的面前。他如同在恼怒着似的，睁大着那一对令人可怕的凶恶的眼睛，向着仇人一般的问着我：

——什么事！

他说的时候，声调强硬而又平匀，我几乎疑心他是在质问我什么了。

唉！我当时是多么的值得咒诅啊！我当时是以为我的地位是如此崇高，他——一个校役算得什么呢？校役们完全是天生的被我们驱遣，而他们站在我们的面前只能是低声下气的人。我有着这样的传统思想的残余。你想，当我听到老陶那样的不客气的声调，我该多么的恼怒呢？……我到底是忍耐着了。我的头脑里总还有一部分新思想在支配着我。我想:假使他是被派在其他的教员室里,那么,一计又重又响的耳光一定是上了他的脸了。不过,我终竟是愤怒着。我也睁大了两只眼睛,放射出无限的怒火,用着比他更不高兴的声调命令他:

——什么事!你干什么的!早晨起来水都不打。

他好像从梦中醒来一般,转过身去就跑。

——老陶!

我用很大的声音叫了出来。

他站住了:

——什么事!我打水去!

他的声音还是那样的强硬。

我这时是证明了,是的,是更进一步的证明了他是一个白痴了。我很愤怒的把他喊了回来,告诉他打水是应该带着脸盆去的。他听完了我的话,又放着很大的声音问我:

——脸盆在那里!

他那里是一个伺候我的人,他是在命令我啊。我当时是多么的恼怒。我把脸盆的所在地告诉他了。

我的余怒还没有消。他捧着满满的一盆沸水走进来了,水是沿路的泼着。他端到我的面前,——这时我正坐在书桌旁边翻着当日的讲义——好像抛掷什么似的,向桌上一掼,溅出来的水几乎把书桌全部泼湿了。

——你干什么!

我拍起桌子来了。

他自己知道做错了事,默默无言的站在那里。他有些畏惧。他的那种样子是多么令人可怕啊。他毕恭毕敬的站在那里,如木石人一般无二,可是,他的眼中的怒火,好像即刻就要飞迸了出来……

——还不去拿抹布来揩么!

停顿了些时，我这样的骂他，这才使他如带着伤一般的慢慢的走了出去。

打了洗脸水之后，照例的就是抹灰了。他简直是一个笨伯，什么都不懂，也什么都不会，说痛快点，他简直是一个机械的东西，你拨一下，他动一下，你永远不拨，他也就永远不动。当天我盛怒之余没有喊他来抹，他也就不会自动的来抹。第三天我可忍不住了，在舀了洗脸水之后，我命令他去打水抹灰。

他提了一大桶的水来。他不知道应该怎样办。把水放下之后，便转过身去预备走。又给我骂了回来。是真的，若是依我的脾气，我早就写了一张条子给庶务处，把他斥退了。我终竟是一个受过平等的教育的，所以我忍受了。我决计好好的去训练他，如同我在讲堂上训练学生要做好的公民一样。我教他怎样抹灰的方法。

他依照我的方法动作起来了……

我正在预备讲义，不知为着什么事我把头抬了起来，我看见他把我放在茶几上的一张没有框子的六寸相片放在水里用抹布洗。我那时是多么的恼怒啊，我愤怒，我很凶恶的骂他：

——你疯了么！

他听到我的骂声，吓得两手一松，手巾、相片全都落到水里去了。

他毕恭毕敬的站着，什么话都不说，怒视着地板。

我恼怒的问他：

——你想，相片怎么能洗！

——你不是叫我把桌子上的东西抹抹么？

他并不屈服，他用着抗议的声气对我。

——相片也能放在水里洗吗！

我这时真的又好气又好笑。我把相片不能洗的理由向他说明，他才有些了然，而且笑了起来。但是他并没有认错，他接着答复我的是“你怎么不说呢”一句声调很硬的话。

……就这样的闹着笑话不知道有多少次，我总算以教育家的方法把他渐渐的训练好了。自然是没有久于县城里的校役们的能承人色笑，比他初来的时候却相差的太远了。粗野的举动变文明了，强硬的态度也变和平了，对于我，也不称做“你”，而喊“老师”了……

我是曾经和一个英文教员赌过东道的，我说，我一定可以把老陶训练好。他不以为然。他是一个师范大学的毕业生。他说乡村里的人是野蛮成性，不知道礼义，不知道尊卑，合该是永远做下等人，没有法子训练好。我对他的话不表示同意。我相信教育的力量是大的，是可以感化一切的人类的。即以我说，在幼小的时候，我就是一个多么调皮的孩子，后来我经过了教育的熏陶，我变为良善而且为人师长了。我相信我是能以同样的方法来训练我的学生，以至于伺候我的校役的。而且，驯良不反抗是一切人类生存的要道，假使不能如此，他是一定要在这个世界上丧失他的生活的秘诀。使他们变为驯良是教育家的责任，我们绝不能放弃。这样，我和他赌了一个东道。

到底是我胜利了，所以在一天午饭的时候，我就把这个问题重新提到那个英文教员的面前了。坐在上横的专抱吃饭主义什么都不管的算学教员首先响应了我的话，他照例的微微的露出笑容说：

——是的，这个笨牛总算被张先生弄活泼了。

——岂但弄活泼，而且变调皮了。

那个中年的坐在他对面肺病已经到了第三期的理化教员接着。他把头一偏，有气无力的继续下去：

——你们知道，他和别的校役一样，也在卖香烟卖吃食给学生了——

体育教员打断了他的话：

——还有趣呢，有一天我看见他还在调戏那个收教职员衣裳洗的那个洗衣的妇人呢！

——噢！……

最欢喜谈女人的教肥料的胖子教员差不多跳起来了。

我这时才恍然大悟：

——难怪他近来穿着都不同呢。才来时穿的衣服一件没有看见了。真没有想到，人是变得这么快。

——这也是你训练的吧。

那个胖子教员调侃我，然后哈哈大笑，唾液差不多波及对方了。

本来沉默着的土壤教员也说话了：

——这个家伙愈弄愈坏，你们没有知道，有时他们还在我们背后，当着其他的校役面前骂我们呢，有时还和学生们在一起批评我们，说这个是饭桶，那个太不成……

失败了的英文教员好像得了一条出路，把精神振作了一回，他向我抗议了。

他说：

——老张，我说，怎么样？像这一种人，无论他是农人还是工人，还是当流氓的……任你有多大的能力，你是没有法子把他们训练成为驯羊的。这些人，总是下流，总是撒野。你现在即使多给他们钱，可以使他们暂时忍耐，他总有一天要下意识的把他们的野性暴露出来。老张，你再去训练，你再望下看，我敢担保，你是没有法子把他训练好的。要知道下等人总是下等人，流氓总是流氓，教育对于他们是失却力量……

就在这一天的夜晚……

我接到校长从乡村本校送来的一个通知，要我即刻出城去参加一个很重要的校务会议。乡村本校离城有五里远，要经过三个山头，中间的一个是满堆着坟茔的。这一夜无月又无星，然而我必得去，我叫老陶燃了一盏提灯送我。

天色墨一般黑，一盏提灯如鬼火似的在前面引导着我。当我听到远远的地方有不知什么虫鸟叫鸣的时候，我感到一种凄凉了。我很想把这一种寂寞打破，提高了嗓子预备唱几句京调。当着校役面前高唱京调是有伤教师的尊严的，我只得又沉默下来。

又走了一程。我终竟感到了悲凉，似乎对人生也得到了一种消极的暗示。我真的忍耐不住了，我和老陶便开始了谈话。这时我们差不多要走完第一个山头了。

我说：

——老陶，我在这里遇过一次险。我那天正从山那边下来，没有晓得这里在枪毙人，一颗子弹竟走我的耳边擦过了。

——唔！——

老陶低头看着地，仍旧的沉默着向前走。

——老陶，今年我们学校的农场收入很好，新校舍大概可以完全建筑成功，明年我们一起都要搬到乡里了。乡里的学校真大哟，你都去过么，那沙滩，还有那水田……

——唔！——

老陶还是什么都不说，很急遽的引着我向前走。

我只得再接下去说：

——老陶，你近来已经是很好了，老师们也都说你不像以前了……老陶，城里是坏地方，你得到处留心才好。你本来是老实人，要不小心就要变坏了。

——唔！——

老陶还是不和我答话，提着提灯向前走。

我真感到单调的寂寞了，我想，老陶为什么不和我对话呢？我有些焦烦，这时我们快走到坟山了。我们非讲点闲话来壮壮胆子不可。该怎么办呢？我想起启发式的教育了。

我又问老陶：

——老陶，你在家是干什么的？

——种田，张老师。

果然，我的新方法收到效果了。

——种田好不好？

——唉！种田是件苦事呢。

他有些感慨。

——所以你就这样的来到了城里么？

他思索了一下：

——不完全是的，因为我家里已经没有人了。

——你母亲也不在了么？

——是的，张老师，我的母亲是去年三十晚上死的。我现在还难受呢。那时我的母亲的病已经快好了。因为我们的庄田的东家要租要得很厉害，他要把我父亲送到县里来。我母亲没有法，只好把借来看病的钱给了他。我母亲从此就不能再请医生了。她死了。张老师，种田的人真不是人啊！我母亲临死时还招呼我呢。她说，孩子哟，等你父亲死了，你就不必再种田了。你到城里找别的活去罢。做东家的田是没有出头的日子啊！哝！孩子，你不要忘记你母亲是被东家逼死的！……

老陶说得有些伤感了，他的声调也凄软了。

我也感到了一种莫名的伤感：

——那么，你父亲又怎么被他们拿去了呢？

——那是因为今年的欠租。

——所以你就跑出来了。

——是的，我家没有人了，我不跑怎么办呢？张老师，种田的人真不是人啊，一年忙到头，什么都得不着。东家要拿些去，县里要拿些去，乡董又要拿些去，又还要些成本，自己是什么都得不着啊！……

我听到这里，我有些愤激了。我跟着他手里的灯在坟茔隙里走着。我很不平的向着他说道：

——老陶，你被逼得这样，你不想对东家报仇么？

他听到这句话，好像有什么心事，沉吟了一回，忽然，他停住了，转过头来向我。我看他似乎是旧病复发了，提紧了那个空着的拳头，两道凶恶的眼光逼视着我，比第一次和我相见时更为可怕。

他用着很大的声气向我说：

——是的，报仇！母亲被人杀了，父亲被人囚了，做儿子的能不报仇么？不报仇还能算人吗？张老师，我母亲死的时候，我就把这个心愿许下了。我，还有我们村子里的许多人，都是立志要向他们的东家报仇啊！

说完了他又转过身去向前走。

——老陶，你的志向很好……老陶，你要晓得报仇不单是嘴说的，你应该去干！空讲有什么用处呢？……

——是的，我晓得的，我们已经预备好久了。就在这个月的月底的夜晚，我们村子里的人要上街来的。我们要商议报仇的法子……张老师，你是好人，你不要告诉人啊。

这时我们把第二个山头走了一半了，隐约的有村犬在吠。远远的浓黑的树林后面，已露出乡村本校的灯火，似乎在闪烁的招人。我感到些须的快慰了……

但是，我想到今天正是月底……

我便提醒了老陶：

——老陶，今天不就是月底么？

——哎——

老陶大叫一声，他呆住了，翻大着两只眼睛。他迟疑了些时，有如经过了一回考虑，突然把身子向后一转，脸上露着焦急的表情，也不看我，提着灯擦过了我的身边，就向城里跑。

我疑心他看见什么怪物了，一把想把他拉住，可是，他溜跑了。

我只得很失意的叫了起来：

——老陶，你为什么向回跑？

——回城里去！

他带跑带答复我。

——你为什么不把我送到学校呢？

他把头磨了转来：

——城快关了……他们明天就要回去……你自己去吧！

你想，这时候，这时候我该怎样的愤怒呢？我原先对于地主的愤慨差不多变为对于老陶的愤慨了。我听懂了他是回城去商议复仇的事的。但是，对于我的一方面，他是太不忠实了。

我愤怒，我大声的骂他：

——老陶，你不应该这样，你干的什么事！……你应该送我到学校，这是你的责任！我的事很要紧！

灯光逐渐的远了，因为风顺，他的回答我依然能听得见：

——不行，我有更要紧的事！

天色这般的暗黑，又在坟茔的中间，你叫我一个人怎么能向前进呢。我那时真是说不出的难受啊！我是知道老陶是喊不回来的了。我只有改变一种计划，我很惨然的追上一句：

——老陶，那么你就把灯留给我吧，我还有一里半路呢！

灯光如一颗流星很快的流到第一个山头了，我已经看不见人影，很细心的我才隐约的听到了他的最后的答复。

他答复的话是：

——给你？不行！给你我怎么办！

“那么，我又怎么办呢？”我本能的这样的向自己说了一句，我眼睁睁的看见那一点灯火流到不可知的地方去了。我那时是多么的懊丧啊！我只有呆呆的坐在山路的旁边，那个被乡里人称做被雷打倒的贞节碑的巨石上。夜色是那样的阴暗，山风是那样的凄厉，再加那种令人颤栗的怪鸟的叫鸣的声音，唉，我那时是多么凄凉哟！我如醉如痴的坐了许久，我想老陶是不会回来了。我能够在这里过夜么？我不能，而且我也害怕，我只有带着一颗恐怖的心在四顾茫茫的荒原之中，摸索着我的前路啊，唉，在那堆满了坟茔的道路之中……我这时才想到英文教员的话是绝对的真理了……

回想起来，这已是十年前的事了。现在老陶是否还在人间我不能知道。他的报仇的结果如何我也不能说出。因为他在这件事发生的第二天便被学校开除了，而我离开那个县城在各地漂泊乞食，又已是八个年头……

在这八年之间，人世间是有了多么大的变化啊！……唉！我也变了，我也变了，我也是特遽的改变了。我饱经了人世的忧患，我了解了人间的一切，我的思想是不像以前那样的混沌了。我——我是完全的降为一个被压迫的阶级的人物了。

我每一想起老陶，我的那个忠实的朋友，我总要有一回内疚。我咒诅我那时何以那样的堕落。唉，我真想不到受了没落阶级的教育的流毒的我，何以当时不但不知道觉醒做一个奴性的公民的羞辱，反而以着同样的方法去戕杀，去贼害了无数的青年，无数的伟大的革命的个性……

但是，受骗而不知觉醒的不只我一个啊！……

我现在是认识了老陶，那个曾经被我践踏的忠实的朋友的伟大了，我从老陶的际遇里也认识了所有的被压迫、被践踏的现代的所谓下贱的人们的伟大了……

我当时是实在一点也不认识老陶。可是现在，现在我是相信着老陶的生命所暗示给我的意义了。是的，被压迫的被践害的伟大的灵魂虽说有被经济与暴力损害的时候，然而，那潜在的，那没有被发掘出来的力量，是不会因着压抑与损害而永久的被折服啊！……

潜在的伟力必然的有大爆发的日子，地球必然的有改变颜色的时候，曾经被我践踏的忠实的朋友啊，恕过我吧，我们现在是在同一的战线底下抗斗了……

一九二九，四，二十。

（初收现代书局1930年2月版《玛露莎》；选自《阿英全集》第3卷，安徽教育出版社2003年版）

末　日

一

寒暑表已经升到了一百度。正是炎炎的夏日当头。模范区的马路干到和吸水纸一样，被泼上去的水随时都会干蚀。日午的时候，在太阳光辉中来往的双岗警察的刺刀，插在枪头上格外的光耀夺目。马路上行人很少。除去汽车插着各机关的标识，仿佛带了重大的任务拼命的飞驰，沿途有不少的卖冰小贩向着路过的人们高声喊着："大角子——喝。"此外，唯一惹人注意的人物，要算随时在马路上来往的卫署司令部里的侦探。这些高大身躯的流氓，总是把手枪插在腰间，拿着黑纸的折扇，穿着黑纱的长衫，两袖的前部微微卷起，斜戴着草帽，和幽灵一般的在马路上来往。司令部不时的在"出人"，枪声远远地响着，不时也有一群群的被捕者被绳子捆着牵了进去。门岗对于出入的囚徒，照例的都要报上狠狠的一眼。工厂这一天虽都因工人自动的停了工，白色的烟雾从司令部，从各机关的烟突里，却在冉冉的上升。空气里充满了恐怖与烦躁。

临近马路的一个凉台，这时正被太阳晒射着，正面垂下了微带黄色的绿篾帘。一个裸体的幼孩正从侧面眺望着马路上的一切。室内的陈设很富丽。电气风扇不住的作半月形的扇动，两座斜斜的对放着。室中铺了一幅日本的垫席，一个肥硕的妇人迎着风盘膝而坐，用手掠着她的两鬓。两个十来岁的孩子睡在她的近旁，玩弄着扑克。靠着铜床的西式的台灯几上有一架留声机，一个年轻的女仆正在开演着程砚秋的《三堂会审》。冰箱的肚下有杂乱的汽水瓶。室内还燃着从扬州特地买来的清香。邻近这间房的前间堆满了家具，全是些西式的崭新的木器。

便在这时，一个裸着上体的孩子的头突然的伸将进来，嬉皮癞脸的对室内望了一回，接着便把站在门外的左脚提起，显然的他也想进来扇一回电风扇。妇人和司令部门前卫兵一般恶狠狠的报他一眼，他的脚受了下意识的指挥，骤然的缩将回去，笑颜立即从他脸上消逝了。在玩弄扑克的两个孩子，很严厉的鼓大了眼睛叱骂他。他不肯退步，向他们做着鬼脸。大的孩子恼怒起来，举起手中的一搭扑克迎面砸去，没有打中他，散落得满地。他于是走开了。在临行的时候，还举起右手的拳头，向他们的胸前挥了一回。但是，接着门帘就被放下了。

二

五分钟后，楼梯上有了一次激烈的响声。在妇人的房里多了个体格肥大、横肉满脸的中年的地主。吃租是他的职业。他是这屋子里的主人，每天只要到他所委托收租的银行去一次，此外，就什么事都不干了。这一天回来，步子比平时来得急遽，神色也比平时仓皇。向客堂楼里很注意的望了一眼，就揭起门帘走到自己的房里去。看看壁上的挂钟，已经过了两点。他一面脱去华丽的上衣，同时很惊慌的向着他的妻子，仿佛大祸就要临头。孩子们也都莫名所以的张皇失措起来。年轻的女仆在为他拧热手巾。半天，他才从牙缝里迸出一些话。

“不得了啦！赶快准备东西装水！我刚才得到消息，今天下午四点钟自来水厂要罢工！现在两点多了，赶快一点，能装多少是多少！这一次罢工真怕人哟！不怪，这一回工人被杀的也实在太多了。”

他说着走着，用热手巾揩着汗。他失魄似的走到客堂楼的门口，把这话向在改着文章的他的房客，一个穷小学教师重述了一遍。他仿佛失了魄似的。小学教师听得这个消息并不表示惊讶，只微微的笑着。

客堂楼的陈设很简单，两张板床上面铺了些破旧的被条，一张质料极坏的方桌迎窗放着，还有几张长板凳。因为近来到的军队特别多，大都住着民房，富人们为避免这种骚扰，总是分出一部分以低廉的价值租给人。来承租的大都是比较穷的人，有钱的是不会来分租一间房的。这小学教师便是这样的承租者之一。他在一个铁路工人子弟学校里教书。他的房东今天破例的走到他的房里，使他非常的惊异。他觉得房东的脸色比平时和善。他从坐位上站将起来。

“这个消息先生怎么知道的？我早晨上课还没有听到呢。机器工人罢工的事件却是有的，我没有听到关于自来水工人的事。”

他从容不迫的说着，两眼瞪着他的房东的倏红倏白的脸。他觉得这消息并不能使他畏惧。他的妻子也依旧的坐在那里织着学校里的东西。但是，房东是异常的焦急。他和小学教师谈着话，远远的又用话语指挥着女仆用木盆等等在盛自来水。

“实在的，这消息异常的可靠。我是从银行里听到的，银行的行长得到了政府的密告。据说事情是没有挽回的余地了。政府里的人现在也是慌乱得没有办法。”

小学教师把两眼转移到地板上，声调很是凄婉。然而，不是求恕的神情。房东默默无言的听着。

“其实，这件事的发生也是必然的。工人们究竟有什么罪呢？就是对政府有一点指摘，也是为着人民的。有影响全体工人本身利益的事件，工人们当然要彻底反抗。恐怖政策是不足以阻挡工人前进的。”

“话是不错的。不过工人也实在太跋扈了。让工人来主持国政，天下哪有这种道理呢？政府的格杀政策也具有难言的苦心。

可是，杀的也太可怕了。杀人场哪一天没有百来具尸骸陈在那里，也没有人掩埋，任狗子衔得到处都是人骨，血水淤积得很深。至于我们，现在是不愿再说什么，只希望能很安全的住下去。这样下去，怎么得了呢！”

小学教师听了，对他的妻子望了一眼，又抬起头来凝视着天空，似乎边思索边答话的向房东说着。

“政府的格杀政策为什么掩不了他们自己的颤抖呢？这真是一个有趣味的问题。枪炮能枪杀一切的人类，但是没有法子使一部机器转动。格杀政策也自有他的穷途。”

“现在不必谈什么理论了。世道日非已成了不可掩饰的事实。我们只想苟全性命了。三点钟快到了，我们都得准备准备才好。”

房东听得有点不耐烦，想很快的结束谈话，去准备自来水停工后的水料，这样急切的说着。他慌乱得更厉害，看了看手表，全身在发颤，又如对小学教师将有所求似的，不肯急急的走开。两个人默默无言的对站了很久。

三

“不要糊涂到底了！还坐在这里扇电风扇，再有半点钟就没有水了！你就不能起来帮婆婆一点忙么？你是不是一具活尸！你要坐在这里生生的饿死么？不为你自己，也得为孩子们想想。我们的时代已没有法子使它再回来了。伤心啊，我们在一步一步的走近了末日！你这一具活尸哟！”

他差不多从颤抖变成疯狂，想到遥遥的将来的可怕命运，语音依旧带着颤抖。他看着妻子迟缓的慢吞吞的立起身来，着起拖鞋，又跑到镜子架旁掠了一回发，然后才文质彬彬袅袅娜娜的摆动她肥硕的身躯走下楼去，嘴里还在咒骂他。他气极了，两手颤抖得更厉害。“完了！完了！”他狂叫起来，又疯狂似的向着自己狞笑。

突然，他迅速的飞一般的跑下楼去，举起手表，四十分了，还有二十分钟。他的妻子站在那里闲看着女仆用桶盛水。他几乎跳起来，拳头举齐了额又放下去，两只眼田螺一般的突出。他不再说什么，自己去找出两个水桶，又跑到楼上自己房间里，坐在那里喘气。大的孩子还是在玩着扑克，凉台上的一个向他要西瓜吃。他眼中生火了。他望着壁上的钟，恼怒极了，顺手把那孩子向里面一拖，一交跌在席子上。又从席上把扑克拿起，向着孩子们身上砸去。孩子们吓得不敢哭。

"唉！这不晓得是我的末日，还是你们的末日。末日临头，你们还在做梦！吃西瓜，吃你妈的西瓜！水都没有得吃了！到江边弄水是多么的难法！我看你还能把这纸牌玩弄几天！我们的时候是过去了。唉唉！怎么办呢？怎么办呢？这些东西不久都要不为我所有了。唉！你死到临头还在做梦的人们哟！"

他惨笑了一声，眼泪流了下来。他不能再说什么，也不能再想什么。他的眼前猛然出现了一幅巨画，许多短衣人把他全家捆绑了起来。他大叫一声，伏到桌上去。他觉得自己在旋转，孩子、老婆也在打着回旋，大家都立足不住的扑到地上去。他们被自来水冲到马路上，幻觉的汽车把他们在马路上活活碾死了。他的神经状态起了特殊的变化，过去几次遇险的回忆，这一次工人反抗的狂潮，把他鼠一般的胆差不多整个毁坏了。他不是单纯为着水的缺乏，这样离奇的变态有他不少的历史成因。他想到死亡，忍不住的流下泪来。

四

小学教师突然出现在他的面前。他恍恍惚惚的，跌跌跄跄的，不知什么时候又跑到客堂楼里去。小学教师还是安然无事的在改着课卷，看到他的惶恐的状态，忍不住暗暗发笑。他想这些人真是愚笨不过，便问：

“你们为什么不预备水呢？快到四点了。罢工就要实现了。你们也得想想法哟！”

“我们不是这样想。这回罢工，也许是一回长期的抗斗。这是工人方面的最后争斗，不是容易解决的。就是接下水来，至多也不过一两天，有什么用处呢？所以，在罢工期间，我们决计跑两里路到江岸去挑水吃。”

房东默默了。他不知在思索什么，忽然眼睛射向从楼下上来、站在他自己房门口、用拳头对里面挥的小学教师的儿子。他的态度变了，脸上露出虚伪的笑，远远的叫着：

“进去！进去！不要站在外面，进去和孩子们玩玩。你热吧，好的，你进去扇扇风，有电气风扇。”

孩子冷冷的看了他一下，还是站在那里挥拳头。在工作的孩子的母亲怒目看了孩子一眼，孩子这才有所畏惧的退到自己房里。她抬起眼来向着房东：

“这个孩子真讨厌，死都不肯听话，总欢喜和你家少爷们闹。他父亲课又忙，我的工也重，将来真不知怎么得了。穷人们的孩子真是没有出路。”

“哪里话，他是很好的，将来很有希望。我家的孩子娇生惯养，将来真不知怎样是好呢？……唉，我们真是没有用的人，一点力气都没有，不然，缺水的时候我们也不会这样急。水当然是不会断的，不过非常的困难哟！而况，这自来水的罢工仅只是一个引子呢！我是和其他同等的人不同的，一切我都看得清楚，我们现在是到了末日了。”

他说得有些伤感。眼泪又在他的眼里打转。末日对他已经临头，四点钟已经逼近了。楼下放水的声音还可以听到，是多么的急迫，多么的急迫。他如有所思，他又烦恼。忽然站起身来在室内乱转。许久，复又停在小学教师的面前。

“假使罢工延到三天后该怎么办呢？家里的水决不够三天吃。工人决不会来替我们挑水。找有关系的人来帮忙也真不容易，日子不知怎样过。你看，这是不是末路呢？这一家五口，这一家五口……”

他复又走开了，两只手搓着，神经显然还在错乱中。忽然，微微的笑一下；忽然，又长叹一声。忽然，忽然，忽然又停在他的面前。

“是吧，师娘。三天以后怎么办呢？像你们自己是有力气挑的。我们呢？唉！我们都是些废物而已！是没有希望的，没有希望的。我们到哪里去找人呢？在这个时候，我看到我们自己的力量了。”

她仅只微微的一笑。小学教师没有说话。他还是在室内回旋。坐下以后，又复站起，重复坐下。他不知如何是好，眼前只是一片黑。他走动半天，谁个也不和他答话。他独语：

“唉！怎么办呢？怎么办呢？三天以后，我们就没有水了。找谁帮忙呢？我是找得到的，然而多么困难啊！我们的末日哟！唉唉！我们的末日到了，怎么办呢？怎么好？……”

他神经错乱的说着，语音高低不一。他依旧来往的在室内走动。一根巨大棍棒击在他头上似的，他不知想到什么又复狂叫。在欢乐轻快的生活中，他没有想到有一个死灭的巨灵要和他们合成一体。他心里涌起许多狂念。他想用经济去买一点劳力的水，但是梦随即就破碎了。他想用感情去买一点劳力的水，转瞬间又发现这种感情是不值一文的。他知道是绝望了。他如狂蝶般在室内回旋。

五

他迅速的飞到楼下。当他踏上地板的时候，自来水突然的停了。他听到女仆的一声喊叫：“啊，没有水了！”他如受了巨大的压迫，木然的立着，呆呆的望着妻子。他觉得末日是临头了。他想把他的妻子甩到户外去，他感到她终究只是一具活尸。他想，假使妻子平时果真能和小学教员的老婆交接交接，现在也不致这样惊慌。他的工人学生是很多的，总不会像今天这样冷然的对待他。他悔恨了，他悔恨以前太看不起小学教员，他忍不住暗暗自责了一回，把两只乞怜似的眼球转向自来水管。但是，但是这时的自来水，是连余沥也没有了，只客堂楼里隐隐的添了一阵阵的笑声，如钢刀般向他心里刺去。

一九二八，七，一九。

（原载1928年10月16日《白华》第1卷第1期；选自《阿英全集》第3卷，安徽教育出版社2003年版）

洪灵菲

路　上

一九二六，六，廿九日。

我们今天从N地出发了。我的心兴奋得近于刺痛！

我们这一队军队，在我们这有了四千余年历史的古国里算是第一次出现的。我们这二三十个女兵，也算是第一次在军队中出现的。这样，真个令我感到满足和惭愧了。

听到象哭着，象怒号着的喇叭声，听到象叱咤着，象叫骂着的铜鼓声，我全身的血都沸着了，都沸着了！

看见许多大旗，在风前招展着，就好象在诉说全世界被压迫的人们都起来争自由一样。呵！美丽哟！

今天，几万人中，我想密司吴，算是顶高兴的了。她的手腕太短，举起枪来，全身都在摇动着。但她是多么快乐啊，她眼睛里分明燃着一种慷慨赴难的勇气。她握着我的手不住地在跳着，我觉得她真是可爱极了！

"妹妹！你疯了吗？"我含笑抚着她的柔发。

"多么快乐啊！你看！我的枪刀在闪着光呢！呵！呵！呵！"她大笑起来。

"大姊姊！"密司黄镇定的说，脸上溢着微笑。

我和着她一道笑着，心里快乐极了。

密司黄比较密司吴高了一些，性情很好。把她们两人比较起来，密司吴活泼，密司黄温柔。她们都比我小了一岁，因此她们都叫我做大姊姊。虽然是离乡别井的我，但有了这两个可爱的小妹妹，便完全不曾觉得寂寞了！

我们在路上不断地唱着歌。唱着那条“英他拿逊南儿”的歌。真正和学校里面春日旅行一样的快乐，不过雄壮得多了。

我们这一天跑了约莫六十里路的光景，疲倦得要命，但心里仍然觉得快乐得很。

晚上我们二三十个都在一处睡觉。在营幕里面，望出去，遍天尽是星光。

一九二六，七，三日。

天天都有子弹从头发上穿过。

我们二三十个女兵在当着救伤队。我的枪虽然带在身上，可是还未尝用过，觉得有点气愤啊。

天气热得很，每人都穿上一套厚军服，确有点熬不住了！

我们同伴有一个太胖的，走不动，她哭起来了。真讨厌，为什么要哭呢，不能耐苦，这是小资产阶级的薄弱的根性啊。

她的名字叫楚兰，她一向跟着人家革命，都不过闹着玩玩。她爱出风头，爱闹恋爱。她和一位大人物很要好，那人人物弄了一只马来给她骑着。怪难看地，他扶着她坐在马身上。一不提防，她便从马身上跌倒下来了。我和我的二位小妹妹，和我们队伍里的人物，都在拍掌大笑。

“他们这样不能够耐苦，他们不配干革命！”我们暗地里这样说。

我们明白了我们的使命，我们永远要表示出我们的勇敢，直至最后的一个呼吸。

傍晚，斜阳象血般的映着大旗，有几只战马在悲嘶着。这儿有许多山，正躺在黄色的日光下做梦。（不！在枪声炮影之下，这些山一定不能够再安稳地做梦了。）

歌声依旧未尝离开我们的嘴唇，微笑依旧在我们的脸上跳跃。

枪声比一切的声音都要伟大，我现在这样觉得。在“拍哔，砰硼”的声中，我的心头格外舒适。我相信我们的出路要由这样的枪声才冲得出来哩。

一九二六，七，八日。

我们到了W县了。今天我们加倍的快乐，我们把敌人全部地击退了。

胜利的旗帜在各机关，各团体之前飞扬着。

楚兰也眉飞色舞了，她跟着那位大人物到各处去演讲。碰到我们的时候，她便眯着眼笑着。要在平时我会觉得这种笑是可爱的，但在楚兰她简直是不配笑的。

我们都晒得很黑了，但我们却更显得强健。密司黄，密司吴，和我，和我们的队伍，都一样地很强健。

我们的大队却损失不小，这真值得悲伤！他们——这些死者——都是这新时代的前驱，他们都站在全人类之前——那些反动的人们，我们暂时不承认他们是人类——在为全人类创造光明。他们的死，是全人类的莫大的损失。值得悼惜啊，他们！值得崇拜啊，他们！

W县是个山县，建筑很古旧，还没有开辟马路哩。我们的大队和这儿的群众在街上跑着时，都觉得太狭隘了。

晚上，电灯亮了，满城充塞了歌声和胜利的口号。

我们希望不久便可以到C城去，把C城全部占据起来。

整晚我没有睡觉。我感到一种生平未尝有过的愉快。用我们自己的刺刀刺开来的出路，和平常的路有点两样。用自己的力量创造出来的光明，和平常的光明有点两样。我第一次感到这样有代价的愉快啊！

一九二六，七，十五日。

今晚，我们预备在山上过夜。

山上面挂着一轮月亮。不是白色的月亮而是血色的月亮！我们爱这样的月亮。枪声不尝完全停息着。拖了一条影在月色里倒下去的便是死去了的。照诗人的解释，这样的死一定是值得说是很美丽的呀！

我们照常地在开着会。而且比平时开得更加有精彩。

坐在三几株松树之下，一片岩石之上，晚风在扇着，我们觉得很是舒适，忘记着身在战场了。主席是救伤队的队长。他是个很有趣的人物，他说话的口音很不正，但我们都可以听出他是在讲什么。他的身材很矮小，戴着近视眼镜。他是个很负责任，很能够工作的同志。

政治报告之后，继着工作报告，再后是整个工作的批评。结论是我们应该更英勇些。伤兵需要我们的救护，正如有病的小孩需要母亲的爱抚一样哩。

在这样肃静的夜中，从远处的营幕里时不时传来三几声军号。那声音里，唤起了我们的悲壮的情绪。一般人们说，女人们喜欢流泪。至少，在我自己便觉得这话有些不对，我们那里喜欢流泪，我们喜欢喋血哩！

一九二六，七，二十日。

我们跑了一千多里路了，一千多里路了。我们虽然天天打胜仗，可是我们天天窘起来了。

在烈日下，在风雨中，在饥饿和缺乏睡眠的状况里面，我们一天一天的把我们的意志炼得铁一般坚强起来了。象初出发的时候一样，我们依旧不断的唱着歌。

一部分意志不坚强的小资产阶级分子渐渐地失望起来了。象楚兰一样在鸣不平的人一天一天的多起来了。他们说：

“太苦了！太苦了！太苦了！”

真糟糕！他们原来抱着享乐的心理到来参加革命哩！

那些兵士真可爱！（当然有很小很小的部分是不行的。）他们只晓得冲锋，不晓得退缩是怎么一回事！冲锋！冲锋！要有子弹的时候，他们便想冲锋！干便干，不会畏首畏尾，象他们才算是有了普罗列塔利亚特的意识呢！

各地的农民，不断地给我们以帮助。在他们的粗糙的手里，握着欢迎旗；在他们的嘶破的喉咙中，唱着革命歌。他们都知道他们的时代已经在他们的面前了！

城市间的人们，也给以我们很大的帮助。他们都在希望我们快一点帮助他们去，他们都被压逼得太利害，想换一口气呢！

到了C县了。我们的队伍即刻被人民欢迎着。

我们转战千里的结果，牺牲太大了。我们现时的人数和出发时的人数比较起来，减少了三分之一了。但我们决不退缩，我们都明白，我们的死者，是我们到成功之路去的桥梁。

每天，每天耳边都听到子弹的声音。但我们这救伤队死的却是很少。这真奇怪，难道不怕死的结果，连子弹都害怕我们么？

在一场混战中，我们这队女兵居然有了打仗的机会了。我和密司吴，密司黄都没有死；我们的子弹却的确地穿进了几个敌人的胸膛里去了。我们几个人今天为了这件事简直欢喜得忘记吃饭。

“小妹妹，你的短短的手腕居然亦能够开枪？呵！呵！”

“为什么不能够！我的枪术比你还好哩！”

“二妹妹呢！你今天的成绩怎样？”

“也不很坏！嘻！嘻！”

我们谈说着，充满着一种有目的的快慰。

楚兰和那位大人物，似乎愈加亲密起来了。浪漫得怕人，在这样危逼的状况下，他们还在闹恋爱哩！他们爱安闲，爱享福。楚兰居然由小姐式变成少奶式了，她一路不是坐轿便是骑马，没有好东西便不吃，没有好衣衫便不穿。有些时，她甚至调脂弄粉起来呢！唉！放弃着伟大的工作不做，她只愿做一个玩物！

由这场战争里面，我深深地感觉到小资产阶级在这伟大的时代之前一定不能够干出一点重要的工作出来，除非他们已是获得普罗列塔利亚的意识。

一九二六，七，廿八日。

我们占据了T县和S埠了。T县和S埠都是C省重要的地方，这使我们多么兴奋啊！

T县的山水很秀雅，县城里面已筑有马路了。

胜利的歌声在农村间传播着。土豪，劣绅，和一切反动派都照例先行逃避了。

经过了一个多月的苦战，我们的战旗被血染污了，我们的战马渐渐羸瘦了，我们的战士渐渐疲倦了。但，我们仍然不退缩，我们时时刻刻地在预备着作战而死。

我们这队女兵，在一般的人们眼里成为一种神秘。他们都说，我们的人数是多到了不得的，而这次得到T县，完全是女兵的力量。哼！他们实在是在做梦哩。

今天下午，我和两位小妹妹一道到茶楼喝茶去。我们坐下去之后，便有几个妓女来坐在我们面前，兜揽着我们唱着小调。她们向我们献媚，呈献出许多淫荡猥亵之态来。这真难为情了，她们见我们穿着军装，都误会我们是男人呢。

"不，我们不高兴听你们小调！"我们说。

"先生！听一听啦！我们的喉咙并不坏呵！"她们说。

"不，没有意思哩！"

"先生！好啦！……"她们一个个地走来坐在我们身上，眼睛尽向我们瞟着。

“别开心，我们都和你们一样是女人哩！”

“真的吗？真的吗？哎哟哟！咦！”

许多闲人老来围着我们观看，她们脸上都羞红了，我们也是老大的觉得不好意思。我们马上跑了。

我们真个象男人一样吗？这真有趣极了！

一九二六，八，五日。

睁开眼睛来，发觉得自己睡在红十字会的病榻上。这种景象，简直令我吓昏了。为什么，为什么我会睡在这病榻上呢？

因为被包围的缘故，我们的大队和敌人冲锋到二十次以上，但结果是失败了，失败了。我们的战士差不多都饮弹而没；我们的发亮的枪都被敌人贪婪地拿去了。我们的大旗被撕裂了，我们的战马被他们宰了，以为犒赏军士之用。这些事都是一二天以前的事吧，我实在是朦胧地记不清楚了。

当敌军入城的时候，我才跟着大队一道出走。被敌人赶上的时候，我从城墙上跳到城下去。我以为一切都完了，谁知我却被他们抬到这红十字会里面来就医。

我当然是曾经发昏过，但已经发昏了几天，我实在不能够知道。

我开始感觉到全身疼痛，我的四肢和头部都跌伤了。

是正午时候，窗外日光黄澄澄地照着，隐隐约约间有几叶芭蕉的大叶在风里招展着。蝉声怪嘈杂的在叫着，天气还热呢。

我躺在这样凄冷的病室里面，整个地被浸入孤独的毒浆里。我想起我们的战士，想起我们的大旗，想起我们的口号，想起我的两个小妹妹。我觉得我躺在另一个世界里面了。这世界对于我整个地变成一种嘲弄。于是，我想起我的枪来，然而那已经老早被他们拿去了。啊！他们把我的枪拿去，简直比较把我的生命拿去，还要令我难过。

有了一二个白衣白裙的看护妇时不时到来看我，她们似乎很怜悯我一样。我对她们有一些感激的意思，同时也有些看不起她们。她们的思想太糊涂，她们用一种怜悯的心情来看待我，简直是错误了。我们所需要的谅解与同情，（当然这些也不是我们所需要的重要部分。）我们是绝对不需要人家的怜悯的。

夜里头，我的伤口愈加疼痛起来，在惨白色的灯光之下，我想起我的死去了的父亲和母亲，我几乎流下眼泪来。但我终于把它忍住。

一九二六，八，六日。

我真不知道怎样说出我的快慰，今天密司吴和密司黄都被送到这医院来，和我住在一处了。她们本来没有病，也没有伤；因为没有地方归宿，终于被他们送到这医院里来了。

我和我的两位小妹妹见了面便紧紧地抱在一处，这回却禁不住哭起来了。

"怎样干？"

"且住他几天再说，我们都太疲倦了，躺一躺不要紧吧！呵！呵！呵！"

"依旧是顽皮！"

说了一回之后，我们依旧唱歌起来了。

我们象初出发的时候一样快乐，我们照旧在笑着。

（选自《洪灵菲选集》，人民文学出版社 1982 年版）

气力的出卖者（一封信）

母亲，我写这封信给你，已经是我快要死的时候了。母亲，前几天，我虽然亦曾淌了淌眼泪，但直到要死的此刻，我反而觉得没有什么难过了。我是一个不懂得什么的人，我对于死是觉得一点骇怕也没有的。母亲，相信我，我这时是一点也不会觉得难过，我只觉得死是一种休息。

母亲，说到休息，我想你一定又要骂我的。我想，你会骂我懒惰。但，母亲，这一回可不同了。我实在是不能够再活下去，因为我的气力都已经用完了。不！母亲，我不应该说用完，我应该说卖完了！母亲，我们实在都是在把气力贱价地卖出的，我也是，母亲也是，父亲也是，哥哥也是，弟弟也是。不过，我们的气力的买主不同，你和父亲，哥哥，弟弟的气力都被田主买去，我的，却被资本家买去，这便是我们间唯一的差别了。母亲，你听懂我的说话吗？我的说话是从大学生们中间学习得来的，因为一有机会的时候，他们便会偷偷地走来把这一类的说话告诉我和我的同伴了。

母亲，我是快要死了，我已经病了好几天，跑路是跑不动，东西是一点也吃不下去，而且没有人来打理我，没有医生来看我的病。我自己已经预先感到我是没有生存的希望了。可是，母亲，你相信我吧，我的心境很是平静，我是一点也不会难过的。不，我不但不会难过，反而感到舒适。因为，我相信死是我的休息，而现在该是我休息的时候了。母亲，我自己是快活极了，我因为不久便可以得到一个无终止的节日（死便是穷苦的人们的节日），所以觉得快活异常。但，当我想到你，想到父亲，想到哥哥，想到弟弟，我的眼睛便不自觉地为泪水所湿透了。母亲，你们现在还没有得到休息的机会呢。你们还得继续贱价地出卖着你们的气力呢。在你们的后面有了一根无情的鞭子在鞭打着你们，不许你们喘息一下。那根鞭子便是生活，那根鞭子便是资本家，地主，和一切的幸福的人们所特有的指挥刀啊。

母亲，我这样说，你会不会觉得太奇怪呢？我想你一定会以为这是太奇怪的。真的，这些话实在是太奇怪的。我在健康的时候，从不曾这样想过。现在，我是病了，我的神经一定是有了变态了，所以，我要说着这样的说话。前几天，有一个大学生偷偷地到来看我的病，我便把这一段说话告诉他。他很热烈地握着我的手，安慰了我一阵。我看见他的秀美的眼睛里面包着泪水。在那一刻间，我忽而感到伤心，便也跟着他在流着眼泪。而且我忽而感到生是可留恋的了。但，我不能、我不能够再生存下去；因为，我的气力已经出卖完了！当他用着他的战颤着的声音向着我这样说："同志，你不应该死，你应该'做着你们的阶级的前锋去向你们的敌人'，向你们的气力的购买者复仇！"的时候，我相信着他的说话，但我看一看我的身子，看一看我的四肢，那已经是完全和枯树枝一样。于是，我低下头去，不再说什么了。母亲，从这一点说起来，我觉得我的死是太可惜了。我悔恨我当初为什么没有想到这一层，好好地留下我的气力来替我们的敌人——气力的购买者，掘坟墓！

母亲，我这个时候是围着一张破洋毡躺在公司的栈房里的地板上面。这破洋毡便是我的财产的全部，便是我借卖气力所赚来的财产的全部。正对着我的头顶，有了一枝约莫五烛光的电灯，那是特为附近的小便处而设的。这时候，已经是深夜了，许多鼠子在我的身边走动着。我是不能够睡觉了，所以爬起身来写着这封信给你。但我的手已经是变成这样无力的了，我写着每个字的时候是这样的不容易。但，母亲，我一定要把这封信写成功，而且要把它写得长些，因为这要算是我和你最末次的谈话了！

我不想哭，真的，母亲，我无论如何也是不愿意哭的。我今年虽然只有二十岁，但在外面飘泊了几年的结果，使我的心情变老了。我想我的心情已经变得和母亲一样老了。我为什么要哭呢？有什么人来向我表同情呢！从前，当我遭骂受辱的时候我便时常哭，但结果只是得到一些嘲笑。所以，这一两年来，我只有愤怒，只有冷笑。直至现在差不多要死的时候，我还只有愤怒和冷笑。母亲，我不愿意哭，我不能够哭。倘使我要哭，我将为着快乐而哭啊。

真的，哭是一种软弱，而快乐的时候，便是最软弱的时候。母亲，在前几天的晚上，我的确是哭了一回的。那是一个有月亮之夜，而这月亮是乳白色的，正和一位穿白衣的少女一般。单是这月亮已经是可爱极了，而她更照映着在这空阔而渺茫的湄南河上。我们的栈房有了一列窗子朝着湄南河的。我躺在地板上，只要把头向着窗外一望，便可以看见这一切了。

起初的时候，我是一点也不留意的。我把我的视线对着湄南河，呆呆地在望着这样美好的月色。过了不久，我的眼前忽而浮现出许多熟悉的人们的脸孔来。最先便是母亲的脸孔，其次便是父亲的，往后便是哥哥和弟弟的。这些脸孔都是呆板而无活气，皱纹很多，笑容是一点也没有的。可是，这些脸孔都用着爱抚的表情在向着我。这给予我温热，这使我感觉到和一般人一样幸福。于是，我哭起来了。但这只是一瞬间的事情，等到我的意识回复了之后，我看清楚我的地位，我是一个奴隶，我是一个出卖气力者，现在我是快要死了，但是没有人来打理我，我的地位并不会比猪狗更好些，于是我即刻不哭了，我又是愤怒，又是冷笑。

母亲，我知道你接到我这封信的时候一定要哭得晕倒下去。你一定要责骂我为什么不赶快跑回家去。你一定要说，倘若我赶快回到家里去，你便可以尽力来调治我的病，我的病便一定会痊愈。母亲，我相信你一定会拿这样的诚心来对待我的，但我不能够回到家里去，我不愿意回到家里去！让我在这异乡死了吧，我是不愿意回到家里去的！

我虽然离家已经有了不少的时日，但家里的情形，到底我是明白的。我家的门口猪粪和牛粪是特别多的。人在距离我家三几十步的时候已经可以闻出一种沉重的臭气味来了。什么客人也不会来探访着我们的，除开债主们而外。债主们是不怕臭气味的。而我家的债主们之多，也正和门外的猪粪和牛粪一样。这些债主们除开一部分是新债主外，其余的都是老债主，那是说我们的祖先欠他们的祖先的钱，我们现在必须把钱还他们，我们的儿子孙子，将来也必须把钱给他们的儿子孙子。他们是祖传的债主，我们是祖传的负债者。

此外，在主宰着我家的命运，更利害而且更可怕的便是田主了。他们都是一些天生的贵人。他们的脚和手都用不到沾湿，而我们收获的禾谷和一切稼穑的大半必须恭恭敬敬地挑到他们家里去。而且，我们还得向他们磕头，极力巴结着他们。因为，他们万一不高兴，不允许把田地给我们耕种的时候，我们便须挨饿了。实在说，我们的生命完全悬在田主爷的手里。他们对于我们实在操有生杀之权呢！……

父亲的年岁本来不过五十左右，但看起来，倒象个六十以上的人物了。他的背已经驼，眼睛已经昏花，面孔是瘦削得不成样子的。他的鼻头是红的，嘴唇微微地翘起，露出黄色的牙齿来。样子是可怜极了。他好象是专为受人家的糟蹋而生似的。不管债主们和田主们怎样骂他做狗，用脚尖踢着他的屁股，他都得忍受着。忍受着，忍受着，这已经成为父亲的哲学，也是一般的出卖气力者的哲学了。

可是，受了这么多屈辱的父亲，在家庭里却成为一位暴君了。他一有了机会便拚命地在喝着一些一份火酒和百份水量掺成的液体。喝醉后，他便睁大着他的带血的眼睛在寻隙把我们打骂着。有时，他更把母亲头顶上的一块约莫二寸宽阔的秃了的头皮打得出血，用着粗大的竹槌打击着我们，不让我们吃饭。有时，他更象发了狂一般地把家里所有的鼎灶盘碗等等都打得粉碎了。母亲，我知道父亲并不憎恨我们，并不是故意要和鼎灶盘碗等等作对。不过他所受的闷气实在太多，倘若不是这样做时，他必定会发狂了。

母亲，我们有了这样的一个家庭，我又何必回家去呢？我的回去，只使家庭加重了一种负担，而且使父亲更加容易发狂。我能够回到这样的家庭去养病吗？这只是做梦！母亲，让我在这异地死去好了，穷人们的病是用不到医治的啊！

母亲，我的确也曾希望回到家里去。但不是想把带病的身躯运回家里去医治，而是想发了财，拿着很多很多的钱回去的。我想拿着这么多的金钱回家之后，父亲将有最纯粹的好酒喝，他的脾气也将会变得好些。于是，他将会变成了一个很好的父亲，不再打破你的头皮，不再会不给我们吃饭，把鼎灶盘碗等等打碎了。但是，母亲，这自然只是一个梦，而且是一个愚蠢得了不得的梦！

母亲，飘泊了几年的结果使我认识了许多从前绝对不会认识的事体了。我们怎样能够致富呢！我们不能够变成富人，正和富人们不能够变成穷人，是同一样的道理。我们倘若变成了富人，那末，那些购买气力的富人们将到那里去购买这些气力呢！为了要购买气力的缘故，富人们一定是不允许穷人们发财的。母亲，你一定会不明白我的说话。你将会说这是假话，我们赚我们自己的钱，发我们自己的财好了，和富人们有了什么相干呢？母亲，你是不是会这样说呢？倘若你真的是这样说，那便是你的错误了。母亲，事情并没有这样简单的。譬如说，父亲的本事变得更大些，你以为他便能够发财吗？这是一定不会的。在父亲的颈上有了一条看不见的绳子，债主们和田主们都挽住这绳子在他的两旁拉着。他们对于父亲有了生杀之权，他们只是让父亲为着供给他们的利息和田地上的生产而生活着的。要是父亲有了这发财的放肆的想头，他们只把绳子尽力地一拉，父亲便会即刻呜呼哀哉了！

城市上的资本家的面孔是比乡村间债主和田主更加可怕的。他们的权力比任何官厅还要大，他们暗中命令着官厅做着这样，做着那样，官厅是一点也不敢违背的。譬如他们向我们这些出卖气力的人们说，五毛钱一天，你们应该在这一天的十二个钟头中把你们所有的全部的气力都卖给我。别一个时候，他们可以把购买气力的价钱降低到四毛，而且工作的时间要延长到十三点。我们倘若不干，便得挨饿。倘使大家都一道地不干，他们便会说这是罢工，抓到官厅去，便是枪毙！母亲，象这样，我们怎样能够发财呢！

母亲，我该是多么可笑呢，当我在家的时候，便为了那个愚蠢的发财的梦使我不安于田园上的工作了。那时，每当在田园上被太阳光晒得背上发痛，头脑发晕的当儿，我便发痴，我便想到南洋来发财。于是，在一个阴惨的下午，我终于偷到母亲卖猪得来的十几块钱，走到汕头来搭铁船。……

到了暹罗之后，真是所谓“人面生疏，番子持刀！”即刻令我走投无路了。我象一只羔羊，而这都市上的人物一个个都象是虎豹。当他们睁开眼睛在看着我的时候，我便感到骇怕。于是，我悔恨我为什么一点没有打算便跑到这异邦来，真是该死了！

“唉，让我在家乡的田园上给太阳光晒死吧，这比较在这举目无亲的异邦上飘流着，好得多了！”

母亲，旁的事情我是不再说了，因为我这几年的生活怎样，你是完全知道的。总之，我的命运是和旁的工人一样。我得贱价地出卖我的气力。而且因为命运不好的缘故吧！？一年中时常总有许多时候，人们是不大愿意购买我的气力的。这便叫做失业。母亲，失业是比任何事情都要可怕的，那是和田主爷不肯把田园给父亲耕种一样地可怕啊。……我在上面不是曾经说过吗，生活是一根无情的鞭子，这鞭子有了使每一个工人都柔顺地做着资本家的奴隶的权威。自然，我也是许多奴隶中的一个呢。

我现在住的这间公司是一间制盐的公司。我在这公司里面当一名火夫。这公司每年不知道赚了几千万块钱，但它却只用每月十二块钱的贱价买得我每天做十二点钟的工作。整日夜二十四点钟，这公司里面的大火炉继续地有火在烧燃着，司着这种职事的就只有我和一个吃鸦片烟的同伴。先前这公司本来是雇用着三个火夫的，那时每人每天只做八点钟便够了。但现在公司因为要省钱的缘故，便命令着我们来做着三人份下的工作，工钱是照旧没有增加的。我们把做工作的时间平均地划分着，我的那位吃鸦片的同伴每天做着他的工作由下午四点钟起到早晨四点钟止，我的作工的时间是由早晨四点钟起到下午四点钟止。这样干了一个月我便睡眠也睡不得，吃饭也吃不得，样子是瘦得和骷髅相似了。可是，我仍得做下去。母亲，我怕失业，失业是比较害病和死亡更加可怕的。

可是，母亲，我一个月，一个月地挨下去，现在已经是筋疲力竭，身体上的每一滴血都把火炉的热气焙干了。我的气力是完全出尽了，我非死亡不可了。公司方面，已经另请人在替代着我的职务，预备我一死，这新来者便可以很熟练地做下去了。

母亲，我现在已经是完全不中用了，我象一条死尸似的横陈在地板上。我这几年来借着出卖气力所得到的财产的全部，只是一条破洋毡！可是，我并不想哭。我只有愤怒！只有冷笑！……倘若我的病是会痊好的呢，那末，我以后的生活将要照着那些大学生们的说话去复仇，去做斗士，并且要去唤醒一切和我们同样受压逼的人们去做着彻底的破坏和建设。

但是，母亲，我已经是病得太利害了！我的气力已经是被购买完了！我已经是不能够再生存下去了！……母亲，我请你接到我这封信的时候不要哭泣啊。哭泣对于我们是并没有多少好处的，我们所需要的是觉悟，是向敌人们复仇！母亲，你应该特别告诉父亲，劝他不要再打破你的头皮，他所应该做的是扼住敌人们的咽喉！

母亲，过几天，我一定会被丢到荒郊外，或者会被浅浅地埋在土坑里面。但这对于我有什么关系呢？当我生存的时候，已是不曾被人们珍重过，直至我已经变成一条发臭的死尸了，又何必讲究呢！

母亲，我将和你们别了，永远地别了！可是，母亲，我郑重地请你别要哭泣，因为哭泣对于我们并没有多少好处的。……母亲，我的生命是完了，但我愿意我的说话永远在你们的脑子里，在一切的被压逼的人们的脑子里生了根。

母亲，我是快要死了，但我并不悲哀，因为我的脑子里是这样地充塞着热烈的希望！

祝你和父亲以及我的哥哥弟弟积极地生活下去！

我在此预说着被压逼者们未来的伟大光荣！

你的儿子绍真。

（选自《洪灵菲选集》，人民文学出版社1982年版）

家 信

一

英儿，不肖的英儿！

你已经完全不是我们的儿子了，狠心的英儿！你不但是完全变了，你简直已经不是人类，而是魔鬼！你知道你在信里面说了一些什么话吗？我想你一定是喝醉了酒，或者，是害了一场热症；不然为什么会发出这样可怕的，无良心的，荒谬绝伦的议论来呢？唉，无灵性的禽兽！我为你羞！我为你哭！

英儿，我想这封信一定不是你自己写的。你自己能这样残忍，这样冷酷地对待你的父亲，你的母亲，你的寡嫂，弱妹，稚弟，守活寡的妻吗？你这一封信……唉，亲爱的英儿呀，你要赶快再写一封合乎“天理人情”的信来给我们，并且否认你前信的一派糊涂的说话吧！

英儿，你知道你这封信给予家庭是怎样的一个打击吗？唉，我的可恨的而又可怜的英儿啊。你的信我们是两天前便接到的。那是一个稍微寒冷的下午，我刚在巷头“饲鸡”的时候，你的父亲象害着一场重病似的从城里跑回来了。他的脸色完全变成金黄，走路时不停地在抖颤着。

“你回来了，啊啊！”我这样地问他。

他好象没有看见我似的，一面摇着头，一面喃喃着，走进室里面去。

“碰到什么事情呢？……身体不好吗？”我很担心地这样问他。

他依旧没有答应着我，只是望着眠床躺了下去，长长地叹了一口气。我的心里更加害怕起来，只是呆呆地守望着他。

“菩萨保佑吧，天地神明保佑吧！……啊啊，你的身上不舒服吗？……啊啊，菩萨保佑吧，天地神明保佑吧！……”我低声地在说着。

父亲忽而站起身来，用着他的阔大的牙齿咬着他的嘴唇，鼻孔里出着沉重的气息，眼睛带血似地钉视着我：

“去你的吧！你这老货！”他在我的额上打了一拳。

我呻吟着，但不走开。我知道父亲在这三两年来性情是变得特别暴躁的，但我可怜他。菩萨保佑他吧，他是这样一个慈心肠，辛苦了一生的人物。他的老境是这样凄凉，他的脾气那里能够不一天天地变坏呢。

“你生的好儿子呀！你这不中用的老货！”他这样骂着我，从他的内衣袋里拿出你的那封信来，出力地掷在我的面孔上。“这是你的好儿子寄给你的信！你拿了去吧！……唉，简直是造反了！这时代是儿子来教训老子的时代了！……”

英儿，狠心的英儿呀，当我们把这封信看完以后，你的二位嫂，你的妻，和我都一道地哭起来了。但我们不敢大声地哭，恐怕邻右会笑话着我们。你的妻哭得最伤心，她不住地把头在撞着墙壁。你的两位嫂嫂一面在哭着，一面在埋怨着你的忘恩负义。你所以能够读大学不是完全靠两位哥哥辛苦赚来的金钱吗？现在你的两位哥哥不幸过世了，你应该怎样照顾两位寡嫂，照顾这许多的孤儿，才算不背“天理人情”呢。可是你并不这样做，你说你已经觉悟，你是一个文明的人物，你是一个不顾死活的鬼革命家，你要让你的两位嫂嫂改嫁去！唉，发昏的英儿呀，你简直是变成禽兽了！

你说了许多话，有许多我们简直不懂。就那些我们懂得的来说，却完全是废话的。你的父亲说你是把书越读越不通了，越读越走入邪道去了！儿呀，你该想一想，你现在的思想离开正道该有多少里路远呢。你的父亲一向是希望你做个“纯儒”的。当你要到C城升大学去的时候，他不是谆谆劝你该尊重孔孟之道吗？唉，儿呀，你该想一想，你现在不但不配称是个“纯儒”，简直是变成一个鬼怪了！

儿呀，我一向便不主张给你读书的。你从前是怎样听话的一个孩子，我是怎样的爱你。我真不忍你一刻离开我。我时常都向你这样说：“儿呀，照我的意思，你还是在家耕田种地好。嘴看见，眼看见的！”你不相信我的说话，拚命要读书，不分昼夜的用功。小学毕业的时候你要死要活地想读中学，中学毕业了，你又要死要活地想读大学。本来，我们这样的家况那里能够供给你读大学。不过，我们和你的大哥二哥都这样爱你，不忍令你太难过，所以节衣缩食来供给你读书。你在读书的时候还口口声声说你将来要怎样帮助家庭，要在大学毕业以后回到家乡来当一个中学教员，每年一千多块钱是不难赚到的。……

儿呀，够了，我不再说下去了。你现在是拿什么东西来报答你的家庭呢？哎哟，可怕的，流血的革命！这是说，革你的老子，革你的老娘，革你整整的全家的命！……我不很明白，现在的革命不是有很多种的吗？很多的人们都是因为革命升了官发了财，你的那些同在大学念书的朋友不都是越革命越做起官来吗？他们差不多都回家来谒祖，做着“大戏”，闹着筵席。连他们的亲戚朋友都觉得有光宠些。以前听说是你的好朋友，曾经到我们的店里来坐谈了好多次的那位林祖菊，现在正在做着市长，大屋祠堂都堂堂皇皇地落成了。还有那位你从前说的一个很胖的什么无政府主义者，他在我们这T县做县长还不够一年的工夫，据说已经扒到二十多万块钱了。他们都是现在的成功的革命家。儿呀，你如果一定非革命不可，那便学他们也无妨。象你现在这样的革法，实在是太背时了。

但是，我的儿，我的走入迷途的儿呀，你现在还是回乡来好。

你以前做的那些对不住家庭的事情，我们都不埋怨你。我们亦不希望你去学那些成功的革命家的朋友一样，去升官，去发财。我们相信我们没有这样的福气。“一世做官九世绝！”耕田种地，或者做小生意虽然是苦些，可是比较做官，罪恶是做的小得多了。

你要是回家以后，靠神天庇佑，没有碰到什么歹人，危险总不会有的。儿呀，你回来吧，暂时我们是可以不希望你赚钱的。只要我们每餐的粥吃得更稀一点，店里的事情暂时由你的父亲和弟弟负责，生计倒不是即刻便维持不住的呀。

自从你的大哥和二哥过世之后，我合上眼睛便看见他们。我无日无夜不见他们的幻影，可是他们却已经是没有了。天王爷，这是什么意思呢！假定我们有罪便让我们死去好了，为什么要把我们的儿子拿去呢？天王爷，他们的年纪是这样青的，他们应该活着。但是，……啊，只好怨我们命苦，怨我们没有福气啊。

你的二哥是大前年十月过世的。他患的是“脚气冲心”的病。这种病是很利害的。起初他在店里患病的时候，他还不肯说，每天还是抱着头在做着工作。唉，好蠢的孩子啊，他只是挂虑着店务，真是太不顾身体了。直至你的父亲发觉出他终日眉弯额皱，饭又吃不下去的时候，才吩咐他回家来休养，但已经是太缓了。

他自己好象知道他不久于人世似的，当你的父亲叫他回家来的时候，他不禁在垂着泪。当时，你的父亲心里吃了一惊，便暗暗地感觉到这是不祥之兆了。

在他回家之后，他的脾气变得非常不好。你的二嫂还可以和他说几句话。我和他说话的时候，他简直连理都不理我了，可怜的儿！医生说，病人最忌脾气变坏。脾气变坏是很难医治的。初头，他吃了几天肉桂，他的病似乎已经好了一些，肿也消退了一些，饭也可以吃一点。我正在欢喜的时候，忽然碰见鬼，那个会画符，会采取草药的揩油叔到来看他了。他睁着眼睛向他说：“咦，你这病，不是我阿某夸口，要是你能够听从我的说话，我包管把一帖草药给你吃,便完全好了!”真是,命该如此,你的哥哥听从他的说话了。他吃了他一帖草药。哎哟,刚吃下去,便完全不对了。他直着喉咙大喊,说有许多鬼怪在他的身边站立着。这样地过了几个钟头他便毕命了。唉,天诛的揩油叔!

当他正在危急的关头,我替他走到庙里去拜菩萨。在路上,我碰见人家在捕鱼。无意间听见一个捕鱼的人在埋怨着:“那真是不走运,昨天拿了四尾鱼回到家里去,被猫儿偷去了一尾,只剩下三尾!”我听见这句说话不由得打着冷战,一阵不幸的预感临到我的心头。胡乱地拜了菩萨,飞跑到家中去,那时你的二哥哥已经不能够说话了。他只用着无神的眼睛瞅着我,跟着他的头便垂到他的胸际,喉头涌上一阵痰来,霍霍地响着。他的生命便这样的完结了。

你的二哥哥逝世之后,我正昏头昏脑,日夜都在做着恶梦,跟着你的大哥又是病将起来。哎哟!天哟,在这里变乱的年头,连天老爷都变糊涂了。天老爷也变得欺善怕恶了。你的大哥病的是吐血症,时发时止。他负病治理着店务,连呻吟都没有闲空。最后,他的脸色完全变成金黄了,还是一面摇着头,一面做着事情。我屡屡劝他歇息,他便这样叱着我说:“你懂得什么呢!生意倒闭是比较病倒更加可怕的啊!”

前年十二月的时候,他周身瘦得剩下一把骨,面孔也变得越是怕人。他很怕冷。没有太阳光的地方,他便不敢站立着。……有一天,他幽幽地对着我说:“母亲,你写信快叫三弟回来吧,我已经是不中用的了!……”他说着,情不自禁地在洒着眼泪。唉,老天爷,看见儿子这样的不幸,实在比较从我的身上把肉剜去还要难过啊。

儿呀,那时候正当你在替“党国民众谋利益,虽劳弗恤”的时候,我们虽然写了许多封信要你回来看你的哥哥,但结果你终归是没有回来的。……你的大哥算是不能等候你了,他不能够度过那个十二月。但他是多么热烈地想见你一面啊，在他差不多断气的时候，时不时还抬着头问着我说:“……三弟回来了吗？……三弟回来了吗？……”……唉，我不忍再说下去了。狠心的英儿呀，你该想想，你现在是拿什么态度来报答你的哥哥啊！我们正在替他“养子”，(他自己生的几个女孩，是不能承继香灯的。)正在设法安慰你的嫂嫂的心。而你主张……唉，儿呀，你快写信来承认你前信是一派胡说吧。……

儿呀，现在真不知道是什么样的天年。你的姊夫从前也曾加入×会，因为他是一个高小毕业生，很有文墨，而且办事很能干，所以被举做×会头。现在他乡里的有钱人和绅士都革命起来了。他们说×会是反动派，是××。×会被解散了，有许多人被抓去枪毙。你的姊夫现在不敢住在家中，四处奔跑着。你的姊姊也回到家里来了。我们的家乡，靠菩萨保佑，未尝办过×会，还算安静些。我们的邻近乡有许多乡里真是凄惨啊！除开富人和绅士外，全乡男女老幼都得逃走一空。他们四方流离，强壮的走去“过番”，老弱的在做着乞丐。啊，这样的天年，不知是什么恶劫啊！你的父亲说的真不错，现在是“魔王遍地，殃星满天”的时候啊！

你的姊姊住在我们家里已经快半年了，还不敢回家里去。事实上，她的家庭已经是没有了。你的姊夫也尝偷偷地走到我们这里来一两次。他还是和从前一样斯斯文文，见了人怪和气的。为什么咬定说他是个反动派，是个××，硬要治他的罪呢！这真是不可解！唉！总是天年不好的缘故啊！

你的姊夫和你的姊姊都很赞成你的行为。他们都说你很勇敢。但他们都是“乳花”未干的小孩子，他们晓得什么呢！耕田种地的人们固然是凄惨不过，有钱人和乡绅固然大都是作恶的人，但这些菩萨都是知道的。让天老爷去处治他们好了。……我们是什么事情也不要管，只要勤俭刻苦，做事对得住天地便好了。

儿呀，千言万语也说不尽了。我们只希望你回来，只希望你以后说话要谨慎些，不可乱说。

儿呀，回来啊，全家的人都在关心着你，希望你回来。你要是不回来，我们简直是活不下去了！

母字

正月廿四日

二

英儿，最亲爱的英儿：

今天你的弟弟从城里走回来。他走得上气接不得下气地一进门便告诉我们说，城里风传你已经回来，这几天时不时有侦探和警察在我们的店门口窥伺着。唉，苦命的儿呀，象这样说，你的那些做官的老朋友实在是对你不怀好意的了。你暂时还是不要回来好。唉，我们的命运真苦呀！

另者你在家的时候很喜欢吃“菜脯”，母亲特为你寄一篓去。到时查收。

母字

正月廿六日

三

最亲爱，最亲爱的母亲：

接到你的信后，我是异常地悲伤，异常地难过；但同时我却并未失望，并未灰心。我上信之不能使父亲母亲以及家人了解，这是我意料中的事情。但我相信我要是用着这样的态度继续和你们通信，在不久的将来，你们一定会明白我的说话是对的。

母亲，你们都很爱我，都很关心我，处处都在替我着想，你们的说话我当然是应该听从的。但，当我发觉了你们的说话是有了错误，而这种错误对于人类未来的光明的社会的建设是有了严重的阻碍的时候，我便不得不竭尽我的力量来向你们解释了。我爱你们，我愿意你们走向新社会的观点上来。旧社会已经是腐朽了，破烂了。我们需要新的社会。而这变乱的年头，便是伟大的斗争的开始。在这斗争的后面，有着光明的，快乐的未来。现在为斗争而流下的血，是一些不得不流的血。这些血可以洗去人类的污浊。未来的美丽的社会便是这些血所得来的代价啊。……母亲，为着你们的缘故，我是不应该在这血潮中牺牲的。但是为着光明的将来，为着新生的社会，我却不能靳此一身了！

母亲，站在我们家庭的立场上，我耗费了家庭中这么多的金钱，——由母亲诸人每天做十五六个钟头，而且节衣缩食得来的金钱，——而又没有象家庭所希望一样的去做个中学教师，去帮助家庭。这自然是我的过失。但站在整个的革命的立场上来说，假使我只顾及家庭，而不能为广大的穷苦群众出点力量，这能算是一个怎样的人物呢？母亲，在这新旧两种势力的斗争日趋剧烈，日趋尖锐化当中，对得住家庭便对不住革命；对得住革命，便对不住家庭。这两者是冲突的，不能调和的啊。

母亲，本来在我们的家庭状况已经是这样支离破碎当中，我似乎不应该参加革命，似乎只应该切切实实地做着家庭里面的一个良好的儿子。但当我进一步地想我们的家庭为什么会这样支离破碎，我的父母亲为什么磨折了这几十年还不能得到好好的安息，我的两位哥哥为什么会因为工作过度而致死，我的两位嫂嫂为什么不敢再嫁，我的女人为什么不明不白便被人家抬来和我睡在一块，现在我既然已经不能回家，她为什么不能再找旁的男人去，我的那队弱孙为什么没有好好的地方来安置他们，这一切，这一切都证明旧制度的罪恶，旧社会的残忍。倘若不是把这旧制度，旧社会根本地推翻，根本地打碎，个人的独善其身的生活绝对是做不到的。母亲,当我想到这一层的时候,我便觉得非积极地参加这种革命不可了。

母亲,诚如你来信所说的一样,在这次革命的浪潮中,大多数的农村有着巨大的牺牲。被枪毙的最良好,最忠实,最有信心的老百姓盈千累万。无罪的男女老幼流离失所的更不可胜数。母亲说他们是十分凄惨的。对啊,他们诚然是十分凄惨,他们比我们的家庭状况还要凄惨了许多倍呢。母亲,这难道说都是他们自己的罪过吗?不错,他们都是多少和×会有关系的人物。但×会的组织不是经过大人先生们的许可,而且经过他们积极提倡的吗?……提倡组织农会的是他们,压逼×会的也是他们。这难道也算是一种什么道理吗?……母亲,你自己不是说过吗?现在是连天老爷也变糊涂了!请你不要再信赖天老爷吧!最后,能够裁判这班狗东西的只有现在这些最被压逼,最被蹂躏,最被糟蹋,最被侵害的群众!

母亲,我相信你,相信父亲,相信我们全家的人物或迟或早都会赞同革命,甚至于参加革命,正如我相信革命或迟或早终必会成功一样。母亲,你说姊姊和姊夫都赞同我的行为,这使我异常地高兴。母亲,姊姊是比我聪明得多了,你应该时时和她谈话,她一定能够把许多为什么要革命的扼要的道理告诉你呢。

母亲,你所说的那些做市长做县长的旧时的朋友,真是堕落得太可怜了!他们在大学的时候,都曾经唱过很好听的高调,都曾经在攻击着那些旧官僚。现在看,他们是比那些旧官僚来得更下贱了。最好笑的是那个肥胖的伪善者,那个无耻的无政府主义革命家。他在大学的时候,大谈其五不主义:不嫖,不赌,不吸烟,不饮酒,不坐黄包车。现在看,他是变成怎样的一个官老爷!……母亲,你是相信所谓“报应”的,我便和你谈一谈“报应”的道理吧。象他们这班现在大在吮吸着民膏民血的魔鬼,将来是免不了要在民众之前受着死刑的裁判的啊!

祝你和父亲都康健！

家中诸人均此问好！

儿长英

二月初四

四

母亲！最亲爱的母亲！

今天我虽然已经写了一封回信给你。但我觉得我还有许多要说的说话未尝和你说，所以我又再来写一封信给你。母亲，我真是觉得惭愧，我虽然把大学读毕业了，虽然对于文字这方面还算曾经下了一点工夫，但当我拿起笔来写信给你的时候，我总觉得我的才力是太不够了。横在我的心里的有了许多很深刻，很沉痛，很能够使母亲和家人一听到便会了解革命是怎么一回事情的说话，但我终是不能够充分把它们写出来。还有最糟糕的一点，便是我在大学里面学到了许多专门的名词，这些名词对于你们是和外国语一样难懂的。我在写信的时候，总想竭力避去这一类使你们不容易了解的名词，但在不知不觉间，我每回都不免要写了一些进去。这真使我自己异常不满意，我虽然不至于象父亲所说的把书越读越不通，但最低限度，是我把书越读，我的说话越发使你们不容易了解的。我想，这完全是我的错误，我以后应当更加努力地用着更加浅显的说话来和你们通信。我不是想向你们卖弄学问，我只想使你们怎样地来了解着这时代是什么样的时代，这时代的革命有了怎样重大的意义的。

母亲，为什么我不能向你们说明这种种的道理呢，虽然你们的意识是受了旧时代的伦理观念的蒙蔽和催眠，但你们彻头彻尾都是被压逼者，你们虽然比较一般农民和工人的境遇好了一些，但你们始终还是在沉重的压逼下面过活的，你们需要革命。革命能够解放你们。革命不但能够使受压逼最利害的工农从十八层地狱下面解放出来，它同时能够使一班穷苦的小商人从苛捐杂税，重利剥削的两层压逼下面解放出来。革命给一切在过着牛马似的生活的人们以苏生的机会。它的目的是在把特权阶级打得粉碎。这是一种伟大的企图，光明的策划。谁反对它的，谁便是魔鬼。

母亲，难道说，让作恶的地主，官僚，和以重利剥削小民的资本家等候天老爷来惩治他们便好了，这也是一个正当的办法吗？天老爷，根本便没有这回事的。退一步说，假定真的有了天老爷的说话，那他也只是特权阶级的守家狗。他是一点也不能给广大的被压逼的群众一点好处的。母亲，如果你一定非信神不可，那你可以相信"革命"便是一位公正无私的神，他对于一切受灾难，遭不幸的人们是极其慈爱的。他对于他们是有求必应的。母亲，相信我的说话吧，如果你一定非信神不可的说话，那便请你虔诚地相信这位公正无私的"革命神"吧。

前信上所说的关于父亲一向期望我做一个纯儒，能够尊重孔孟之道的这回事情，我想在此说一说我的意见。不错，父亲确是始终在希望我做一个尊经重道的纯儒。在父亲方面，他有了这种要求，是很自然的。父亲的确是有点古君子的风味，他是封建社会中一个很难得的人物。他是这样的质朴，这样的言行不苟。在科举未废的时代，他拿过不少次数的"场篮"。他考不上秀才，教了十年的私塾。改建民国以后，因为维持生活起见，他只得"弃儒从商"。他脑子里还是在憧憬着古先唐虞三代之治，碰到什么看不上眼的事情，便大有"如礼何?""如乐何?"之感。象他这样的脑筋，对于我自然只期望我做一个"纯儒"的。但象父亲这样的期望是可以达得到吗？自然这是不可能的一回事情。不对吗？为什么父亲自己便不能做一个"纯儒"只得"弃儒从商"呢？父亲一定要说，这那里有办法，连"满清朝廷"也维持不住，我这区区的一个"童生"安得不"弃儒从商"呢。对咯，从这一点看起来，我们应该明白"纯儒"的时代已经过去了，过去得老远了。所以，父亲希望我做一个“纯儒”这一点，无论如何也是做不到的。

“纯儒”的时代已经是过去了，那么教人怎样去做“纯儒”的孔孟之道，还有什么用处呢？在这资本主义十分发达，有钱的便登天堂，无钱的便入地狱的时代，在这全世界十二万万五千万人正在地狱里挣扎着，非革命不能生存的时代，站在旁边空喊着“是可忍，孰不可忍也？”“如礼何？如乐何？”这还成什么说话呢！把孔孟之道完全丢到粪坑里去吧！这时代所需要的是把特权阶级根本推翻，根本打碎，怎样去寻求着新的光明，实现着美丽的社会，再也不是什么“君使臣以礼，臣事君以忠”的那一派鬼话了！

祝你们快乐和康健！

你们的儿子　长英

二月初四晚

五

母亲！最亲爱的母亲！

信和菜脯都已经收到了，我在你们的伟大的爱中沐浴着。你们的伟大的爱对于我是和日光一样需要着的。

唉，母亲，在象我现在这样的艰难困苦的状况下，伟大的爱和日光对于我都是极其需要的，就和穷人需要金钱一样，甚至和监狱里面的犯人需要自由一样。母亲，在你们所给予我的伟大的爱之下，我禁不住在洒着眼泪，然而这眼泪是甘甜的。这眼泪使我感到异常神秘，使我的枯燥的心灵润湿起来。这眼泪使我健康，使我充满着精力。

母亲，我对着家乡的“菜脯”，不知不觉地大动起乡思来了。母亲，我们的故乡是世界上最美丽的一个去处。或许我未免是说得太过，但我的感觉的确是这样的。我们的故乡有着辽阔的天空，有着空旷的大野，有着美丽的河流，澄澈的池塘。在秋天的时候，有着耀着日光的黄叶。……“回到故乡去吧，去躺在大自然的怀抱里吧，去躺在母亲的怀抱里吧！”我几乎要这样喊出来。但当我定一定神的时候，我感到这是一场虚空的梦，这是一场渺茫而又达不到的梦。这种梦是中世纪的诗人才能够做的，我们不配。

唉，母亲，故乡虽有辽阔的天空，但这对于在过着牛马似的农民只象是一种怀恶意的白眼。故乡虽然有着空旷的大野，但这些只是地主，豪绅们所占有的土地，它在向着一钱不值的农民，现着冷笑的神色。故乡虽然有着美丽的河流，澄澈的池塘，但这些都特为地主豪绅们灌溉田亩之用，运载货物之用，它在向着无终止的受磨难的农民吐着口沫。那些耀着日光的黄叶或许是美丽的，但这不能当饭吃，当衣穿，因此对于饥寒交逼的农民是完全没有用的了。

母亲，当我每一想起这些事情时，我的心情即刻便变老了。我不能够嬉笑，我不能够浪漫，我不能够空想，我不能够娱乐。我不能够！当我想起这些事情时，我的态度即刻变成严肃起来。于是，我感到假定我能够回到我们的故乡去的说话，我不能去躺在大自然的怀抱里，或者躺在母亲的怀抱里，而是去站在这些牛马不如的农民们这一边去要着地主豪绅的命，去把他们打得落花流水。……

母亲，现在的时代是菩萨无权，上帝已死的时代，人间的正义和公道都要被压逼，被蹂躏，被糟蹋，被驱逐，被侵害的大众全体动员起来做着最英勇的，最彻底的斗争，用血的代价购买，才可以得到的。……母亲呀，试想一想，当一切地主，豪绅，贪官，污吏，资本家，……这一些最坏的人种从地球上被诛尽杀绝的时候，一切巍峨的大洋楼变成广大的群众的娱乐所，一切美丽的花园，变成广大的群众的游目骋怀之场，一切矿山工厂，山林大野，河流湖泽变成广大的群众自己的财产，他们将为他们自己做着他们自己的工作。

每一个人都是健康，快活，口里哼着歌儿，脸上挂着微笑。国界也没有了，阶级也没有了，姓名只是一种符号。啊啊，那时候，那时候，世界该多么美丽，生活该多么有意义啊！

象现在这样的世界，只是地狱！象现在这样的社会，只是火坑！

母亲，关于我的那些老朋友想捕拿我的事情，和我在实际上不能回去的苦衷，现在你们总算是明白了。“事实胜于雄辩”，我感谢那些得志的老朋友，他们在这一次把他们的本来的面孔在你们的面前显露出来，而且，把你们的幻想给打破了。

母亲，我一面在咬着你们从故乡寄来的“菜脯”，一面在流着甘甜的眼泪。我的心情是快乐的，我的希望是新鲜的，在我的带着泪光的眼睛之前，闪现着未来的美丽的社会的面孔。

祝你们快乐！

你们的儿子　英

二月初六日

六

最亲爱的英儿：

你真是太顽强了，你使我们异常忧愁。也许你所说的那些说话都是对的，但你不应该用那样的说话来对我们说。我们都是太老了。我们所需要的是安慰和休息。我们这一生忧愁，挣扎，犯罪，都为着儿子的缘故。现在我们是精疲力竭了，不久便要死了，我们的一切希望都不能不寄托在儿子身上。然而革命把你从我们这边夺过去了，这叫我们怎样不难过呢？……也许革命能够解放我们，但终不如儿子来得切实些。儿呀，我们都是太老了，死亡太和我们接近了。

儿呀，你动辄说流血，流血，这在你或许是对的，因为你是这样的年轻。年轻的人是不知道死亡和睡眠有了什么差别的。年轻人时常是最愚蠢的,他不知道生命是怎样可贵的。可是我们是你的父母,是你的生身的父母,我们却不能不宝贵着你的生命,我们却不能让你随便去冒危险。儿呀,你应该知道,你对于我们是如何的主要,你是我们的仅有的幸福,希望和快乐的总和。我们这样老了,死是不用顾惜的。但你是这样年轻,你的每一滴血都是青春的,壮健的。你应该活着。你有权利在这世界上活着。谁能阻止你,障碍你在这个世界上活着呢?我们虽然是这样穷苦,虽然做牛做马地过了几十年,但我们仍然活着。我们村里所有的耕田种地的人自然过的是比我们更苦的生活了,但他们也都仍然活着。他们壮健,活泼,不怕风雨。地主,绅士和官厅虽然不断地在压逼着他们,但这对于他们并没有很大的妨害。这对于他们好象牛身上的虻,人身上的虱一样,虽然吮去了一些血,但并不至于伤害生命。

依我说,革命是大可不必要的,因为它是太可怕了,它需要多量的血。也许这多量的血能够洗涤人类的污浊,能够把虻虱杀死,但这样牺牲是太大了。啊,流血是一件可怕的事情,是一件罪恶的事情!菩萨保佑啊,一个孩子,十月怀胎,三年乳哺,在他的长成之后经不起砰的一枪便打毙了,这是多么可怕的一回事情啊!

儿啊,我真不知道现在是怎样的天年!真是杀人如截葱切蒜。杀!杀!杀!动辄就杀!哎哟,天老爷,这够多么残忍,每一个人都有一个母亲!那一个母亲愿意她的儿子被人家拿去砍头呢!

现在四乡六里都在闹着清乡,这是一件最凄惨的事情。每晚站在我们乡里的空旷的地方向着无边的黑暗里眺望,便可以看见远远地一阵阵炮火的火光。枪声也可以沉沉地听到。唉,这该多么残忍!在这样火光,枪声下面该有多少强壮而活泼的生命被牺牲了呢!……儿呀,当我看见这样的炮火和听见这样的枪声的时候,我便禁不住心伤泪落,而且禁不住这样想着:

“啊啊,天老爷保佑吧!我们的邻乡真是太不知进退了。我们耕田种地的人，最要紧的是守本分。他们提倡组织×会我们便组织，他们说取消我们便取消。我们和他们争抗，难道能够得到胜利吗？他们有的是枪，他们的军队都是能征惯战的！……啊啊，菩萨老爷保佑吧！”

儿啊，在这样的时候，我是怎样地挂念着你，我真恨不得胁下生了两翼飞到你的身边去，象母鸡孵伏雏鸡一般的翼护着你，不让你随便到翼外去。啊啊，这世界是太险恶了，你的为人是太傻气和太正直了，我应当好好地保护你，看顾你，不然的说话，你会很容易便被可恶的鹰鸟攫去了！

儿呀，世界上没有第二人象我一样地知道你的性格。世界上没有一个母亲不比旁的人们更加知道她的儿子的脾气的。自从你在襁褓的时候，我便知道你怎样哭，怎样笑，怎样疴屎和疴尿。关于你的一切，我自然是比谁都更知道得多了一些。你的性格和脾气都是很好的。就只有一点，因为你是太傻气，和太正直，所以你太容易受人们的欺骗了。当你刚是五六岁的时候，你的二哥曾经骗你，说要捕拿一只鸟来给你。于是，你天天地问着他要，行也问他要，坐也问他要。你不论看见在空中飞着的鸟或者栖在林子里的鸟，或者在田野上走来走去的鸟，都缠着你的二哥说：“鸟！我要！二哥。”

现在你对于所谓大多数人的“幸福”也具着这样的狂热在追求着。可是，这样的“幸福”和那样的鸟都是不容易得到的呀。儿呀，象那样的希望总是渺茫的，空幻的，儿戏的。你不应该因为追逐着那样的希望的幻影便把现实忘记。你的希望的幻影虽然是怎样的伟大，怎样的带着光明而美丽的彩色，但那终归是一种梦想；而你的破碎的家庭，你的年老的父母亲需要你的帮助，需要你的支持，需要你的安慰则是一种逼切的现实。……儿呀，回转着你的头吧，你的父母亲，你的家庭中的任何人都是血和肉所构成的人物，比你的希望来得切实得多了。

你的父亲近来精神异常不好，当他自己在坐着的时候，他时常喃喃地对着他自己在说话；但当我们向他询问的时候，他却一声不响了。他的脾气一天一天地变得更坏，弄得家里的人们都对他非常害怕起来。你近来寄来的信，多亏他一字不看，不然的说话，定会把他气坏了。

前几天他恰好又是从城里回来，他的面孔缩拢得象斧头一样。一只母猪在他的面前跑着，挡住他的去路，他用脚把它踢了一下，怒叫着：

“你这盲目的猪，你这魔鬼！”

当他看见我的时候，他象碰到仇人似的叱着我说：

“你这老东西，你怎么还不去死呢！”

家里的人都害怕着，连那只在檐下站立着的狗也在震颤着，把它的尾巴藏将起来。

“你的姊姊鼓着勇气走到他身边去说：

父亲，怎样了？”

父亲喃喃着，用着梗住的声音在向着自己诉苦：

“唉！……一切都完了！……我这六十年也活够了！……一切都归于徒然，……就和不曾生存过一样！……”他自己在哭着。

半点钟之后，他才归平静。他用着温和而且调解的口吻向着我们诉说着：

“最小的这个儿子，现在算是十分能够帮忙店务的。但他年纪轻，不管轻重。有些时候，做工作做得头晕眼花，连饭都吃不得下。我觉得怪心痛，便这样劝告着他：‘呀，饭要多吃一点，工作缓缓做好了。’那猪狗不如的东西不但没有听从我的说话，反而睁大着他的眼睛说，‘你不要管我吧！’这是什么话呢，现在这个时代真成了什么时代呢，老子不能管儿子了。‘放屁，为什么我不要管你！’我叱着他一句。你说他是怎样答应我呢，唉，真把我气死了！‘你管我也没有多少好处！’他这样说，连眼睛也不抬起来看我。

“‘狗东西，你要来气死父吗？’我真气得想哭出来。‘你要气死子吗？’他全不让步地这样答复着我。唉，你看，这还成什么世界呢！好，现在我是不要管他了，让他去吧！我活这几十年也活够了，我所生的都是一些好儿子！……唉，大二是死去了，第三的也和死去一样，这第四的是比较有良心，但他又这样来气我！……唉，我真受不了，老东西，我和你到外方做乞丐去吧，做流氓去吧，不要再在家里混下去了。家里的事情，我们是管不了的。……唉，便算我们没有儿子好了，我们纵使死在道路上，难道便没有仁人君子会把我们收殓起来吗！……”

我和你的姊姊都在哭着。象我们现在这样的家运的确是太凄惨了。英儿，远远地离开我们的英儿，你将用着什么方法来安慰你的父亲，用着什么方法来安慰我们呢？

你的弟弟近来也越变得瘦削了。他本来是被宠坏的，一向只是爱逛，不管事。自从你的大二哥过世之后，他便大变了他的态度，拚命地在治理着店中的事务。他真是变成一个很好的儿子了，整天地做着这件，做着那件，也不埋怨，也不叹气。……但是操心烦恼是多么可怕呀！他自从负责治理店务以来，眼眶渐渐变得更深，眼睛渐渐变得更大，脸色渐渐变得更黄，神情渐渐变得更为消沉，一点儿活泼的意趣也没有了，一点儿天真烂漫的态度也不剩留了。他用着一种绝大的速率变老了，在这一两年之间，他好象老了十岁。

他很有孝心，不间断地买着滋补的食品来给父亲和我吃。但他的脾气是不好的。有时，因为一两句话便和你的父亲闹起来了。可是，过后，他便很懊恼，便到父亲跟前去赔不是。但有时，他却在和父亲吵闹之后，一句话也不说，寂寞地退到角落里去，偷偷地在流着眼泪。时常在这样沉默了十分钟或者二十分钟之后，他便用着一种突然惊起的态度说：

“还是死，最干净！”

唉,英儿呀,象你的弟弟年纪这样轻的便有了这样的念头,这真是可怕的现象啊!……唉,这还是要怨我们的家运不幸。要不然,这个时候,还可以让他多玩多吃一点。唉,做父母的,谁肯让他们的儿子过着辛苦的生活呢!

现在,家中最令人感到麻烦的,便是你的二嫂。她是一个聪明的但是怪脾气的妇人。她的性格是比男人还要倔强的。碰到她高兴,她便花言巧语来和我们谈心说笑。碰到她不高兴,她便寻死寻活,终日啼哭着。有时,她一连三几天头发也不梳理,饭也不吃。有时,她却终日在嬉笑着。劝她吗?她的答话是很特别的:“妈妈!让我放纵一点吧,我再也不想活下去了!”

我们“养”了一个还未满月的儿子给她,那时她却好正生着一个遗腹的女儿,有了奶汁,但她不让这养来的儿子吃奶。“我的丈夫已经死了,养活了儿子有什么用处呢!”她说。唉,象这样的妇人,才真是要不得的妇人呢!她的丈夫死了,谁害她!该怨自己的命运不好啊!她的丈夫是我的儿子呢!唉,算是你的母亲的“积恶”,我老人家替她把这养来的儿子养活起来了。唉,这“一房头的香灯!”

你的大嫂算是蠢些。但天王爷保佑,我们是乡村里面的人物,越是蠢些,越是好些。她有了四个女儿,我们现在还“养”了一个男的给她。……乡中的女人,只要有穿有吃,便该满足了。至于丈夫呢,有,自然更好;没有,也只好听天由命。要是寻死寻活便是太糊涂了。

你的妻,身体很康健,工作也很做得来。她不但“担水”“舂米”很来得,便是田园上的工作,她也做得很好呢。我们今年种了一亩地“番薯”,都由她和你的大嫂种作起来的。她不认识字,你每回寄来的信,她都看不懂。但她每回听说你有信寄来,她便走到我们这边来,要我们读给她听。上回,当她听到你要她去嫁的那封信的时候,她禁不住失声地哭起来了。

“为什么不要我，我犯了什么罪呢！”她这样凄惨地哀叫着，用着手捶着她的前胸。唉，英儿，狠心的英儿，她虽然不是一个自由，但她自顶至踵都是你的妻，你该爱她，你该养她，你该永远地做她的丈夫啊！

现在，我要说及你的姊姊了。哎哟，你的姊姊，现在也变成一个怪物了！她是聪明活泼的，但同时，她却带着一点难驯的野性。一碰到机会，她便向我们说了许多奇奇怪怪的事情。她说现在的世界，男人和女人是平等的。这是胡说，男人可以穿短裤到处跑，女人难道也可以穿短裤到处跑吗？她又说，现在的世界是太不公平了，将来的世界是人人都要做工，同时却人人都有福可享的。这也是胡说，象这样，没有尊卑上下，还成什么体统呢！

可是，你的姊姊真会说话，她这边几句，那边几句，说起来总是怪有道理的。有时，我的意见虽然和她不同，却是驳不倒她。父亲的脾气虽然很不好，有时碰到她，也只好转怒为笑呢。她真是一个奇怪的女人啊！有一天，父亲在她面前这样埋怨着：

“阿乳——父亲这样地叫着你的姊姊——，你终归是一个不知进退的女人，你的丈夫加入×会，我早就知道不妥了。我这样的告诉他：‘菊宗——你的姊夫的名字——你为什么要加入×会呢？这是危险的！在你的意思，自然是因为你一向太受保成派他们的“压逼”，想加入×会去向他们报仇。但这样办是不好的。现在的世界很难说，你可能断定×会的寿命怎样吗？万一将来×会被解散了，你不是更惹了麻烦吗？你还是年轻，火气太盛的。受了人家的“压逼”，有什么要紧呢？只要我们处处留心，处处让步便好了。现在的时代是变乱的时代，吃点亏也不算什么，只求平安无事便好了。’菊宗自然是一个很好的孩子，但他却有点自作聪明的脾气。他表面上虽然没有和我辩驳，但他暗地里却加入×会里去。这就该死！不听老人的说话，现在闹得无家可归，真是何苦来呢?！但阿乳，你是他的妻子，你老早便应该劝告他。为什么让他加进×会去呢！

唉，你这不懂事的孩子！”

“父亲，你说加进×会是不应该的事情吗？”你的姊姊狡猾地笑着。

“自然是不应该加进去的！”父亲严厉地说。

“难道说让人家压逼，永远地不表示反抗便是好办法吗？父亲，你说是这样说的，不见得你自己受了人家压逼的时候，你自己便忍得住啊！”你的姊姊安静地说。

“放肆，你在说些什么呢！”父亲认真气恼起来了。“我受了压逼受得多呢，整整地受了六十年呢，但我完全把它们忍受着。有时，我还装聋作哑呢！这六十年来我所吃的苦头，所受的各方面的压逼，只有你的母亲才能够知道呢！这六十年来，我受了有钱人的压逼，受了官厅的压逼，受了一切横暴的人们的压逼，不知道多少。受了压逼，这有什么奇处！要象你们这班后生辈一样，动不动便说反抗，动不动便要组织这样，组织那样，天下才会大乱起来呢！……”

“天下大乱起来便不好吗？”你的姊姊依旧眯着眼在笑着，她的态度是这样可爱而且有趣，那使你的父亲虽在盛怒之下，也不忍把她过事苛责。“看看是那一种的大乱。如果这种大乱是全体的被压逼者起来反抗那班逼人太甚的鬼东西的大乱，那是应该欢迎的。在这样的大乱之后，才有真正的太平。这笔账如果不赶早把它算清楚，不但父亲要受了六十年的压逼，象我们这样一代，一代的过活下去，便六百年，六千年也还要受压逼的。忍耐吗？他们代代地压逼我们，我们代代地忍耐下去吗？父亲，老实说，我便忍耐不住了！”

“小娼婆，你说得这么激烈，要是在城市上你用着这样的语气在向人家说话，包你活不了好多天，便会被人家抓去枪毙了！”父亲忽而笑将起来了。

“抓去便让人家抓去好了，我愿意做个敢死队！”你的姊姊也在笑着。

儿呀，你的姊姊，说话的态度这样激烈，这也是很难怪她的。姊夫在他的乡族中，“房脚”最小最弱，你的姊姊过门之后，受了大“房脚”(乡村中，由血统上亲疏的关系，分房，分派，在每一派下人数多而富者为强大的“房脚”；人数少而贫者为小的“房脚”。大“房脚”的人可以随便压逼小“房脚”的人，就和大氏族可以随便压逼小氏族一样的。)的气多得很哩。她的乡中是保成派的“房脚”最大而且最有钱的，保成是一间售卖豆饼和米的铺子的名字(豆饼是用大豆的渣滓造成，每块重约四五十斤的一种肥田料)。这间铺已经开了好几代了，派下的子孙已经好多，好多了。因为这间生意是做得这样长久，因此依照他们的“数簿”查起来，全村上无论那一家人或是由祖先，或是由父亲，或是由自己经手，都是欠了他们的账的。有的祖先本来才欠他们几块钱，但他们天天起利息，直至现在便是欠了他们一千几百元了。因此，保成这一派，在乡中做了大王。乡绅由他们做，历代的秀才由他们入，一切有“天面”(即是出风头)的事情都由他们包办。

当你的姊夫在高小毕业的时候，照乡例是有“公烝”(即公家的产业)分的。保成派内便有了两个高小毕业生，每年分“公烝”，得了三几十石粟呢。但村中的公数是由保成派他们理，乡绅是由他们做的。在一乡里面，乡绅的权力是最大的，他说对便对，他说不对便不对，谁敢说个不字呢。但你的姊夫究竟是“新生牛子不怕虎”，他仗着血气之勇，居然走去找着保成派的乡绅，要把那份毕业生的“公烝”拿来做三份分配。

“我不是高小毕业生吗？我也应该分一份公烝！”他向那乡绅说。

“你是不是盲眼呢，你也要来分‘公烝’！哪，这便是我所要给你的‘公烝’，你这狗东西！”那乡绅在你的姊夫的脸上一五，一十地打了几巴掌。

你的姊姊“过门”不久之后，他们时不时走到她门口去嘲弄她：

“哪，这是一个美人儿，高小毕业生的夫人！……秀才娘！……哪，你看她的大腿多么白啊！……啊，她的丈夫不在家里，夜里难道不寂寞吗？……看她这样俊俏的面孔，晚上一定会偷人的！……哈哈哈！……”

你的姊姊是气得要死的，但这那里有办法！还算他们斯文，他们便野蛮一点也没有办法哩！在乡村间大“房脚”压逼小“房脚”，这是很普通的一件事情呢！……

你的姊夫是在外乡教书的，亲家却在乡中耕田。亲家是个有福气的人物，他每天在做完艰难困苦的田园上的工作以后便快快乐乐地跑回家来。晚餐的时候，他特别喜欢喝着一二两高粱酒。他说，宁可少吃一点饭，酒却不可不喝。他的脸上永远挂着笑，他的心情永远是快乐的。当你的姊姊把白天间所受的嘲弄的事情告诉他的时候，他总是含着笑告诉着她说：“这是不相干的，不要打理他们便好了！”

你的姊夫的态度便完全不同了。他是很能干，而且恩怨最是分明的。他和全乡耕田种地的兄弟叔孙感情最好，和保成派的感情却是最坏。他是贫穷的人们里面的一个领袖，同时却是保成派的一个敌人。……

组织×会的时候，算是他顶高兴的时候了。他应用着教小学生的本事来教全乡的农民。他年纪虽然是轻轻的，但全乡的农民都心悦诚服地承认他是他们的先生。他教他们全都加入×会，教他们要求减租，教他们全部否认他们祖先的欠数。

“哼，这时候该我们起来活动的时候了！……打倒保成派，……他们的财产都是我们的脂髓！……”他教他们这样乱喊着。

那时，×会是很合时的，各乡各里都有了这样的组织，而且彼此互通声气，互相帮助。一时间，真是天变地变，连官厅也不敢来干涉他们的。……

你的姊姊每回回家的时候，总是兴高采烈地对着我们说：

“母亲，现在是我们的世界了！……保成派那班‘狗种’，现在从我们的门前经过，连头也不敢抬起来，再也不敢来说‘猫狗’话了！……本来，他们说乡里中无论谁都是欠他们的债，但现在我们一齐起来反对他们，我们不承认有了这么一回事。‘谁欠你们的债啊！我们艰难刻苦，代代在替你们赚钱。你们吃的，穿的，都是我们供给你们的；你们才真是欠我们的债啊！’我们高兴时便这样地在他们的面前乱喊乱叫，他们望着我们，现出恐慌而且可怜的态度，好象在乞求我们怜悯他们一样！……啊哈，这才是快乐极了，现在是我们的世界了！”

有时，她会一面高声大笑，一面这样地告诉着我说：

“母亲，跟我到我们的乡里去看一看吧，真是有趣极了！那些平时只会吃番薯的农夫们居然也会开起什么会，什么会来了。他们也真有他们的本事呢！开会的时候，有的站立着，有的蹲的，有的坐在地上。有些时候，他们高声大叫，有些时候，他们全部都把赤褐色的手高举起来。……他们全都变成小孩子一般的神气。不论笨拙也好，不论不懂仪式也好，不论说话的时候，象在喊口号一样的大声也好，他们全都高兴，全都愿意在开会的时间把他们的意见次第地提出来。……啊哈，这真有趣极了！……”

英儿，真的，我们都是穷苦的人们，我们听到穷苦的人们会有了这样趾高气扬的一天，我们自然是很高兴的。但我们都是老年人，我们对于各件事情都知道多了一些。我们知道有钱人和官厅究竟是不可惹的。从古以来，他们都是高高在上的呢。

你的父亲虽然脾气不好，但他是个深思远虑的人物。他是很不容易有了高兴的日子的。当人家正在高兴的时候，他便开始在忧愁着。他度着他的日子在阴惨，忧郁和唉声叹气中间。我和他相处了几十年，真是很少看见他开怀地大笑一下呢。唉，他真是一个可怜的人啊！当×会正在得势，你的姊夫和姊姊正在兴高采烈的时候，他便时常在垂头丧气地说：

"世事难料！……菊宗最好还是不要学人家这样瞎干好！唉，青年人老是顾进不顾退的！"

过了不久，你的父亲所顾虑的事情果然碰到了。到处×会都被解散了，各乡各里在短时间内都充满了一种恐怖的空气。你的姊姊的乡里的农民又都垂头丧气起来，保成派却又耀武扬威起来了。

"现在不但要你们全都承认你们的旧欠，还要把你们加多一些利息。你们再敢起来反抗吗？你们这些'回头狮'，你们这些笨牛，你们这些呆鸟！……我们自从祖先一直到现在，代代都在养活你们，你们还敢起来造反。现在看，你们还有本事来反抗我们吗？"这回，轮到保成派的人们在乡上跑来跑去地叫喊着了。……

唉，英儿，你试想想，在这样时候，我们是多么提心吊胆呀！我们一面在挂虑着C城的你，一面在挂虑着闯下了大祸的你的姊夫。听到枪声，我们便肉战；看见炮火，我们便心惊。夜里的吠犬，使我们失眠了；白天里在树林里响动着的风声，使我们吃不下饭。你的父亲更是变得有点失常了。

"这样的年头！……啊，杀戮太重了！……唉，年轻的人们都是知有进不知有退！……"他每天一听到杀人的消息，便反复地念着这几句。

有一天，我真教他吓死了。他从城里回来，碰到我，什么话也没有说，劈头便是这一句："唉，天王爷，好好的儿子，教人家枪毙了，只剩下一对皮鞋！……"

"谁的儿子啊？……"我只说了这一句，便禁不住哭了出来。

"一个姓李的，哎哟，死得怪惨的啊！"……他这样答复着，眉毛和唇角都在战动着。"是个三十多岁，很有趣的少年，国民日报的主笔。文章做得真好，要是满清的时候，最少是可以中举人的。哎哟，青年人只知有进，不知有退，这样结局了太可惜哩！"

"我们的儿子呢？……"我不知为什么，被父亲这一吓，总是不能让精神把定起来。

父亲好象没有听清楚了我的说话似的，只是继续着："他的父亲是我的老朋友，现在发狂起来了！……他碰见人的时候便这样说，'字纸应该拾起来！……字纸应该拾起来！……'谁也不知道他说的是什么意思。……他的儿子被警备司令部拿了去以后，最初听说警备司令部还是好酒好肉的管待他。他也时常写信出来给他的家人，劝他们不要挂虑。以后，他便许久没有写信出来。他的父亲着急了，他和几个朋友到各处去寻找他的消息。最后，才由军队里传出来，说他的儿子已经和其他的几个要犯被秘密处死，而且用黑布包着死尸，丢进大海里去了。……在这个消息传出来几天之后，姓李的这个朋友恰好碰到一个兵士拿了几对皮鞋在贱卖着。其中有了一对，正是他自己的儿子的皮鞋呢！唉！我的朋友看见了这对皮鞋之后，什么话也不说，从此发狂了！……唉，这样的年头，杀戮真是太重了！……"

儿呀，当我听完这条悲惨的故事以后，我的心日夜都在悲痛着。我真不了解为什么同是人类却不能相亲相爱，反而一部分人硬要把别一部分人屠杀，这是什么道理呢？慈悲的天王爷！

儿呀，你现在年纪也不小了，凡事都应该有个把握些。危险的事情，应该永远地避开，应该珍重着生命，为着老人们的缘故。唉唉，英儿呀！英儿呀！

母字

二月十八日

七

最亲爱的母亲：

你的信，我已经接到了，我一口气把它读完之后，只是觉得难过，难过。唉，母亲，我将用什么方法来安慰你呢？

我今年刚二十多岁，但看起来却是和三四十岁的人物一般。我的脸色青白得象鬼火似的，我的头发和胡子也和枯草一般的蓬乱着。我住在一个缺少日光和空气的洞穴里，这洞穴被叫做我的家。不论健康和病，我一样地做着我的工作。在这工作上面我建筑了我的信心。这几年来，我是变迁得太大了，由一个糖一般的大学生变成一个朝不保夕的流亡者。这社会用着它的粗暴的脸色在对着我，用着藤鞭和枪炮在恫吓着我，把我摔入黑暗，霉湿的地窖里去。它好象在向着我狞笑着说：

“你这不知自量的叛徒，你敢来反抗我吗？”

然而我，我有着我的广大的伴侣，我们彼此互相鼓励着，一步步地前进着。我们既不悲观，也不退缩。我们始终是要把这残酷的社会捣碎，我们始终是相信着我们的力量的。……自然，在一般不了解我们的人们的眼里，我们是白痴，是呆子，是恶汉。然而，我们终觉得我们的信心是伟大的。目前我们虽然免不了要受压逼，受糟蹋，受蹂躏，但最终，我们一定会占胜利的。

母亲，现在即使我是在睡眠中，我也未尝忘记勇往直前，把性命去为着被压逼的兄弟们的幸福的缘故而牺牲是一条最伟大的出路。母亲所说的宝贵着生命自然是很对的，但是在这样畸形的社会里面有资格去宝贵着生命的怕只有极少数，极少数的特权阶级的人物。我们自然都是不配的。我们的大哥和二哥难道不知道他们的生命是可宝贵的吗？可是，他们都保留不住他们的生命。他们都在沉重的压逼下面受磨折而死。这不是一幕极惨痛的流血的悲剧吗？从这一点看起来，我们可以明白，在现阶段的社会里面，一切穷苦的，被压逼的人们的生命都被操纵着在特权阶级的手里。我们时时刻刻都有死的危险，我们的生命即使不在战场上完结，也不能不在牛马般的劳苦生活下面完结。向后，没有我们的希望。我们的希望只在前面。

母亲，我不愿意做一个忤逆的儿子，但这时代特别课给我们青年人一种重大的使命，——摧毁旧社会，建设新社会的使命——这种重大的使命使我离开了家庭。这种重大的使命需要我去流血，去牺牲。在这里面有着很重大的意义，这种血和这种牺牲是有着很重大的代价的。这或者是一件悲惨的事情，但这绝对是不能够避免的一件事情。……拜菩萨也没有用处，埋怨命运也没有用处，倘使不把万恶的旧社会摧毁，全体被压逼的兄弟们便将永远地过着非人的生活。可是，要把万恶的旧社会摧毁，用着和平的手段是绝对做不到的。在这儿绝对地需要一班有了彻底觉悟的人们，领导着全体被压逼的兄弟们，站在最前线来和敌人做着最无情的战斗。在这儿便需要大大地流血，便需要大大地牺牲了。母亲，流血呀，牺牲呀，自然是一件最可痛心的事情，但为着大多数人的幸福的缘故而流血，而牺牲，这是十二分值得的啊。

母亲，你或者要说，这些血都是空流的，这些牺牲也将收不到什么效果的。他们富贵的人们，“都是天上有星的”。我们无论怎样努力，也不能够把他们打倒。我们无论怎样奋斗，也不能够把他们的宝殿锄平。我们惟一的办法，只有忍耐，忍耐。不管他们对于我们施了怎样的压逼，只要我们能够忍耐便好了。……母亲，我要说，象你这样的主张是完全不对的。正如姊姊所说的一样，假使我们不把这班压逼我们的狗东西打倒，假使我们不把他们的特殊的地位消灭，我们便子子孙孙地忍耐下去，亦是忍耐不了的。牛和马便是最能够忍耐的动物了，无论你怎样鞭打它们，虐待它们，它们总是能够忍耐的。但，我们不是牛，不是马，我们不需要这种忍耐。我们所需要的是反抗的精神，是勇往直前的意气。我们不仅是要象牛马一般地活着便够，我们应该过着人的生活。象现在我们所过的并不是人的生活，而只是一种牛马似的生活。牛马的生活有了什么价值呢！母亲，生命本来自然是可贵的，但象现在这样的生命便真是一文不值了。……可是，我们不是悲观主义者，我们绝对地相信我们的力量，绝对地相信我们有着推翻特权阶级的力量。

我们应该用着我们自己的生命，来开辟着我们的道路——广大的人类的进化的道路——要这样，我们的生命才可以算是宝贵的啊。

母亲，我们为什么应该那样客气，那样退让。当我们的敌人在向我们节节进攻的时候，在向我们大肆屠杀的时候，我们为什么不应该一致起来消灭他们，打倒他们呢！难道说，我们没有这种力量吗？不是的！难道说，我们这样做便是不道德吗？不是的！我们一直到现在，还想忍耐着，忍耐着。这便是他们所以能够摧残我们，屠杀我们的最重要的理由了。母亲，难道说，压逼可以忍耐，摧残也可以忍耐，屠杀也可以忍耐吗？母亲，忍耐是忍耐不了的。我们应该毫不迟疑地起来，我们的人类是最多的，我们的力量是最大的，只要我们能够一致地起来，那些专为压逼我们而生存的魔鬼们是抵挡不住的。他们都是一些纸老虎。母亲，只要我们能够把压逼我们，摧残我们，屠杀我们的特权阶级消灭，天下从此便会太平，人类从此便会相亲相爱。以后，在这世界上便没有这种专由一部分人来摧残，屠杀别一部分人的怪现象发生了。母亲呀，那时候，世界上的母亲们都用不着提心吊胆，她们的脸上将会永日地挂着微笑。枪声也没有了，炮影也没有了，大地上有的只是花，只是光明，只是爱。那时候，人人都做工，人人都享乐。彼此全都平等，全都自由。但是，母亲呀，我们要使这样美好的世界实现，非先把现社会的制度根本推翻，把这现社会上的特权阶级彻底消灭不可。在这样的过程中，需要最坚决的争斗，需要多量的血和牺牲。这样的血，这样的牺牲便都是付给未来的美丽的社会的代价啊！

母亲，相信我的说话吧！象我所说的这样美丽的社会，将来是一定会实现的。世界上最聪明而且最无私心的人物和已经觉醒了的广大的被压逼的兄弟们，都已不断地在为着这目的而计划着，工作着，争斗着。他们都不惜把他们的生命和尸体做着达到未来的美丽的社会去的桥梁。这一个跌倒下去，那一个又是站立起来；这一队被压逼下去，那一队又是爆发起来。我们的阵营一天一天地扩大，我们的战士一天一天地增加，敌人们是一天一天地减少下去，一天一天地衰老下去，一天一天地没落下去。……于是，终归有一天，由我们的生命和尸体筑成的桥梁，可以达到我们的理想的，美丽的社会去。母亲，假若我们把这美丽的社会来比做一只鸟，那这一只鸟，是在我们的鸟笼里面，而不是在空中，在林际，在田野上，只要一伸手，便可以把它得到了。母亲，我们的这种希望是一种最切实的希望，这和幻想，和做梦，完全是两回事情呢！

母亲，家庭的破碎，的确是使我异常难过。但我现在已经不是一个傻瓜，我绝对不能够因此而伤心痛哭，象一个颓废派的文学家一样，镇日地在呻吟着。假使我那样做，那我便真的是值得诅咒了。伤心痛哭，颓废呻吟，这是消灭自己的最好的方法。但我们现在所需要的不是消灭自己而是消灭敌人呢。是的，我们应该把我们所有的力量都集中到消灭敌人这个观点上面去。不论父亲也好，不论母亲也好，不论家庭中的任何人都好，谁都有消灭敌人的权利，谁都有参加这消灭特权阶级的伟大的运动的权利。……母亲，你们吃了一生的苦头，大二哥之死，大二嫂的守寡，妻的守活寡，姊姊和姊夫的无家可归，弟弟的在做着过度的工作，这都是我们的敌人所给予我们的赠品。……哭泣也不必要，悲伤也不必要，只要我们能够一致地向前把我们的敌人消灭，便一切问题都能够解决了。

母亲，你和父亲都是年纪太老了，你们不但所有的精力都给旧社会的特权阶级剥夺净尽，便连你们的头脑——一切思想的机能——也都给他们剥夺去了。你们受了太长久的欺骗了，你们受了太长久的愚弄了，你们受了太长久的麻醉了。你们都不相信我们有消灭特权阶级的权利，你们都不相信我们有把一切资本家，地主，恶绅，贪官污吏都赶跑，都杀尽的权利。你们只想忍耐，便是敌人们把刀拿到你们的颈子上，你们也想忍耐。母亲，这是太笑话了！我们不需要这种忍耐了！现在应该是我们把刀加在敌人们的颈子上，让他们去享受，享受这点忍耐的滋味的时候了。

母亲，我相信你们是世界上最好的人，最有良心的人，你们有了各式各样的美德。但这有了什么好处呢？当我们的位置已经和牛马一样，做着牛马的工作，吃着牛马的食物，受着牛马的待遇，还讲什么美德不美德呢？……母亲，我们现在是什么也不需要，只需要反抗！……母亲，你是不是已经在我们的乡村四周望见了许多火光，听见了许多枪声吗？母亲，不要骇怕，这是一种可喜的现象。这表示着两个阶级的斗争已经走到最紧张，最逼切的地步。这表示着被压逼，被糟蹋，被驱使，被蹂躏的奴隶们已经有了深切的觉悟。这表示着英勇的，争自由的斗争已经在开始。母亲，象这样的战争是不能够使我们伤心的，因为，全体被压逼的兄弟们的出路都要在这火光，这枪声中打出来的啊。

母亲，我相信在不久的将来，我们的乡村也将有这样的战争出现。那时候，无论母亲也好，无论嫂嫂也好，妻也好，你们都可以做着英勇的战士，在队伍中跑来跑去，拚着生命去和敌人们争斗，这比较躲在家中哭泣，悲伤，失望，要好得多呢。

母亲，这时代是一个非常的时代。这一个非常的时代是全体被压逼的兄弟们在起来大活动的时代。被压逼的兄弟们和大海一般，而这大海是在汹涌着，狂吼着，活跃着。谁也不能够阻止它，谁也不能够令它平静。压逼阶级的人们象大海上的小舟一样，平时他们轻视着这大海，在这大海上面吐着口水，现在他们是在战栗着，面目惨无人色，他们的运命是非至沉没在这大海中不可了。

母亲，这三几年来奔走四方的结果，使我益加了解人生的意义。人生的意义是什么呢？战斗！没有战斗的精神，便没有生存的资格。在厂主工头的藤鞭下过活的工人，在街头拉车，饱受红头阿三的哭丧棒的黄包车夫，在巍峨的洋楼之旁徘徊着，而没有地方栖身，在酒家的门前咽着口水而没有食物果腹的一切失业者，流亡者，丐儿，在广大的农村间做牛做马的一切农夫都是被征服者，都是特权阶级的俘虏。他们所需要的是什么呢？战斗！惟有战斗才能够解放他们，惟有战斗才能够改善他们的地位。哭泣吗？悲伤吗？摇尾乞怜吗？忍耐下去吗？……这些都是奴隶的哲学，都是自杀的哲学。被压逼的人们惟一的出路只有战斗！战斗！战斗便是被压逼的人们的全生命的意义啊！

母亲，我们的家庭是这样的破碎，你和父亲是这样的衰老，家人是这样的无依。但是我能够拿出什么东西来帮助家庭呢？在这样军阀战争永不停息——这是因为帝国主义大人们在背后操纵指挥的结果——苛捐杂税叠出不穷，资本家重利剥削的各种关系之下，一切被压逼的人们都逃不了日就支离破碎的处境的。除了我们全体觉醒起来消灭军阀战争，把一切统治的势力根本推翻，让我们自己来找我们自己的出路之外，还有什么办法呢？

自然，我不得不向着母亲承认，站在旧的伦理观点上，我是一个不孝得很可以的儿子，可以说是十二万分的负义忘恩。但是，母亲，那种旧的伦理观点现在已经是完全不适用了，那只是一种封建的旧观念。那种旧观念是统治阶级统治我们的一种武器，我们应该破坏它，诅咒它，把它送到粪坑里去！……站在这新时代的伦理观点上，每一个青年人都得做一个勇往直前的战士，每一个青年人都负有破坏旧社会，建设新社会的责任。青年人是新时代的创造者，不能够随着旧时代以共灭亡。……我承认在可能的范围内我应当竭力帮助家庭，但这不是行孝不行孝的问题，而是关系我的责任和我的能力的问题。革命的根本任务便是为一切被压逼的穷苦民众谋利益，找出路的。我们的家庭是这样穷苦，是这样的支离破碎，我自然应该帮助它。……不过，母亲呀，我现在是在流亡，我现在是在朝不保夕的过活，我现在是象丐儿一样穷困的，我能够拿什么东西来帮助家庭呢？……母亲，我是什么都没有的。我所有的一切便是革命。母亲，对于我个人，对于家庭，对于全体被压逼的兄弟们，我所能够贡献的只是革命。假如我还算可以帮助家庭的说话也便是这革命。因为在革命成功之后，我们的支离的，破碎的家庭，便会跑着大众的解放的路，有了解决的办法了。

母亲，革命并不是一件难于了解的东西，每一个被压逼的人们的心里头都有着革命的要求，只要把旧观念丢开，谁都可以做着革命的工作呢。……母亲，全世界被压逼的兄弟们都已经在怒号着，叫喊着，大海在翻着狂涛，天畔在烧得整个儿殷红，我们跟着时代跑吧！即使我们目前是这样的艰难困苦，但我们的前途是可以乐观的啊！

你的儿子　英

三月六日

八

最亲爱的母亲：

今天碰到一个从南洋那方面跑来的朋友，一个以监狱为住家，有着勇往直前的精神的朋友。天啊，他的样子比较两年前我们在一道做事体的时候是变得多么利害啊！他简直是变成另外的一个人物了！两年前他是一个二十多岁的青年，现在他的样子好象已经有了三四十岁；两年前他是一个面皮白净，样子看去是很斯文的人物，现在却变得象非洲土人一样，连头发也变得鬈曲起来了。可是，同样地，我的变迁并不会比他小了一些。……当我们在街头开始碰到的时候，我们彼此都不能够认识。但当我们相对地望了一望之后，我们从不挠不屈的眼睛的视线中，把我们自己介绍出来了。“我们是同一条战线上的人物！我们从前是同在一道做事体的！”我们的眼睛这样地告诉着我们。

“你不是老林吗？”他迟疑了一会，便用着他的粗厚的手掌拍着我的肩。

“一点也不错，你不是老李吗！”我的回答也是和他的问话一样地充满着惊异而快慰的神气的。

于是我们走到一个僻静的地方大谈特谈起来了。

"你那时候到上海来,找到了事体做没有?"我首先便这样问他。

"我到此地来已经十几天了,事体还找不到,……我现在在过着他妈的流氓生活呢!……白天我在街头乱碰,晚上我便在僻静的角落里和丐儿们一道睡觉呢!……他妈的!……"他的眼睛几乎喷出火来的说。

我告诉他象他的这种现象,已经变成了一种很普遍的现象,全中国象他这样流离失所的青年真不知有多少呢。这时代青年人真是活该。……然而青年人有的是热烈的血,热烈的希望,快乐的人生观,勇往直前的斗争的勇气,活该不活该他们是丝毫不会害怕的啊!……

"笑话,我们害怕艰难困苦的生活便不应该来参加革命了。不过,他妈的特权阶级实在是太可恨了!"他狞笑着说。

"不过,你这回为什么要从南洋跑到此地来呢?"我禁不住这样问他。

"为什么?你是说得太可笑了!……又不是坐监,驱逐出境这一套吗?我们到处差不多都要被驱逐出境的。"他这样地答复着我,用手抓了抓他的长而且乱的头发。

我们谈话的地方是在近郊的原野上,在我们身边的除了几只在草地上滚着的水牛而外,旁的什么也没有。我们的谈话是大可以放胆地谈下去的。

"饥饿,……流亡,……坐监,……枪毙,这些都是革命者的家常便饭。老林,我们自从在C城逃走,在H港入狱并且被逐出境以后,我便到新加坡去。H港和新加坡都是英帝国主义者的殖民地,这两地的政府自然是联成一气的。但我不管他妈的一气不一气,我跑到新加坡去了。横竖他们极其量不过是把我再抓去坐监,再把我驱逐一回，这算得什么呢！”老李用着一种近似说故事的神气在向着我说。“而且，我们的一切进行都有了一定的程序，断不能因为害怕这样，害怕那样而怠工。我们如果不识利用避免一切危险的可能性而专去寻死这自然只是可笑的蠢货，不能算是真正的革命者，但如果我们因为恐怕危险便抱着躲避的观念，什么事体都不敢干，这自然是更加要不得的。”

“帝国主义者利用一切殖民地来做他们的续命汤。他们要加紧着对殖民地的剥削，借以延缓着他们的生产的矛盾的危机，并且借以缓和着他们国内的无产阶级的革命的空气。因此殖民地的革命的任务，最主要的便是打倒帝国主义。消灭帝国主义的剥削。在这样的任务中，倘若我们害怕被帝国主义者抓去坐监或者驱逐出境，自然是什么工作都不敢作，只好把自己完全藏匿起来了。”老李因为一向是在做着政治宣传的工作的，所以他在说话当中不自觉地放进了许多关于革命的理论。

“所以到了新加坡以后，我们一班人加紧地在做着这个反帝的工作。新加坡的工人群众是很觉悟而且很有斗争的勇气的，他们都知道资本家和帝国主义者是他们的最大的敌人。他们都知道要把他们自己的地位根本改变，只有毫不容情地把他们的敌人消灭。因此，在新加坡方面，我们的确做了不少快意的工作的。我们在极严重探捕戒备下面举行了好几次的大罢工，我们把罢工的群众领导到街上去作着示威运动。……帝国主义者和资本家虽然把我们看作眼中钉，千谋百计，想尽方法来破坏我们的各种运动。但群众的热烈的革命情绪，群众的大无畏的精神终于战胜了他们。他们的牢狱，毒刑，鞭打，驱逐出境，各种无理的威吓，终于不能够把群众的斗争情绪压低下去。”老李一面说，一面用着拳头在空中挥舞，用着在群众大会上面演讲时的神气。

这样继续着谈了约莫一个钟头，他差不多把新加坡一两年来的革命的情形都报告给我了。最后，他才用着一种近于说笑话的口吻，向我报告着那几个和我相识的朋友最近在新加坡被捕的情形。

“第一个可笑的便是老张。他这位家伙有趣是有趣极了。他是很勇敢的，而且很适宜于做煽动群众的工作的。到了新加坡之后，他做了很多很多的煽动的工作呢。但是他，多多少少地总还有了一点虚无党人的色彩。在那一次机关的破获当中，旁的同志们都逃走了。只有他，老张，不愿意跑。当巡捕打门打得很利害的时候，他，老张，忽而发起神经病来，用着马来话向他们大骂。‘你们这些浑蛋，敢来乱打老子的门，岂有此理，老子刚要睡觉呢。’他一面乱骂着，一面把门打开了。

“当那十几个如狼似虎的探捕跑进来，搜得了许多危险的证物的时候。他，老张，又是勃然大怒，拍案叫骂起来了：‘你妈的，老子革命，是替一切穷苦被压逼的兄弟们谋幸福的。这是一种神圣庄严的事业。你们敢来干涉我吗？……哼，我老张，从十五岁起便晓得怎样抛掷炸弹，便晓得怎样制造炸弹，我的每一颗炸弹是要把这整个的资本社会炸坏的。……哼，老张坐监是坐过七八个年头了，从二十三岁坐到三十岁。这只是一件平常的事情。这是吓不倒老张的！……你们这些坏蛋东西，你们这些走狗，你们这些没有廉耻的卖阶级的下等动物，你们把我拿去吧！我要是有点害怕，便不是姓张的了！’那些探捕都对着他摇头，笑他是个傻子。但他们不敢打他，因为他，老张，样子是太雄赳赳了。谁都怕会被他一拳打死的。

“他给他们抓去了。他，老张，似乎觉得很有趣似的。他，一路跑，一路演讲。……审判的时候，他被判定了四年徒刑。但是，老张，又发起神经病来了。他又是拍案大骂，大呼打倒帝国主义。可是那位审判官是很聪明的，他什么话都不说，按照老张叫一句口号便加多了两年徒刑。最后是加到十四年徒刑了。那位狡猾的审判官胜利地问着老张说：‘现在可还要打倒帝国主义吗？’老张咬牙切齿地把他痛骂了一顿说，‘为什么不要打倒帝国主义呢？现在是更加要打倒帝国主义了！打倒帝国主义！打倒帝国主义！……’他一连地喊了几十句口号。‘我现在应该判定几多年徒刑呢，你替我加上去吧！’他冷笑着说。那位审判官是一点办法也没有的。他吩咐探捕把他带走了。老张是完全胜利了。他越喊越凶，一路跑一路还是大呼打倒帝国主义。‘老子，要把这个口号多喊几句，要把这个口号送到全体被压逼的兄弟们心里头去。拿坐监来吓我真是笑话，老子，为什么怕坐他妈的监狱呢！’老张向着那些押他的探捕解释着。这回，连那些探捕都把他大大地尊敬起来了。你要知道，探捕并不一定是些坏家伙。他们都不过是因为受了经济的压逼，而且是受了特权阶级的欺骗才会暂时地在做着他们的走狗的。倘若我们能够好好地宣传他们，把他们组织起来，他们是很能够帮助我们的革命的进行呢。”老李停了一下，用着探询的眼光在望着我。我只点了一下头，他便又再说下去：

“两三个月前，我在反帝的群众大会的席上被探捕抓了去。在狱中，我时常碰见他，老张。这家伙的确是有趣的。他的近视的程度，深到差不多和盲人一样。在狱中，本来是不能够戴眼镜的。但他是因为了这点特殊的情形，经过要求的结果，眼镜是准许戴着了。但当他在洗澡的时候——在新加坡的监狱中，有时是可以洗澡的——马来由鬼（新加坡的土人）最喜欢捣他的蛋，偷偷地把他的眼镜拿开。于是，等他洗完澡之后，他因找不到眼镜便连他的衣服放在什么地方都不能够找出来，只得大声地喊叫，直至马来由鬼把眼镜送还他之后，他才能够从浴室里走开呢。可是，他的确是个怪物，是个精力绝伦的怪物。在监狱里，谁都免不了有时要咳声叹气，谁都免不了有时要因挨苦不过而致病。只有他，老张，镇日高声大叫，一天一天地肥胖起来。‘监狱是特权阶级优待我们的最优等的病院呢！’有时，他这样向着狱友大众说。他，老张，真是一个双料的怪物啊！”老李把这故事说完了以后，向着我苦笑着。我只是摇着头，不能够说话，也不能够叫喊。自然，我的朋友，老张，是有点错误的。他不应该在可以逃走的时候不逃走。我们无论生或死都应该站在我们整个的被压逼阶级的利益上计算。我们的意识应该是集团的。象老张这样负有责任的前驱人物，尤不应该太任意。这是浪漫主义。这是无政府主义者的行为。这是我们所不允许的。可是，除开这一点外，他的英勇，他的率直，他的大无畏的宣传，在判官之前，在探捕中间，在牢狱里面，都一样宣传着我们的主张，扩大着我们的政治影响。这是值得称赞的。这是被压逼阶级战士的真面目。然而，我的朋友是这样失去了，他不得不把他的最坚强的躯体和最坚强的意志让牢狱里的铁链锁住，在帝国主义者的无理的压逼下面。可恶的帝国主义！……但，这种事体究竟是值不得悲伤的，在这全世界的被压逼的兄弟们都纷纷起来向着他们的敌人们作着最坚决，最彻底的斗争当中，在这象火山在爆发，象大海在怒翻的革命的洪潮当中，帝国主义者的牢狱的墙，铁的锁链不久终归会被破灭，被毁坏着的。我们的信心是比较一切更加强固些。我们的臂膀是比较一切更加有力量些。我们终归是最后的胜利者。

跟着，老李又在说着老廖老陈被捕的故事。这些故事都可以证明青年人的不顾死活的精神。环境对于我们的压逼是很利害的，但青年人的勇往直前的精神战胜了它。青年人是时代中的脉搏，青年人是把时代向前推进的最有力的战士。特权阶级对于青年人所能采取的方法只是酷刑，鞭挞，监禁，枪杀，而当青年们对着这些方法完全不会害怕的时候，当青年们不顾一切只是在艰难困苦的下面做着艰苦的奋斗的时候，特权阶级便也无计可施了。历史注定他们的运命是要被消灭的，历史注定他们的运命是要被打倒的啊。

我们谈着，谈着，一直谈到傍晚。最后，我关注地问着老李说：

“那么，你在这上海十几天，究竟是怎样生活下去呢？”

“每天吃饱了清水，一个人可以捱十天八天才饿死；每天吃了三两块烧饼，是一两个月也不碍事的，朋友！”他这样地安慰着我，可是他的眼睛里面已经是挂上了愤怒的泪光了。

啊，母亲，这是怎样的一个时代呢！青年人到处受驱逐，受监禁，受严刑，受屠杀，而他们还是始终不屈服，始终地勇往直前，这是一种什么现象呢！啊！可歌可泣的大革命的时代啊！

祝你和父亲以及全家的人们都安乐！

你的儿子　英

三月十日

（选自《洪灵菲选集》，人民文学出版社 1982 年版）

蛋壳

“我们胆子太小，因为我们一向把我们自己紧紧地关在小巢穴般的寓所中。我们往往把我们自己看得太高，自己以为自己是了不得的，这是因为我们一向太和广大的群众隔离的缘故。”临睡的时候，P一面在脱去他的袜子，一面在很起劲的向着我这样说。他的头发异常地散乱，脸孔瘦削得和涅槃了的和尚一样，但他的眼睛却在闪放着锐利的光。

“我们这班小资产阶级知识分子是顶要不得的。光会说大话，事体一点也做不来，脾气呢，是十足地小姑娘般的脾气的。……唉，怪可耻的脾气呀，滚你妈的蛋吧！”P越说声音越高，好象在演说一般。

“不要太兴奋吧！”我这样提醒着他，因为在我们的环境下面，说话说得太大声是不可以的。

“怕什么？”P粗暴地叱着我。但停了一息，他便又转着口气说：“不过，小心一点也是好的。我们的环境的确是太坏啊！”

“可是，你为什么要这样大惊小怪呢？”我淡漠地问着他。

“T，我得到真理了。得到真理了！”他紧紧地握着我的手。

P是一个对于文学下了相当的苦工的我的朋友，他的性情虽然有点暴躁，但究竟是个可爱的人物。脸色时常是青白的。他永远没有病倒过，但身体实在是不能算是怎样健康的。他和人家说话的时候，有了一种非常的热力，那很容易的使听者受了他的激动，不管是赞成或者是反对。

“我们一向所过的生活，还是蛋黄一般的生活呢！”P继续着，眼睛睁得异常之大。“我们一向都托庇在父兄，在大学生的资格，在社会的特殊的地位上生活着，这便好象鸡蛋里面的蛋黄一般。我们是没有和空气接触过的。我们的父兄，我们的大学生的资格，我们的在社会上的特殊的地位都象我们的鸡蛋壳。这样的鸡蛋壳在保护着我们，也即在使我们和真理隔绝。啊，我现在是在把这鸡蛋壳打破了，虽然打的工夫还不大，可以说只是打破了一个小窟窿。但只是这个小窟窿，也够使我十分快乐起来了。因为，我便从这一个小窟窿，看见了光明，看见了全世界。我开始地和空气接触了。啊，我是活了二十多年，而我和空气接触，现在算是才开始呀!”

“你说的是什么鬼话呀，我看你又要象在大学时代一样，变成一个可怕的玄学鬼了!”我冷静地回答着他。

“完全不是玄学!”P几乎是大声地叫喊了出来。“不过，老实说，我读的社会科学的书籍实在太少，我懂不了许多比较确切一点的名词。我的说话是太文学一点，这或者可以说，但绝对不是玄学啊，朋友!”P不加思索地这样回答着我。跟着，他用着狂乱的脚步在室中跑了一趟，样子是怪有趣的。

“总而言之，我们根本还没有吃过苦头。”P又是滔滔地说下去。“我们根本还未尝过人家的鞋底下面的生活。我们对于无产者是什么东西还只是一个概念，还只认得一个模糊的轮廓。我们同情着他们，我们愿为他们做事体，但我们和他们间还有着天大的距离，我们过的是蛋黄的生活，他们过的是蛋壳以外的生活啊！他们是永远受不到保护的。他们用他们的全力量为全世界生产，把全世界布置得这样美丽璀璨，而结果他们却被这世界唾弃了。他们好象不是人类而只是一种黑色的动物。他们的生存和死亡似乎都只是在为人类——这是说，现社会的各式各样的特殊阶段——谋幸福，而这种幸福是和他们自己这种黑色的动物丝毫无关似的。什么法律，什么道德，什么天国，对于他们只是藤鞭和花言巧语。什么物质的享乐，什么精神的安慰，对于他们只是一种嘲笑，他们所过的是人家的鞋底下面的生活，是蛋壳外的生活，是非人类的生活。和他们相比，我们所过的还只是一种公子哥儿的生活。和他们相比，我们所过的还只是一种童话上面的神仙般的生活。我们这三二年来，所谓流亡，所谓吃苦，所谓受社会的鞭挞，所谓受法律的束缚，所谓受了什么什么，这在他们眼里，还只是象戏台上的‘书生落难’一般。说不定在后花园遇了小姐，即刻又会变成了显赫的人物了，我们到处还可以穿西装，着大衣，而这社会是穿西装，着大衣者所特有的社会，它绝对不会向这班‘斯文人’太过无礼啊！……”总而言之，我们一向虽然说得天花乱坠，但我们和无产者还是处在两个不同的世界上面，我们和他们还有了天大的隔离。”

“那末，照你的意思，你想怎样办呢？”我这样问着他，依然是这样的镇静。

“毫无疑义的，我要把这蛋壳全部打破，我要撕去了这重不应有的厚衣，我要走到他们中间去，我要做他们中间的一员。”P回答我的是这么样的一句长句，而这长句似乎已经在他的脑子里温理了很久，很久，所以他把它说得这样圆熟，这样不费思索。“我要更深刻地了解着他们，所以，我应该和他们过着同样的生活。总而言之，我要撕破我的西装，我要焚毁我的大衣，我要克服我全部的小资产阶级的脾气。我要无条件地走到他们中间去过着人家的鞋底下面的生活。我要使他们见着我的时候，叫着我一声喂，喂，你这样，你那样，而不是向着我表示着怀疑而惊惧的神色，叫着我，先生。我要使他们承认我是他们中间的一个兄弟，一个缺乏经验，缺乏教训，缺乏战斗的勇气的年轻的兄弟，而不是要使他们惊诧着我是一个特殊的人物，是一个了不得的先知先觉的先生。固然，有些地方，我可以给他们多少帮助，读读书报给他们听，向他们报告着全世界的黑色动物运动的状况怎么样，向他们解释着蛋壳外的生活是一种什么样的生活，怎样地去使踏在他们上面的鞋子动摇以至跌倒下去。可是,大部分的事情,我还是需要他们教导,需要他们指示,甚至需要他们的叱责和告诫啊!”

“你所说的可以算是一篇没有韵的散文诗,实行起来是不容易的。”我抹着我的寸来长的胡子说,从抽屉里的“烟盒”中抽出来一条大喜牌的香烟,缓缓地在吸着。

“你这说的是什么话呢?”P可以说是发怒了。我听见他的牙齿在磨击着的声音。“容易不容易的说话,不是我们讲的。只要我们觉得对,我们便应当向前做去。即使我们不能够在很短的时间内把这鸡蛋壳全部打破,但只要我们的信念是坚强的,不久我们终归是可以达到我们的目的啊!……我可以凭借老朋友的名义向你说,我今晚所说的说话是一种蕴蓄了很久,很久的说话,这完全不是出之一种冲动。而且这与其说是我的主观上的要求,无宁说是一种客观上的必要。与其说这是我的灵感的发动,无宁说是一种环境的造成。在以前,我们所以完全不感到这一层,只以一个‘小生’的脚色在参加着这新时代的伟大的运动而不感到滑稽,不感到儿戏,在现在,我们所以感到非剥去小资产阶级的衣冠,非把小资产阶级全部的意识克服不成功,这只证明了革命的阶段的进展。这完全不是一种偶然的事情呀!”

“老P,你忽然间变成一个很可以的社会科学家了。你说的似乎还有点意思,说下去吧,老P。”我这样地安慰着P。

“实在说,我们确是曾经动摇过,曾经幻灭过,曾经悲观过,这说明我们的小资产阶级的意识还在作祟,这说明我们还没有获得无产者的坚强的人生观,这说明我们对于革命还存着一种享乐的态度,这说明我们之参加革命还只是出于一种浪漫谛克。而,这根本是要不得的!革命不需要这样的人物啊!……可是,归根到底,生活的方式,决定人们的意识,我们一向的意识所以这样蹩脚,最重要的原因,还是因为我们所过的只是一种蛋黄的生活,我们完全没有和空气接触过,我们绝对地经不起风雨啊。”

“这可以算是一段严格的自我批判，老 P，你近来的确是进步得多了。”我这样地称赞着 P。

最近，P 参加了各式各样的工作，身上穿着一件黑布长衫，镇日乱跑，我有些不以为然。我以为他这样做，将会抛弃了他的对文学的贡献，这是很可惜的。但今晚，我听见了他这一席话，不禁使我肃然起敬了。P 的认识的确是不错呀。他这几个月来镇日乱跑，并不是把时间浪费的，这可以加深了他对于革命的认识，同时可以充实了他的文学的内容啊。“投到无产者们中间去，让我们和他们融合起来，这在我也认为很必要的。我是多么痛恨这不生不死的小资产阶级智识业的生活呀！”我这样增加着。

P 显然是很快乐了，他热情地拍着我的肩头说：

“我们的年纪是这样青的，我们充满着生机，充满着活泼和天真。我们是什么事情都可以做得到的。我们对事物的态度是问它对不对，却不管它难不难。我们要从艰难中找到了正确的路线，我们要征服艰难，要使艰难渐渐变成平易，而不是回避着艰难。朋友，我敢说，只这一点精神便是我们所要获得，所要把握住的无产阶级的精神，这精神便是我们用来打破鸡蛋壳的锐利的铁锥啊！”

“这便算做我们的谈话的结论吧！”我完全同意着 P 的说话，我的心可以说是欢乐得有些刺痛了。“啊，光明而伟大的出路啊！”我用着唱歌的音调这样唱出来。

P 的脸上挂着一种沉毅而有信心的微笑，我在他的这种微笑里面领略到一种比他的说话更加可以鼓舞我的力量来了。

夜已经很深了。当我从抽屉里再拿出一枝香烟在吸着的时候，P 已经躺在他的行军床上，闭上了他的眼睛。

（选自《洪灵菲选集》，人民文学出版社 1982 年版）

戴平万

小丰

小丰今日起得特别早。他的朦胧的睡眼还睁不大开的时候，他便自己跑到门前的阶上生火煮粥去了。

等到锅里满溢出一些白沫，湿着火嗞嗞作响的当儿，他的母亲才醒过来，呢喃地道：

“小丰，你起来了么？在弄着什么呀？”

小丰正提着勺子，在锅里捞着热腾腾的发酵似的白沫，脸儿被熊熊的火光映得通红，汗珠从赤色的小额上滚将下来。他的大而活泼的眼睛，凝视着那烟蓬蓬的膨胀的米粒在开水里乱跳着。他的精神完全集中在煮粥的事情了。所以他听到他的母亲的话，只是“唔”的一声回答。

“小丰，你在生火么？仔细着你的手呀！”他的母亲说着也就起身了。

“唔！”

“小丰呀！尚早咧，还多睡一下子罢。”他的父亲因小丰的母亲的起身，也醒过来了。父亲是个铁路工人。满身都是铁的气味。小丰从这种气味中，认识了他的父亲。所以若有人问小丰长大起来要做什么人，他老是答道：

“铁路工人！”

真有趣呀！机轮的旋动，轧轧的车声，正像他的跳动的生命，生命的春之呼唤一样。他喜欢动的东西，就是锅里的米跳动，他也觉得有相当的趣味。

“今天是什么日子呢?”小丰一手揩着脸上的汗珠,一手拿着勺子,走到床前对他的父亲这样问。

“今天不是六月念三吗?”他的父亲惊奇的眼光,把脸上的睡态驱去了。

“是的。今天对帝国主义的示威巡行,你可忘了吗?”他的眼睛闪着兴奋之光。

“唔唔!”他的父亲也跳起床来。

小丰在沉思着。他呆望着他的父亲,细看他的父亲的脸上摺着的劳苦的皱纹,注视到他的父亲的笨而且粗的大手;然后他才迟疑地说道:

“上海怎样被惨杀呢?”

“惨杀工人和学生!……哼!可恶的洋鬼子!”他的父亲吐了一口痰。

“昨晚,先生也叫我们今天去参加示威大巡行呢。”他说着,贴在学校里墙上的一张图画,闪到他的脑里来。一个狞恶的黑巨人,站在一块圆而大的金镑上面,下面压着的一群人,都在挣扎着。有些人把斧头和镰刀向那黑巨人的身上戳去。而且,在他的想象中,那些人都像在叫喊着似的。他的耳畔恍惚地听到呼喊的声音了。那黑巨人就是帝国主义!——他记得。他又觉得那黑巨人似他的母亲所说的故事里的母夜叉一样。只要杀人和吃吮人家的血肉的,真是我们的仇敌,人类的恶鬼!他想,最好是一只手执斧头,一只手执镰刀,把那黑巨人砍成肉酱!……

他的母亲在门外嚷道:“小丰,勺子呢?”

他笑着,跳跃到他的母亲的面前,把勺子交给她。

虽然是清晨,赤热的太阳还没有出来。但是室里因火炉的熏蒸,已是十分闷热了。粥才上锅,更热得烫嘴。小丰很辛苦地吃了一碗热粥,口唇亦烫得红起来了。

因为他的心里充满着热情和高兴，很是急切；所以他不再吃第二碗，就走到里边忙着换衣服去了。他再也不理他的母亲在喊道："乖乖！吃多一点呀！"

他穿着一条黑的短裤和他的父亲新买给他的一件白衬衣。脚踏着一双破旧的皮鞋。啊，没有袜子。算了罢，天气热得很呢！

他手舞足蹈的走上街来。太阳才在天边，和一团团的像狮如虎的黑云挣扎着，尚未尝放出伟大的炎热的红光。街上的店户，才在开着门。

今天他真的高兴极了。平常的时候，他只是吃了早饭，便机械地跟着他的父亲到工场里去，机械地作了整天的工作。有时，若停了一下，便有一个穿着污满石油的白色的衫和裤连在一起的人，慊恶地睨了他一眼。他的对于机轮旋转的趣味，也就被这一睨勾销了。他想最好是在那个人的脸上击了一拳！可是今天呢，不用领受那可恨的眼波了，而且是自由地走向学校集队去——走向日里不能去的学校里集队巡行去。一切的东西，都在他的面前跳舞着，为着他的自由之快乐而跳舞着。

路旁的两株大榕树，他夜里上学去的时候，最怕打树下经过。好像从那巍峨而且浓黑的树影里，会跳出那个母夜叉般的黑巨人，张牙舞爪的来抓人吮血去似的。但是，今天可不是这样了。他走到树下，只觉得有一阵清凉的晓风，柔和地亲着他的红热的脸儿。叶儿也像上了油漆的一般，在高高的树杪，朝阳的光中，摇曳着而且闪烁着。

"啊！我们要示威了！"他的心这样想着，手也扎着小拳头，胸也挺得高高地，表示着有充分的力量足以反抗的样子。

"小丰！小丰！"阿明在后面，口里乱嚷着他的名字，追着他来了。

"阿明！你这时候才来吗？"小丰看见阿明，也喜叫着。

阿明也是穿得同小丰一样，只是白衬衣的肩上补了一块灰布罢了。皮鞋也是旧的，但是昨天他的父亲才同他补的，没有小丰的那样难看。他的父亲是个皮厂里的工人。

“阿明，我今天真高兴，我们要示威了！”他不觉喜跃着。

“示威是什么呢？”阿明年纪比小丰大一岁，但是好像没有小丰那样聪明。就是身材也不比小丰高。

“示威就是表示反抗啊！”小丰照先生昨夜的话答阿明。

“反抗什么呢？”阿明仍不明白。

小丰有点着急了，大声说道：

“反抗帝国主义！”

“帝国主义？”

“是的！反抗那同母夜叉一样的黑巨人帝国主义！它要吮尽我们的血呀！”

“唔。你看他们的皮鞋那么好看呀！发光呢！”阿明看见前面两个小学生，脚上的两只黑皮鞋，随着他们的活泼的足步闪着光，便换转了话头了。

“我去碰他们个翻筋斗！”小丰动了好奇心，便猛奔向前面去。

“小丰！你乱跑做什么？”工人夜学的教员从大学的门口出来，要到大学对面的小饭馆里吃早粥去。

小丰在那教员面前立住了脚，向他行了举手礼。

教员走向饭馆去了。两个小学生也已到小学部去了。小丰却睐着眼睛，伸着舌头，缩着颈子，走进大门里来。

工人夜学是附设在大学北边的两层楼下面的一间课室里。

小丰走进回廊，走入课室里，一切都呈着灿朗的微笑，不同夜里一般，幢幢地闪着许多黑影。他的心花怒放了。

墙上那张黑巨人的图画，也没有夜里那样可怕。真可恶！你这母夜叉般的帝国主义，胆敢在上海杀死我们的同胞么？真可恶！一定要打倒的！他狠狠地用小拳在黑巨人的头上打一下。

“嗳呀！”他打得太用力，手指着实痛得难受。

“你疯了吗?”阿明也走进课室来。“你打它做什么?”

“它五月卅日在上海惨杀华人呢!”小丰不觉愤愤然,把痛忘记了。

“上海怎样被惨杀呢?”阿明问。

“惨杀工人和学生! ……哼! 可恶的洋鬼子!”他学着他的父亲老成的口吻答着,便跳出回廊去了。

工人夜学的队子出发了,到东校场参加群众大会去。一共有八十人左右。好像一队到战场去的小战士。每人手中拿着一枝红地黑字的三角小纸旗。小丰的旗子是写着“打倒帝国主义!”阿明手里的却是写着“全世界被压迫民族联合起来!”还有很多很多的,小丰却看不清楚,也无心去细看了。他的心被旗子闪得忐忑不已,恨不得立刻就到了东校场了。

东校场黑压压地站满了人。他们从人丛里走将过去,好像穿过狭窄的小巷一般。小丰把手里的旗子乱挥着。挥得不小心,旗子险些打着旁边的人,被那个人的手儿只一扫,旗子离了旗杆,飘飘然落到地上去。小丰手里只执着一条小竹枝。他又气又急,几乎哭了出来。他还听见那扯裂他的旗子的人骂道:

“狂狗一般的野种!”

他立住脚,扎紧拳头,便要向那人示威了。走在后面的阿明两只眼睛东张西望,并没有看路,只是本能地走向前去,却和小丰撞个满怀。于是两个便互相扭住,打起架来,队伍大乱。队长和两个维持会场的秩序的童子军走过来排解。两个孩子脸子都涨得红红的,各按照秩序走进前去了。小丰口里还在乱骂着。

离演说台三丈多远的地方,他们的队子站住了。

台前挂着一块白布,写着“五卅惨案示威运动群众大会”一行横行的大字。小丰看了这行字,全身都战抖起来。既不是快乐,也不是愤怒,他只觉得有一种无限的感动力,在他的身心里骚动着。

他长长地吁了一口气。

一柄大旗在阳光底下，万人头上招展着，好像全民众的愤怒和反抗的精神，都集中在上面耀武扬威的样子。小丰一见便知道是工人联合会的旗帜。阿明的父亲也站在那儿揩汗呢！

“阿明！看看你的爸爸在那里呀！”他好像把刚才的打架的事情忘却了，很高兴地指着阿明的父亲给阿明看。

“是的。”阿明看见了他的父亲，用锐声叫道：“爸——爸！我——在——这——里，——你——看——见——我——吗？”

如投小石子在腾沸的大海里一般，一点声浪也没有，阿明的父亲听不着。惟有喧哗的声音，和热腾的人气，在空中旋转，飘荡。各色的小旗子在人丛的隙处，像蝴蝶一般地飞舞着。

看去好像一大群白鹭一样的是学生联合会的团体。白的学生制服，在炎烈的日光里，白得发光，炫着人们的眼睛。一群日炙的皮色的乡下人，也站在人群里，执着旗子。还有一行整齐的武装队子，看来好像一行篱笆似的。阿明对小丰道：

“那可是兵么？”

“学生军呢。”小丰听见旁边的一个穿白短衣服的人这样说，便假作聪明地大声答道：

“不是兵，是学生军呢！”

忽然全场寂静起来。只余一两阵吱嗟的声音而已。

台上出现了一个长发瘦脸的人。他用嘶破的壮声演说着：

“五月卅日的惨杀，是我们，中华民族，受帝国主义，蹂躏得最可怜，顶无理，极悲痛的惨剧。是我们，中华民族，莫大耻辱的污点！……”

往下说的是什么，被一阵杂沓的人声扰乱了。

“捉住！捉住他！”

“真是岂有此理！”

“会场也有人来当扒手！”

“送警区去!”

“才十六七岁呢,真大胆!”

“捉住了没有?”

“喂喂! 童子军! 请维护会场的秩序呀。”

“捉到了扒手了! 呜哗!”小丰锐声叫着。站离小丰不远的童子军,拖着木棍,走过来干涉:

“不要乱嚷呀! 不然的话,就要逐你出会场去!”

小丰没趣地掉转了头。心里着实愤恨。也做个童子军去罢! 因为他的愤激,他也没再注意到台上的演说了。

“一个女子! 你看! 她是女学生呢!”阿明向小丰耳语。

小丰看见台上有一个涨红着脸儿,白衣白裙的年轻的女学生在演说着。字音辨别不清,只是像鸟叫的一般,锐利地啼着。小丰也同其他的人一样,觉得很有趣地注意着她。

女学生退去,接着就是穿中山装的工人领袖走上台来。台下鼓起一阵如雷的掌声。他用男性的高音演说着。不知是因为他说了什么话,群众又都鼓起掌来。小丰也跟着人家鼓掌。

“打倒帝国主义!”在怒气如狂潮的呼唤声中,小丰捉住了这句话,也就狂呼起来。他觉得心头骤然起了一阵热气,升到脸上,把脸皮都烧红了。

群众愤怒地呼号,把手里的旗子都向头顶的空中乱挥着。“头颅之原野”展成“旗子之林”了。在“旗子之林”中,那一柄最高最大的工人联合会的大旗,巍巍的在半空招展着,好像一切的旗子的领袖。在“头颅之原野”上,旋卷着一阵怒狮似的吼声,声浪震得“旗子之林”索索作响。

铜乐队在人群里奏着悲壮的歌声。“头颅之原野”像地震一般地移动了。

群众示威的大队,如长蛇一般,向街上匍匐着去。

小丰带着一双鼓得红热了的手儿,在阿明的前面,跟着大队走着。没有旗子,不能挥舞,他只得把头东转西斜地张望着。童子军在大队之旁维持秩序。步道上,站着许多路人在观看。

沉沉地,可以听到一阵“引它南逊拿尔”的歌声;杂着呼口号的叫唤。

“世界被压迫民族联合起来!”一个粗而重的男子的高声呼着。

这高声跌入小丰的耳鼓,尖锐的回响,从他的口里喷了出来:

“世界被压迫民族联合起来!”

“这小鬼子也跟着嚷,懂得什么呢?”那是一个站在路旁观看着的老妇人的口气。

“我不懂么?你这老不死的才不懂呢!我们学校里的墙上,黑巨人就是帝国主义,压在下面的就是被压迫的人们呢。先生也是这样说。你这老妖精!我真不懂么?”小丰心里这样想着。他鄙弃地睥了那老妇人一眼,便傲然走向前去了。

真的,帝国主义似母夜叉,要吮吃人的血肉,小丰懂得这个。但是若有人问他道:

“上海怎样被惨杀呢?”

他一定又是学着他的父亲的老调子:

“惨杀工人和学生!……可恶的洋鬼子!”

炎热而高碧的天空,不知从那里飞来一团团的浓云,把金光灿朗,炎威懔栗的太阳遮住,做弄着雨意。示威的群众的大队,在浓云的阴影里前进着。江上吹来一阵阵凉风,吹干了忙碌而且愤激的群众的额上的汗珠。

几个小学生围着摆在步道上叫卖者的担子吃冰淇淋。童子军也没来干涉。因为中暑的人太多,童子军都去干救伤的事情了。

“小王八蛋!这样扰乱秩序都行吗?要是我作了童子军,给他们几下巴掌!”眼光光地看着人家吃得好开心,小丰觉得喉里痒痒地;他这样地想着。他咽不下这点不平之气。

"小孩子,凉快吗?好在一点太阳也没有了!"一个穿着学生制服的青年,背着红十字的药袋,走到小丰的身边来,用手轻轻地抚摩着他的汗湿的头。"你的帽子呢?"

小丰觉得在他的头上抚摩着的手,好像一片烘得半溶的铁板一般,烙得他的脑袋烦乱了。他把头只一溜,就板着脸。撮翘了嘴唇,泛着愤怒的眼光,慊恶地睨着那青年。他的没有吃冰淇淋的一般怨气,好像要找这青年人来发作似的。

那青年笑着脸,转向阿明问道:

"你的喉干吗?可要吃两粒人丹?"

"请你把两粒给我罢。"阿明笑着红热的脸儿,乞求地答道。

小丰转过头来,又睨了阿明和那青年一眼。

那青年用他的小丰所慊恶的手,从药袋里拿出一个人丹盒,倾出几粒朱红的,圆溜溜的人丹,在阿明的小手掌里。阿明把手往口里送,人丹都滚将进去了。一下子,舌尖生了一条幽幽的凉气,直透到喉头去。阿明的烘干了似的口里,滋润着清凉的唾液。人丹比冰淇淋好,不像吃了冰淇淋之后,喉里更热得难受!

小丰从眼角看得明明白白。人丹怎样可爱地在阿明的手里滚着。阿明怎样贪馋地吞下四五粒人丹,小丰一切都知道。而且,他连人丹在口里的滋味,也想象得清清楚楚呢。其他的小孩子争着向那青年要人丹。小丰心里也起了两次要求的欲望。他不要把自己示弱,所以没有说出来。但是他第三次决定向那青年要的时候,已经来不及了。

"喂,老陈!快来呀!又有一个女学生发昏了!"同那青年一样装束而年岁更轻点的另一个人在呼唤着。

"啊,来了!就来了!孩子们!算了罢!"他不打理很多伸得高高的急切的小手,却把人丹盒子再藏入药袋里面去了。他口里还咕噜道:"女子毕竟是弱者!"

小丰虽听不清那句话的意思,但是觉得刺耳。他的怨气又转向那句话去了。

大队已转了弯，沿着河流走去。河里的午潮初落，小舟的篷窗却与河岸齐平。“蛋家”的儿女站在船头看热闹。群众的集合的激昂的愤气，被江风卷起，直冲上黑云乍布的天空去。群众的分开的团体，却被凉风吹得疏松快意，向前走着等均分的足步。铜乐队也奏着更加悲壮而且激昂的声调。

小丰的怨气，也随着风儿，杂在天空的集合的愤气里。他的心儿里的血潮，也跟着铜乐的声音，激昂地奔腾起来。那壁上的画图，也在小丰的脑里活动着。黑巨人会压迫，我们却会反抗！我们示威运动呢！他又用那早上在榕树下的高傲的威风，挺着胸，向前走。

“同胞们！大家严庄一点，整齐一点！我们的大队要从沙基的前面经过了，不要给那外国人笑话呀！”一个血气颇盛，态度好像很忙的中年人，挥着手儿，涨着颈上的血管，用破铜锅似的声音喊着。真是叫喊得急切而且真挚啊！他且叫且走，人也几乎被他闯翻了！

小丰看见那人的像失羁的疯狂的瞎马一般的态度，大着嗓子笑了起来。其他的人也笑了。但是，大多数的人都因那拼命的叫喊，才注意到自己在队里的行伍的位置呢。小丰自然不是在大多数中，因为自己已经先就这样做了。

一阵阵热烈的，激昂的民族自觉的呼声，谁听了都会起了同情之念，谁听了都会动了真挚的心。小丰的队里的每个孩子，都打着声音的最高点呼着“打倒帝国主义”，“取消不平等的条约”等等的口号。每个声音，都从天真的，纯洁的，红热的小心儿里震喷出来。他们的身体里的每一条血管都膨胀了。他们的小生命，都有反抗的精神潜在着。他们的坚实而尖锐的呼喊声，杂在群众的广大的声中，一些儿也不减轻它的力量。

但是，在呼叫声中，黑巨人帝国主义，却从小丰的脑里，真的活动起来，而且走到它强横地占据了的对岸的沙面岛上去。在沿岸预先排布好了的沙包后面，它闪着狞恶的眼光，切着锐利的牙齿，好像发怒的野兽一般。它命令它的走狗瞄准那要争得自由的，反抗压迫的民族之示威运动的队伍开枪。那是天真的小丰所没有想到的。其实，就是激昂的大人们也是想不到的。

“拍！拍！”

“谁放枪呢？”在问着话的人的身旁，那个同伴胸部流着血地倒下去了。他的低音的叹声，简直连自己都听不着。

“拍！拍拍！”

“不好了！洋人放枪呢！”一个被子弹中伤着耳朵的农人，手掩着耳朵，慌忙地逃走了。

“洋人放枪！”

“赶快些跑呀！还了得！”

“拍！拍！拍拍！拍拍！”

惊慌而逃走的群众，应着枪声而倒。热血四溅，污染了道路，喷洒着近旁的人们的衣服。

嘈杂，号叫，孩子和女人的锐利的哭声，无情的，奸恶的，猛烈的枪声。一切的恐怖的声音，罩住了河岸。

“同志们！没枪的跑入街里躲避去！有枪的跟着我同他们死战罢！”一个粗厉而勇敢的唤声，在喧哗里飘荡着，旋又消失了。一个学生军倒下去了，肩上污着鲜血。其他的学生军都伏在地上，列成一横行，对着沙面开火。他们的头，就是他们的保障的营垒了。

“拍拍！拍拍！拍拍拍！拍拍……”

“嗳呀！”

“唉——唉！”阿明在小丰的身旁也倒下去了。

“阿明！”小丰看见阿明的背上流着红热的血，在地上搐搦着。他的四肢打战得利害，一点支持的力量也没有了。一阵黑暗的恐怖的影子，直透入他的全身。脑的机器也停止旋转了。他跌倒在惨死的阿明的身上。

忽然下起大雨来。失措的群众像土堤溃决了一般，在大雨里互相践踏，互相枕藉。吓昏了的小丰，被葬在枕藉的死人和活人的堆里。汗臭的“人身之壁”把他的小身体紧紧地压住。大颗的雨点从“人身之壁”的漏隙处，打湿了他的身子。

滂沱的大雨声。血红的流潦入河里的冲激声。湿水的，惨白的死尸。弱小民族的可怜的灵魂。河岸充满着悲惨的，痛心的景象。

那个黑巨人呢？大约还藏在戒备森严的对岸的沙包后面，在狞笑着罢？谁知道得真切呢？小丰却已经失了知觉了。

夜里小丰卧在家里的床上。白天红热的脸儿，已变得苍白了。奋兴的眼光，也闭在薄薄的眼睫里。他的胸部被压伤了，在胸骨里微微地作痛。但是那是微伤，不大要紧。不过他觉得全身的骨节好像分散了一般，不大愿意动着；而皮肤里的每个细胞，又被疲乏所占据着了。所以他觉得躺着较好。

他的母亲坐在床沿，静听着雨后的，在天畔隐隐的雷声。她的忧愁而且呆滞的眼睛，注视着静卧着的小丰。烦恼的黑云罩住她的慈爱的心儿了。

那是一个恐怖而且骚动的夜。阴晴不定的天气，这时候雨已经停止了。黑云在天边浮动着。雷声在云里怒号。助威风的电光，时在云的后面，闪视着阴湿而且惨淡的天空；照耀着血迹未干的沙基河岸。

日里的惨杀，也似电火一般，闪过静卧着的小丰的脑里。锐利的枪……群众的拥挤……鲜红的热血……阿明的死尸……

阿明的可怖的流血的尸身，又令他的神经战抖。他张开着他的惊恐的眼睛，望着他的母亲，颤声地说：

“妈——妈！我……怕！”

“乖乖。不要紧，妈妈在这里！”她把她的慈爱的手，抚摩着她的儿子的身体。

小丰身上的血痕斑驳的，湿的白衣，已被他的母亲同他换去。看来不像刚才的同那躺在河岸的死尸一样可怜而绝望的样子了。仍是夜里睡在床上的小丰，虽然他的神态恐怖而且倦乏。

他闪视了装满油灯的黄光的房里一周，于是问道：

“爸爸呢？”

“爸爸背你回来，同我救醒了你，才吃了晚饭，工会里的人就催他开会去了。”他的母亲用她日常讲故事的声音说。

“开什么会呢？”小丰也像日常听故事听到不清楚的地方，便插问他的母亲的样子。

“对于帝国主义的惨杀，他们要商量出一种较好的反抗法子。”

“我的学校里可会来叫我开会吗？”小丰迟疑的问道。

“没有。”

“不！你诳我呢！我也开会去！”小丰从床上跳起来。

“乖乖，睡着养神罢！你病呢！”他的母亲急切地把他抱入怀里去。

“那里病呢？我要开会去！”小丰在母亲怀里挣扎着，啼叫着。

“怎么哭起来呢？胸膛痛么？”父亲回来了，他的庄严而急切的声音，把小丰吓住了。

“他闹着要去开会呢。”他的母亲叹了一口气。

“开什么会？”他的父亲泛着疑问的眼光。

“他听我说你开会去，所以他也要到夜校里开会呀。”她的母亲微笑地摇一摇头，向伏在她的怀里的小丰轻打了一下，说道：“好大性儿的孩子！”

“别胡闹。小孩子也开会么？”他的父亲也笑着。

他听了这话，一声不响地从他的母亲的怀里脱开，背向里面地自睡在床上。

小丰虽是年轻，但是那惨无人道的惨杀，帝国主义的强横，被压迫民族的痛苦，这一切都深印在他的脑里，扰动他的天真的心儿，助长了他的反抗的精神了。而他的父亲不知道他，反说他是胡闹。他觉得真是可气！

愤恨的小丰，也不打理他的父母亲的谈话，却自己打算着。

“明天一早，我也不吃早饭，便瞒过爸爸和妈妈，走到学校里去，召集开会……提议……通过……散传单……演讲……我一定要把那黑巨人帝国主义的强横，阿明的惨死，向他们报告；鼓励他们一同联合起来，把那个黑巨人砍做肉酱！……”

他想得入神时，阿明的可怖的死尸，不会来搅扰他，让他沉沉地睡去。

他的父亲正向母亲在说着刚才怎样开会，怎样议决通电全国，请求政府交涉，大罢外国人的工，和组织纠察队等等的议案。他看见小丰睡觉去了，微笑向小丰的母亲说道：

“这孩子也可以做打倒帝国主义的后备队呢！”

她没有回答，只是愁锁着眉头。

天畔的雷声，电影，隐隐地还在轰闹着，闪烁着，却与小丰的鼾息声遥相应和。这时候若有人来问道：

“小丰，上海怎样惨杀呢？”不知道小丰怎样地回答？或者他说：

“惨杀么？明天我一定同你说罢！”

（原载《太阳月刊》1928年5月号；选自《戴平万研究》，汕头大学出版社2000年版）

出　路

万君呀，三载的回乡念头，却付之一场空梦！我虽望见儿时相识的溪山，和曾经登临的古塔，虽知道塔后溪旁的被秋烟迷住的孤城，那是渴望着的梦里的故乡！但是，黑暗的势力，却把我阻住，不准我回到家里去！我只得藏匿在一个小荒村中，定一定失望的惊魂，检一检茫漠的乡思，翘首秋空怎不凄然！

我虽不能算是战场中的头一行战士，可是，在革命澎湃的潮流中，我却是一颗比较忠实的沙粒。在水深火热的环境中间，我已为革命所陶醉，忘记一切，忘记家庭，连我自己的死生的问题，亦都忘记了！但是，万君呀，当我度着流亡的生活的时候，每当夜阑灯灺，客况凄清时，我总会不自觉地怀念着，怀念起我的和暖的家庭呀！在那儿，我有一个两鬓星星的母亲，和一个隔别三年的女人。万君呀，这种念头，我亦知道不是一个干革命的人所应该有的。争奈它时常静悄悄地，潜至我的心头来？后来，我亦没法；只要在不碍我的工作时，就让它在我的梦里或心头，迷茫地飘荡。有时，倒可以安慰我的累乏的身心！

去年岭上木棉落尽的时候，亦是江头杨柳飞花的时候，自那时起，棉絮柳花，吹满大地，酿成一个白色的世界，把灿朗的春光，遮蔽无余！在那没有春光的当儿，我就东飘西泊，南奔北走，偌大的一个亚细亚洲，敢给我走了一大半！我亦曾误碰着阻碍潮流的暗礁，我亦曾在反动的漩涡里挣扎。我亦曾作过椰叶街头的卖报者，我亦曾扮作戴笠披蓑的撑船夫。若没有一些同情的朋友们的经济帮助，我早已饿死在异域穷荒之外了！

在我的流亡期间，我听到许多热血的青年，因失败而伤心，因伤心而丧志，甚或有因生活发生恐慌，而低头折腰的了。我常常想，现在的有希望的青年，亦想作涅暑大诺夫的么？事实已很明白地摆在我们的眼前，难道还有甚么怀疑的么？我真为现在作涅暑大诺夫的人们婉惜！至于那些愿意（或许不愿意）投降的人们，真是杀无赦！

万君呀，万料不到这日暮途穷的我，亦会飘流到上海来的呀。我亦想不到会在黄浦滩头，和虎口余生的你相遇的呀！而且你却在黑暗里偷生，写小说过活！我初听了你报告你的生活时，我实在十二分的不满意。——为什么你愿意把有用的精神，写成文章，当商品一样的拍卖?！你也灰了心了么？只要希祈你自己的安乐，不顾大多数人的痛苦了么？我那时，对于你的文学工作，很不以为然！

后来，经你的解释，说你是要从事革命文学，要把许多现在渐时不能说的话都在文学里面，尽情而委婉的说出，去唤醒社会的注意，鼓励青年的勇气；又说你要在现在中国的衰败的文坛上，筑起攻敌的营垒，树起革命文学的红旗来。于是我才不反对你。

但是，万君呀，你要知道的！上海的文氓很多，不独是礼拜六一类的文氓呀！生来就善于投机的中国人，虽做了著作家，亦还是一样的性质；你切不要被他们利用了！现在，提倡革命文学很时髦，亦不独你一个人要提倡。你千万不要弄得著作界的革命文学的呼声很高，而所产生出来的作品，却是唤汤不唤药的无聊作品呀！同时，你的真正革命的作品，却没人敢要，没人敢买；那么，你就要上大当了！万君呀，我正恐你将为提倡革命文学而饿死呢！

然而，你若能够向文学界中，烈烈轰轰做一场，亦算一场很大的功绩。我希望你一声霹雳，把那些在象牙塔里酣睡的文虫，在十字街头彷徨的文蛋，都吓得心惊肉颤，掩旗息鼓的了。

虽然，这亦不是一个容易的工作啊！你所知道的，何处没有反动的漩涡，何处没有看不见的礁石！但是只要你小心，只要你努力，你定会达目的的了。恨我不是个长于文字的人，不能帮助你提倡。我只是在这小荒村中，遥祝你将来成为中国的白德内宜罢！

万君呀，我不能够和你同在文学的路上走，我觉得真有点对你不住。当我们在上海碰到的时候，你亦曾屡次劝诱过我；但是我终于不愿意。真的，在这样狂风暴雨的当儿，当这朝阳要起不得起的残夜，叫我只是做只报晓的雄鸡，我的确有点不愿意！这亦许是我的感情太热烈，性情太固执的缘故罢？万君呀，怎奈文学这件东西，现在已不能够安慰我的震恐的灵魂呢?！我想你也会了解我的苦衷的。

所以，我一得到故乡的消息，我就毅然决然，即速就道。岂知事情糟极，都给你劝我的预言说对了！我现在回想起来，我确有点幼稚病。我真不应该拒绝多年的老友的劝告，致令现在陷落在无补于事的危境中，真是糟糕极了！

但是，万君呀，我可不会因此而懊丧。试看那班因失败而死去的同志们，岂不是更不幸的么？假若我当时不离开上海，与你共同度卖文的生活，从事革命文学的工作，到如今，我想亦不过同匿在小荒村中的现在的我，一样的凄凉，一样的悲愤罢了。你虽不能够通信给我，我却可以回想到在上海时，你的作品屡次被人拒绝，穷得要命的情形，而逆料你现在的生活，总不饿死，亦应气坏了呢！上海那一班所谓时髦的作家，简直是社会革命的阻碍物！我很希望你若不至于饿死时，快用锄犁斧锯等器，把那些阻碍物铲平掘尽！我亦希望你努力地培养起革命的文艺之花来，纪念纪念这伟大的，繁杂的，极痛苦的，有希望的血之时代！这是你现在的责任啊！

至于我呢？我现在亦已决定我的工作了。不过请你缓点性儿，让我把我的自上海别后的遭遇向你说一说罢。

万君呀，当轮船到 M 埠的时候，一切的事情都完了！都失败了！我和于君！一踏上陆地，看见那恐怖的M埠市面：街上的店门紧闭，行人绝迹；只有几个不能逃走的病兵和几个不怕死的乞丐，在街头巷尾，坐着呻吟而已。或者因为太寂寞的缘故罢，金色的苍蝇特别的多，嘤嗡嘤嗡地似在报告我们一些不祥的消息。我和于君知道事情不妙，就立刻坐了帆船，逃到于君的家里P村去。一步亦不敢停留，还喜没有碰到认得我们的人呢！

我们两个人，都扮作由M埠回乡下去的商人。在船里煮些饭吃了，细想一想，才觉得危险！后来，于君探得详细一些的消息，才知道我们十分侥幸！先我们一日到的翁君，在火车里中弹而死，后我们一日到的丁君，刚上岸就给他们捉去，至今不知死活。万君呀，你想危险不危险！

可是当我们在船里时，船帆高挂，在秋江里安稳地驶去，倒好像不是载着仓皇失措的我们一般。我悄立船头望一望故乡的景物。啊啊，万君呀，两岸的秋花野草，却连一点故乡的情调都没有了！它们都很寂寞似的，在缓缓的西风里震颤着。严寂的秋空，亦布满了灰色的云朵。远远的，野树围住的田村，亦蒙着隐约的恐怖的幻影。于是我的心儿，凄然跳动起来了！

这样可怕的故乡，非我梦里的故乡，亦非我所渴望的故乡。我的美丽的归思，早已化作悲愤的心情了！万君呀，我知道了，我现在更确信了！——在红光灿朗的太阳还未能照遍大地时，不独不能值到回乡的美梦；就是全地球，全人生都没有安乐的日子的呀！

船泊了岸之后，已是黄昏时候。于君叫我一个人远远地跟在他的后面，不要两人并行，惹人注意。于君提着一包衣服，在我前面，低着头，踏着徨恐的足步进。我在后面缓缓地跟着他，眼睛紧紧地注视着他。我恐怕若是失丢了他，我连路都不认得，可不是变成一只迷途的孤鸟了?！越陌度阡，忙乱得很。田野的青苍的稻叶，被晚风吹成一阵阵的波纹；我觉得似一种可怕的东西，凑到我的足旁，来阻住我的足步的样子。于是我的股亦战栗起来了。于君又走得很快，好像想飞到家里去似的。我又惊又急，险些滑倒到田里去！行到村前的池畔，我又被两只白鹅吓了一跳！路旁的一间小店，店前立着三个赤着臂膊的农民，六只眼睛亦集中在我一人的身上。我低着头闪将过去。忽听到他们一个道：他妈的！又烧将起来了！我忙转过头一望；看见远远的黑暗里，幻出一幅红光，照得满天红紫。我知道那是土豪们复仇的火了！我叹一口气，回转头来，于君却不知道转向那里去了！急得我真像迷途的孤鸟一般，在黑暗里乱窜！乱窜！后来，于君才出来找我进去。

这样战战兢兢地走进P村，还不免被村里的人知道。幸而这村的空气不坏，才不致发生危险。

哎哟！我还没有和你说于君是谁呢；我真写得太糊涂了！于君，说起来你一定懂得他的。他是前次在H埠入狱的于君。他是瘦瘦的脸儿，大大的眼睛，阔额短唇，中等身材的于君。他的性情十分豪爽，又很多情，有点固执。思想亦同我一样的确定，他是同我在一条战线上的好同志。我在回乡的轮船里无意碰到了他。他亦是同我一样地想回乡去看看光明的好景象的。所以同享着不幸的遭遇。我想你一定可以想得出他的。

他的母亲，亦是一位慈祥不过的老妇人，阔的前额，瘦的脸势，却与于君很相似。她用安详的手儿，安慰她的儿子疲倦的身心；她用慈爱的眼睛，慰贴她的儿子受惊的灵魂。一种纯朴的母爱，多么真挚多么浑厚啊！无怪于君对他的家庭，虽思想极端冲突，而时常念及他的母亲呢。

她真是一位慈祥的老妇人！她对于我，只是十分慈爱。当我走进家里时，她对我很惊喜而很诚恳的说：

"来了好！平安地回来了，很好很好！你就在这儿暂住罢！唉，你们这班年轻的人，心肝不知道是什么东西做成的，一些儿亦不打理家里的人怎地为你们忧心，烦恼；只是不怕死活地干什么革命！唉，现在流落得凄凉到这么田地！我看起来亦怪可怜见的！"

她的话，若在平常听见时，我定要生气，定会讨厌的。可是，自流亡以来，不知从那里得怀乡病的我，听了这一种不能了解而表同情的话，却好像一颗钢针，直刺到我的灵魂的深处！万君呀，我这颗屡受磨折后的心儿，已是非酸非痛，非苦非悲，又怎禁得一下慈爱的针刺？又怎地不叫我思家更切呢？

于君的田舍很小，人又多，很难处置我这不速的客人。我被引到一间似屋非屋的小室里。墙是用旧砖砌成的，面上亦没有涂灰，隔路的墙的孔隙，时常闪着过路人的影子。屋里的地上，却是泥的，秽黑难堪，榻下的泥地，还生着半尺长的白毛菌。室里充满种霉臭，令人一嗅便心头作恶。对门的墙上，架着一块黑尘堆满的木板，板上放着一个香炉，用饭碗当作炉子。供的是什么神仙，那我就不知道了。木板下面，放着一张粗陋的小木桌。上摆着一枝在神庙里尝见的油灯，和一个柚皮做成的红烟碟。这烟碟倒像是一件千余年前的古物！要是把它捣碎，泡了些开水，我想其功效一定不让老陈皮呀！此外就是灰尘，纸灰，和烧不尽的红烟烬，铺平了那粗糙不平的桌面了。

我睡的那一个卧榻，两片木板不很愿意合作，好像亦分了左右派似的，晚上我睡上去时，只是嗳呀嗳呀的争喊着。榻上的臭虫，又特别的多，闹得我睡不着。我又行了一次清虫运动，才可自私自利的安睡一夜。无奈清了又有，我亦只得清了又清，虽知道这是短命政策，然而不清又于己不利，亦是无法！

我睡的对面榻上，睡着一位七十余岁的老农民。这一间好屋子，就是他七十余年来努力的代价。他亦不管人家清虫不清虫，木板左右不左右，自睡他的觉，自做他的梦。他是于君的伯父。

我就在这样的地方居住。因为我自己的经济情形外面的政治环境，都不准我走到别的地方去了。在这种困穷而严紧的情境里，有这样地方给我立足，我还欲感谢于君，感谢于君的一家人！

万君呀，我真不幸！我真痛苦！为什么我会伤感到这个田地呢？我的怀乡怎会患到这样深的呢？我每日住在这小荒村中，藏躲在这样肮脏的小室里，镇日烦闷，镇日悲愁。偶因月色苍茫的晚上，我若闷不过，就叫于君一同到村外散步去。但是，蔗林的叶香，平楚的月色，夜天的微云，田园的幻影，无一处，无一物不逗起我的悲哀的情绪，——我的要归不得归的悲哀的情绪！

我想把我的归心付与月色，静悄悄地，冷清清地，透过恐怖的秋夜，照临故家的屋顶，寻觅我的母亲思儿的梦魂。我想把我的身体化作微云，轻软软地，迷离离地，逐着渺茫的夜风，穿过故家的窗棂，偎依我的母亲慈爱的怀抱。

但是，万君呀，我立刻就觉得滑稽，可笑，我只不知道这种傻子痴人的幻想，正会兜上我的心头来。啊啊，这是我的心理的薄弱的表现呀！

有时，我亦曾同于君讨论革命与家庭，革命与恋爱等问题，结果都是：社会革命成功，就是其他各种问题的总解答。可是说是这样说，我的心仍然是沉闷得很，我的精神仍然是恍惚不安。弄得我没法消愁，只好同那位七十余岁的老农民，相对押着红烟，谈些隔靴搔痒的闲天。我以为这正同芥川龙之芥讨厌人生，服安乐自杀一样无的遣忧办法。

我到P村的第十天，因为外间的声静了些，于君的母亲极力主张送个信儿给我的家庭去。我本来虽十二分想着家庭，但我不愿意在这样恐怖的环境中，把我回来的消息，给我的母亲多一层的烦恼忧愁。但是，于君的母亲皱着眉，很和蔼地望着我，微笑说道：

“杜君！你身来到这儿，虽不能够回家去，可是亦要通个消息；你母亲就是烦恼挂念，亦挂念得明白些。说不定她亦要来看你一看也不知道呢！怎么可以不通个消息！”

她托了一个村妇，把我回来的消息，带到我的家里去。

在没有消息带回来的这一天，我觉得特别的长！从前我在忙着工作时，一天一天好像车轮般，活泼新鲜的飞转过去。等到在四方飘泊的时候，我只觉得日子是缓缓的拖将过去。只有这一天，好像地球失了自转力一般，或者是太阳贪着这儿的革命斗争，忘记走到半球去的罢！我的心里只是忐忑不休，只不知道是什么缘故。我只望太阳快些西沉，回信速到。

忽地里，天畔括起狂暴的西风，卷着灰色的云朵，把太阳遮住，弄成一个愁惨的秋天的下午。我只好像被愁云惨雾迷住，躲在那似屋非屋的小室里发愣。或许是因为一天盼望，使我的精神倦怠了罢。我的神思确有点纷迷，我的四肢确有点麻木。说我这一天全在沉思密想，亦是很对。说我这一天全在闲行闲坐，也未尝不可。我的心，似乎被忧愁和狂喜所袭击，把它裂成两片一样。我只不知道为什么会变得这样的离奇怪异！于是我又觉得惊怕起来了。我伏在那只堆满尘垢的桌上假寐。

"杜君！杜君！"

我听见仿佛是于君叫我，就抬起头来一看。于君拿着一枝小洋油灯，笑着，说道：

"你睡了么？你的母亲来了！"

我听他的话，如在梦幻中；我只不知道有没有惊喜的表示。我只是向门前望去，看见门外的夜色，被小油灯的红光吓退了，一块长方形的灯光之影，印在对面生满苍苔的墙上，一个人影也没有。我于是大声问道：

"在那儿？真的么？"

"那里不真，她就来了。"于君仍是微笑地说。

我已听见我的母亲的声音了，——一种温柔而使我的心房跳动的声音！

我才走到门前，我的三年久别的母亲，已在我的面前出现了！矮矮的身材，长长的脸儿，高瘦的鼻子，活泼而慈祥的眼睛，一些儿只不变，同三年前的容貌一般。可是颊上的皱纹添了许多，口里门齿只脱了两三个。唉，母亲老了，我的母亲老得多了！才三年呢？

怎么变得这样老了?!

一层沉重的忧郁,紧紧地压上我的心头来。

她还没有开口,慈爱的晶莹热泪,已滴到两颊之间了。她幽咽地叫了一声“我的儿呀!”

我却没有作声。然全身都骤然战抖着。我颤着手儿扶她坐在我夜里睡觉的那双不合作的榻上去。她坐下,又凝瞪着含泪的眼睛,注视着我。她看了许久,才凄然说道:

“都是从前一样的可爱,我以为真的变成凶神恶鬼一样的了。”

她的自慰的语气,她的带颤的声音,都使我的灵魂战栗,使我的肉体颤跳!我觉得我有千言万语,来安慰我的慈爱的母亲。可是,一阵阵的血潮,都涌在心房里,奔腾怨号,却拼不出我的受强烈的激刺而收缩的心房之门来。所以,我急得低着头,默默无语。

在黄色的油灯光中,在霉味的小陋室里,人影远离,惨然寂静。外面的狂风,声音好像狮吼!

“你看!杜君的脸色,那样的苍白!”

我听了这声音,抬起头来,看见于君正和他的母亲低语。他的母亲答道:

“怎的不会伤心!我只看得心酸呢!”

我只不知道于君的母亲是不是陪着我的母亲一齐进来的。

许久许久,我的母亲才说道:

“从去年听见了你逃出了W地后,我没有一天安乐,整天都牵肠挂肚,记挂着你。我知道你不能够回家,亦不敢想你回来,可是睡觉去,就梦见你回来了,醒过来,又想着你,又要掉了眼泪!……”我的母亲用她的衣袖拭眼泪。

我和于君母子,都静默着。可是我的心只是跳,只是跳。我的母亲又接道:

“媳妇可不是亦整天愁闷,记挂着你!……”她停一停又急问道:“你这回从那儿来的?”

“上海。”我颤声地答。

“来的时候可有人知道?”

“我很快就回来,没有人知道。”

“没有!城里的人都知道了呢!前两天风传要到家里捉你,吓得我们连魂飞上天去了!我想我这老骨头是不怕那班杀千刀,三世落地狱煎油汤的恶汉……”

我们听到她的愤恨而急快的声音,骂得这样煞口,不由笑了。她亦就笑道:

“可不是么?他们不是到人家屋里查人捉人的,倒是去抢东西,奸淫人家的妇女的呀!西城陈二老家,林老三家都被这班强盗抢得干净,南门的蔡六爷的家里,抢了还不算,连他的女儿蔡莲仙,都被这般禽兽活活弄死!可不是强盗,还说是官兵查人!……”

“是呀!”于君的母亲只插着道:“我以为在乡下他们才敢强横呢,原来城里也是一样的!”

我亦向于君道,“还是要打倒他们,心里才快!”

于君向我使眼色。我知道说得太急了,没有关心那两位母亲。我的母亲听了我的话,说道:

“你弄到一家人坐卧不安还不够吗?真的一定要害到一家凄凉碎破的么?”她有点气恼。

“你们以后都不要干这事了!世上的事情多着呢,那一件事不可以做,偏偏要干什么革命!我劝你们都再不要干了!”于君的母亲愁声说。

我的母亲表示很同情的,用沉重的声音说道:“是的!可不要再做这种丢性命的事情了!”

“不再做就是了!”于君鼓着短嘴唇,好像很真挚的样子。

接着,就是母亲们的叹声。从墙隙闯进来的夜风,吹得油灯的黄色火炎在暗里战颤。各人的脸上,都闪着黑影。

一幅失望的云朵,罩住我的心头:于是我的灵魂的恐怖而痛苦，而战栗起来。安慰的慈爱之花朵，在我的矛盾的心中，渐渐地凋残了，枯萎了。万君呀，事实上我不能够安慰母亲，母亲亦不能够安慰我的呀！啊！三载思遇的美梦，在这狂风的夜里，母亲的跟前，只如花朵一般凋残了，消灭了！唉唉！

万君呀，我要诅咒人生，诅咒社会，诅咒一切！我觉得我的人生的前路不独没有什么鸟啼花发的佳景，简直是痛苦和忧愁的象征吧！而且那路上，好像是全被黑暗的虚幻所迷住，只余一点本能的，微弱的磷光，在我的眼前颤抖着，诱惑着罢了！

万君呀，我想在这样矛盾而破碎的生活当中，惟有梦想，惟有无聊的梦想，才能够沉醉一忽儿罢！但是，这无聊的梦想，却不能够诳我的了，不能够沉醉我的了。万君呀，我真不能够，亦不愿意做梦想家的呀！

但是，第三天我的母亲回去了；她垂着泪回去了。当我望见我的母亲的背影，在无限的田野消失去的时候，我又想起我的母亲的慈容，十分愁苦的慈容了。她的一双安慰儿子的眼睛，同时亦渴望着被安慰的眼睛，都表现着一种人生的暮景，一种老人的残生，多么寂寞而且倦怠，多么茫漠而且荒凉啊！我很愿意跪倒在她的面前，如圣徒礼拜在圣母的像前一般，把我的不能安慰她的，过去的行为忏悔，尽我的言语所能说的忏悔！……

夜里，我一个人静悄悄地走到门外的荒野独步去，想舒一舒我的矛盾的苦痛之心。大地盖上一层白色的轻烟，十分迷茫而且沉寂。晚秋的夜风吹出天边的一弯月眉，偷映着我的胧濛的黑影，在寂寞的草径上移动。我觉得，我在这点黑的野草所挟住的淡黄的小径中，在这展伸到灰白的夜色里的小径中，正好像我徘徊着在一条无始无终的人生程途上，被黑暗的势力所包围，至今暂时十分沉闷，十分寂寞，一点生趣都没有！啊啊，这个恐怖的夜景，完全好像我和我的母亲两人中间的情爱的奇幻啊！万君呀，真是单单称作“奇幻”罢了！

我在这奇幻的夜里，踽踽地独行，那一幕我和我的母亲相遇的痛苦的喜剧，又现到我的眼前来。我又想到，我的母亲的泪眼我的母亲的愁容，我的母亲的老态，我的破碎的家庭，我的女人的孤苦……

当我想到我的母亲的话：

"杜儿呀，你知道我们两个人怎样苦么？唉，我和媳妇，你三年亦没有寄分文到家，我们只靠十指过活，这一年来，什么东西亦贵了，手工又人多事少，你想怎么过日子呢？我打算把那间几十年的老屋子，亦卖给人家，可以还些旧债。唉，可是后来呢？"

万君呀，可是后来呢？这真叫我没法！我是被驱逐被侮辱，连自己一个人亦还不知怎的活下去呢？我想到这儿，又不能不痛恨这社会！诅咒这万恶的资本社会呀！我在荒野间闲踱两个钟头，又带着一腔的愤恨，回到这肮脏的小室里来。才进门，于君很惊惶地对我说道：

"杜君，城里的人知道我们藏躲在这里了！我们即速离开罢！"

"啊，怎么好呢，一点钱都没有！"我有点急起来了。刚才月下的奇幻的痛苦和愤恨，都被这一吓吓消了。又是一阵新的打激，袭到我的心头来。

"我昨天接了一封密信，叫我到T地去的。因为这两天我是在打算着，还没有和你相量过。现在事情已是这样，量我的母亲，不会不准我走的，亦不会再怨我的了。"他说着，口唇为一种苦痛所激动，十分苍白起来。

"那么，明天走罢！奇幻的事情，渐且不打理就是了。我这几天来，亦同你一样苦闷呢！"我说着，于君过来握我的手，沉重地说道：

"就是明天走罢！"

一阵狂喜，涌上我的心头来。我于是笑了；于君却把我的手握得更紧，大概他在想象明天他的母亲的别泪罢！

万君呀，这就是唯一的出路了！此后我希望再没有这样的时间，让那些无聊的思虑袭击着我的心头的了。我回复到往昔的活泼的精神了，我亦好像十三岁的小宛加一般，唱起那“Forward to meed the down!”的前进之歌来了。

万君呀，当我明天走向前线去的时候，我亦再看不见我的母亲的离散之泪了。我只能够在这小荒村中，遥向我的母亲和我的女人告别，为她们祝一次空洞的福罢！

万君呀，你亦当为我们祝福！

假若你觉得文学生活太无聊，而且有饿死的可能的时候，你亦可以来同我们在一起，再向这可咒诅的社会，开多一次大玩笑罢！这是我给你的赠言。……

上面是我的十年的老友两月前寄来的信。当我无意中在北四川路碰到于君的时候，才知道我所挚爱的老友杜君，已经在T地枪决了。他的家亦被封了。可是他的母亲和文姊(他的女人的名)不知逃到那里去了。我听了于君报告之后，不觉凄然下泪。

回到寓所来，我又把这信读多一遍。

令我忆起，我的一个有热情而态度冷静的老友杜君来。他的沉郁的眼睛，他的苍白的脸孔，他的活泼而瘦弱的躯干，他的和蔼而沉静的笑容，都活现在我的眼前！

杜君，可怜的杜君！他今年才是二十二岁！

我读了他的信后，又不觉愧然。我连一只报晓的雄鸡还赶不上呢。

他信里所说的矛盾心，我想并不独他一个人是这样，现代的青年人，大概都有同感的。不过，一有了这种母子之情爱，虽勇敢如杜君，不免于痛苦！唉唉！……

我于私情上悼惜杜君之后，又羡慕他的为民众而死的光荣。

为纪念十年的老友之情，我就把它发表了。

此外,还可令人明白一个善用手枪炸弹的青年革命家,才是有血有泪的慈善者呀!不过因为真理在前,不暇作惜别伤离的儿女态罢了。

革命斗争还是继续进行,直至世界得到光明,人类得到自由的时候才止。

然而,在这狂风暴雨的当儿,自然会摧残了许多的嫩蕊鲜花,亦是无法顾惜的了。

愿大家共同努力,去迎着前面的黎明罢!

万砾附笔

(初收泰东图书局1928年7月版《出路》,署名戴万叶;选自《戴平万研究》,汕头大学出版社2000年版)

都市之夜

真糟！看见什么东西都好！当我在街上流浪着的时候，天上又下起了密密的而且细细的寒雨了。寒冷的冬天最不宜于穷苦的人们，而且又是下着这样讨厌的细雨。那夜是已经很深的了。街上除了几家娱乐场和酒店之外，都关上了铺门，而且还锁上了铁栏！电灯一点点地倒映着在泥湿的道路上，在污秽的水洼里朦胧地微笑着。世界仍然是美丽的，虽然冷了一点和脏了一些。我爱着这个世界，因为它是人类生存着的地方。我爱着这些寒雨，因为它沾了我的棉衣还不至于湿透，虽然鞋是全湿了，在我的脚下吣吣地叫着。……而且我很知道在现阶段中，有许许多多的人们为爱着这个世界和未来的光明，正是同样的在挨苦着而且在工作着。——光是这，已经够使我不伤心而且很高兴了！

当我走下 N. S. 路的时候电影戏大概是散场了，泥滓的道路上，吱吱喳喳地响着汽车的骄傲的声音。还有一阵阵轻软的笑语和叫黄包车的哗声。一个落拓的音乐家，西洋人，抱着一把包着在黑皮袋里的大提琴，那样无聊地而且笨拙地走下电影戏院的石级，站着在最末的一级上，好像在找着车子。……

雨在电灯的辉光里更加明亮而且凄寒。从在黑暗的小巷里咳嗽了一声，走出一个衣衫褴褛的黄瘦的人来，他凝视了我一忽，又失望似的缩进黑暗里去了。他知道我是没有能力去帮助他的。

啊！都市的繁华便像这些电灯，而都市的黑暗并不减这种寒冷的夜色，尤其是我们中国的雨层压迫下的都市。中国虽然没有殖民地的印度一般，十年间光是饿死的人数便达到一千万以上，但是，要是不彻底地打倒那资本帝国主义，那可怕的现象总有一天会到来的呀！而且就这两年来的残杀和饥馑计算起来，那怕也是够惊人的数目罢，虽然现在没人计算出来。……总之，我们是活着在这一个非奋斗不可的时代和环境里！而且新兴的阶级又是这样蓬勃而且有毅力的！……

我这样地糊乱地想着，我几乎忘记了我是在寻找着归宿的地方了！我也免不了心里充满着一个现代的青年的革命的热情呢！虽然我是在这样的一种早上找不到晚上粮，晚上又寻不到夜里宿的情景里。而且，和我一样的人多着呢！

但是我到那儿去呢？……雨仍是这样的下着，夜又是这样的寒冷！

我刚从那电戏院的对面的一条街转过去，我碰见了老韩了。啊，是他呀！那个大学生！

“喂！老韩！这样夜了，你还想到那儿去？”我高兴地问着。我打算着到他那边借宿一晚。但是，他说：

“真倒霉！我不想回去了！世上有那样的人啊！”他愤愤地，好像在什么地方和人家打架了回来的样子。他算是一个漂亮的人物，只要除了他的脸上的子圈似的三两点痉皮。而且，他穿着时髦的西装，走起路来也很惹人的眼睛的。

“不想回去？”我惊异着。“为什么呢？”

他叹了一口气，忽然又笑将起来了。

“那里有这样的一个女人呀！”他呢喃地说。

“什么女人？给谁骗了吗？不要紧的！横竖的是喜欢女人的呀！”我想起有一次和他在街上走路的时候，他总是拣着女人多的地方碰去的情形，他说那是苦闷的表示。现在他可碰到表示的对手了！

“不要糊闹呀！我真倒霉！”

“为什么呢！”我真奇怪极了。

“为什么？为什么？不要问罢！……你现在到那里去呢？”他

问着。

“我没有地方去。你呢?”

“我也是。”他又笑起来了。

我不禁又问他笑什么?

“不要问罢!找一块地方过夜再说。你老是没有地方去的么?……嗄!你这人真奇怪,为什么不到我那儿去呢?妈妈的!不去倒也好些!……”

我不能够去和他住在一起,自然有我的大理由,可是我不能和他解释呢。我看他这样兴奋而且滑稽的样子。我笑了。

“开旅馆去罢!”他说。“你现在也是在找宿处的,我想。”

于是他和我走到旅馆去。

在他把房税交给那侍者拿去了后,我开始问他的不回寓所的理由了。

“糟极!我说出来你一定不相信。我不说罢!睡觉好了!……”他惰洋洋地倒在床上。

“喂!不准你睡觉的,要是你不说!”我过去拉他起来。

“谁相信有这一回事的!”他又停止了,打了一个呵欠。

“我相信!究竟是那一回事?”我又催促着他。我是按不住我的好奇心的了。

“那么,我就说罢!这里租房子是很困难的,你老人家自己也吃过这苦的罢?他们不是怕绑票匪便是怕××党。就是在租界也是时常捉人的,闹得小市民的心都慌了。一见单身的客人,那些女房东总是撒着那上海腔说:房子租椤哉,尤其是碰到了青年人,还要加多一下子冷眼。现在的青年都行着倒运了,在全国都不受人们的欢迎,有时还要在老家被赶出来流浪的。你看,这还成世界吗?……”他停止着。

“是的。老早就不成世界了。”我答着,含着促他说下去的意思。

“自从我们学校里发生了风潮以后，我好像是众矢之的，不得不暂时搬了出来……后来那腐化到不得了的校长，还很客气似的和我说了他的不是。你看！亏他有了那一付厚皮的老脸！那风潮不是他叫他的，大脚客，和我倒蛋的吗？他还因为我发表写着××派的那些老巧的一篇文章，便说我是捣乱分子，有意侮蔑政府的吗？……嗄！那坏入骨髓的老头子！好像现在在社会上干事的人，无论老的少的，都要那样滑头，虚伪，还一点人味都没有了的样子？……就是他，和我说了许多自己不是的话呀！妈妈的！我愿他和资产阶级一齐消灭了！……”他又在发着他自己的牢骚。

“现社会是不成社会，也是老早证实的了。请谈谈下文好罢。而且，不要乱发牢骚啊！自己的脑袋要紧呢！”我安静地说。

“谁有那性子忍得住呢？连一句感觉得到的实在话也不许说！政府是不能够批评的么？政治是大多数人的，并不是几只政客包办的啊！青年并不像那班老腐败说得那么坏呀！青年人知道这一点！……”他越说越起硬了，他好像在演说。

“不要闹罢！这儿又没有群众给你煽动的。”我的意见有点和他不同，不觉得有什么牢骚可发。虽然是在苦闷的环境里，我觉得还是把伤感和发牢骚的时候去作些有意义的事好些。因为在这样的年头，徒有悲愤的热情是不够的呀！

他笑了。他走到那小茶几上倒了一杯茶喝着。

“就是在那时搬出了学校，便受了租房子的苦了。我一连走了八九家都被回绝了。我那时真气愤，想在一个油光着头的女人的脸上打了一下巴掌，但是还没有做到。……后来在一家开老虎灶的家里的前楼租下了。谁知道他有一个儿子是印刷局的工人，有一天被捉去了，说是赤化；而同时他的那个两撇胡子的父亲，——他是连脑里面都长着胡子的，现在的青年大概是应该有这样的一个父亲的罢？他无端说我教坏了他的儿子，说他的儿子就是清党的时候也不曾被嫌疑的。于是借词把我赶了出来。他的儿子虽曾和我说话，但是并没有说什么！……现在呢，现在的工人那一个没有革命的思想，正好像现在的青年每一个人都要谈政治似的。但是那些脑筋里长着胡子的人们又那里知道呢？便是他的儿子写信痛骂老子是反革命的，做父亲的还是说是人家教坏了他呢！我！这个世界真是要不得！……”他吐了一口痰，又喝了一杯茶。等了一下，继续地说：

“就是那样，我在五六天以前便搬家了。搬到七元里第十号。那里女房东倒很客气似的，当我搬进去的时候我这样的觉得。她有着一付忧郁的脸庞，初望时是怪可怜的。她的肉感倒也十足地有刺激性，可是太凶了！……”他又停止着，笑了，又插着：

“她大概不是有钱的，但是楼里自家的房子倒陈设得华丽，镜橱，衣橱，金碧辉煌的铁床，沙发等等都有，这都是都市人日夜里渴望着的空架子！我搬进去的时候，她过来帮我的忙，还借给我一张沙发，我着实很感谢她。我想不出为什么单身的房客倒给她欢迎着的理由来。我租的是一间亭子间，虽不很宽，四面的墙倒也雪白得可爱。我便把 Davis 的两张针雕贴在墙上。

“到外边吃了晚饭之后，我走回来，扭亮了电灯，四壁正浴在灯光里，十二分的美丽。我坐在沙发上，在想着人生的真正的目的，有点闷闷地。

“忽然地，啄啄的打门声，把我吓了一跳。我新搬的家，我的朋友们还没有知道的。

“‘谁呀？’我惊问着。我走去开了门。……啊！是她！那个女房东！

“她那晚上穿着一件白地红纹的睡衣，纤黄的手和雪白的脚都露着在外面。在灯光下她的脸儿很好看，眼眩儿黑得爱人，嘴唇也薄得可以，不过太荡了些。说话时，她的眼睛比舌头还来得利害，我可被她睁得有点骇怕。她的身上散布着一种都市的病态的香气。……”他静默着，好像在回味着他的肉感的女房东。

一阵妇人的笑声从门口掠将过去。我抬起头来窗外还下着寒雨，因为静穆的缘故，潇疏的雨声还可以听得到。都市是已经死了，不死的只有电灯和在马路上踯躅着的穷人。

“我请她坐下。”老韩继续着。“她第一句便问我在什么学校读书，我回答了她。她第二句又问：

‘韩先生可讨了太太吗？’

“‘没有。那里有这样的能力养妻子！’我惊异地而又镇定地答着。

“于是她和我说着现在的女子跟男人的辛苦。她一切都不客气地，好像在玩弄着我似的说着她的男子。她不说他的名字只说‘那只’‘那只’，那是在表示着痛恨他的意思。在两三天间从她的自述里，我知道了她是一个小县城的女子，羡慕着都市的繁华和美丽，跑到这儿来的。她以为都市的人们都是整天地娱乐着，找事情是不成问题的，所以她勇敢地来了。那自然是要大大地碰壁了啊！她尝一度去做过明星，但是因交际不漂亮被弃掉了。她哭了几天，她的希望消灭了。……后来为环境所迫而嫁给现在的‘那只’。

“‘那只是一个洋行的走狗。’她说。‘真的是走狗，连洋人自己养的小狗还不如呢。有一次我跟他到那洋人的家里去，那只小狗还是和洋人坐着吃面包，他可站在桌子旁边听那洋人说话，好像戏台上给小旦踢屁股的小丑一般，两只手紧贴在屁股上，弯着腰答应着：“yes！yes！”……啐！你看那还是个男子汉吗？我真是气煞！但是，钱钱！为着钱的缘故，老鼠还要做呢！唉！’

“她还和我说她起初不知道‘那只’有几个老婆，后来他不常来了，她才探问出他有四个小姨太而且都是个个比她自己年轻的，顶轻的不过十六岁。那只不来还不要紧，可还连钱也不大借给她了。……

“那些都是她咕啦咕啦一大串地说给我听的，我也不打理许多，现在也记不清了。可是她一坐便坐到十三点钟才回去！而且有点依依不舍似的，频频地瞟着我。然而终于去了。

“有一天，当我起身下楼的时候，我在梯口碰着一个十三四岁的女学生，挟着书包。她羞红着脸儿地和我点一下头便下楼到学校去了。她是从女房东那里出来的，我也不知道她是她的什么人。我站在梯口等着她下去了我才下楼去，望着她的静穆的有趣的天真的背影。她穿着一件蓝布长袍的学校制服。那时，那个女房东在她的房里叫我：

‘韩先生！韩先生！’

“我不知道她叫得这么紧，有什么话说，便跨进她的房里去。呀！她还没起身呢！我不自觉地便缩了出来，但是她在帐里笑了，说道：倒像一个未见什有世面的小孩子似的！那真令我气恼了！我勇敢地走到她的床前去，问她有么事情。她半侧着身子，把一只肥润的手腕拉开了帐子，教我坐在床沿上。我便坐下了，心里愤愤地而且不安地跳着。她的睡衣半敞开着，露出她的胸膀和乳头来。

“‘你知道你碰见的是谁呢？’她笑着说。‘她是我的孩子。你看怎么样呢？漂亮罢？中意罢？’

“我没有回答着她，只是惊异地瞪着她一眼。

“接着她便硬要把那女学生给我做老婆。

“‘我是很穷的！’我用力地说。

“‘穷也不要紧！’她扭着声音说。‘穷的大学生怕什么？’她明白地是不相信我的话的了。她死缠着，而且和打算着什么大学毕业了便娶老婆，那是多么写意的事。……

“‘我的婚姻要问我的父亲的主意的。’我没有办法，只得这样说了。

“‘那么，便赶快写信问去好了。我看你的为人很好的，我真喜欢你，请你赶快写信啊！’她说着，紧握着我的手，迫着我答应她。那真是没有办法，我只得胡乱地答着她了。我走了出来，心里充满着怀疑。……她究竟是个什么人呢？她的态度来得太奇怪了！她为什么有一个这么大的女儿呢？看她自己的样子也不过二十七八岁罢了。……我沉思着，我已经有再搬一间房子的意思了。……”

“不用搬罢？你不是……”我想到他的走路碰女人的样子，这样地插着口，打趣着他。

“你且不要说嘴，现代的青年谁个不苦闷呢？这是一个苦闷的时代呀！不过我们青年人有两种矛盾的心理；一种是向上的苦斗的心，一种是向下的享乐的心。这两种心理在作祟着，有时使你苦闷，有时使你兴奋，如果没有相当的训练，是很难积极的；大学自然是一个赶不上潮流的知识阶级的存货栈罢了，谁都不能在那里得到什么的，不会给那些腐化的毛菌薰臭了已经是够侥幸的了！可不是么？”他在房里走来走去，而且高兴着，好像一只野性未除的野兽。

我请他坐下，安静着他，劝他赶快找出路。于是又催促着他说完他的出奇的遭遇。这时，电灯也有点寒意了。

“当我从学校回去的时候，我才坐下来，打算看一点书。这时那女房东又走进来了。她粉着脸儿，穿着一件紧身的羊毛背心和一条短裤，脚穿着一双丝袜和绿花的拖鞋。我在一瞬间好像很迷惑似的，坐在椅上没有动。她自己坐在我的布床上。第一句她问：

‘韩先生你写了信了没有？’

“‘就写了。’我答着。

“她伸着惰腰，倒在我的床上，说了许多肉麻的话。一说又是半天。她的说话中间有一段很沉痛，不过那是资产阶级的末路的哀音罢了。

“‘我这个人也不知道是生下来作什么呢？’她说。‘我真不知道！我觉得活着和死去都是一样的无聊，倒还是及时享乐罢！但是什么是苦，什么是乐倒也难分，也不过消遣消遣罢了。唉！生做女子有什么用呢？自己不糟蹋着自己，还让给男人来糟蹋吗？横竖女子有的是肉，男子有的是钱，那么肉和钱交换了，人生便是这么一个场合，正像那交易所似的……’如果微笑地说着的，她大概是活在这一种人生的解释里。那也无足怪，环境迫出她的人生观来呢。人生观也是免不掉有阶级性的，好像战斗的伟大的精神，在沉于逸乐里的资产阶级是很难找得到的一般。我倒有点可恨着她，同时也有点可怜着她呢。

“这样地每天当我回到亭子间里来的时候，她总要到我这边来催我，问我的父亲的回信。妈妈的！真要命！弄得我不得不把自己锁在房子里。要不是我房子困难，我一定住不了三天的。但是现在挨到了六天，已经达到不得不搬的态度了。……”他恼怒地笑着。“这种女人实在少见呢！”

“那么，你就决定搬家了吗？”我站了起来，把湿的鞋子脱掉了。……我真傻气！到这会子才记得除去它！可是那双脚已经不是我自己的了！

“还不止呢！”老韩张大着他的眼睛说。“有一天，昨天罢？当我开门的时候，她便跟着进来了。

‘韩先生为什么锁着门子呢？我们这里是没有小偷子的。’

“‘我不一定是防小偷子的。不过锁着比较安心一些。’我淡淡地说。她又问我可有回信。

“她仍然是卧在我的床上，半闭着眼睛，微开着口。实在说，那是富有刺激性的，可是太凶了。那非一个青年人所能禁受的。我那时好像笑得又骇怕又愤怒。但是不能够发作。我怕她反诬蔑起我来呢！我只得呆呆地坐着，眼睛望在书上，不打理她。……你看！她还说：你一个人不寂寞吗？……壁上为什么也挂着裸体画片呢，真的不是更好吗？……但是我不答应她。后来她才回去。我已经决心搬家了。

“今天下午，我看见她在笑着。她一见我便和我诉说着她今天到那只那边去，和他要钱，可是给打了一阵回来。她是说得那样的动听的，悲惨的。在我的房里，她还把身上的伤痕掀出来给我看着，她的衣服都脱出来了，只剩了条短裤子！的确的，一条青一条红的鞭痕划在她的雪白的皮肤上。可怜是很可怜的了。她的遭遇也许是很悲惨的。也许她是在找着同情着她的人：不过她的同情好像是没有止境的。那么，我便同情着她，也没有什么方法的了。我只是强迫着她把衣服穿上去。她穿了，硬要我和她扣钮子。我没有法子，和她扣了。但是她！那个肉猪！她可把我拥抱着，紧紧拥抱着。我急得一推，把她推到沙发上去。我自己也颤着手足地坐在布床上。她又悲楚地哭了，伏在沙发上。直至那女小学生的足步声上楼来的时候，她才走了回去。

“碰到这样的人有什么办法呢？我真不知道生气好，还是发笑好，或者是怜悯着她好呢！我在房子里绕了两周，觉得非常的懊恼。我恨恨地把桌上的课本只一掉都掉到墙角落里去。于是把桌上的锁匙塞进衣袋里，锁上了门走出来了。

“今晚我回去，已经是十一点钟了。我真有点不愿意再看见那十号的门呢！但是我除了这个地方之外，再没有地方去了，我只得打门进去。我开了房门才反锁了，坐将下来。忽然门开了。我回头一望，是她呀！她把睡衣解开着，里面是一丝不挂！我无意识地跳了起来，惊呆地站着。她便扑了过来，好像哭又好像笑似的看着我，把我拥抱着。我便推也推不开她。她骤然地咬着我的颈子，那使我叫了一声，用着全力地把她推倒在地上，我便一溜烟跳走了出来了，就是这样！”他骤然地站了起来，好像看见了他的女房东走进来了似的。过了一忽，他才说：“呀！你看她是一个多么奇怪的人啊！现在的都市生活是多么可怕的啊！……但是我也知道她那个时候把我的另一枝锁匙偷了去呢！呀！多么奇怪的女子！”

第二天我们在街上分别了。以后我再没有看见老韩，也不知道他究竟搬家了没有，而且是怎样的搬法。……

（原载1929年2月24日《海风周报》第8期）

流　浪　人

这个流浪人已经不在人世了。他是一个青年，一个为他的祖国争自由的压在日本帝国主义的铁蹄下的高丽人。到现在他留在我的脑海里的仍是一个青年啊！

我初次看见他，是在K地的弱小民族联合会开会的时候。那已是两年前的事了。那时，他和我握了手之后，他用国语问我的姓名。我回答了他，同时惊问他的中国话怎么说得这样正确。他笑道：

“我是一个流浪人呀！我在贵国已经住了三年了。起初在T省，后来到S埠，那里有许多被矮奴放逐出境的同志。我们在S埠组织了一个会。我渴慕着K地的革命环境，所以我先到这儿来了！他们也打算到这边来呢。……我们对于中国的革命，是怎样急切而且热烈地盼望着成功啊！……”

接着他又和我述说他过去的斗争史。但是，在这里，我也无须再来絮繁了，横竖半殖民地和殖民地被帝国主义的压迫的痛苦，和被压迫者的反抗等等的惨状，我们是用不着想象而已经知道的了。上海，广州，万县，济南的惨杀案，都日夜地在我们的脑里心里闪现着。而且仍然是一步一步地增加起来呀！

他的长长的脸庞，扁扁的双颊，和那一双热烈而充满着反抗的光的眼睛，到现在我闭上了眼便好像活现在我的面前呢。而且，他的战颤着的声音，他的激烈而悲痛的演说词，都十二分地打动，打动着我的心坎。现在我的耳际还时常好像听见他的用着热血和热泪呼出来的“被压迫民族联合起来”的口号。

当我们聚餐的时候，我们碰着酒杯互相鼓励着，庆祝着革命的成功。那时在座的不止是他，不止是高丽人，还有印度人和安南人呢。我们的种族虽然各异，国土虽然不同，但是我们是一样地感到被压迫的痛苦，一样地感到热烈和真挚，因为我们的心是一样地涨满着鲜红的热血啊！我们碰着酒杯，我们互相紧握着手，我们高唱着愤怒的歌儿。那一种悲愤而且畅快的景象，我相信永远地永远地要留在各个人的心坎里。……但是谁知道中国的局面会变得这样利害，而他会长辞人世呢？唉！……

我的和他相识而且友善的理由，连我自己也想不懂，大概是因为语言上的利便的缘故罢？

自认识的那一天起，他便常常来找我攀谈或讨论。他对于革命的认识很确定而且清楚。他的性情也颇爽快。……这样，我就多了这一个异国的挚友了。有一次，当我从一个群众大会里回来的时候，他却接着我的脚踵来找我了。这一次，他可有点异样了。他的脸全被一层灰白色的愁光所遮盖住了。他的眼睛也不像平常一样地发着光彩，好像有一些拭不尽的泪痕。他跟着我走进了室里，便把身子躺在桌旁的一张藤椅上，没有响声。那不能不使我惊异！我走到他的面前，握着他的手问道：

"我的亲爱的流浪人！（他姓李，但他喜欢我称他做流浪人，他说，他在世界上只配做一个流浪人，一个流浪的革命者。他不愿意有什么姓氏，名字。）什么事？"

他望了我一眼，又低下头去，好像很痛苦的样子。

"熊君！"过了一忽，他开始说，"那矮奴又惨杀了我们的示威的群众了！我真不忍想象那些可怜的同胞的惨状！而且，而且，他们又在调查我们国内的革命党，已经破获了两个机关！唉！又有许多逃难的同志了！……"

"什么！又屠杀起来！"我惊异地问。同时，我除了紧握着他的手，表示着我的心的悲痛和愤怒之外，我真不知道怎样地去安慰那个流浪的志士的布满着伤痕的心呀！

"是的！屠杀！"他哽咽地说。"啊！正不知道我们的民族到什么时候才得到自由啊！"他的声音战颤着，但是没有力量。那是一种急切的凄楚的声音，无论谁听了都要酸鼻痛心起来。我们痛苦地，凄楚地相对着，没有言语。过了一忽，我镇定了自己，说道：

"李君！这可是我们革命者的态度吗？"

他战抖了一下，立起身来。他又在凸挺着的胸膛上用手轻轻地打了几下。他想平平他的填满在胸膛里的悲愤。他笑了，握着我的手。

"熊君！不！自然不！我们已经决定明天在街上示威游行。作我们力量薄弱的流浪人的声援了。我们应该用着我们的武器！我们的理论！甚至用着我们的生命！我们一定要达到我们最后的胜利！"

激昂慷慨的热光，又从他的眼里放射出来了。……啊！我的可怜的异国的挚友啊！

第二天，我在路上看见他高举着一面大旗，和一个执着他们的像画着八卦似的国旗的人，坐在第一辆汽车里。他们都发狂似的呼喊着口号。我的心跟着他们的呼喊声激动起来了。他们的四五辆汽车飞过去了，我还立在路边望着那在空中飞舞着的旗帜呢。

有一次，我走到M大学里去找他。他们都寄宿在M大学里的。他正和一个同他一样高的高丽女子在Campus闲踱着。他见了我，便高举着他的手表示欢迎。

"哈啦！熊君！你来了！"

他又介绍那个女子给我道："这是芳子。"那个女子，向我打着躬，她的两手合拢着垂在前面，正像日本女人和人家行礼的姿势。他笑起来了。他说："她对中国人行日本礼呢！你看！"说着，他又用高丽话和那女子说了几句。我不懂得，但是我知道他是把我介绍给她的。

于是我们在草地上走了一忽。那女子先走开去了。我便打趣他道:“她是你的 Lover 么?”

“不!请你不要这样说罢!她是我的朋友的未婚妻呢!”他说话时的态度很庄重。我倒觉不好意思起来。

“我是永远没有 Lover 的!”过了一忽他这样说。他的声音很低,好像只在向着自己说着话似的。

“为什么?”我不禁追问他。

他只用着一个长长的叹气来替代他的回答。

我知道关于爱情,他一定有一件痛心的往事。但是我不敢再追问了。

那时,我记得,我碰到一个大学生,便被他拉到宿舍坐谈去。过了一点多钟之后,我从宿舍的门口走了出来,啊,我看见他仍在那一个地方呆立着,低着头在注视地上的青草!我走上前去,说道:“亲爱的流浪人,再会了!”

他好像在梦里被我的声音惊觉了似的,他猛然抬起头来,向我惨笑着。

“在伤心么?”我问。

“不!”他立刻恢复了常态了。“不!我不会伤心的!我有什么可伤心呢!”他说后,便和我点一点头,走到宿舍里去。我虽没有追上去看他的脸,但是我知道他是忍不住眼泪了。

从此之后,我也不敢和他谈及爱情一类的事情了。

后来,他考中 M 大学的二年级的插班生,便在大学里念书。我也因事情离开 K 地了。我在百忙中,有时会想念着他,但是我没有和他通信,因为他懂中国文的程度比较他的中国话差得太多了。所以我和他一别有半年之久,知道他的消息很少,可以说绝对地没有。他仍在 K 地呢?或者潜回国去呢?我完全地不知道。……

在去年春间，国内闹了大乱子。我因环境和穷困的压迫，不得不做了一个热带的流浪人。我历过许多困难才能够在湄南河畔的一间亲戚的店里住下。我安稳地住着，虽然南洋的环境亦同中国一样的坏。我痛苦而且抑郁地蛰居在一间空阔而且老旧的小楼里，终日孤坐着，呆望着窗外的飞驶着白云的高高的碧空，好像一个囚徒似的，益使我觉得自由的可贵。自由！自由！我们的真正的自由要由我们的力和血换来的啊！这时，我要是和大学时代一样地有了伤感的情怀，正不知要咽着多少的异国萧条的眼泪呢！但是我没有，而且不可能，我只有时舒一舒着浩然的叹气。我真不知道那里是家，那里是国，到那个时候才有一个卷土重来的机会。同时，我也不知道怎样去忧愁，怎样去流泪了。我只感到环境的迫压和生活的恐慌，那些都令我愤怒而且痛恨，教我耐苦地漂流，沦落，等待着，等待着最后的反抗！……这时节，我想到“最亲爱的流浪人”这几个可怜的字来。同时，我想念着他，那个高丽人了。有时在悲悼着被残杀了的，死去了的斗士之余，我还替他担忧呢。因为连在帝国主义的压迫下逃出来的两个渴望着中国的革命的曙光的爪哇人，也在K地被枪决了啊！

我终想不到在这样椰林苍郁的异国里会碰到他！那时，我真不能再在那楼里孤坐下去，成天只和寂寞与闷热苦斗着的了。有一次，在一个温凉的夜晚，我趁着月，步到一条两旁都是高高的大树的马路去。软凉的热带的夜风吹拂着。微温的白色的月光在叶隙闪射着。路上一个人影都没有，有时只见一只汽车从这儿的黑暗里飞过那边的黑暗里，——去了，消逝了。我仰着头独步着。我不知道什么缘故，那“Arise！……”的歌声在我的舌头颤动起来了。我用着低而带颤的声音唱着，同时，我才觉得我还在人世，没有被逐到社会以外的地方去。啊！我仍健在啊！我的生命力仍健在啊！我真被恐怖和困苦吓慌了！……

这时节，从黑暗里闪出一个人影来。在黑暗里我看不清楚是谁，只知道他在后面好像在尾随着我。我加速地走着，心里惧怕地跳动着。他趋到我的身旁来。那不能不使我吓了一跳！但是我仍继续地加紧着足步。树枝上时有隐隐的沙沙作响的风声。他跟在我的后面，我却静默地走向前去。直至在一盏路灯的光影下，我才敢转回头去望着。我看见不是一个警察，我的心安静了许多了。

忽然，我听见后面的人的声音道："熊君！是你么？熊君！"

我立定了脚再望去，定睛一看，天呀！那是他，那个高丽的流浪人，流浪的革命者！

"呀！熊君呀！"他高兴地叫着。

"嗳呀！我想不到会是你！你怎么不早些叫我呢，只是追随着我！"

"我们能够自由地在路上叫喊着吗？我初头也看不的确，直至你唱歌的时候。……"

我们是何等的高兴啊！我们几乎高兴得拥抱起来呢！

"你！你！你几时逃到这里来呢？"我急切地问。

"还不是那套把戏！破获！调查！逃亡吗？嗳！"他愤愤地答着。

在灯光下，我仍可以看见他的充满着反抗和愁苦的眼光。但是，他已经瘦了许多了。

我们便在这一种受惊的，狂喜的，穷困而流浪的情景里再碰到了。但是我们不敢和在革命期的K地时那样亲密地互相过从啊！唉！我们的四围都是布满着敌人！我记得，那时有一家走狗式的中国报馆，正在揭发着我们许多同志的行踪，挑拨居留地的政府来捉捕我们。他正和罗君同住着。罗君是一个"十一点"，在那儿最惹他们的注意。

他和罗君住在一条比较僻静的街上，我忘记它的名字了。有一次我和罗君一同到他们的住所去。他引我走到一条缀着几棵热带特有的高而且大的不知名的大树的路上。路的一边建筑着一行低低的瓦屋，屋里不断地透来唧唧的机杼声。罗君说，那都是织浴巾的人家。他们大多数是中国流落到南洋来，自食其力的劳工妇女。其他一边呢，一带都是泥湿的低地，上面立着许多高脚的小木屋。

“打这里走罢！”他指着路旁的一条铺着木板的小路说。他抢上前一步，走在我的前面。

木板随着我们的足步一起一落地摇动着，压得下面的泥浆飞溅出来，同时发着什什的肮脏的声音。

“到了！上去罢！”他转过头来说着，便爬上那差不多要腐烂了的梯级，爬到小木屋里去。我也跟着他上去了。

那是一间四壁用木片筑成的屋子，上面盖着五角形的屋瓦。是黄昏的时候，我们真像老鼠一般，到天黑时才能够诚惶诚恐地走出我们的藏身的地方来。室里灰黯而且阴湿，还有蚊子的哄叫声。靠里面挂着一张白色的蚊帐。屋角还有两张凳子和许多炉钵饭碗等东西。

“流浪人！怎么不点灯呢！”罗君说了，摸索出火柴，把一枝油灯点亮了。

这时，我才看见那高丽人只围着一条浴巾，沉沉地睡着。他的赤色的有力的臂上，有一处为革命而战斗的旧伤痕。无情的蚊子正在拼命地吸吮着他的充满全身的鲜红的热血。

“李君！我来了！”我坐在地板上，大声地唤醒他。

他微张开他的眼睛，又合拢上去，呻吟了一声。那不能不叫我惊异。

“可怜的流浪人呀！中了睡魔吗？”我拍着他的肩子说。

他把脸庞向着我，又第二次地睁开了他的眼睛。他注视了我一忽，骤然坐将起来，惊喜地道：“呀！我的熊君！你来了！”

他的脸映着灯光，红得像火一般。

“可怜的流浪人再没有命流浪下去了！”他说着，扑在我的肩上哭了！他的前额的热气，炙着我的颈脖。

“啊！你怎么这样地热！”

“我的头很痛。”他说。

我握着他的手，手心也热得烫人。我忧愁地说：“唉！流浪人，你病了！”

我扶他到帐子里睡下。

这时，罗君正在户外忙着煮饭。闷人的火烟荡满全室。

“罗君！他病了！”我走到门口，忧愁地同罗君说。

“什么？他病！什么病呢？”他丢了饭，走进室里去。一面在说道：“我们是不准病的！我们是不准病的！那真倒霉！”

“热病呢！不大紧要罢！”我说。

罗君向病人考察了一会之后，便问他这几天有没有常常“冲凉”，大便可通么。

他只是摇一下头，又合上眼睛了。

“不紧要！不紧要！买泻盐去！”

我们给他服了泻盐之后完全没有效力。

第二天，他的病更加沉重了。他有时哭，有时笑，有时用高丽话好像正和人们演讲似的狂喊着。忽然，他醒了，慌张地说道：“血！血！都是血！我们的人被矮奴屠杀净尽了！”于是他狂哭起来。

有时他痛骂着中国这一次的变乱。有时他忽然坐起来，和我们握着手。他睁着一双火眼注视着我，说道：“我们真的失败了么？真的失败了么？唉！没有希望了！”但是，有时他喊道：“好罢！让我死去罢！死后还要奋斗！”到后来他清醒了些，我问他为什么叫着那些话，他说在昏迷中，常常好像在和日本人打架。

有一次，那是他病后的第三天的夜里，外面下着微雨。对门的一个皮肤微黑，只穿着一条“纱笼”的女子，坐在廊前低唱着情歌。那个病的高丽人睡在里面听得垂泪了。他低声的呻吟着。他口里不住地念着："Miss 金！ Miss 金！"他的唇在战抖着了。

"亲爱的流浪人呀！什么呢？"我问。

他凝视着我，惨笑了。

"谁是 Miss 金？"我好奇怪地问着他。

"啊！是她！可怜的她！被惨杀了的她呀！"他失了魂似的说。

"她是谁？你的 Lover 么？"

他已经发昏了。接着，他又狂叫起来。

当他好像发狂的时候，我们总要买了一点冰来放他的前额上，他才能够平静一下。但是我们都是很穷的。我寄食他人，而罗君也东拉西扯地支持着过活。我们都感到痛苦，比病了的他还痛苦。我们也想请了一个医生，我们也想设法多筹一点钱。但是我们都失败。我记得，有一次我向我的寄食的亲戚借五块钱，他沉黑着脸，从他的袋里摸出一块钱来给我，一声也不响。第二天，他便说没有了！试想想在这样的情景下，我们怎样能够弄出钱来呢？我们的生命也是保不住啊！但是，我们真不能够睁着眼睛看着我们的流浪人害着热病而死去啊！

毕竟还是罗君本事，不知道他从那里拉到一个短肥的医生来，而且是不要钱的！

当医生笑着脸儿，连声说不要紧的时候，罗君屋里已经断炊三天了。我，自然是回到那店里完成我的寄食的职任；而罗君呢，我可不知道他到什么地方揩油去。可是医药费呢？医生走后，我对着那药方在发呆着。

"医药！医药！医药可仍是要钱的！"我呢喃着。

罗君坐在地板上注视着病人的起落很急的胸膛。阴惨的小木屋里只充满着病人的沉重的呼吸。

忽地里，罗君跳将起来，说道："有办法！有办法！"他从桌上拿了药方，塞在他的唯一的白色的外衣里，去了。

那个可怜的流浪人又乱讲起话来。这一次我可听不懂他说什么。大概他是在说着高丽话或者日本话罢？他越讲越乱，含糊而且大声；好像狗吠的声音一样。那真使我打颤起来。冰是没有钱买了。我只用面巾湿着冷水，遮盖在他的额上。但是没有效！一点都没有！……啊！我在盼望着罗君的药是怎样的着急啊！真是一个不能忍耐的时间！……

我好容易等得药来了！我急忙地拿给他服下。他才慢慢地静下去。

罗君那时好像很得意似的，他摸出一张五块钱的纸币出来给我看。

“看！今天筹到五块了！真要命！”他摇着头说，但是掩不住他的高兴。

从此以后，那个可怜的病人渐渐地痊愈了。我们才把心安了下来。

在他的保养的期间，有一次，我看见那个对门的少女又在那廊下坐着。我打趣他说：

“流浪人！你的Miss金在外面呢！”

他兴奋地问：“在那里？在那里？……呸！你又来做弄我了！”他已经听见了那异国的少女的歌声了。他闭上了眼睛，凝神谛听着，好像他的灵魂趁着歌声飞到他的往日的甜蜜的梦境里去。直至那歌声停止了，他才睁开眼睛来。

“多么像啊！”他自己呢喃着。

到现在，我还可以想见他的病后的惨白的脸上，萦着一痕寂寞的然而慰安的微笑啊！

因此我们都把对门的那个女子叫做Miss金，称她做我们的流浪人的情人。

但是，我们的开玩笑也不能有畅快的时候啊！有一夜，黑暗和闷热的一夜，那Miss金的少女已经停了歌声了，我们还在闹着玩笑的时候，忽然我们不觉都静默了。一阵夜风从屋顶滚将过去。

桌上的油灯闪动了一下。屋外有一阵杂沓的足步声。我们都像受惊了的野兽似的，竖着耳朵谛听着。

罗君走到门外窥探着。我和那高丽人呆对着。

“他妈的！我以为波立(警察)捉我们来了呢！”罗君愤愤地说。

“真的，我们也太浪漫了！……”我摇着头说。

“但是，我们现在都是可怜的流浪人了呢！还要捉我们干吗？嗳！”高丽人说。他紧扎着拳头，好像有气没处发的样子。

我也悄悄地回到寄食的那间店里去。

后来，环境日加恶劣起来。那报纸上连罗君的住所也登了出来了。我正不知道那班走狗是何种的居心啊！我知道罗君一定不能不离开了这样的地方了。但是我不知道他逃到那里去。自然，那个流浪的高丽朋友也不知那里去的了。……啊！我又那里知道我和他从此永远地不能相见了呢！可怜的被压迫者的流浪的灵魂啊！

不久，我也被那个亲戚辞走了。他把十块钱塞在我的手里，假扮得很愁苦似的和我说声对不住，便撵我出来了。我真不明白我犯了什么迷天大罪，到处都要忍受着人们的驱逐，仇视！

三个月过去了，我还是在做着马来半岛的流浪人。有一天，我从报纸上看到一个高丽人在一个小“山巴”(村落)被居留地的政府捉到，把他驱逐出境的消息。报上没有载姓名。但是我猜度着，那一定是他，那个高丽人，那个流浪的革命者。……

今年的暑天，我无意间在轮船上碰着了罗君，他也是要到同我一样的目的地去的。我们什么话也不便说。我们只谈着一些无聊的话语。但是三天的海程是多么孤寂的啊！在第二天的晚上，繁星在无边的天海上闪烁着的时候，我们凭着船栏，不禁说及我们在湄南河畔的往事了。

“呀！那个高丽人呢？你知道他现在流落到什么地方去？”我

低声地问。

“啊！他！他已经死去了！”罗君忧郁地说。“他在F岛的牢狱里死去了！……我在F岛时，我还碰见他一次呢。”

“你也到F岛去过吗？”

“是的。他自被逐出境之后，在澳门住了些时。后来，他碰见他的同志，便潜到F岛去了。他们打算再潜回自己的国土里工作呢！……我遇见他的时候，他仍是和从前一样……”

“和从前一样吗？他的眼睛可仍充满着反抗的光波吗？”我问着，我觉得他好像还没有死的样子。

“是的，充满着；我想他直至临死时还是充满着反抗的光啊！而且，我想，他的眼睛还要冒着火！……他在问你的消息啊！但是我不知道你的行踪。……他临别时还祝我们努力，说我们的曙光在前面呢！他真是一个不会疲倦的战士啊！……但是他后来和好几个高丽人都被捉去了，在狱里被日本的统治者秘密处死！”

“秘密处死吗？……啊！他死了！他死了！”我真不知道我要怎样地追悼着他呀！……我呆呆地望那无垠的凄黑的大海。那海正满着浩瀚的涛声，怀着无力的愤恨。小的波浪正在黑暗里腾沸着，向着黑暗和虚伪的夜色激战着，在等待着伟大的争自由的波浪的创造者！……

啊！死了！我现在可记起他的热病时的喊声：“好罢！让我死去罢！我死后还要奋斗！……”但是，他已经死了！可怜的被压迫的民族的灵魂啊！……

（原载1929年3月《新流月报》第1期，署名张萍川；选自《戴平万研究》，汕头大学出版社2000年版）

陆 阿 六

这里有一个勇敢而率直的战士，他的名字叫陆阿六，是个非常年轻的农民。他的躯干非常之壮健。他的容貌是纯朴而且非常有趣。在必要的时候，他能够一气跑了几十里路，而没有休息。有人喘着气地问：

"喂，阿六，还走得动吗？"

"还来得，到那里去呢？"他揩着汗，爽快地笑了，又接道："你老大概是喉渴了罢，我到什么地方找点水来喝。嘻！没有水真要命！"

他对于每一个同伴都很卖气力，这是谁都知道而且称赞着他的。而对于革命呢，那是更不用多说；他的生命便是斗争的本体啊！

像这样，他跟着队伍到乡村，到县城，到乱山荒林里，不觉也过了两年多了。在这艰难困苦的奋斗中间，在这枪林弹雨以至于东逃西跑的状况底下，他愈见长大起来；他的眼光更加锐利，他的皮肤更加漆黑，而他的心也更加坚决地要打倒一切不合理的阶级社会。

"老哥，前进罢，落伍是不行的啊！"当他看见同伴们有时因为太疲倦而现着衰颓的样子的时候，他总是天真而勇敢地鼓励了几句。

有许多人都惊叹地道："真看不出来呢！像他这样的年轻，倒是一个坚决的革命者！"

但是，假如你听了他述说着这以前的孩子的生活，你便不会有什么奇怪的了。

太小的时候的事情，他自然是不能够记得很清楚的。到现在他所记得的，而且常常和同伴们述说的是从他家里的猪的事情开头说起。

那是在他还没有十一岁的时候，他的家也还没有像现在的这么穷困，有一头牛和两只猪。他每天都是到田野间去看牛，那两只猪是他的母亲饲养的；她对待猪好像对待儿子们一般，非常的爱惜。人们说猪总是过着猪的生活，但是他们的猪可过着和他们一样的生活。这是他们的生活降低得很和猪一样呢，或者是他们把猪的生活提高得和人一样呢？他那时自然不能够正确地回答这个问题，不过他总觉得他们一家的生活和猪是极其接近的。他的父母亲是大的猪，他和他的弟妹们是小的猪。但是，在事实上，那时候他的妹妹还没有生出来，弟弟也还在他的母亲的肚子里才有了五个多月。

他的母亲大着肚子，很辛苦地在喂着猪。猪有时候真是顽皮，总不肯好好的吃着。有时要给他的母亲大声地吓叱，有时却受了他的母亲的劝告，那猪才吃得肚皮涨得光光的连门限也走不过去。

虽然他的责任是看牛，但是陆阿六也时常给母亲叫去人家的园里挑着番薯藤来给猪吃。在母亲的叱骂和劝诱都没有效果的时候，他也被母亲叫到邻居去要来了一点细糠。

猪是一大一小，大的很胖大，已经养了半年，小的是两个月前才从墟里买来的。大的猪总要咬着小的猪，欺它的力量薄弱；同在一槽里吃东西的时候，那小的也没有一次吃得舒服。他的母亲说：

“可怜的，小的给大的欺负，等大的卖了才得快活的过日子呢！”

“不要可怜了，妈妈！大的欺负小的是不对的！”他说。

真的，他并不像他的母亲那样的柔和。当他看见大的猪用着长长的嘴吧去犁着那小猪的时候，他便狠狠地在大猪的背上捶了一拳，猪锐叫着直冲出门外去，在远远的那边作着嘘嘘的叹气。他站在门口还扎紧着小拳头向猪示威呢。他这样做，时常受着他的母亲的责骂。可是他总是要鸣不平，当那强者无理地压迫着弱者的时候。

可怜的，那只大猪并不算是强者，它也一样的遭受了许多的压迫。有一次，它腿部流着血地跑回家来，带着失惊的样子。他的母亲细细地看出在它的后腿给刀刺伤了。她一面抚着伤痕一面呢喃着：

“都是不安分守己，才受了灾难呢。”

而在陆阿六觉得，事情并不像他的母亲说的那样。有好多次他亲自看见他们的猪给三老爷和其他的有钱有势的人的儿子们任情地驱赶；或者用竹鞭抽它，或者用他们的穿着小皮鞋的脚踏它。有一次他问道：

“为什么打我们的猪呢？”

“是的！要打！”那个三老爷的儿子恶声地说。

“臭鸟！你打它我便要打你的！”阿六怒叫着。

“嗳呀！你是什么人敢打我！”

“我就是我敢打你！”

于是骂着，骂着，便打起架来了。他骑在那三老爷的儿子身上，一拳一拳地用力捶将下去。直等到大人们来了，把他拉起来；可是那个被打的孩子已经满脸泥土了。

“你这野种！你怎能够打他呢？”一个中年的农妇说。

“不能够？他打我们的猪，我便要打他呢！”阿六站在一旁，愤愤地说。

“这样蛮横！三老爷自然会去问你的父亲的。”

“我不怕！”

大人们都啧啧称怪起来。而那三老爷的儿子尽哭啼啼地叫个不住。他的干净的衣服都污满了尘土;脚上的鞋子也掉去了一只。

"我怕你么? 我找我爸爸去! 看一看罢!"说着哭着便要回家去。

不知道谁走去报告阿六的父亲,老陆,他从园里赶了来,远远地便可以听到他的粗暴的恶骂。

"狗种! 肏娘的! 你怎敢打三爷的儿子呢? 你想害我们一家吗? ……"

也不待他的分辨,他的父亲便撑起了那铁锤般大的拳头,用着掘园的猛力,在他的头上捶了几下。虽然农家的孩儿总要时常受着父亲和其他的管教人的无情的捶打,但是陆阿六终于感到疼痛而啼叫起来了。他的父亲也不理他,自去哄着那三老爷的儿子住了哭,带着回三老爷的家去。

"孩子,你要知道的,他们的人是打不得的。"当阿六一面哭一面向母亲诉说着这事情的时候,他的母亲连教训带安慰地说着。"孩子,乖乖的,不要哭罢,你爸爸不打你怎受得起他们的责问呢? 爸爸不是安心要打你的。……乖乖,不要哭罢,他们是有钱人,他们的儿子是银是金,我们的是……唉,谁教你不生在他们家呢? 至少也会少了一些枉屈……"他的母亲说到这里,已经忍不住地软泣着了。这时,那大猪和小猪,蹒跚地到了他们的旁边,或者是为着肚子饿,或者为着别的事情,也在"嘘嘘! 嘘嘘!"地叫着。

这给这个无知的孩子感到非常深的印象。——穷苦的农民的生活正和猪一般,受了一切的无理的压迫也不敢去反抗,只好逃避着和忍受着。

但是这里又发生了一件使他忍受不住的事情。那是无知的小猪惹出来的。

也许是吃不饱,或者是为着别的缘故,那小猪有一次冲坏了篱笆跑进三老爷的菜园里去。也许小猪会咬掉了几颗芥菜,也许一点菜儿也没有动；但是三老爷这人不要讲事实，只有了小猪闯入他的菜园的理由便够了。立刻地，他派了那个凶恶的侄儿到老陆的家里，同着几个走狗的帮手，捉住了那只大猪，用大铁针穿着它的耳朵，系上了麻绳，把他的母亲辛苦地饲养了半年的大猪牵去了。那侄儿声言道："赔偿我们的损失！"

那时，他的父亲一句话也不会说；他的母亲藏在角落里掉着眼泪，反在咒骂着那小的猪呢！而陆阿六这时恰才回家来要一块番薯作点心，看见了这情形，觉得大大的不痛快，心里填满了小小的一腔愤怒，比看见三老爷的儿子踢着猪的时候还要增加一百倍；但是他看见他的父亲和母亲都不作声，所以也不敢发作，扎紧着小拳头隐忍着。他只是悄悄地跟着他们的大猪走向三老爷的新屋去，因为他总是舍不得那又肥又大又好玩的猪呢。

三老爷的新屋非常的宽大，是他做了保卫团绅之后才建筑的。屋的前面有着金碧辉煌的大门和栏杆；而阿六却看见那大猪是从屋后的小黑门被拉进去的。猪在路上还常常不肯走想转回老陆的家；那个横蛮的侄儿便从路旁拔出一根竹篱，狠死力地抽着猪，猪才忍痛不过地一任他们赶进屋里去了。

"爸爸，我们的猪为什么给他们抢去呢？我们把它夺回来罢！爸爸一个人便够打败他们了！"当陆阿六走回家来的时候他愤愤地说。

他的母亲仍然为着猪在拭着眼泪，而他的父亲含怒而很可怜地阻止着他说：

"打败？想闹着什么呢？你这狗种！"

这样的又讨了没趣，他几乎急出眼泪来了。

但是他没有哭，他只一溜便溜到田野看牛去。

田野正值春天，碧绿的草地从山坡展伸下来，好像一件伟大的绿绒的袍子。远处近处都疏疏落落地点缀着矮棘丛，小枝繁叶正在柔和的春风里微笑着，跳舞着。一望无垠的野田里，涟漪般地细翻着麦浪。水牛和黄牛成群地在草地上闲散着吃着青草;有的却横卧着,频频地动着它们的嘴吧,它们是在反刍着呢。小犊忽然一跃地扑到母牛的身旁,又忽然地跳到远远的那边去,咩咩地鸣叫起来。——这是一幅田野之春天的图画,在受过了充分的教育的人们一定会说它是很美丽的。但是阿六只觉得他的受尽委屈的心骤然澎涨起来,好像痛定思痛一般地在内里凄动着了。他向周围环视了一下,天真地呼了一口气,悲愤的眼泪不自觉地流将下来了。

“阿六呀!你作死的!你跑到那儿去呢?你们的牛又和我们的打起架来了……”和阿六差不多年纪的一个邻居的小牧女,当看见阿六走了来的时候她这样锐声地叫着。

阿六并没有回答,只一步一步地走将过去。

“怎么哭了呢?你这作死的!”那牧女泛着惊异的眼波,背过手去摩挲着她的没得擦油的赤褐色的小辫子。

“三老爷抢了我们的猪……而爸爸骂我!”

“怎么?他为什么抢猪了?那砍头的呀!”

阿六听见了这同情的声音,便拭干了眼泪,打起精神来述说着三老爷强抢他们的猪的事。牧童们都像听新闻般地围拢了来,瞪大着眼睛在看着阿六的描写的手势。一种不平之感暗暗地从阿六那儿传到各个听者的心儿里去了。他们都发出了愤怒的声音:“噫!那狗种!”

是暮晚的时候了。夕阳收敛了它的镀在麦陇上的最后的黄金光。轻烟从远处的树林里偷爬出来了。乌鸦成阵地投向树林中去。小犊又鸣叫起来了,头向着炊烟萦萦的乡村,好像要回到牛棚里去休息的样子。但是陆阿六和他的听者们都仍在述说着一些孩子所感觉得到的村间不平的事件,几乎忘记太阳下山已经好久了。那好像在这样美丽的田野的晚景中间,无形地充满着农村的贫富阶级间的明争暗斗。

不过孩子的不平总归是孩子的不平罢了。

在事实上，不平真的不仅仅在孩子的心里，不平也在青年，壮年，老年的人们的心里；不平充满着陆阿六的一家，不平充满着一切的农村，不平充满着全中国，不平充满着全世界。因为人类社会一有了阶级，便充满着不平的现象了。而陆阿六已经有机会去认识这不平的原因，知道去消灭这不平的法子。不是被蹂躏便是反抗，不反抗便一定要被蹂躏，这道理是非常简单，陆阿六在十六岁的时候的确认识得清清楚楚了。

那时候他的母亲已经没有养猪，镇日忙着看顾他的弟妹，一方面还要给人家看牛去。他自己也帮着父亲到田间工作。他们自己的牛也没有剩下来。这一头牛的卖掉，在阿六全不感觉到什么。可是他的父亲和母亲却因之而吵架起来了。

“一共只有这头牛，因为这也想卖掉，因为那也想卖掉；真是运道太衰了！”他的母亲听见了父亲要卖牛的时候，她自己呢喃着。但是父亲忽然大怒起来，喊道：

“衰吗？还有更衰的在后头呢！不卖牛还有什么办法；欠饷欠粮都要坐监呀！你是女人，我知道！可是我——呼！你的娘呀！”

而母亲大声地哭起来了。悲哀的眼泪不能够软化了走头没路的穷促的父亲，他的心中的郁积的愤怒可被热泪引沸起来了。他怒着眼睛，而他的晒得黑黑的，受尽人生的折磨的脸庞在发着光。他猛跃到母亲的旁边，伸手去挽着母亲的发髻，用力地把她拖倒在地上。母亲发着嗞嗞的声音，紧抱着在怀里的婴孩，恐怕婴孩受了惊慌和伤害。婴孩哇哇地哭泣着。阿六的弟弟阿七躲在灰暗的角落里哀叫着，带着颤音在说道：“妈……妈……爸……爸……”而阿六却走过来呆站在门口，惨白着嘴唇屏息着。好像有什么巨大的灾祸临到这不幸的家庭里来了。

“呼！”父亲也没有捶打着母亲，只是快快地向各人环视了一下，便带怒地走出去办理卖牛的手续了。

到晚上，父亲从腰袋里扭出四只光洋给母亲，带着得意的微笑。但是母亲庄严地接了过来，紧噙着嘴唇，眼泪又簌簌地滴下来了。她是想念到自己被拖倒的情景。

“这是给你自己的，这是给你自己的。还哭？还哭！”父亲好像着急的样子，但是他的性情已没有一点儿凶暴了。

母亲一面拭着泪，一面点头微应着：“知道了。”

于是父亲又从腰袋中摸出了两角钱，粗声而急促地说道：“这给孩子，这是给他们——阿六！来拿去！”说了之后，他给母亲投射着献媚的眼波；好像他也知道了农村的夫妇间的爱抚，是由于亲爱着儿子们便能够表现出来了。

这样的，老陆的家庭又和乐地过将下去。

不久之后，一九二六的革命浪潮波动了各个农村，“农会”这个名词在各个穷苦的农民的心头发生了热烈的，亲切的情感。就是看牛看得长大起来的阿六，也有同样的感觉。

有一天，阿六听了那些从城里来的宣讲员的演说之后，他非常的受感动，奋兴地，如有所得地跑回家里来。

“妈！事情好了，我们要有农会了！”他对他的母亲说。他好像获得了什么宝贵的东西似的。

“什么农会呢？”

“就是我们农民自己合在一起议事呢。”

“议什么事？”他的母亲忧愁地问。

“什么事都议，都是我们有好处的事。”他恐怕他的母亲不明白，解释着道：“如果我们的猪再给他妈的三老爷抢去，我们便到农会告去，农会就能够替我们出力，把猪牵回来给我们了。”

“唔！有这样的事！那末，三老爷也是农会的人么？”

“不！他是劣绅土豪的。他不会来赞成我们的。”阿六得意地笑着，他深深地自喜着他听懂了宣讲员的话。

“我的儿！那可不要去惹它！”

"妈！不要怕！现在的时代，是给穷苦的我们抬头的时候了！有许多许多的人会帮助我们呢——有工人，有兵士，还有什么国际和别的什么，我说不出的。"

"你怎么知道了呢？"母亲有些惊异了。

"他们和我们这样说。我们有农会，官府也不敢来欺负我们的。"

"你相信么？"

"为什么不信，他们骗了我们有什么好处。只要有农会，他们也不敢欺骗我们了。"

"真的？"母亲长叹着。

"妈！那是真的！我要加入农会。"阿六想了一想又加道："你不要和爸说。"

陆阿六便加入农会了；农会也已经成立起来了。开头的会员不到十个人，都是年纪轻的；年老的是不加入，因为他们的被压迫得麻木和顽固的头脑还不能够立刻便苏生过来的缘故。但是不到半年，只要没有地主、土豪，劣绅的关系，都大多数是农会的会员了。村间也设立了劳动学校了，往日的沉闷的农家生活也活泼起来了。大家都忙着谈讲农会的事情，以及一些浅显的政治问题。而阿六也从学校里学到资产阶级，无产阶级和××国际等名词及其意义。因为加入农会而和他的父亲驳论的时候，他也居然地会指出父亲的思想是封建的残余。现在的陆阿六，可已经和从前的只会在田野看牛的陆阿六完全不同了。

不同的事情多着呢！这是新时代的开始。陆阿六一变而成为新时代的青年了！试想想阿六是怎样地高兴啊！

但是忙是忙得要命！阿六日里又要帮父亲的工作，夜里又要读书，一有余暇便又要到会里去。有时候他又要整天的走到村巷里和大路的两旁的大树旁边贴着五色的标语。他一面贴着标语还一面在唱着“先锋歌”。这种歌声是新鲜的，有力量的；那在村里不用说的是第一次的歌声了，那青青的树叶儿也跟着伟大的壮音而在律动着呢！阿六真的忙着社会事业而忘记了自己的私事了。

这给老陆非常的不满意。

“造你娘的！干吗不到田里去！”当老陆看见阿六在张贴着一大张标语的时候，他走过去抢下它，而因为惯于握锄头的大手是太粗陋的缘故，那薄薄的纸给扯破了。于是阿六涨红着脸孔，怒道：

“爸！撕破了标语可要受罪的呀！我们农会是不准一切的人有这不法的行动的！现在去！和我到农会去！”

“哇！你这狗种！你不认父了！”老陆气得连手儿都在发颤。

“我怎么不晓得你是爸爸呢？可是，可是这标语是农会的，不是我的；农会也是大众的，不是我的！你想摆什么架子呢，一个没加入农会的老东西！”阿六也声色俱厉地回答着。

老陆真是糟糕，儿子一大声，他便退让了，他不自觉地总以为阿六所说的话是词严义正。但是他不肯自认理短，还是怒声地说道：“好！你这狗种！我不要你了！”说后便自己负着锄头到田间工作去。从此他便不和阿六面对面地说话。便是和阿六同到田里工作的时候，若果阿六在东头，他就一定要到西边去掘着土。

但是阿六不打理这些，他自干他的；正像一颗破谷的种子，是鲜嫩的，蓬勃的；是充满着希望的；是勇敢而有力地前进着的。他现在也会宣传群众而组织群众了。他把从前的牧牛的同伴组织起来了。在秋收的时候，他和农会的熟练的工作人员举行了一次抗租的××运动。在进行中他有着不可形容的高兴和努力。他做着这个又做着那个；他又能够在×色的标语上歪歪斜斜地写着那仅可以看得清楚的“××归农民”的五个字。

示威的那一天，全村都轰动了。不！不但轰动了陆阿六的一村，便是邻村的居民也跑到村间的大路旁边看热闹去。

在清晨的秋天的艳阳之下，在初熟的黄金色的稻田中间，示威的队伍好像蚂蚁下山般地走将过来了。陆阿六走在最前头，高挺着胸膛，执着一面“抗租大示威”的大旗子；那用不着说是阿六自告奋勇去抢先的——但是示威队里有这样的一个勇敢的前锋，不能说是很坏的啊！

这一队人还不满一百个；有的短裤子还高高地卷到屁股上边去，自膝盖以下都污满着泥酱，他们是一早便到田间车水去的。还有一些人把镰刀插在背后的腰带间，走路的时候那如钩的刀叶碰着旱烟袋叮当叮当地响着。比较有点年纪的农民还要把他们的头低下，手中的旗子也不敢高举一点，有的还尽让那旗子倒垂地拿着。——他们害羞呢，因为这是第一次。

阿六转到大路中来，看见聚看的人们这么多，有男的也有女的，有小孩也有老妇人；于是他越发有勇气，得意地摆起迈往直前的姿势。忽然他高声地呼道：“打倒地主！”接着在后面便发出共鸣的声音，那声音是杂乱的然而是有力量的，是沉郁的然而又是有集团的精神的；好像那在声言道：非达到目的不行呀！那些站在路边的旁观者，有的笑着，有的惊异地呆视着；小孩子也学着呼口号，尖锐的声音直刺进碧空去，村妇们忙着鼓动她们的哓舌的嘴唇，在谈论着这些又批评着那些——真是热闹极了！

“打倒帝国主义！”的口号突然地浮在空中。有一个旁观者问阿六道：“孩子，帝国主义是什么？”

“连帝国主义便是洋人也不知道！当农会在演讲的时候，你有空也得去听一听呀！”阿六用着半宣传半责问的口吻回答着。

当队伍打从三老爷的新屋经过的时候，打倒土豪劣绅的声音更加来得有力而且响亮——自然阿六尤其要狂热地呼叫着。

示威的队子不但只在自己的村里游行，他们也走到邻近的村庄去。那好像一串电磁石，不遗余力地在吸引着各个农民的身心；又好像一堆热烘烘的煤炭，在布散着和给与人间以光明和热力。

就是顽固的老陆，阿六的父亲，当他看见阿六参加这次的示威，晚上散了队喘呼呼地走回家来的时候，他虽是傲然地坐在石门限上，也还给他的儿子的满脸热蓬蓬的生机所吸引着；暗自偷偷地睨视了阿六一下。直至农村的抗租的声音扩大而成为力量，政府实行二五减租的时候，老陆简直高兴得连口也几乎忘记合拢着。那已经是在第二年的春天的时候，大麦才吞着青青的穗子。陆阿六越发能干，被选为农会的执委的候补人；同时又是一个自卫队员，时常练习着放枪。起初的时候，他每放一枪便要闪一次眼睛，所以放枪的成绩很坏；到现在他的眼睛不但不闪视，而且能够描得准确。他是一个年青的好枪手。但是他不能够经常地帮助着他的父亲了。

当老陆在忙着农事的时候，和老陆相识的人打那里走过，说道："陆伯伯多辛苦了。阿六呢？""阿六！他怎会来帮我的忙呢！"老陆这样回答着，叹了一口气，同时又微笑起来；这有时给问话的人莫名其妙的走开去了。

有时，阿六走到田间去，而老陆说道：

"狗种！为什么来了呢？"

"帮爸的忙呀！"阿六笑起来。

老陆也笑着在呢喃道："要是那边忙，我可要你来帮我么？可不给大家咀骂我么？"

阿六自己深深地觉得，这顽强的老东西也渐渐地心向着农会了。

莫说阿六的父亲，他是和儿子同一阶级的人；便是农会的敌人三老爷这一类的东西，也像鼹鼠一般紧藏着在洞穴里，一点威风也没有了。不过他们不是像老陆一般地暗地里赞成，而表面上仍然是固执；他们是根本的痛恨——这是因为阶级的利害的不同的缘故。农会知道这个，陆阿六也知道这个，所以非根本打倒他们不可！

上面所记下来的便是陆阿六的述说，他时常地说到这里便停止；每当他滔滔地说到这儿便有事情阻止着他了。不过，也有他不想再说下去的时候。有一次，同伴们逗他道：

“毕竟你的爹爹是反革命了？”

“不，我相信他不会。”阿六说着这话的时候，他总是不向着问话的人，时常把头朝向南方的平原去，凝望着那苍青的平林和澄碧的天空的接合线；要是在夜里的时候，他便注视着那黑暗里的星星。这样子，他好像在想象着那白色恐怖下的故村是怎样的不堪，他的父母亲和弟妹们又是如何地过活着。

“阿六！想什么？”近旁的同伴用枪杆轻碰着他的膝盖，这样地问着。

“他妈的反动！……”他忽然转了话头道：“没有什么，空谈是不中用的！”

他和同伴们相视而微笑着。

（原载1930年1月《拓荒者》第1卷第1期；选自《戴平万研究》，汕头大学出版社2000年版）

孟超

冲突

一

洪炉中烧红了烈火一般的热天，蓦地里拥上一段乌腾腾的黑云，刹时把那晴朗的天空吞蚀了。太阳被遮没在云幕之内，街市上更像晚间一般，那远处呼呼的风的啸声，合那闪闪不停的电光，却渐渐的加紧；天气骤然的生了变化，暴风急雨快要来了，正象征出过渡时代各种现象的冲突。

少年于博从一个长长的巷中走出，他本已感受着很深的政治的苦闷，环境的变动，这时又觉得四周景象异常险恶，使他生了无限的抑郁，脚下沉着的足音，重重的敲着长街的边路，一步步地踱向一个半新的小门中去。

虽然还不过是中午以后，但因为天气的阴暗，屋内已经黑混混的看不清切。他走进屋来，开了开房角上的电关，因为电没来，不曾开亮，只好从书堆中拣出一根短短的烛头。蚩的一声，火柴燃了，屋内才半明半暗的放出了一点淡黄而无力的微光，直照他那庄严而幽沉的面色。

他很无聊地来回的踱了一阵，又靠在床沿上沉思了一回，后来随手向桌上取过了一张报纸来。

他反复的看了一些不快意的政治消息，又翻转过来，去看外埠的新闻，蓦然的一件具有魔力的事件，映到他的眼前，使他两眼睁大了，神经麻木了，那五号的小字，逐渐的放大了，在他眼光凝聚的地方，呈显出这样的一段的事迹。

S埠破获革命党人机关：

本月二十日，S埠南区破获革命党机关一处，搜出大批文件，并捕获重要分子王镜如一名，及女党员缪英一名，王前曾任S市市民协会委员，缪曾任妇女协会宣传部长云。

他看到缪英二字，他受了一个重大的打击，神经登时昏乱了，新愁牵动了旧恨，一泓清泪不知不觉的从他的眼角流到地下。

痴痴的待了多时，他还疑是在错觉中，又把报纸重读了一番，才深深的长吁了一声，倒在床上。那执在他手中的报纸随着他的叹声，从桌上落到地下。

在这时候，各种萦乱的思想一齐都涌上来了，不仅是缪英，S埠，王镜如，……过去挣扎在黑影中许许多多悲壮缠绵的影象，都移到他的眼前。

他心如乱刀绞缠一般的痛楚，过去的事迹，在他的回忆中重演起来了。

二

在S埠开始反抗北方军阀的时候，他受了党的使命，派到南区里负指导的工作。

他拿着证明书，低着头往南区的办事处走着，心里发生了一种矛盾的思想，像车轮一般的辗转不宁。他很高兴的想到参加下部工作的趣味，而同时却忐忐忑忑的觉到自己才力的缺乏。因为他刚刚从读死书的学校中出来，第一次来在行动上测验他所研究的理论。

他顺着党里给他的路线走着，走进一个黝黑而污浊的弄口。

在弄内的末一家，便是南区的办事处了。

他把门环轻轻的叩了三下，里边走出了一个短衣工友模样的人把他引上楼去。

“呵！来了，于君！我们正在盼望你哩！”

他知道这说话的便是南区的常委李勃，其它还有两个男的——其中一个就是刚才给他开门的，一个女的，正在那里整理一堆散乱在台子上的传单标语。看他走进来，都把视线一齐移向他来，好似对他发出了一种欢迎的表示。

李勃开始介绍了：

“这是党里新派来的指导于博君！”

又回过头去，指着他们三个说道，

“这是交际员张阿龙，这是军事负责人王镜如，这是……”

他还没有说完，王镜如很滑稽的抢着说道：

“这是缪英，这是我们的湖丝阿姐总司令！”

“啐！你是这样调皮，我是司令，你是什么？”

“我吗……”

“……”

“我呀！……我算是总司令部下的一个走狗吧！”

“那一个要你这样的走狗，呸！不羞！”

在他们的调皮中，他不知不觉把他的视线集中到她的身上。她穿着一身淡蓝色的布衣，剪着短短的头发，从那蓬松不理的乱丝中间，映出了一个丰盈而不施脂粉的面庞，二只黑大澄明的眼睛，闪来闪去，更显出一种活泼而健丽的美态。

他再回过头去向着他们三人观察了一下，一个是朴质的中年工人，一个是爽直而微露锋芒的青年，而李勃却有一种沉着而坚毅的神气，浮动在他的眉目中间，是特殊的气概，表示出他是一个指导者来。

从王镜如的滑稽介绍中，他知道她是一个负纱厂女工工作的，但她是一个学生呢？还是确实的女工？因为她太朴质了，真使他看不出来。

他正像看相一般，向着他们视察。李勃忽然的发出了沉着的声音，把他心里的评判打断了。

“好了，好了，不要吵了！我们开始讨论我们的工作吧！”

他虽然这样的说了，但他们的调皮还没终止，她向镜如的肩上轻轻的拍了一下：“来，走狗！”才大家围坐到桌子前边去。

李勃把南区的情形大略的报告了一番，回过头要求他作一个简单的政治报告。他虽然脸上觉着呼呼的出火，心中也似乎有一些颤动，但终于根据着党的观点，慢慢的，一句一句的，报告下去，最后还特别的提高了喉咙作了一个结论：“我们现在只有一条出路，这条出路是什么？——就是暴动！”

这“暴动”两个字刚从他口中说出，坐在一边的她，瞳仁更睁大了，向着他的脸上直看着，从活泼中忽然露出了一种妩媚英爽的豪气来，对于他的话像表示出十二分的同情。

他便询问了一回他们的准备。李勃大概的说了一些，王镜如便一面用指头数着，一面把他已组织好的工人纠察队计算起来。

“东华三队，济安二队，顺昌一队，一共……”

“一共多少人呵？”他插上问了一句。

“六队，六队一共，一共三百人吧！”

“才这样吗？不够的！”她对于他的话表示出不满来。紧接着又高嚷着：“我们女工方面，确确实实的有五百人了，骚扰市面也可以，作救护队也可以，即便，即便去夺去枪械都可以，只要一下命令，我马上就可要她们动起来。”

他听了她的话，实在惹起了他的惊异，想不到一个小姑娘，竟有这样大的能力，真是不但藏在锦被里给男子当性友的小姐太太们所不及的；即使那高视阔步自命为女界先觉的女学生，恐怕也梦想不到吧。因为她那沉着合勇敢，使他不能不对于她钦佩起来了。

李勃又提出决定今后的计划。

她又把女工方面应该如何扩大，有条不紊的说了一阵，王镜如也把纠察队的训练法说明了。然而他却坐在一旁，使劲的把那满腹学理搜寻了半天，搜来搜去，总找不出组织工人的方法，只有痴看着他们，把计划决定了。

讨论就这样的终止了，大家都离开了他的坐位；但她终是咕着她的嘴唇，似乎抱怨王镜如太不努力了。

他直看着她一步步走出门去，心里像加上一件束缚一般，他对于她发生一种不可名状的情绪。

王镜如因为感到她对他的不高兴，忽然又把她喊回来，低声对她讲了几句——像是不关于工作的，她才嫣然一笑的，复又走出去了。

他觉着他们二人中间，似乎有一种什么关系，但又似乎是没有的。

三

“来了，于同志！”

“来了，来了。”

“带了些什么好消息给我们？”

“好消息吗？什么也没有。”

“你总是没有，不知什么时候才有，真闷死我们了！”

“不要急，不要急，多少总有一点呵！”

这几天他们两个每次见面的时候，她总是拿他当新闻纸一般很发急的这样的问他，渐渐地，渐渐地，不自然的造成了这样的一个呆板的对话，作为他们见面的寒暄了。

时局一天一天的严重，他们的工作也一天一天的紧迫起来。于博渐渐地感觉到他已脱离了理论的束缚，一步步走向实际工作的轨道，而同时对于她的爱心，也随着工作潜进，在他的心里炽烈起来了。然而她呢？有时也似乎对他有这好感，但是有的时候，却很淡漠的，并且她合镜如间的关系在他眼中所映出的，的确她对于镜如比对一切人都亲切，因此不能不使他发生了一种无所谓的失望，在他的心里垂悬着。

三月的天气，已经暖洋洋的了；这一天上午他跑了一身臭汗，走到他们的办公处去。当他脚步刚刚踏进门口，镜如很匆忙的从里边跑出来，看见他来了，并没讲什么话，向他微微的点了点头，急急的走了。

他走进屋里，蓦地里看见她站在桌子前边，好似正在那里生气，但一看见他进来，忽然换了一副面孔，轻轻的笑着，又把他们那老套子的寒暄演起来了。

"今天呵！今天却有好消息了！"

"怎样？怎样？"她兴致勃勃的向他催问。

"奉鲁军已经从前方败下来了！昨天C省已被革命军占领，离S埠几百里路已发现便衣队了，……因此我们的工作也要马上动起来了。"

她听他的话快活极了，拍着手儿狂笑起来，但少停了一回，又敛了她的笑容，复又殷殷的问他行动的计划怎样。

他招呼阿龙把李勃合镜如找来，他们几个人商量了一阵，把他们起事的计划决定了。

后来因为指挥上的关系，需要一个更秘密的机关，并且适宜于家庭化的机关。

在开始讨论这个问题，缪英为他们的事业，毫不忸怩，直爽的承认了；但是另外一个男的呢？

在镜如方面的观察，自己已经快成功了的恋爱，自从于博来了之后，渐渐的发生了摇动，在这时候，何尝没有自荐的野心，只是在工作上他是一个指挥军事的，不能跑在一个顶秘密的机关里去，而李勃终日在外奔走，又是不可以的，结果只有于博了，他虽然十二分不趁心，但是为工作上的关系，不能不咽着苦水，将他提出来。

“好了，好了，这件事就请你们二位担任吧！”李勃听了镜如的提议，就这样决定了。

在于博方面，蓦然听到这句话，虽然很高兴的，但是不知为什么心里却怦怦的跳动起来了。

因为事体紧迫的缘故，他马上便跑去寻觅房子。在下午——太阳的余光尚未退尽的时候，他们搬进新的机关里去了。

二房东家的娘姨一面帮助他们搬置东西，一面含笑的向她问起来。

“你们从什么地方搬来？”

“X路。”

“你们做什么买卖？”

“他在洋行里。”她指着他说的。

“他呀！他是你的……”

“他吗？”她的脸红了，但是一想到他们的事业，马上又把那浮泛的红晕消失了，很大方的说道：“他是我的先生呵！”

那娘姨还以为提到“先生”两字，脸上便会发红，这是少妇的本色，因此啧啧的笑着，露出了称羡的神气走出去了。

在这个事候，他忽然的忘情了，向她调皮起来：

“先生呵！”

“什么？”

“还问什么呢，我是你的先生呵！”

“啐！鬼！你怎么也合镜如一般的胡闹呵！”

他眼里充满了怨恨神气，有些懊悔起来了。

二人都呆呆的，屋内的空气沉寂了。

在这个时候，他很想赤裸裸地把对她的爱意直剖出来，但是他终是惴惴地深怕她已合镜如的确有了什么关系，因此懦懦不敢说出来，脸上红了一阵，白一阵，踽踽不安起来。

待了多时，二个人只是这样的对着面沉默着。

一直等到二房东家的娘姨，给他们送上晚饭来，才给他们解了围。

饭后他们二人一道又到办事处去。

月光淡淡的照着，树影散乱在银灰色的僻路上：只有脚下索碎的声音，冲破了幽清的静境，他们只是低着头，一声不响的前走。

镜如看见两个人双双对对的走进屋来，向着他冷冷的发出了一点醋意，但是因为工作上发生必须大家讨论的地方，却又不得不大家坐在一道互相商量。

他今天晚上的情绪紊乱极了，坐在那里，看看镜如那冷俏的面色，再看一看缪英那深蹙着的眉尖，李勃报告了些什么，他大概没有听见，最后只听见"好了，我们就这样决定吧！"才忽然的醒觉过来。

他深悔起来了，蓦然觉到了"恋爱"与"革命"的抵触，痛恨自己给了他的事业一个大的妨害。

四

暴动开始了！

这天旁晚的时候，全S埠的被人贱视，被人凌辱，被人虐待的工人们，全都武装起来：向着那残暴的奉鲁军开始进攻了！

在南区里，他们当然是那边的战斗的指挥者了，李勃，镜如都率领着武装群众在合敌人巷战，缪英也聚集了一部分女工，冲到火线以内，夺了无数的枪械子弹，并且放火烧毁了敌军的驻房。

平日懦弱的于博，那时也跟着这群工人，冲进了一个警察局，把十几个死狗般的警察的武装交卸了，不过当着他接过一颗白朗宁来，横看竖看，因为平时缺乏军事的训练的缘故，连机钮都找不到，于是只好把它转递旁人。

后来他因为要回去计画第二日的以后计划，所以先走了，在路上一面走着，一面寻思，痛恨过去自己太文弱了，长叹了一声，深觉到书生是一种无用的废物！

他回到住的地方，匆匆地把一个计划草好了，又拟了一个宣传市民的大纲，心里热情跃着，一面写着，听见外边各处乒乒乓乓的枪声，实在使他在房子里边坐不住的，于是又跑出了去。

但是这时乱兵合工人已充满了全街，街上的行人已经断绝，他冲来冲去，只是冲不出去，只好又垂头丧气的跑回来。

这时候电灯已经亮起来了，他回到屋里，极沉闷走来走去，心里的思潮狂湧起来了。

他想到今天这样伟大的动作，已经充分的把工人阶级的力量表现出来了，但是结局如何如今还不晓得，李勃，镜如怎么样了？尤其是缪英如今还不回来，更使他悬挂在心上。——关于缪英的问题，这几天实在已经在他心里占据一大部分了，就是在这严重工作中，还不能使他一刻忘怀呵！

他又连想到镜如那嫉视的态度，现在虽然已经领着工人冲上去了！但是那暴动中间，总是有点忘魂失魄的神气。

自己或者也许合镜如一样吧？他这样的想，虽然知道这种态度不是革命党人所当有的，然而在这时候，要他忘掉缪英，恐怕比要他死还难了。

他在屋里踱来踱去，心里乱丝般的索缠着，墙上的钟已铛铛的敲了九下了，但是她还不回来。

他又跑上晒台去，向着四面瞭望。

月光惨白的照着，星儿淡暗不明，踈踈的散漫了天空，那乒乓的枪声还是不停，四面更红红的烧起了火光了。

他沉闷极了，只是向枪声紧处呆看。

他觉着外边像吹过来了一阵深夜的冷风，紧张的心里忽然寒冷起来了。

“她为什么还不来呵！”他自言自语的长叹了一声，对她很担心的，极忧闷的走回屋里去了。

他无聊赖的拥着絮被卧着，恍恍惚惚，梦中好似拥着她在痛吻；乒乓的敲门声把他惊醒了。

她来了。

“急死我了！”一进门就这样嚷着。

“怎末样了？”

“差不多快解决了！”

“那末你到什么地方去了？我很耽心怕你……”

“还说哩，真急死我了！”

“什么？”他心里微微的一动。

“丝厂女工被敌人包围在H公所里了，我好容易冲出去，又向西区里调了一批人来，才把她们救出来，但是后来忽然又想到你，……”

他忽然觉着有点碍口，回过身去不说了。

“想到我，又怎末样呵？”

“我又跑到各处找来找去，急死我了，终究找不到你！”

她直爽的说了，使他很感动的向着她发怔起来。

静静的待了一会。

“我此刻觉着有点儿冷！”她极疲倦的攲在床上，妮声向他说。

“那末便先睡吧，让我给你把被盖上。”他把他刚才盖的被给她拉在身上，又倒了一杯白开水给她喝了。

“你呢？”

“我想跑出看看呢。”他一面向外走着。

“不！不！”她从床上跳起来，一手把他拉回来，让他在她的床边躺下，她用手扶在他的肩上，二个人默默的在听那乒乓不住的枪声。

外边的门又响了，镜如进来了。

镜如看见他们并肩卧着的态度，愤火忽的燃烧起来了，两眼露出了恶光向他直瞪着，大有要合他决斗的神气。

他原来是来预备要同他商量一个指挥上的问题，但是在这时候，他把那工作合事业影象，一切都在他的脑中消失了，觉出他目前的敌人不是奉鲁军，不是反动派，而是他最亲切同志于博了。

于博也有点难为情，讪讪的向他问道：

“外边现在怎么样了？”

“哼！还不是合屋里一样吗！”

他又向他很很的瞪了一眼，通的一声，使劲的把房门一推，走出去了。

于博觉了他这种强烈的污辱，从床上直跳起来。

“好！我也走！”

“怎么?！你们为什闹成这种样子，你们忘记了你们自己了吗！”

她急剧地从床上爬起来，露出了严肃的态度向着他。他也好像被一盆冷水从头上浇下来一般，觉得这种粗的举动，是太不对了，呆站在门口再讲不出什么话来。

“静静点吧！于！”她似乎像有许多话要对他诉出。

他终是不忍离开她，又回来无精打采坐在床沿上了。

“那末……好，我直说了吧！那末你？……”

“我呀！”她又紧接长叹了一声，“请你们饶恕了我这中过爱的伤痕的人吧！”

“怎么？怎么？”

“你不知我的底细吧？我，我原S大学的学生，不过久已工人化了！可怜我的爱人，在去年反基运动，被那万恶的L军阀枪毙了，因此畸零的我，决定把我的生命，我的一切，统统的交付给我们的事业了。”

他忽然被她一惊，但随即又复了常态，仍是进一步的追问她：

“那末现在呢?”

“现在呀！老实讲我的心已经被你骚动了,但是呀……”

“是不是还有镜如的问题呵!”他很不高兴的冷笑着。

“镜如,镜如他还疑惑你哩;他昨天被我拒绝了,所以恨怒你呵!”

“我!”他恍然的知道他们中间还有这么一回事了。

“你看你们这种乖谬的行动,是不是还是一个革命党人,工作,事业更不用说了;于！……”

她靠近他热烈烈地握住他的手很挚恳的向着他。

“努力吧！不要因为我把我们整个的事业上做了一空隙呵!恋爱合革命是冲突的呵!”

他们默对着不说什么了,屋内沉静到极点,合街上继续不绝的枪声,竟成了反比例。

五

政治上的冲突开幕了,他们两个的冲突也利害起来了,而他自己内心里“爱”与“革命”的交战,更是冲突到最高潮度。

昨晚露骨的闹了一场,后来他睡下以后,心里反侧不安的,乱红一般的纠缠了一夜,使他想来想去,终是找不到一个妥当而两全的解决。

其初,他很高兴的,觉到自己已经占了胜利的地位,而镜如成一个恋爱场中的落伍者了。

不过自己细的寻思了一回,忽然又惴惴的危惧起来了。

——她,她是怎样的直爽,但是为什么终是吞吞吐吐的,不向我明白表示呢?或者她另有他人——除掉镜如以外,不,不会的!那末也许还迷意着她那已经灰化了的骸骨吧?象她这样豪爽,绝对不会那样痴傻,为什么,又是为什么呀!?

他把刚才不久的事情，又深深地想了一回。

——噢！“请你不要因为我而把整个的事业，弄上了一个破败的空隙！”

——事业！事业！

他恍恍惚惚已好似看见一个伟大的巨灵——党，站在他的面前，使他凛然把自己的错误，很很的痛责了一番。

镜如这几天，的确怠工了，自己呢？蓬勃的革命热情，好似被爱的问题排挤出一大部分去了。

——革命党人！革命党人！这完全是反革命了！

他恨极了，把自己的大腿，使劲拧了一下。决定明天对于她合镜如解释去。

但是又微微把两腿一拧，看见那电光之下，映在那边床上，因疲倦而正在睡浓的她，丰盈的面庞，健壮的美态，真具有十分诱惑的力量！

——真是我理想中的爱人呵！不，不，我绝对不能离开她！

因此他又把对于她的爱，如何进行，如何进行，规划了一回，心里又不禁的狂喜了。

外边时而还有不断的枪声使他又耸然的听了一回。

——唉！这又是一个怎么严重的时代呵！

自己的心忽又回转过来，革命的意志战胜恋爱了。

——好，还是放弃了这种浪漫的行为吧；不然整个的南区，也许因为三个人而毁坏了！

——不过留在此地终是难以合镜如容洽，三角的痕迹，无论如何是洗不去的。

后来，自己决定了，决定在这次暴动结束以后，赶快请求党里把他调到别处去了。

——只有如此，只有如此。

他身上的重负卸下来了。

但是决定了以后，不知不觉的又想到他走了以后，他们的情形。

自己一走她一定就向他那边去了，肥嫩的白手，被他紧握着；活泼的身躯，也被他拥抱在怀中……——他们各种欢美的影象又逐渐的在他脑中扩大了。

——不想了！不想了！

竭力的制止了这种欲念，把他的工作的计划，使劲的考虑起来，一直到了天明。

他爬起身来，她也醒来了。

她看着他熬了夜的眼睛，红红的象樱桃一般，她还以为他为她的问题哭呢。

“你的眼睛为什么这样红呵！”

“没有什么。”他心里止水般又恢复了初见她时候那种坦白的态度了。

“哭来吗？”

“哭谁呀！”他故作镇静，想要把他的计划暂且先在她的面前掩遮过去。

“……”

“外面怎么样了？”待了一回，她又问起。

“恐怕已完全解决了，下半夜就没有枪声了。”

“好，那末我马上到工会里去看看去。”

她忽的从床上爬起来，整了整衣服，翩然的走出去了。

她走了，他一个人在屋里沉闷了一会，拿起笔来，写了一封信给党里，请求改调他到别处，但是他举的理由，并不是说因为爱的问题，而是说暴动以后，南区的指导工作已经结束了。

他写完了，李勃也来了。

他说：外边的敌军，已经完全解决了，关于军事方面要急于整理了；但是镜如一直到现在还没出来。据张阿龙讲：他从昨晚跑回去，不知为什么气很很的，吃了半夜酒，天明才睡了。

他说完了。直瞪着睛瞧着他，像在探寻昨夜那场斗争的情形。

他心为他们的工作，为他那勇敢同志的颓丧，不禁难过起来了，不等到李勃的责备，便赤裸裸直供出来，并且把自己已经决定避免的方法告诉了他。

他听了这话，笑微微的向他肩上拍了一下：

“好，于博！我祝你打退了一重孽障了！”

李勃去了以后，他把他的工作结束了一下；下午四点多钟已经接到调他到总工会去的命令了。

他虽不免有点恋恋，但终于斩钉截铁般的走了，临走的时候在桌上写下了简单的几句留别的话：

我勇敢的镜如，缪英同志：

恋爱合革命是怎样冲突的事呵！我们不幸几乎因为这个结痞，把我们的工作毁坏了；于今我已决定离开你们去了，希望你们把这幕恶剧，根本在脑中忘掉吧！

缪英呵！请你尤其原谅我，我是含着苦味走的，努力吧，不要说我是矫情呵！

已经悔悟的博留

他写好，又向她那挂在墙上衣服，合散乱在床上的絮被作了一个长别，垂着头走了。

他想到办公处会一会李勃，但是他不在那里。

镜如正在垂头丧气伏在桌上，缪英站在他旁边好像在向他解释，又好像在安慰鼓励他。

他悄然无声的进来，又悄然无声的走出去。

当他走到街上，看见一队队的纠察队，雄纠纠气慨的态度，正表示出革命胜利后的新的气象；但是回过手去，向着自己的背上一磨，却似乎驮着一个革命者的罪过，使他很羞赧的真无面目见这些勇敢而有力量的工人兄弟们了。

他被调到总工会不久，镜如有一天竟在工作忙迫之中跑来看他。告诉他，他走后南区的情形，在过渡中他竟作了一些时的市民协会委员，她也作了些时的妇女协会宣传部长。

他又告诉他他走之后，大家都觉悟了，不过当他走的那一天，她看到他留别的信，还哭了一晚上哩。

最后，他又抱歉的请他谅解他那天晚上对他的粗暴。他热烈烈的执着他的手说道：

"革命者是不怕错误的，勇敢的镜如呀！错误是我们的教训呵！"

八

他把那过去的影事，辗转的在脑中回想了一阵，他像嗑了酸水一般，说不出的悲哀在心里这样漾荡着；自己也曾作过戏中人，戏中的哀调，不禁的使他的泪儿合雨一般的落下了。

他想到活泼泼的她，勇敢的他，都进了牢狱了，那时的脚色，只有他一个人还在挣扎，真像折了羽的孤雁一般，无限的冷意，使他全身寒战起来了。

牢狱是残苦的地方，况在刽子手般的执政者的权威之下？恐怕比地狱还如不了！他们，勇敢的他们，铁锁朗铛的囚徒的幻象在眼前出现了。

也许还有更悲惨的，不但是囚徒吧！……

二具血淋淋的尸体，从地上爬起来向他招呼，他仔细的一看，又俨然是那天晚上他们在争斗的一幕。

他使劲的闭了闭眼，但是影子更见真切，后来他的知觉竟消失在幻象里边。

猛然的一声巨雷，他从渺茫中惊觉了，觉到全身有无限的空虚，象失了魂魄一般。

他看见那短短洋烛，渐渐的要灰烬了，落在地下的报纸，也向着他惨哭。

他长叹了一声，很愤激的，觉得自己身上的责任日见陈重，报仇！报仇！为他俩报仇，为一切死者报仇，他的心已烈火般沸腾了。

他全身紧张到了极点，又来回的在屋中旋转，那窗外象虎狼一般咆哮的声音，一阵阵向他耳中吹送。

他不禁推开窗子向外一望，正是暴风骤雨正急的时候。

猛然一阵啸声，刮进窗来，“扑”的一声，荧荧的烛光灭了。

这时屋内黑漆漆的，只剩下他那愤慨的悲声，在吊他那曾经爱过的人！在吊他那勇敢而恳挚的同志！

（原载《太阳月刊》1928年1月号）

梦 醒 后

——一个失恋青年的来信

我亲切的摩珈君：

昨晚我们在C花园相遇，你看见我合一个妙龄的姑娘，在那习习的微风之下，对坐着品茗，我知道你当时一定起了遐想，所以并不同我招呼，跑的遥遥的，遥遥的，似涎羡似嫉妒的向我轻笑了一回，作了一回鬼脸；在你或者以为那时我正沉醉甜蜜之酿，合嗑葡萄酒一般的欢快，但是，我呀！朋友，可怜我，那时一点并不欢快，正堕在毒鸩里边，一杯，一杯，咽不尽的苦水；不过，在那一刹间——不久中，也正是我跳出了渺茫的幻境，从迷梦中醒觉过来的时候。

不消说这当然是一件Romance的故事，或者在所谓文学家的笔下，也许铺张的描写成一个惨淡沉痛的悲剧；但是在我，虽然也曾有一番浓厚的酸味浮荡在我的胸间，不过现在梦醒以后，觉到在这其间，并没有英雄，没有武士，没有美人，没有女神，只是现社会底下，青年人在经济与性烦的湍流中的一件小小的故事，而且是最普遍一点并不奇特的故事。

朋友哟！虽然是小小的故事，可是在这个故事中间我也曾流了许多的泪，失了许久的神，甚至于癫癫般，疯狂般，魂魄颠倒的成了一个Hysteria的病患者；我，我那时候，的的确确是一个可咒诅的人了，可是，现在醒了，而且已经走向了新的途径。然而橄榄的味，终究是苦的，如今影儿虽然已消失了，但是心中的积痞，不知为什么终是一度一度激动；朋友哟！假令你肯体念我的过去，你肯勉勖我的新生，我愿将这一条条泪丝织成的灰痕，合这一些烧化过的无聊的动作，赤裸裸的呈献到你的面前，让你来作了我惟一的评判者吧。

在去年的秋间，凉飔正洒上了扬子江头的时候，我正在黄鹤楼畔开明的革命环境之下，作军队中的政治工作；这虽然也算是革命工作吧，可实在是合鹅毛一般的轻松，而且毫没有严重合紧张的感觉。一天来，吃过了丰腴的饱饭以后，只有穿上那新做成的华达呢的中山制服，系上皮带，蹬上皮鞋，踯躅徜徉在江边山影之间，度那逍遥而迷茫的悠荡生活。

那时候是革命的最高潮度，然而同时也正是恋的狂飙激越的时期，每天在夕阳西下的时候，首义公园碧茸茸的草茵之上，合那帆影摇动着的江边，总是有一双双一对对的武装青年挟着粲丽的女郎，在那里亲妮的并行同坐，的确这是革命潮流中的一个新的时髦的壮丽旖旎的现象，每一个武装青年旁边总少不了这种金钢钻般艳光四射的点缀品，而漂亮的少女也似乎非有一个雄武的少年叱护在她的臂旁，不足以夸耀她的光荣与崇高，这是时代进化中的还原，值得讴歌赞颂的革命的狂潮中，又推演到古时骑士美人的艳迹韵事时代了！

然而在那时候的我，军服虽然穿在身上了，皮鞋皮带，皮包，皮鞭，皮绷腿，也都完完全全的成全了我这样的一个有五皮主义的资格了，可是身旁，依然空虚的，依然是孤另的，虽然也曾在那粉白黛绿的队中，像扑蝴蝶捉蝗虫一般的追逐；但是追逐的结果总是一个影子，而且这影子，又好似我自己的身子所映照出来的。那时，那时我确乎成了一个那种时代落伍者了。飘荡而恍忽的心情合浮云一样侵入了我空虚的内心里，使我枯闷了，使我忧烦了。可是女人的寻求，也正象钓鱼一般，你愈是在慌张急遽中，她愈是珊珊来迟不会上钩的。

但是突然的，出人意料之外，我的机会来了，我居然的也寻觅到我的目标，我居然也能够向一个缥致的姑娘献殷勤了，渐渐的，渐渐的江边上的绿苔之上也印出了我们双双的足痕，澄明而幽静的波心也反映出我们孤帆上并肩的俪影，我身边不空虚了，我也合一般的武装同志一样的骄矜了。

这事的开场，在某一天的上午，正是此地要举行一个盛大的群众大会，因此我们的午餐是要提早开了，茶役跑到我的房间关照了我，我匆忙的整理好了衣服，跑进了餐堂里去。

我刚踏进了餐堂门，蓦然的看见了一个陌生的女郎，坐在那里，她很拘谨的似乎像一个客人，但其他的人待她的态度，又似不像客人一样。

王君为我们介绍了：

“这是吴同志——吴玉真同志，刚才由党部里面派来，在我们这边艺术股里工作的。”

他又回过头来指着我，向着吴女士说。

“这位呀！这位是我们编辑股长，黄玉璞同志，你们是一科呀！——都是宣传科呀！”

她很客气的点了点头，旁边那惯会捣乱的刘君嗤嗤的笑了，笑的大家都莫名其妙，新来的她更呆呆的楞了。

待了一回他也忍不住了。

“你们说我笑的什么？哈，哈，你们二位，玉真，玉璞，倒像姊姊弟弟一般，可惜一个姓吴，一个姓黄，哈，哈，……我们以后真不敢拿老黄当低能儿欺负了，他有了姊姊了！”

他说了，说的我手足无措起来，她，她更低下头儿，羞的面孔像酒后一般的红晕了。

这样的沉默了多时，似乎这种使我们隔绝——难以为情的空气渐渐的稀薄了，我才敢慢慢的慢慢的抬起头来，向着她仔细的观察。

短短的头发，高高的身材，椭圆形的面孔上映托出清淡而洁白的双颊，从这双颊上流露出一种幽静而庄严的洁光，不像那其他的少女那样桃花色的双颐一样妖艳，却有使人发生蔼然可亲的感觉。还有，还有她那一双诚朴的眸子，虽然不曾如燕子一般流丽飞剪，却又似高悬在清夜中的女姑星座一样，澄明，静秘，笼罩了我迷茫的宇宙。

她穿着古铜色的旗袍，也没有什么花边配衬，全身很雅致的，似乎要羽化而登仙一般高圹的优美，益发显示出她的装扮也充满了艺术的风味，不像一切俗脂庸粉。

——艺术股，艺术股，她是一个画家吧，不，不，是一个美化的艺术家，她本身已经成了一件艺术品了！

在这一饭的中间，我的精神完全集中了，集中的贯注在她的身上，但有的时候，我又不敢正眼逼视，觉着她也正在注视着我。

这样迷惘般的吃完了饭，王君约着我们，到了宣传部的办公室把一切艺术股的工作告诉了她，并且请她留在此地，我们便一道参加大会去了。

临走的时候，我还故意的向她客气了一回。

“吴同志，没有别的事的时候，请为我整理整理编辑好的稿件，并且替我修改修改呵！”

她没说什么，抬起头来，微微的一笑。

自从这次初见的一幕开始，我的心上已被她深深的深深的划上一条刻纹，一直到现在，尚毫不剥落的永留着，如是，如是她成了我追逐的目的了！

后来，我们渐渐的熟了，我因为这个缘故，便一天到晚，跟随在她的左右，江边，公园，也少有我的脚踪。她呢？她也似乎了解了我的意思，时时的也微微有些儿表示，但总是像淡云笼月，使人恍惚迷茫，没有一点大革命时代的急风暴雨的爽利痛快。

其他的人们，已经很明显的看清楚了这种情形，更从中给我们造就关系，而最调皮的刘君更居然的对我们“哥哥”“姊姊”的称呼起来，愈使她旁人面前对我毫不放纵了。然而那脉脉含情的态度，在她眼目之间，终是时时有不自然的流露。

这样的，这样的拘谨着保持的过了三个多礼拜。

一天，轻雾般的月光洒上素白的窗纱的时候，外边操场上那革命的军队，已经唱起了壮烈的革命的军歌；屋内已经灰暗色了，看不清楚这四周的影像；我独自躺在一只藤沙发上，呆呆的对着那似在窥人似在笑人的月色痴望；同时更有一个问题，支配着我，想是要作，心里突突的有些儿怯怕，不作吧，然而还是想作。

因为那天下午，我过江去，偶然踱到一个外国的旧货铺里，无意中在那架子上发见一张丝织的“Cupid And Psyche”的绣画，这张绣画，虽然掩没在这使人不注意的小店里，但它的本身却的确是一个名贵而难得的艺术品，那 Cupid 的轻灵活泼的姿态，合他那滑润而秀妍的翅膀，是怎么的美丽生动，诩诩的正像在飞翔一般，那 Psyche 的迷惘如梦的颜色，合那姣媚艳婉的洁身，也正似万古永生的美人，娇卧大理石般庄严的素缣上边。

当时，我快活极了，真合哥伦比亚发见新大陆一般，觉到这样的艺术品，也只有赠给我那心里常镌着她的小影的惟一的艺术家，因此便不惜那八元多钱昂贵的价值，把它买到手里。

然而买到手以后，马上又踌躇而没有办法了。

——如何的献给她呵！

这个问题盘据在我的心里，使我思虑，思虑，一直思虑到家，终是怕遭了她的拒绝，没有胆量呈到她的面前。因此忐忑不宁卧在沙发上，忘神的静看着窗外那如烟的薄云狂飘在淡月之上。

突然的她进来了。

我忽地觉到如一颗流星一般，奔放在我的面前，使我忘却了眼前的黑暗，不自觉的把电灯开了。

她蓦然间看见置在台子上的这张绣画，忽的里露出了曾没有过的欢快，艺术家看到珍贵艺术品，正合狸猫得到鼠子一样，把持玩弄不忍释手，或者也许明白是专为她买的，但是究难以启齿向我讨索。

然而在这时候我的舌头反而木僵了！

她终于不讲一句话走出去了，我也醒觉过来，深悔在这时为什么不借此机会赠给她，也许使她疑惑我是吝啬吧！

那天的歉仄，像蚀过的月亮留下了一点黑痕在我的心间，使我懊丧，悔恨，又度过了十几天。

秋味已经渐渐的紧了，飘飘的红叶，飒飒的金风，浮荡着江面的微波也带出了无限凉爽的清意。

这天我合她同舟渡江。

二人沉闷在小小的筏上，脉脉的相对着，都似乎有许多秘密要在这时候宣扬出来，但终是妮妞着说不出来。

一片艳丽的晚霞抹上澄明的太虚，江心的水纹也合我们的心一般波皱了。

她沉静的看了看我，又低下头去。

我因为胸间太跳动了，恐怕脸上已经发起赤来了，不敢稍微的抬头。

待了多会，我深深的骂我自己太无勇气了，而且觉到自己已经合掉在酒瓮里边的醉鬼一般，太沉迷于爱的方面而不像一个革命的青年了。不过要舍，又怎能舍的下呢？只有这样的作一个时代的浮沉者吧，但总希冀着不要泊没了自己的性灵，跑向了逆流中去。

心里这样辗转着，口里不禁的微微的发出了叹声。

“喂！”她惊讶了，她不晓得我的叹声是怎样深沉幽秘。

我没曾言语，又沉了多时。

“咳！时代已经不兴了，你看我们同志们，都成了颓靡浪荡的鬼魂了,我很悲哀的觉到我们已经渐渐的渐渐的离远了我们的步伍了!”

我很抑郁这样的说了。

她也忧烦起来了。

“是的呵!——最近我也很感觉到我的艺术生活太空泛了,而且也太不实际。因此——因此很想丢掉它,找点实际工作作去。”

“那也不必,只要你的艺术生活,建筑在人生上面,不要太飘忽了,艺术也并不是一件无用的东西呵!”

“咳!这样又有什么意义,还是让我痛痛快快的做一点下级的工作去吧!”

我们这样讲着,我的心海已经被她净化了;忽然——不经意的注意到她托着腮的那只如嫩藕般的富有肪脂的白臂,映着那淡红色的内衣,丰盈,姣艳,不禁的又使我起了肉的企图了。

我们又恢复到沉默中去,她已经感觉到我对于她袖里的注视,头更深深的低了,她的柔意也关不住了,素白的脸上飞上了一羞赧的红云。

我实在忍不住了,不知不觉的手已经抚在她的臂上了。

这是我们久蓄的爱焰的爆发,她也趁着这个时候,娇慵的欹向我的怀中,忘记了旁边还有一个划桨的船夫在那里窃笑。

…………

我们陶醉在醇酿里,待了许久许久,心里已经止水般的恬静,呼吸几乎都已经停止了。

在这时候,惟有那清切的划船声音,尚听见款乃款乃的不住。

…………

她好似梦中醒觉过来,迷惘般的向我说了一句:

“你那张 Cupid And Psyche 的绣画,我很欢喜呵!”

欢娱的时间,总是短促的,在这样溶和而宁恬的欢快狂流高潮急湍后的第三日，我们的政治部忽然改组了，我合她都被停止了职务，作了失业的浪人。

当着接到了这种命令，我们像在晴天之下听见了剧烈的沉雷一般，感觉到人生究是缺陷的，人生没有美满，在那时几几乎已经忘却了 Pandora 的箱子里还有良善的动物呵！

她垂着头儿走进了我的房间，不言不语，默然的扶着我写字台的一角，呆呆的向我出神，两眼也莹莹欲泪了。

这时候我那狂乱的心海也翻腾了，突然的涌上来的滋味，也不晓得是苦是酸，但是许多要说的话梗在心头，只是一个字吐不出来了。

房内沉默极了，壁上那打打不停的钟声，似乎也在为我们奏着寂寂的节奏。

这样的互视着，待了许久许久。

她长叹了一声：

"也好，让我早些脱离了这种腐化灰败的官僚式的环境，趁此踏进了低层而实际的工作去吧！……不过……"

在这种黯然的雾圈中，我还有什么方法阻拦她，伸出手来同她紧握着，更作了一个长时间的痛吻，泪也不禁的滴到她的腮角了。

"去吧！我愿以我们革命的精神，来永远保持我们的爱意呵！"

这惨淡的一幕过了，第二天她便搬过江去，到她朋友刘女士家里歇住，我也另调到一个比较忙碌的地方，不能每天来过江去追随在她身后边陪她游玩，陪他谈话，而且会面的机会也渐渐的少有了。

不久，我又决定离开那里回到上海，在我整理行装的时候，无意中拿起了那张"Cupid And Psyche"的绣画，不禁又记起了在热情狂烧中，她那温柔嘤咛的一声。

于是我急急的拿着那张绣画跑过江去，想要再同她作一次最后的握别，并献上她念念不忘的礼品。

但是，一到了她的朋友刘女士家中一问，她又早已搬去了。

我怅惘的，迷乱的，只有抱着满腹的郁气，怂怂恿恿的踱回来。

当我在失望之后，重上了浮叶般的小筏，心又悠然的钩起往事了。

依然的江波流动，依然的倒影幪憧，小舟的划声，还是当日那般伊呀伊呀的不停。可是甜蜜的一瞬过了，最后一别尚难得晤，只有怅惘，只有怅惘吧了，怅惘着回到我住的地方，并且怅惘着一直回到上海。

回到上海以后，我便立即寄了一封信，从刘女士处转她，但是没有得到她的回信。

后来我更连连续续的又去几封，最后连那张绣画也都加上一个蔚蓝的软镜架，用绯红色的绸子包裹着寄去了；然而依然是沉寂，沉寂，没有一点消息，连刘女士也没一封信回我。

因此我忧烦了，从那时候起，一直忧烦到现在。

不过据从那边来的人讲，她的的确确还在那里，并且已经从事其他工作，放弃了她那有点现实逃遁意味的艺术生活了。

我有些儿明白！但对于她的缱恋，对于她的怀念，依然，依然是像空际的流云，像江上的浮波，在我胸间流动飘忽，毫不低灭。

我分明晓得她予我的柔情，也许已经收回而另付予他人了，我曾经在她唇间所嗑过玫瑰花汁也许在我走后又递给了另一青年，但是我又有什么办法？

我从去年秋季，一直望到今年梅雨天气，我总是痴迷依恋。

突然，她昨天来了！

她一直的找到我住的地方，当着蹬蹬的皮鞋声音踏上了楼梯，我那混腾的头脑，忽然的又清晰了，清晰的听见去年每天惯了的那音乐般的足音，使我冷静的心海，蓦地里又狂烧起来，从床上直跳起来，热烈的跑到门口，预备着她一进房中，便予她一个久别的吻抱。

她走上来了——的确是她走上来了，但是进门以后，看见我站在门口那种热烈的欢迎，并没曾激起她丝丝的煖意，伸出手来合我轻轻的一握，这手中也一点温气都没有了。

我也合一盆烧红的火焰，投进了冷水里边，马上冰消了。

两个人痴站着，象中间隔上了一重木板，待了许久许久。

后来，我让她坐了，但是两人口中的话，还是梗在心头，不知从何说起。

停了一会，各人的精神都恢复了。

我妞妮而无力的问她：

"你什么时候来的？"

"今天！"

"在什么地方？"

"请你还是不要问的好！"

"那末……"

我实在对她这句话，不能再有什么话好讲了，只好恳挚的，恳挚的痴望着她。

又停了一回。

她要求般的对我说道：

"我，我明天就要离开上海，——离开上海到日本去，请你回想着过去的好感，陪我作一度末次的游玩吧！"

当时我很气愤的想要拒绝她的要求，但是她的俏影摆动在我的面前，又怎能不惹起我最后的迷恋呵。

只有陪她一道出去，买了许多的东西，吃了一顿晚饭，最后又到了C花园。

我们并着肩走着，但是我脉脉，她无言，这样的不快意的一天晚上。

在C公园里——便是你相遇的时候，——也展放不开我的胸怀，平日在苦闷的时候，在忆起过去的影事的时候，此地，一到了此地便觉到开廓阔大，但是，如今，如今她来了，然而却又不兴了！

姹紫嫣红的花朵，倩笑在翠围绿荫之内；飘忽轻舞的月光，挟着湛湛的星茫，在幻灭的浮云之上飞腾；幽雅的亭台，微动的碧波，一切，一切，都在我心中漠漠了。

我不敢注视她，我更有点儿怕，不敢靠近她，然而无意中一看到她的袖内，可怜那皎洁晶莹的玉臂，在我眼中，也褪却了她的娇嫩的颜色了。

我们似乎没有什么话可说，只有守着一壶清茶，彼此枯闷的相对饮着。

多时。

她慢慢的从她怀里，拿出了一个包裹，两手战哆嗦的递给了我，我已经知道了，我知道一定是那张"Cupid And Psyche"的绣画了。

"玉璞！我不愿接受你这崇高的赠品了，我不配当你的Pasche，拿回去吧，不要让这残褪的淤痕留在我灰败的记忆里边呵！"

我当时并没有勇气去接回来了，我已经斜欹的幻塔，倒了，倒了，突然的在我脑中倒了。

我神经似乎有点错乱，全身也微微觉出有点发烧，我拿着清茶，当了醇酒，一杯，一杯，连吃了好几杯。

但是在她似乎不管我的烦闷，仍是絮絮叨叨说她那糖汁一般的故事。

我心里虽然萦乱极了，不注意听她的话，但是蚊子般的声音，还能够哼哼的在人的耳边噪闹，何况是人声呢。

她说——

在她搬到刘女士家里的不久，便遇一个在省政府里当委员的青年——名字叫做张季禅的，他一般的对她爱恋，一般的陪她游玩，而且他有多空的时间，他有多量的金钱，供给她经济上的补助，介绍她愉快而合适的工作，在那时候，——在我事忙而不能够常常同她会面的时候，她的爱渐渐的移向他了！

她似乎安慰我，又似乎骄傲我，总是翻江倒海的述叙，我，我那里有心情再听下去。

我止住了她的语锋。

我不愿说爱人一变而为朋友的话，我很奋激的向她说道：

"我不愿再听了，走吧！我们忘却了我们的过去。"

忘却呀，我当时只是自己哄自己呵。

出了C花园，我把她送上电车，自己迷迷惑惑的回去了。

我回到家里，像疯狗一般癫痫，心叶似乎已经被她践踏碎了，全身也狂烧起来。

嚣叫，哀呻，痛哭，最后更骂她，骂她的爱人——张季禅，骂全部的女人，骂整个的人类，连自己也骂了。

乒，乒，乒，"懦虫！懦虫！"自己向自己的腮上批了几下，倒在床上了。

疲倦极了，再没有挣扎的力量。

心里忽然一沉，过去的影事又重新回忆了一遍。

——张季禅呵，他有势力，他有名誉，他有时间，他有金钱，

势力——名誉——时间——金钱

咳，在现在的社会制度底下，恋爱是受了势力，名誉的支配，恋爱是有闲阶级的把戏，恋爱为资产阶级所独占。

革命者不反对恋爱，革命者的恋爱，是建筑在他们的工作上边：不同那资产阶级底下的恋爱是建筑在钱眼里边一样。

想到这里，把自己过去同她的关系，又仔细的审度了一番。

啊啊，我们又何尝是革命者的恋爱呵，我们也合一般人一样，度那莫名其妙的优游生活，也是同样的拿着金钱买爱呵！

自己把自己痛责了一顿，蓦地的从迷梦中醒了。

忽地从床上爬起，拿起那张"Cupid And Psyche"的绣画，划着了一枝火柴，刹时，刹时烧成灰烬了。

去吧，去吧，这些颓靡的东西，我——穷鬼，不是有钱有闲阶级，不是花花公子；革命党人，要作革命党人，不能够任你浪漫的作这花团锦簇的绮梦呵！

朋友哟！我醒了，我很悲哀的看见我自己了！

她不告诉我她住的地方，或者是张季禅合她同住在一起；她要到日本去，也许是预备在那樱花岛国，度他们那蜜月生活……

由他们吧，一切由他们吧，这种萎靡的欢快，我又何必苦苦追求；我拿着他们当我黎明中酣梦将醒的时候那一声鸡唱而已！

朋友哟，我亲切的朋友，这一段不重要的故事完了，也正是我们别了的时候。

幻梦醒了，要走向现实中去，我今后的命运已经决定，决定不是寄托在乡村中，工厂内，便是葬送在最革命的军队里边。将来，将来你看见报纸上有我牺牲的消息，你是了解我的人，我不愿意你合说一般人一样，说我这是殉事业，同时也是殉情；只希望你在我们最革命的同志队中，很坦白的说我是，一个曾经做过迷梦的人，现在是醒来了呵！

别了，朋友呵，此信到时，也许就是我已经离开上海，而投入我新的生活的时候。

再会吧，这是迷梦醒来的第一次的伸欠，我亲切的朋友呵，我愿意你来做我一个最后审判者吧！

你迷梦醒后的朋友玉璞。

一九二八，五，二九，作成。

（原载1928年7月《太阳月刊》停刊号）

杨邨人

入厂后

——纪念亡友哑珠

四月廿五日

从此以后，生活将要大变，我这个臭皮囊和从前的那一个将有大大地不同了。为了实行我的志愿，一切苦头应该咬紧牙根地吃下去。

昨天这入厂的一幕，算是我的新生活的开始，多么有价值，得详细地记下来。

工头赵恩因为是同乡的关系，在前天对于我的请求答应了：进厂做一个小工。在起初找他那一天，你看他的面孔是多么可怕，在他那大圈圈的麻子脸上，两颗凶恶的眼睛尽望着你，尽望着你，好像猛狮对于爪下的羔羊，要把你一口吞下肚子里头去。当时我确实被他的威力所摄，站在那里两条腿儿在颤动，说起话来也十分不自然地口吃说不清楚。

——现在厂里没有空位子给你，好小伙子，等着吧。

他说这话的时候，好像一盆冷水从我的头顶浇到脚跟，——失望了，失望了，我立刻这样地感觉着。

——要等到几时呢？我已经一个铜板都没有了，再没有工作，得饿死在这上海了！我很可怜地望着他诚恳地说。

——那末，（他装着在想法子的样子，手搔着头发，一下，）那末，后天你再来好了，我总替你想个法子吧。

当我刚走出他的门口，他赶出来站在门口高声地叫我回来。

——规矩你懂得吗？

——懂得的，懂得的，已经有一个朋友答应借给我几块钱。

——那就好啦！

什么是“规矩”呢？你要进工厂做工，必得先给你的工头送礼。做一个小工也得孝敬他五六块钱。这一种规矩我是早已打听来了的，那算什么，能够达到我的志愿，就叫我拜你工头做干爹，也是可以的。你不要看我是一个小伙子，哼，做事比大人强。起初我对于这种工头的敲竹杠，才听到就咬牙切齿地愤恨，我对于那位介绍见赵恩的同乡赵德问说。

——做工的就是没钱才来做工，那里来的五块十块给工头做礼物？

——他相信你的，那就在你入厂以后的工钱上面缓缓地扣下来；不相信你的，你没有敬礼先给他，便休想进厂做工！在现在的工厂是工头的世界，你要想做工找饭吃，你便得照他们的“规矩”办，那又有什么法子呢？而且再愤恨没有的，你必得自动地送他的礼物，而且必得表示，这是我的诚心诚意，有的工头故意地弄花样坚不接受，说什么我们交朋友呀怎么可以这样，但你必得再三再四地恳求他收下，这是何等难堪的事，但你要想做工找饭吃，你便得这样办，又有什么法子？

赵德的话确是经验之谈，我虽然心里愤恨，也只得照他们的“规矩”办。

那天离开工头赵恩的家以后，立刻又跑到老王那里去。老王是在十六铺水果行当记账的，从杨树浦路跑到十六铺路是多么远，走得腿都酸了。我把和工头赵恩接头的话告诉他之后，我再提起借款的事。

——喂，老王！这种“规矩”必得照办的，你的钱替我预备一下，不要失信呵！

——已经预备好了，他替你找到位置，你便来取好了，一定不失信，我们两人的交情，老朋友，那能？是不是？

老王是小的时候在一起玩的，他自来是待我好，而且是佩服我的，他的话一定可以相信。但是，借钱这一种事，是令人讨厌的，老王能够不失信的话，也难说！我离开了十六铺以后，又跑到法大马路那一位给我暂时膳宿的朋友老张那里去。老张是初从乡下到上海谋生的，人比较忠实，而且他是在他的岳父大人的洋货店办事的，每月的进款比老王多而且取钱自由点，他待我比老王还好，肯给我膳宿就是一个明证。以前我是不好意思向他开口借钱的，他肯给我这个失业的小伙子吃饭住宿已经是莫大恩德了，再要借钱那不是自己不识相？现在事已临头，老王如果是靠不住的，那还了得？老张是对人忠实的，我到了他那里便把和工头赵恩接头的情形告诉他。

——那好啦，就等后天好了！他替我欢喜的样子说。

——不过，老张，他的“规矩”必得履行，老王虽然答应了我，但是我恐怕靠不住！假如他临时失信的话，那不是糟透？

——老王是大家的老朋友，我想他不应该失信吧。但是，老吴，我也可以帮你的忙呀！

——那是不敢开口的呀！

——太客气了！这样子吧：假如老王失信，那我来负责吧。

——那是感激得很的了！

经了老张这一度负责的谈话以后，我才放了心。

前天算是最难过，又是最快乐的日子。

大清早就跑到工头赵恩家里来，他一见面就说，

——喂，小伙子！有一个小工的位置，做夜工的，擦擦轮子下下油很轻便，一天四毛大洋，你中意吗？

——做夜工的？我立刻发出了十分烦恼的问话。

——是的，从六点钟进厂，明早六点钟放工。只有这个位置了，而且是设法子才有的呀！

——做夜工的，而且从天黑做到天亮，十二个钟头，做得来？我在脑子里打算了一下，起初觉得那不行，这样的磨劳不是要命吗？但是，失业已久，老在朋友的地方揩油也不是事，如果不答应，以后呢？生活的大鞭在背上抽得那么紧，而且自己厌恶了店员的生活，心愿进工厂见识见识的，不答应，以后呢？终于打定主意答应下来：做做看。

——那是感激你老帮忙的，我愿意去干。什么时候可以上工呢？

——明天吧。

——那我明天下午先到你老这边来。

——好的，好的。

得到工作了，得到工作了，我是多么的喜欢！辞别了工头赵恩，立刻跑到十六铺来。

——喂，老王！工作找到了！做夜工的，一天四毛大洋！

——那恭喜恭喜！几时上工的？

——明天，就在明天！

——那好啦！

我本来是想等他自己开口说：那末借你五块钱去履行“规矩”，可是他却好像忘记了。

——喂，老王！要上工必得先履行工头的“规矩”，你的钱今天可以……

——不妨同你说，实在对不住，我东挪西凑，现在只有两块钱！他说的时候，那脸上的表情，怪可怜的而又十分抱歉的样子，我也不好意思怎么说了。

——只有两块钱？不够呢！

——老兄，我这边实在没有办法了，老张那里可以设法么？无妨向他提一提，万一不行的话，我这件破棉袍(手指着他身上的一件布棉袍说，)已经不用穿了，那就拿去当两块钱吧，好吗？

住居都市的人，实在聪明不过，你看他说话也有计划。这不是明明不愿意完全出五块钱给我，叫老张分担一大半责任吗？当棉袍的话，那不过是门面话吧了。

——那，就借我两块钱，我再找老张设法吧了。我坚决地说。

——对不住你老兄，真是对不住！他一面口里尽说对不住，一面从口袋里摸出两块现洋来。

我就接过手来，对他说，

——对不住！大约一两礼拜我便可以还你了。感谢感谢！他那样子弄花样，我也就十分客气起来。

——实在不妨对你老兄说，这两块钱是借来的呢，工钱必得下月初一才发。

——那，更感谢了！一两礼拜一定可以还你的。

——不用那样急，不用那样急！

到了老张那里，他迎面就说，

——工作有了没有？

——有了，有了。做夜工的，一天四毛大洋。明天就上工。

——老王的钱呢？

——两块钱！我说着把两块现洋拿出来。

——还差多少呢？

——他们的“规矩”至少五块大洋。

——差三块，我这里有。

老张真豪爽！比之老王可敬得多。这怕是他从乡下初到都市的缘故，还保留着乡下忠实的心肠，都市呀，真是可以咒诅，人一到都市，心肠也变坏了！当下老张很快地从口袋里摸出三块大洋来，就递给我，我也就接受起来。我对于老张，心里头不知是怎样的感激，连话都说不出来了。

——住呢？老张很关心地又说。

——那位在里头做工的同乡赵德，他说他们住的地方还有空位子，一个月房租一块八角。

——吃呢？

——我还没有决定。赵德一起也可以的。

——那你这套衣服做工不行呀！得买一套蓝布的。

——衣服马马虎，天气已经热起来了，不穿什么也可以的。

——那不行呵！你这套衣服是冬天的呀，棉袄子不能穿了！得买一套蓝布工人装才行啦！

——……我瞠着眼睛望着他。

——我这里再给你两块钱，到十六铺旧衣店去买一套蓝布工人装。

老张竟是这样地待我好，我心里感激，不期而然地眼睛在潮湿。

——老张！你这样地待我好，我将如何报答你呢？我终于说了。

——那里话！大家老朋友，我能够做得到的，我不做那还[1]

在晚上老张还陪我到十六铺卖旧衣的地方挑衣服。买到一套合我这小伙子的身材的蓝布工人装，虽然是旧了的，但布质是很坚实。

老张在上睡的时候，还对我说，

——我明天晚上陪你上工去。看看工厂怎么样。

昨天大清早带了钱跑去找工头赵恩，我把五块钱拿出来之后，我不知道怎么说才好。

——怎么？你我是同乡，……何必客气。他说。

——这是“规矩”呢，我们虽然是同乡，这里的“规矩”是不能打

① 原文如此。

破的呀！你老收起吧，以后仗你老帮忙的正多呢。我也装腔地说。

——这，也是实在的话，你我虽然是同乡，这里的“规矩”如果不履行，我还要受人责备，说，你这老混蛋破坏规矩，哈哈哈，（他拍了我的肩头又说，）小伙子真聪明呀！

当下他收起了我的礼物，敬烟敬茶，客气十分。

——六点钟上工，你五点半就得来呀！……哦！住的地方大块头（赵德的绰号）那里有空位子吗？就搬到我这里来住好了。

——大块头说那里有空位置，已经决定了，这里不敢当。五点半钟我就来呀。

——那也好。五点半钟准要先到，我在等你。

说着他还送我出门口。

五点钟的光景，我和老张就到了他的家里，介绍老张见他之后，我说，

——我这位朋友要想进厂看看，得吗？

——（他摇头）没有这种规矩。进厂要查牌子呢。

老张只得陪我到了厂门口，辞别回去了。

厂的大门虽然是那样的高大，但是入口却是那么刚容一人的小门。进了门，红头阿三就来查牌子，工头赵恩和他打了招呼说，

——新工。回头才给牌子他。

红头阿三才放我走。走了一点大埕子的路，近机器间的地方，轧轧的声音便传进我的耳朵，心里头一方是快乐，一方是恐惧。心头在作跳。

进了机器间，声音隆隆地响着，我的心头尤其在作跳。

工头赵恩招呼我管理一部分机器说，从这里打油进去，示了几块地方。又指示我擦那里的车轮机器。马达已经在转动了，我便开始我的工作。工头赵恩看了一下，没有错，做得好，他便走了。

——牌子我等一等给你。

——好的。

那一些工作，只是擦擦车轮机器下下油本来是很轻易的。但是，一根草儿挑久了也会重起来的呵，这样不停地擦擦不停地下油，不上三十分钟，手便酸了，站着的腿也难支持了。这是不习惯的缘故吧，我振起精神在干着。

将近在十二点钟的时候，因为身体的疲劳，睡神便来光临，老是要睡觉。这还行？怎么这样不济事？再振起精神干起来。睡神虽然赶跑了，却感觉十分寂寞。周围都是机器，隔很远的才有一个人，而这些工友却都是努力在工作并不打招呼，除了机器之外，没有可以亲近的。做了几个钟头以后，手术亦纯熟了，那些在转动着的机器倒引起我的爱念，他们的声音也很有节奏韵律，好像音乐了。机器的律动和音乐引起了我的兴趣，精神也振作得多了。

擦擦，下油；下油，擦擦，一点钟一点钟地过去了。

——喂！新朋友！一个年纪合我差不多上下的工友走来拍我的肩膀说。在那不大明光的电灯光线底下，看不清他的面孔，只是一个瘦削的轮廓吧了。

——你那里人？他又说。

我停了工握了他的手说，

——N地。你那里？

——T地。

——我今天才来上工的，以后请你指教呵！

——工作是简单得很的，谁都晓得干，说什么指教。你姓什么？

——吴，口天吴。

——哦，老吴。

——你呢？

——萧。

——也是管机器的？

——同你一样。就在那边。……巡查的狗儿来了，再会。

说着他一溜烟不知道那里去了。巡查的真的便在那边走来。我便加紧工作。巡查的隔一点钟总要来一趟,起初我并不讨厌他,自从那位姓萧的工友过来谈话他忽然把我们冲散以后,我便开始对他不满。但是只是心里这样的想,工作却在他的面前更为加紧。他并不说话,站了一下走了。

机器隆隆地在转动,我擦擦,下油,这么一点钟一点钟地过去,天也就亮了。

汽笛像雄猛地叫着,我已经疲劳万分,听觉官能似乎失了作用不大听得到,还是在工作。

——喂,老吴!放工了呀!在夜半找我谈话的那位工友走来提醒了我,我还是精神困顿不大灵敏。

——真的放工了么?

——你听不到那大喉咙已经叫过了吗?

——哦!是的,听见过的。

——那就走呀!

这么一提醒,精神也恢复起来了,他抱住我的肩膀一起出了机器间。在大埕上我藉了阳光才看清了他的容貌。他是身材瘦长长的,高我可有一个拳头,面孔瘦削惨白,两只眼睛一点神气都没有而且发红水湿。我问他,眼睛为什么这样,他说,

——做夜工呀!你看那一个工友不是眼睛害了毛病!

我才在那拥挤得如水流一样的工友群中注意,真的人人都害着眼睛病:一点神气都没有而且发红水湿。我立刻直觉地害怕起来:这样干下去,两只眼睛不是要坏了吗?

——你住在那里?老萧问着。

——就在前面的弄堂。我答。

——我的家远呢!他说。

两人分手以后,我投赵德的寓所来,他们已经起身要上日工去了,赵德指着一块地方给我看,说,

——你就睡在那里吧！回头把被窝带来好了。

我跟着他的指头望去，在许多地铺的一角有一个空位置，是靠在木壁的，心里想：以后要睡地板了！赵德说着跟着上日工的工友出门去了，房里只留着我一个人。心想立刻去老张那里把行李搬来，然而，腰痛脚酸，眼睛已经开不起了，倒在人家的被窝上便昏昏地睡着了。

真是好睡，醒来已经是下午，听到工厂的大喉咙，大概是午后上工的时候了，——怕也就因为被那大喉咙叫醒起来的。

下楼用手洗了一回脸，便出门到法大马路老张那里去。在路上肚皮觉得饿了，身边又没有铜板，只得挨饿缓步地跑起来。到了老张那里，他问长问短，问到吃饭问题，我说此刻还没有吃呀，他给我两只角子，便跑去吃了两个大山芋，化了十个铜板。行李虽然只是一只破藤箱子一个被包，但是自己是拿不到那么远的路的，只得和老张说明，他又给我两只角子，于是乎叫了一部黄包车坐回来了。

回来把行李布置好了之后，大概只是三点钟左右吧，离上工的时间还有两三个钟头，便想要作日记，打开箱子取出一部日记簿用铅笔记下来，不料一记就这么多。

房里的人都是上日工的，这个下午的时间，他们不在房里，正是我作日记的最好机会了。

以后规定每日的下午作日记。

四月廿六日

昨夜的工作比第一晚纯熟得多，也就知道机器的毛病，不一定不停地在擦擦下油了。躺在地板上，在身子靠住墙壁休息着的时间也多了。巡查的过去之后，和老萧谈话的时间也多了。知道他在厂里工作的时间已经两个多月了，而且每天是五毛大洋，比我多一毛。老萧没有读过书，可是头脑很清楚，他说他曾经参加过前年上海那次政治大罢工和打过北兵的。他说他那时不识高低，跟着人家呐喊，手里刀也没有枪也没有只是一把长木棍子。他说那才有趣呢，谁都不怕死，在子弹飞来如雨打一样的情境当中，谁都拼命地向前冲锋。他说以后在军队打工会的时候，他和他的父亲母亲都跑回乡下去了，到了去年才回来。他很明白什么是革命的什么是反革命的；他对于反革命的……说着骂了又骂。他好像怕我是工贼，他问我的意见怎样。我心里头觉得他头脑还是太简单，如果我真的是工贼，那他已经对我骂了……，他不是糟糕？我笑着说：我的意见是同你一样的，但是，我们应该不要逢人便说。我又怕他是工贼，我接着说：不过，我不大知道政治上的事体，我新从乡下来的呢。他说，他最喜欢乡下的朋友，忠实得多。——从昨晚的谈话中，我对于老萧已经明了了，他是一个好工友。

今天又是一睡就睡到午后。十二个钟头的工作，而且又是在晚上，实在太过疲劳，难怪工友们的眼睛要害毛病，血是被吸血鬼吸去了呵！我现在的血液就是一天一天地在被吸去的一个了呀！我对于身体从前是很能够保养的，这回可没法子补救了！不做工得饿死在黄浦滩头，做工也得劳死在工厂里，我已经望着死的路上走了。全上海的工人的命运都是一样，想起来为之抖战！

四月廿七日

昨晚又认识了一位工友。是一个身体瘦弱不堪，被大风可以吹倒的小伙子。他说他姓张，弓长张，叫小三子。也是在做同我一样的工作。他不懂政治上的事情，但是他对于工头特别地记恨，他说他时常无缘无故地被工头殴打。老萧说，

——工头不打倒，工人不得了！

小三子也说，

——我们大家都不要工头，不是很好吗？

我说，

——工头一时是打倒不了的，得等机会。有了机会，我们还可以管理工厂的呵。小三子听了我这话跳起来说，

——这种机会什么时候就可以到了的？

——要看大家努力不努力呀！大家努力，机会便快到；大家不努力，难说呢！

——那末，大家努力起来呀！……不过要怎样努力才对呢？

——老萧有经验啦。

——老萧，说吧！

老萧说，

——前年那样地干啦！那是才有趣！

——我晓得了，我晓得了，我一定要努力！小三子又是喜欢又是悲愤地说，最后那一句“我一定要努力”说得多么有力气！

四月廿八日

昨晚老萧告诉我，在我“前任”那一位工友，就是被工头打到吐血不能上工的，我一听到，冷痉了一下。赵恩那老东西，面孔那样凶恶，虽然是同乡，被打亦是难说的，想起来真是危险！不期然而然地手便在身上摸一摸，觉得瘦得多了，骨头峥峥屹屹的，更是害怕！

以后得预防那老东西的放肆。

四月廿九日

今天早晨放工的时候，麻子赵恩在大埕上抓住一个小伙子用木棍子在殴打，那小伙子叫天叫地在哭着，这引起了群众的震怒！

——那样小的小伙子，用木棍子打！一个工友说。

——不把工人当做人呢！又一个工友说。

——打麻子赵恩呀，打，打！是小三子的声音。

麻子赵恩却舍了地下的牺牲，跑去捉小三子，这么重重地就一

木棍子打下去，小三子的头上的血泉立刻喷出来了。这样的暴恶，怎样叫人忍得住呢？只听得有一位工友大声的喊道：打！群众便拥上去了。麻子赵恩起初还用木棍子四面八方的乱打，但是人多他又有什么办法强横，夺门跑了。

群众正要追上去的时候，有一位工友放大喉咙地说，

——不要追他呀，我们向监督要求开除他！

——赞成呀，打倒麻子赵恩呀！

群众的情绪如火之热烈，一拥便都跑到办事处的门口。喧嚷着，声浪冲天。

监督出来了，站在办事处的门槛上。

——什么事？他大声的喊着，十分愤怒的样子。

——工头麻子赵恩毒打小工呀！

——用木棍子打了两个呀！

——一个打伤了，一个头破了！

——开除工头赵恩呀！

——打倒这个暴王呀！

——打倒呀，打倒呀！

群众你一句我一句，声音十分噪杂。在这个时候，有人抬着小三子和先一个被打伤在地上的到了监督的面前。

——看呀，打小伙子打到这个样子！

——这样的强暴呵！

——这样的恶毒呵！

——我们不能够忍住呀，开除他！

——赶他出厂去呀！

——以后不准他进厂呀！

这时上日工的工友亦来参加，人越聚越多，声音越噪杂。监督说话了，

——放工的出厂去，上工的上工去，不要在这里胡闹！声势是

说得那样威风，群众更忍不住了！

——工友们，不开除工头赵恩，我们不出厂！

——工友们，不开除工头赵恩，我们不上工！

——赞成呀！赞成呀！

有了拍掌的大声浪了。群众的情绪更为热烈高涨。

相持着足足有三十分钟，监督又说了，

——不上工的通滚出去！

这回上日工的群众更为愤激起来了！

——我们不出去，看他怎么办！

——大家都不上工呀！

——大家都不出去呀！

——赞成呀！赞成呀！

监督进办事处里头去了，群众在门外叫喊着。

不到一刻钟，门外来了武装的巡捕了，把门的红头阿三把大门打开，武装的巡捕冲进来，木棍子逢人便打，群众亦冲上去，混打了一阵，结果是群众败退，跑出厂外。后来听赵德说，伤了廿多个，抓了十多个，群众便散了！受伤的小三子两人也带进捕房去。

我是受伤的一个，背上挨打一下，肩臂膀痛入骨髓！

下午听说，牌示开除廿多个，又叫人上工。

这显然已经惹成了罢工的形势，有谁愿意去上工。罢工委员会秘密地组织成功了，我们这里就是办事处。纠察队亦分派好了，情形紧张起来。大喉咙听不到了，工厂附近亦沉静下来。

房里的人都出去了，有的去开会，有的去纠察，留我这小伙子留存。一个人在家里，觉得提心吊胆，好像巡捕会来这里抓人了，十分惊惶！但是，却十分高兴，这种事件竟亦被我参加了！

看明天怎么样。

四月三十日

早上便派代表三人去见监督，坚持群众要求的条件：——

1. 开除工头赵恩，

2. 释放被捕工友，

3. 给打伤的工友的医药费。

监督不但不答应，反而把代表大骂一场，叫武装巡捕赶出来。

罢工的情势，越更严重了。下午有人向各处散发传单，贴标语。有同业的工会派人来慰问了，报纸上亦记载着了。听说×××派人来调停，说什么应受他们的领导，不听话就是反动派。

罢工委员会没人去理他，情势更为紧张了！谣言不知道从什么地方传来了，说巡捕房也要抓人。……

今天这里又是我一个人留守，假如……怕什么，去就去！

国际劳动节——明天！

十二月十二日稿

（原载1929年12月《新流月报》第4期）

刘一梦

车厂内

一

下了一天郁沉的雨，到晚来才算止住了。夜色是非常的黑黯，天空还是浓阴得可怕，被雨洗过后的马路，水汪汪地润湿，却一点泥泞没有，在黑黯中闪出晶莹的光，和电灯相映，可以照出行人的影像。马路上显得异常的荒凉和冷凄，除有时驶过几辆汽车外，很少见有行人的踪迹了。天气也随着这阵雨而起了变化，成为真正的严冬，透人肌骨的冷风飕飕地吹着，使人耐不住就全身打战。这时候，全个的S埠便落在死沉阴凄的夜幕里。

在马路上，有几个电车工人走着。他们都穿着蓝呢的制服大衣，把衣领高起护在脑后，在冷风中都现出瑟缩的状态，聚谈着拢成了一气。这死沉阴凄的夜幕，紧紧把他们包围，似乎大地上只剩有他们这几个人，孤寂而且单调的走动着。时候是很晚了，已经到了电车停驶以后的光景。

他们在马路上走着转了几个弯，就到了靠近马路的一个弄口，于是都停止了脚步，对弄口上面三个“口口里”黯淡的字看了一眼，接着又都点了几点头。

“是了，张茂发的家里，进去。”一个说着，于是一齐拥进去。

这个里是窄狭，浅陋而且腌脏，在碎石修成的路上满着污烂的泥泞，漆黑像深洞一般，对面可以看不见行人。他们慢慢摸到一家的门首时，就听见房子上面发出了低微的喧嚷声，他们于是毫不迟疑的推开大门进去，跨了几步，紧紧地走上了楼梯。

"呵，又来了几个?"一个瘦脸的，而且带有黑麻的人，口里含着一枝烟，神气很冷淡的这样问。

"五个。还没开会么，老张?"他们说着上来了，向大众把头乱点了几点，又抖着身子哈了几口气。

"我们等得很久了。"张茂发懒懒地说，带黑麻的瘦脸一点精彩都没有。

楼上聚集了有几十个人，很散乱的谈着话。在一种沉闷窒塞的空气里，发散出烟酒的气味来，由每人嘴里断续所喷出的灰白的轻烟，逐渐积成了浓雾，弥漫着全室。地上散满了花生皮一类的东西，楼板沾遍了湿泥。

"差不多都来齐了罢?"张茂发睁大眼睛向大众看了一遍，又不住的点着头似乎在数到会的人数。"好，我们就开会。"

大家于是都挺了几挺腰，很严肃的站着，一时全室里静默起来了。

"今晚我们开这个会，是非常的重要。"张茂发板着脸，向大家做着手势。他又瞪圆了眼，沉实低微的说，"就是——我们明天要罢工!"

"罢工!"大家听到了这两个字后，仿佛受了一种意外的感觉，全个的面孔都现得有些呆怔了。他们像听到了一件突然的事情，心内都不由得跳动了一下，各人互相觑视着各人的脸上，把颈项伸长，好像许多的鸭，被手捏住似的。

"我们为什么要罢工? ……"有谁在低声自语着说了，在这句话的里边，似乎含着不少的迟疑和踌躇。

张茂发对于刚才这句话听得很清楚，他心里虽然很有些不高兴，但脸上却看不出有什么变化来，因为他的脸早已就板起来的。他挺了挺胸脯，很不自然的说，

“不要急，我还没说完啦，我说下去，听着！”

大家又不则一声，把口里含着的烟卷也都放在手里不吸了。

“我们这次罢工，有两个大原因：第一是要恢复我们工人的俱乐部，因为俱乐部是我们自己的呵，给我们封闭了是不行的，我们得要争回来，非争回来不可！第二是我们要要求加薪，我们现在的薪金实在不能够养活家口和自己，我们必须要求，不要求那能会给我们加！这次罢工不只我们卖票的工友，另外，全厂里都罢工，我们一齐去要求！”他说着就全身动作起来，带有煽动，鼓舞和愤激的表情。

“这次罢工是为大家谋利益，所以大家要仔细想一想，究竟觉得怎么样？赞成不赞成？”他虽然这样说，但现着只让别人赞成不让别人反对的神气。

“罢工！”这时大部分人的心中都已经肯定了这两个字，很决然的就把心沉下了。

“好，我们就这样干，明天开始！”有不少的手仰起来。

张茂发的脸上马上浮出了笑容，这笑容里是充满着希望的欣慰，他把眼光直射着仰起的几只手上，仿佛这几只手就可握到罢工后的胜利。

“那末失败了又怎么办？”忽然听得有人这样问了。

这是万没使他料及的一个问题，他有些难以回答，用手抓住了头发。他于倾刻间，不由得唤起了一种记忆来，记忆起以前罢工的困难，和失败后的经验，自己就发生了一种悲愤的感触。由这悲愤的感触中，立刻就把这个问题解决了，他以为这实在不是个重要的问题，而且也不成个问题，在罢工以前是不应该说这样不助兴的话。“真有些讨厌……”他想；不禁很有些气愤了：

“哼！……”他发出了这个字，似乎是冷笑的叹气，内里含着了不少的感慨。接着说，“失败了么？不会有的！只要我们大家齐起心来，便可成功！以前我们罢工的失败，完全怨我们自己呵！”他耸了几耸肩膀，拍着自己的胸脯，神气现得很坚决而又冷峭。

"不过，我们总得计算到哪……"一种吃吃的声音，仿佛是自语着，惹得别人都注视着这说话的人。

"你不赞成罢工是不是？"张茂发脸上的麻子一粒粒的涨起来，把两道粗眉竖起，逼紧地问。

"不是这样说……但是，照以前的几次罢工的失败看来，不是要比不罢工还吃苦么？钱不但不加一个，落得我们自己——油都不能揩了！"这说话的人现得神气很卑怯，深藏着有过去的委屈，在最后的一句似乎吞吐着难以出口，但终于就说出来了。

"是呢。……"的确有几个人这样附和着，像被刚才的话提醒了而表示同情。

"这些猪猡！……"张茂发心里想；他把一口气呷下去，说道，"我们怕失败么？因为以前的失败就使我们灰了心么？这算是多末不争气的东西！我早说过了，只要我们大家齐心便不会失败，这是真的！现在，谁不愿罢工的出去，让他自己去揩油！"

他激昂严肃的说完这套话，却一点反应都没有，人们都面面相觑，沉默起来。这时，颓唐，失望和忿怒占据了他的心，使他忍耐不住，再也不能蓄藏起他那暴躁的本性了，他把拳头向众人一挥，又说，

"我们卖票的工友都是猪猡！你们想，全厂里都下决心的要罢工，我们不罢工算是什么东西？我们算是外国人的儿子了！我们为什么要当外国人的儿子？鬼东西！所以，现在我们中国人要打倒帝国主义——外国人，总得先打倒他这些儿子们！"他把拳头挥舞着，嘴里喷散出白沫来。

"哼，哼……"由几个人的鼻子里发出了这样的叹气。

"谁不赞成！"他暴躁的把脸完全就变成紫色了，额上的青筋条条露出，强硬的态度使人很有些畏缩。他把插在衣袋里的手忽然伸出，接着就有一个东西很沉重的放在桌子上，震动得桌子暴烈的响了一下。

"手枪！"人们的脑子里刹时就钻进了这两个字，感觉和视觉上

都随着集中在这东西上，在每个人的心里，陡起了一种迫切的吃惊和恐怖，面孔都现得很紧张，变成痉挛的呆相了。

当张茂发把手枪拿出时，他已经愤怒得忘掉了自己，忘掉了在会的工友，他只知要实现罢工，仿佛这枝手枪也就成了实现罢工的利器。在他的感觉上，并不以为自己是罢工的首领而有使着群众非去罢工不可的责任，他只觉得若不罢工是最难堪而且危险的一件事，因为这件事是有关系于全厂工友的成败，他于不能忍耐他的激愤的一刹那，使他就不能不实行这种恐吓的手段了。但是，他这手枪是那里来的呢？是谁也不知道。

"到底罢工不罢工？工友们，想！……"他昂然仰着头，不住的喘着粗气，接着就把几个条件愤愤地向大家读了一遍。

"好，罢就罢，明天…明天？"大家勇敢的异口同音说；但在这话里的确带有着勉强。

最后，终于就这样的在阴沉的深夜里散了会。

二

大家陆陆续续由张茂发的家里走出去，全个的房子顿显得空虚而寂静了，黑洞一般的里里，谁也不知道他们有开会的这件事。张茂发很孤寂的在屋里走动着，嘴里含着残余的烟蒂，由沉思中继续喷出雾来。他的妻子和孩子们都已经睡熟了，细微的发出了鼾声，他一点也听不到，是的，他大概忘掉了睡觉，忘掉了一天来的疲困了，他现在的精神像刚吃过酒一样的兴奋。

他把窗子推开，一阵冷风就使他打了一个寒噤，在黑沉的夜色里，听着散会后的众人，踏在泥泞里的散乱的履声。他把头探出窗外，目送着他们的一簇黑影出了弄口。"真是难呵！……"他慢慢吁了一口气，但会是开过了，他心中也总算完结了一件事，身上也觉得很轻松。

“还好……”他自慰着想，把头低着。他把刚才开会的情形在脑里旋了几旋，似乎不禁就追悔起自己脾性的暴躁，他想，对素来很好的工友，不该冒昧的就拿出了手枪。但他又记起几次罢工的困难，心里也就很释然了：本来就应该这样做！……

他回踱着，微笑着，把手插进衣袋里，亲热地紧紧又握了握手枪，喃喃自语着说，

“还是手枪呵……”他觉得这次罢工若能够成功，实不是自己的力量，而是手枪的力量了，他心里有些很感激它的助力。

真是夜阑人静，连细微的寒风都听得清楚。他虽然身上很觉得有些倦意，但总是困不着，他的思绪差不多都倾注在明天的罢工上：

——明天全厂里罢了工，外国人就着了急，我们得要赶快派出代表，向厂里要求！

——那末不答应又怎么办？这不怕！大家只要都齐了心，一直罢下去，看那蓝眼睛高鼻子的外国人又有什么法子想！

——恢复俱乐部是最要紧！加薪呢，至少也得五只洋！

——工友们若是有上工的怎么办？不会的！今天不是大家都议决好了么？

——嗡，不见得，今晚开会时的确有几个靠不住，卖票的工友究竟生活洽意些呵，他们那里肯甘心罢工！倘若……那就完了！怎么办呢？不要紧，他们不是都怕枪么？倘若……那就打！

——噢，手枪，现在是有了手枪！……

——…………

他混乱的这样想着，一夜几乎没困着。他的脑子里起了如许的波澜。

三

东方发出了鱼腹色的白光，从窗外透过了屋里，天色是大亮

了。一夜来的阴云已经消散净尽，蔚蓝的天空浮着破絮般的白云，雨后的新晴，更加了几分严冬的气象，一缕朝影，慢慢就由太阳的红光中而发现了。

张茂发把眼睛睁开，向窗外一睄，赶紧就从床上起来。他觉得昨夜所开的那个会，到现在才不过一会的光景。

“哦，今天是要罢工！……”他的精神一振，忽然警觉了，虽然他脑里一时一刻也没把“罢工”这两个字忘记。

他揉了揉眼睛，把工人的制服脱下，换上了一件黑棉袍。他刹时又醒悟似的，从制服大衣里掏出了那枝手枪，很细心的看了一遍，使他又重想到昨晚开会的情形来，自己不由得很冷冷的笑了。

“出去看看，今天罢工究竟是怎样？”他心里这样计算着，焦急而兴奋的计算着。

但是，虽然昨晚是议决了今天要罢工，在他还很有些疑心，惴惴地有些放心不下。他这时恨不得立刻去观察个清楚，是不是工友们个个都停止了工作？又恨不得马上就向厂里提出他们的条件去要求，是不是厂里能够圆满的应允？若是这些都能够满足了他的希望，那末他那时时刻刻存在脑子里“胜利了！胜利了！”的口号，才能真正的实现，他也可以喊破喉咙的呼一番，到那时心里是得到多末大的喜欢！然而，此刻心里又是多末忐忑不定！

“好，马上出去，走罢。”他自己心里这样催促着自己，使他在家里片刻也不能忍耐了。又把手枪很仔细的玩弄了一番，插进了衣袋里，用手紧紧握着，似乎这枝手枪，在这罢工的时间成为他一时也不能离开的东西。

张茂发慌匆地出了自己的家。

马路上非常的冷静，显得润泽光亮，像用水洒过一般。迎面的寒风，吹散他的乱发，他抖了几抖身子，觉得很是爽快。他跨着高远的步伐，就向着电车的轨道走去。

“呵，是时候了。”他从衣袋里取出表来，用心的看了一看，将近七点多的样子了，他心内自忖着，知道早已就到了电车开驶的时候。

张茂发往前走着，向空中仰着他的头，很专心的注视着悬在半空的电线上。他把电线看了很久，的确也看不出有什么动作，又倾耳细听，除从他耳旁掠过的风声外，也听不出远处有和电线铁轨摩揩的声音来。

“这大概是不错了……”他对罢工到放下了大半的心。

张茂发沿着电车的轨道一直向前走，微笑着低下头，寒风逼紧地向他脸上吹，把他的两颊吹得都变成青紫了。——但他全个的脸上的确带着得意的精彩。

“上厂里看一看去！”他心里催着他的脚步向电车厂里走去。

车厂里是冷冷清清，拥挤的摆着几辆车箱，好大一个院子，连一个人的踪迹也看不到。他张大了眼睛四处乱睄，忽然在车厂的左侧很僻静的地方见到了三个人——但都是他素来所不熟识的工友——他们聚成一堆悄悄地像议论什么似的，等他慢慢走到了他们的近前时，他们都一齐吃惊的散开了。

“厂里罢了工是不是？”他十分热心地问。

“唔……”他们含糊的应了一声，把头点了几点，又接着摇了几摇。

张茂发怅然地对他们怔了一会，心里陡起了一阵疑虑，低着头懒懒地走开了。他霎时又似乎想起什么是的，转身又回到停车的厂里来，瞪直了眼，对着一辆辆电车注视着，心里仔细的数起电车的辆数来。

“呵！为什么少了两辆？”使他这一惊非同小可，疑虑也随着更加深了。于是计算着，“莫非……？莫非……？”心内不住的跳动，使他真有些难以计算出这是怎么一回事来。

“这到底是怎么一回事？……我要看个明白！”他这样想着，绉紧眉头，鼓着了嘴，把手又插进衣袋里紧握着手枪，心里疑虑而且烦恼的出了厂。

他于是又沿着电车的轨道往前走回去。他勉强的沉下了心，眼睛向前直视着，似乎对四面的一切动作，都要仔细的去顾个周到。忽然，在远处一种电车开驶的声音送来了，他虽是听得很清楚，但又有些疑心，然而自己的脚步加紧了，眼睛也睁大了。刹时，电车开驶的声音由远而近，终于就看到电车风一般的驶过来，他的疑虑算完全证实了！

“呵！这真是些猪猡！……”他气愤地这样想，使着全身都发起了抖。这是给他的一个多末大的打击！……

电车似乎没注意的驶过去。

“这些该死的东西！……”他气愤的差不多发狂了，几乎就大声的骂起来。在昨晚所料及的事已经真的实现，使他心里是如何的悲愤呀！

“打！”他马上就下了决心，向前赶上驶着的电车，把手枪接着就举起来。他扚动了机关，枪声暴发，子弹从电车的玻璃窗中射进去，接着一连就放了三响！……

霎时，全车里的人们的颈都随着缩下去了，车于是在一种恐怖中静默的停下。

他呢，很慌张的也就跑开了。

四

自从张茂发这末一来，紧张的空气随着就布满了租界，布满了车厂，虽然未打死一个人，但一种惊人的事情就深印在人们的心底里。经这末一来的确有效，未到下午电车便一辆不少的摆在车厂里，厂里算是把工完全罢下来了。

张茂发此刻才算实落落地放下了心。但使他也就更加着忙了，连饭都忘却去吃，心里只是牢牢地记着了他们所要求的条件，把几个条件差不多背诵得纯熟，又反复的计算着他们进行去求要的方策，他的心里真是像麻一般的紊乱，又比任何人都要焦急！

太阳的光线斜下去了，已经到了午后的光景，罢工的空气依然还是沉默着。张茂发脚步不停的往几个工友的家里出入了一通，约着几个工友一同就走进厂里来。

厂里的空气还是显得冷凄而紧张，当他们走进大门时，就看到院子里站着一大簇人，都现着凄惨惊恐的神气，像一群木鸡似的把面孔怔着。

“什么事？”张茂发惊疑的想。

“呵！呵！……”从人们的口中发出这样低微的可怜的呼声。

他怔了一怔，心里不由得大吃一惊，紧了几步，就凑近了众人们的近前。

“呵，救……救命！工……工友们！”在地下一种悲惨的哀号发来了。

地下躺着了一个工人，用手捆着了手脚，左右站定了两个外国人，不留情的用粗杖打！地下躺着的人哀号着，挣扎着，无气力的辗转着。外国人涨红了高耸的鼻子，蓝眼睛闪出了凶恶的光，沉重的起落着手里的粗杖，狠狠地向那人的全身打下，又吁吁地喘着粗气，口里不住的吐出一句拙笨的中国语，

“你—这—个—坏—东—西！”

“什么事？”张茂发看过后，逼紧地向众人们问。

“是铜匠间的……因为罢工……去要求……”人们现出很凄然的神色，悄悄地对他说。

“呵，天哪！……完了！”他心里立刻就冰冷了。

外国人似乎随便凶狠的向他瞪了一眼，又接着不停的起落着手里的粗杖。地下的人渐渐由哀号而变成呻吟了，众人们也慢慢由凄惨的神色中叹着气散开。张茂发的心随着粗杖的起落急促的跳动起来，他全身的血脉似乎顿然停住了流行，在沉默中把眼睁变

得红红的像要流出血来了。

“这些没人心的猪猡！娘的只会躲得远着点……”他心里对散开的工友很很地骂着。

外国人还继续的打着，又用脚向那人乱踢，地下躺着的那人就只有呻吟！这时那人所受的痛苦，他——张茂发——像同样的受到，对那人的失望的悲哀，他也似乎深深的感到了。他一时被同情心所驱使，恨不得立起就要向袖手旁观的众人去责问；但一瞥这眼前悲惨的景象，他那反抗的心就更不容缓的起来了。

“哼！……”他眼里挤出了泪珠，心里的一口长气怎么也压不住了。

他马上毫不思索地掏出了手枪，把牙关咬紧，凑向前去，举起来直挺挺地向着外国人。

“拍！拍！”

两响过后，两个外国人随着一缕细烟都倒在地下。

他像失去了知觉似的，瞪直眼睛，五官几乎都移了位置，还把右臂直伸着，手里紧紧握了手枪！……

一九二八年一月三日上海

（原载《太阳月刊》1928 年 2 月号）

雪 朝

一

在这旧历的年底，天气忽然更加冷起来了，连着刮了几天的北风，晴朗的天色也就随着变成了阴霾，日光是终日蒙蔽着闪不出来。W县的县城里，顿变成凄凉的景象了，好大一座县城，显得冷落不堪，几家大的生意家，都像是歇业似的闭了门，即连乡间的卖青菜的，也有两天未进城来了。当然，这影响绝不是因着天气的变化，是谁也晓得的。而且，满城里的空气是异常的严重而紧张，街道上不断的有兵士和警察的来往，都是荷枪实弹的，如临大敌，形色慌张；几个城门紧紧闭着，城墙上站满了灰衣的兵士，在冷风中抱着枪战栗地向城外眺望，现着期待和准备的神色。这时候，城里的居民虽然多不敢出头，但在人们的感觉上仿佛这座城说不定就要马上陷落！……

所感到惊慌最利害的，要算城里的商家老板和绅士们，他们把眉头都是舒展不开，面孔苦像着，很忙乱的从县署和司令部出入。一般的平民们呢，他们自听到了一个马胡的消息后，早已就手忙脚乱的把值钱的东西藏好了，似乎消息已经确切的告诉他们两个字："来了！"但来了什么呢？他们也大般是莫明其妙。

人心都是惴怯而且不安，全城里遂在一种扰动的空气中沉默着。

北风不住的时轻时重的吹，水都凝结成了坚厚的冰块，这的确是为历年来所未有的冷天，"冷呵！"但在人们的口中并听不到这样的喊声，似乎天气已经使人们无暇顾到了。然而，只有在几个不关心世事正在游戏的孩子们中，发还出了这样的叫喊：冷，冷！

是在W城里一个小学校里的操场上，聚集了有四五个小孩子，在冷风中兴高彩烈的踢着球；看来，人知道，他们都是这个小学里的学生了。他们毕竟都是些小孩子，真是无思无虑，什么大事也似乎都惊动不了他们那天真的心。学校是早已放了假，他们每日的生活也就尽在游戏中消磨过去。他们在冷风中不住的握起小拳头用口里的热气哈着，在地上乱顿着脚，面庞被风吹得通红像熟透的苹果一般，围着球窜跳着乱嚷——

"Pass Pass，给我一个呀！"

小学校在城里的一条大街的中心，操场缘靠着校门，所以，无论外面有什么喧嚷和吵闹，在学校的里边是听得清楚。外面只有小贩那尖锐曳长的叫喊，在冷风里有时颤抖着发出来，此外都是无声息的沉闷着，显得这叫喊的声音，也分外的单调而且凄凉了。学校里孩子们的吵闹声，球的迫急的撞击声，遂把一个小操场充满了混乱的形势。

"呵，呵，回来了！"忽然，街道上起了一片杂乱而又迫切的喧嚷，霎时把全城里整个的局面都变动了，接着就隐约地听到从城外送来的号声，而且愈来愈近，彷彿就快要临到了城下。

街道上的喧嚷更嘈杂了，脚步声也更加乱起来，这影响，把学校里边孩子们的游戏也随着停止了，他们都慌忙舍弃他们的球，跑了出来，喘吁吁的呆站在大门外，他们的球遂就懒懒地滚在一个墙角下。

街道上的兵士和警察来往的渐渐更多，并且有几个，飞奔着跑起来，像是去传递消息。城墙上的兵士，指手画脚的向着城外，精神都比先前振兴了，腰挺得直直的站着。这时，全城的人也都探出头来，站满了街道，交头接耳的谈论，但面孔上把先前的紧张似乎已经消去了大半。有几个商人模样的，很谦恭的凑近兵士的跟前问了一句，只听兵士对他们高傲的说："成功了，真是马到成功！捉着了五个，当头的……"于是，几个商人便很满足的点头散开。

城门是开了，门底下早站定了几个衣冠整齐的人物，这些都是W城里各界派来迎接军队的代表。外面的号声已经停止在城下，步伐像急雨一般的响起来，军队就陆续地进城来了。军官在前面骑着马，把胸脯挺着；马现出疲困的样子，低着了头，慢慢地颠簸着走，迷濛的尘土，在冷风中一阵阵地飞扬。

"呵，团长辛苦了！兄弟们也辛苦了！"几个代表向着在马身上的团长凑上一步，异口同音的说。

团长接着从马身子跳下来，赶紧就有一个兵士把马接了去，团长把身子抖了几抖，十分傲然的道——

"还好，还好。成功了，这是大家的幸福，请大家放心吧……"随着就又绉起眉头，带着凶恶的神气，气愤的说，"他们这般东西真反起来了！曹家镇是他们的大本营！两天的功夫，连着抢了五个庄子，烧了十四家，出了廿几条人命！他们把警察缴了械，几十只枪闹起来，满街上都是标语和传单；我们去的时候，他们的红旗还竖着呢！我们一去就把他们围起来，打了半天，可是他们都跑了，只捉到了五个，是在一个老百姓的家里。哼！老百姓？他妈的，也是他们的一伙！他们都是头脑呢！若不是我们去的早，还不知道闹成怎样……"

"啧，啧……"几个代表和别的人都发出这样的叹息，面孔都吓得有些苍白了。最后就抖着声音一齐说，"这是大家的幸福，也是团长的功劳……"

立刻，满街上的人们的面孔都怔着，视线一般齐集中在团长身上。

"天呵，可好了！"人们把悬着的心这才的确放下了。

代表们拥护着团长在前面走，号声又起了，大队已经完全进了城。捉住的五个人在军队的后面，手都用绳紧紧捆着，连成一气，几个跨盒子炮的兵士，前后左右把他们围起来拥着走。这五个人里边，有四个是穿着短裤的农夫，他们的衣服的颜色虽然不同，但衣服都是破烂而且腌脏，从衣服上一个个的破洞中，透出了陈旧的黑棉絮来。他们都是赤着那带有裂痕的脚，板着苦像的紫黑色的面孔，从他们那种沉闷鄙俚的态度里，充分的表现出无知识的粗人的样子。另一个，穿着褐色的毛绒衫，脸庞瘦削而且苍白，乱蓬的长发披在脑后，看来，像一个年青的学生。他们走着，带有困难和苦痛的表情，这可以看出，分明是他们大概都是受了伤。

满街上的人们，于是不期然的把视线都转移到这五个人的身上了。

"哦，看，那个不是当小学教员的李先生——李和夫么？……"在看的群众中间，发出了惊愕的声音说，并且有几个，还暗地里用手指着。

的确，李和夫当了半年的小学教员，他的面貌在 W 城里的人们中间，已经混得很熟了。自从学校里放了假，他离开 W 城才不过二十几天的样子，今天忽然被军队捉来了，这真是使人们所料想不到的事！

李和夫只是低着头，几个农夫都仰着他们那副蠢笨的脸，随着在军队的急雨般的步伐声中往前走。到了街道的中心，小学校的门前了，李和夫似乎已经熟悉的知道，把眼光对着学校一瞥，正和几个孩子们的眼光相接触，忽然他心里不由得陡起了一阵酸辛：

"孩子们，别了！……"他心里的一种凄楚的悲哀涌出来了。他现在虽然感觉到他的命运已经到了末日，但在他并不顾惜，也没有悲哀；他的悲哀，不过是在这一刹那间，被感情的驱使对他这几个学生而起的。

孩子们站在校门前都睁大了眼睛，更加发怔了，李和夫走着把眼光还深刻的钉在他们的身上。

"先生呵，你是怎么一回事？……"孩子们终于没喊出来，但是小眼圈有些红了，在他们的感觉上，对于眼前他们所看到的这种景像，仿佛是在一场恶梦里。

李和夫随着军队走远了，眼光也早收回去，孩子们于是向前紧紧跟了几步，李和夫向他们又回顾了一下，他们反都木鸡似的站着了。

霎时，满街上的人们慢慢散去，W 城里也就平静了许多。北风更加紧地吹，W 城遂被阴霾的天色惨淡的笼罩着……

二

司令部里的一间黝黯冷湿的小房间里禁着了他们这五个人。他们都是沉默无言，聚拢起来坐在地下，农夫们都把头缩着，卷成了像刺猬的样子，面孔呆向着墙壁，忽而又把眼光注视被绳紧紧捆着的手上，于是神色马上现出痉挛和颓丧了，似乎他们已深觉到了被捆着的手痛楚和麻木。李和夫呢，后背紧紧贴着墙，尽是低着头，状态非常冷静，有时把眼睛转到农夫们的身上，然而迅速地也就又辟易了。

"……该死的东西……要造反？先得防备着脑袋的分家！……"外边兵士们的声音，这样得意的骂着，从他们的聚议里边听得清楚的是这几个字。

李和夫在屋里仿佛听不见，还是和先前一样的低着头，农夫们对外边的声音都听得很清楚，神色也更加难堪了。在李和夫此刻的感觉上，对于被捉后直到现在一切的景象，像恶梦一般的消释了。他并不去想到将还要从这间屋子里提出去经过严刑拷打的审问，而且要赴断头台的判决，他对于这一切心里只是很沉实而又简单的给自己定下了一个字："死！"但是对死前定要身受的一切的苦痛，他却是毫不在意了。他心里很安适，脑子里也很清淅，他反复的沉思着的是他们这一次行动的经过，他想，这一次实在是有群众的力量，农民情绪也非常高涨，但还是失败了，失败的原因呢？……他想来想去，于是恍然大悟了，懊恼不堪的摇了几摇头，仰起脸来对着农民们失望的低声说——

“同志们，我们的计策错了！行动起来后，就不该……”他顿了一顿，呷了一口气，“不该盘据在曹家镇呵！——因为距城才十五里，他们——军队是容易赶到的。……”他的话没说完的停住了，像是不再愿意说下去。

“唔。——我们总归是完了！”一个穿黑袄的农民悲哀说，嘴唇颤抖着。

“可是他们都跑了，个个都有枪，还可以干！”另外一个穿蓝袄的强硬的说；他的蓝袄上有五个大破洞。

“唔——他们？……”李和夫又摇了几摇头。

“我们死了也总算够了本，一共杀了二十三……二十三？”又一个说，把脸惨淡地歪向别一个，别的人都低头不则一声，使着他也把头低下了。

李和夫淡漠的冷笑了，他听到刚才的话以为这实在是一个无聊的自慰。

于是，接着又都沉默起来，和先前一样，各自表情不同的呆着。李和夫又低下了头，关于这次行动还正在他的追忆里，很清淅而且仔细，对于这次行动的经过，一幕幕地景象，从他的脑里浮出来，仿佛就现在了他的眼前：

在四天以前的晚上，农民们开大会，到了有四五十个人，是在曹家镇王德全家里的一个大牛棚底下。王德全是住在镇外，距镇有里多路，周围的邻居不过四五家，共总有十几间低落颓老的小茅屋。因为距镇远，也就受不到镇警察的干涉和其他人的注意，而况邻居们也都是到会的会员，所以，虽把会场设在牛棚里，但总算是一个很太平的会了。牛棚很低，若把头猛地一仰，就几乎撞着木梁，墙上挂着了一盏煤油灯，显得黯淡凄冷，像隐伏着阴鬼一般。

里边是潮湿而且臭恶，周围又一阵阵地送过来肮脏的气息，夹杂着有粪水的味道，使人真不能耐。人数到齐了，牛棚虽说是大，里边也只能站着二十几个人，其余的都站在棚外。王德全的全家于是热闹了，他的老婆忙着烧茶，孩子们都凑上来站在人们的身后看，会于是就开了。

站在人丛当中的是李和夫自己，他放开喉咙，就是一段带有煽动性的很热烈的报告。

他在咳嗽和哈气中把报告完结了。

"我们非干不可！横竖是不去过年了！"接着棚里棚外一片喊声，把鸡笼里的鸡也都惊得叫起来。

"要干就得下决心！下决心？……"他竖起了两道眉毛，似乎故意地问。

"俺爹已经捉去几天了，被地保警察……是因为欠下了租……"几个二十几岁年青的农夫，激愤中几乎要哭将出来了。

"我的租谷还没还呢！就是今年的……"王德全看着他的脸，气哼哼地说。

"谁还来？我知道自己……借也借不到呵！"有不少的人都异口同音这样说。

"实在受不了！干！下决心！"又一齐呐了一声喊。

全会场上充满着紧张，群众的表情是异常的愤激和坚强。他做着了手势，紧紧咳嗽了几声，群众都把面孔呆着，静听他发言。几支烟管在农民的口里直伸着，发散出恶劣的烟气来，一刹那间，的确很静穆了，外面风吹得干巴树枝吃吃地响，几支烟管的斗里的烟油被火逼得吱吱叫，都听得很清楚。他于是说道——

"下决心的干，就是去拼命！老实说：就是去杀他们！——但是，我们的人得要多，愈多愈好，所以，我们还得把别的那些像我们一样过不去年的穷朋友，都拉了来，一齐去这末干！"他说着把拳头向空狠狠地一伸，农民们的腰也随着挺了一挺。

“我们只要干起来，人是有的，至少就有二百多，——穷朋友多着呢，管保个个都愿意……”王德全听过后首先自负地说。

“我们要干——可是，有几干枪？”有一个农民很热心的问，大家也都忽然现出醒悟的神气，一齐抬起眼睛看着他的脸。

“枪？只有两只手枪——可是，我们不能完全靠着枪行事，要知道，我们都是些穷人呵！……并且，我们的力量不是枪，我们的力量是，齐起心来勇敢的去干哪！”他的声音更加激昂了。

“这不要紧，我们的刀总归是有！”农民们被他说服了，很坚决的道。

“很难哪，……我们都有家呢！倘能……那就……”刚才那个问枪的把头摇起来了。

“谁？”一齐都愤怒的向着那个人。“张荣贵？你不愿干？你究竟比我们好，你还有五亩田……靠不住，靠不住！——你想害我们？……”有几个年青几乎对那个人要用武了。

“不愿干的算儿子！……”张荣贵马上着起急来。

“好！我们要讨论啦，讨论怎么样的去干。”他赶忙岔开纷争，拉到正事上去，农夫们于是才又都恢复了原状。

讨论开始了，农民们的议论纷纷，终于还是他把具体的方法说出来：先组织好行动委员会，明天夜里行动，分三路进攻，把警察的械缴了，再来放火杀人……

第二天，农民们把刀都磨得光亮了，晚饭吃过，这次行动于是开始。

他当了这次行动的总指挥。他自己拿着了一干白朗宁，在惊天动地的喊声里和农民们一齐拥着奔向了曹家镇上的警察局。他向警察局连着发了几枪，农民附和着又放了一阵鞭炮，于是冲上去了。

“兄弟们，快快交出你们的枪来！”农民们手里虽然多是拿着短小的切菜刀，但在这时个个的精神上仿佛就有万夫不当之勇，大声急呼的向着警察局。

结果，警察是都吓跑了，一干干的长枪都排在架子上，他们一拥进去，忙乱的抢了一阵……

接着全村里起了无数的枪声，几处已经燃着了火，顿时全镇沸腾，十几个富家翁的性命也就在这混乱的局面中断送了。

第二天，第三天，附近几个村子也去遍了。……

第四天……啊！……

李和夫把过去一切的景象一幕幕的在脑子里旋过去，精神上还像正在指挥着他们干，最后，使他警觉了，因为，到了第四天……第四天还没过去呢！他想招一招手，手被绳子捆得紧紧的，一阵木麻，使他禁不住就感到了一层失望的悲哀。

他仰起头来，对着穿黑袄的农民忽然叫了一声——

“王德全同志！”

“什么？”王德全直钉着他。

“我们力量究竟是大的……”他很突然的说了这一句。

“唔——”

他们又都沉默了。

这时，外面那阴霾的天色更加沉重，北风是停了，不知什么时候已经飘起雪花来，满空飞舞，而且屋宇已经织成一层纯白的密雪；他们在沉默中都似乎还未曾察觉。

三

经过了几点钟的功夫，他们恍惚中从外面又推进这间屋里来，可是，他们都倒在地下，昏过去了，微微还能听到呻吟的声息，这分明是在审过之后了。

他们有些清醒了。他们也不知是经过了多少时候，也不知是走到了什么地方，把眼睁开时，晴朗的天空闪出了太阳的微光，大地上是一望无边的都被洁白的雪覆盖着。他们这才似乎晓得:已经从昏梦中度过了一夜,而来到了郊外的雪地上了。

他们排齐站着,周围真是拿着枪的兵,他们还很清淅觉到:这是到了他们的生命最后几分钟的时候了。此外他们并不想什么,脑子里很空洞而且模糊,一点什么感触都没有。

"跪下!"一个兵上来喊了一声。

他们仿佛听不见,还直挺挺的站着,兵于是气愤的向他们的腿弯狠狠地用枪柄打了一下,他们随着就倒在雪窝里。

"打倒……!"突然,他们像狼嗥似的喊了一声,悲壮凄凉而且暴烈,但除了"打倒"这两个字听得清楚外,别的字都模糊在枪声里了。

霎时,他们都睡在雪地下了,腿还颤动着,像要挣扎的样子。朝影射着在他们的身上,洁白的雪地沾浸上了他们头部流出的鲜血,他们还直睁起眼睛向着太阳的冷凄的红光……

一九二八,二,十五,上海

(原载《太阳月刊》1928 年 3 月号)

失业之后

一

S纱厂里的罢工，沉闷着直到现在一天快要过去了。在这一天里，便永没听到厂里的汽笛的叫声，高耸像纪念塔一般直竖着的烟囱，浓密的黑烟也灭绝了，满厂里的机器都静默的哑起来，显得冷凄死沉，充满着荒凉的空虚。

然而，在早晨曙光刚露的时候，还见到有少数上早工的工人，懒散的聚拢着上工厂里走，但是有几次，都被几个从远处跑来的工人阻住了。并且用手挥着，凑近这些来上工的人们的身前，沉实地说，"厂里罢工了！你们不晓得么？"于是，他们站着面觑了一会，领悟似的把头点了几点，打起精神一齐说了一声"好！"转过身来走散了。

其实，S纱厂这次罢工的发生并非是一件匆促而突然的事。自从厂里大批的开除了二十几个工人以后，这事件便无日不在暗地里酝酿着。厂方的眼耳究竟是众多而灵锐，无论工人的行动是怎样的秘密和细心，事前的两三天已经被他们察觉了。这影响，不特使几个工头和监门的终日似乎竖直了耳朵，眼睛也睁得分外的凶恶而阔大，即素来闲静的一位肥胖的账房先生，也忽然慌得搔头和绉起眉来了。虽然如此，但S纱厂里的工终于就在这种严重监视之下罢下来。

在S纱厂的墙壁上，满贴着些白纸条，但不知什么时候已经被人撕烂了，只还显然留着了痕迹，人可以看出来，这大概都是工人们所贴的些标语。并且，工厂的附近几家肮脏在那被煤烟薰得灰黑了的墙上，也还的确稳固的存留着几张完全的，上面写着几个歪斜而且无墨色的字迹："恢复被开除工友们的工作！"

太阳的光线已经缩短了，慢慢地向西偏下去，工厂里放工的时候还没到，但茶馆里早就挤满了人。从黑煖弥漫的前门头上，不住的拥出了里面那种沉迫的嘈杂的声音来，里面坐定的尽是些穿蓝色短衣的人，混乱的围着几张油腻污秽的桌。

这多是S工厂里罢了工的工人们，他们都有所期待的吃着茶。

正在这时候，忽然有个身材细长的青年工人，从对过的马路上匆忙的越过来，随便把眼光对着茶馆迅速一瞥，重复又低下头来往前走。

"喂！老朱，——阿顺，站住！"突然的一声，一种急促的声音从一家茶馆里发出来。

正走着的这个青年工人蓦地站住了，惊愕似的仰起了他的头。

"上那里去？"随着声音从茶馆里就跳出了一个中年人，一副灰黄的面孔，看来好像积了几天垢秽没洗去，口里含着了烟卷，从鼻孔里幽幽地正冒出两缕细烟来。随后接着又拥出了四五个，聚拢着一齐凑上来。

"上厂里看看去。"朱阿顺凑了几步说。

"你不进来吃点茶么？——可是，消息怎样了？"他们热心的一齐问。

"不吃茶。消息？没听着。不过，赵元成一定要去的——去交涉……我这就是去打听……"朱阿顺把头摇了几摇继而又点动着说。

"不妙！"一齐惊疑的道。"赵元成不是把条件早就送去了吗？为什么还没有答复？不妙！他妈的，资本家又捣他妈的鬼！好，这样……就给他个一直罢下去！"

"条件还是厂里先向我们要的呢。——前三天的早晨，我上厂里去，一进门，管门的就马上把门关起了，张国范——我们的总工头，那小子就是我们恨透了的一个大走狗！——拿着一捆铁链向我的面前一摔，狠狠地向我的头上一指说：'你要死吗？想罢工？马上就带你上司令部里去吃官司！……'"

朱阿顺做着手势话还没说完，那个中年工人马上就怒恨得瞪直了眼，把口里的烟蒂往地下猛力一掷，赶忙说：

"老朱，你怎末样来？怕么？最末呢？"

"哼！怕？害怕的是猪猡！"朱阿顺的两眼闪灼着。

"好小子！"齐声称赞了他一句。

"最末，我说：'谁说要罢工？我是不晓得！'这时管理员也出来了，对我说：'你们为什么要罢工？你们有条件尽管提出来，有话好商量。'您听，'……好商量'，他妈的这话多好听！……"朱阿顺的神气完全是冷峭着。

"你又怎末说来？"

"我说：'管理先生，这是大家的事情，也得去问问大家看！'，一会，我就出来了，张国范那小子还指着我骂了一句'你这不知死的猪猡！'呢。晚上，工会里开委员会就议决了：一面送条件，一面还罢工！——这大概你们已经都知道了。第二天，赵元成就把条件送了去，交给了管理先生，管理先生接去了并没说什么，只是向他瞪了几瞪眼，随后他出来，被管门的背后骂了一句，'仔细防备着你的脑袋！'……"

"管理那东西你还尽称他先生呢，他也是厂里的一条狗！"中年工人气哼哼地似乎把鼻子都涨高了，不负气的这样说。

"我晓得！"朱阿顺冷然的笑了。

"可是，我到底不明白罢工的事情为什么早就被厂里晓得的？"中年工人歪着他的头，喘着粗气问。

"这有什么奇怪？——当然，是因为厂里的走狗多……"朱阿顺说着把眼向四周一睄，接着又道，"这回罢工若再失败了，我知道，工友们更吃苦，资本家开除我们，三十四十也说不定，我和老赵当然是免不了……”

“唔……”大家都瞪起眼睛沉默着。

“老实说，我不怕，我作了四年工已经被开除过三次了！”站在朱阿顺左边的一个工人拍着胸脯忽然说。

“是的，谁都不害怕……不过，我是说这回我们更得齐心才好呵……”

“那当然！——谁卖我们，我们就打死他！和走狗一样的来对付！”一齐勇踊地，激昂低微说。

“当心点！”朱阿顺的眼光向四周又打了一个旋，接着把头向他们一点：“好，我去了。”

“你真不吃茶吗？——我们马上也要去。”

于是，朱阿顺离开他们去了，他们也慢慢又走进了茶馆里。

二

太阳的光辉落在了工厂里的屋顶上的红瓦上，显得这停工后的工厂有些冷淡的严肃。临近的几座工厂，里边的机器还在急促的震动着，从几个烟囱里喷出的黑烟，凶湧的直冒，有时被风一吹，便布满了天空，笼罩着下面工厂附近的泥塘和墓地……

朱阿顺一个人匆促的向S纱厂里走，默然的低着头，在他脚底下所触起的尘土，和路旁泥塘里反映在水中的烟影，都随着他的脚步在他眼底下消失了。

“不准进去！”铁栅的大门现在他的面前，一声喝叱使他把脚步停止住。他吃了一惊，猛一抬头，见两个监门的木桩似的直挺挺地站着，沉着那副带横肉的面孔，眼睛睁得圆而且大。他又对铁栅仔细一看，两扇铁栅已经合起来。

“为什么？”他把两条眉毛真的竖直了。

“滚开！——不准！”监门的上来用力向他推了一把。

他踉跄了几步，站住了。他定了定神，隐约的听见从厂里发出了一片迫切的喧嚷声，他竖起耳朵想用心的仔细听一听，终于也听不清楚一句话。但他心内很明白，他想，这大概是正在交涉了……他心里的烦躁焦急随着就陡然而起，想鼓鼓勇气向守门的用强硬的手段冲进去，但终于还是稳站着，只是不住的向守门的身上瞪白眼。

路上又陆陆续续的走来了好多人，使他赶紧地迎上去。

“老朱，你为什么不进去？”来的人们问。

“那两块死东西不让进去，门也合上了。厂里正交涉……在外面听得见。赶快我们冲进去！”

“好！打进去，他妈的！”一齐愤跃的拥着上来。

当两个守门的倒在地时，他们潮一般的进去了。厂里的院子里已经聚集了一丛人，在一种紧张的空气中，人们都热狂的仰着头，从吵嚷的声音里，杂着些咒骂的话。院子里的人们忽然看见他们进来了，每个人的精神，仿佛更加振兴起来，一齐大声狂喊着——

“快给我们一个答复！我们实在站得不耐了！猪猡！”

不多久，有三个工人从里面屋里走出来，现着恼怒颓丧的神色，用手向大众挥舞着，激昂的高声说——

“工友们！交涉完了！他们的答复是：一条也不准！”

“不成！不成！不圆满的答应我们，我们就永远不上工！谁上工是猪猡！”厂里充满了愤激的喊声。

“打倒资本家！”有几个十几岁的童工喊着跳起来，把石头掷向正面房子上的玻璃窗，拍的一声，玻璃随着哗啦碎下来。

“真的反了吗？”从屋里跳出了一个穿西装的人物来。

“不成！不成！赶快答覆我们！”

“你们上回已经罢过一次工，还罢工，为什么？厂里开除人，这是厂的规矩，应当的！你们管得着吗？……”穿西装的沉下脸来向大众讲演式的说。

“我们工人不是你们养的一条狗呵！”

“我们要和经理说话，你是什么？——管理员！滚你妈的！走狗！”有很多的手仰起来指着发狂的叫。

“你们故意来捣乱，究竟是什么意思？你们要知道，领头闹罢工的就是××党，××党是要杀头的！”管理员的整个的面孔都气得红涨了。

这威吓，却使着工人们呆着静默了一少会，但马上就又听道——

“放你妈的屁！——难道说我们工人被你们压迫的连气也不许喘一喘？”几个工人从人丛中突然跳出来。

“是呀！”一齐附和的声音更激烈。

究竟是人多势重，使得这位管理员也只好红涨着面孔反白眼。在他前面站着的是三个刚交涉完出来的工人，他们把头仰高，对着管理员逼紧的问——

“究竟怎么办？”

“赵元成！把他抓过来！”后面人丛中站着的朱阿顺，用手揩了一把正出油的脸，脸上就被落上的烟灰画了几条黑道子；他的身子在人丛里向上耸了几耸，不奈烦的大声向前面说。

管理员随着退后了两三步，从鼻子里发出哼哼的声音站着，喘气也有些急促了。忽然，从厂外飞也似的跑进了几个人，喘吁吁地说——

“你们这些不知死的猪猡不用闹，军队快来了，马上带你们去吃官司！”

这时管理员也似乎勇敢了，用手指挥着——

“快……快把他们抓起几个来！”

工人们都愕然似的瞪着眼，一种突来的恐慌仿佛钻进了人们的心窍里。

“打！打！打张国范！——他是一条大走狗！”这是朱阿顺的声音，他吩咐着众人去动手，自己也就跳出了人丛中。

霎时，满厂里就起了一片混乱不清的喊声，夹杂着一阵阵的乱响，显然是玻璃和木板一类的东西击碎了！……

不多会的功夫，一切声音停止了，工人们便从厂里一齐拥出来，面孔都高傲的，奋愤的紧张着，激昂的空气还依然充满在群众里。

“打倒资本家！”

“打倒走狗！”

“恢复被开除工友们的工作！”

“…………”

在太阳残照下的工人们，散乱在一条马路上，悲壮的喊声，震遍了这荒凉和死沉的工厂区域中。

三

S纱厂里的罢工接续的沉闷着又是两天过去了。厂里依然是无烟无火的冷凄死沉着，所有些异样处，只是形势上增了几分严重：厂门外又多加添了两个人，而且每人身上都带上了一枝枪！

工人们的情绪虽然很高涨，但因为厂方的态度坚决而强硬，却使着工人们似乎骤起了一层踌躇在心里，有时就有些工人向着朱阿顺这样问：“……怎样成个了局？”“我们只有齐起心来干下去！”朱阿顺严肃的这样简单的来回答，工人们也就都低头不语了。

诚然，这次罢工后去办交涉的辣手也不只有许多工人感觉到，即在朱阿顺，也同是预测不出这次罢工的结果来。但他却很肯定的明了：工人们所有的那一线希望也只有走这条路。他在每天里所看到的被开除的那些工友的愁苦，饥饿，难以生存的恐慌……一切惨淡的景象，都深刺在他的脑子里。而且，已经有几个工友的家里有两天灭绝了灶里的烟火了，当孩子们哭嚷着喊饿的时候，他看到不禁就凄凉的润淫了他的眼圈。但他在这种现象之下，他不能去安慰，更无法来救济——工会里工友们所捐助的钱已经没有了。他唯一的希望，就是这一次的罢工，这一次罢工胜利之后……

然而，不幸的事就终于来到了。

是在一天的早晨，他走向赵元成的家里去。当他走到了一座杂乱的居宅时，就听到从里面发出了一种女人抽搐的悲凄的哭泣声，他熟悉的听得很清楚，他知道那哭泣的女人分明就是赵元成的妻，并且从哭声里断续的迸出一种尖利的叫喊来：

"……你……你干……干得好呵！我……我已经……说……说过两次了！……你，你那里信一句？……可是，现……现在怎样了？……我……我们就……就跟着你饿死么？要是，你……你能够，可怜我们，那你也不至于……你，你就自己想想看！……"

"……我总归还能找出工来作！唉！你们女人家……"这是赵元成的声音。

接着女人的声音更迫促了：

"可是，今……今天呢……你说！"

朱阿顺的心胸不禁陡然一停，惊疑的发怔了。"吵闹什么事？……"他自忖着想；赶紧上前去拍门。当赵元成把门开了时，朱阿顺于是一步跨进去。赵元成的面孔完全苦像着；坐在屋里的他的女人，默默地低着蓬松的头抽搐的哭声一阵阵地更加紧，两个孩子呆呆地围靠在她的身旁边。

"吵什事？"朱阿顺迎面就问赵元成。

"你来正好。——我，我已经开除了！"赵元成眼睛里闪出失望的光看着他。

"开除了？"朱阿顺虽然对开除已经感到并非是一件预料以外的事，但此刻他的神色却很慌张。"一共呢？"

“一共又是二十五。你，你也在内呵！并且，你还要当心呢！……”赵元成丧然地说。

“唔。哼！……”他叹了一口很长的气。低头思索了一会，于是又问，“厂里上工了么？”“还没有。不过，有很多的已经要准备进去了！”

朱阿顺用手乱抓着头，赵元成惨然地直站着。突然，屋里的女人从默默的呜泣中又发出了叫喊来：

“你，你不打算打算吗？今……今天呢？今天怎样过得去！……”她抬起了红润的眼睛，一条条的泪丝在脸上向下流，映着朝阳发出晶莹的闪。

赵元成沉默着不做声。忽然一个不到五岁的孩子从屋里跑出来，走向他的身前扯着他的衣襟说——

“阿爹，阿爹，早饭我们不吃吗？”

“唔。”赵元成顺手摸着孩子的头顶低微的应了一声。

“半个月的工钱厂发给你了没？”朱阿顺神气惨淡地向他问。

“没有。但是，我现在已经得不到了！听说，厂里预备着，见我们到厂里去就要打断腿！因为是，我们的工会他们已经完全都晓得！”

女人的声音同时又起了：

“你干……干得好呵！我们……你……你就算不开心，……你……你自己……连性命都不关心了么？……”

赵元成听到她那刚才的话，霎时气愤了，舍弃了手下的孩子，跑到屋里去大声说——

“我的性命是我自己的，你也问得着么？”

“妈！妈！”孩子害起怕来了，赶紧跑到她的怀里去，向她喊着不住的怔怔的看着赵元成。她漠然的绝不睬，使孩子也哭了。

朱阿顺忙着赶上去，一把把赵元成扯回来，停了一会，他慢慢从腰里掏出了两块钱，对赵元成诚挚的说——

"老赵,我知道你没钱了,我只还有四块,你就拿两块去吧。"

赵元成就叹了一口气接过来。

"老赵,你万不要灰了心!开除,这是平常事,你要知道我们工人是不应当向资本家投降的,那就得这样干!"朱阿顺郑重而悲哀的说。这是安慰他么?……

"你放心!……"赵元成拍着前胸慨然道。

最后,朱阿顺从他的这个充满着愁惨的家庭中别去了。

四

在一种臭恶的环境中的一间黝暗的亭子间,这便是朱阿顺的家。和他同住的有一个憔悴的,病态的,梳着发辫的小姑娘——她就是他的老婆吧?

她在外观上看来的确是有着病:一层灰气罩满了她那灰黄的脸,眼眶凹得更可怜,只有一对流利的眼球在内活动着。在以前朱阿顺作工的时候,每日放工回家,总先抱着慰问她一番,但从罢工以来,朱阿顺的精神仿佛有些异样了,有时她贴着他的脸问话,他多半都是懒懒地"唔"一声,沉默着,常是沉默着,完全沉默在沉思里……

朱阿顺从赵元成的家里出来后,茫然的走回了自己的家。他一踏进亭子间的门,低头叹了一口气。

"怎样了?什么事?告诉我——阿哥,告诉我呢。"她看着朱阿顺的神色,很快的从床上就站起来,怔了一会,于是凑上去拉着他的手,对着脸惊疑的不住的问。

"我被厂里开除了!——一共又是二十五……"停了一会,他走近床前坐下了,低微的对她说。

"怎么?开除了?"她听着之后,并不现得怎样的惊奇,紧紧握着了他的手,仔细看着他的脸庞说,"别的工厂里也一样的作……不是么?"

他把指尖咬在嘴里不发言，一会，他抬起头来，向她说——

“淑真呵，若是你……”他刚吐出这两个字来就呷住了。

“什么？什么？哥呵，你说……”淑真焦急的追问着。

“若是，你此刻在厂里，那我们也就不发愁……你看，赵元成也开除了，他手里一钱也没有，他还有一大家人口呢……我身上此刻也只有两块钱，这两块钱，你说……”他终于断续地说出来了。

淑真的面色霎时变得很愁窘，低下头来，慢慢地说——

“等我病好了马上去作工，阿哥，好罢？唉！我这病……我真急死了！病了一个月……我此刻在工厂真是受不住，阿哥，你不是还说么：这病就是因为工厂里龌龊得来的……”

“我并不是叫你马上去作工，不过……”

他在家里坐了一少会，于是出去了，把腰里所仅有的两块钱掏出来绝望似的放在桌子上。

他现在的确也感到是失望了，层层的悲哀在他心底里暗藏着，但在他的精神上，还是如以前的决强，愤勇，高涨……

他出去又到工友们的聚会的地方去了。在孤苦无告的一伙悲惨的群众中，仍然干他们那不安分的事……

五

日子又是两天过去了。在这工厂区域中，忽然被一种意外的恐怖布满了，S纱厂附近的泥塘里，发现了几条尸，而且，S纱厂里的工头张国范的一只臂膊和他的尸身离开了！

这使着朱阿顺的精神更兴奋，得意的精采常在他的面庞上浮现着，但是，使他不能生存的问题逼紧的就来到。……

当黄昏的时候，他走进了自己的家，淑真对他惨淡的说——

“今晚米没了，我没有烧饭……房东还问我，‘你们还不烧饭么？’他看着我发笑……”

"今早的饭还有吧?"他紧绉着眉头问。

"不多了。"

淑真懒懒揭开了锅,锅里剩的还不到两碗饭,她于是用水泡开,分成了两碗,他们就默默地吃起来。下面房东洗碗的声音,傲慢的一阵阵地响,他的心也就随着声音跳起来。他珍重的吃着这碗残余的冷饭,仿佛这碗饭就预示着他将来的恐慌……

在这工厂区里的深夜,人声早寂静了,只有厂里作夜工的汽笛尖锐的响,突然一声,使人就能从梦中惊醒来;烟囱里那种撲撲地冒烟声,急促不停,这些动作,都是支配着工厂区里一切人们的生命!

朱阿顺睡在床上,被极大的寂静包围着,他觉得很不安,淑真的酣声在他的肩下低微的发出来,这酣声,更加重了他那纷乱的心。他这时似乎希望着深夜永长的度过去,对于明天的到来,他慌窘了。他在百无办法中,于是想到最后的回家来,但又万分的踌躇,他立刻就触起了以前的事。

以前他因为罢工被开除了后,他回到了自己的家,他父亲一见就生了气,把他抓过来就毫不留情的打。开始他还忍受着,哀求着,他父亲并不怜惜,以至于打得他遍体青伤。他实在不能再忍受了,于是突然站起,向他父亲猛力一拳,他父亲随着倒下了,他也就从家里跑出去。以后,他对他的家庭便永远脱离了。

然而,他此刻对他的家庭又重忆起了。他想,昨天有人告诉他说他母亲有了病,终天念着他,哭泣着想见他。他又想起了明天来,不禁就湧出了回家的念。

他在混乱的冥想中,一瞥在他肩下熟睡着的淑真时,忽然,他的一切的思想都停住了。

终于,使他不自觉得哭起来。他把头伏在枕头上哭着,很冷的泪珠一个个的往下流,他没注意,落在了淑真那条枯瘦的臂腕上,淑真似乎警觉了,在梦中幽微的发了一声呻,把臂膊搭在他的肩头上，紧紧地向他拥抱着……

黑夜奔驰着迅速的度过去，明天终于来到了。他起来后，和淑真对着把整个的早晨完全消失在沉默里。蓦然，他声音很颤抖的对淑真说——

“淑真！”

“什么？”她瞪起两只瘦眼向着他。

他的神色很沮惨，眼圈似乎是有些红肿了；他停了一停，终于抬起含泪的眼睛说——

“淑真，我——不爱你了！”

淑真吃惊似的看着他，泪也就流下来——

“阿哥，我作工。”这声音低微得更可怜。

“我——不能爱你了！因为，……”他在呜泣中声音不清楚的说。

淑真只是低着头，一声也不响。

他吁了口气站起来，把床下的两只破箱慢慢地移出来，仔细检查着他的旧衣服。这分明是他想拿着去当了，但结果使他很失望，除了一条长衫外，也再没有一件较新的……

他检查着，一件一件的往下检查着，忽然，在衣服里发现了一张半身像，他看着后，马上拿起来，珍重的捧着，用泪眼不住的细细的看。这张照片虽然印得不清楚，但庄严的姿态却很能看出来，像下边有一行英文字：“N——L——”

他似乎对这张像片很熟识，并且很晓得，一切都晓得，有几十个工友们每人都是有一张。

他此刻拿着像片低头默想着，他心里就随着触起了一种莫名的惭悔来，他对于家庭，淑真……一切的烦念，立刻冰化了。他很决然的想：这又算了些什么呢？……

一九二八，四，十四。

（原载《太阳月刊》1928年5月号）

楼适夷

烟

一

在一个秋深的寒夜里，一个人悄然地坐在灯前，凝视着一叠不着一字的原稿纸，脑中的思缕混乱地幻呈起来，只是写不出一个字，几次提起笔来蘸了蘸墨水又搁下了。窗外皎洁的月色已经被乌云笼罩了，只有巷子里小贩沉长而无力的叫买熟食的声音在寒风中战栗，使人感得凄切的情味，思缕更是纷乱了。照例，又燃起烟斗，慢慢地抽吸着，让白色的烟雾在室中漫扬起来。好久以来潜藏在心底的阴森的微笑着的安明君的面影，似乎又在烟雾中显现出来了：

还是去年的初冬时候，因为我寓居的Y路的一间西向的厢楼，本来是一天到晚照不到阳光的小室，那时候更陷入于寒冷的氛围中了，我便决心搬居。终于我在S巷租得了一间楼房，把十二块钱的租金交给了二房东的妇人以后，我问她：

——一共有几家同居的？——一上一下的房子，羼居着四五个家庭，在S市是很普通的遭遇，爱静僻一点的我，最怕的是遇到这样的情形。

——这里是最静也没有的了。下面都是我们自己住，亭子间里是一个单身的客人，在大学里念书的，在家的时候非常少。——她指手划脚地称赞自己的房子，似乎预先明白了我好静的僻性似的。

过了几天，我便搬到我的新居中来。当车夫把沉重家具搬上楼时，亭子间的客人开出门来张望了一下，那时我立在梯口管料着，便和他泛泛地点了点头，我看见他的面色像营养不足似地异常苍白，顶了一大堆黑得发光的乱发，越显得他的脸盘的瘦小。他也同样的向我点了点头，便返身进去了。等到把一切安排好后，我又在梯边第二次看见了他，他依然秃着头，穿了一件旧的红绒背心，一手的肘下挟了一只面包，一手提了一壶热水，缩着颈子从下面走上来，于是我们又招呼了，他对我笑了一笑，可怕的一笑，问我用过晚饭没有，我正要出去上餐馆，便告诉他，要他一同去。我往往是这样的，与每个人第一会见面，便会引起心头爱憎的感念。我觉见他给我的印象是很可爱的，因此便邀请他，他一点也不撝谦，立刻就允许了；跑进自己的房间里，过了不多一会，便穿了一件同样陈旧的藏青呢外衣，走了出来，我们一同跑出外面，立刻便像旧友似的谈起话来。互相告诉了姓名之后，我知道他姓陈，名字叫做安明。我问他在那个大学念书，他迟疑地说：

——不远，就在这儿。——但没告诉我那个大学的名字，我也不再追究了。接着他也问我的职业，我明白告诉了他，他好似很熟悉的，便滔滔不绝的问我某人认识吗？某人怎样呀？我也就我所知的一一告诉他。一边说话，一边便在就近找了一家餐馆走进了，他让我一个人点了几样菜，自己在袋里掏出一盒烟来，先拿了一枝放在自己的唇上，再问我要吸不吸，我告诉他很久没有这种嗜好，他还是要求我吸一枝，他说偶而吸一二枝也不要紧的，我便拿了一枝，大家燃了火吸着。我问他喝酒不喝。他随便地说喝一点也好，于是我又要了酒。他喝得很多，脸上渐渐地泛出红光来，谈话也不像以前的简单而低抑了，声浪渐渐高昂起来：

——密斯迭陶，你对于现社会的意见怎样？——突然他这样地探问我。

——自然呀,谁也不会满足目前的现象,但是不满足有什么法子呐!

——那末,你以为革命不是能够解决现状的方法吗?

——我不反对革命,像现在许多人骂革命党似的,但是对于政治问题我一点兴趣也没有,我是爱在个人趣味的条件之下过生活的。

——尽有许多人不喜欢预问政治,但是政治的压迫却不肯把他放过。

——是呀,我时常感到这样的痛苦呢,但是我不能够斗争,我只好沉默。因此对于为民众而斗争的革命者我是很同情的,不过我不能够学他们,我只有为他们祝望。

他一边很快的吃菜,一边凝着深陷在眼眶中的黑的眼球注射着我,我微微地感到了懔然。他不再回复我的话,过了一会,便换了另外题目,问我是不是常在餐馆吃饭的,我告诉他从前本来是包给二房东的,现在换了新的,还没有问过不知肯不肯包,便问他是怎样吃的。

——我吗,我吃面包。——他又是笑了一笑。

——不会太单调吗?

——在这种社会底下,多少人都饿着肚子,我们还想吃什么呢!

听了他这样的话,真的我觉得对于罗列在眼前腾着芳烈的热气的菜肴,感到赧然的惭愧了,我便沉默了一会,终于我说:

——如果生活比较能够维持,我倒不主张太自苦的。

他不经意地淡淡的作了阴森的一笑,如像对于我的意思不加可否似的,但他的笑每是令我轻轻的吃了一惊。我便问起他的籍贯,因为他说话永是用着一种带着南方声调的国语,使熟悉各地言语的我也不能听出他是哪处人。

——家吗?我是没有家的,我在外面一共有了七八年。不过生产我的地方是 W 县。

——W 县，很近呀！——我想不到他是 W 县人。

——唔，不远！——他立刻显得阴沉了许多，使我很懊悔自己的探问。

又闲谈了一会，吃完了饭，他说还有点事，点点头走了，我一个人回到新寓所里，这位初识面的友人很扰乱了我的思虑，使我好久不能入眠，一半虽然是新换了一个环境的缘故。直到打过了十二点钟，我才听见我的同居开门走进亭子间里的声音。

二

以后，我们仍是时常在房门口遇见，互相招呼着，他有时像很忙，一天到晚不回来，有时却整天的不出去，关在自己的房里没有一点声响，偶而在闲空的时候也到我的房里来闲谈，随便把我书橱里乱翻着，有时要了去看，也随便很大意的把嘴上的纸烟蒂头乱丢。可是我倒并不因此对他有一点憎恶，反觉得他的孩子般的不拘形迹是非常可爱的。他一来总是给我讲政局的事情，我虽然关于时局是不很留意的，但有时在报上见到了混乱的政局消息，也很气闷。很喜欢得到他的意见，他对于时局的解释每是异常清楚，许多在报上得不到的内幕背境，他都能够很明白的指示出来，并且有时他对于时局的未来下一种推测，某军阀一定要与某军阀开战了，某会议一定要破裂，事后往往恰巧被他猜中，因此使我很相信他的政治智识。但是也令我猜测他一定是一个革命党人，我知道凡是革命党人都讳秘他自己的行迹，我便也不明白地询问他。不过不久我觉得我的猜测是正确的，他一次一次地送一种著名的《明灯周刊》给我看，并且一次一次的说除了革命是没有解决痛苦的办法，并且对于我于政治没有兴味态度也很嘲弄了好几次：他以为政治生活是人的类同吃饭一样普通日常生活，人是一天也不能不吃饭。

我仍是说:饭是我自然要吃,但未必每个人都要种田。他也只好笑了。一笑之后又谈别的话。一直到谈得倦了,才告别回到自己的地方去。可是他虽然时常到我的房间来,我却始终没到过他的房间,他进出总是随手把门锁好。这种行为越使我觉到自己的推测的不错,也使我不敢到他的地方去,怕撞破了他的秘密。只有一次,我已经打算睡了,听见有人敲他的房门,他平常是不大有人来往的,甚至连邮件也没有的,只有一次我看见一个工人模样的人来访问他,恰巧他没有在家,我给他回复了,那人便从怀里郑重地取出了一封很饱满的信,要我留交给他。因此我很奇怪,接着听见他开门出来,便听到二房东妇人的声音,不久我听出她是向他要房金。而我的同居似乎是非常窘迫,他说可否再缓两三天的样子。但是二房东非常的无理,声音立刻暴怒起来,她说:已经缓了七八天了,今天推明天的,再不能挨延了。她骂他很轻的年纪,脾气不该这样坏。我的同居并没有回答的声音,也许他的声音太低了,我不能听见,但我立刻想到他是如何窘迫了,我便不安起来。二房东还在继续的暴怒,说要是今晚上不给钱,就要请他搬出去。

——什么晚上了,你叫人家搬上那儿去,——他的声音很激怒了。

——那末,钱!

——你为什么不能再过一晚,这时候连当铺的门都已关了,叫我那儿去设法。

——谁管这些呢,你是不是要白住人家的房子。

我想不到这位平常总是和蔼微笑的妇人会忽然变成这样地蛮横无理,便也愤怒起来了。开了房门,几步便跳进他的房间里,立刻我看见房内零落地放着破旧的床,写字台,没背的椅子,此外满地堆了些报纸,书籍,摊得很怕人,二房东的妇人张着她那凶狠的脸,昂然的站立着,一手托在写字台上,他支着头在椅子上坐着。他们一看见我立刻换了刚才的态度,安明显得侷促不安地对我阴森地笑了一笑，二房东妇人马上放下笑容来：

——陶先生，你想，差不多半个月不付房钱，我那里赔得起呢？

——这早晚上他到那里去设法。一共几块钱？

——五块。

——你也客气点才好呢！——我便从身边拿出五块钱给了她。她笑着接了：

——对不起，对不起得很！——便返身走下楼去，还回过头来对安明道了歉——刚才真是对不起，真没法，我明天早上就要去付会钱的。

——这种人真讨厌——我待妇人走了向安明说。安明叫我在床沿上坐下了：

——我看他今晚把我怎样，这混蛋女人！——安明还是托着头没移动地位，过了好一会，我们随便谈了几句；他忽然说：

——真对不起你。

这时候我在地上的书堆里看见了整厚叠的《明灯周刊》，那封面正印着很大的一张红色的革命党首领的照片，我便告辞走回自己的房里睡了。我又翻覆地不能入眠，我的眼睛好似在暗影中看见安明的苍白瘦怯地微笑的脸面，我还如觉得他的深沉的目光在凝视着我，我感得栗然了。

三

第二天的晚上，大约他又闲空了，照常到我的房间来谈笑，好似完全不记得以前的事似的。他还是讲时局，讲革命是人民唯一的生路。照常，我在床上坐下了，他坐在床沿上。谈了一会，他摸出袋中的烟盒，打开了望了一望，仍旧放进袋里：

——这几天真穷得要命，连买烟的钱也没有了。密斯迭陶，你有便借几块给我。

我便从床头橱里拿出钱箧来：

——要多少，我还有一点呢。

——五块有吗？

我便给了他五块的一张纸币。他把来塞在腰袋里：

——再过几天我领到薪水就给你。

——随你吧。

——真要命，薪水领不到。

——你不是还在读书吗？

——不，——他立刻红了脸，深悔自己失似的：——我新近找了一点事做。

——在什么地方？

他笑着对我一望便说：

——一个机关里！你一定早该明白了。

——担任了什么工作？——我点了一下头说。

——《明灯》便是我编的，此外是工人运动。

——那很忙吧！

他把头点了一点，说他们革命党人每每一人要担任六七种工作是不希罕的。他又问我于他这种行动有什么感想，我说：

——我早已经说过，我是不反对的。

——光是不反对也没有用！

——我也已说过我非常同情。只是觉得自己到底还脱不了小资产阶级的意识，并不是没有勇气的畏缩，倒是没有像你这样蓬勃的热情，我相信有了热切的情感，才能够有勇气的。

他移动目光对我笑了一笑，似乎是非常失望地立起来走了。我觉得他是在竭力地向我宣传，要介绍我入党的。我很失悔我拒绝了他，但一会儿我又自以为太滑稽了，连当地官吏的名字都时常想不起的我，那里能够参加到政治的革命中去呢。

经过了这次的谈话以后，他时常把党里的消息告诉给我，并且把自己的身世也向我透露了一点。我才知道他本来是S大学的学生，因为对于革命的信念，离开了学校投身到工厂中作工，鼓吹工人的团结。去年那次轰动全世界的风潮，他便是许多指挥者之一，那时他被捕在租界的牢狱里，关了半年多，总算释放了出来。半年的幽囚更增加了他的努力，扩大了他的决心。他的信念与工作，使他的精神磨炼得非常坚强，他自己说他对于一切只有愤怒，决没有一点像我们一般青年似的自苦的烦恼，的确我没有看见他有一次烦恼过，虽然他自己说只有二十五岁，他永是作着微笑，我一次一次看见他微笑，我觉得他的笑是令人有一种异乎寻常地感觉，我只能说，他的笑是很阴森的。

但是后来，毕竟有一次，我从外面回来的时候，看见他走进我的房里，脸上显然呈着苦闷不安的样子，这是很令我吃惊的，我想他一定发生了危险吧，这几天外面压迫革命党人的风声正非常紧张的：

——消息不好吗？

——没有关系，只是我被我家里的人找到了。

——家里？谁啊？

——我没有对你说过，我在W县还有一个母亲，和一个很小的妹妹。八年前我因为婚姻的问题自己一个人逃了出来，还没有回去过，不知怎的今天恰恰在门口碰着了一个亲戚，便被他知道我的行踪。

——母亲妹妹，没有别的人吗？——我问着，我的感情很为激动，但我知道我决不能劝他不要离弃亲属的，这些一定不会使他动心。

——唔……因此我想搬，但这几天我忙得要死，决没搬家的功夫。

——是的，听说外面是很紧张吧！

——立刻有一次大的暴动了。——他又阴森的微笑。——只是，她们一定会找来了，真糟糕！

他皱了皱眉头说着，便看表：

——啊哟！——叫了一声便立刻点头走出去了。每次他一个人出外工作的时候，他时常爱笑着说：

——也许，我不回来了。

真的，我觉得他没有一天不在危险的四境中，虽然我的回答总是：

——你又说笑了！——但我委实时常在替他担心，有时整晚上他不回来，我便会担起不要危险了吗的想念，直听到他急匆匆上楼梯的皮鞋声的时候为止。尤其是这几天来，听说军部里出了格杀勿论的布告，马路上时常有因发传单，贴标语而砍了头的尸首歪斜地倒卧着，每天报上总是登出破获机关，搜捕党人的消息，使我看了非常恐怖，虽然他仍然不露一点感情的微笑着。

这次他正借了一件我的雨衣，他便一边走一边笑着说：

——也许你的雨衣要和我一同不归来了。

四

这天晚上他果然没有回来，我在床上提心吊胆的等候他的脚声，一直到两三点钟才朦胧的入睡。忽然远远的听见了很密集的枪声，我立刻惊骇得从床上跳了起来，凝了凝神很注意的听，枪声还是紧迫的响。我记得他的话了，这一定暴动在开始了，楼下房东家的小孩子也被枪声惊醒啼哭了。二房东妇人恐怖的声音喊我：

——陶先生，陶先生！

——啊！怎么啦？

——你听，是枪声吗？

——不要紧，离这儿很远呢。

——不知是不是开战了，会不会有流弹。

——不会的。

她便放心地不响了。过了好一会，枪声便断续的少了，天渐渐有些发光。我不能在床上睡了，便爬了起来，听见楼下打门的声音，好似二房东家已睡得很熟，好一会没有人答应，我便下去开了。安明浑身淋着水，头缩在雨衣的领子里仓皇的走了进来。

——对不住，你已经起来了吗？不知怎的我把钥匙丢了。——他的脸色白得可怕，说着便跑进自己的房里，不则一声的关门睡觉了。我也仍旧回进房中睡了。明天因为是礼拜，打算不出门。

到下午他才红着倦眼到我房里要了一点水洗脸。洗过了脸我问他：

——结果怎样？

——约定的军队没有动手，因此又失败了。——他说着并没有一点因失败而懊丧的样子，他的精神完全恢复了：

——所以，我更相信军事的投机是最靠不住的。

——损失很大吧！

——不很大，换一个教训也值得的。

这时候楼下天井里二房东妇人的声音：

——没有的，这里一共是三家，我们姓王，楼上一个是姓陶，一个姓陈，没有姓吕的。——我吃了一惊，便听得是邮差的声音：

——明明是一百十二号，那里会错。

安明立刻走到窗边问：

——姓吕？吕卓如？挂号信是不是？——便跑下去收信。他拿了信到自己的房里去，不一会又听他的皮鞋声下楼去了。

从此好几天他没有回来，起初我疑心他工作忙没功夫回来，但是后来我渐渐的担心了，他从来没有过几天不回来的时候。而且外面的风声，自从那晚上的一次暴动以后，比前更紧张了。人民的生命像是暂时寄存在自己身上的东西，随时有被别人提去的危险，谁也早上不知晚上的命运。天空满布了肃杀阴沉的氛围，马路上两边都是肩着明晃晃大刀的兵士，睁着饱蓄凶光的眼睛往来巡逻。墙壁上黏着一些五彩的标语画图，都是咒诅革命党人的，说革命党人怎样的受外国的接济，怎样的欺骗工人，自己过安富尊荣的生活，怎样的好乱，怎样的残暴杀人，凌辱平民。寥落的行人，都缩着颈子，弓着背畏畏缩缩的疾走着，好似一不留意就有被割掉头颅的危险。天天友人间的闲谈，总是一些一个人身边搜出了一张传单就当街砍了头，一个女工因为拒绝兵士的调笑被杀死了。有一个老头子因为回头向正在杀人的兵士看了一眼，就遭了被杀者同样的命运。虽然不是革命党人的我，听了这样的消息，也惴惴的怕自己的生命发生危险，躲在寓所里不敢出门，一想起好几天没有回来的陈安明，他正是天天在火线底下做前锋的地位，我担心他的生命一定发生了问题。但是报上总简略的记载着，昨天一共死了十二个，昨天一共杀了二十个，好似比每天汽车死人一样的平常，没有记出名字来，也令我无从探问他的吉凶。

一天一天的屠杀，一天一天的过去，安明还是没有回来，二房东的妇人大概又担心她的房租了，她问我：

——陈先生为什么好几天没回来了？

——我不知道！

——陶先生，你觉得吗？他好像并不在读书。

——为什么？

——他的行动很奇怪。

——我却没有觉得。

这几天邮差又送来了姓吕的两封快信，二房东家没有图章，由我代收了。我看见信是从 W 县的天上镇寄发的，是很拙劣的女子笔迹，我想这一定是他的母亲那里寄来的，吕卓如大概就是他的真姓名，我想寄信人不知在如何的盼望焦急，但他终于是没有回来，我的好奇心很想拆看它的内容，但终于没有做，终于我想或者因此我可以探出他的踪迹，也许我可以作一封假信暂时去安慰他的家人，我便拆了：信里是作胞兄的称呼，说由舅父的来信，知道你的行踪，上次的信有没有收到，为什么没有回复？又说七八年来母亲渴念着他，为他担心得成了心痛的病。叫他见了信无论如何能够回家一次，葛姓方面的婚事，在他走后早已解决。信中又说男子们出外求名求利，远离固不足奇，但何以一去不回，置家不顾，家中没有第二个男人，时常要受别人的欺侮，他难道忍心让孤苦的老母弱妹，过此寂寞凄惨的生活吗？即使他在外不得志，无颜返乡，则家中也还有些薄产，足够几口过活，不责望他的担负。母亲的意思只望见他一面，她见了舅父的信以后，天天哭着想他，又病倒了，即使他不能回来，也希望能有一封告安的信，以安老母之心。

我看了另外的一封，仍然同样的几句话，我知道我的推想是不错的了，陈安明一定是他的假名。我立刻想替他写一封假信，但是几次想写，几次没有勇气，我想还是令他们绝望的好。我又想写一封回绝她们的信只说吕卓如已经搬居不知何往了，但我还希陈安明或者能够回来，他或者能够有解决的办法，因此也没有写。

几天之后，安明终于不回来，忽然来了一个访姓吕的女客，我听见了二房东回绝的声音，连忙请她到我的房里。通过名姓之后，知道她叫做吕沁兰，吕卓如的妹妹，来访觅她的哥哥的，我不说明他在这儿用了假名的事，只告诉她哥哥几天前出门没有回来。她问我她的哥哥在 S 市做什么事？我也只告诉她在一个大学里念书。后来她设法，开了安明的房门，到房里看了一会，现着很伤感的样子，留下了地址托我留交给她的哥哥，要他一回来就到舅父家里去找她，我允许了，望着她凄然的走。

就在这天，我在报上见了这样一条新闻：

暴徒之末路

指挥此次暴动之陈安明，已由侦缉队捕获其人为革命党中著名人物，面目凶狠，性情阴鸷，经军法处刑讯数次，对于煽惑工人，阴谋扰乱社会各节直认不讳。已于昨日判处死刑矣。

下面附着一张就刑后的照片，我看见他是赤着上身，胸头脑上都有枪弹的创口，眼睛紧紧的闭着，嘴上还是那种令人栗然的阴森的微笑。……

我的心头开始感到沉重的压迫了，这压迫使我战栗起来，颓然的把头抬起来吹了吹烟斗中的余烬，星火已经熄灭了，只有烟还在室内缭绕。

（原载《太阳月刊》1928年2月号，署名建南）

革命Y先生

Y先生眯眯的笑着。

革命高潮真是普遍了，Y县教会的宣道师Y先生也起来革命了，这动机当然是为了北军的败退，但是牧师的美国人Johnson对他的嘱托，也是一个绝大的原因，Johnson对Y先生说：

——老Y还是你去吧，其实孙逸仙博士的主义与我们基督精神也是完全一致的。

于是Y先生要革命了。接着又来了一个问题：怎样革起？但Y先生是出名的智多星，他只轻轻儿把眉头一皱，便有了十分的把握。他立刻走出大门，去访问那位不久前亡命在外，新近受了省里的委任回乡来工作的老陈去。然虽从前老陈办的那个报上因为骂过几次基督教，曾经被Y先生痛恨过的，而且老陈被北军通缉而逃出故乡时，Y先生也得意过的，但是！

——此一时，彼一时了。——Y先生这样地一想，便眯眯的笑起来。Y先生把这两句话做了自己的处世哲学，应用得异常广泛，譬如当他那省的督军威吓东南的时候，他总是对人说：

——联帅才是一个贤明的武人呢。——当时北伐军正在长驱前进，教会里的人都在担忧自己的地位，但是Y先生一点也不愁，他说，——哼，哼！只要我们联帅一出兵，还怕什么革命军不革命军，这些公妻共产的暴徒那里会成什么大事？接着他的联帅在K省打了一个败仗，眼看得是不能支持的了，于是“此一时，彼一时”，Y先生大骂万恶的军阀了。所以他立刻把老陈引做自己的同志。果然，他的计算一点也不错，从他的陈同志那儿出来，他立刻变成了一个革命的党员；在回家的路上，他顺便向书局里买了一本三民主义，恭恭敬敬放在自己的书案上。很得意的侧着头远远的望了望那绿色的书面，他又想起来了：

——还少一张遗像。

于是也不管他老婆叫他扫地，又气急败坏的跑到书店里另外买了一张遗像，在壁上挂起来，又动手写了一副“革命尚未成功，同志仍须努力”的对联，黏在旁边，然后满意的笑了一笑。他想，总理为什么如此伟大呢，正想伏下来叩几个头，他那位太太怒着目走了进来：

——你倒好的，叫你扫地末不扫，尽在房里挂什么人头儿好玩。——说着便赶到墙边动手去扯，这把我们的Y先生急死了：

——我去扫，我去扫，这个是一动也动不得。他比上帝还大呢，他是我们的总理。

他一面把夫人请出了房外，一面提了一把扫帚弯着腰扫地，心里在想：她们女人正是什么也不懂！他那位什么也不懂的太太嘴里还在噜咕不清地念着。

——一会儿上帝，一会儿耶稣，又搅什么总理。一天到晚，吃饱了饭不知在转什么念头。

Y先生抬起头望她看了看，也不作声，只替她可怜：要做委员太太了，还在尽怨。原来Y先生是聪明不过的，他虽然还没有把案上那本三民主义翻开过，但他很懂得，一革命就可以做委员。他是在盘算做了委员之后是甚样的威光。

但是很岂有此理的，大会的选举揭晓了后，七个执行委员中，竟没有Y先生的名字，只做了一个候补！但Y先生是最大量不过的，他想：啊，候补！也好，也好，总算是委员了。从此Y先生的一件黑色呢马褂上，挂了一条红色的缎徽，扬扬的在别人面前说：

——我委实忙死了，我委实忙死了！

忽然，独立的省长吃了败仗，北军又占据了Y县，七个执行委员，老陈自然也在内，都逃走了。Y先生私心窃喜着：我幸而是一个候补，于是三民主义，遗像，对联，都烧了。他搬入了 Johnson 的住宅里，怨恨着他说：

——是你呀，叫我革命。本来我早料到他们是不长久的，现在不是糟了吗？

Johnson 向他再三地道了歉，幸而凶恶的北军虽然搜查了一会党人，但没有抄到美国牧师的家里来。Y先生仍然很大胆的跑了出去，对人家又称赞起我们的联帅来了：

——我们的联帅，毕竟是厉害的。

但是他的联帅毕竟是伤残太甚了，过了不到两个月，又弃了他可爱的顺民Y先生而去了。Y先生得了消息，立刻打了一个电报给在外的老陈们，欢迎他们“早日返旌，主持部务。”三民主义与遗像终于再买了来，照常的供奉起来。然后跑到车站上去欢迎那七个执行委员：

——啊，同志们，我们又重见天日了！

他向他们这样的欢呼，于是他胸前那条红色的缎徽又挂了起来。不过他对于曾经庆幸过的候补，显然地深致不满了，这时候区党部里推他的做了常务。

——虽然是区党部，但是常务呀，毕竟要比候补大得多了。

这样的想了一想，脸上又透出了一点喜色，便写了一封辞职书，把候补辞去了，昂然地换了一条缎徽，走向他的新办事处去工作了。

——真把我忙死了，真把我忙死了！

他又对人这样说起来，的确他现在工作太多了，既要做祷告，又要读遗嘱，说完了教，便去宣传主义，做过了礼拜，又做纪念周。这儿要请他主席，那儿又要他演说，但是Y先生是善于处置事务，他把一切的事做得恰好，嘴里虽然爱这样说，却没有人看见他不是泰泰然的。只是天下到底没有万全的事，近来他很痛心七个委员中有人嘲笑他：一只手提了上帝，一只手提了总理，他虽然用了种种的理由辩护上帝的道理也是革命的。并且说：我只相信基督教的教义，至于外国教会侵略中国的阴谋，我也反对的。但终竟也被驳倒了。从来Y先生的道理是没有被人家驳倒过的，然而终于驳倒了，这比什么还伤他的心。但是Y先生是再达观不过的，他便对同志们讲起教会的坏话来，虽然终于因为二十五块钱一月的薪金，他没有把宣道师那个职务辞去，他仍旧每礼拜去做祷告，唱赞美诗，讲道理，而且他发明了一个折中的办法，在教徒面前也说自己只相信主义，至于党部呢，的确不大好。因此他成为一个忠实的教徒，也成为一个忠实的同志。但是不久，他因为要找演说的材料，看了些省里发下来的联俄联共政策，与农工问题的小册子，他又觉得马克思与列宁的道理与上帝也一样，于是他得意极了，除了在自己的办事处里，总理遗像的旁边，添了两张马克思与列宁的照片以外，又在每次演说时，嚅嗫了五六个“哼东西”之后，宣传起三大政策来。他还想加入共产党，但不幸他不知共产党Y县的机关在什么地方，虽然他以为在七个委员中，一定有两三个CP的，但他终于只在他们面前暗暗地表示了一点意思，而他所认为CP的人，却没有兜揽他，于是他恨极了。他想：三民主义虽然不错，共产主义的时机到底还没有到呢。那末，他就把这念头停息了，虽然直到清党委员要来的消息传到后，他才把马克思列宁的照片烧了。

清党委员秘密的一到Y县，他便首先打探到了，于是便接到自己的家里慇懃地款待起来。立刻，委员把他看中了，要他检举出本县的CP分子来。他得意的吐了一口气，觉得自己忽然变成了伟大的人物，什么人都在他的掌握中了。于是他造起了一大张的名单，开了许多人的名字，由老陈们七个人顶了头名。恭恭敬敬的送给那位委员。不久，有名字的人都逃走了。最高的县部里，只剩了几个看门的门房，于是Y先生带了几个兵搜查了一会，结果是并无所得。只有Y先生得了一个渴望已久的县常务的衔头，另外他从教会的同伴中拉来了一大批的同志。

——这才是革命呢！

没有什么东西可以比拟Y先生这时候的得意，一个差役忽然走了进来：

——Y老爷，省里的委员来了。

除了选举时候借给他钱的Johnson以外，只有省里的委员是他尊敬的人了。省里的委员泰然地在会客室新设的一张炕榻上躺下，Y先生满面笑容地拱着手立在旁边：

——他们做的那些事，我老早就不满意，那些完全与总理的主义相背。什么事在他们那个小团体里秘密地决议，便谁也不能反对了。很惭愧的，我没有力量早点揭破他。

他说着面上狠狠地现出义愤的样子，忽然，他觉察了自己的礼数没有周到，连忙跑出去拿了一枝肥大金黄的雪茄烟，两手捧上省里的委员的嘴边，然后掏出火来，给他燃了。省里的委员，便伸手摸了摸上唇的髭须，很舒服地与他对谈起来，他们谈得很投机，直到差役来禀回小菜已经由菜馆送来了的时候，才动起身来到他那常务室里对酌密谈。

等到Y先生把委员安顿了午睡，他才点起了脚指，轻轻的走出房间，回到家里去。

——好啊，你到又吃得嘴吧油腻了地，回来做什么？

Y太太一见他进门，立刻堵起了嘴发火，Y先生笑嘻嘻地在她的肩头一搭，便伸过一只手去，举住了她的头颈，在那黄沉沉地的瘦脸上吻了一吻，另外的一只手，早从衣袋里取出一卷钞票，向太太的怀里塞去。只才把正想拧他的太太透出笑颜来：

——那儿来的，这许多？

她还不接，Y先生又把她吻了一吻，然后说：

——哼，哼东西，现在是今非昔比了呢？轮千轮万的都一个人管。你好写意点了，以后不必自己这样辛苦，常务太太了，也该写意点。

——那末，约翰生先生的三百块头呢该还他了，乡下的老太婆那里也该带点去。

——约翰生么？他外国人会没钱化，他自己借给我，我这样傻，去还他；老太婆，管她呢，反正她也不会饿死，快去打扮了，到市上去买点东西，尽是穿着这些布衣衫，也不像个太太的样子。

太太立刻欢喜起来，伸过手把钞票接来，便到房里去打扮了，Y先生追着说：

——我到约翰生那里转一转就来。你等一等。

他便跑到Johnson的家里，诉说了一遍的公款都被共产党带走了，一时怕还不出那笔款子的话，Johnson说了不要紧，不要紧：接着在他的肩头重重的一拍，伸了一只大拇指：

——老Y，你真是一个家伙！

Y先生眯眯的笑了。

11,7,1927。

（原载《太阳月刊》1928年4月号，署名建南）

祝秀侠

黎 三

一

黎三垂着头懊丧地的踱回家去。今天更糟透了！连车租都够不上，仅仅的得六只小角子。

他握着这六只角子。心里愤恨起来了！那新来的公共汽车，完全把他们野鸡汽车的生意都占夺了！这一来，两顿粗米饭恐怕吃不成。年关赶着尾就来，阿苏的债还没偿清楚，这可怎么办？

他一壁走，一壁想。两脚踏着石路上，重重的发出声响。

到家了。他一手推开破的木板门，一股薰人的恶浊气味冲出来。这时正在黄昏辰光。屋子里阴沉沉如一个鬼洞。屋子仿佛分成两间，用木板间开。又小，又不洁净！里面房间摆着一张木床，低低挂着差不多变成灰色的白布帐子。一盏煤油灯吊在墙上，那煤炱把墙上薰得很黑，如散开的一把乌鸦的尾。此外是一张小圆桌，是跛足的！上面放着一些女人用的梳子，镜，茶油之类。还有小狗的泥菩萨和许多香烟画片。外边那一间呢？算是一个厅了。一边放着一张长条桌，和两张靠背椅子。另一边却摆着泥炉，瓦煲，铁镬，柴，酱油等，又等于是一个厨房！本来厅是应该和厨房分开的，而且要离得远。不过这是有钱的人才能这样说的，至于黎三，他从头到脚都是一个穷人，当然够不上说这个。他以为只要有地方住便也够不容易了！洁净不洁净，谁能管及这些毛事情。

这时，里面闪出一个蓬乱的女人的头来，打着沉哑的声调问道："是小狗的爸吗？"

"唔！"黎三一肚子不高兴，慢声的答着。他见屋里还未上灯，就掏出两只角子朝内喊。

"小鬼头呢！又跑去玩了？"

这粗暴的喊声之后，立刻房里钻出了一个六七岁模样的小孩。大头大脑的。看来似乎很胖，但脸色异样青黄！他光着两只蓝浊的小眼站在父亲的跟前。

"拿这去！半角钱火油，一角钱鱼丸，除开买白菜！"他把那两只角子交给小狗，随后又睁起眼睛喝道："赶快回来！要是在路上白相，撕你娘的皮！"

小狗照常的拿起火油瓶赶快窜出去了。

黎三踱入房间，女人又冷冷的问道："今天怎么样？"其实她是早明白这几天生意是糟透了的，只要听着他回来那股声调，就显然流露了。不过家里的柴米都差不多吃完，自己又是产后做不得工，倒要想想方法打破这个年关。

"别说了！总之是倒霉就是。他妈的！生意再不能干下去了！"

"那难道一两个人也没有吗？"

"有！有！就是六只角子这样有了！租钱还不够，干么用?!"黎三更其愤愤然！

"那末，饭也不必吃了！房子也不要住了！张开口喝喝秋风罢。"女人也就沉吟起来。

"什么！你说什么！"黎三一肚怒气正苦无地方发泄，现在像吃了火药似的发作了。

"我不和你说。我骂我自己命苦！投不到好胎！"

"你不要做梦！难道我愿意这样吗？倒会说风凉话……哼！你不吃，滚你的蛋！谁希罕你这贱货！"

“你骂谁贱货!”

“骂你！骂你贱货又怎样？……不知好歹的贱货!”黎三轰起雷一般的声音。在要找她吃的样子。

女人不敢再声响了。对黎三,她原本是服从的。而且黎三的脾气就不算小,是一个火性人。从前也曾是这样顶他的嘴吃过他铁一样的拳头的。但不顶嘴又似乎示弱,于是低头哭了!

女人就在黑暗中呜呜咽咽的哭起来。接着是一阵挝胸口,连熟睡在床上的还不到六个月的细狗也惊醒了哭得“哇哇”起来了!

小狗这时也跄皇的买了东西回来。他年纪虽是这么小,但什么事都是该他干的。他放下火油瓶扒上椅子去除了煤油灯,慢慢把油添上,又擦亮火柴把灯头燃好。屋子里便马上透出一层淡黄的灯光来。

他又记及还有一件职务没有弄完,就是洗碗碟。于是他非常谨慎地拿下三个粗花厚边碗,到盛水的木桶里去洗。这些事在一般娇生娇养的公子们是不会干的,但小狗却因为非干不可,也就干得很顺利了。他的小得如同细香样的手干能把碗上的饭粒洗得干干净净。洗完了,一个个伏在长条桌上把水弄干。

他这时瞧着母亲躲在床上哭,父亲又是一脸黑气的很使人可怕,他小小心头上也就幽悒起来,走近母亲的身边玩弄着她的衫角。

黎三动手弄起饭来。怪闷人的,一肚皮包着怒气。索性什么也不管,叫小狗打了两斤黄酒拚命的喝！喝得头脑昏昏花,嘴里夹七夹八的骂着,一阵“兵兵硼硼”的拍起桌子,又一阵挥拳舞脚的乱打。闹了一回才倒在床上去了。

他女人起初赌气不吃,到后来终究把黎三吃下的饭菜都灌下肚里了。

二

黎三住的地方，是离开S埠有六里之遥一个K镇。这个K镇算是有名的镇头，镇里各乡的地方很大，田土也多。起初交通原是不大热闹的，但后来因为这个地方离S埠颇远，空气比较清新，没有城市的喧嗔与浑浊，就有两间大学在这里建筑起来。同时，也有某种商人，在此购了地，经营起一种赌博性质的公共事业。所以这镇的交通也就繁盛起了来。

这E和F两个大学，是颇负盛名的。F大学离S埠比E大学还要远；而学生又比E校多。每天来来往往的人，实在不少。尤其是星期六和星期日，谁一个学生都愿意出来看看电影或回家聚聚，或到都市里走走的。但F大学到S埠至少有五里路程，这样远的道途，若是走起来，很是吃苦，学校又没有专车来往。于是一般投机的黄包车夫，都来这里招揽生意了。在F校前，在S埠的尽头，常常有许多车辆等候着，只要你一走近那个地点，他们就蜂湧上来喊着“去！去！F大学！”价钱寻常是三角至四角样子，这么远的路，这几只角子就不容易讨！暑天头上晒着炎热的太阳，拉得汗流浃背！冬天又迎着砭人肌肤的北风，连呼吸都闭塞起来！

但在黄包车夫，吃点辛苦是不大要紧的。他们的职业原就是建筑在辛苦之上！只要每天能多一两个主顾，能好好拉两手钱，便觉到幸运了。然而不幸得很！他们的生意不久就给另一种营业夺去了！这种营业，便是所谓“野鸡汽车”。什么叫做野鸡汽车呢？他们这种汽车就是向外面的汽车公司租赁来的一些蹩脚货，专来这里做这种来往S埠和F校的生意的。每辆坐三个人或者四个人，每人每次小洋两角。这就比黄包车写意得多了！又便宜，又快！而且阔气得多了！谁也愿意坐。就是晚上在S埠玩晚一点回来都不打紧，不消十分钟便风驰电掣的到校了！因此黄包车夫的生意冷落起来，他们的主顾完全走向这机汽的又快又便宜的汽车里来了。黄包车夫只好眼巴巴瞧着他们从前的主顾在汽车里来来往往，价钱已经减到和汽车样的两角小洋，但生意依旧是冷清清！

有什么办法呢？它们的确比我们两只腿来得快呵！

这时做野鸡汽车的人，自然高兴到了不得，每天收入很不少，黄包车夫却被他们掠夺得牙齿痒痒地！

黎三就是许多高兴到了不得的人中的一个。他就是做野鸡汽车生意中的一个。

他想：这样下去生活定能好好的度过了。不会像从前在煤炭厂那揉困难了！（他从前是煤炭厂驾驶运货车的工人）心里就常常融融然。

但曾几何时，他的"融融"然便变成现在的"愤愤"然了！呵，他们的掠夺者到了来！富有资本的公众电车公司，他的路线已伸展到K镇来了！由S埠到F校，只消二十四枚铜板。快是和汽车一样快，价钱呢？自然是便宜了一半。坐公众电车两次，才敌得野鸡汽车一次！于是坐客又跑向价钱便宜的公众电车里了！

电车的站头，刚刚在野鸡汽车的停落处。黎三和他的同行伙伴看着一群群穿西装洋服的学生老主顾都跑在电杆之下等候电车了！那橙黄色的巨大的电车身躯，从他们面前"阔阔"的响起喇叭，十足威武地慢慢移动出去！

年底快就要到了，这一来黎三大大的愤恨！他看着自己汽车招揽不着几个客，公众电车却黑魇魇的挤满一堆人。当那沉响的喇叭在他耳朵似乎喊着"我们胜利了"的时候，他恨不能把它打个粉碎了！

这几天简直连车租都弄不够，黎三和同伴讨论减价。两角小洋减为四百吊了。不行！又减为三百吊了！仍不行，天王爷呀，他们还能够怎样呢？公众电车的确比他们还要便宜几个铜板哩！

黎三那晚上喝醉烧酒，直睡到明天十点多钟才起床，扒起身拐了出外，看见同行的梁才，老鳖，老穆，都站在那里晒太阳！愁眉苦脸，一句话也不说，只在那里发呆。

“喂！老鳖！怎样了?”黎三向平时惯于开顽笑的老鳖肩头拍一下。

“你倒快活。妈妈的！这个辰光才和你老婆擂透了爬出来！”老鳖还保存他几分滑稽的神色回他一眼。

“哼！你们倒还会磨牙嘴！饭都吃不成了！”老穆含着一股冤枉似的懒懒的插嘴说。

“饭吃不成是不打紧！这口鸟气却非出不可！我们得对付他们一下！”黎三立刻又引起愤火来。

“妈的！黎三说得对。一拍两散；横竖生意做他们不过，捣他一个娘的乱！”梁才也说得颈根胀起如一条怒蚯蚓。

“今天车也不必开了！一顿拳头，好教他们尝尝老子的辣手！”老穆的袖口已经卷起。

“拚命都可以！死了乐得撒脱！”梁才的眼睛又是多么大！

“这不是办法！这不是办法！我们应得彻底干一下。喂！我们到聚芳馆去，这里……”黎三毕竟心思多一点。这就是令老鳖，梁才，等佩服他的地方，他这时向左右瞧了一瞧，丢个眼色使他们跟着他走。

聚芳馆是他们常常吃茶的地方。他们一连往这里走。还顺路找了偷鸡毛二，和郑大哥——这两位是他们的伙友。

一共六个人，就在聚芳馆找了一个桌子，合拢来。这时喝茶的人很少。他们到无须乎防备起来。

黎三扬起眼睛握着拳头捺住声音慢慢地说着。忽而拳捺在桌上捶一下。忽而又凑近他们把嘴唇一动一动的张阖。各人起初仿佛惊愕起来！老鳖的皱皮脸上还显然惨白一下。随即也不住点首，梁才终于翘起上唇表示胜利的冷笑着。只有偷鸡毛二是不算得什么一回事的。这些把戏在十七八岁的时候老早就要过了，倒满不在乎。

“娘杀的，给他一点利害看！”

“今晚好还是明晚好？”

“今晚来不及！”

“那就明晚罢！”

“老鳖放正经点，可不是玩要事。”

“你看我老鳖不行吗！拍拍胸膛给你瞧！”……“好！”

“不要怕！出出这口恶气是爽快的，也许日后还得过好日子。”

各人满满的喝了一杯茶。都道：“天老爷庇佑我们！”

一切都说得妥当了。会就马上散。黎三把眼瞪了他们一下。仿佛说着“不来不是你爷娘养的！”都走了。

三

在明天的晚上，大约是七点半钟光景。

公众汽车正响着号驶到C乡附近，C乡那条大路是很僻静的。那司机黎昌正慢着车，扳紧机轮准备转弯到F校去。忽然迎跟来了五六个穿黑衣服的人，攀着车外的铁栏，一个个都上车来，他们很敏捷地推开电车门，陆续的攀上来。黎昌定睛一瞧，同样的头上戴着便帽，头部用黑墨涂得可怕。都用布把嘴鼻蒙着！头一个高个子手上拿着一枝短手枪，其余都似乎执着武器，有两个执着的是明晃晃的短剑。

“强盗呀！”黎昌本能地喊起来，心里一惊，车子都驶出路外来了。

“停着！”有枪的那个强盗执着他的衣领，用黑油油闪光的手枪向着他的脑袋。

“要命的停车！”另一个的锋利的剑已经在黎昌的眼前闪出死冷的白光！

其余四个强盗把车内的验票员，售票员，乘客，都用武器恐吓着了。F校的学生，这时正昏头昏脑从电影场或咖啡店归来，他们是只能谈谈啰啰苏苏的恋爱，和讲究穿漂亮的洋装的，那里有看过这可怕的强盗面孔，和这动一下就可以丧失生命的凶器呢！早就青起嘴唇，连牙齿也会瞌头了！

“脱下衣服来！”强盗命令似的喊着。

谁敢从嘴唇嘶出半个“不”字呢！像驯羊一般的都把漂亮的洋装脱下了。在他们，洋装算得什么！多得很哩。要拿就拿去，只求不绑票，不杀人！什么给他也不在乎，至于杀人，是顶可怕的！胸膛一见血，就得请你返故乡！别的不要紧，爱人至少是给了别人了。这是绝对不能的。

“连裤子都脱下！眼镜也要脱！”

脱便脱，先前早就说过的，什么给他也可以，只要不杀人！于是漂亮的F大学生，便仅仅穿回一条短裤和汗衫而已。至于有两个大约是乡下的土头儿。却未曾损失什么。（他俩的粗布蓝大衲十分安全。）

卖票员的铜板都抢完了！各人的衣服也剥得清光了！他们就忙着下车逃走，那拿着枪的高个子还留在车上做殿军，临走的时候，扳响枪机，“拍”的一声，黎昌的脑袋就冒出一股鲜血，倒在车里了，那高个子还恨恨的骂道：“妈妈的！送你归终！”

又一连示威了两枪，才跳下车来如飞的向黑暗里跑了！

有一个F校的学生，竟吓得昏过去，其余的奔回学校。卖票员去报告驻防的军队，说是请他们追踪贼人。但卒之在三钟以后，军队果然来了，而且有警察。他们擎着枪分头去巡视一周。可是他们只能抓着黑暗，贼人是无影无踪了。

黎昌的尸身还躺在车上，一直到天明。

这是寻常到全没趣味的事情呵！“强盗拦途抢掠，枪杀毙了一个人”，算得什么一回事呢？

四

到明天，报纸登载起来了。但不过是照例登载罢了。每天抢掠杀人绑票的消息，简直多得很！叙定事实发生之后，照例又是一大段“现正在追缉中”“呜呼萑苻满道，良可慨也”云云而已。这些老调子访员是毫不费思索的。

黎三第二天看见一大堆人在那里谈论昨晚的案子。他们都露出微微有点吃惊的样子，但又很寻常的在谈论着。这堆人自然是杂货店的老板和伙伴，卖鱼的也在内。

那卖鱼的放下鱼担比手比脚的高声在说，他睁大眼，从厚笨的嘴唇发出响声，形容他昨晚听着的枪声。因为他昨夜卖完鱼回家经过那肇事地点不远的时候，便听着这样的枪响！不久就有四五个穿黑衣服的家伙掠在身旁跑过，手上都有黑的“小货仔”！他又凑近那杂货店老板的耳朵，装出低声断定这回事是驻防的那些货干的。因为他的很充足的理由，便是前几天那些货买了他的鱼不肯给钱，这点是足以证明那些货一点都不讲王法的。他说着颇有点愤愤然。

黎三将两只手插进裤袋里，也挨在一旁听着。他心里非常觉得卖鱼的可笑！但又觉得高兴，就像别人在大众跟前叙述自己的功勋一样。脸上露出奸狡的微笑，眼睛闪出一股蔑视而又骄傲的光。

他真想大声对卖鱼的说“就是你老子干的！”但他毕竟只哼了一声便走了。

这天公众汽车依旧开。

那“阔阔”的喇叭声还一样有威势的掠过黎三的身旁响着。一切还是如常。人都站在电杆下等待。车来了就黑魇魇挤满人，找不出一点不同的地方！不过仅仅是黎昌不见了。补上另一个脸儿胖胖猪一样小眼的司机。

公众汽车以后更会非常安全了。这天劫案发生之后，驻防军队就异常注意，汽车公司派人去见驻防的营长，请求他沿途派兵守护。而且……。

那营长自然答应了。本来K镇是在他保护的范围以内，是应得负责的。何况……。

所以现在公众汽车行驶的路线，都有军队站岗了。离不上几丈远就有一个守防着。往来的车辆都要检查。这一来，倒真叫拦路抢掠的强盗暗中叫苦！

黎三更其倒霉了！野鸡汽车的人都想不出别的办法！只好各自另寻生意，黎三的汽车已经交还公司了！但年关渐渐赶来，年头为了生细狗和阿苏借的钱还没偿，他已经抡起拳头骂过好几次。

黎三找不着别的生活。终于只能拉起黄包车了！

他住的房子也吃不起租，已迁到更窄小的地方，那里简直卧房，厨房都是一起，至于洁净，那更不必说了。长条桌早已卖完，甚至跛脚的圆桌子都有意思想斫作柴烧了。

黎三拉着黄包车，兜着风雪在路上跑，每逢经过那C乡的大路上，就想起那晚上的事来，他现在觉悟了！那次的办法实在蠢笨得狠！他一想起黎昌的那副面孔，心里有点害怕起来。他常常忏悔着呻吟着说："黎昌是冤枉的呢！"

他今晚正在捧起饭碗吃饭，忽而把饭碗重重的向桌上一放。"非打倒他的老板不可！那猪猡！"使他的黄脸老婆也吃了一惊，小狗更光着眼睛瞧着他，但他仍旧气愤愤的。骂"打倒他老板！"拳头握得紧紧的像两个小铁锤。

（原载1929年3月《新流月报》第1期）

泣　零

火　种

一

崇高的钟楼正反映着苍白的残辉，迷恍地耸入云端。钟的短针正指在第五个字上，不消说，现在正是傍晚的时候。钟楼后的几个一高一矮的烟囱，出着将要放工的残存的煤烟，一缕缕的腾上空中荡漾消散。

“汪……”一声汽笛震鸣，这大地的沉寂冲破了。

一刻儿，许多工人络绎不绝的从工厂走出来了；好像滔滔黑浪从幽谷湧出，也好像无数牧畜从牧场偷逃。立刻喧哗之声热闹了这黑夜的河边。

他们的乌脸蓬发瘦骨破衣烂鞋都被黑暗掩避了他们的丑陋不堪；但煤油的臭味，老铁的锈气混酵些橡皮流潰等的刺人官觉的东西，却无情的由他们身上浼散于空间了。

他们并不觉得这些，这种气味他们是嗅惯了。现在是一些无虑的小调和各种乡音的京腔杂在一切不可归类的声音里喧嚷着。他们并不像是如何挨饿的人们。

在这儿，一切都是充满了欣悦娱乐活泼的空气，使黑暗也变得比较光明了——并且充满了劳苦过后之弛张的筋骨声。

“看，德茂的女！看，那小东西！”一个滑稽而又放肆的声音响彻了全群众。于是无数的眼光在黑暗里闪烁着交错着。都集中在那向右边的茅屋走拢去的纤弱的黑影身上，好像万枝金箭一般。

同时小调越放得荡佚，京腔也哼得特别起动。一种低微的隐秘的笑音，不可抑制的从一些女工们的口中迸出，更有些玩皮的童工装着雄鸡叫，并吹着尖锐的口笛。

情形是这样的放逸不可收拾，使得那黑影是这样的毫无容身之地！她既不能向那儿躲藏，又没法可以遮避她的面目，睫皮不住地开瞌，如像抵抗恶芬的刺人的光线；并且不住的喘气，如像武士临危的时候。

渐渐的静了下来，工人们都向工厂左旁转去了。大约他们的家庭——谁能知道他们都有不有家庭——都靠近W市镇。

剩下的还有两个工人，默默的在那茅屋后边的厕所前撒尿。咚咚的泼水声在夜的寂静中响着，还有河上的断续的篙声和款的款的橹声，也随河风渐渐的可以听见了。

这两个工人也向工厂左旁走来了，并开始谈话：

"德茂的女，今天可真倒霉，给我们笑得一榻糊涂！"

"可真生得缥致啊！那小家伙……"

"缥致不缥致！轮你有什么份儿？哼……"

"我说，阿三！王大奎未必能够吃得这块肥肉着！"

"你以为这块肥肉会被那无赖子抢去么?!"

"是的，为什么十几岁的小女子要嫁给一个四十多岁的老工头？为什么一个穷人便不能得到一个妻子?"

"但你要晓得，老王已经花钱不少，而且他那样人有时也很慈善；譬如德茂，要没有他，几乎被工厂赶走。"

"是的，在你——在我们，是应该这样说，谁不帖服老王呀？厂主喜欢他，他也便尽量的献媚厂主，他献媚的手段是什么呢？便是严厉的管束我们，使我们做一群目不旁瞬的牛马，榨取我们的血汗，增加厂主的财产呀！至于他所以对于德茂施恩，那自有他的用意……阿三！你还睡在鼓里么?"

“总之，贵生！不要说什么帖服不帖服，若凭空的牢不费力给那无赖子抢去，我总觉得不平……”

“你以为花钱便是费力吗？哼！但钱是那儿来的，你知道么？那便是我们工人劳力的代价，全是我们工人的血汗凝成的，与其说花钱是费力，不如说花钱是在残酷地吸我们的血，抽我们的汗啊！”

“你也好像那无赖子一样，有时说得煞是好听，我阿三总觉得王老大是个有能干的人物……”

“好的，好的，不要说了罢！那是个无赖子，那是个流氓！是个穷光蛋！这便是他的罪过！他的不配……”

工人的影子渐渐不见了，声音也消逝了。

只留着这沉寂的黑夜的河岸，等待明日未来的光明。

二

今天是厂主的五十诞辰，除了特别的放工以表庆祝外，并给他的工人早发了工钱。

真是意外的欢忻和快乐啊！工人们真是沐恩不浅。

他们，各人领了工钱出来，互相谈笑着交际着，显得比平常格外融洽，也有许多年轻人，向女工们调笑着，但不含侮辱和兽性的意思，那是心中欢愉的用一种滑稽的举动而和平地表现出来的。女工们也很爽捷的传送迷眼，因为面貌的不净，不免有点粗野的形态。孩子们从家里跑出来，绕着父亲的腿，口里嚷道要买大饼吃。

他们完全为这一刹那的，暂时的惠得弄眩了心醉了。谁能知道呢？——不消说，他们更是顾不到——在那孤独的茅屋里，那不幸的家庭数十年如一日的流漾着孤冷的空气，一丝热意也没有。可怜的女儿正竭思底里状态的蟠在棉絮里，思想些人所不能猜测的东西。

“吃点东西罢！昨天一天来便没有一粒米下肚。”她的父亲低微地征求她的意见，手里拿着一只缺边的饭碗。“买一碗豆浆来，好不好？两根油条……”

“我一点也吃不下，口不知道味。”她柔弱的摇摇头，脸上做着苦涩而悲楚的样子：“唉！父亲！你吃去罢！”

“我大清早便吃过了，那时你还睡着。所以没有喊醒你。”歇了一会，他用一种几乎听不见的低音调说道：“唉！命苦啊……何必还这样认真……徒自讨苦吃啊！”

于是伤感的沉默了，父女间都觉得有件什么事快要发生般的，两人的视线猛然碰了一下。

这时候，外面忽然起了一阵小小的骚动，既则谈论风生。

门开处，迟迟的走进了无赖子，他站在一旁，乞怜的注视老人，一声也不响。

“你来有什么事？”在平常，老人恐怕要叱责他几句，警告他下次不准再来；也许要用一般轻视他的眼光去轻视他。但今天他却失去那种勇气，带着半温和半严正的声音问他。接着并说：“坐不坐？”

无赖子穿的污垢不成样的衣衫，现在更不成样。衣角是向上的翻卷着，扣钮只剩下两粒活动的卦着；没有扣钮的地方，只好让他披开，现出他白色变成黑色的衬衣。领边完全被汗水腐烂了，呈出茶黄色。两只裤脚上，溅满了污泥和其他的残屑。他的视线由老人转到女儿身上去了。

“父亲喊你坐，你便坐呀！”女儿亲昵的对他说。

“喂！沈生，我说……”老人坐在竹椅上说道，好像心里早已预备好的一端很严重的话。“我说，我并不是看不起你，或者怎样嫌厌你，我完全没有这种心思……我说，你以后最好和我们绝了路……”

“你是念过书的，听说，还很有学问；固然你现在是个校役……你自然是明理的，现在的情形，你难道是不晓得的……”

“为的我两父女的生存，为的你云妹的生存……请你离开我们罢……唉！这是万不得已的……”老人立刻便气喘起来，他的肺痨至少是第二期了。因此给沈生插进了一句话“老人！我一概都很清楚！”

“是的，好孩子！你是很能体恤人的……”老人的话音忽然爽利了些，带着感激和怜悯：“只要你以后走一条正路，沈生！我祝你前途万里……”

“你就要逐出他么?!”女儿忽然气愤起来，对她父亲带着咒诅的口气。“你是不能这样残酷的。”回过头来，对沈生再说：“你坐罢……”

“我就要回去……我还有事……你……”沈生的态度比从前更是坚决而忧郁，从密的眉毛里，伏吻着阴森的凶气。他正要对门走上去，值老人之不妨，掷了一个纸团在女儿的床上，女儿立刻便摸索着，会意的看住沈生向外走去的背身，于是他便隐去不见了。

“唉！也可怜啊！这无赖子！”老人长长的叹了口气。因疲倦的原故，便躺在自己的小床上沉睡起来。

女儿趁这机会，便把那纸团摺开来，用全副的精力注视在纸上：

——云妹！事情是失败了，真使我懊恼颓丧。就是前夜我从你茅屋里毅然回去的时候，我便蟠伏在女学教员的房子后面。房里是非常的热闹，喧嚷着得意的笑声，热腾腾的鱼肉的香气，随着冷风阵阵的扑到我的鼻孔里来，我几乎要打喷嚏了，外面风雨，虎虎的吼着，而且又寒冷得透骨，我全身抽搐着颤抖着冷痉着；喉管里又不可抑制的咽出细小的声音，可幸他们只一意的花言巧语劝敬你的父亲，逼你的父亲签那订婚字，并且说立刻好成亲。他们可真会享乐，个个吃得来烂醉，渐渐他们的说话近于疯狂的呓语，淫音浪调震澈了全屋棟。这时，我想，好！醉鬼，这是你们最后的临终的寿宴！好！大乌龟，给你多吃两粒解毒的卫生丸。我不觉的把那金属的东西总是触着。在天空里一团漆黑之中，我看见成功的光辉照临着，但，“噗咚”一只丑鬼倒地了，另一只丑鬼奔走了出来，猛见了我的黑影，便如像被擒的野狼般的嗥鸣，大喊了起来。于是我便钻进后园的树荫黑丛中，再跳上墙头逃走了。不再回来。便躲在一家偏僻的屋檐底下过夜，这一夜我通宵的没有阖过眼。一阖眼便只见金光四坠，怪扰人心花的；倒不如张开眼睛，反正只看见照样的风雨，照样的黑夜。唉！云妹呀！我这宝贝，我这从湖南潜逃出来所藏的唯一的武器，到底要什么时候才有用啊！然而，我们的目的终要达到……现在，我请你到火车站的那田径来，在下午五点半的时候，我有重要的话和你说。不要迟延！不要失约！记着！我们的耻辱，你的耻辱！我握你的小手。祝你勇敢！

你的沈生

她看完之后，立刻把纸又结成团子，并留心看了看她的父亲，她的精神，非常兴奋而且紧张。

这时候，沈生正到了工人子弟学校的门口，他碰着了王大奎——他的敌人。

王大奎才赴过厂主的诞辰宴，正吃得醉迷迷的，先到他的亲戚——学校里面的一个教员——这里发泄了一些酒气，现在又模模糊糊的想到另外一个地方去。

沈生在距他几步脚远的时候，他的手不觉得触着裤袋里的那金属的东西了，但立刻就挨近了，于是他们两个，互相耽耽的盯视了一下——在大奎的眼睛里的是：“小东西，已经有些证据了，你的生命完全操在我的手里。”在沈生的眼睛里是：“等着罢！我的宝贝是快有用处了。”总之，是一个有杀机的毫无人性的可怖的盯视。

大奎的雄大的鼻子上，有钻石般的汗珠发光。斜戴着灰色的呢帽，披着乌黑的大衣，在街上颠倒踯躅着。

他的周体热灼灼的，不知要到什么地方才能发泄尽他的闷气。忽有一个念头如电流般的在他脑中闪过，于是他挥开脚步，腾云驾雾的走向他的目的地。

三

大奎到了茅屋的门口了，他喘气的喊道："德茂！德茂！"

老人立刻便惊醒了，他听出是很熟悉的声音。他坐起来，看见一个很硕大的人站在门口。"哦！大奎伯！"他走到客人的身旁很谦卑的招待："屋里坐罢！还是……"他怯怯的说，他恐怕客人嫌屋里太不清洁了。但客人重重的点了头，他便连忙用自己的破裤擦净那唯一的一张小竹椅。客人已经坐好了，并已交腿的架起了，老人还是唯恭唯敬的站着，似乎是听命的样子。这可怜的老人完全为他过去的经验所挫折多了，他觉得世情的严酷是自然的，个人的命运也是前定的，使他对于应人待物的手段，非常圆滑婉转，迂就又高明。

"喂！德茂！那吉事怎么样了……"客人简直有点失望的说。因为他向屋里四处搜看了一遍，没有见到他想见的那姑娘，其实那姑娘已将全身藏在絮里去了。

"……但她现在病了……大奎伯！"老人很是惶愧的回答。并作一种娇媚的假笑。"你看，她是睡在床上呀！"

"啊啊！睡在床上吗？"客人立刻振作起来，又是惊又是喜。"就是那棉絮里？……"他仔细一看，在那微微凸起的棉絮上，正露着女人的曲线，在他看起来，真是惹人肉感啊！他开始心痒起来，两颊热灼灼的，眼睛不移的注视在棉絮上。

老人今天看见他突然的走了来，早觉得很奇怪，而且酒腥腥的样子，也早已令人疑心，再见那种神魂颠倒的注视，使他勉强的猜中了一半，但他不敢相信会发生那种事。

客人从小椅上站起来，几乎绊倒在地，他走拢去，揭开了棉絮的一角，不自然的笑道："好么？青云姑娘！"

一道腥臭的酒气，扑到青云的脸上；她的脸便烧红了。并且她看见那种不自然的笑容，她感觉巨大的恐怖。

——真縹致啊！小小的桃红色的脸……并没有病！他想。

这个时候，他忘记了老人的存在了。

他重复狞笑起来，又揭开棉絮另外的一角。于是青云的那甘美的少女的胸脯，完全露了出来。但同时却有两只肥嫩的乳头，在他眼前荡动，他的欲火中烧了。

他用他肥大而汗漉漉的手，猛然将那小手儿从被里夺了出来，用力的捻着。口里虽总是断断续续的叫着"手——好——么——"显然是已经来不及的假话了。

可怜的青云便全体抽动着痉挛着，忍受着绝顶的耻辱并颤抖的与恐怖战斗。许多的各种思想在脑神经里奔跑旋转，她用尽力量，斩钉断铁的道："走开罢！"

因这声音的沉着而坚决，一切都静默了。

河上的荡水声和船夫们的叫声，一刻儿便都听得分明了。

在这静默的一秒钟之内，老人大奎青云各有各人的心事不同。老人站在一边，简直缩做了一团。大奎轮起他那兽性的眼睛，向青云狞笑的不住的斜瞟——一个肉欲的乞怜和强逼的斜瞟。

便在这兽性的斜瞟里，有一个明了的可怖的预感，仿佛尖箭一般锐利，贯穿她的脑经，危险的无人性的事情快要到了。

但她并不能抽身逃走，她尽劲把棉絮扯紧包裹自己，一直包到头颈，她在棉絮里气喘而流汗，她的眼前明光乱闪，一切都是晶澈了的，沈生的愤懑的脸，在明光里时隐时现，她的整个的灵魂，被恐怖从她的肉体上赶逃了。

大奎的冲动已经达到极顶，他自己的一颗心也怦怦的跳动起来了。终于他扩野的大吼道："小婊子！怕什么？我已经是你的丈夫了!”他的眼充血而迷茫晕眩。一手死力按着青云,一手向老人混乱的摇晃,老人流着泪偪促着踌躇着,欲出而不愿出,不愿出而不敢不出,他那种悲惨的恐怖的苦相,真是令人痛心疾首。那粗大的手野蛮的重摇了一下,他终于出去了。噗的一响,门关住了。

门内响着好像兽类格斗的声音,忽然一张椅子倒了,棉被撕裂了,床架折断了。

并且断续的气喘,嚬噎,怒吼,咒骂……在各种挣扎的声响中间,夹着脑壳撞壁的激烈沉实的响声。

老人坐在门口的土地上,他伤心极了。他想到街上喊人来破坏他们,但没有那大的胆量,他怕大奎在工厂的威势。然则,便忍心让自己的女,给人践踏么?啊啊命好苦啊!

——天那!这事将怎样落脚呢?他几乎喊出声来。

这时候,他的思想非常混乱。忽然,许多的幻象,凶残地向他怒骂着。带头的一个,是一个很像他女儿的中年妇人,生得很漂亮,不过是女工装束,她坦起受伤的胸脯给他看,并指点着一支血孔;他想仔细去看,但立刻从血孔中充出了鲜血,直溅没了他的眼睛。第二第三个,便是那妇人的儿子,两个污脸的顽童。大孩子是乞丐的装束,小的孩子是穿的育婴院的衣服,他们都很愤恨的憎恶的向他脸上喷吐出秽臭的唾沫。他觉得脸上全湿了。就用力把眼睛鼻子一擦,于是幻象不见了。但他的眼泪如瀑布般的倾注下来了。他喊道:“你妈呀!大儿呀!小儿呀!”声音是包藏绝顶的悔恨自咒和求恕。他继续以同样的凄惨的声音叫道:“……你们都饶了我罢……我已只是一架残骨了!”

一会儿,他又想起了他自己的灰色的生活。立刻,那机器的奔腾声,皮带的转动声,钢铁的锻打声,链子的拖地声以及工厂里应有尽有的各种声音,几乎把他的耳鼓震破了。他的头昏痛极了,他近于疯狂了,他想奔逃。

在这一刹那间,他把埋葬在经验的俗堆里的几乎生了锈失去锋芒的那人类的真实的灵魂，重新透露了出来。他便把从来忍耐住的愤怒在他的血脉中激动了。

他想起来敲门，把那野兽捉来丢到河里。

然而，他的眼睛忽然冷静而清亮并明净，如像水晶珠一样。望着天边的远河的涘际，好像看见了过去的真实和真实的永远……

老人昏倒在地上了。

门开了，天光透进了屋内。哦！何等阴森的刺心的景象。一切的器具都毁了，床椅拆散的破木块，棉絮撕破的白棉质，墙壁碰坏的泥土灰和被践踏的枕头帽子衣衫等，狼籍的撒满了满屋；这简直不像曾经有人住过的地方。在这里，并且还有一种秽恶的变味的酒气搅和着各种窒闷的气味，怪刺人官觉的。

那高大的野兽大约酒醒了，痴痴的站立在屋中央。形容非常憔悴，并且悔恨丧恼和一切普通泄欲后的种种疲惫现象，他用着一半怜悯一半厌恶的眼光注视横陈在地上的青云。她现在是完全不美了，被毁伤而变形了，却是狼狈而且丑恶，甚至令人竖起汗毛。她满身鲜血，遍体青伤，好像伤弹的小雀张开柔软的翅膀伏落在地上，她快要断气了，奄奄一息。

“唔……”一个苦痛绝望的唏嘘，从她胸中吐出。并隐隐的在叫着：“沈生……”暗示人她十分对沈生不住，还请他复仇。

残暴者听见了声音，断定她还有些气息。于是用自己的大衣把她包起来，探见外面无人，便偷偷的走进工厂去了。

四

子弟学校的门前，高高的饰着好几只花圈，红白辉耀，这是表示庆祝厂主的五十诞辰的。

学校的里面，却静寂寂的阴闷闷的，空场中的小草木，毫无生气的动着枝杈；教室的百叶窗，一律关闭着，像是紧守着不可测的秘密般的。眼所见处，一只小生物也没有。天空有飞云。

突然，有一个声音飘漾了出来，使这座寂静的建筑起震。这声音的旋律，幽郁而冗长，曲趣也很沉着渺茫，虽是凄凉悲伤的音调，却曳带着一种说不出的愤懑和潜力的压制在后面，令人听了因激动而流泪。

百叶窗因而颤动着，草木因而摇曳着，空气因而迴波旋浪，一切都似太受感动了。

追踪这声音的出处，便是由那如垃圾箱的小房的窗洞中挺长出来的。

这房子——真不如说是一只小垃圾箱。这垃圾箱是放在一条楼梯底下。地面是润湿的泞滑的，生着青苔或白菌一类的无光小植物，一不当心，便要绊倒在地，壁角脚下，挖着许多的鼠穴，也许有毒蛇在那儿举头伸舌呢！房里的光线，简直全没有。房角的黑影处，好像藏着许多不幸的鬼在寓居。虽则开了方小窗洞，但外面的灰土墙又给挡住了。然而他好像并不觉得这些，于他是怎样的不幸；他也更没有嗅着潮湿的霉酸的腐臭的这许多刺人的气味，他在黑暗中不断的蹬蹀着，眼睛看人所不能见的地方，忘神的仰头高唱：

…………

纤绳拉得肩背麻

背着背着几时方才罢

筋肉肌肤尽晒暴日下

蓬头破服像野人

…………

…………

这是俄罗斯人民的歌谣——伏尔加的船夫曲。他因等五点半钟与他爱人的约会，觉得时间的拖长而难挨，于是应乎真情的流露，顺口便唱出这个歌来。

但是，突然间，女学生教员的门，有人猛力的推开了。因用力太过，一块玻璃铿然打碎了。

他停止了歌声，于是一切便静寂了，一秒钟之间，只听见打破玻璃的各样回响。

外面似乎起了风云，他的房里越是阴暗黑郁，他重重的坐了下来。这时女学生教员的房里，隐隐的传来了话声，他凝听着：

“大奎！什么事使你这样慌张？你的脸为什么这样苍白？你的手为什么如此发抖？你不是不久才从我这儿出去的么？”

“是！是！是！我吃酒醉了……”气喘而偬促。

“你刚才又吃了酒么？”

“不，不，不！我酒醒了……我做错了一件事！”

“什么？大奎，你的形容很不好看！做错了什么事？”

“就——是从你这里走出去之后，我醉昏了！我醉疯了……就这样我做了一件坏事。”

“坏事？”

“究竟太过分了啊！要想个办法方——方好……我醉昏了，我任性了！我将德茂的女……”

沈生一蓬跳了起来，便如石像般的站立在室的中央，他的思想就给惊弓之鸟一样的在脑经里旋转翻飞，不敢在任何的树枝上一刻停留。

“…………”

“…………”

“自有办法……那无赖子是很有人注意的！”

他的耳朵轰轰的响着，他完全听不清什么东西了。他的眼睛内灼生光，他的头发几乎一根一根的站起。

仇恨愤恐怖和悲楚揉杂的袭击他的肉体和灵魂，使他痉挛的站不稳脚，他徒然向外奔走。

他走到河边的时候，远远的便看见老头子仆在地下。两手平铺的张开,两脚僵硬地弯曲着,如像一只死狗。

那是何等的一副苦痛的面孔啊! 当他走拢的时候,被他看见了。眼皮微阖着,还露出一丝有生气的光来。鼻子上有几条红丝,似乎被人抽打过。臀部的毛烂的衣边被恶臭的尿水浸透了,这尿水是屋侧的厕所前的两只缺口的尿缸里淌流流出来的。

沈生急急的按摸老人的脉搏,觉得还有法可救;即把他抱起来,走进茅屋放到一只半断未断的床上。

这屋里是恐怖阴森,满屋狼籍的碎具,呈露着不可思议的怖人的悲剧的伤心惨目的证剧。一个原始的野蛮的奸情的想象,如电一样的穿过他的脑经,他战栗而齿响了。

同时,他对于老人的昏倒,怀着愤恨和疑惑,他的锐利的眼睛,好像看完了那野兽的喉管。

老人本不过是一时急晕了,现在比较安稳的睡在床上而且又有沈生照自己的一点浅溥的生理常识,施了种种手术。

老人开始苏转过来,在他脑中靠一点点血液维持着的那思想中的憧憬,重复如落月的在山峰发着寂寞的清辉。

"……你妈呀……大儿呀……小儿呀",在老人乌紫的唇边,透出了几声低微的苦痛的叫喊,好似临终的祖父对他孩子的最后遗言:"小儿呀……你妈呀……"

沈生的平常百不介意的面孔,现在也被感动得变成抽搐的苦相。他的睫皮上卦着一粒老大的泪珠,闪闪发光,他用自己的手膀枕着老人的脑壳,注视老人渐渐开阖的眼睛。老人断断续续的说道:"你妈呀……是我害死你的……你不忍受人的侮辱……你自己用铁钻凿穿了胸房……唉……我知自责了……饶了我罢……

"大儿呀……你也饶了我罢……只因我这根干的脊梁上背不起你……我才咬牙的送你出去讨米……谁知你早熟的孩子……就晓得寻短路……

"唉! 小儿呀! 你也不在人世了吗? 我把你送给育婴堂……

不过两年。唉！你是因没有饱足的乳吸么？或是你早知道了人世的命运么……唉！还或是育婴堂嫌厌你这卑贱的种子……把你掷到黄浦江给鱼吃去了呢……唉唉……好苦啊！"

老人的这种低微的叹诉，含着无限的末路的悲哀和忏悔和余爱。他的呼吸渐渐的比较响亮起来，一种干涩的窒塞的气息，从他痨疾的肺部里沉吐出来，沈生更深进一层的做了一个苦相，那老大的眼泪直如荷叶上的露珠，落在地上，几乎琮然有响。老人把眼皮缩上了一回，露出冷静而明亮的光。他继续呓语道："……青云！我又害了你……但，你拚命罢！你打死那野兽罢！你宁愿去和你的母亲相见，切莫给他沾污了你……"

他恍惚，迷惘地看见沈生在他面前，他又说道："沈生呀……"声音比先特别的沉痛。沈生抽着喉，一粒大眼泪，第二次再卦上他的睫皮："……我实在对你不住……你也原谅我罢……是的，我现在祝你反抗去！杀尽那些野兽……"

"是的，我不扫杀那些野兽，誓不甘休！"沈生挺直胸部，勇敢而坚决的说着。因为他的臂膀，摇动的原故，老人的头，便也受震动。这么一震动，老人便因此而惊醒的样子，张开了眼，瞠然的看着屋内的四周——狼狈的刺心的景象。他先用一种锋利的眼光向沈生问他的女儿那里去了。既则突然的捏紧拳头，往空中一挥。并绝叫了几声："杀！杀！杀！"声音非常坚切锐利，好似一百度的断弦。

…………

老人重复晕倒过去了。

五

屋内是完全死了，笼罩着一个可怖的缄默。

大地更是阴暗了，天空中布满了黑云。河上连一只小划都没有，习观风云的船夫们，预知快有大风暴来到。

沈生看着第二次晕倒的老人,胸脯剧动的起伏,正不如怎样才好。

但是,外面忽然喧嚷骚扰起来了。沈生收敛了眼泪,凝神的静听:"岂有此理!捉拿捉拿!"等的喊声立刻传到他耳朵里来,一种明亮的恐怖的预感,照彻了全宇宙,告诉他最后的灾祸快到了。于是他残酷的放下老人的头胪,挺拔的站立起来。但立刻他全身发抖,喉管有硬东西塞住了。

"诸位呀!我们决不能和他干休……这禽兽,他强奸了王老大的未婚妻……"他隐隐的听见这正是女学生教员的声音。他似乎内省了,他的眼睛发出锋锐残暴的光,呆了一会,他便飞奔了出去。外面的群众,更是大喊大骂起来,都要捉住这无赖子,他觉得自己的身体已经羽化了,脚下踏的是一层棉软的东西,他轻飘的奔走着如像在梦中。比较勇敢有力的人想去阻挡他,但见他一点也不顾的凶狠地冲了过来,便畏缩的闪开了。于是黑的天,暗的地,狭窄的街,小的铺店,肥胖畜人,小孩子,妇人,黄犬,雄鸡,都如梦境般的飞过去了。

一直奔到他的垃圾箱。一刻钟之后,他总算神志清醒了。

他自己也不明白,那金属的东西已经握在他的手里了。

他奇怪的微笑着,并且很温和的接吻他的宝贝。

另外一个聪明的念头闪进他的脑里。

于是他从窗上跳进女学生教员的房里,随便换了一套短衣,变成了一个城市里的账房。

再擦干净脸,便大摇大摆的走到街上去了。

布满了黑云的天,虽似渐与地面接近;只因风发得太大雨终于还没有下来。

街上的风声非常紧张,一团团的人围着,互相交头接耳。好事的孩子,竖起耳朵,走到那里又走到这里。雌鸡们拖着尾羽,静静的伏在屋檐下。好热闹的狗,却很是忙碌,在人们的腿间钻来钻去。

沈生走到一条宽敞的街口,他停住了。

前面有一个矮子的学徒,带来了什么消息,现着恐怖的表情向他的长辈们侃侃的诉说道:"我们早知道那湖南的无赖子,不是个好人,是只凶家伙!他不但把德茂的女强奸死了……并且……"

"不是很多人说德茂的女爱上他了吗?为什么他要强奸她呢?奇怪!"他的肥胖的长辈质问他。

"不错,不错,我看见有个教员在那里说。他说,他俩原来本是相爱的,但是这几天,德茂极力的劝他的女,他想王大奎有财产,所以德茂的女便变了卦。"他认真的解释着,而且说话很流利。

——好计!好计!沈生站在一旁想着。

"啊!就这样的呵!所以无赖子便动了杀心。"一个人以为很是清楚这惨剧了。

"并且,你们知道么?他还是个革命党呀!"学徒又说。

"好大胆!好大胆!"长辈们目目相视。

"王大奎真是好人!他说德茂的女,他宁愿出钱安葬。第一他还是在要帮大家捉拿革命党。"学徒真是热心,他又做了一个鬼脸说道:"革命党真捣乱呀!"

"Ch!好个王大奎!"一个尖锐的女人声音,从街檐底下破了出来。在这句话里,她自有她独到的见解。她生得很是俊俏,她有风骚的妇人眼色和诱人的秘密的手段,她的丰满的肌肉,也有很多人为之倾倒。不过她是个穷人的妻,住在王大奎家的隔壁。

在知道内幕的人,听起她这句话来,那是含满了嫉妒酸意和仇恨的意思。

但前面忽然奔来了一个孩子,一副可笑的害怕的表情。半颠半倒扑到穷人的妻的怀里。"姆妈!我怕!我怕!工厂里抬出一条女尸放在河边了!"

沈生现出非常镇静的样子,离开这里了。

在昏天黑地的河边，飓风卷起灰尘在空中飞舞。河上的浪花伸出白的舌头，互相逐激着互相呼喊着，它们的声音都好像是将死的求救。

工厂前静静的围着一堆人群的大圈子，巨大的阴森的恐怖之神，化作了灰色的幽灵俯伏在群众各人的脸上。他们一声不响的，万目瞠然的向中央辉耀着。

岸上一切都是为惊骇所默住了，万籁无声。但河水继续不倦的呼喊着求救的声音，似将迄于永恒。

沈生和平常人一样，挤进了人群的中间。

中央的一块空地，横陈着一条女尸。但全身被白布遮盖着，只看见长长的散发拖在地上。只这样便够了，谁不能想象出她的苦痛可怖的表情。

沈生竭力的抑着眼泪和伤思，他向群众中搜视他的仇敌；但他终于没有多大的训练。他的手发抖起来了。

忽然一只手搭上他的肩头，那人在他后面说道："来得正好……"话犹未了，被沈生拚命的一掌推在地上，如像东瓜一般的打了两个斤斗。这便是那女学生教员，他认识沈生穿的衣服。但立刻他又站起来，他的行动比蚱猛还要敏捷。沈生正拿着那金属的东西了，后面又有个粗大的力量抓紧他的手膀了。

于是全场鼎沸了，浑汹汹的头胪在黑天底下晃动起来。惊慌无措的人们，脚下奔着，口里喊着，许多的帽子手帕，从人的头上或手上，被风吹上空中去了。

"捉住了！捉住了呀！"教员得胜的昂然高呼着，手向空中挥摇。"捉住无赖子了呀！这凶犯呀！不要怕呀……"

胆壮的人们果然便停住不动，但同时他们的注意力又被另外一样东西所惊住了。

从那茅屋里，走出一个褴褛的老人，头胪无力地软倒在一边，走了几步，忽然颠仆在地。挣扎了一会，重新爬起来，但又颠仆了。

他便是已经昏过去了的德茂，他因被外面的喊声惊醒，很多的话他都隐约地听清楚。他便奋力爬出来，想完成他最后的责任。

他完全像从棺材里爬出来的活尸。挺出的眼珠，好像硬玻璃；颧骨高耸的包着一层薄薄的苍白的绉皮；干枯的上唇完全收缩了，紧贴在低落的鼻根下；上排的牙齿向外毕露。他用力摇摇头想说什么，但是没有声音。

沈生虽则被人绑住，但已忘记了自己的生死。只是迷糊地看着一步一颠仆的老人，他以为老人是鬼魂显灵，目前尽是梦境。

群众一律的默然注视，一律惊疑不定的心境。

在群众的寂静里，渐渐又冲进河水呼救的声音。

老人渐渐挨近群众了。他想说，但又没有声音。

这时候，王大奎开始懊丧起来，两手垂在腿上发抖，——我为什么忘记他呢？不先贿赂他呢？他想。

忽然，蚱猛似的教员，跳上前来。并说道："听罢！让他给我们证明。"指着老人，并好意的扶他。

"好！我来给你证明！好个险恶的同谋！"破锣似的声音从老人的口里吐出来了："你们这些蠢人啊！你们全是受了欺骗啊！"

于是许多人的心境立刻便转变了，更有一部分人——大约都是工厂的一部分工人，这才觉得打破了难解的疑团。他们原先觉得这件事情出现得太奇突了，难道沈生一个他们的仆人竟有这大的胆量吗？况且谁不知王大奎是个无恶不作的老工头。

王大奎变成了垂死的老虎般的，想逃走而脚又抽不动。

"哦！老人疯了啊！不要听他的话罢。"教员失望极了，这样向大众喊叫。但大众的一角里，立刻向他叱责道："你不必讲了罢！请德茂给我们证明。"同时有一个肥壮魁伟的少年工人，走向前请他让开，用自己扶着老人。这便是工人贵生，老人继续说道："……这些奸猾的贼呀！他们完全向你们说谎话……"

刚才许多吓退的人们，又从街口涌回来了。

“啊啊……我的可怜的女儿……便是被……”老人斜着决向左右寻看人，终因眼睛朦胧的原故，没有见到王大奎。他只好继续说：“便是被那老贼王大奎……奸死的呀……”

“好可恶的老贼！好可恶的老贼！”大众的吼声如雷，将对无赖子的怀恨尽量的转变方面而对王大奎，无数只瞠然的眼光在黑天下闪辉着向王大奎射视。

“你们难道不晓得么？他强奸过的女工……还很多呀……”

“晓得！晓得！”群众应声回答。

“你们不要信他们罢！无赖子是个好人……”

“放开无赖子！放开无赖子！”大众的许多眼光向无赖子表示歉意。绑住无赖子的那少年工人，便是阿三，他好好的给无赖子松开了。但搜出的手枪，他却不肯交还，他想拿做证据，欲为自己的工头大奎挽狂澜于既倒。这样，他想日后可以在工厂得到许多的好处。

沈生是得到自由了。他不觉活泼地微笑着，这种微笑是自失败以来的第一次。生之欢潮湧上他的心来，种种的以往的群众运动的欢忻的场合，从回忆中带来光明，照澈了他的脑际。

这时，神经很是灵敏的教员，偷回工厂打电话去了。

王大奎差不多完全昏了，同时他开始怨恨起教员来。——何必想出这神经过敏的办法来呢？早不如不闻不问的贿赂了德茂就得了。他想。

——总不至于有什么大事发生罢！他又想。

而且他也并不能走开，贵生很严厉地监视着他，还有几个工人守立他的身后。

沈生态度很自然的走到老人的身边来，他那沉静严肃的深藏隐愤的眉尖的绉纹，已很平和地弛展了，减少了许多幽郁阴森，他向大众热情的鞠躬，许多好意的眼光看着他。他向大众高声喊道：

“亲爱的工友们和民众！今天的事情，已经摆在各位面前了，内幕究竟给各位明白了！各位作什么感想呢?”

“他们不是说过么？决不与我无赖子甘休。但现在的事情已经水落石出,那末,各位又能与他王大奎甘休么?”

“他——王大奎！既奸死了德茂的女,又复急坏了德茂自己,还要用欺骗手段淆乱人心,并陷害我,究竟公理何在？各位没有公评么?

“他所作的恶,谁不知道？顶括括的王老大,我们穷工人谁不在他膝下伏首帖耳？他横直做资本家的走狗,有的是钱的势力,我们穷工人有什么办法呢?

“亲爱的朋友们哟！我们能永远受他们的压迫么?

“他们有钱的人三妻四妾还嫌不足,我们穷人与穷人的爱的权力也要被侵略么?”

他停了一停又说:“诸位呀！唉！只要看一看那可怜的女儿的尸体。”大众的眼光立刻便随着他的手势集中在女尸身上,那散乱的长发静静的在地上拖着,这其间,起了一阵郁积而怨毒的叹息。“诸位呀！请再看一看这临终的老人。”这时,老人忽然捏紧他瘦骨嶙峭的拳头往空中乱晃,声音非常的嘹亮,说道:“看罢！我这一架残骨……我的血肉那里去了呢……唉！你们自己还不明白么……你们也将要到我这一样的地步……你们的血肉正在工厂里一天一天的侵蚀呀！给他们变做了大洋,纸票……无数的纸票呀……”老人实在透气不过来了,忽然眼睛翻白了一次。最后,如炸裂的绝叫了几声:“杀！杀！杀!”这声音曳带着数千年来的所曾受的耻辱和压抑的愤懑之气,于是老人完成他的责任而倒地了,他死了。

许多人因大受感动而流泪了,怜悯同情与恐怖揉杂的占住各人的心境。都向老人奔拢来。

捏着手枪的阿三,这时候的思想真是混乱极了。有两种不相容的力量在他心中战斗着,他的手渐渐发抖了。

忽然,他看见王大奎正向工厂奔逃,后面追逐得最勇猛的两个是沈生和贵生。他很想打死他所嫉的无赖子,但黑色的枪口已对中了王大奎的头胪。他想无赖子究竟是我们的穷友,大奎才是敌人咧!

"砰沉"的一声,青烟从枪口中冲出,弹子穿进王大奎的颈项,如被伤的野猪般的乱跳,沈生再用脚踢了去,才算解了他的毒气,倒在地上,鲜血从伤口中奔注了出来。

"朋友们啊! 上来罢! 再去奉敬他的同类罢!"沈生向群众高抗而欢忻的喊叫。

倾刻间,全场的骚动和混淆变成紧张的沉着的一般的形势了,大非那散漫的惊惧的喧嚷所可比拟。在这里,四面都是紧张的面孔,四面都是血红的拳头,各人的心中充满了热忱,愤懑,激怒,没有伤感也没有眼泪,反抗之光辉如闪电般的交错于各人的视线里,各人都想为死者复仇,为存者杀敌。一般的心思,都如此的勇往而直前。

但是,灰色的兵士的队伍忽然工厂的侧面涌出来了。步伐很是齐整而沉实,官长的指挥刀拖在地上铿锵地响着。兵士的枪头上插着锋利的刺刀,放出苍白的晕光。官长将指挥刀一晃,于是他们放开了作战的队伍。

然而,反叛的群众,丝毫也没有畏缩,他们越更加紧他们的一致的步伐,不断的向工厂进攻。

"朋友们呀! 今天正是厂主的诞辰呀! 我们去向他庆寿罢!"沈生的抑制不住的得意的呼声,已在工厂的里面高抗的喊着了。

一九二九,二,十八。

(原载 1929 年 12 月《新流月报》第 4 期)

迅　雷

火　酒

1926年冬季，S市场的工厂，总同盟罢工了，白色恐怖，盛行于中国东南。这是一个午后，太阳照在巍然的屋顶，凝固的坚冰尚未消溶，北风吹得很厉害，行人都将头缩进衣领内，天气愈显得是冷冽了！

常委郑秋南，正伏在桌上，写工作计划，组织李隼，宣传杨初庆，坐在床沿裁剪做符号的白布条，桌下放了两卷棉花，两瓶火酒，严肃的寂静，把持了一切。——滴嗒！——嗒滴！——的钟声，仿佛是安慰自己，娱乐自己似的，为避免冬季的寒风，窗户密密的关上了。

这几位青年，都是五卅以来，在中国出死入生的党人，最近×党有一个政治上的大活动，现在已经被计划，而且成熟了！这个计划，是危险的，又是必须实行的，危险而又必须实行的事，已经决定他们几位去负责指挥了。这件事是发生得如此突兀，匆促，在当晚七时就要发动的。但是他们无时无刻都感到兴奋，紧张。

门外电铃响了，秋南放下了笔，收拾缮写的计划，疾忙起来开门，走进一位穿黑呢外衣的青年，身躯瘦弱，两目闪闪有光，看去是一个具有胆汁质的人，而又带几分多血质的意味。

“是你，来得正好！群众出发了吗？是照计划指导他们吗？谁领他们上去呢？”秋南一手关门，一面低声说。

“当然按计划的，七时发动，队长领他们去的。”青年这样回答他。

“海军鸣炮三声，埋伏的队伍立刻发动，将白布标帜缠上左臂，告诉了他们吗？”

“一切都告诉了。”

“领袖是不能脱离群众的，脱离群众，是要受群众裁判的。”

“是，是。”

秋南说完之后，在房中踱来踱去，仿佛有什么重担，挂在他的心上，眉头绉紧，又好像烦恼压碎了他的神经。举起眼望那青年说：

“仲豪，此次暴发首在巷战，巷战非火攻不成，这件事已决定你和初庆去指挥。火酒，棉花，炸药，目的地最好在军事机关，不许推却，决定了。”

“就是。”仲豪简单的回答了。

“听到警局接应的排枪声，你俩就下手。有紧要急讯，告诉交通。脚踏车上插了梅花和水仙的便是。初庆在东门，先出发，仲豪在南门后出发。”秋南一面走着一面说。

初庆当即向同志们，惨然一笑，提着火酒出发了。

室内更加寂静了！单调的钟声，也愈加响亮，秋南依然在室内踱来踱去，仲豪在椅上沉思，李隼躺在床上，不耐烦的，一切的欢情似乎在他心上都消失了！凄然的说：

“同志们，平时虽表示得很好，大难来了，恐怕有点靠不住，能负责的人，太少了！”

仲豪听了，带了一种讽刺的语气说：“未必吧！”

秋南转过头来，停了一停说：“小资产阶级，智识分子，多是摇动的。”说完，又将头回过去，走到墙根，复回转过身来说：“李隼，内部一切交你负责，今晚我亲自去指挥，前线后方，是同等重要的，犹其是斗争剧烈的××，当十二分留意的。”

李隼说：“这件事正不知前途如何？”

仲豪说:“胜利固然好,失败了,再来一个。”

此时大家又归沉默了,李隼依然躺在床上,忽起忽沉的思潮,盘旋于脑中,眼前一切,好似沉入茫茫的雾中,时而站起,时而睡下,心中的确是烦乱了!

四点半了,仲豪提了酒和茶食包,那样细致,像送人的礼物。他走出衖口,一个披长大衣,戴墨晶眼镜的人,定睛的注视他。他很潇洒的,从他身边走过。

街道上一切的景像,都和平时一样,不过有几处添上了铁丝网,在仲豪眼帘中的景物,都好像加上了一层恐慌。他低着头,向街道走去,脸上露出了一点苦闷,越过华租交界的铁门,一个安南巡捕,向他望了一眼,也不怎么。侵骨的冷风,卷起灰尘,从地面翻起,街上行人车辆,川流不息,短衣上下的工人,大概是今晚的群众?那些嬉笑自乐的商人,他十分为他们担忧。时刻已到五点,天色已近黄昏,电灯也都亮了,他还急急的在中华路走着,身子微向前伛,夜色沉沉的衖口,戒备更加严密,恐怖已排在他的眼前,他于是有点怯懦了。心中只是突突的跳动,时时打着寒噤,这种感觉,在他是第一次。大概是走乏了吧?他站在电杆下,无聊的呆呆底张望着;壮丽的建筑商会,自来水公司,电话局的屋顶,在这个上面,并找不到一种新的意义来。街道上的行人,穿长衣的,短衣的,商人,工人,学生,资本家,绅士,黄包车夫,脚踏车,汽车,……来来往往,几千张不相识的面孔,在他面前悠然过去;有的面孔是长长的,有的是圆圆的,有的是胖胖的,有的鼻子很高,有的嘴巴很阔,有的眼睛很小,有的头发很蓬松,他想制止自己这种的思想,脑中烦乱,一点也不生效力,只是充满了无味的,不安定的感觉。有一个提着酒和茶食包的青年在他面前过去,他看出了是杨初庆,心上觉得松爽了一些,思想也安定了一些。于是,提起了酒瓶悄然向西门走去。又一乘插了花枝的脚踏车,在他身边驰过,他此时心更觉坚定了,心中反自责起来,“羞辱呵!刚才为什么这样怯弱呢?”

街市行人，渐次减少了，警察双冈，保卫团雪亮的刺刀，在光影中冷笑着。西门路上，只见灰色军服的兵士站着。两颗血淋淋的头，挂在电杆上，眼珠突出，期望民众起来为他复仇似的。仲豪见到没有群众，很失望的复返身走回南门。沿街商店，门都关上了，灯光黄沉沉地燃着，石子路上映着拖长的影子，晚风异常肃煞荒凉。

一个穿黑呢制服的青年，这就是郑秋南，狠镇静的，脸部现着铁青冰冷的表情，在仲豪身边走过，轻轻的说："留心！留心！！"仲豪受了警告之后，回转头来，相隔二丈远近一队红缨大刀队，雪亮的刀光，灰色的影子，吞噬生命的死神，在后追随着。心中突突的跳动，格格颤抖，冷汗将内衣都湿透了。——及搁！——及搁！——的脚步愈加近了，常委的警告！"留心！留心！！"四个字又在他脑中回旋了一次。身旁有一乘包车，他想坐上去，又恐怕惹起了大刀队的疑心，只得一步步的在街道上踱着。时间离七点还有二十分，他相信恐怖的事，快发动了，大刀队仍然在后面，使他放心不下。走到影戏院门首，他偷偷地，回转头来，大刀队转入别条路去，这才使他的心安定下来。

他自受了这场虚惊之后，愈加畏怯起来，跳上黄包车，车夫急急地跑，路上行人几乎绝迹了，他坐在车上，意志感情在脑中冲突起来了！

"平时虽表现得很好，患难来了，都有点靠不住，能负责的人，太少了！"他脑中浮出李隼的一段话，不觉羞惭起来。旋复自语说："我决不能牺牲。"同时一个描条的少女，圆圆的脸儿，流动的双眸，在他面前一跃，——牺牲了！怎样对得起她呢？

又一个白发皤皤的妈妈，那样慈祥的妈妈，又在眼前一跃，牺牲了，怎样对得起她呢，"今年我不是要毕业了吗，以后的前程还远大呢，留住我的身子吧。我我我决不能牺牲！"

他坐在车中，正解决不下这个问题，车子已跑近体育场了，模糊的光影中，五六个凶横的警士喝了一声，把他的思想打断了。“口令！干吗的！口令！”接着又喝一声“走！走！”他心中骤然紧涨了，车子回头就跑，没跑上半里，海军的号炮响了三声，接着××的机关枪，急迫的射击，仲豪坐在车上，只得叫苦，他想西门，南门，一定发动了，催着车子往小南门路上走，冷静的像山径，黄包车也少了，惨白的电灯，照着一队巡行的警察，侥幸还没有被检查，然而恐怖的思潮，急迫的袭上心来，愈加的怯懦了，他不能自主的，在这情形之下竟然想临阵脱逃了！

惨白的电光下，有个青年，苍慌的隐没于小学校内，许多教员都殷勤的和他谈话，留他在校内住宿，他的脸色，却表现得很忧郁，像堆着无限的烦恼在心上。这个烦闷的青年就是仲豪。九点钟了，于是停止了谈话各人都去安睡。

仲豪躺在床上，翻来复去，嫌棉被太薄了，床又太阔了，脚缩上是冷，伸直还是冷，心里想睡，又老是睡不着，先则发现了，月影透进窗户，使他不能成眠。次则发现了，隔壁的几位教员的鼾息声，扰乱了他。从一到百，在床上数了十数遍，仍是不能够入梦。七时，八时，九时，都过去了，外面没有一点动静，十时又过去了，依然没有动静。他脑中只布满了，说不出的烦乱。幻想着或是党中的策略，临时改变了，又疑惑是窗户关得太闭密，隔绝了街巷中的枪声，于是披衣下床来，轻轻的开了窗户，一庭月色之外，只有扑面的北风，复将窗门关闭，重新的睡下了。

刚睡下，内心又谴责起来。

“同志们，拼命的和敌人击战，我，我呵，却在这儿安睡，事到临头，就逃走了！智识份子，多是临阵脱逃的。”秋南的话，在他脑中回旋了一遍。不觉羞愧起来。“我是火攻的指挥者，竟然抱弃了群众，怎样对得起群众呢？怎样的对得住自己呢？怎样的对得住党呢？难道是没有阶级的觉悟吗？难道是对于时代还没有认识吗？

哦！哦！羞辱的生存！”他此时几乎要哭出来了。

“勇毅起来！抑制小资产阶级的习气，我不是说过人家，是投机吗？难道现在轮到了我自己吗？李隼今天说的话，我不是不服气吗？竟然被他说中了！起来！起来！！用铁一般的意志，去执行我们的策略。一起来！一起来！！”

虽然这样想，然而依然的是躺在床上，户外的北风，不断的呼啸，一切的东西，都寂灭着。他又复自己敦促着，起来！起来！他披上了衣，轻轻的开了门，但是走向何处去呢？

惨白的月亮，照在地面，纯洁无尘，场上二株白果树，苍劲的影子，画在地上，荒废的旧工场，好像一副大棺材。他在场上踱来踱去，看那蔚蓝的天空的月亮，心里尽着想，他的思想烦闷暗澹而且严重，仿佛天上的云阵奔到他脑里来了。

从月色之下，偶然抬起头来，隔墙的电杆，映入眼帘，想起西门的光景；两颗血淋的头，突出的眼珠，张大的嘴，向着昏黄的街灯。于是，他的思想转向那两颗人头上了。

“我们的时候到了！执斧头链刀的人们，就要执政权了！狂风暴雨，立刻就要到了，明天这个红的，可怕的名字，立刻就要传遍世界。一种粗暴的声音，将和血一同的挥洒。一切旧的，不健全的生活，立刻会被这大潮流卷去；帝国主义者，及其走狗，将倒在一群执斧头的人们的脚下。这是一定的，时代的历史这样的告诉我们，今晚，今晚就是光明的前夜。”他想到此时，不觉跳跃起来，立在一块石上，用拳向空使劲的击着，好似向群众演说一般。

北风在空中叫号，淡白的月亮，被黑云遮掩了一半。“哦！哦！号炮响过四点多钟，怎么还没有枪声呢？”他复抬头，四面望了一望，前面的房子，还有灯光，走前在玻璃窗上，偷看了两眼。六七个团丁，在那儿打牌，枪挂在壁上，他们一点也不知道恐怖，他们像一点也不知道政局上的变动，仲豪记起了秋南一句话，“目的地，最好在军事机关。”于是青冷的脸上，惨然的笑了一笑说：“好！好！”悄悄的走进房中。提出一瓶酒，一个茶食包，轻捷的放在他们的后门下，荒冷的场上，依然死一般的沉寂，只有仲豪和他的影子，在场踱来踱去。

月亮斜向西边，保卫团都睡觉了，电灯也熄了，但是N市的枪声，依旧没有接应。仲豪口里嚷着，“干吧！干吧！”走到保卫团门后，轻捷的将茶食包打开，露出一卷棉花，复倾耳细听，团丁们的声息隐隐可辨。仲豪的胆子壮了，将火酒浇上棉花，取出火柴，北风呼呼在白果树上摇撼，一切都沉寂。他轻轻的说：“好风。”抽出火柴，摩擦了一下，被风吹灭了，复抽一枝，又被风吹灭了，再抽了一枝，正将划下，突然停止了。“胡闹，胡闹，胡闹，这简直是自由行动了。”秋南不是说，“要待N市的枪声，才下手吗？”于是仍将火酒，棉花，抛在地上，依旧在月下踱来踱去，等待S市的枪声。鸡声已啼上三遍了，他仍然在场徘徊着，同时表现了苦闷的颓唐的意味。

这次远远的传来：——碰——拍——两声。他急急的走到阶廊下，取出火酒，但是——碰——拍——的声，再也不响了！仲豪心中多么的烦乱起来，而且带了一点恼怒的意味，将半瓶火酒，往门上浇去，火酒从门板上流到石阶上。他知道这样做，是错误的，但是，又没有别的方法。心中却更加恼怒，抽出五六枝火柴，一次划去，点上火酒，门上发出美丽的火焰，正想将棉花掷下助燃，一阵风又将火焰扑灭了，他将脚在地上一顿，表示失败了！回转身走入房中，依然是黑暗支配了这个宇宙。

朝阳照在粉墙上，白果树上两只乌鸦喧叫，虽然没有什么关系，却有点令人讨厌。石阶下，倒着一个酒瓶，一堆湿透的棉花，黏满沙土。保卫团的后门，一点也没有损伤，石级上的酒痕，依然存在。“昨晚是失败了！”他颓唐的说，也不向对学校的教员辞别，提着空火酒瓶，旁着暗影行走，像怕有人会看出他是失败的革命者似的。

走出学校，街市依然刮着北风，路上行人车辆，都和昨日相似，巍然的商会依然存在。自来水公司，枪弹并没有打坏他一块玻璃，电话局没有被人割断过一条电线。昨晚S市显然是没有发动了。

淡白的阳光，挟着朔风在西门吹着，守护的兵士，直立不动。保卫团，肩着放亮的，有刺刀的枪，将黄呢大衣的领翻上，威武的在街上行走。电杆上两颗人头，突出的眼珠，比昨天还瞪的大些，殷红的唇间，露出一排白牙齿，凝视来往的人民，像不奈烦发怒的意味。

仲豪孤独的在街上走着，朝阳射在他的脸上，蓬松的短发，一根根竖上来。他似乎感到一点儿暖意，带着微笑，沉默的想：

"我现在到××地去，他们恐怕又在开会了！问一问，昨夜为什么不动？同时将我昨夜的经过，作一篇动人的报告，他们一定都秉息的倾听，T女士她将要带着惊悸的眼光，望着我的呢。我要和秋南初庆李隼说：'我们依然还是在一处工作了！'"淡色的太阳，映着描条的影子，他的脸露出深深的笑痕。

××地将到了，他把脚步放缓，朗明的眼睛，四周察看一周。停了一会，然后进衖，衖中一切都和昨天一般，红砖砌的高墙，水门汀做的路，迎面的冷风，短发一根根吹的竖起来，他两眼望在地面发现了几点血迹，心中骤然然紧张起来，把步子放缓，眼睛放大，依着血痕走去，血迹渐次的多了！他打了一个寒噤，再前行，血迹愈扩大了，他不期然把脚步停止了。复往前进，血迹中，凝结一蓬扯下的短发，他心中有点摇动了，接连打了几个寒噤，心中迟疑，把手按在心房上，膝盖和膝盖相撞，面部大不自然了。走到门口，鲜血一淌，从石级上流入檐沟，惊呀得两目空瞪着，室内跑出了一个女人，头发蓬乱，面容腊黄，用手向仲豪推了两推，颤抖的催促说：

"去！去！你还来呀！"

仲豪知道此地破了！脸色骤然惨白得没有一点血色，脚跟也站不稳了，好似一枝枝的利箭，射上心来。"数年来出死入生的同志，这次被一网打尽了！”一面说一面苍慌的，走到街首，眼睛一阵晕花，脑中觉着天眩地转，一股辛气冒出喉头，喷出了两口鲜血，免强坐上黄包车，阵阵的烦乱的思潮，盘旋在他的脑中，他想起了昨日出发时，站立墙角披长大衣，戴墨晶眼镜的人了，这明明的是包探，怎的不去告诉秋南和李隼呢？这完全是我的错误，他又想起秋南的话来，“斗争剧烈的时期，机关当十二分留意的。”哦！谁知竟然的破了？

他坐在车上，见帝国主义的铁甲炮车，一尊尊的在柏油路上驰过，外兵在街道上任意的圈上铁丝网，披大衣戴墨晶眼镜的人，很多的徜徉在马路上。S市场的工厂，依然是总同盟罢工，白色的恐怖，更加严厉了！市民都带上疑问，慌惊的彩色，忧虑占领了他们的虚空无主的心灵。但是终没有人注意到，这位提着火酒瓶，参加暴动的革命家。

车子拖到N校，他慢慢走进宿舍，昨日出发的同学们，都还睡在床上，茶房送进一份报来，他急忙打开来，特号的大字写着：

某某里破获赤巢，
查出白布符号一捆，
查出赤化传单一束。
当场擒获赤犯李某等两名。

仲豪看了，两眼瞪着呆望，前面现在李隼的影子穿黄呢制服的青年，一双和善的眼睛，在他面前立站。

他叹息了一声将报纸拂在地上，说道：

“报仇！报仇，一定去报仇！我们决不因此而恢心，虽然，现在受了一个小挫折，要从挫折中去找胜利，时代的历史明白的告诉了我们，只有走向社会革命才是现今的出路，用不到害怕，也用不到痛哭，只要加紧我们的力量，用铁与血向敌人阵线上冲去，黑夜终有黎明的时候，胜利终属于我们。”

他的脸，涨的火赤，额上露出一条条青筋，拾起地下的火酒瓶，好似握着一颗炸弹，猛然往窗外一掷；——锵——锒——发出一种尖锐而带愤恨的声音。

同时口中说道：“失败算什么事？再来一个。”

1928。

（原载《太阳月刊》1928年4月号）

顾仲起

离开我的爸爸

我亲爱的，同时是我所憎恨的爸爸：我将离开了你，我将永远地离开了你！固然，我能够知道，并且是很能知道，人们最亲爱的莫如他的爸爸，世界上也没有一个人愿意厌恨他的爸爸，一句话，世界上无论是谁没有不爱他的爸爸——就是兽类都爱着它们的爸爸！爸爸，我是爱你，我觉得世界上我所应当亲爱的便是你，然而，我的爸爸，我是憎你，恨你，怨你，甚至我是极端的恨你怨你憎你！爸爸！我写到这里，我禁不住要流我热烈的清泪，悲哀和痛楚耿在我的心头……。唉！爸爸！我的肉体是你给我的，我的生命是你给我的，我无论如何也不应当来憎，怨，恨我的爸爸。但是，我亲爱的爸爸，我的肉体和生命是你的，同时，我的思想，我的意志，我的自由，也是爸爸给我的！我不敢损害我爸爸给我的生命，我也不敢抛弃爸爸所给我的肉体，然而，同时，我更不敢沉沦我爸爸所给我的意志，我更不敢消泯我爸爸所给我的思想！我要把我爸爸所给我的生命一天天去发扬，所给我的肉体一天天去健壮，我更希望和保持着爸爸所给我的思想一天天的向着未来的时代进展，所给我的意志向着伟大的火花焚烧。爸爸，假使，你给我的生命，肉体，是健全的，你所给我的思想，意志，和自由，却一天天的泯失，爸爸，这，我是有罪的，这，我是辜负了我的爸爸的！爸爸的所以生我，是要我做一个生命和肉体都健全的人，同时，也希望我要做一个思想，意志，自由，都健全的人！如今，要是我成了只有生命肉体，而无思想意志与自由的人，爸爸是应当要流眼泪，而我也是无面目来见我的父母和一切人类的！

爸爸！我是要做一个人，我不独要做一个肉体与生命是健全的人，并且我要做一个思想，意志与自由都健全的人，然而，我的爸爸，你使我爱你，你却又使我憎你，你要我做一个生命与肉体健全的人，你却要我做思想，意志与自由不健全的人！我爱我的爸爸，我不愿违反企望我的爸爸，我接受我爸爸所给我的先天的，原始的意义，我却不能接受爸爸摧残我的意义！我接受我爸爸所给我的伟大，健全我的肉体与生命，发挥我的思想意志与自由，创造幸福的世界，打毁现代资本主义社会制度的矛盾，我要造福给整个的全人类，我要冲灭片面的自我的或局部的自私自利的人类！爸爸！这是你给我的伟大，这也是人人所负有的这个伟大！爸爸照着这条路来指示我，教训我，才是我唯一的亲爱的爸爸，假使，我的爸爸想夺回所给与我的这个伟大，却要造成个人的伟大，或局部的伟大，自私自利的伟大，那，爸爸，你宁杀了我，我的肉体与生命可以完全还给我的爸爸，我不愿毁灭全人类的幸福的伟大！

爸爸！我爱你，同时，我又怨你，恨你，憎你，你不应夺回你所给我的先天的原始的全人类的整个的幸福的伟大！你不给我和自私自利的人类去奋斗，你却要我去造成局部的自私自利的人类，所以我恨你，怨你，并且憎你！

爸爸！你要我做一个法律家，资本家，或是一个官僚政客，我不能依从我的爸爸！现在的法律，不是全人类的法律，是野蛮民族的法律，是压迫人类的资产阶级的法律！法律，只适用于资产阶级，不适用于无产阶级——例如你是资产阶级，我是无产阶级，我借了你的钱，但是我穷，我劳苦，在全人类的伟大，我原可不还你的债务，然而，法律，他不论我穷，我劳苦，一定要我还债务，就是我自杀仍然要我还债务！所以，我反对现代的法律，反对代表资产阶级的法律，我更不学现在这种剥削无产阶级的法律！现在的人类，所以矛盾，生活不能稳定，就是因了资本家去掠夺私产，建筑了资本主义的阵线，以劳银代价去役使无产阶级的工人为奴隶，牛马！无产阶级做了奴隶与牛马，而汗血换来的代价还不能养活他的一家！现在的人类，多数的无产阶级都在呼号，失望，悲哀，流泪，就是因了在那里剥削与榨取他们汗血的资本家！我恨资本家，我要打倒资本家，我不愿意自己去做资本家！所以你要我学银行学，我不能信从我的爸爸！至于现在的官僚吧，他们不知道全人类的伟大，他们只知道自私自利地剥削人家来肥自家，他们视人民如同牛马，哦哦！官僚我要打倒他，我不愿意去做官僚家！

唉！爸爸！我要完成我思想的伟大，意志的伟大，自由的伟大，我看见了你天天在想弄钱，并且你要我也学你去挣钱，做一个自私自利的人类，爸爸，我要流泪，所以我要离开我的爸爸，我得永远离开我的爸爸！

爸爸！是的，你也谆谆然训诫了我要去行人道主义，你也谆谆然训诫我去信仰上帝，爸爸！你骗了我，你为什么要欺侮我？人道，人道，哼哼！什么是人道？不过是资产阶级欺骗第四阶级的滑稽把戏，资本家设了工厂，叫无产者以血汗为他们去挣财富，资本家却说道："这是人道"——设了一个工厂容纳了几千个失业的农民！然而，他们忘去了工人的唤叫，——工厂汽笛声却是工人灵魂悲痛的唤叫！大地主雇了佃农，雇农，半雇农以汗血为他们去挣财富，大地主却说道："这是人道"——我的田救了几百个没饭吃的农民！然而，他们忘却了谷粒上的血迹，谷粒上深深地涂着农民生命的血迹！新旧军阀率领了几万个可怜的兄弟——兵，去为他们争地盘造势力制财富，新旧军阀却说道："这是人道"——我救了几万失业的工人与农民，而且救国还救民！然而，他们忘却了士兵的血在深山与铁道之上放射亮光，士兵的白骨堆成了历史上的遗迹！

还有,唉!爸爸,还有一类的人物便像我的爸爸!所谓善良的绅士。他们,设了残废院,盲哑院……利用残废与盲哑者去做他们无代价的奴隶——做工。这班绅士却说道:“这是人道”——我救了残废者与盲哑者!他们忘却了残废者盲哑者不幸的凄惨的泪!泪,涂成了资本主义社会制度时代人类的漫画!爸爸!人道,人道,什么是人道?那里有人道?

至于,说到信仰宗教,做上帝的信徒,唉!滑稽,真滑稽!我不用来说什么帝国主义的文化侵略,我只说麻醉无产者的药剂,资产阶级岂有此理!上帝说:“你劳苦,你安本分,上帝知道……”上帝说:“有人打你左耳光,你右耳光也给他打……”上帝说:“你的不幸,你的苦痛,上帝会救你,你要做一个驯良的人……”他妈的,不用再写了,一句话:“你永远应当做奴隶!”

爸爸!我已不愿意再来写这些,总之:我否认这些,我反对这些,希望我要如此去做的爸爸,便是仇敌的爸爸!

爸爸!我自离开你以后,我便在异乡飘流,我曾到过东方巴黎的上海,我曾到过岭南的羊城,我也曾到过全国中心区域的汗皋,以及全省谜漫了红枪会的北方郑州。我曾领略过江南三月的春色,然而我也曾见过十大红尘资本主义制度宰割下的人类;我曾领略过珠江秋水,然而我也曾见过两副面孔新军阀变异的真相;我曾停立于黄鹤楼头,见过轰轰烈烈热血在资本家炉中沸腾的八十万工人,然而我也曾见过新军阀刀枪下的魔鬼;我曾见过诚实,善良,同时又野蛮,凶暴的武装农民,然而我也曾见过这班武装农民做了土豪劣绅的傀儡……

爸爸!我流落异乡已经四年,这四年中天天是我寻找幸福的时候。但是,幸福吗?在那里?农人的汗,工人的血,他们告诉我,“幸福”产生在资本主义社会制度溃崩以后的时候。爸爸!这四年中,我是做过乞丐,困过马路,给了资产者的痛骂与叱咤,给了为十数元一月的代价便拿刀去杀他兄弟的巡捕的棒头!爸爸!这四年中，我是去当过兵，做了新军阀的傀儡，在火线上，会咬齿我的牙根，横起两只血眼，举起枪来，去描准和我一样，失业，没饭吃，而来当兵的兄弟！爸爸！这四年中，我是去做过偷儿，我曾做过土匪，我曾杀过自私自利的人类，我曾去刺杀过饮我们兄弟的血，食我们兄弟的肉的新军阀的头！爸爸！是的，这四年中我也有我痛快的时候，那就是做偷儿，土匪，杀人类，刺军阀的头！在资本主义制度的社会，我们的生命没有畅快的时候，也许只有流血的奋斗才是我们灵魂的细流吧！

爸爸！当我去做土匪，我是每天的深夜便立在十字街头，我仇视着街道上来往一切的自私自利的人类，和可怜着我们这些金钱奴隶资产阶级的走狗——拉着黄包车儿在那里东奔西走……。唉！我的热血便在体内畅流，我要去毁灭自私自利的人类！我要去毁灭自私自利的人类！我怒，我憎，我恨，我要流泪！我举起了老大的拳头！

爸爸！已经是深秋的时候，萧萧的西风在间着树叶儿来吹，在深夜中我怅望着碧空中皎洁的月儿，我忽然想起了故乡的你！爸爸！我知道，你在骂我，你在咒我，你在说我没有做了“家”，没有挣了“钱”，没有伟大的“名誉”，却去做了一个“匪”！但是，我最讨厌现在社会上的“家”！自法律家，资本家，以至于文学家，艺术家……我都讨厌！法律家，资本家……我讨厌，我已经在上段和你说过。文学家，艺术家，是社会上所称谓高尚的，神圣的……他妈的！什么是神圣？什么是高尚？他们拿起一枝笔来大发牢骚，写了一些女人，爱，以及写了一些灰色的生活表发了个人主义的兽欲……便是文学家了！他们给了一点资产阶级所赞赏的裸体，谈了些什么艺术的艺术，自我的艺术……便是文学家了！为什么要称“家”？为什么要做偶像的特殊阶级？为什么不来表现无产者汗血涂成了的人间地狱的图画？为什么不来表现资产阶级狰狞的面孔和心？为什么不来表现官僚的声势，不幸人的叹气？为什么不来表现新旧军阀的刀枪炮，贫民的泪血声？……

至于说我不会挣钱，哼哼！爸爸！我是主张废除私有财产制度的，我是反对掠夺私有财产之社会的，所以我不主张挣钱！爸爸！你又要说了："你不要钱，你为什么要去做偷儿，土匪？"是的，爸爸，但是，在现代社会没有毁灭以前，换句话说：在资本主义阵线没有冲破的时候，无产阶级的我们，只有去做偷儿匪儿！要我们去做奴隶吗？要我们去用机巧的手段和他一样掠夺他人财钱的动物吗？那未免过于无意义了！而且，资产阶级的财产也是偷了来，抢了来，用无产者的汗血换了来的呀！

谈到"名誉"吗？什么是名誉？现在的社会，有钱的，有势的，做官的，做什么"家"的，才有名誉！在现代的社会，我们没有听到说"穷汉"是有名誉的呀！而且名誉是什么东西？是骗人的假面具，是吃人的一个假招牌！有名誉的都是一些狗东西！名誉？

老实说：在现在的社会，只有去做土匪，只有去杀人！杀尽了一班吃人的狗东西！

爸爸！还有一件事，我应当告诉你，我曾被资产阶级的政府抓去坐过三个月的牢狱！我想，这个消息，你一定很快活，说道："做土匪，应当要去坐牢狱，杀头！"哈哈！但是，我并没有杀头！我是给一个为了三百大洋的代价而抓我入狱的青年叫什么馨的，捉了狱中去。用铁镣锁了我的手，和我们做贼做强盗，做匪的兄弟们在一处同睡，……然而，我，同时也是给了一个机会主义者见政局变化而想乘机升官的家伙古月民放了出来。哈哈！反革命派的一些吃人的动物，实在可怜又有些可笑！我顺便告诉你：古月民这个家伙前天我又遇见了他，他说："不是你们，我还有官做，放了你们我在杭州却给了他们反闩了三个月！"哈哈！真痛快！反革命派玩的把戏真痛快！

爸爸！我出了牢狱，我便来到上海，现在我又来到帝国主义东方商场的根据地香港，在香港，我是做土匪，杀人！每晚间，我拿了我的刀子，立在十字街头，我的眼睛中放出了血的光，我去干……

爸爸！我爱你，同时我又恨你，憎你，怨你！

爸爸！我离开了你，我将永远地离开了你！

——资本主义的社会不崩溃，我是没有回归的时候！

一九二八，二，二五日。

（原载《太阳月刊》1928年4月号）

赵　冷

出　路

一

这是暮春的一天早晨，朝气尽蓊蕴在 N 都市里一个旷上；似乎期待着一次热烈的集会。

自昨天起，N 都市全都罢了市，反抗当地长官——镇守使黄仁的高压政策的实施。空气顿时十分紧涨。岗警都换了陆军，三十步一站的在重要的街道上一时的戒起严来。市民非常恐慌，谣言急雨似的飞来。

欧阳尼夫沉默地在冷寂的街道上跑过。这时，街道上的陆军比较少了一点。在这军书旁午的时候，各处的维持地方治安的责任，都交给了警士，N 都市虽则是个重要的区域，但陆军实在也很少。

——什么是他们的力量呢？欧阳尼夫想，几枝破败的枪杆吧了！虽则，明明知道这个事情会发生，但是，这是他们下总攻击令的时候，我们当然没有退让的事。我们是要用民众的力量，来打倒这克伦斯基的政府。

暮春的嫩寒，微微的在欧阳尼夫的身旁激荡。街头上，贪睡的懒狗，还在垃圾堆里盘足俯头。店檐下的苦力与游民，抱着蒲包还在作梦。一二家的店门半启着，室内有人声断续地冲出。

——把我们的要人，都抓了去？这终久是什么一会事？我们如其不再使他们受一会重大的打击，我们是完全要失败了。欧阳尼夫继续的想。而且，我们的工作，终久是不是为了私人的地位与生活？我们只知为民众，难道这就是我们的过失？

欧阳尼夫在繁复的思虑中，行到了他的目的地。他从一条黑漆的狭弄中穿过，走进一间灰暗的房间里。

什么人都在着。

他悄悄地坐在壁角的小凳上。

室内一点声响也没有，沉默，严肃，紧张，……

他看到了黄卓群，微微的点了点头。

"女秘书！"欧阳尼夫叫了一声。他回忆到他们一年来随军东征共尝甘苦的生活了。"有什么消息？"

每个人都瞪着眼，沉思。

"你的父亲这样的举动，终久怎么的意思？"欧阳尼夫不待黄卓群的回答，便接着问了。

"什么意思？"女秘书泰然的答着。"这很容易了然，他是前我们一个时代的人了。"

"呵！呵！"室内顿时起了一阵大笑声。

"但是，今天的事，倒底怎么样？"女秘书突然又严重地问。"他们是决定不使你们把这会开成的。"

"我们已经叫了出去，我们是要做了过去的！我们决不懦怯，使我们万余的群众失了信仰。"坐在床沿上的柯儿道，愤激地叫了出来，他是个瘦削脸，细小的人物。

"已经决定了，还迟疑？我们要不惜牺牲。"欧阳尼夫斩钉似的说，黄卓群，惊愕地看住了他。

"但是……"黄卓群似乎有所顾虑。为了他，为了欧阳尼夫，"我们在不牺牲中成功了我们的事业，不更好吗？"

"呵！呵！呵！"室内又大笑了。

"你真是一个镇守使署里的一个好秘书！"欧阳尼夫讥讽似的

说。"你竟会给你父亲来作说客。——你要知道,现在是什么时候,还要吝惜牺牲。"

"啊! 尼夫!"黄卓群立了起来,"这岂是同志所应说的话,而且是你! 你这话,不会使人太伤心了吗? 唉! 连你都信任不过我,我还有什么话说呢? ——但是,我要向诸位同志起誓,我,决计服从你们的意志,现在我去了。尼夫,再会。"

她出去了,紧紧的握一握尼夫的手,两眼饱含着泪水。

事情决定后,欧阳尼夫换上了一件短衫,乡下人一般的独自一人向外出去了。

他行过了从死寂中漫漫转动过来的街道。到了他的目的地了。

空阔的旷场,全个陷入于严肃的空气里。每一条出路,都守住了陆军。中间又有一队在齐整地来往的走。履声砉砉地打破了沉寂。

"往那里去!"守卫的陆军挡住了匆匆而来的尼夫,狠狠地说。他们的眼睛里的光辉与刺刀的光辉一样的闪动。

欧阳尼夫漫然向旷场内指着。

"往法院那儿去。"他和平地说,"看一看批示。"

陆军狠狠的向他打量一下,给他放过了。

他安闲地穿过了旷场,在法院的前面徘徊着。在他们的不注意中,他时时打量他们的队伍。

连枪支都不很齐一的,军装更不用说了,完全是乌合的爪牙,终久有多少力量呢?

欧阳尼夫耸着两肩,在牌示下站住了。他看一看他手表。还有二十分钟,还有二十分钟!

欧阳尼夫十分焦急。他的眼光有时向这旷场的一角的土山后面投射。有时又笔直地向他的来路投射。

既而,欧阳尼夫又向法院的后面的路上荡去,一样的守卫着陆军。于是他又荡回来，站在法院的门外。

法院全个陷在死寂的沉静里。

二十分钟的时间过了。

欧阳尼夫突然的发现他笔直的对门外有许多人影在着浮动了。似乎是在着争执！推冲！

欧阳尼夫焦急的向土山后面望去，有一个戴着鸭嘴帽的人头出现着，因守卫的陆军的阻止，浪然一笑的返身转了。欧阳尼夫明白地听出这个笑声。

同时，他听到法院后面的路上，有一种哀求声。

——是时候了。

欧阳尼夫开始从腰膊里拿出了一块红色的布，高高地举起对着对面冲来的，冲来的群众一挥。

“冲进去！冲进去！”喊声立时宏大起来！

“冲进去！冲进去！女同志！勇敢呀！”

守卫的陆军似乎稍有戒心退让了。司令官于是率了大队前去，向群众说话。

“诸位同胞呀……诸位同志……”

接着一阵急遽的惊笛声，像叫破灵魂似的发出，这似乎是法院那方面来的。

土山后突然有三十余个铁路工人冲入来，将四个守卫的陆军的械缴了！人呢，同时也由工人看守着，不许他们声张。法院后面的路上，也有一阵嘈杂声，接着，二十余纠察队也持着短棍在欧阳尼夫的面前显现了。

“工友胜利万岁！”旷场外顿时发现了哄大的喊声。

“冲上前去！冲上前去！”欧阳尼夫低声而急促的命令着。

激越的群众，如飞的，执着长枪，短棒，缴来的上了刺刀的快枪，向陆军袭击过去，陆军的队伍乱了！向后来抗御这从后方袭击来的群众，于是门外的群众怒涛也似的冲入来了！

“缴械！缴械！”

“冲锋！冲锋！”

群众的喊声也怒潮一样的澎湃着。

“开枪！”司令官的命令下了！

鞭炮也似的枪声噼啦噼啦的响着，如雨的子弹呼呼的飞着，……群众渐渐退了！喊声，哭声，叫声……

——失败了。赶上在前线的指挥着的欧阳尼夫，不觉失声的叫了。唉！喊什么。号呵！悄悄地从后面掩袭过去，缴了械，不又是我们的力量吗？

接着，旷场外赶过来一队驳壳队。连珠似的枪声，从群众的后面送来！

群众包入在夹攻中，于是开始逃了！

一个女学生，被群众挤在地上了！杀猪也似的叫喊着。

陆军追上前去，在她的胸腹上踩了两足，一个子弹送入在她的脑子上。

驳壳队，陆军，全都散兵线的向群众追赶着，街道上，巷衖间！

欧阳尼夫，退身，安闲地躲入在法院里，谁都以为他是法院里的公役，然而，天哪……他虽则自身得保安全了，工友们，群众，却都一个个倒在地上了。

他是见到，一个工友，已经缴了一个兵士的枪，他正要对准司令官击射，然而，一颗子弹，急遽地从他的背后穿过，他即刻拨起机关时，弹子向青天白日的空中射去……他的全身向后倒了下去，只听到他最后一声“妈呀！”什么事便都完了！……

他又见到，一个学生，青年的学生，向场角跑去，躲在墙角里，一个军官赶来，对准了他的脑壳一枪，完了！只剩得撕破灵魂似的一叫。

他在法院内逡巡了一会。旷场中只有横倒着的群众了——工人，学生，血，血……一个阴暗的世界，……陆军都一个追逐着群众去了！……

欧阳尼夫，这时只闻到远处的断续的枪声……

——一声，二声，三声……一个，二个，三个……啊！天哪！都是我们的呵！

欧阳尼夫负着重大的创伤一般的走出了旷场。

他行走在一条弄上，颓丧地。

突然的一个学生从对面奔跑过来，即刻，又复闪入在别人家的住屋里，他推进了房门，躲在床脚下。

欧阳尼夫呆呆地看着。军官也即刻赶到了。他站立在那间房外，靠近了玻窗，扳起他的驳壳，向那床脚下蜷曲着的学生，对准！对准！隔着窗儿对准……

"啪啪"一阵声音以后，接着，又是"妈呀"的一声哀号！

军官向欧阳尼夫的身边行过，昂然的傲视着世界的一切似的，不曾把欧阳尼夫注意到。

欧阳尼夫惊醒了！

——失败了！

——失败了？那里，要待我们最后一口气息断了再说。

二

天气渐渐炎热起来，欧阳尼夫也渐渐的消瘦起来。

他每日像在梦中生活着，失望与希望，都是突然的袭来，突然的消灭！全生命支配着在灰暗，惨淡的命运下，像一条待死的蛇也似的辗转着，挣扎着。眼前完全失却了黎明的光辉了。

他这时，在狭隘的小院子里蹀躞着。全身像踏在波涛上一样的昏迷，而且短声的不时的干咳！

"你该在床上睡一息了。"室内一个老妇叫着，她是欧阳尼夫们的大家母亲。"尼夫，一日的工作完了，也应该休息了。不要老是计算着，踌躇着。”

欧阳尼夫漫然的应了一声。放步向室内走来。

零乱的书内，被单翻海一样的在连三接四的几张床上摆着，没有蚊帐，露顶的，像工人的卧所。靠窗有一张写字桌，书籍与稿子零乱地散着。

这是欧阳尼夫的住屋。

“尼夫，”老妇近来这几天总是这样的劝着他。“什么事情，不是立刻可以成功的。何况是革命，更要不灰心，不颓志，在不断的努力中做去。”

“妈，我知道。”尼夫悲凉的说，“然而，我们现在是失败到怎么样的地步。群众已失却了伟大的领袖，工作都受了压迫，各种团体又被劫持，我们现在是一无所有了。”

“尼夫，”老妇不觉失声笑了。“你真是个孩子。你要知道，只要群众信了我们，什么团体，机关，都不过是智巧者弄一会虚玄吧了！我们今日的失败，就在昔日向那方面太努力了！”

“然而，妈，我们这样的受着压迫，枪杀的枪杀，搜捕的搜捕，我们的工作，简直一点不能进行！恐怕，啊，恐怕，不久群众也要向我们脱离了，走开了！而且，这次，我们的损失是多么大呵！……”

尼夫愤恨的心意都化作两眼泪珠了！然而，他决不肯示弱，向眼外溢出。

他们于是陷入于沉默，悲愤，失望，伤心的状态里。

“你看，仅仅罢市二天，各店终于开门了。铁路工人罢工三天，入后终于开工了。而且，几个我们的同志，激烈一点的，干练一点的，都收在监里了！”

欧阳尼夫什么都无望似的感叹着。

“不过，”老妇迟疑了一会，“我们总应希望有明天。”

“但是，妈，现在我求你，有一杯酒吗？”欧阳尼夫于是又从绝望中兴奋起来。“让我来祝贺这希望着的明天的到来！”

“你不怕你的身子已瘦弱到这样地步了吗?”老妇似乎也不愿十分拂逆尼夫的意志。“你不应该为群众保留下你不多的精神吗?”

“啊!”欧阳尼夫立了起来,在室中徘徊着。暗淡的,破败的,无生命的一室内,只见一个黑影在着移动。“不,不,要是我没有酒喝,我要窒死了。”

老妇可怜地看了他一眼,从橱内酒瓶里倾出了一杯白玫瑰给他。

欧阳尼夫接了过来,不到三口喝了。便也倒在床上静躺着。可是他的短声的干咳,速率似乎更其快了,平均每分钟要咳嗽一声。

室外的铃声响了。

柯儿道和古律金。耸着两肩进来。

“妈妈,你可倒一杯凉凉的茶给我?”古律金走进室内,一屁股坐在欹斜的藤椅上。不住的揩着他额上的汗。“啊! 天气真闷死人了。”

古律金是个円脸,棕色,肥大的人物。

“我的儿,”老妇从沉闷的空气中转侧过来,展一展笑颜说,“你的妈,便什么事也肯给你们做,只要于你们有利益!”

“哈! 哈! 真是我们的好妈妈。”古律金接过了茶说。

于是空气又沉入在沉默中了。欧阳尼夫横在床上动也不动一动,只是干咳还继续着。柯儿道翻着桌上的书,稿子,有意无意地在看。

“事情怎么样了?”欧阳尼夫问了起来。接着,坐起了身,喘着气,蜡也似的瘦颊上染上了一圈红晕。

“怎么样了?”柯儿道反应似的回答着。

“怎么样了! 哈哈! 杀头! 枪毙! 死!”古律金像什么事实的真相都看明白了,从失望的渊中出来,故做着达观的口气说。

“又是谁？又是谁?”老妇急遽的问。

“昨晚,大约是半夜了。”柯儿道严肃的说,“他们把我们二个工友,秘密的枪毙了！也就秘密的收拾过了!”

欧阳尼夫咬紧着牙齿,看住了柯儿道一无表情的,死灰色的脸。

“但是事情也是十分痛快的。”古律金像毫不介意的说。

是前夜的事了。那二个工友在各处墙上写着口号。

“你为什么要这样写?”一个警士抢上前去说。

“我为什么不能这样写?”二个工友都这样的反诘着。

“这种标语,是完全反动的,违禁的。”

“然而,这,你又那里见得?”

“然而,你这样写,我现在要给你们带去!”

“你如其有权利可以带我们去,我们任你带去吧!”二个工友还是强顽的说。

便是这样的,二个工友从警士的手中交给署员,由署员又递解到警察厅,第二天下午,又转到镇守使署了。——因为他们所写的标语是:“打倒黄镇守使,打倒腐败的政府……”

昨夜是开审的时候,黄镇守使亲自临讯。

“你不要自视太大,现在尽管让你杀戮,把群众的生命,都交给你这恶魔的手上！将来,可是将来,哼,……”工友中的一个,于黄镇守使鞫问后,便十分勇敢地抢白着。“将来,我们如其得到了权力,便骨髓也不让你在这地上剩留一点,龌龊了我们光明的世界!”

“以先,我们是被你们买了!”似乎又一个也是这样说。“我们用多少的热血,头胪,来帮助你们的工作,用多少的心力,呼号,来欢迎你们的到来,谁知你们竟是蒙虎皮的豺狼,我们都被你们买了！……现在我们所得到的利益,是杀头,枪毙,失业,贫苦,……我们自当甘之如饴的承受,可是,一朝,民众的力量超过了你们的力量的时候,……”

黄镇守使，听了，两只眼睛再也阖不下了。即忙吩咐收监起来。

“然而，”黄镇守使的侍从副官愤愤地向前陈说了，“大人，还收什么监来，像这样的暴徒不再枪决，枪决什么人去？”

“这样的吗？”黄镇守使迟疑着。

“好，你们如其有权利枪毙我们，来，赶快！我已预备着了。”二个工友一齐声直气壮的说。

“那么，枪决了！”黄镇守使说了后，书记官起了个手令，盖了章，交给副官，这样，二个无生命的灵魂就从此结束了！

“但这是自杀呀！”老妇听完了后感慨地说，“这二个工友简直是我们的罪人，因为他们俩平白地杀却了我们两个最勇敢的同志了！我们，我以为，不应该遭受这样重大的损失。”

室内由暗淡变成灰黑，虽则还是下午四点钟的时候。老妇的语声息后，室内又沉入在死寂里。欧阳尼夫短声的干咳，柯儿道飕飕的翻纸声，在这死寂里发出，觉得眼前更其黑暗，更其凄恻，更其死寂了。

古律金摇着腿摘着他下巴的短短的胡须，像哲学家一般的沉思着——其实，他也还是一样的感到空虚，无聊，灰怠，……

既而，他开始微笑，抬起头来盯住了老妇。

“我们的大家妈妈呀！”他温和的叫着。“只有你是真正的革命家哪！你的心多么充实呀！”

“在旧时代里，我牺牲了我的爱儿，”老妇有点凄咽了。“在新时代里，我找到了你们这许多的儿子，我的心如何会不充实呀！”

又是面面相对着了。谁都提不起谈兴。空气中颤动着凄切的情调。

在这一次沉默中，打门声急促的起来了。每个似乎感到一层恐慌。柯儿道紧紧的找住了书籍，向窗外漫然的看去。古律金停止了摇腿侧着头看住门外。欧阳尼夫又翻身向床上卧倒。

老妇悄悄地出去开了门。一个穿着军装背着皮带的人显现在眼前了。

老妇人惊了一惊，接着，也复笑了。

这是黄卓群。

“尼夫呢？”她走进室内顾盼一下，看不到尼夫。

“不要太着慌呵！”古律金睁一睁他的浑闪的眼睛安闲而带讽刺地说，“尼夫在床上安稳地睡着呢！”

柯儿道沉默地仍旧翻着书本，并不打招呼，只是呆呆的看了一会，在卓群的身上。

“呀！尼夫，你怎么又喝起酒来了。”黄卓群坐在床沿上，闻到欧阳尼夫薰人的酒气，说，“你不可以更振作一点吗？你的身体已经瘦弱到这般地步了！”

“卓群，你可怜我的瘦弱吗？”尼夫微笑着说，“但是我的精神很健康哪！请你不要担忧，你可怜的尼夫，在这个时候总还不至于死呵！”

一室中都惨然的一笑。——只有卓群似乎感到凄切。

“然而，女秘书，”欧阳尼夫，坐起床来，抚着卓群的背，说，“把你心中所有的秘密宣布了吧。——他们现在将怎样向我们进攻了。”

“尼夫，你已经在通缉了。今晚，我也是特意为这件事情来的。”卓群语调中表现着非常衰颓。

“通缉，这不关我的事。”欧阳尼夫袒然的答。“可是，像现在这样的我们的做法，总是绝路。我们的伍队已经被击散了。我们再也不能整个的向他们进攻。我现在深悔着，我们前次的总攻击的策略是错误的了。要知，在那时陆军即使都被我们缴了械，仅仅一个N市，也不是我们的根据地，你看自N市发动后，什么地方还不是一样的动作。所以，我们其实早已应该散兵线的作战了。我想，我们应该另找个出路！”

“什么，一样的，”柯儿道冷冷的说，“我们看人家行走过的路程吧！虽则，我知道，革命不是手枪炸弹可以成功的，然而，在这样的一个高压政策实施时期中，是一条唯一的出路呀！”

“柯儿道，柯儿道，”欧阳尼夫叫了起来，跳出了床，狠狠地握住了柯儿道的手臂，“你胆敢干这个吗？你胆敢干这个吗？……”

“有什么不敢干呢！”柯儿道还是冷冷然说，“生命是什么，我无法了解其中的意义，我为什么要吝惜呢？在这末劫的世界里，生命早成了浪费物，我为什么不可以浪费一下呢！”

“着啊！”古律金浪然的笑了。“我们自己不浪费，还是要被别人家浪费的呵！哈哈！”

“但是，卓群，你有这个勇气吗？”欧阳尼夫回身转来颤颤地握住了黄卓群的手臂。“你，说呀！”

黄卓群畏缩着，睁住了欧阳尼夫细瘦的黑影。说，

“尼夫，我求你，你应该指挥着一切！”卓群的语音十分颤动。

“唉！赦饶了这可怜的女子吧！——进行着我们的工作呵！啊！”

欧阳尼夫紧紧握住了黄卓群的手，骈并地坐了下来。

“然而，天哪！这是怎样的一会事呀！”老妇不觉放声哭了！

三

是二个月以后，N 市的空气顿形紧涨起来。一方面，被捕的党人，判决死刑的，或是枪毙，或是杀头了。判决监禁的，自杀的自杀，病死的病死了……一方面，接连不断的暗杀案，疫病一样的到处都发现了。起初是警察厅长的被刺，伤了腿部；接着是市议会的议长的被刺，教育局长的被刺，虽则都未曾死。然而人心惶惶，全市都鼎沸起来了。

欧阳尼夫的肺病与神经衰弱病，在亢奋的生活中，加速度的增

长。但他决不因这病的袭击，缓弛他的工作。

他现在是个居处无停的浪人。他们自从组织这项工作以后，在事实的外表上，还是着着的失败，他们所袭击的对手方，一个个都不曾达到目的，而他们自己却又一个个都缺少下去。但在某一方面的成功，也是不可掩煞的。

——啊！柯儿道被捕了！斩决了！古律金跳上了绞头台了！现在—现在……只剩残余的我了！……唉！明天，我又奉到命令要……

欧阳尼夫在N市市外的一条马路上徘徊着。他如梦一样的在想。

是溽暑流金的夏天的早晨，荒凉的马路上，没有一个行人。草地上的露珠低低地在着喘气，似预告炎热的太阳将不久便要降临。零星的一楹楹的别墅，在暖和的清气流荡中，赭色的墙壁，绿色的屋顶，更其鲜艳可爱。竹林子里清婉的鸣禽，拍着夜露，在歌赞自然的美妙，在诅咒城市的悲惨。欧阳尼夫却一点也不曾感到。

——这于我还是一桩胜利，因为我战胜了生命！啊！可笑一般屈服生命下的奴隶呀！你们为了你们的生命关系，不惜抛弃了你们的主义，卖却了你们的灵魂，屈膝，俯躬，磕头，……不要脸的臣妾的举动也甘之如甜的做了！其实，你们是都做了生命的奴隶了。

欧阳尼夫想到这里，觉得他的感慨还是十分无谓的。他行至一座坟外，于是他立下足来。他看一看这广大经营着的墓道，似乎很可以息一息足。——他又漫然的走入墓道上了。

墓道的前面建筑着一座伟大的石牌楼，左右接连着石人石马……。他走入在墓道的深处，生在柱石上。他短声的干咳着，抱着头沉思。他似乎又记起他现在应该会有一件事情要发生。他看一看墓道外的行人，还是阒然无声。他从裤袋里探出了一枝手枪，顽弄着！

——啊！我明天的成功，是全看你能不能听我命令的了！

他低低的祷颂着，接着，他又记起了那管手枪却原来是黄卓群赠他的。那时，他和黄卓群同在一个军部里服务，欧阳尼夫因为某种缘故要离开这个军部，黄卓群当然有点惜别的凄感，因之领来了一枝手枪，送给欧阳尼夫当作临别的纪念的卓品。

——然而，天下事真想不到呀，黄卓群赠我的手枪竟用之于……

他想起了黄卓群，他又突然的想起了他们的约会，如从梦中醒悟过来。

——啊！是，该是她来的时候了吧！我将要告诉她一切！虽则是使她如何伤心的事呵！然而，有什么法想呢？

他开始，时时向墓道外注意起去。

于是身外的群动都奔入到他注意范围以内来了。他开始听到小鸟清啘的鸣声，他开始听到晨风走过竹梢低微的叹息，他开始听到不远处扰攘的市声在着哄动……他的心渐渐的摇动起来。他于是踱出墓道，又向马路上走来，他开始畅吸了一会清晨的新鲜的空气，他开始看到零零星星的在一碧无际的草地上散着的红墙绿瓦的别墅。他的心渐渐的更摇动了。……

他仰头看看天空的景象，蔚蓝的天空，欲流一样的鲜艳。东方的角上，渐渐地转红起来，宇宙的生命的火点在着燃烧了。远处的江上，江帆片片，飞鸟飞渡其上；江涛汹涌着红浪。——都是力的表现，热的表现，生命的表现！

在马路的一角上，似乎有人影在浮动，影点渐渐的扩大，于是，知道是一个军官跨着一匹骏马来了。欧阳尼夫，这时顿觉得自己像是一个逋逃的犯人。恐怖占住了胸腔，压迫着呼吸。他于是又漫转入在墓道里了。

马行过了。他清明地认出，这是黄卓群呀！欧阳尼夫于是知道是这一会事了。

待欧阳尼夫从墓道上走出,黄卓群又挽转马头向尼夫跑来了!

——啊!尼夫!尼夫!马上人突然的叫了起来。又鹘落的下了马向欧阳尼夫走来。

欧阳尼夫呆呆地看住了黄卓群,粉红的两颊,庄严的军装,——确是一个可爱的革命者呀!欧阳尼夫这时心中感动极了。爱与恨,生与死,葛藤一样的纠缠着。

——啊!天哪!难道我不可以再生活下去吗?

欧阳尼夫咬破了心也似的想着,泪涛在汹湧着了。

黄卓群把马放在草地上,自己携着尼夫的手。欧阳尼夫这时感到自己是一个天下最怯弱的妇人,而黄卓群却是一个天下最勇敢的丈夫了。他无论怎样思索,总想不到他为什么竟渺小到这么的地步。

欧阳尼夫把卓群引入到墓道内。欧阳尼夫抱住了卓群的腰哭了!

"啊!卓群!我们只有今天的一面了!"

黄卓群万分惊惶地诘问着。

"卓群,你不知道吗?"欧阳尼夫带哭地说,"我们的同志一个个赴上了黑暗的长途,向死之王国里国了!柯儿道斩了!古律金绞了……什么事都完了!现在这方面担负执行工作的,只有我一个人了!卓群,我们的生活,是断于今朝了!啊!天哪,我在什么时候还能再见你呢?……啊!无望了!永远的无望了!而你呢,……或许还能再见我一次惨白的尸体……"

"尼夫,尼夫,"卓群着急地叫着,"你终久什么意思?你不可以向另一方面努力吗?唉!尼夫,你为什么终不能听我一句话,仅仅的一句。……"

"啊!卓群,我在今晨,我才开始看到人生的伟大了。"尼夫忏悔似的说,"我刚才在这静谧的自然中,我感到宇宙生命的和谐,我的心不觉大恸了。我想,我们的人生,为什么不能也像自然一样的和谐的生活着呢？为什么充斥在地上的总只有刀，剑，枪，血痕，愤怒，怨恨，咒骂，野杀，决斗，枪毙，绞头，斩头，……这些怕人的悲惨的事物呢？现在，我见到了你，听到了你的叫我名字的声音，我知道，啊！天哪！人世间正还有爱呀！……我烦闷极了！我恨不得，在你的面前，把我自己杀却！……”

黄卓群在他的哀诉声中，不住的滴着泪。

“然而，你怎么？……”黄卓群，含泪的问。

“我怎么还要做这个工作吗？唉，卓群，我心爱的，我那里知道呢？我起初不过因为人家压迫我们太利害了，杀头，枪毙，绞，都一件件惠敬给我们，我为了人道，我为了同情，我为了水深火热的民众，我似乎觉得不得不给予他们以相当的敬礼，所以我们是这样做了！”

“然而，现在呢？……”

欧阳尼夫突然有所感的跳了起来，紧紧的握住卓群的手。

“啊！是是！我的思想怎么竟会乱到这个程度。我们以前的决定并没有错，我明天要这样去做也没有错。我们要造成人间的和谐，我们就得这样做。……我们不要短视，只怕眼前的惨剧，不想将来的天国是要从这惨剧中生出来，这都是资产阶级怯弱的心里。——而且，我们还要承认，如其他们，不是为自利，不是为自私，真正的为了他们的主义的缘故，为了想实现他们的理想的缘故，这样的做去，是不错的。所以我们为了同情心，人间的爱的激发，毅然地这样做去，我们的行动，是天地间最光明的行动。而且，这是我们临时的唯一的出路。

“就是，我刚才所感到的爱，我又觉得太偏狭了。卓群，我固然爱你，但同时我应该更爱人间；你虽则爱我，但你同时又当不要忘却群众！我现在不悲哀了，我明天还当这样做去！”

欧阳尼夫宛如患了适斯的里病似的忽而悲哭，忽而笑骂着。

“现在，我爱，让我接个深长的吻吧！”

欧阳尼夫又把卓群抱来。

“但是，尼夫，我要问你。”卓群凄然的说，“你明天，终究要向谁……”

“谁吗？”欧阳尼夫叫了起来，“就你自己想想，现在该轮到谁了？”

黄卓群立时的变了色，面颜像脑充血病似的惨白起来。

“可不是……可不是……”黄卓群如负伤的小鸟似的哀叫着。“啊！天哪！这是怎么一会事呀！……”

黄卓群立时倒在欧阳尼夫的怀中晕过去。竹林的小鸟鸣的更起劲了。工厂的上工号也拉了起来。远处人声更其嘈杂了。

“但是，我求你，……”黄卓群十分软弱了。“为了我的缘故，为了上帝的面上，饶恕了他吧！我的尼夫，你的受罪的女儿是这样的对你哀告着呀！……唉！我的上帝！”

“卓群，这是你说的话吗？”欧阳尼夫摔脱一切似的卓然立了起来。“怎么，我竟糊涂起来，听不懂你的话了！你终久是什么意思！”

“唉！我的上帝！什么祸事会要临头了！尼夫，我是个怯弱的女子呀！我怎么能够担戴得起这么的恐怖呀！而且你，而目你，……你终久是要……啊！我的上帝，为了爱的缘故，……”黄卓群抱着头只是哭着。

“是啊！你是怯弱的女子！你是怯弱的女子！”欧阳尼夫愤愤地说，“女子永远是怯弱的！怎么配谈革命，……虚荣，恋爱，丈夫，父亲，……简直是一条虫，永远只会蠕蠕而动的。……好！去你的吧！否则，请，手枪在这里，你为我拨一下机，失拾了我就赫！……我不需要你的纪念，我不需要你的爱，……我万分不信，像你这样的盘旋于因袭思想中的人，竟会因思想的振动数的相同而爱我……请吧！手枪在这里！……”

于是通过了一大沉默。

“现在，我知道了！尼夫，请恕我，一切！请还爱我！再会！”

黄卓群卓然的起立，拭干了眼泪，走出墓道，骑着马去了。

“你往那里去？你往那里去？”欧阳尼夫心头似乎通过了一阵阴暗，觉得不幸的运命就会落在黄卓群的身上了。

四

是明月泻银也是的夜晚。黄卓群在她的卧室前的小院子里蹀躞着。

月光多么可爱呵！墙角的石榴，细叶披靡，月光在这儿一丝丝的投射银痕。紫茉莉像被这美艳的光辉感动了一阵阵在喘息着芬芳。小院子的砌砖上，斜斜整整的，重重叠叠的，洒满了绰约的花影树影。

黄卓群全个灵魂煎沸着。

——啊！女子真个是永远怯弱的吗？我难道真个是个旋盘于传统思想里的封建人物吗？……

黄卓群似乎隐隐的听到欧阳尼夫的骂声了。黄卓群似乎模糊的见到欧阳尼夫赤涨的两颊尖利的眼光狠狠的怒容了。黄卓群觉得要哭出来了。

——然而，哭泣完全是儿女态的哟！我为什么要示弱！

黄卓群的感情于是又十分兴奋起来。她端了一把椅子，在月光下坐着，痴痴的想着她所要想的。——她像女神一样的净白与尊严。

这是暴动后的一天，工人们学生们都在一个旷场上卧着。她奉了命同副官与医生去点验，一总要在二十个以上。这真是生平不曾到过的惨剧。旷场上的瓦砾与细草都染成红毡子也似的了。一个个横陈着的尸体，都睡在血泊里，已经僵死了的，蜡也似的脸色，走着尖锐的死光；深结的眉毛，歙张着的两唇，显露着的牙齿，死狼似的，还留着忍痛万分的形态。她见到这种情形，她似乎听到未死前的他们的挣扎的呼喊。有的，还未曾完全死去，他们的四肢，还在不时的无力的颤动，他们面上的肉还在不时的无知觉的紧涨与收缩，完全像一只刚刚奏刀的鸡，拍着两翼在消散它生命的余息。有的，短衣蓝布衫，已经被自己的手掌抓破，胸头的创痕，溃烂也似的破裂着。……但她看到，一样的都负着枪弹的击射的破洞，……她觉得这破洞，一个个都变成了眼睛，在向她斥骂了！……然而她还当无同情地点验着……

接着，悲惨的日子终于也过去了。御用的市民大会又开会了。然而，没有枪声，也没有群众，……只是三四十的和尚七八十的流氓，喊着几句拥护黄镇守使的口号，便拥着镇守使的灵魂也似的亲信人胡一平行到警察厅，去就警察厅长的职了。

这在卓群也是亲眼看到的。

接着，黄镇守使又委下几个流氓，将市议会改了组，一切民众的团体，都改名作同盟会，似乎是一个吃香灰酒的集合。

这在卓群也是亲眼看到，而且奉着命令帮同着做过的。

接着，又是一个夜晚。黄镇守使和胡警厅处长在着计议。

“我觉得这是一时的。”警察厅长开始说，“我们现在还没有民众，那批市议员，当然是只好暂时的。”

“他们过去的历史，是会使民众走开去的。”镇守使说，“实在的，现在不比从前，现在我们‘需要有民众’，才能立得定我们的足跟。”

“这，我也是这样想。”

“所以，我想，现在我想于市议会外，另设一个N市公会，一切的组织与市议会相同。在那儿我可以抓住几个青年，专做宣传工作，使民众对于我与你都有了信仰。在彼时，我想，就可叫公会里的‘忠实信徒’，再去改组市议会了。”

“我也是这样想，”警察厅长笑笑的说，“现在是利用民众，利用青年的时候了。……”

这在卓群也是亲与其议的，虽则她不曾另建过什么宏议，然而因职务的关系，她也是帮同他们进行过这些事的。……

她想到这里，就觉得他是如何可恶的人。虽则名分上，使她不敢向他攻击。同时，又感到自己的罪恶！

——天哪！他是个怎样的人物呀！她想，他是个恶魔，完全是个恶魔，劫持民意机关，利用盲目群众，诱惑无知青年，以地位，以名誉，以金钱去买人心！他那一件事不是为着自己着想，那一件事不是为着自己的利益，地位，……啊！天哪，而我又是他的女儿，我不但不能为民众的缘故，向他力谏；我而且，为了职务上的关系做助恶的工作；我就是使民众受苦的一分子了！啊！天哪……

黄卓群的心中，这时完全失却了感情了。她完全投入在理性的意识中了。

——像这样的人，便十分该枪杀！我为什么要吝惜！为了他是我的父亲吗？这就错误了。我觉得能够爱人间的，才是我的父亲，只爱自己的女儿的，或许还是我的仇敌！杀了！我觉得还是最公道的呀！

黄卓群这时似乎失却她心的苦闷了。她立起来，仰着头向天上看去，繁星像水点也似的沾满天空，闪耀的银光，含笑地若有所思。明月已航到中天，温和的面颜，母亲也似的慈祥。淡淡的云痕横横的梗着；天河的流水，似在此中琤琮倾泻。小院外人声沉寂，蟋蟀虹蛉之类，清幽的吟着；韵语謦欬，在赞颂夜之美妙。黄卓群突然有所感似的软弱了。

——然而，杀……死……啊哟！我的爸，你那样的疼爱我，你那样的鼓励我，你要我成一个伟大的女子，你，你，你那一件事不……为我着心……然而，明天，……这不可逆料的祸要……临头了。……而你的女儿，偏又早已得知了消息，……瞒着，瞒着，不向你告诉……而且，……啊！天哪……我是怎样的一个罪人呵……

于是她倒在椅上幽泣了。虫声更其清幽的和着。

——而且，一到明天，二个人的生命，便要有一个判决向死国长征了，无论是谁，总要一个，一个……唉！她继续想下去。一个是我的父亲，一个是我的爱人，啊！天哪！为什么要判决我陷在这样的一个运命里呀……！

——死了我的父亲，唉，我的母亲会将如何伤心呵！不幸，死了我的爱人，天哪，我将如何过活呢！我还要我这个苟延喘残的生命作什么用呢？……啊！我实在，不忍看这样的事情的发生了！天哪……

黄卓群这时完全沉入在情感的海里了！

夜似乎渐渐的严肃起来，远处的狗声叫着，巡更的锣声响着，工厂里停止夜工的号声也吹了起来。这是九点钟的时候了。

隔院子的马接着又咆哮起来，它的声音，哀厉而凄壮，像是被压迫阶级的呼喊。值夜的兵士吹着一声声的军号，大概是在催着睡了。

黄卓群被这环境的袭击，理性的意识似乎渐渐的回复过来。她觉得每一种声音，都可使她想到他们的苦痛。年届古稀的巡更老，为了生活的关系，不吝惜他风烛残年中有限的精神，深更半夜的去给资产阶级治者阶级报警，保护他们的安闲；鸠形鹄面的工人，一天做了十二小时的工，还不能养活自己的家庭，不得已去继续做他们的夜工，以有用的劳力，商品也似的贱卖了，以送死的工作的价值(?)去维持他们不能死去的苟延残喘的生命的暂安。……至于兵士们，更以多少的头胪，多少的血，去换伟人的地位与荣誉，虽说是他们是为解放被压迫的民众而战争，然而他们的工作，真正能做到这一层吗？只可惜，他们是被人买了……

——唉！现在我明白了，我决定了！黄卓群决定似的自语着。我应该明白，现在就是父与子的时代，我不能因私人的关系，从子的时代投降到父的时代去。我断不能做自利，自私，家庭里的人，我更不能帮同贪官，污吏，军阀，帝国主义的走狗，工作，间接的助长他们的恶焰，我应该，而且十分应该，铲除，手戮，这批贪官，污吏，军阀，帝国主义的走狗……

——啊！是！尼夫，他太蠢了！要知道，他这样做去，未必会成功。现在，我为了尼夫的缘故，使他多为民众努力一下，我是应该这样决定了。

黄卓群兴奋地走入卧室，安排着睡去。

第二天早晨，大约五点钟的时候，她从公馆里出去，匆匆地跑到镇守使署。

卫兵还惺忪地在睡态中，见了她，即忙遑遑地举起了枪。

她从秘书室里，匆匆地抄了一份电报，加上一个封，又匆匆地跑回公馆来。

她走向正厅去，向她父亲的卧室，正厅内外人声都还寂然。她父亲的护兵似乎还没有起来。

她叩着门，低低地。

"谁啦！"她的父亲说。

"是我，爸！"她像不欲惊动任何人似的说。

"干么事，群儿？"

"有电报。"她的声音有点颤颤了！她的眼前觉得尽是黑暗。

"请进来吧！"

她进去了。她的呼吸急促。

急速地抢上二步，到床前，她递过电报稿，她的父亲仰卧着在看，她乘他的不备，突然的把被单掩住了她的父亲的头。

手枪对准了脑壳。轻轻地，拍的响了一下。她把电报稿收拾过。她把窗开了，手枪丢在窗后的花园里接连的又发出拍拍的声音。床上的人剧烈的震荡着，——但因为她压迫得甚力，不曾发出什么声音；过后，平静了！

周遭的人声，还是静息着。她急急地悄悄地走入了房外，把门掩上，出去。

她于是又急速的向正厅走来。

“什么地方有枪声？什么地方有枪声？”她竭力的叫喊起来。

勤务兵似乎也有所感觉似的睡态的从一条弄上跑过来。

她抢上强去开了门，奔到床前，不觉放声的哭叫道：

“啊！刺客！刺客！我的爸呀……”

用人都跑了来。

母亲也赶到了。阿姨也赶到了。她似乎要晕过去。

“我看见他向窗后跳出的，在这小园子里窜奔去。快来！快来！……叫卫兵来！……”她又狂易地叫喊着。

所有的卫兵都齐集到正厅。

“赶快到小园内侦去，恐怕那刺客还躲藏着呢！”她又带哭的大声的命令着。

母亲哭得死去了。一室人都凄然。——哄动，杂乱，惶急，悲号，……

床上的人已没有知觉了，然而心头还有些温……。血流满了一枕，两眼紧紧的阖着……

“让我去叫医生去。”她万分悲怜而且惊惶似的说。

她出去了。门外的卫兵没有一个。——

门外的枪声又发了，子弹呼的向她身旁飞过，然而没有击中了她。她退后几步。

“啊哟！错了！天哪！”一个声音突然的叫了出来。

她认识这个声音，她明白了。她同时见到一个人影急疾的向公馆右手转弯的出路跑去了。

她追了上去，叫着。

“尼夫，尼夫，我们一道去！”

——二七，一一，二

（原载《太阳月刊》1928年5月号）

冯宪章

游　移

曼女士从发现了章君待她的态度，日渐厌倦与疏远，不过是勉强的敷衍；对于一切都怀疑起来。

怀疑的结果，使她从积极的坦道，坠入消极的沟壑，把她从乐欢的国土，拉到悲观的深渊。……

从前她以为一切都是真诚，一切都是确实，只知脚踏实地的努力，从没有过灰心的偶念。但是，现在却与从前完全相反：她现在以为一切都是虚伪，一切都是欺骗：所有的努力，都是无谓的蠢动，自欺欺人的行为。她不愿再工作，并且她还极力地向努力工作的朋友宣传；尤其是对于和她比较接近的亲密的媛女士，除非莫开口；要是不然，脱不了这样几句警语：

“朋友，你莫打一切看得太过真诚，太过确实。所谓真实不过是狡猾者借以掩饰的面具，愚笨者期以安慰的幻想而已！”

媛女士最初听了她这些话，以为是她开的玩笑，如秋风之过耳，没有丝毫的留意。但是，她的言动表现出来，并不如媛女士的以为。这消极的思想、悲观的念头，既经在她脑中占到了相当的地盘，而且既经巩固。

这不消说，是她的危机。媛女士是她比较接近的，亲密的同学，而且又是同志，当然不忍而且不能坐视她的沦落。

于是，媛女士为尽同学的友道，同志的义务，乘她谈起这些消极话时，慇懃的向她慰问起来：

“曼，近来你心头有着什么隐痛么？”

“隐痛？以前到有些；但是现在它已经引不起我的关心了。”

“你的态度怎么突然变了？”

“变了？是的。我的认识深入，经验增加，帮助了我，使我得救。”

“是的，一点没有错！我现在是得救了；但是，我还为你们担忧，你们还这样醉心。”

“你的思路，你认为是应该有的么？”

“为什么不应该有呢？”

“难道说世界果如你说一样么？”

“你不信么？无须看别的，且看我与章君的经过罢。”

接着，她把自己与章君的经过向媛女士全盘公开出来。

章君是她的同学，他们认识的媒介，是学生会的工作。

她在S大学时，因为面貌生得还不错，身材长得很窈窕，在班中的女生里，好像鹤立鸡群，出类拔萃；引起了一般男同学的注意，成为众矢之的。

这大概是男女同学的学校，一般的现象罢？在学生会选举的时候，一般的男同学，老是喜欢写女人的名字。她既然是众矢之的，当然更能引起一般同学选举。开票的结果，她负了平民教育部的责任。

平民教育部在整个执行委员会的组织系统上，属于宣传股；章君就是这一股的主任。她在女学校时虽也曾做过班长；但是，那时都是同性，并不觉得有什么难为，不像现在要与异性接触。现在突然要她负起这个责任，心头有些懦怯。

但是，在另一方面，她在年龄既经到了怀春的时期，的确在渴望着异性的亲近；虽然害羞根性时常给她打击，然而她这种希图，决不因之消失。她想现在能够插足学生会执委之间，正是给她达到企望绝好的机会。

这两种不同的见解，在她的脑中剧战，经过了相当的时候，卒之后者得着胜利。

在执委的常会中，因为人多，并且还有她同性的媛女士的陪伴，如平日上课一样，她没有特别的感到侷促，也没有意外的获得愉快。

这使她微微有些失望。

后来，因为工作上的关系，增加了各股股务会议。这才使她如吃着橄榄，尝着耐人的滋味。

宣传股分出版与平教两门。负责出版的刘君因为害病，告假回家去了，宣传股的开会，只有她与章君两人。会是由主任召集；章君为方便起见，地址就在自己的房里。这使她侷促，同时使她隐着希望。

她第一次到章君房里。应会，真费了天大的周折，下了天大的决心，才去成功。脚步踏到了章君的楼梯，都还想到转回来。章君听了脚声，忙出来迎。

"蜜丝曼么？请进来！"

"不要客气。"她没有法子退回来了，只得定了定跳动的心，平了平急促的气，慢慢的走上楼去。

"这样早就来了么？"

"既经过时了，还说早呢？"她说着随他入房里去了。

他的房子很狭，陈设非常简单。但是，虽然没有几件东西，却东零西散，没有一些秩序。在桌的一隅放着的书籍，几乎快要给泥尘吞食了去。从这些望而知主人是向忙于工作，没暇顾及个人的物质生活。

她进去坐在他的凳上，他便在床上。她虽然是坐下了，但她的心还好像悬在半空，飘荡无着。一阵阵的血液，从心头湧到面上，全体都如置身火边，红热得难耐。好在他似乎没有顾到这些，在整理着宣传股的文件，准备开会的讨论。老是埋着头，没有向她注视一下，也没有作声。他这种表现，使她稍为从容，心头得渐渐平静下来。

“现在开始开会罢！”他把文件整理好，忽然抬起头来，向她说话。

“刘君不来。两人怎么去开呢？”她略把头俯下。

“就这样开。”他稍为抬头，斜眼看她。

“我想无须开，两人的意见大概总是差不多。”

“但是，只是大概，不能一定。”

“说一定也未尝不可。”

“那么，你先得我心了吗？真的，我希望你能够如此。”

“……”她的两颊重新幻现出朵朵的红霞，头颅好似千斤石头压着，抬不起来。她想今天上午嫒女士给她说的消息，并非完全造谣。

“喂！曼，我告诉你一件要事。”今天上午课完时，嫒女士走到她的身边，很正经的说。

“是什么事呢？”

“不，我应该先预贺你！”

“不要说笑，真的是什么事。是个人的，还是团体的？”

“是你个人的。”

“我个人有什么事呢？”

“没有么？那末我不说。”

“好罢，快些说出来！有，我承认有。”

“但是，我恐怕你要故意动怒。”

“你说，我不动怒。”

“我们的诗人老章在向你进攻……”

据现在他的无惧的态度，坦白的语气看来，这些话并非无稽之谈。对于这，她感着无限的愉快，同时增加了态度的不安。

“无论如何，我们也得随便谈谈我们宣传股的事务。”他看她老是偈促的默然，忽然转到原题上去。她才得闲适些。

经她的同意，他们开始讨论起来。

他们讨论的结果，目前最要紧的是平民夜学的组织。他们决定一周内，竭力促平校的实现。

经过了相当的努力，筹备的工作渐渐的就绪，一周内，果然如他们的预期一样地实现了平校。

平校的学生，一共两百余人：其中分甲乙两班。但因为教员缺乏的关系，仍然共个教室。每天晚上七时起，至九时止。

教员的担任，是采用轮流的方法，凡是学生会的会员，都要尽这种义务。但是，日常的事体，却要宣传部负责。因此，他们接触的机会越发多，渐渐地熟悉起来。从前相见时的那种偈促的态度，次第消失了。

一天晚上，他们两人在平校课后，把平校的校务整理完时，不觉已经十点。从校内门出来，校外门已经闭了一爿。她看见这样夜了，有些怯于回去；然而碍于隔膜，还不敢公然要他随送。呆呆的思着，现出游移的情态。他体会了她的心事，就向她说：

"这样的夜深，单你一个人回去，道上你不觉怕么？"

"就是有一点；但是，有什么办法呢？"

"我送你回去好么？"

"那当然欢迎！"

"那么我们一同去罢！"

他随着她的后尾，走出校门来了。一种神秘的香气，支配着他，使他加速脚步，与她并肩起来。她的心头虽然觉得有些跳荡，态度也还有些偈促；但同样她感着非常的愉快，萦绕着她的身心。对于他的逼进，不特不表讨厌，并且表示欢迎。

从学校回她住的地方，一路都是荒凉的暗道。她因为害怕，把身子紧贴着他。他乘着这个机会，把他对于她的心情直诉：

"曼，我有一件衷情要向你直诉，然而没得到机会。"

“…………”

“现在我很欢喜我们能够步于这幽静的道中，我把我的衷情向你表白罢。我爱你，曼，当我第一次在讲堂上见着你，就在我的心田，种下了爱的种子。给朝夕过从的培养，现在这种子已经由发芽而滋长起来了。据我的观察，你对我也有同样的表现，我极希望你能够明白的表示出来。”

这种直率的表示，是她望眼欲穿，期之不得的事体。虽然，这样的突然，使她吃了一惊；但她极力的镇定。她果真坦白的给他回答！

“我很欢喜，章，你能够这样直率的表示。我的爱火，自从我第一次在你房子就燃起来了；不过因为羞怯的网膜罩着，没有被你发现。现在你这样直率的表示，使我羞怯的网膜无存在的可能，一颗火热的赤心，得为你贡献。这真使我愉快，这真使我欢喜！我现在再三誓言罢，我的心，我的魂，我的肉体，都要属你，只有我的你，能够享有我的一切。”

“是真的么？……”这本来不是他所欲有的问话；他们既经紧抱，肉与肉开始磨擦了。

“真的。永远都是的。今日这样，明日也是如此，不单口说，而且实行。不过，你们男人的心最靠不住都是朝三暮四，忽东忽西。说起来，我对你到还有些怀疑，怀疑你是假意慇懃。”虽然她口里在说有些怀疑；其实受了肉与肉接触而起的热气的陶醉，她已把生命付给他去了。

“我忠实于你，我在这里敢誓言：现在如此，将来还是如此。爱哟，我的曼，我们紧抱，我们酣吻，让我们一同经过这黑暗的阴道，走向光明的路程。”

他们一路都紧抱着，酣吻着，亲热到不可以用语言来形容的地步。青春之火，使他们的心炉燃烧，使他们的血液加速的奔腾，神经顿然的惛迷。一直到了她的房里，都还没有清醒，仍然被神秘的愉快与憧憬的希望支配。……

她从这不解的神秘中苏醒起来，发现他还睡在她的身旁。以前一刹那的快愉，在她的回忆的幔上，完全消失了；伴着她的只有难言的疲倦。好像是劳作过度，精神不足，什么事都懒想，一任自然的睡过去。

自此以后，他们同居起来了。

这是他们新生活的开始，例应有非常的兴趣；他们也感着例有的一切。她这时觉得他对于她的确真诚，她也把自己的真诚，捧献给他。从此对于一切的工作，她都感着意外的滋味，深深地体验着人生的充实。

同学们对于他们的同居，都非常的艳羡，同时也非常的嫉妒。每逢着他们，总是冷讥热讽；尤其是一般女同学于她，简直了不得。

“曼，你的脸色近来怎么这样丰润？”接着一阵笑声。

“还不是一样憔悴吗？”她的脸红起来了。

“不，已经像早晨披露的玫瑰，娇艳得难言了。可不是受了章君的灌溉么？”又是一阵笑声。

“呸！你们为什老是这样说笑，谁就没有我的一天呢？”

“好，我不说笑，谈正经的事罢；我问问你，老章的，‘正筋’有，多大？”又是一阵笑，这笑声特别响亮。

“阴间讲事鬼答你！……”

“不答我们么？这不是革命者应有的态度，……”

“…………”

这样的不到她哭起来，她们总不肯停止她们辛辣的语言。在这一点，她觉着非常的烦恼，非常的讨厌；但是，这些烦恼不能在她的脑中得着根据，新生活的快乐，将给她拒除得干干净净。

在晚上，两人坐在明亮的电灯下，互相的督促，互相的鼓励，那种情态是如何的愉快啊！他们这时，真是孕育在愉快的怀里。

“你的传单做好没有？”她把她的眼线，射到坐在她对面的他的身上去。

“还没有。”他也抬起斜眼望望她。

“那么,好动笔了罢,不要再玩了。”

“好的;但是坐在这里写不落魂。”

“要坐在那里呢?要在长生殿上吗?”

“不,只要在你身边。”

“这不会过于浪漫么?”

“只要无妨我们的工作,浪漫又何妨呢?我们不是木偶,难道永远都要一样机械吗?”

“机械不好么?这象征着我们集体的精神呢?”

“你以为将来的社会生活是机械的么?”

“是的,从来的无产诗人,都赞美机械。”

“我以为将来的社会生活应该是艺术而且必然地是艺术。在工厂的里面,我们要有艺术的布置,在工厂的附近我们必需有俱乐部的设立。……”

“那么,好罢,你过来,这时无妨我的工作,而有助你的精神。”

他就跑过去,坐在她的怀里去了。

他在热情沉醉中,开始写他的传单。

这样的幸福生活,过没有半年,因为政治环境的变迁,S大学被封,他被派去做工人运动,不能和她长在一块;并且平庸的同居生活不能再起他的兴趣。他对于她次第冷淡起来。

但是,她每月例有的月经,现在已停止来了;这很明显的证明她的身体决非从前。她固然无论如何不肯放他离开,他也不忍这样残忍的丢弃。结果,他是勉强的不得不敷衍她。其实,他们的爱情,早已经随着过去的欢乐逝了。

在起初她还以为他是出于真诚;但是,蛇脚出,他的敷衍的痕迹,毕竟在不知不觉间表示出来了。

“真诚吗?怎么不是像他一样的狡滑者借以掩饰的面具,像我一样的愚笨者期以安慰的东西呢?"她把与章君的关系说完,尾后再加上这样几句。

"不错的,章君对你欺骗了;但是,这只足证明现有的制度不良,不是人类本性的虚伪。这只足助长我们的改革社会的决心,怎么会想到世界一切都是欺骗呢?"媛女士立刻就给她答辩。

"现有的制度? 怎么是制度呢?"

"当他最初说'我爱你'的时候,的确他在爱你,但是,后来讨厌了同居生活,同时又不能把你丢弃,所以不得已敷衍。因此,这敷衍并不是他的本意,而是现有的制度对于他的压迫的结果。若是在另一个社会,儿童可以公育,无需他负责的话,决不会产生他对于你的虚伪。"

"他既经说永远爱我,今日如此,明日还是如此;为什么又讨厌同居生活呢? 这不是欺骗是什么呢?"

"这你也不能怪他,谁个是满足现实的呢? 假如人类个个都满足现实的生活,恐怕社会永远都是不会进步。"

"照你说,怎样呢?"

"我说现社会是虚伪的社会,欺骗的社会,但是,并不是说世间没有真实存在。假如我们讨厌社会的虚伪,只有加速努力对于社会的改革,不能因为社会的虚伪而消极灰心。像你所说的一切都是虚伪,那末,连你自己都否认你自己的存在,你只好去自杀。"

"那么,你说我应该加速努力么?"

"假如你想生存,只有这。"

她听了媛女士这一番话,消极的思想动摇起来。她渐次的又从悲观的深渊爬上乐观的国土。

直到现在,她都还在努力着!……

——三月三日于日本东京

(选自1929年7月《海风周报》第17期)

许美埙

笠的故事

十月初的夕阳照在刚收获了的田土上，蒸发着土的气味。是初晴的天气，远山和丛林都像新沐了似的鲜洁！碧水粼粼的野塘上浮泛着白的鸭群。火车的轨道尽向前伸展，被车轮磨光了的铁轨上反射着向尽的夕阳，耀刺着人们的眼睛。

我和妻站在轨道上望着前面堤下的农人，三三五五的各在热心收获。一面玩赏着这 V 村野外的风景，尤其是这初冬雨后的傍晚的村景，真个是有些醉人！

没有风雨的冬天的乡间空气——尤其是在南中国一带的海岸的乡村的空气，真是清亮静爽！暖的太阳薰炙了大半天了的午后，站在田野里，就觉得浑身好像给什么汽体包围着似的暖烘烘地似醉非醉！

从树林里望去的赤的山色，断断续续地由叶的隙缝透露出来。山上正辉耀着火红的夕阳。差不多要变成霞的彩云，投影在碧绿的野塘上面，幻射出怪奇丽的颜色！这软红的颜色由水面反射到站在塘边的妻的脸上，顿把她苍白的脸渲染成红润的了。

"能够永久这样的在这里过活，倒是一个幸运儿哩！"妻看着这美丽的村境，顿忘一切的在叹羡了。

"可不是。不过这样的静美的境界，迟早总要被物质骚动了的！"我悠然的说。

"你看，像她这样的做着悠闲的工，在这儿过活，岂不是好？"妻指着一个在做着竹笠的小女孩说。

我才发见有一个黑脸孔，编着短辫发，衣服十分褴褛的小女孩坐在我的身后的塘边草地上，运着熟练的十指，很迅速地在编做竹笠。

“呵，做得很快！”我这样说时，那女孩就仰着脸孔来望我们，放出满足似的微笑。接着便说：

“这不算快，有的人比我还更快哩！”

“你一天做了几个笠？”妻问她。

“有八个。”

“每个值几多钱？”我预备代她计算，这样的问。

“每个值十个铜板。”

“那末，你一个人一天就可以赚八十个铜板了。”

“那末，岂不是很好的生活？”妻笑着说。

“很好？亦是很难的！近来番船不好，笠价越发低廉了！”女孩并不仰起头来说。

“一天八十个铜板，照现在一块钱可以换两百五十个铜板计算起来，那末，只有三角钱左右。你家里呢？有几个人会做工？”我替她计算了一会，再问她。

“我和妈妈两个人。还有婆婆和小弟弟不会做工。”她闲闲地回答着。

“弟弟呀！汝还不回去穿多一个衫子？”她忽而忆起她的弟弟了，望着那边一个约莫五六岁的满身泥垢的男孩子喊着。

我看那男孩子，只穿着薄薄的一个衫子，没有穿裘。已经穿羊毛了的我们不禁代他打了寒噤。

“真是壮健！”妻说。

“壮健？”那女孩慨然似的说，“是没有裘可以穿哩！”

“真是艰难！两母女一天做工赚不够一块钱，怎能够支持四个人的衣食？”

"可不是。我们一天只能够吃一升米!"她像凄然似的说。

"她刚才说'番船不好',是说什么?"妻像回忆着似的忽而问我。

"呵,这一定是指'内地税'的。"

"什么是叫'内地税'?"

"呵,是近来省政府新施行的一种税,在内地无论什么地方,运销货物都要纳税。这是从前所没有的。这种税,只有害着各地的土产不能畅销国外!……"

"没有人起来反对吗?政府为什么做这等害自己的事?"

"反对是有的,你不曾看见S市的报纸天天在纪载反对这事的新闻吗?至于政府为什么……那就非一言一语可以说尽的!咳!到现在才看见真相呢……"

"那末,它和竹笠有什么关系?"

"因为商人反对这税,所以在未解决之前,各地土产,都停止运销。而竹笠是大多数销行南洋群岛一带的。现在没有销,价钱自然十分低廉了!有钱的商人就可乘机用贱价收买,将来又可发财了!所以吃亏的是她们这一班工人——尤其是这班手工业工人!"

"呵!……他们真可怜!……"妻惨然地说。

我凝视着那女孩的枯瘦的暗涩的肌肤的颜色,同时就回忆起数天前在车站看见的那个艳装的肥白的少女!

我们站得脚酸了,不约而同的都蹲下去,我索性坐在草地上了,很温暖,很柔软!我叫妻也坐下了。

大家都在享受着和暖的冬晚的斜阳。

"听说这儿有好多人都在做笠,是吗?"妻面朝着那女孩问。

"是的。我们全乡的人都做这件事。"她答。

"那末,南洋群岛的工人,多数是这里的人,他们若是购买竹笠时,恰巧那竹笠是他的妻或女所做的,那末,岂不是很有趣的事?"妻笑着说。

“是的，这真是有趣的故事！”我亦笑了。

“那有这末巧？”女孩亦笑了。

“说起故事，我倒有一段至今还不曾说给你听，这故事十分凄厉！而且和竹笠亦有关系的。”我忽而忆起少年时候听过的关于南洋群岛工人的生活的一个故事来。

“那末，就讲罢！就讲给我们听吧！”妻很高兴地催促着。那女孩亦不客气的附和着。

“这故事是我少年时，听一个同乡的人叫老普的所讲的。他亦是一个南洋群岛的工人，五十多岁方才返国的。一头的白发，到现在一想起时，还仿佛记得的。……”我开始在讲了。

以下就是老普所讲的故事。

我（老普自称）自从二十岁那年，被拐卖到新嘉坡去做工，一直到五十岁才得逃脱回来。在这三十个整年中亲眼看见，亲耳听见的惨酷的事，何只数百件！咳！我现在只能够劝少年人不要轻易听信人家的甜言！

我二十岁那年，因为年荒，不仅没有饭吃，还要负债，真是苦到极点！那时就有一个水客叫阿番的，向我说了好多甜蜜的话，他说：

“你在这里亦是无出头的日子，不如悄悄跟我过洋。到新嘉坡时，不愁没有钱用！而且那儿的富家女儿真是多，万一给她们看上，那就是平空发财！……”我因为年纪长大了，还丝毫没有娶妻的希望，而且日食又是难度！一时心里就动了一动，但是还不敢就答应了他。

他的狡计真是好！一面用好话日夜引诱我，一面不时把银子借给我用。我真是感激他！不久之后，我就堕在他的网里了！

约莫是三月的时候，阿番静悄悄地约我在村外竹林下等他。那一天是雨天，清晨起来我便暗中把几件破衫裤收拾好，放在竹篮里，瞒着年老的父亲，说要入市去买菜种。才出了乡村，阿番便先在竹林下等着。于是二人雇了一只小船坐到S市。

到了S市便上了轮船。

在轮船里过了五个整夜和六个白天才到新嘉坡。

到新嘉坡之后，还未曾跑过一条街路，便又搭着轮船。在这轮船里忽然阿番不见了，同时看见同船的人大多数都和我一般，很少富人或女子。当时我心里一慌，便找个言语相同的人，来探问清楚。这个人姓吴，以后我叫他老吴，是我唯一的好友。

探问明白之后，几乎把我急死了！原来我们都受骗了，都是被拐卖了来的！都是给人当"猪仔"卖来这里做苦工的！后来我才明白做这贩卖猪仔的生意的人们，是有巨大的资本和势力的！他们一方勾结洋人和中国官吏，一方使人——像阿番这一流人到内地去拐诱心志不定生活困难的少年。这样用贱价收买，用高价出卖的我们，给他们叫做"猪仔"。做猪仔生意的人，每回总赚了很大的利！不上几年，便暴富起来做资本家了！做了资本家之后，他们还不知足，还更甚的经营这惨无人道的事业！这样就越发暴富了！现今S市上的那几个有名的富翁，就是做这生意起家的。

我们这一班约有三十人，大都是少年有力的。我们的命运，从离了S市的时候起，便判定终身苦工！照例是这样的，不许赎回，也不许逃走！每天从早上四点钟起便做工一直要做到晚上七点钟，天天这样，无论风雨，无论病痛，都要做工！

我和老吴最谈得上，大约是因为言语相同的原故吧！此外多是福建人，他们的话我听不懂。我们到A港之后，真是像一群猪仔般被骗入一间篷屋里，从此开始做苦工了！

A港离新嘉坡是二夜一天的船程。是一块荒的山地，给某资本家用数千元收买来种橡树的。某资本家把这山地收买之后，便委他一个妻舅姓夏的做"港主"——有生杀工人的绝大权力的港主。夏港主到任那天，便委了他的母舅姓黄的做"工头"。

港主和工头，都是工人们的妖魔！我们这三十人中除了后来偷逃的我和给他“活埋”了的老吴等十多个人之外，其余的也差不多都是给他俩压迫死的！

我们到A港时，是一片茫茫的荒地，灌木和乱草，野藤，密密地笼罩着！老虎，狼，毒蛇，猴子，老鹰……就是我们的朋友！而且那里没有溪河，吃的都是雨水。用大缸几十个排列在篷屋的檐下等雨水注入的。幸而南洋地方，至少每礼拜要下雨一次；不然，我们就要给渴死了！吃的饭，是腐的糙米所煮的；菜是乌豆和咸鱼！

每天早上四点钟，黄工头一吹着那像怪兽狂喊般的口笛时，我们便都马上从床里跳起来，到浴室去淋身，再去吃饭，然后就出发去斩草锯树。不能给汝迟缓一秒钟，如果迟缓一点，便是一下猛力的皮鞭，无论是脸是脊，登时就一块青红的肉肿起来！

到山地里，大家尤其不敢休息！黄工头部下有三个小工头，轮流监督，如果偷惰一点——其实我们何曾敢偷惰，有时确是生病，运不动锄头镰刀，他亦毫不体恤地猛力鞭下！有时半病的人，吃了他这一鞭，便晕倒在地好久好久！旁的人不敢去看他，只得听他在烈日底下直挺了躺着！听他自己醒转来！才醒了之后便须忍着苦做工！

有一次，一个被打得不能再耐下去的工人，觅了一条麻绳，走到树林里僻静的地方，想上吊，不幸被黄工头查着了！可恰他上吊不成，反受了黄工头的一场毒打！

一个月之内，我们这三十个人，差不多都吃过了黄工头的鞭子了！但是没有法！他身上藏了手枪，威严严地那个样子，真是无法子奈何他！

有时工头毒打工人，好像是把这来开心似的，并不是因为工人们有什么过失！

至于港主，那更是我们的魔王了！他从他的姊夫得来的闷气和委屈，便加倍地向我们身上报复！有一天，他刚从新嘉坡回来，便匆匆地走去巡察山地。不一刻回来，召集了全体工人，排列在篷屋前，每人各赐皮鞭二十！说是成绩不好。我们后来打探着才知道他因为在新嘉坡嫖妓赌博，亏空了数千元，被他姊夫发觉，受了一场没趣，还要把他革职，后来是他的姊姊出来恳情，才宽饶了他的。所以他满腹闷气，无处发泄，只得向我们方面寻报复了的！

用我们几个月的工夫，好容易才把A港山地的树木斩平了。树木斩平之后，存的只有乱草，便用火烧它。一连十几天的大火焚烧着这山地，然后才看见泥土。我们的第一期工作完了。

第二期的工作比第一期还难！因为先前还有几株未斩的大树，可以遮蔽烈日，我们午饭的时候，便在大树下举行。到大树已经完全斩平的时候，我们真是苦极！真是苦极了！

南洋是终年炎热的，在这四面都是山的荒僻的A港尤其炎蒸不堪！在一望几十里没有一片青草的新烧了的山地做工的我们，只仗着头上那一个二尺阔的竹笠，来遮蔽阳光。可是竹笠的阴影最多只可遮到肩部，肩部以下便都浸晒在有刺似的阳光中了！

我们的汗滴在地上立即干枯，立即和那焦土混和着了！有时中途遇雨，一阵大雨淋在这焦土上发出的气味，又焦又辣地刺入嗅觉！身体不十分强壮的工人，会即刻晕倒下去的！晕倒之后，不会醒，便这样结果了的事也有过！死了的工人的尸首是用树皮包着葬的。我一次看见一个工人死了，赤裸裸的尸首被包入树皮时，不禁流泪了！我想：在家乡至少有几个人在哭吧，妻或子，或者父母兄弟。至少有一口薄薄的棺木！人一离家，便好像丢下毛厕的死鸡似的了！什么都没有考究了！咳，像那样的A港的工人——其实别的港，别的一切的种植的园地的工人都是如此——死，倒是幸福！所以历次工人的死，没有一个加以怜惜，总是心内羡望着死，可以立即离开这地狱！

一遇到病，夜里睡不着，想起家乡中的一切，心头便好像给利刃刺着！有一次，老吴病了，我服侍他时，他幽幽地说：

“普哥！我们这班人真是这样待死么？没有方法了罢！我想起家里的父母和老婆，儿子，心里便痛得很！普哥！不知他们这时怎么样？……”

我听了他的话，怪凄凉的亦跟着他流泪！那一夜我俩一直哭到天明。

由青苍的荒山变做赤地，再由赤地变成青苍的橡树园的A港，都是我们的力！

橡树茂盛的时候，我们这一班工人，已经销耗了许多精力！我们看那一望无际的橡树，那青葱的色泽，好像都是我们的血所变成的！听说橡树胶涨价的那几年，A港的出产占最多数，夏港主的姊夫暴富得惊人了！夏港主自己亦发财了，黄工头亦发财了！只有我们，我们仍是穷苦的工人啊！

夏港主发财之后，不要再在A港了，他已经回国来建洋楼，捐起官做了！黄工头亦跑出新嘉坡独创生意去了。只有我们这一班身体失去自由的囚徒般的工人们依旧在这A港做着无限期的苦工！

新港主和新工头，对我们亦像前任的一般，极量的严厉，努力的压迫！

忽忽又过了十年了。港主和工头又发财回国了。只有我们再依旧在这A港做着无限期的苦工！

第三任的港主和工头来的时候，我们这一班三十人的工人，大多数已经老了，力衰了！他们另补充了几十个少年工人。

那班少年工人来的一天，我对着他们出神！想起自己初来的时候，亦像他们今天一般！我忽而流泪，想起家乡了！

“喂，不要哭啦！听它吧！”老吴真好，他来劝我。

“他妈的！我们这样一世做狗吗？”我悄悄的说，不敢高声，只是悄悄的说。

“嗄！有什么方法呢？”老吴皱着眉。

“这样死了，真是可惜！”

“喂，这时候不要谈了吧！今晚在毛厕里谈……”老吴约我今晚到毛厕里谈，因为别的地方都是工头和港主的耳目，不好谈话。

那个晚上，我至今想起还很清楚，清楚得如在目前！老吴像另换了一人似的，很精细，很热烈地和我谈着反抗港主的计划。因为太突然了，他的非常的计划，给了我不少的抖颤！

“不要怕啦！横竖是一死！汝不做他，他要做汝！”老吴看见我在吃惊，笑着拍我的肩，壮我的胆。

“但是人手太少，他们有利器，我们没有，怎么办呢？”我踌躇着。

“不怕，我们仗着胆量！”

“那末……”我才要说，老吴突然假咳止住我，果然，外面有人跑过了。

老吴真是英勇哟！到现在想起他，那一双火炬般的眼睛，还像在我目前！他又英勇又细心地秘密运动了许多工人，约定在中元节夜起事。

在南洋群岛——尤其是港内一带的华侨最迷信鬼神，所以每年一到中元节，到处都有“盂兰会”的盛典。他们好像藉此可以减少或者销灭他们的罪恶，都诚心诚意地举行盂兰会。A港自然不能称为例外。

那一晚，A港的“大厝”前（港主的办事处）演了两台影戏，十分的热闹。A港主特地下令停了一天工，宰了两口猪和几十只肥鹅，并有好多冥镪之类，摆在地上拜祭。

我们晚后都聚在影戏台前看演戏。

忽而老吴挽着我的辫尾，——那时大家还都留着辫发——我悄悄地跟着他跑到篷屋的后面，他指着一堆木棒给我看，接着就说：

“现在都齐备了，只等老秦（港主姓秦）出来拜神，兄弟们就一齐动手!”

“有多少人手?”

“二十多!”

那一夜的月亮真好,照得地上的细草都看得见。

不知什么原故,港主到十二点了还未出来拜神!往年是十点就拜神的,已经成为惯例了。那一夜他不出来拜神,显然是有原故。那时我找着老吴,他亦慌张着了!

“那狗既不出来,我们索性打进去!横竖是要做的!……”

老吴才说到这里,突然有了“砰”的一声,显然是毛瑟枪的响声。他呆定了一瞬,便狂喊起来:

“兄弟们!杀上去!”他飞奔到影戏台前了!许多人已经在那里纷乱着。

“兄弟们!杀上去!”老吴狂喊着,冲上前去,领率着二十几个工人,各拿着木棒潮水一般冲进港主的住屋去。

“砰”的一声,忽然我们中的一个倒下去了。子弹是从外面射来的。

“不好了,他们从外面包围来了!”我大喊着。

我们冲进港主的室内,没有半个人影,大家知道事情不妙,都呆看着。

“不怕不怕!我们横竖是一个死!你们愿望死在他们的手里吗?不,死在他们的皮鞭下吗?……”老吴大喊着,我们的胆又壮了。

但是外面的枪声像连珠炮般响着,我们陷于重围中了!

忽然,我们中又有一个倒下去,弹子从前额入去,从脑后出来,他就是老吴。

我们冒死的冲了出来,一排英国兵正在月光下举起了枪口对准着我们。

“你们不要走,只要认罪就没有事了!”我看见工头站在英兵后面对我们喊。“不然的话，一排枪都把你们打死！”

年事较少的工人都信以为真，看见事不可为，便都把木棒丢在地上，两只手高高的擎起。我看着来势不对，便抽身向后，急急的跑了。

我跑后，不知他们怎样都被港主指挥英兵一个个缚住了。一共捉住了十六人，就在那一夜里一个一个的被港主拿去“活埋”了！这是后来从别的口里听到的。

那年七月十五的一夜，A 港添了十六个新鬼了！他们死的时候，许多摆在戏台前的牲口还未收回，说不定他们的鬼魂会来享受这些牲口哩！

后来才知当时我们的计划先被港主知道，他即静静的走了，走到离 A 港不远的英兵驻所去报告，随即引着他们来的。这样，我们全军覆没了！

我那夜趁着月色，跑到橡树园里，想在那里休息到天明才跑，后来怕他们搜拿，只得再前进！走到一处，忽然有一件东西吊在橡树上，把我吓了一跳！仔细一看，原来是一个竹笠，上面还写着老吴的名字。

我在月光下看着竹笠，忽而忆起有一天，和老吴谈话，大家思量将来幸而能够回家时，要带什么东西回去。老吴说：

“我们从头到脚，没有什么东西，只有这一个竹笠，这个替我们遮日遮雨的竹笠，世界上只有它是爱惜我的！我如能回去一定要把这笠儿带回去的！”他的话，我清清楚楚地记得，那时我看了这笠儿是他的，突然又忆起他那不怕死的英勇的态度！我想：无论如何，总须把这笠儿替他带了回去，交给他的妻子。

这样想定了之后，便背着笠儿，爬山越岭的急急地跑了。

经过了半年的艰难，危险，奔波，我好容易才回到了家乡！

到家之后，不用说父母都死了，乡人亦大都不认识我了。

我把老吴的竹笠送到他的家里，他只存一个儿子在做小贩。

我把笠交还他，并骗他说：

“你的父亲是病死的，他托我把它带回给你做纪念！”

他的儿子亦不见得怎样悲哀，流了一回眼泪，便径自的去卖菜了！

…………

我的故事讲完了，天色亦已经沉黑了下去，看着妻的苍白的脸上交流着两条泪痕，淡淡地反射着微光。那个女孩，停着编笠，听得呆了。

“好！我们回去吃晚饭吧！”我这样喊着，便和妻踏着黄昏跑回屋里了。

一九二八，一一，二三。汕头，竹抱。

（原载 1929 年 12 月《新流月报》第 4 期）

徐任夫

音乐会的晚上

四月五日

玛利今天去参加市政厅音乐会的服务团去了;我很难过,怎么早不生病,迟不生病,偏偏要在今天,俄罗斯妇女爱国团公开演奏的一天,我可爱的玛利亚要去那儿服务的一天,会生起病来呢?呵!天哪,你真太苦了我啦,看,我身旁躺着的是无边的,无边的沉默,霞飞路上除了电车的铃声,汽车的咆哮,什么也没有了!唉,这无边的沉默呵!我仿佛觉得我是躺在 Volga 河边的高楼上,呵!那夜半的伏尔加河,温婉的浪语,轻微的四月的和风,多末使人可爱,使人振作幻想哟!……我记得那时正是少年有为,血气方刚的十六岁,还在贵族学院里念书,里面都是活动,游乐,愉快……我想将来大学毕业了,要做过御卫,那种辉耀的制服,鲜明的徽章,真够多末吸人,令人颠倒呀!……唉,不料……我说着心就会痛,怎么一刹那,那大好的江山会像桌子一般的翻转了面,那威凛显吓的罗曼诺夫皇家竟会像烟泡似的消散了,竟会一蹶不振,竟会把天下让那些下流的黑骨,卑污的毛脚,野兽一般的布尔塞维克统治了呢?……难道,唉,上帝是没有眼的,到现在二十世纪报因是消失了作用的吗?……唉,我想着就要流泪,可怜我的父亲和舅父呀,他们俩穿着皇家的制服,竟死在街上的暴乱里,像以前冬宫前面躺着狗尸似的工人一般地,难道他不是一个虔诚的正教徒,不是很和气的待人，难道他曾作过什么罪恶吗？自然他们俩个都是在冬宫前下令开枪的将军，果然他们曾杀死了一千多的工农，但这不是为保护皇家的神圣，卫御祖国的安宁吗？难道这可算是罪恶两报以裂尸街头的处罚吗？……我是过于兴奋了，用着无神论的口气了，我们还是要信仰上帝，上帝是公平的，不久，不久的将来，我们是可以由各列强的帮忙转回旧日的故国去！我相信那时，我依然可以在伏尔加的楼上开夜晏，我和玛利亚要在啧啧称羡的声中尽情跳舞啦！

说起玛利亚，真是可怜，她父亲现在竟会变得那末卑俗可厌了，我简直再不相信他以前是御前顾问，是那戴着博士帽进出皇宫的学者了，生活的压迫，世事的多变，把他的脑子会刺激到这般地步，他现在竟拚命的喝啤酒，像牛一般的喝，喝醉了便会像一个莫斯科小车夫般的唱起俗谣来，他开着商店，做得真像一个一毛不拔的小经纪似的，卑陋的向英国人法国人说谎话，讲虚价，难道他那贵族的精神是颓坏了，整个旧日俄罗斯的精神都变坏了？这真是天大的疑问呵！玛利亚现在也给他弄坏了，常常叫她操作，难道是一个二十岁青年小姊所能堪的？而且他还教她读高尔基的作品，这种农夫读的东西，怎么可以教她去读呢？为什他不给她读些普希金写给贵妇人的情诗，这才是俄国的国粹，俄国精神的花呵！……

现在已经是十一点了，怎么音乐会还没完吗？呵！我恨不能去那儿呵！那末伟大的元色旗，严肃的合唱队，唱出雄壮的国歌，那个会不挥泪，不遥思故乡呢？……呵！呵！恨不得飞到那边，去对国旗散抛我美丽的泪花呵！去看看我小鸟似的穿着绿衣的玛利亚，在可贵的俄罗斯面庞中走来走去卖着 Programme 呵！我要吻着她的脚迹啦！这为祖国服务的玛利亚呀！……

我头痛了，必得休息一下，神经是过于兴奋了。

四月六日

多么的苦痛呵！玛利亚真被她父亲给她的托尔斯泰，高尔基教坏了！昨晚，她回时，竟兴奋到不可相信的程度。那时候已经二点多钟，她竟不肯去睡，一定要在我床前坐下，说她在音乐会中的经过。说什么俄罗斯的国歌变调了，说什么俄国的贵族精神灭亡了。她说在音乐会中，没有一个是穿夜礼服的，一起都是便衣便帽，同莫斯科下等商人一般的；会场没有严肃的空气，只有下流的叫闹，丑态百出的男女调情，无礼的怪叫拍手；甚至有些向她取笑的青年，做她“绿衣的女郎”“小绿叶雀”“金丝鸟”……

她还说，她遇到了一个中国的青年，“一个完全的平民”，她那末说。

她将她的故事完全告诉了我，说在这许俄国人的斯拉夫面孔丛中，最初她发现了一个蒙古种的黄脸是很引她注意的；她想：“他大概不懂英文吧，所以他看差了市政厅布告，以为今天也是普通的演奏，也买了票进来，并且他穿得那样单薄的长衫，许是很穷的，却又坐在头等厢内，这是什么缘故呢？……”她那思考着一面想着，越想越有些奇，越想越觉得有趣，于是她故意地在他面前走，一次一次地，她看他的脸孔！这是很吸人的，一对黑色的眼光，很灼灼地迫人，她经过了几次，觉得有试一试他的必要，她于是走近了去：

“你要 Programme 看看吗?”她用英文说了。

“谢谢，这多少钱一份呢?”这使她大吃一惊，他竟用很流利的英文回答起来；这英文里含着强硬的重音。

“二角。”她说，他们的眼光互相看着了。

“不要。”他平静地说。于是她只好走过去，但她觉到他是看着她，感到一阵紧张的难受。时间过往了，林登托夫奏了《他们的幻想》Souata 之后，群众飞舞了一阵下流的采声；电灯亮了，是休息的时候了。她为刚才的一次事情激动着，很不安地在跑来跑去，但那时，观众都走下座来散步，所以她老是给人家拦阻着，不得已，又避入那刚才中国青年坐的厢里去，他是坐着；一见她来，他立起来说：

“Miss，坐吗？”

“你们中国青年对女子是用这样的态度吗？”

“许是的，但在中国，青年男女交际不多。”

“你是学生吗？”

“是，是 W 大学学生。”

“你喜欢音乐吗？”

“不，不。”

“怎么你来听我们的演奏呢？”

“那玩玩而已，我们中国的学生，有的很舒意，有的很穷；我到此地还是第一次。”

“你爱俄国歌吗？”

“我不懂俄文。”

“你爱俄国吗？”

“很爱。”

“你爱俄国人吗？”

“是。”

“我那样问你，太不客气，很抱歉！”

“不要紧。我很愿与俄国人结朋友。”

“你？”

“是。”

“你听过俄国的歌吗？”

“没有，除了《伏尔加船夫曲》之外，这我是在电影场听来的。”

“呵！伏——尔——加——船——夫——曲——那个歌！”

“唔，很感动我。”

“哦——”光线黑了。

"…………"

"哦,我愿意你能来看看我们,我家住在霞飞路 863 号。再见!"

"再见!"

就是这样乏味的故事,她却提高着嗓子,像小雀儿般啫啫的告诉我,使我真好难过。我神经衰弱的症本来已经很深,经昨夜的一度兴奋,今天更显得疲惫,什么事情都懒得做,懒得想,但是她昨夜最后的一席话,却总牢牢地贴着我的脑幕,不能减去:

"安得列维支,我们现在将有一个'平民的'中国友人了!本来,我们,爸,你和我三个都住得异常厌倦,一个异国的友人,是很足给我们换换空气的!"

为什么她要特地指出"平民的"之字呢?还是她受了一批坏小说家的影响,而倾向于下流了呢,还是她想这"平民的"的支那人来做开胃的药料呢?

玛利亚呀!你神秘的夜莺呀!你是要爱着我哟!故国的命运和你的爱是我生命的支柱,现在,根是空虚了,你又要读这些坏作家的东西,这不是对我公开的弃绝吗?上帝,愿你帮助她清醒呵!

四月九日

几天没有记日记,心里很觉不爽快,拉莫支医生的话怕不见得那末真确,我一给他止住不许做日记,心里岂不反而觉得骚乱了吗?这原因我是知道的,第一,如格来哥里骂我的一般,的确是因为我太闲的缘故,我想若在以前的俄国,像我这末一个二十八岁的青年,正是过着最忙碌的生活的。不消说,我一定可在御卫队中供职,在十点钟起来的时候,我便吃咖啡,吃点心,看看报纸上的爱情小品,然后是坐汽车去皇宫转一转,那儿当然等候着晏会的贴子啰,看戏的邀函啰!那儿可以和几个同事叽叽咕咕谈了一阵什么夫人,什么太太等等的话,可以乱骂一会仆人,尤其是叫擦靴的人把我的靴特别地擦得发光……于是吃饭了，于是又睡午觉；醒来时，可吃苏打水，再吃些点心，可以打电话问晚晏的事情，时光很容易过去，天色渐渐地晚了，于是忙着梳洗，穿晏礼服，刷靴子……于是出去了，又是晏饮，大家都是军官，贵族，夫人，太太，大家都牛一般的喝，猪一般的吃，吃了像羊儿求春似的跳舞，提琴，披亚娜的声音嘈杂地杂奏起来；像哭诉似的……然后是戏场，歌剧，或者是什么描写某某大王的恋爱戏文……这样，两点钟时，回家，睡觉……这是我自己的一些幻想，可怜我刚从大学里出来，预备展开这个梦的画布来时，革命起来了，克伦斯基政府还好，一到了布尔塞维克凶神一到，便万事皆休了！白军被击破了，我们只落得做一个上海的寓公，我，安得列夫系，世代将军，现在却寄居于人，还受这位堕落的顾问的讪笑，说什么"在中国的租界也别再摆贵族架子了"啦，什么"二十八岁的青年人闲得连神经都点病了"啦！真也淘气呵！

但我现在只有一点儿光明，那是，那是玛利亚的爱了，我一等过了这个圣诞节，是要和她结婚了，那时我唯一的安慰，就只这一点了！愿时光过去呀！我要抓住这个玛利亚，抓住玛利亚，这是我生命的纤线呵！

呵，偷写得太多了，给拉莫支老头知道，又要闹气啦！

但是玛利亚这几天为什么会变得异样了呢？她也不读小说了，却时常跑出店堂去，难道她爸不会照顾客人吗？要她那末孝顺吗？难道看看马路上走着的人儿昂然阔步的神气，能不禁慨然流涕吗？我真不明白她呀！

而且她近来也不再常给我来笑说了，也不叫我，"安得尼"或"爱里"而老是用单调又沉重的语气叫我"安得列维支"！

老天呀，这是什么缘故呢？

四月十四日

呵唷！那个换换空气的中国朋友，毕竟来拜访过我们了。这次是我第一会同中国人的接触，并且在这次事件中我觉我过往的疑和恶梦都解除了。因此我不能不一破拉莫支的戒，把他的来访，记一下子。

他是一个矮小的中国青年，几乎还没有玛利亚高，据他自己说，他是二十二岁了。

他是一个平常的红黄夹杂的面孔，布着很多雀斑，嘴常张着，牙齿倒还清洁；他来时穿着一件旧的褪色的西装，不合身又不合时，显然是从旧货摊上淘了来的，灰色的软领下，打了一个歪的领结，看去很像俄国一个刚刚进城的乡下人，很有可笑的地方，或照玛利亚的成语说“很足换换空气！”他全身若一定要拣出一些可取的地方，那是他的眼睛和头发，这是黑色的，严肃的，吸人的，最重要还是反抗的，刺人的。

我不大赞成玛利亚父女他们的态度，他们对他真像一件宝货似的接待他，请他吃饭，请他坐。我只冷淡地给他握一握手；也就吧了，我自信我还不曾失却贵族的自尊的态度。

“叫我C君吧，你们。”他说。很怛然的。

“可不是姓张吗？”她问。

“没关系，只叫C君好了。”

她和格来哥里和他谈得很好，他问了许多关于俄国的问题，很愚蠢的，他只都问着俄国以前的工人生活怎样，农民情况怎样？这会，这位学者可难住了，他以前只会进出皇宫，在沙皇的面眩耀博学，到上海只会喝啤酒，讲虚价，但给一位“平民的沙皇”一问他呆着了，他搔着他的红头发不好意思似的说：

“这……这……实在不知道呢！”

“那末现在呢？”

“现在怕更坏了！现在……”

“那里！”他大声的说，“现在是工农们在管理国家了，他们的生活都比以前要好，所苦的只有贵族，地主，和资本家！”

“哈，”玛利亚笑着说，“你也是布尔塞克吗？”

“不，不，我也不确切知道，只是那末想罢了！”

“现在是，”我说，“现在是一切都非常糟呢！C君，你知道布尔塞维克是野兽一般地凶猛，它在把俄罗斯的人民和土地都吞食了，从这恐怖的土地传来的消息，只有杀戮和饥荒。”

“但人民为什不反抗呢？”

“没有能力呀！”

“没有能力？你所说的一方面，当然是沙皇了，那末他不是有很多，很多的兵吗？”

“……”我迟疑了，没有回答他。这其实也很容易回答，那些兵也都是坏蛋啰！他们都变成了布尔塞维克呢！不是吗？可是我感到侮辱了，这真是第一次，我看见玛利亚用眼光看我，我更显得难过，岂不是她当我是失败了吗？不，我怎么会失败呢，绝不会的！虽然，我刚才毁谤布尔塞维克的话是同格来哥里讲的价钱一样，但我却确信，布尔塞维克是凶暴，是野兽，是我们永久的敌人！只要看我的父亲，不也是无辜地被治死了吗？所以我不愿再办下去，我很狂怒的立了起来说：

“C君，恕我！”

我就退入我的房间里去了。自然他们并没有什么影响，那个赤色的学生的强硬重音老是在耳鼓上击撞；不过我知道，他们现在是在谈文学，那个人也推崇高尔基，那个流氓作家，但同时又批评他的不澈底，他的个人主义的色彩！真是一位怪物呵！我恨极了，碰的把门儿关上，于是声音渐渐远了。我才感觉我周身包围着的沉默，我仿佛觉得什么都自我远离了，故国，爱情，生命，都远远地，远远地飞开去了，只有自己一个人沉在沉默，冷静的深渊里！我恐怖地悲愁地战栗了。

“答！答！”门响了。

“进来！”我说。

玛利亚笑着走了进来，随手又关上了门，小心翼翼地对我说：

“安得尼，别生气啰，你又何必给一个刚才认识的外国人争短长呢？他是中国人，自然对于俄罗斯，对于我们是不了解的。”

她说，爸爸已经从 Voronvsky 馆子叫了一桌体面的菜来，现在请我到食室里去。

“他是一个布党，完全一个布党！”

“布党也吧，我们好在是住在外国呀。”她拿住我的手，热气从她流了过来，我开始和解了，就答应走下楼去。

食事已经预备好了。大家便坐了下来，他和格来哥里坐在并排，我呢，我按着玛利坐。他看我一眼，刺人的一眼，但我也还他一眼；他便不再看我了。他和格来哥里谈着生活的事情，似乎很能相投：

“你这店不用人吗？”他问。

“自己人勉强还可维持，用人就困难了。”

“难道，这样一家店只够维持生活吗？”

“只够，只够！”

他们就只谈些这种无聊的话。

后来我听他问：

“这位青年先生是令郎吗？”

“不的，我小女的未婚夫。”

我和他又交了一次眼光。

餐终于用完了，那青年从袋里掏出一块手巾来揩嘴，随后又落下一片纸来，他郑重地把他拾起，把上面的中国文看了一看：

“我得告辞了！”

“这样匆忙？”玛利亚问。

“有事。”

“吃了咖啡呀！”

“不，来不及了！”

他竟自出去了，我们三个都呆呆的站，互相询问的看着，最后还是我说：

“一个赤党！”

“不要随口伤人，安得列维支，他是一个很实际的青年啦！”这话是自然，格来哥里拿来嘲笑我的。

“你自然看中了他哩！”我恶声地说。

“好，别发气呀，我还得再吃些酒。”他走开了。

…………

把这事情记了那末许多，真也无聊呵！不过“小女的未婚夫”五字多末温柔，多末含着希望的酊酩呀！我再祈祷吧！圣诞快来，圣诞快来！……（此处有墨迹斑烂，大概这神经衰弱的贵族，乐得发抖了。——译者）

四月十九日

又是紧紧被闭了五日！在这五日里，我开始思想了；虽然说我神经衰弱的症候，依然未退，然而我却感觉到我二十八年的生命中，没有一个阶段是有像这五天以内用着病脑思考出一个结论时那末感到沉痛，深刻，真切的了！我以前只会幻想怎样不可能的幸福和享乐；我以前只会坐在霞飞路的楼头遥忆着故国的 Volga，玄想着黑色的呻吟着的微波，朦胧的灯影，渺茫的夜莺！但这儿，我已充分觉到一个人，最悲痛的境况，是不在于失了压着胸口的热情的胸脯，灼人欲醉的香唇，带着丁香花味的秀发；不在于告别了清秀典丽的故乡，踏上了荆棘当道，伸手不能见指般黑暗的前途；也不在贫困颠倒，也不在穷途落拓！而是在于被人视作空虚，无为的东西呵！那样的人正是现在的我，格来哥里说完了：“二十八岁的青年把神经都闲散的坏了！”这是很对的话，他岂在讽刺我？他没有恶意，他是在鼓励我呵！我以后要振作，要努力的振作，难道以上海，以及散落各方的我们的同胞，联合起来竟不能为残破的祖国，作一次最后的光荣的挣扎吗？难道我们从幼就沐着皇家的恩典的，从小就给皇家豢养的，从小就惯于踏在人家头上跳舞的我们竟不能作一些的报答，作一些我们天赋优性的表扬吗？是的！安得列夫！你正是要担任这巨责的人，是你该领导同胞杀回莫斯科去，是你该把从前升平光荣的俄国重建起来，是你该作一个舍身勤皇的，效忠故主的英雄呵！

格来哥里和玛利亚都没有差，他的骂我，她的近来的冷淡我，都是，因为我，我太没有作为，太无血气了呵！

呵！格来哥里，和玛利亚，你们不是天天在心里在焦煎着去看你们的故乡吗？去亲亲你们所从生出的母亲——俄罗斯大地吗？去看看你们宏丽的彼得堡，繁华的莫斯科吗？去见西伯利亚的积雪，高加索的回山峻岭，乌拉尔岭的高崇姿态吗？好的，只要你们爱着这故国，爱着这故乡，你们的愿是能偿到的，是能偿到的。因为我，你们的爱者，已然觉醒了，已然知道自己的责任了，已经决意要起来，要杀回莫斯科去，要扑灭布尔塞维克去！

呵！我的病好了！我的病好了！……

四月二十日

我的身体毕竟还很柔弱，昨夜写了日记，兴奋过度，竟又昏了过去。

今晨玛利亚来我房中闲谈，我立刻给她看我的日记，她没有说话，粉红的红晕，从她颊上退去，显得和死一般的苍白，她的嘴唇抖索着，含泪说：

“安得尼哟！别妄想了，这是于你病体有害的，你的希望是空虚的，虚渺同一个梦一般的！但尼根，不是比你更勇敢吗？但他也打败，上帝应该比我们更有智慧，但他沉默着！或许真理是不在我们一边呢？或许俄国除了皇家，贵族，地主，资本家之外别无什么人在受苦呢？那我怎么说法呢？”

“玛利霞，那末毒的思想竟钻在你的心里了吗？那样神圣的真理，你也竟怀疑了吗？上帝任命了皇帝，难道这是我们所该否认的吗？那天的一个中国流氓，你竟信了他的话吗？我告诉你，神圣的俄罗斯，是在毁灭着，唯一的救他是我们流居的同胞了！玛利亚，你不爱俄罗斯了吗？你不爱我了吗？”

“你安静些呵！我的安得列维支，我爱俄罗斯，我夜夜都梦见彼得堡，但在我梦中的彼得堡，总飘着红旗，我怎样不能想像它再插一支三色旗上去，觉得这是太不鲜明了！……但是安列尼，你莫生气，我爱你，你在上海，我觉得还是在此永久继续着做商人好了！”

“……”我昏倒了！

我的玛利亚，她的话就是这样，唉，叫我怎样呢？她是不爱着我了，她的心已经给魔鬼变动了！但我，神圣俄罗斯的后裔呀！振作吧，我要去找洛维埃夫去！

下午

洛维埃夫说的不错，我们在上海应该召集一个会议，我知道单在霞飞路上就住着很多的过去的军官，我们的计划是应该召集他们讨论的——

什么！那个不成样的中国青年又来过了！偏偏我不在的时候他来了！

“坐了五分钟！”玛利亚说，但谁又知道呢？格来哥里是醉着。

“那流氓讲些什么呢？”

“安得尼，你也应较为有礼貌些呀，近来疯疯颠颠的，病是更深了吗？”

“好了，谢谢！”我拿了她的手响响的接了一吻说，“我们对这种流氓，赤党是不讲礼貌的！”

“不，你……他也是一个绅士！”

“哼！他，什么绅士呢！我请你告诉我他说了些什么？”

“他问我们几时结婚，他也来吃酒啦！”

“他——这样说么？”我为喜悦所软了！呵！说起结婚，这是多末的醉人呵！我同可爱的玛利亚结婚了！这是何等的幸福！然而玛利亚不是不爱我了吗？这只是我的幻想吗？还是真实呢？我又不是要给祖国去战吗？说不定在圣诞前就要到哈尔滨去，又怎样能结婚呢？……上帝呵！天呵！我又陷入痛苦了！我抓住玛利亚呢？还是抓住俄罗斯呢？并且，玛利亚爱我呢？还是不爱我呢？呵！这个痛苦！这个痛苦！我的血的沸腾又降低了，我呼吸的速度又激增，我的头又昏迷旋转了，我的手软痴得不能写字了！……

四月二十二日

唉！可怕的人生哪！我昨天足足昏迷了一天，矛盾和焦燥会磨难我到这般地步，我觉得我又失去了，失去在失望的沙漠上，失去在黑暗的森林里……

那C君又来了，他拿一本中文书，面上画着胡七八糟的画，我不大看得懂呢？他问玛利亚说：

“你想回故国吗？”

“怎么不？十年了呀，先生。”

“那末回去啰！哈！哈！”

“……”玛利亚低着头！

“你怎么会愿意接俄国朋友呢？”格来哥里问。

“那是，我什么国人都愿交，只要是人，光明，正大，真实！”

“你对于我们的印象怎样？”玛利亚问。

“很好！”

“你们大学现在不上课吗？”（这时是十点）

“……唔……我逃出来的……”

“你……逃？可以的吗？……你怎么总是匆匆忙忙的呢？”

“呃！是，可以逃，教员简直不管呢！”

“……”沉默暂时支配了全室。

“你，Miss 玛利亚娜，这天我给你讲的话，你有想好吗？”他问。

“……”她低下头去，我用怀疑的眼光看她的头部，她已经红晕了。

“好，我要走了。”他穿着的是灰色的长袍，他撩一撩起，看看表说，他穿着蓝色的布裤。

“呵——C 君！——你停一停——”玛利恐怖地看看周围，“爸，安得尼，你们准我同 C 君一同走去会散步吗？”

“可以，可以。”格来哥里点头说。

“慢慢，C 君，我同你们一道去。”我说了。

我们走了出去，我们和他并道而走，玛利亚沉思地，难堪地跟在后面。

“C 君，你懂得决斗吗？”

“呵唷，安得尼，你说什么呀！”她惊恐张开臂，追了上来喊道。

“我说决斗，决斗，决斗！”我用俄文说了。

“呵！”她流泪了，“我们回去吧！回去吧！C 君，请原谅，再见了！”

“再见了！”他很快的走过街去，我们便回来了。

四月二十三日

昨天，我真后悔，为什么竟那样的狭小呢？玛利亚吓得生病了，她回来时大哭了一场，但她不知道，我当时的心情，贵族的心情是怎末受了侮辱呀？

决斗！这我一些也没有说差，这就是俄罗斯贵族的便饭，我是不受侮辱的，任可以死也不愿给一个外国流氓欺辱去的！玛利亚，她病了，格来哥里铁青着脸，这两人难道都在恨我吗？或许的，但我要去造个旧日的光明灿烂的俄国给他们，看他们还恨我不？

四月二十四日

我现在是真的要死了，一切一切的希望都毁了！一切一切的幻想都破了！唉！我的上帝，我的天哪！多末的磨难呵！

今天我们在P路正教堂开了会，唉，天呀！真正爱国的人就只有四五十个人吗？只到四五十个人！我记得很清楚。只到了四十七个人呀，天哪！

我把我的提议公布了，我用了我全生命的力灌注在这演说上，我说了我们皇家的伟功勋业，我说了我们皇族和贵族是怎样的独厚得之于天，怎样应该承上帝的命令去统治世界！又说布尔塞维克怎样的惨酷残暴，我们先前受恩皇家的人应该怎样与之作战，为最后的报答，最后的勤王！我记得，我的拳头是何等热烈地挥动，我的眼睛是怎样射出闪烁的火光……但这热情，这火光，却遇到了冰，冰，冰！一切一切的周围，都是冰，唉，我是真要完了吗？俄罗斯是永久布尔塞维克的了吗？

"先生们！"一个老头儿说，"这位青年讲的话是好的；但是我们现在连面包都没有了，连滋养血和肉的东西都没有了！我们还能做什么呢？还能做什么呢？"

"但，我们要奋斗，奋斗！"我高呼道。

"奋斗！奋斗！"洛埃维夫和着叫。

"奋斗，"老头继续着说，"谁不会说，可是要杀布尔塞维克，奋斗两字是不够的！"

"你是奸细吗？"我发火地问，"你是亡国奴吗？你是神圣俄罗斯的毁坏者吗？"

"年青的先生，不要这样，"老者坚定地说，"我是爱国者，不是亡国奴，是你同胞，不是奸细，是俄罗斯的救护者，不是毁坏者；但我却比你更知道，做些空虚的冒险的狂叫是不够的；违逆了天运是不对的。……你们，同胞们，对于这年青先生的提议，请付表决好了！”

没有一只手，没有一只手！连洛埃维夫都没有举……

于是我昏倒了……

现在我在床上，我的病将继续的加深，我的死期是到了。玛利亚的病也还没有好，但她是会好的，我相信，只有我是不行，生命的两个支柱都倒下了！上帝呀！收我去吧！

四月二十九日

我在病中，知道那C君来过几趟，他似乎没有注意到我的不在。可是玛利亚有一次却对他说了，我听得很清楚，他狂暴的笑了！要是我病痊瘉了，我一定要杀他，要杀他！

…………

五月一日

格来哥里今早来对我说玛利亚失踪了。留下一封遗书。

这还说什么，我早已料到，她是要离我而去的，我呢，今晚也决定了！（日记中夹着一张字迹草乱，划着许多爪痕的信笺）

爸爸和我的“未婚夫”！

今天是五月一日，这是劳动节，我遐想到莫斯科，彼——列宁城是有多末闹盛的示威游行呀！这种话要伤害你了，但我爱着讲呢！爸爸，我很小的时候，就给你带到了上海，度着异乡的生活！但我们幼小的脑里，却深印故园的美景，这一种企慕和憧憬一天一天的长大起来，像燎原的星火一般地扩大扩大！真到了我现在的时候，真是忍无可忍了！你们狠狠地诅咒所谓布党，所谓兽类，说他们怎样的残暴，怎样的酷辣，我因为没有亲见也无从证确！只是我慕故乡的心，日见迫切，任何时都想冒险一行，安得尼说要带我去，我起初是确信着，但是我年纪长大了，而故乡却日日地离开去了！

中国青年的C君，现在我知道也是布党，可见布党是并不十分残暴的，他不但解说了布尔塞维克革命的真意义，而且直指出我们的痛苦就是积世怨恨的报复啦！他说只要我们能不破坏革命，能不想把沙皇的制度重架起来，布尔塞维克是欢迎我们的，这我相信，也并不完全相信，待我到那里之后再给你们一个报告吧！我现在给你们告别，不过是暂时的，我要向故乡去，我往俄国去吸新的空气，经验新的经验！我不去做小姐，我却想去做女工！

爸，安得尼，恕了我吧！

玛。

（这是我在马路上拾到的一本簿子，这时我在学习俄文，就用了字典把它译成中文。不过里面也有一个逻辑，也有一个意志或可看看！）

1929，4，24。一日写完。

（原载1929年12月《新流月报》第4期）

甘　茶

屎坑老鼠

自从那一天起，阿满见了他再不叫易同志了。“屎坑老鼠!”，“屎坑老鼠!”成了他的代名词。他只是微微地笑着向阿满点一点头。

阿满是市郊农民协会前一届委员长林保的第二儿子。林保因为反对民团局抽田亩捐，被该局的团总彭老虎派遣几个团丁将他乱枪轰毙的。还是去年的事情了。那时农会还正在萌芽，入会的人数并不多，林保就是最先的创办者。农民开会没有到一个月，开宗明义头一桩事情就是反对民团局苛抽。第一区的农友年中受窃贼的累真不浅：禾熟的时候偷禾，杨桃熟的时候偷杨桃，每每在晚上三五成群的来偷，农友们虽然明明知道也不敢声张。因为“贼呀!”两字还未喊完，砰的一下跟着丝丝的几声，一粒子弹会在你的耳旁擦过，有时候竟会打在你的大腿上也难说。否则，今晚给你喊走了，明晚却偷得更凶。你去告维持地方治安责任的民团局么，恐怕你昨晚趁着朦胧月色依稀鉴辨出来的面貌，有九成是今天拿着根长枪，蹲在民团局门口的著名烟鬼谢老四呵。算你有面子能够见到团总彭老虎，他亦只有哼两声，并且责罚你几句，以后好好地当心的话而已。虽然办团的时候章程上有规定：如有失窃由局查明六成赔偿的话，然而实际上也和什么党的党纲宣言一般，说来何尝不好听，印成书何尝不好看，但却是永远不兑现的支票呵。成立民团局五年了，从来没有听见赔偿过一个大钱，失窃的事却差不多每天都有。失了物想责成民团局六成赔偿既然比天雨金还难，但是每年六角钱一亩的民团费却千万少不得，否则今晚洗脚上床，明朝便会颈上套了一条铁索。“欠民团费”四个字已经夠上一个罪名了，何况又要抗，而且根本要取消。林保所以不免一死，在彭老虎看来，真是有可死之罪。不过这件事后来的结果和以前的成例有点不同。第一，他们有了农民协会替他办事；第二，那时的政府比过去的和现在的都似乎两样，在小地方很能帮农民一点忙；第三又有省农民协会做他们的后援；所以彭老虎的廿四乡团总的位置终于革掉，并且还累他坐了两个多月监牢，由团局悬红绯凶向农民道歉之外，更掏出三千两银子作林保的安家费，二千两报效农会办农村学校。易和是省农会的负责人，为了这件事费了许多麻烦，事情妥了还带阿满到省农会办的补习班听了三个月演讲。阿满的年纪今年才十五岁，瘦小的身材，一双锐利的眼睛，字虽然识不多，人倒十分聪明可爱。他见了易和总要靠近他的身旁叫一两声易同志。

但是自从那天起，阿满便改口叫他为“屎坑老鼠”了。

那天是市郊农会秘书李宣的母亲出丧的日子，刚好是星期。送葬的农友约莫有百三四十人。一面犁头旗在空际飘扬，音乐队悠悠地奏着沉郁的哀音。易和携了阿满的手跟随队伍一路前进。扛棺材的走得很慢，等到一行人到了山上，还在远远的后头，连影子都看不见。

小蓬厂内挤满了一群，肃静地等候棺材到来。跑了二十多里路，易和觉得有点累了，乃坐在坟穴旁边的后土碑上休息。一刻钟过了，仍然看不见棺材的影子。阿满不耐久坐，转身瞥见离坟丈把远有一个小穴，便燃着了一股息香跳到小穴旁边来熏，一边熏一边说：“易同志！你猜里面藏着些什么？”五分钟又过去了，棺材的影子依然看不见。各人的沉默终于不能维持下去了。

“苏权！你的老子呢？”委员长黄彪说时把眼睛四望像在那里搜寻。

蓬厂内的眼睛突然活动起来。苏权答道:“我拿着犁头旗先行,那里知道?”

自卫队的队长谢恂说:“苏老汉先转回去了,一定又是小肠气作怪。老人家兼有这种毛病是跑不得远路的。”

于是大家似乎又没有别的话说。这时却引动了一个五十岁左右的瘦子,他叫做吴泉,因为右颊上有一颗黑痣,因此人家都叫他做“大粒瘿。”据说他以前曾读了好几年书,也有人说他曾经在外教过半年私塾,学生太少不能糊口才跑回来耕几亩田的。他平常很好与人辩论,如果喝了两碗黄汤,便一串天文,一串地理,九流三教说得个不住。在第一区农友中他可算得唯一的智识阶级了。这时候,他右手指向靠后距离三四十丈远的一座花岗石砌的山坟,面积比普通的有五六倍,坟前树立着两枝丈把高的石表,果然气象巍峨。口里说:“苏权你看,我前几天对你说的那座有名的宰相坟,这就是。你尽管辩驳,现在你看见总心服了吧?你看它后枕摩星巅,左边瘦狗是青龙,右边凤凰是白虎;门前一片禾田,明堂多么空洞;远望珠江十足一条玉带拦腰,这样的山地,怪不得后来发到当朝一品大臣呢。”

苏权说:“我并没有说那座坟形势不好,不过,我总不相信死人的骨头能够与子孙的前程有关系罢了。”

吴泉说:“有山地为证,不由你不信呵。福人葬福地,难道你的和我的祖宗山坟会发么?”

坐在吴泉对面的一位麻子插嘴说:“一定发,不是发达发财发丁便是发疯了!”大家不约而同的哄然的一阵大笑。

苏权说:“鬼都知道,福地是要福钱买的呵!我们镶黄金脚趾甲的人物那里来的钱?但是我总不信我们会永远没路。”

吴泉说:“哈哈!原来苏老汉这个大春袋[1]的儿子将来想做大

---

① 春袋粤人指肾囊。——作者原注

总统呢，可惜你的时辰八字生得不对！”

苏权说：“大粒瘿！你又来讲命了么？”

吴泉说：“古语有道：‘时也运也命也’，不由得你不讲。去年我女人一病又卖了最后的一亩田，今年阿狗又死了，这岂不是命招？”

苏权说：“听说你从前教馆不上五个学生也是命招了？大粒瘿！”

吴泉和苏权在争论时，旁边有一个很细声的对另一个说：“阿权说不上几句便声促气浮，怕食不得三十岁寿桃呢！”

另一个细答道：“唔，他的‘人中’也短，不是寿相。”

这句话大概给苏权听见了，他的眼睛转向着和他靠近的一位黑矮子说：“老四！命还没有说完，你两个又在谈相么？”

吴泉马上回答：“相也是有的。我记得书上讲过：印堂发黑，旦夕必有灾殃；腾蛇入口，迟早终归饿死；耳长乃高寿之征，颧高为得权之象……可惜一时记不清。倘若我颊上没有那颗黑痣也不至如今搅到不得了。”

苏权说：“尽信书不如无书呀，老懵懂！”

吴泉说：“我是老懵懂？你什么都不信就算精明，唔唔！”

苏权说：“真是愈老愈糊涂！照你那样说，去年林保给彭老虎喊凶打死，也只能怪自己家山的方向不好，或者命里犯人刑冲，或者眼眉毛太疏的缘故吗？我们反对民团抽捐岂不是多事？办农会来干什么，坐在家里听天由命好了。阿满！照大粒瘿的话，你的老子是该死的，怨不得人！”

阿满正蹲在穴旁熏得入神，似乎不听见苏权在叫他。

这时候蓬厂里显然发生了两种不同的意见。参加的人数加多了，辩论失了发言的次序，你一句我一句杂乱地说着，简直分不出谁和谁的言语，只听见庞然的一片人声。

“算了吧！这样的争论永远没有结果的！今天刚好易同志在这里，我们来听他的评判，他说有便有，相信他也如别的事情一样。

易同志,究竟说那一方面有理?”黄彪的声浪盖过了一切,大家顿时沉默,同时把眼光转向着易和。易和正坐在后土碑上右手支着颐很留心的听他们的争辩,此时见众人都不说了只等他开口,他微微的笑了一下说:“双方都有理由。”说完了又笑了一笑。大众觉得有点莫明其妙,还催他继续说下去。

“咦!老鼠!”只见阿满把香一扔跳将起来。

“这小子白见鬼,山上那里来的老鼠呢。”

“听!穴里面吱吱声,不是老鼠是什么?”

“不要吵,听易同志说话。”黄彪半叱责式的向阿满瞪眼。

易和说:“山上没有老鼠也许是真的,然而老鼠却实在有好几种,并且老鼠的生活也和我们人类差不多,有各种等级不同。”

阿满觉得有趣,连忙跑到易和的脚下坐着,问道:“易同志,你说老鼠有几多种?我只知道老鼠只是老鼠一种呢?”

易和说:“详细我也不大清楚,据我所知,大约至少有四种:一种是酒楼老鼠,一种是谷仓老鼠,一种是沟渠老鼠,还有一种是屎坑老鼠。”

这时候大家都给这个老鼠问题吸住了,他们以为争论风水相命不及这样有趣而且新鲜。

易和慢慢地继续着说:“酒楼老鼠住的是高楼,食的是燕窝鱼翅,虽然是为人们吐弃剩下来的残羹冷炙,但是以老鼠世界来论,已经算得头号资本家了,谷仓老鼠关在谷仓里面,虽则眼界不广,然而一仓一仓的谷食十世也食不完,老是胖胖饱饱的活像你们贵乡那位谢百万。沟渠老鼠呢,白天躲在沟渠里面,晚上人家息了灯才敢出来在厨房内逡巡觅食。倘若主人晚下忘了关菜橱的门,那真是侥天之幸,可以食得个痛快淋漓。但是这样的机缘究竟不多的,常常连一根咸鱼骨头都找不到。屎坑老鼠情形更坏,他们在竹筒一般的长而且空的公共厕所的墙边或屎桶林列的隙处,这个臭气薰天的所在就是他们饮食起居,生死于斯的家乡。他们食的什么想大家一定明白，啊，阿满，你知道不？对呀，屎坑老鼠只有屎是唯一的食粮。我不知道老鼠的心里究竟喜不喜欢，可是看它们消瘦的身子披着那褪了光泽的长毛，想来也不见得十分开胃吧。而且坑夫的暴虐比你们的团总彭老虎更利害十倍，见了面不讲理由的兜头就一下铁耙，每年死在耙下的真不知有多少老鼠冤魂。你们不要责备阿满扯谎，以为山上一定没有老鼠。如果知道老鼠世界里也有贫富不同的阶级，安知那些沟渠老鼠屎坑老鼠在人们中间活不下去因而跑上山来。

“老鼠的生活既有等级，但是它们身后却十分平等。你们上城卖菜的时候留心看看，每条街道都有的，电灯柱旁边钉着一支绿色的，十个有九个没有盖的，马口铁做的圆的箱子，这是卫生局特为市民设备防疫的鼠箱。这些鼠箱与其说是防疫，毋宁说是生疫还切当些。你们知道，这种事业也煞费当局的苦心，每户市民一月要纳三两角钱不等的卫生费才得到如此成绩呢。白天人多走路的时候，便常常看见穿了卫生局号衣的小工，用一柄锄头挑着一担二尺来长的马口铁桶，桶边插着一把铁钳慢慢地向人丛中穿插。他经过有鼠箱的电杆旁边的时候，拿铁钳把箱内积存了两三天的老鼠一只一只的钳起来放在桶里面，又向前头的第二个箱跑去。大概他肩膊上觉得有点重量了，便挑出小北门外稍为人僻点的地方，掘一个约模二尺左右深的坑，便一古脑把两桶老鼠倒了进去，上面盖了些泥土便算消差。这一个深坑便是老鼠们公共的坟场。自然，这里有的是酒楼老鼠，谷仓老鼠，沟渠老鼠和屎坑老鼠，各种各式都有。它们彼此重叠纵横的堆在一起。黄彪同志！你们刚才说什么风水的话，试问这座鼠坟的风水怎么样？”

大家还没有回答，易和又继着说：

“讲到老鼠的嘴脸真是千只一律，酒楼老鼠和屎坑老鼠还不是一副嘴脸么？然而食燕窝鱼翅和专门吃屎就很有点两样味道了，阿满，是不是？”

阿满嚷道:“苏权！易同志问你是不是一样味道呢？赶快说呀!”

易和把手止住阿满不要他嚷,继续的说下去:“至于命运一层,在老鼠们也是没有的。它们的生殖力比人类利害得多,一年几胎,一胎就好几头。不说是同时辰,一秒钟内同时出世的也多得很。所以我以为屎坑老鼠倘若也相信什么风水相命,那只有永远在屎坑吃屎的资格。”

阿满说:“如果屎坑老鼠要不再吃屎了,应该怎样做？易同志!”

易和说:“首先就要不相信风水相命,立心到酒楼吃燕窝鱼翅去,还要一间一间的屎坑老鼠联合起来,然后再联合所有一切的屎坑老鼠做成一个大团结再与沟渠老鼠联盟,一齐向酒楼老鼠谷仓老鼠进攻,驱逐他们于酒楼谷仓之外才是办法,可惜老鼠没有懂这层道理,故此只有少数住在酒楼谷仓享福,沦落而为沟渠老鼠屎坑老鼠的却占老鼠世界中的最大多数。”

苏权露出得了胜利的样子,把眼睛向着吴老泉说:“大粒瘻!你听清楚易同志讲的话没有？如果你还相信什么左青龙右白虎,什么时也运也命也,又什么腾蛇入口印堂发黑的鬼话,屎都有得吃呵。你现在可心……”

棺材已经扛到山边,黄彪吹了三下哨子,苏权的话打断了,于是大家一齐站起来。

那天之后,不特阿满叫他为“屎坑老鼠”就是黄彪在演说的时候,总脱不了几声“我们屎坑老鼠团结起来!”的警句。

二三,五,一九二八。

(原载《太阳月刊》1928年6月号)

中国文库·文学类

（已出书目）

【第一辑】

鲁迅选集　鲁迅著 …………………………………………… 人民出版社
郭沫若选集　郭沫若著 ……………………………………… 人民出版社
茅盾选集　茅盾著 …………………………………………… 人民出版社
巴金选集　巴金著 …………………………………………… 人民出版社
老舍选集　老舍著 …………………………………………… 人民出版社
曹禺选集　曹禺著 …………………………………………… 人民出版社
冰心选集　冰心著 …………………………………………… 人民出版社
朱自清选集　朱自清著 ……………………………………… 人民出版社
徐志摩选集　徐志摩著 ……………………………………… 人民出版社
萧红选集　萧红著 …………………………………………… 人民出版社
赵树理选集　赵树理著 ……………………………………… 人民出版社
郁达夫选集　郁达夫著 ……………………………………… 人民出版社
沈从文小说选　沈从文著 …………………………………… 人民出版社
子夜　茅盾著 ………………………………………………… 人民出版社
家　巴金著 …………………………………………………… 人民出版社
倪焕之　叶圣陶著 …………………………………………… 人民出版社
围城　钱锺书著 ……………………………………………… 人民出版社
财主底儿女们（上下卷）　路翎著 ………………………… 人民出版社
太阳照在桑干河上　丁玲著 ………………………………… 人民出版社
暴风骤雨　周立波著 ………………………………………… 人民出版社
青春之歌　杨沫著 ……………………………………… 中国青年出版社
林海雪原　曲波著 …………………………………………… 人民出版社
红旗谱　梁斌著 ………………………………………… 中国青年出版社
红日　吴强著 …………………………………………… 中国青年出版社
冬天里的春天（上下卷）　李国文著 ……………………… 人民出版社
沉重的翅膀　张洁著 ………………………………………… 人民出版社
活动变人形　王蒙著 ………………………………………… 人民出版社
白鹿原　陈忠实著 …………………………………………… 人民出版社
毛泽东诗词选　毛泽东著 …………………………………… 人民出版社
艾青诗选　艾青著 …………………………………………… 人民出版社

贺敬之诗选　贺敬之著 …………………………………… 人民出版社
郭小川诗选　郭小川著 …………………………………… 人民出版社
余光中诗选　余光中著 ……………………………… 中国青年出版社
沈从文散文选　沈从文著 ………………………………… 人民出版社
白洋淀纪事　孙犁著 ……………………………………… 人民出版社
可爱的中国　方志敏著 …………………………………… 人民出版社
随想录　巴金著 ……………………… 生活·读书·新知三联书店
文化苦旅　余秋雨著 …………………………………… 东方出版中心
欧洲文论简史　伍蠡甫　翁义钦著 ……………………… 人民出版社
欧洲文学史(上下册)　杨周翰著 ………………………… 人民出版社
中国文学史(共四册)　游国恩等主编 …………………… 人民出版社

【第二辑】

丁玲选集　丁玲著 ………………………………………… 人民出版社
戴望舒选集　戴望舒著 …………………………………… 人民出版社
沙汀选集　沙汀著 ………………………………………… 人民出版社
艾芜选集　艾芜著 ………………………………………… 人民出版社
林徽因选集　林徽因著 …………………………………… 人民出版社
骆驼祥子　老舍著 ………………………………………… 人民出版社
懒寻旧梦录(增补本)　夏衍著 ……… 生活·读书·新知三联书店
胡风回忆录　胡风著 ……………………………………… 人民出版社
保卫延安　杜鹏程著 ……………………………………… 人民出版社
野火春风斗古城　李英儒著 ……………………………… 人民出版社
上海的早晨(共四部)　周而复著 ………………………… 人民出版社
烈火金刚　刘流著 …………………………………… 中国青年出版社
一代风流(共四册)　欧阳山著 …………………………… 人民出版社
创业史　柳青著 ……………………………………… 中国青年出版社
李自成(第一卷:上下册)　姚雪垠著 ……………… 中国青年出版社
青春万岁　王蒙著 ………………………………………… 人民出版社
将军吟　莫应丰著 ………………………………………… 人民出版社
野葫芦引:南渡记　东藏记　宗璞著 …………………… 人民出版社
钟鼓楼　刘心武著 ………………………………………… 人民出版社
尘埃落定　阿来著 ………………………………………… 人民出版社
白门柳(全三册)　刘斯奋著 ………………………… 中国青年出版社
梁遇春散文选　梁遇春著 ………………………………… 人民出版社
孙犁散文选　孙犁著 ……………………………………… 人民出版社
季羡林散文选　季羡林著 ………………………………… 人民出版社

周涛散文选　周涛著 …………………………………… 人民出版社
史铁生散文选　史铁生著 ………………………………… 人民出版社
北京乎——现代作家笔下的北京(上下册)
　姜德明编 ………………………… 生活·读书·新知三联书店
臧克家诗选　臧克家著 ………………………………… 人民出版社
舒婷的诗　舒婷著 ……………………………………… 人民出版社
海子的诗　海子著 ……………………………………… 人民出版社
张天翼童话选　张天翼著 ………………………………… 人民出版社
高士其童话选　高士其著 ………………………………… 人民出版社
中国俗文学史　郑振铎著 ………………………………… 商务印书馆
中国鲁迅学通史(共六册)　张梦阳著 ……………… 广东教育出版社
论红楼梦思想　冯其庸著 ………………………… 黑龙江教育出版社
中国现代小说史(全三册)　杨义著 ……………………… 人民出版社

【第三辑】
废名选集　废名著 ……………………………………… 人民出版社
陈映真自选集　陈映真著 …………… 生活·读书·新知三联书店
京华烟云(上下册)　林语堂著 ………………… 现代教育出版社
大波(共三部)　李劼人著 ……………………………… 人民出版社
六十年的变迁(共三部)　李六如著 …………………… 人民出版社
小城春秋　高云览著 …………………………………… 人民出版社
苦菜花　冯德英著 ……………………………………… 人民出版社
黄河东流去　李凖著 …………………………………… 人民出版社
平凡的世界　路遥著 …………………………………… 人民出版社
芙蓉镇　古华著 ………………………………………… 人民出版社
浮躁　贾平凹著 ………………………………………… 人民出版社
绿化树　张贤亮著 ……………………………………… 人民出版社
曾国藩　唐浩明著 ……………………………………… 人民出版社
古船　张炜著 …………………………………………… 人民出版社
第二十幕(上中下册)　周大新著 ……………………… 人民出版社
刘以鬯小说自选集　刘以鬯著 ………………… 百花文艺出版社
金牧场　张承志著 ……………………………………… 人民出版社
红高粱家族　莫言著 …………………………………… 人民出版社
梦家诗集　陈梦家著 …………………………………… 中华书局
穆旦诗文集(一、二)　穆旦著 ………………………… 人民出版社
周作人散文　周作人著 ………………………………… 人民出版社
何其芳散文选集　何其芳著 …………………… 百花文艺出版社

上海屋檐下法西斯细菌　　夏衍著 ………………………… 人民出版社
风雪夜归人闯江湖　　吴祖光著 ………………………… 人民出版社
王国维文学论著三种　　王国维著 ………………………… 商务印书馆
中国小说史略　　鲁迅著 ………………………… 人民出版社
咀华集咀华二集　　李健吾著 ………………………… 人民出版社
现代中国文学史　　钱基博著 ………………… 中国人民大学出版社
中国文学批评　中国散文概论
　　方孝岳著 ………………………… 生活·读书·新知三联书店
鲁迅和中国文化　　林非著 ………………………… 南开大学出版社
唐代科举与文学　　傅璇琮著 ………………………… 陕西人民出版社
中国诗学　　叶维廉著 ………………………… 人民出版社
迦陵论诗丛稿　　叶嘉莹著 ………………………… 中华书局
台湾文学史
　　刘登翰　庄明萱　黄重添　林承璜主编 ……… 现代教育出版社

【第四辑】

马烽小说选　　马烽著 ………………………… 作家出版社
周立波小说选　　周立波著 ………………………… 湖南文艺出版社
玛拉沁夫小说选　　玛拉沁夫著 ………………………… 作家出版社
王愿坚小说选　　王愿坚著 ………………………… 中国青年出版社
李準小说选　　李準著 ………………………… 人民文学出版社
王蒙小说选　　王蒙著 ………………………… 人民文学出版社
汪曾祺小说选　　汪曾祺著 ………………………… 人民文学出版社
林斤澜小说选　　林斤澜著 ………………………… 人民文学出版社
李国文小说选　　李国文著 ………………………… 人民文学出版社
邓友梅小说选　　邓友梅著 ………………………… 人民文学出版社
陆文夫小说选　　陆文夫著 ………………………… 江苏文艺出版社
高晓声小说选　　高晓声著 ………………………… 江苏文艺出版社
茹志鹃小说选　　茹志鹃著 ………………………… 江苏文艺出版社
王安忆小说选　　王安忆著 ………………………… 人民文学出版社
铁凝小说选　　铁凝著 ………………………… 人民文学出版社
史铁生小说选　　史铁生著 ………………………… 人民文学出版社
闻捷诗选　　闻捷著 ………………………… 人民文学出版社
昌耀诗选　　昌耀著 ………………………… 人民文学出版社
食指诗选　　食指著 ………………………… 人民文学出版社
天安门诗抄　　童怀周编选 ………………………… 人民文学出版社

朦胧诗选　杨克　陈亮编选……………………中国青年出版社
杨朔散文选　杨朔著……………………………人民文学出版社
秦牧散文选　秦牧著……………………………人民文学出版社
刘白羽散文选　刘白羽著………………………人民文学出版社
萧乾散文选　萧乾著……………………………人民文学出版社
柯灵散文选　柯灵著……………………………人民文学出版社
杨绛散文选　杨绛著……………………………人民文学出版社
贾平凹散文选　贾平凹著………………………人民文学出版社
邵燕祥散文选　邵燕祥著………………………人民文学出版社
1949～2009 剧作选　老舍等著…………………人民文学出版社
1949～2009 报告文学选　刘白羽等著…………人民文学出版社
1949～2009 儿童文学选　冰心等著……………中国青年出版社
周扬文论选　周扬著……………………………人民文学出版社
陈涌文论选　陈涌著……………………………人民文学出版社
张光年文论选　张光年著………………………人民文学出版社
唐弢文论选　唐弢著　刘纳编选………………人民文学出版社
王瑶文论选　王瑶著　陈平原编选……………人民文学出版社
钱谷融文论选　钱谷融著………………………上海文艺出版社
王元化文论选　王元化著………………………上海文艺出版社
蔡仪美学文选　蔡仪著　杜书瀛编……………河南文艺出版社
1949～2009 文论选
　　钱锺书等著　贺绍俊编选……………………人民文学出版社